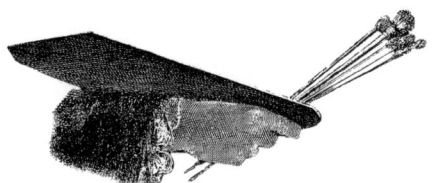

CORNELIA NAUMANN
Die Portrait-
malerin

Zu gut für eine Frau! Berlin 1733. Anna ist erst zwölf Jahre alt, als ihre Mutter stirbt. Sie muss nun den großen Künstlerhaushalt mit fünf Geschwistern allein stemmen, dabei hat sie nur ein Ziel: Maler zu werden wie ihr Vater. Aber eine solche Karriere ist in ihrem Jahrhundert für eine Frau nicht vorgesehen. Die Ausbildung an der Pariser Königlichen Akademie ist ihr verboten. Intrigen und sogar Gewalt sollen der jungen Frau ihren Willen nehmen. Aber Anna gibt nicht auf und reist gegen alle Widerstände allein nach Paris, um den begehrten Titel einer königlichen Akademiemalerin zu erlangen. »Zu gut, um von einer Frau zu sein«, befindet das Komitee der Akademie und zerstört mit diesem harschen Urteil Annas Lebenstraum. Anna ist todtraurig. Aber sie malt ein neues Aufnahmestück. Und dann lernt sie die Liebe ihres Lebens kennen …

© Wolfgang Rommerskirchen

Cornelia Naumann, in Marburg geboren, beschäftigt sich seit vielen Jahren mit bedeutenden, zu Unrecht vergessenen Frauen. Sie studierte Theaterwissenschaft, Germanistik und Romanistik in Köln, arbeitete als Dramaturgin und Theaterpädagogin in Essen, Münster und München. Seit 1999 ist sie als freie Autorin in München tätig.

Bisherige Veröffentlichungen:
Die Portraitmalerin (2014)
Königlicher Verrat (2016)
Scherben des Glücks (2019)

CORNELIA NAUMANN
Die Portrait-malerin

Die Geschichte der
Anna Dorothea Therbusch

GMEINER

Immer informiert

Spannung pur – mit unserem Newsletter informieren wir Sie regelmäßig über Wissenswertes aus unserer Bücherwelt.

Gefällt mir!

Facebook: @Gmeiner.Verlag
Instagram: @gmeinerverlag

Besuchen Sie uns im Internet:
www.gmeiner-verlag.de

© 2014 – Gmeiner-Verlag GmbH
Im Ehnried 5, 88605 Meßkirch
Telefon 0 75 75 / 20 95 - 0
info@gmeiner-verlag.de
Alle Rechte vorbehalten
2. Auflage 2024

Lektorat: Claudia Senghaas, Kirchardt
Herstellung: Mirjam Hecht
Umschlaggestaltung: U.O.R.G. Lutz Eberle, Stuttgart
unter Verwendung eines Bildes aus der Sammlung
im Jagdschloss Grunewald.
Druck: Custom Printing Warschau
Printed in Poland
ISBN 978-3-8392-1498-5

Man sieht nur mit dem Herzen gut.
Das Wesentliche ist für die Augen unsichtbar.

Antoine de Saint-Exupéry

PROLOG

Berlin 1783

Mein Name ist Gohl, Christian Samuel Gohl. Ich bin Hauptmann des Herzoglich Braunschweigischen Ingenieurkorps. Der Rang klingt großartiger, als er ist. Ich bin nur ein einfacher Landvermesser und Ingenieursgeograph.

Es ist der neunte Tag des grauen Monats November, und ich stehe fröstelnd auf dem Dorotheenstädtischen Friedhof in Berlin. Wer einmal im November auf einem Friedhof vor den Akzisemauern dieser Stadt gestanden hat, der wird mich verstehen. Meine Stiefel sind von der schlammigen, mit feuchtem Schnee besetzten Erde so nass geworden, dass ich das Gefühl habe, meine Füße stecken in zwei eiskalten Schwämmen. Von meinem Dreispitz tropft das Schneewasser wie aus zwei Pumpenschnäbeln gleichmäßig und gerecht auf jede Schulter und verwandelt meine Pelerine in einen nassen Lumpen.

Freiwillig geht bei diesem Wetter niemand den Weg hier hinaus. Die Trauerfeiern werden in den städtischen Kirchen gehalten, dann gibt es, je nach Stand des Verstorbenen, einen prunkvollen oder armseligen Trauerzug bis ans Stadttor, wo sich die Trauergemeinde verabschiedet, während der Bestatter seines Amtes waltet. Nur wenige Menschen begleiten die schwarz verhängte Droschke bis zur Grabstelle. Viele sind abergläubisch und haben Angst vor der Pest oder anderen Seuchen, wenn sie sich in die Nähe von Friedhöfen begeben.

Auch heute haben nur wenige Menschen den Weg hinaus gefunden, obwohl es kein Begräbnis ist, das mich zum Friedhof zieht, sondern die Aufstellung eines Grabmals. Es ist kein gewöhnlicher Stein, nein, dieses Grabmal ist ein besonderes. Es zeigt die erlöschende Fackel des Genies. Zu Füßen des Genius, neben der erloschenen Fackel, liegt die von einem Lorbeerkranz bekrönte Palette mit Pinseln, einem Rötel und einer halb entrollten Leinwand. Der geflügelte Genius trauert um eine außergewöhnliche Frau, eine Künstlerin. Ihr schönes, energisches Profil ist als Relief auf die steinerne Urne gemeißelt. Ich habe sehr darauf geachtet, dass ihre letzte Ruhestätte von einer Allegorie bekrönt wird, die in ihrem Sinne ist, denn Anna hasste Allegorien. »Die Pest der Banalität«, nannte sie sie, oder auch die »intelligent verbrämte Geschwätzigkeit unseres Jahrhunderts«.

Gute Künstler sind in Berlin leider rar. Der Direktor der Berliner Akademie der Künste, eine Anstalt, über die Anna nur mit triefender Ironie sprach, ein gewisser Herr Christian Rode, Historienmaler unseres Königs, war anscheinend mit Anna zur Schule gegangen. Seine Trauer schien mir aufrichtig. Ich wollte vermeiden, ausgerechnet einem der zahlreichen Neider Annas den Auftrag zu geben oder womöglich ihrem Todfeind, vor dem sie noch zitterte, als ich sie kennenlernte.

Bezahlung für seinen Entwurf lehnte Rode ab. Es sei ihm eine Ehre, das Grabmal für die berühmteste Künstlerin Preußens, die Porträtistin Friedrichs des Großen, zu fertigen, und ich beauftragte einen tüchtigen Steinmetz mit der Ausführung.

Heute ist ihr Gedenktag.

Vor einem Jahr starb Anna Dorothea Therbusch, diese Berliner Pflanze, die über den mageren Besuch an ihrem Grab vermutlich nur ein ironisches Lachen übrig gehabt hätte.

Berlin 1733

ANNA ERWACHTE VON der Stille im Haus. Kein Gepolter von Janas Holzpantinen weckte sie, nicht das tägliche Jammern des kleinen Bruders, der nicht zur Schule, sondern lieber ins Atelier wollte, und der stets mit derselben Ermahnung »Holle, auch ein Maler muss rechnen, schreiben und Französisch parlieren können« von der Mutter fortgeschickt wurde. Dann wusste Anna, dass es höchste Zeit zum Aufstehen war, denn ihre Schule begann eine halbe Stunde später als die der Jungen. Spätestens jetzt musste sie aus dem Bett und in ihr Kleid schlüpfen, die Schürze umbinden und die wirren Haare kämmen, wenn sie die Mutter nicht verärgern wollte, die unweigerlich jeden Augenblick mit vorwurfsvollem Gesicht die Tür öffnen würde.

Anna zog die Decke um die kalten Schultern. Seit ihrem elften Geburtstag durfte sie unter diesem Plumeau schlafen statt unter dem kratzigen Strohsack. Sie liebte das weiche Federbett. Drei königliche Hochzeiten in den letzten Jahren hatten dem Vater viele Porträt- und Kopieraufträge und damit der gesamten Familie Federbetten beschert, die der Vater daheim bestellt hatte. Gute masurische Gänse aus Olesko, hatte der Vater zufrieden gesagt beim Anblick der fetten grauen Tiere auf der vergitterten Holzkarre. Olesko, da kam Liszewski her. Mit 17 Jahren hatte Jerzy Liszewski seine Heimat verlassen, um den neuen Baumeister des Königs, Eosander Göthe, als Bauzeichner nach Berlin zu begleiten. Nebenbei hatte er viel kopiert, und so war er schließlich Porträtmaler geworden.

9

Schnell hatte er gemerkt, dass es für das Geschäft besser war, wenn er das »Z« aus seinem Namen durch ein »i« ersetzte. So ließ sich der polnische Name nicht mehr mit ordinärem »sch«, sondern beinahe wie ein französischer aussprechen und wirkte vornehmer. Den sanften Vornamen Jerzy hatte er in die preußisch harte Form »Georg« übertragen, was seine Frau Elisabeth nicht abhielt, ihn zärtlich »Jirschi« zu nennen.

Elisabeth hatte nur den Kopf geschüttelt und geseufzt, ob Jerzy auch nur eine Minute daran gedacht hätte, wo sie mitten in Berlin diese Herde von zwanzig laut schnatternden Federviechern unterbringen sollte. In der Spandauer Vorstadt bei den Holzmärkten, wo die Familie Lisiewski einen Garten gemietet hatte, fand sich aber ein Plätzchen, und so hatten ihnen die Tiere viele üppige Braten und ein Federbett nach dem anderen beschert.

Plötzlich fuhr Anna hoch. Es war ungewöhnlich still im Haus, geradezu totenstill. Aber von draußen hörte sie Geräusche, die ihr anzeigten, dass die Betriebsamkeit des Cöllner Vormittags längst die Morgendämmerung abgelöst hatte. Die Mühle klapperte, Marktweiber priesen auf ihren Kähnen am Spreeufer ihre Waren an. Holzräder knirschten über die sandige Gasse, Kutscher zankten lautstark, Fässer polterten über Holzbohlen. Vom Fabrikenhaus der Insel drang der alltägliche Gestank der Färbereien herüber. Die Fischerbrücke, an der die Familie Lisiewski lebte, war die belebteste Passage zwischen Berlin und Cölln. Ständig strömten die Menschen über den Mühlendamm, um in den Läden und Buden der Pfahlbauten am Ufer einzukaufen. Mit ihren geschnitzten Pfeilern und hölzernen Schwibbögen waren die Holzhäuser hübsch anzusehen und boten fast alles für den täglichen Bedarf. So war auch der Betrieb an diesem Märzmorgen des Jahres 1733 sehr lebhaft.

Anna sah zu den anderen Betten hinüber. Ihre kleinen Schwestern Julie und Maria Magdalena schliefen mit sanften Gesichtszügen und schwarzen Wimpernbögen wie marmorne Engel. Das Lenchen musste noch nicht zur Schule, aber die zehnjährige Julie stand gewöhnlich mit Anna auf, und sie machten sich gemeinsam auf den Weg.

Wo die Mutter nur blieb? Anna rieb sich die Augen und erinnerte sich, dass sie seit Wochen von Jana geweckt wurde, weil die Mutter jeden Tag mehr ächzte und sich an den Rücken griff und niederlegen musste. Die Mutter erwartete wieder ein Kind. Wie war es, als Lenchen geboren wurde? Ging es der Mutter damals auch so schlecht? Anna erinnerte sich nicht, sie war damals neun Jahre und mit vielen Dingen beschäftigt gewesen, und auf einmal war das Lenchen da, hatte mit winzigem krebsrotem Gesicht viel geschrien, und die Mutter hatte neben der Arbeit im Haus und auf dem Werder immer wieder die Kleine an die Brust gelegt und auf diese erstaunliche Weise das Lenchen durchgefüttert.

Anna wusste, dass dies nicht selbstverständlich war. Der Nachbarin waren zwei Säuglinge gestorben, und eine Tante verstarb im Kindbett. Sogar in der königlichen Familie waren zwei Prinzen kurz nach der Geburt dahingeschieden.

Eine Tür schlug, jemand lief zur Küche. Anna überließ die kleinen Schwestern ihrem Schlaf, ließ die lauten Pantinen unter dem Bett stehen und huschte barfuß in die Küche, wo sie zu ihrem Erstaunen ihre großen Schwestern Lisi und Rosina antraf. Lisi hatte im vergangenen Jahr den Maler David Matthieu geheiratet und war mit ihm auf den Werder gezogen. Rosina war gewöhnlich am Vormittag im Atelier, für die Küchenarbeit hatte sie nicht viel übrig. Gerade schimpfte sie mit Jana, der Magd, weil das Wasser auf dem großen Kessel noch nicht kochte, und Jana antwortete in ihrer seltsamen Sprache, die nur der Vater verstand. Lisi hielt ein eigenartiges silbernes Besteck in der Hand, eine Art Zange, die Anna noch nie gesehen hatte. Noch während sie das Werkzeug neugierig betrachtete, wandte Rosina sich um.

Anna lief zu ihr, in der Erwartung, geherzt zu werden. Sie liebte ihre große Schwester, die so lustig war und die so gut malen konnte, dass ihre Porträts selbst die des Vaters übertrafen. Rosina aber schob sie von sich und murrte unwillig, was sie hier zu suchen habe, warum sie nicht längst in der Schule sei.

Niemand habe sie geweckt, erklärte Anna, empört über diese Ungerechtigkeit.

»Bist du nicht alt genug, um allein aufzustehen und zur Schule zu gehen?«, fauchte Rosina und befahl unwirsch, Anna solle sich um die Kleinen kümmern, ihnen den Morgenbrei kochen, und dann solle sie mit Holle und Julie in die Schule verschwinden. Damit wandte sich Rosina dem Kessel zu und warf die Zange in das inzwischen kochende Wasser.

Anna war sprachlos. Tränen traten in ihre Augen. So hässlich war die geliebte Schwester noch nie zu ihr gewesen. Und wie ungerecht! Anna war noch nie allein aufgestanden, das musste Rosina doch wissen. Die einzige Uhr im Haus war in der letzten schlechten Phase versetzt und noch nicht wieder ausgelöst worden. Die Federbetten und das Schulgeld für den Bruder Reinhold seien wichtiger, hatte die Mutter entschieden.

Wortlos rannte Anna zur Schlafkammer der Eltern. Tränen liefen über ihre Wangen. Wo war die Mutter? Die Mutter musste sie doch wecken, und sie sollte mit ihnen an dem wackeligen alten Küchentisch sitzen und den Brei austeilen wie jeden Morgen. Sie sollte mit Lenchen schmusen, mit Jana schimpfen und Holle zurufen, dass er nicht trödeln solle.

Anna riss die Tür der Schlafkammer auf und erstarrte. Die Mutter lag im Bett. Am hellen Vormittag. Ihre Augen waren geschlossen. Dunkelblau schimmerten die Lider, und ihr Gesicht war bleich wie der Tod.

Ein Mann mit einem Augenglas wandte sich um und betrachtete Anna mit einem bösen Blick. Sie solle sich hinausscheren, befahl er, und der Vater, der am Bett gesessen und die Hand seiner Frau gehalten hatte, sprang auf, eilte zu Anna und drängte sie zur Tür, etwas Beruhigendes murmelnd, das sie nicht verstand, weil es Polnisch war. Nun wusste sie, dass etwas nicht stimmte. Der Vater sprach seine Heimatsprache nur mit Jana, wenn sie sich dumm stellte und den Befehlen der Mutter nicht folgen wollte. Jana kam aus der Lausitz und weigerte sich beharrlich, etwas anderes als Wendisch zu sprechen. Sie akzeptierte nur das Polnisch des ehrenwerten Pan Liszewski, wie sie den Vater nannte.

Anna stand vor der geschlossenen Tür, hinausgeschoben und zutiefst erschrocken über das fremde Gebaren vertrauter Menschen. Was war hier los? Warum lag die Mutter am hellen Vormittag noch im Bett? Wo blieb die Hebamme? Wer war der fremde Mann im Schlafgemach? Der Bader war es nicht, der Rosina einen schmerzenden Zahn gezogen hatte und der Anna kalte Wickel verordnete, wenn sie Halsweh hatte.

Wut packte Anna. Man musste sie nicht mehr wie ein Kind behandeln, das nichts verstand. Immerhin war sie zwölf Jahre alt, alle Farben wusste sie zu mischen, und einige Porträts des Vaters hatte sie so gut kopiert, dass alle sie gelobt hatten. Sie sprach bereits etwas Französisch, und im Rechnen war sie so schnell, dass die Mutter sie zum Einkaufen schickte, weil Anna sich von den Marktweibern nicht betrügen ließ.

Hatte die Mutter sie vergessen? Aber sie hatte ihr doch versprochen, ein neues Kleid zu nähen! Voller Verzweiflung lief Anna in die Kammer neben der Küche. Da lag der Stoff auf dem Nähtisch. Zehn Ellen blaues, fein gewebtes Leinen, nicht einmal zugeschnitten war es. Unberührt lag der kleine Ballen dort, wie vor zwei Tagen, als die Mutter ihr den Stoff gezeigt hatte.

Anna schossen die Tränen in die Augen. Das war nicht gerecht. Ihr Bruder Holle hatte erst letzte Woche eine neue Kappe bekommen, und für Lenchen hatte die Mutter eine geblümte Schürze genäht. Liebte die Mutter sie nicht mehr? Liebte sie ihre Anna nicht mehr, der sie jeden Morgen die Haare bürstete, zu einem Zopf flocht, ihr einen Kuss auf den Scheitel gab und sagte: So, mein Änneken, ab zur Schule.

Anna knallte die Tür der Nähkammer zu, rannte durch den morgendunklen Flur zur Schlafkammer, riss die Tür auf und schrie: »Mutter! Du hast doch versprochen, mir ein blaues Kleid zu nähen!«

✻ 2 ✻

DER MEDIKUS STELLTE den Tod der Elisabeth Lisiewski, geborene Kahlen, 1688 in Berlin geboren, fest.

Nur einen flüchtigen Blick warf er auf das stumme Kind, das sich, nach der Geburt blau angelaufen, wie eine missglückte Porzellanpuppe auf dem Laken krümmte.

Keinen Saft habe es, schlechtes Blut, die Mutter sei zu alt gewesen, verkündete er, bevor er seinen hohen, steifen schwarzen Hut aufsetzte und, Beileid murmelnd, seine Gulden in Empfang nahm. Mit Eselsmilch könne sie es versuchen, sagte er zu Rosina, oder mit Ziegenmilch, Kuhmilch sei für dieses Kind der direkte Tod.

Aber es sei ja ohnehin nur ein Mädchen.

Rosina blickte ratlos auf das winzige Wesen, das noch immer keinen Laut von sich gegeben hatte, nahm es hoch und klopfte ihm leicht auf den Rücken. Ob es nun die verächtlichen Worte des Arztes waren oder Rosinas aufmunterndes Klopfen, die Kleine begann so durchdringend zu schreien, als wolle sie ihre Mutter wieder zum Leben erwecken.

Das kleine Mädchen überlebte. Es war schwach, kränklich, schrie viel und hatte einen undefinierbaren Gesichtsausdruck mit leicht schräg stehenden Augen. Voller Scham kümmerte Anna sich um die Kleine, die kurz nach der Geburt eine Nottaufe auf den Namen Dorothea Christina erhielt, des allgemeinen Glaubens, sie würde nicht überleben. Voller Scham, denn nie konnte sie an der Mutter gutmachen, was sie so entsetzlich in ihre Sterbekammer geschrien hatte. Nur an der kleinen Schwester konnte sie ihre Tat büßen. Aber das winzige Wesen wollte ihre Buße nicht annehmen. Der beharrliche Ernst, mit dem Anna die kleine Schwester umsorgte, schien die Wut des Säuglings hervorzurufen. Christina schrie in völlig unerwarteten Momenten, als alle Welt sie eben in tiefem Schlaf glaubte. Sie wollte nicht aus der Flasche trinken, sie verweigerte die Milch, brüllte mit blaurot angelaufenem Gesicht so lang anhaltend, dass Rosina sie hochriss und ihr heftig auf den winzigen Po klopfte aus Angst, sie würde ersticken. Aber Anna, eisern in ihrer Geduld, zupfte Christina am Kiefer, kitzelte sie am Kinn und brachte sie dazu, an der Flasche zu saugen. Anna und Christina schienen sich ineinander zu verbeißen.

Georg Lisiewski schüttelte den Kopf, als er das seltsame Gespann sah. Er mochte die Kleine kaum anschauen, denn auch ihn plagten Gewissensbisse. Er hatte seine Frau wohl zu sehr geliebt, sie hätte mit 45 Jahren kein Kind mehr austragen dürfen. Nun hatte er sie verloren und statt dessen dieses Wesen im Hause, das nicht normal schien. Die beharrliche Liebe seiner Anna zu dieser jüngsten Tochter, deren Überleben er keine Chance gab, erschien ihm unnatürlich.

Anna holte Eselsmilch. Jeden Tag lief sie zwei Meilen quer durch die Stadt zum Müller, der sie nur ungern und sehr teuer hergab. Julie weigerte sich, sie müsse für die Schule lernen. Christina mochte die teure Eselsmilch nicht. Sie schrie stundenlang und durchdringend, aber Anna schaffte es schließlich, ihr die Milch unter Murmeln, Schaukeln und Singen einzuflößen. Aus verquollenen leergeweinten Augen sah das Kind auf Annas Gesicht und trank, böse, undankbar, von Schluchzern und Aufstoßen geschüttelt.

Ich habe eine heilige Pflicht zu erfüllen, dachte Anna. Sie nahm die kleine Christina an wie ein Mensch seinen Buckel.

Berlin 1735

ROSINA SCHRIE ENTSETZT auf. Nach lautem Klopfen an der Haustür hatte sie geöffnet und war beinahe über den riesigen Kadaver eines struppigen braunen Tiers gestolpert, das vor der Schwelle lag.

Die königlichen Jäger stießen sich an und grinsten. Rosina merkte, dass sie ihr das Tier absichtlich so dicht zu Füßen gelegt hatten, um sich an ihrem Schrecken zu weiden.

»Was soll das?«, fragte sie scharf und wischte ihre Hände am befleckten Malerkittel ab. Die beiden hatten sie aus dem Atelier herausgeklopft.

»Nu, Frolleinchen, regen Sie Ihr nich gleich uff«, meinte der jüngere, der eine Fasanenfeder verwegen an seiner Kappe trug, aber man sah ihm an, dass er es gern sah, wenn die hübsche junge Frau sich aufregte, denn sein Blick war interessiert auf ihr sich hebendes und senkendes Dekolleté geheftet.

Rosina zog ihr Tuch um die Schultern und entzog ihm den erfreulichen Anblick.

»Wohnt hier der Kunstmaler Lisiewski?«, fragte der Zweite sachlicher.

»Porträtmaler«, bestätigte Rosina, und mit Blick auf den blutigen Schädel des Tieres fügte sie hinzu: »Nicht der Schlachter Lisiewski.«

Auf Befehl Seiner Allergnädigsten Majestät König Friedrich Wilhelm, der mit großartigem Geschick und unvergleichlichem Mut diesen kapitalen Keiler erlegt habe, hätten sie das Tier zum Maler Lisiewski zu bringen. Seine Majestät befehlen in seiner Gnade ein Porträt seiner einzigartigen Jagdbeute.

Das riesige Wildschwein verdeckte wie ein Steinhaufen den Eingang und hatte mittlerweile eine Schar feixender Straßenkinder angelockt. Rosina rang um Fassung. Sie zog ihr Schultertuch noch enger um die Schultern und erklärte würdevoll, ihr Vater und auch sie seien Porträtmaler, Jagdbilder seien nicht ihr Metier.

Der Grinser hob den blutigen Kopf des Tieres hoch. Ein beinahe menschlicher Blick aus gebrochenen Augen traf Rosina, die erschauernd zurückwich.

Dieses Antlitz sei doch auch nicht anders als vieles, was sie sonst porträtieren müsste, meinte der Jäger vielsagend. Wenn er an Gundling oder den alten Dessauer denke …

Der andere stieß ihn in die Rippen und sah sich um. Auf Witzeleien dieser Art stand Spießrutenlaufen.

Wider Willen musste Rosina kichern. Die Ähnlichkeit mit dem schnauzbärtigen Fürsten von Anhalt, dessen Porträt der Vater erst kürzlich gemalt hatte, war tatsächlich nicht zu übersehen.

Der arme Keiler habe wohl sein Leben früher lassen müssen als mancher alte Haudegen, sagte sie, übermütig geworden, und alle drei brachen in unbändiges Gelächter aus.

In diesem Moment kam Anna mit einem Korb voller Gemüse aus dem Garten, neben ihr Reinhold, Julie und Lenchen, die aus der Schule kamen.

»Ein Wildschwein!«, schrien Holle und Julie begeistert, die ein solches Tier leibhaftig noch nie gesehen hatten. Anna blickte erstaunt, Lenchen flüchtete sich hinter die Röcke der großen Schwester.

Nichtsdestotrotz seien sie Porträtmaler, und für die Jagdbeute sei der Kollege zuständig, erklärte Rosina. Die Ansammlung neugierig Lauschender hatte sich beträchtlich erweitert.

Eben dieser sei bei der Jagd vom Pferd gestürzt, entgegnete der Jäger ungerührt. Der König habe sich an das vortreffliche Jagdbildnis seines Malers Georg Lisiewski erinnert und befohlen, dass dieser das Porträt der königlichen Jagdbeute anfertigen solle. »Außerdem«, hier machte der

Jäger eine bedeutende Pause, und der andere fuhr mit erhobener Stimme fort: »Seine Majestät haben in Dero unendlicher Gnade verfügt, dem Lisiewski und seiner zahlreichen Familie diesen kapitalen Keiler zum Geschenk zu machen.«

Aus dem Rüssel des furchterregenden Tieres ragten zwei gewaltige gelbliche Hauer. Anna trat vorsichtig mit dem Fuß nach dem Kopf des Tieres, um sicherzugehen, dass es tatsächlich mausetot war und sie nicht angreifen würde. Lenchen weinte plötzlich laut auf. Rosina nahm sie in den Arm.

»Nun haben die wilden Ferkel keine Mama mehr«, schluchzte das Lenchen. Die Jäger lachten lauthals, und die Umstehenden auch. Rosina tröstete ihre kleine Schwester und sah böse auf die Jäger. Der Tod der Mutter lag noch keine zwei Jahre zurück, beim geringsten Anlass brach Lenchen in Tränen aus. Wie zur Bestätigung hörte man aus dem Haus die Jüngste, die kleine Christina, weinen.

»Die Ferkel haben einen liebevollen Papa, der sich um sie sorgen wird«, tröstete Rosina das Lenchen zärtlich mit wütendem Blick auf die Feixenden. Anna rannte ins Haus, um Christina zu beruhigen.

»Klar!« Der junge Jäger grinste. »Die haben auch eine zähe Großmama, und …« Ein Tritt des Kollegen gegen sein Schienbein ließ ihn verstummen.

Sie tippten sich an die Kappen und wandten sich zum Gehen.

»Halt!« Rosinas Stimme war schneidend. »Würden die Herren die Güte haben, das Modell dem Maler ins Atelier zu schaffen? Von einer Jungfer können Sie dies kaum erwarten.«

Die beiden sahen sich an, dann packten sie den Keiler an den Beinen und schleppten ihn die Stiege hinauf. Rosina warf einen grimmigen Blick in die Menge und verkündete: »Die Komödie ist zu Ende, meine Herrschaften! Geht schnell nach Hause, bevor ich den Hut herumgehen lasse!«

Damit knallte sie die Tür schwungvoll hinter den Jägern zu.

Der kleine Reinhold konnte schnell noch vor seiner erzürnten Schwester ins Haus schlüpfen.

Georg Lisiewski stand im Atelier und betrachtete mit undefinierbarem Gesichtsausdruck den riesigen Keiler, während Rosina unentwegt über diese Schande schimpfte, einen Kadaver vor die Haustür geworfen zu bekommen, diese Schande, was der König einem Künstler zumute, eine Schande für die ganze Familie, das mute er Pesne nicht zu, dem würden sicherlich keine Wildschweine auf die Schwelle seines Hauses geworfen, dem Monsieur Hofmaler der Königin, während ihr Vater die rohen Soldaten für den König in Potsdam porträtieren müsse …

An dieser Stelle warf Georg Lisiewski seiner erregten Tochter einen Blick zu, der sie verstummen ließ. Über den Hofmaler Antoine Pesne wurde im Hause Lisiewski kein böses Wort verloren.

Wie Lisiewski war Pesne Anfang des 18. Jahrhunderts, noch zu Zeiten des verstorbenen Königs Friedrich I., nach Berlin gekommen, Lisiewski allerdings nicht mit dem Franzosen, sondern im Gefolge des Baumeisters Eosander Göthe aus Stettin, der ihn im Bauzeichnen unterrichtet hatte. Lisiewskis Aufgabe hatte zunächst nicht in der Porträtmalerei bestanden, sondern im Anfertigen von Zeichnungen architektonischer Details für die exzentrischen Wünsche des kunstsinnigen Königspaares Friedrich und Sophie Charlotte, die sich nach eigenen Entwürfen die Lietzenburg bauen ließen und dafür ganze Heerscharen von Baumeistern, Malern und Bildhauern, Stuckateuren und Handwerkern beschäftigten. Königin Charlottes früher Tod beendete viele dieser Bauvorhaben, und mit dem Tod des freundlichen kleinen Königs Friedrich im Jahre 1713 war es mit der Großzügigkeit vorbei. Sein Sohn Friedrich Wilhelm, der ›Soldatenkönig‹, entließ mit Blick auf die zerrüttete preußische Staatskasse fast alle Wissenschaftler und Künstler. Göthe ging an den prächtigen

Dresdner Hof. Antoine Pesne war einer der wenigen, die bei gekürzten Bezügen blieben, nicht zuletzt, weil er einige Jahre zuvor geheiratet und die gesamte Familie seiner Frau aus Italien mit nach Berlin gebracht hatte. Die Aufgaben waren klar verteilt: Pesne wirkte im Auftrag der Königin für Monbijou, während Lisiewski mit seinen Kollegen Weidemann und Harper für die Offiziersgalerie des Königs zuständig war. Aber Lisiewski hatte Pesne zur Hand gehen dürfen. Als Kopist Pesnes hatte die siebenköpfige Familie ein zusätzliches Auskommen, denn Pesnes prachtvolle Porträts der königlichen Familie wollte jeder bei Hofe besitzen. Darüber hinaus fielen immer wieder Aufträge an Lisiewski, die Pesne nicht annehmen konnte oder wollte. Georg Lisiewski empfand Pesne nicht als Konkurrenten; er verdankte ihm viel und duldete nicht, dass schlecht über ihn gesprochen wurde.

Anna hielt dem Vater ihr Skizzenbuch hin. Der lachte auf und präsentierte es Rosina.

»Sieh dir an, was deine kleine Schwester tut, während du dich mit Schimpfen aufhältst!«

Auf Annas Block war ein Wildschwein zu sehen. Es stand sehr lebendig, die hornigen Hufe auf einem Taburett, und sah den Betrachter mit grimmigem Blick an. Die Ähnlichkeit mit dem schnauzbärtigen Major der königlichen Wache, die täglich an ihrem Haus über die Fischerbrücke zum Schloss zog, war unverkennbar.

»Es kommt nicht darauf an, wen man porträtiert, sondern was man aus einem Auftrag macht«, sagte Lisiewski, während er Anna zärtlich über die wirren Haare strich. »Du solltest das am besten wissen, Rosina. Ich bin dir unendlich dankbar, dass du den Kleinen die Mutter ersetzt, und ich weiß auch, was es für dich bedeutet, den Ruf an die Dresdner Akademie dafür aufgegeben zu haben.«

Rosina wollte beschämt etwas einwenden, aber der Vater schüttelte den Kopf und fuhr fort: »An der Akademie hättest du ein besseres Handwerkszeug bekommen als bei mir. Aber nicht mehr als das! Talent erlernst du nicht auf der besten Akademie der Welt. Der Dresdner Hof ist ein Sündenbabel, eine ledige junge Frau hat dort nichts verloren. Ich hätte dir ohnehin nicht erlaubt, dorthin zu gehen. Aber ich habe mit Pesne gesprochen. Du kannst ab nächster Woche bei ihm im Atelier anfangen.«

Antoine Pesne, der berühmte Hofmaler! Anna sah überrascht auf. Die Augen ihrer Schwester leuchteten.

»Wirklich, Papa? Das ist ja …« Rosina fiel ihrem Vater um den Hals, was etwas merkwürdig aussah, weil sie den kleinen, drahtigen Polen um einen Kopf überragte.

»Dein Schwager arbeitet bereits für ihn, er hat sich für dich eingesetzt.«

»Matthieu hat …?«

»Er hält dich für sehr begabt. Du sollst zunächst mit Pesnes Schwager zusammenarbeiten.«

»Dem Blumenmaler?«

Lisiewski nickte: »Von Etienne Page kannst du eine Menge Dinge lernen, die ich dir nicht beibringen kann. Stillleben, Perspektiven, Grisailles sind meine Sache nicht.«

»Ich auch! Lass mich auch zu Pesne! Ich will Historienmalerin werden!«, rief Anna.

Lisiewski schüttelte unwillig den Kopf. »Nun ist es gut, Anna. Du bist erst 15, und Historienmalerei ist nichts für Mädchen. Jetzt zeichnest du erst einmal …«

Er sah sich suchend um und stellte einen Krug auf den Tisch. »Du zeichnest diese Vase, und bitte unter dem Einfall des weichen Morgenlichts.«

Anna schmollte. Sie hasste es, Gegenstände abzuzeichnen.

»Aber sie hat kein Kolorit, Vater!«, wandte sie ein. »Wie soll ich einen so langweiligen Gegenstand mit farbigem Leben erfüllen? Lass mich das Wildschwein malen, bitte, und eine Jagdszene dazu! Ich habe auch schon eine Idee …«

Schon hatte Anna ihren Block ergriffen und begann, mit energischen Strichen eine Skizze hinzuwerfen. Der Vater beachtete sie nicht weiter. Er erläuterte Rosina die kommenden Veränderungen. Anna sei alt genug, mit Jana die Hauswirtschaft zu übernehmen. Solange Rosina bei Pesne lerne, könne sie sich im Haushalt auf die Näharbeiten beschränken. Lisi und Matthieu würden die kleine Christina zu sich nehmen, sodass Anna und Rosina sich nur um Julie, Reinhold und Lenchen kümmern müssten.

Als habe sie das verstanden, gab die kleine Christina ein Wimmern von sich. Sie hockte neben Anna und klammerte sich an deren Rock fest. Mit zwei Jahren konnte sie noch immer nicht richtig laufen, hatte federiges, dünnes Haar, seltsam blasse verschwommene Augen und ließ sich von Anna überallhin tragen.

Anna riss das Blatt mit der Jagdszene von ihrem Block und begann mit dem langweiligen Krug. »Aber Papa! Ich kümmere mich doch um Tinka!«

Es gebe viele Kopieraufträge, und Anna müsse ihm die Farben anmischen, die Untergründe vorbereiten und die Konturen anlegen, damit er zügiger arbeiten könne, ordnete Lisiewski an.

»Dabei kann Holle dir doch helfen! Er ist inzwischen alt genug!« Anna zog mit dem linken Arm das greinende Kind auf den Schoß, ohne ihre Zeichnung zu unterbrechen: »Tinka stört mich nicht, sie ist bei allem, was ich tue, dabei.«

»Eben deshalb«, meinte Rosina mit missbilligendem Blick auf das eigenartige Geschöpf, ihre zwei Jahrzehnte jüngere Schwester. »Du musst anfangen, Geld reinzubringen, Anna, das geht nicht mit ihr am Rockzipfel.«

»Ich kann ja den Garten machen, da kann sie mit! Sie ist gern dort auf dem Werder, und Lenchen auch.«

Lisiewski betrachtete seine Tochter nachdenklich. Der große Garten mit dem Gänsestall war ein nicht unerheblicher Wirtschaftsfaktor für die Familie. Das Leben in Berlin hatte sich in den letzten Jahren ständig verteuert, und seit dem Tod seiner Frau war der Garten vernachlässigt worden.

»Schaffst du das allein?«, fragte er zweifelnd. Anna hob Christina in die Höhe. »Tinka hilft mir, was? Tinka? Du bist eine gute Gärtnerin!«

Die Kleine griente wie ein Kobold und langte Anna mit beiden Händen in die Haare.

Mühsam befreite sich Anna aus dem Klammergriff, behutsam, ohne ihr wehzutun.

»Du könntest wieder Schüler aufnehmen, Vater! Ich kann sie versorgen!«, schlug sie dem Vater vor.

Als seine Frau noch lebte, war die achtköpfige Familie stets um zwei von Lisiewskis Malschüler erweitert gewesen. Dies hatte ihnen die unangenehme Zwangseinquartierung von Soldaten erspart. Aber nach Elisabeths Tode hatte er seinen Töchtern nicht auch noch die Verköstigung von Schülern zumuten wollen.

»Schüler sind ziemlich anspruchsvoll«, meinte er, »schaffst du das, Änneken?«

Anna nickte eifrig. »Wenn du nur Jana ins Gewissen redest, dann besorgt sie auch die Hauswirtschaft für die Schüler. Auf mich hört sie nicht.«

Lisiewski seufzte. Janas bäuerischer Starrsinn wurde immer mehr zum Hindernis. Aber eine andere Magd konnten sie sich nicht leisten.

»Wir werden es versuchen, was meinst du, Rosina?«

Die nickte zerstreut. Man sah ihr an, dass sie in Gedanken schon in Pesnes Atelier war.

»Seit der Kronprinz in Schloss Rheinsberg eingezogen ist, hat Pesne viel zu tun«, erläuterte Lisiewski. »Er weiß nicht mehr, wo ihm der Kopf steht, auch Harper und Weidemann helfen bei den Deckengemälden und den Supraporten.«

»Der Kronprinz ist anders als sein Vater, er liebt die welsche Musik und alles Französische, den Baustil, die französischen Meister«, meinte Rosina, »er soll ja kaum Teutsch sprechen.«

»Watteau«, murmelte Anna etwas mystisch. Sie nahm den Blick nicht von dem verhassten Krug, ließ Tinka sanft mit der Linken zu Boden, während ihre Rechte mit dem Rötel das langweilige Motiv einfing. Anna hatte sich daran gewöhnt, mehrere Dinge gleichzeitig zu tun.

»Ja, der Kronprinz liebt Lancret und Watteau! Woher weißt du das?« fragte Lisiewski erstaunt.

Anna hielt dem Vater ihren Block hin: »Ich bin doch eine Tochter Watteaus! Ich bin in Watteaus Stern geboren, hat Onkel Modestus gesagt.«

Lisiewskis Blick wanderte von der Zeichnung des Kruges zu seiner Tochter. Da hatte ihr der alte Freund und Kupferstecher Modestus Eccardt einen schönen Floh ins Ohr gesetzt.

Lisiewski schüttelte nachsichtig den Kopf und erläuterte Anna geduldig, wie der Schatten anzulegen war. Dann betrachtete er den Keiler, schob einen Holzklotz unter den kolossalen Kopf, damit die Hauer gut zu sehen waren, seufzte und ging zur Staffelei.

»Rosina, welches Maß soll es haben?«

Rosina, die bereits an der Tür war, wandte sich fast erschrocken um. »Davon haben die Jäger nichts gesagt. Verzeih, ich vergaß zu fragen …!«

»Dann halt das Übliche.« Lisiewski zog von den mit Leinwand bespannten Rahmen, die an der Wand lehnten, einen mittelgroßen heraus und stellte ihn auf die Staffelei.

»Anna, geh einmal zu Therbusch hinüber, er soll ins Atelier kommen.«

Anna zog einen Flunsch. Zu gern hätte sie dem Vater über die Schulter gesehen, während er den Keiler malte.

»Das kann doch Jule machen! Soll ich dir nicht lieber das Braun anmischen …«

Sein Blick, den die Töchter den polnischen nannten, ließ sie augenblicklich verstummen. Sie nahm Tinka auf den Arm und rannte hinaus über den Mühlendamm, die Poststraße entlang zu Therbuschs Gasthaus.

Die › Weiße Taube‹ lag gegenüber der Fischerbrücke im Stadtteil Berlin auf der Heiliggeiststraße in der Nähe der Postkutschenstation. Hier stiegen die Fremden ab, meist Handelsleute, die im aufstrebenden Berlin Geschäfte machten. Seit die Städte Cölln und Berlin eine Einheit bildeten und der König die vertriebenen Hugenotten und Salzburger ins Land geholt hatte, war der preußische Handel in Schwung gekommen. Die Fremden brauchten Unterkünfte, preiswertes Essen und ein wenig Kurzweil am Abend, denn nicht jeder hatte das Glück, bei Hofe oder bei einer begüterten Familie Berlins eingeladen zu sein. Die › Weiße Taube‹ mit ihrem stets gut gelaunten, Drehleier spielenden Wirt Michel Therbusch, mit Spieltischen und guter Küche trug allem Rechnung.

Liese Therbusch stand mit hochrotem Gesicht hinter riesigen Töpfen und Eisenpfannen in der Küche. Michel Therbusch, Wirt, Hotelier und Freund des Vaters, habe keine Zeit, behauptete sie. Heute Abend komme die Diligence, das Essen müsse gerichtet werden, und es sei weder Wein noch Bier im Haus.

Ernst zwinkerte Anna zu und kniff Tinka in die etwas schlaffen Bäckchen. Er war der einzige Sohn des Wirtsehepaares, ein freundlicher junger Mann von 18 Jahren, der die Schwestern Lisiewska liebte. Enttäuscht hatte er die Hochzeit der aus der Ferne bewunderten Elisabeth, Lisi genannt, gefeiert, zwei Jahre später hatte er sich eine Abfuhr von Rosina geholt, die ihm erklärt hatte, sie sei Künstlerin und werde niemals Wirtin einer Absteige werden. »Absteige« hatte sie das gepflegte Gasthaus seiner Familie genannt! Das hatte ihn mehr gekränkt als ihr Korb. Er habe ein führendes Logis, hatte er Rosina würdevoll erklärt, und sobald er es übernehme, würde er die › Weiße Taube‹ zu einem Hotel für Herrschaften ausbauen. Aber Rosina hatte ihn nur mitleidig angelächelt und sich wieder ihrem Porträt zugewandt.

Ernst betrachtete Anna genauer. Gut, sie war erst 15 und nicht so hübsch wie ihre Schwestern, aber sie war so lieb zu den kleinen Geschwistern, so umsichtig mit dem Vater seit dem Tod ihrer Mutter, und die Hauswirtschaft schien ihr flink und leicht von der Hand zu gehen. Das alles konnte man von ihrer Schwester Julie nicht sagen. Die schickte sich zwar an, schon mit zwölf Jahren bildhübsch zu werden, aber sie war ein Wildfang, trug bereits jetzt die Nase viel zu hoch und ließ sich nach dem Tod der Mutter von niemandem etwas sagen. Nein, mit der Julie würde es nichts werden, aber Anna? So schlecht sah sie nicht aus, vor allem gefiel ihm ihre Energie.

»Der Vater ist im Keller«, flüsterte Ernst Anna zu, lockte das Kind mit einem Bonbon von ihrem Arm, drückte es einer Küchenmagd in die Arme und begleitete Anna.

Michel destillierte. Das war natürlich verboten, aber alle Wirte brannten ihren Schnaps selbst, denn der Branntwein, den sie abnehmen mussten, taugte nichts, und Therbuschs Obstbrand war eine Spezialität. Therbusch braute auch sein Bier selbst, immer bedacht darauf, von den Berliner Brauern genügend abzunehmen, um nicht aufzufallen, und laut zu seufzen, dass die meisten seiner Gäste Weintrinker seien.

»Änneken! Was gibt es?«, fragte Michel Therbusch freundlich.

»Der Vater hat einen Keiler und bittet dich zu kommen«, sagte Anna artig, nicht auf den Lachanfall von Vater und Sohn gefasst.

Ein Keiler im Atelier, das sei eine Sensation, die er nicht versäumen dürfe, meinte Michel vergnügt, ob er zur Fischerbrücke geschwommen sei?

Erstaunt sah Anna ihn an. Das Wildschwein sei natürlich tot, sagte sie ernsthaft, und erntete weiteres Gelächter. Ihr kamen die Tränen. Warum verstand sie nie, worüber die Leute lachten? Was war an ihrer Nachricht komisch? Immer wieder brachen Menschen über ihre Worte in Gelächter aus, und Anna verstand nicht, warum. Sie hatte gehofft, mit zunehmendem Alter würde sich das legen, und sich seit ihrer Konfirmation eine damenhafte Attitüde zugelegt, aber es war eher schlimmer geworden.

Wortlos wandte sie sich ab und stieg die Treppe hinauf. Er käme, rief Michel ihr nach, sie solle sich von der Thea eine gute Hühnersuppe auftragen lassen, gleich sei er hier fertig und begleite sie nach Hause.

Ernst Therbusch ging mit Anna nach oben. Das Änneken, wie sie die Lisiewska-Tochter nannten, war den Tränen nah. Weshalb nur? Mädchen in ihrem Alter seien so, sie hätten ihre Launen, hatte ihm seine Mutter erklärt, und die Lisiewski-Töchter insbesondere seien empfindsame Gänschen. Diese Rosina sei nichts für ihn, was solle er mit einer Frau, die ständig malte, statt sich um die Gäste zu kümmern. Aber Anna malte nicht ständig, fand Ernst, sondern trug die Kleine mit sich herum und bemühte sich um sie, dabei konnte man doch sehen, dass es vergebliche Liebesmühe war, das Kind war ein Krüppel, vertrocknete Frucht einer zu spät Gebärenden. Lisiewski hätte besser achtgeben sollen.

Anna wollte nach Hause, aber Ernst ließ das nicht zu. Er wies auf einen freien Tisch in der niedrigen Gaststube: »Setz dich, Mutters Hühnersuppe magst du doch so gern.«

Gehorsam nahm Anna an dem Tisch Platz. Die Magd brachte erst Christina, die die Ärmchen nach Anna ausstreckte, dann die Suppe. Ernst zündete sich eine Pfeife an und setzte sich zu Anna, ohne das Zetern seiner Mutter zu beachten. Er solle sofort zum Weinhändler, rief Liese aus der Küche, der französische sei aus, und neue Gläser brauchten sie auch. Herumhocken und rauchen könne er am Sonntag.

Ernst rief ein gleichmütiges »Ja, sofort, Mutter!« in Richtung Küche und lächelte Anna entschuldigend an.

»So ist sie, nicht wahr! Aber sie kocht das beste Essen rund um die Nicolaikirche«, meinte er, und Anna fühlte sich plötzlich geborgen neben Ernst in dem Trubel des Gasthauses. Sie löffelte ihre Suppe, schob jeden zweiten Löffel Christina in den Mund und wischte ihr geduldig über das Kinn, wenn ihr die Brühe wieder aus dem offen stehenden Mäulchen lief.

Michel Therbusch lachte schallend, zuerst über das riesige Tier, dann über das begonnene Porträt.

»Schorsch, das ist eine neue Karriere«, meinte er und entkorkte die mitgebrachte Flasche Rotwein. Lisiewski ließ sich einschenken und lachte mit. Er und der Wirt, das war eine echte Künstlergemeinschaft. Abwechselnd hatten sie Finissagen im Atelier, dann in der ›Weißen Taube‹ gefeiert, hier die neuen Porträts der Herrschaften, dort die Kindstaufen und Hochzeiten, und auch, leider, das Begräbnis seiner geliebten Frau war dort begangen worden.

»Michel, nimm mir um Himmels willen dieses Monstrum ab«, sagte Lisiewski, »ihr könnt es am Spieß braten und eine Woche davon eure Gäste verköstigen.«

Michel betrachtete nachdenklich das Wildschwein. »Weißt du eigentlich, wie viele dieser haarigen, zähen Biester ich in den letzten Tagen angeboten bekommen habe? Monsieur Ephraim will gleich zwei loswerden.«

Er wies in Richtung Mühlendamm, wo sich der aufstrebende junge Bankier neben der alten Apotheke niedergelassen hatte.

»Ephraim? Der Jude? Wieso hat der Wildschweine?«, fragte Lisiewski. Michel lachte. »Wenn der König auf die Jagd geht, muss jeder die Beute kaufen, auch die Juden! Da kennt er kein Pardon!«

Lisiewski trank und schüttelte den Kopf. Die Ideen des Königs Friedrich Wilhelm waren manchmal sehr eigenwillig. Er hatte das Verbot der Holzpantinen noch in guter Erinnerung, es war das Unpraktischste, das ihm je untergekommen war.

»Ich hab das Tier geschenkt bekommen, Michel, und ich will nichts daran verdienen außer einem guten Essen bei dir in der Wirtschaft«, erklärte er, »aber Ephraim? Musste der auch noch Geld für Schweine bezahlen, die ihm nicht über die Schwelle in sein koscheres Palais kommen?«

»Jeder! Der König ist sparsam, er will nicht, dass seine Jagdbeute verkommt …«

»Warum schickt er sie nicht in die Spinnhäuser?«, fragte Anna, die eben mit einer Karaffe und Gläsern das Atelier betreten hatte.

Michel prustete los, der Vater ebenfalls, Anna wurde blutrot. Hatte sie schon wieder etwas Falsches gesagt?

»Ja, der König könnte die Hürchen damit fett füttern«, kicherte Michel, griff nach den Gläsern und schenkte den Wein ein. Ein warnender Blick Lisiewskis ließ ihn von weiteren Anzüglichkeiten Abstand nehmen.

»Der König will nichts verschenken, sondern verkaufen«, erläuterte Lisiewski seiner unschuldigen Tochter, »er ist sehr gottesfürchtig. Seit Pastor Freylinghaus ihm erklärt hat, dass die Jagd auf unschuldige Tiere nur dann nicht verwerflich sei für einen Christenmenschen, wenn sie dem Nahrungserwerb diene, hat er beschlossen, seine Lieblingsbeschäftigung nutzbringend für seine Untertanen anzuwenden.«

Die beiden Männer lachten und tranken.

Berlin 1737

❧ 1 ❧

DIE NEUE KARRIERE des Georg Lisiewski sollte noch einen anderen Weg gehen. Ein Bote befahl ihn ins Schloss und führte ihn hinauf in die zweite Etage direkt zum berühmt- berüchtigten Tabakskollegium des Königs. Verschreckt blieb Lisiewski an der Tür stehen. Er war noch nie zum König befohlen worden. Vor einigen Jahren hatte er die königliche Jagdgesellschaft gemalt, aber er hielt sein Bild nicht für sonderlich gut. Pferde, Hunde und Hirsche waren nicht sein Metier, und auch sein neues Werk, der Schädel des Wildschweins, schien ihm nicht gelungen. Aber beide Bilder hingen, so sagte man ihm, im königlichen Jagdschloss in Wusterhausen und erfreuten des Königs Auge. Sie hatten ihm ein persönliches Billett des Königs mit einem blanken goldenen Dukaten eingetragen.

Lisiewski betrachtete den einfachen Raum, der über der königlichen Wohnung in dem verwirrend großen Berliner Stadtschloss lag. Es war bekannt, dass der König den Prunk nicht liebte, aber das? Diese Stube, einem Stall ähnlicher als einer menschlichen Behausung, sollte das königliche Tabakskollegium darstellen?

Die schmucklosen Wände waren weiß verputzt, allerdings vom unmäßigen Rauchen gelb geworden. Eine schlichte Gesimskante zog sich an der Wand entlang. Die einzige Zierde des kargen Raumes bildete ein blau gestrichenes Gestell, auf dem holländische Teller und Schüsseln in Delfter Blau und Weiß standen. Ein riesiger Tisch aus grobem Eichenholz nahm fast die gesamte Raumlänge ein. Ihn umstanden nicht etwa prächtige Fauteuils, sondern nur zwei lange Bänke ohne Lehnen, wie Michel sie an heißen Sommertagen in seinen Hof stellte, wenn die Kutscher die schweren Pferde im Geschirr saufen ließen und eilig einen Krug Bier im Freien tranken.

Ein Stuhl stand am Kopf der Tafel und war offenbar für den König bestimmt. Eigenartigerweise verfügte er über Armlehnen, hatte aber keine Rückenlehne. Wollte der König sich immer gerade halten?

Auf einem schmalen, zwischen Bierbank und Wand gepressten Tischchen stand das einzig luxuriöse Geschirr in diesem Raum, eine große Kanne aus purem, funkelndem Silber mit einem Hähnchen zum Bierzapfen. Wie eine kostbare Kette lagen alte Brandenburger Silbermünzen um ihren Hals.

Die erkaltete Pfeifenglut vom Vorabend lag noch in den Kupferpfannen auf dem langen Tisch. Lisiewski stieß die Tür wieder auf, die der Diener hinter ihm geschlossen hatte. Die Luft in diesem Raum war unerträglich, aber er wagte nicht, das einzige Fenster zu öffnen. Es stank nach Schankwirtschaft, wie es Michels Frau Liese niemals zugelassen hätte. Jeden Abend, nachdem sie die ›Weiße Taube‹ gründlich gelüftet und alles gewischt, die Glut und verstreute Tabakasche fortgeräumt hatte, stellte sie ein Schälchen mit Essig auf die Schank, um den Tabakgeruch zu vertreiben. Tat dies im königlichen Schloss niemand? Der schmucklose Raum war ja nicht schwer zu säubern.

Lisiewski erinnerte sich an das Bild vom früheren Tabakskollegium des alten Königs Friedrich, das Paul Leygebe gemalt hatte, als das Tabakrauchen in Mode gekommen war. Die hohen Herren rauchten aus langen weißen Tonpfeifen in einem prunkvollen Saal, jeder in einem prächtigen, bequemen Fauteuil, nach höfischem Zeremoniell. Hinter jedem Kavalier stand ein Diener, der seinem Herrn die Pfeife stopfte und entzündete, und Königin Charlotte hatte die Ehre, ihrem königlichen Gatten die holländische Pfeife zu reichen, was sie charmant lächelnd tat, bevor sie sich zu ihren Damen zurückzog und die Herren ihrem Vergnügen überließ.

Stirnrunzelnd betrachtete Lisiewski zwei Bilder, die an der Wand hingen. Eines zeigte das Porträt einer altertümlich gekleideten Dame in zweifelhaftem Kolorit, das andere einen jungen Mann, der mahnend eine Sanduhr hochhielt. Wer hatte sie gemalt? Er sah auf den ersten Blick, dass sie nicht von den Kollegen Weidemann oder Merck waren, auch von seinem Freund Modestus Eccardt stammten sie nicht.

Die Dame war Königin Sophie Charlotte, die Mutter des Königs. Ihr Bildnis hatte Weidemann gemalt, und es hing in der Lietzenburg. Was hier hing, war eine miserable Kopie. Die vornehm gepuderte Blässe, der Hauch von Rosa auf ihren Wangen, das gesamte Inkarnat war dick aufgetragen und dilettantisch gepinselt. Wenn seine Töchter als Kinder solche Farben gemischt und in dieser Weise aufgetragen hätten, hätte er sie nicht weiter ausgebildet, sondern ihre Aussteuer nähen lassen. Wer hatte diese Bilder gemalt?

Lisiewski hörte den König nicht hereinkommen, weil er auf die zeremonielle Ankündigung durch zwei Lakaien gewartet hatte. Aber plötzlich wurde der Stuhl gerückt, er hörte ein Schnaufen und fuhr erschrocken herum. Der König saß am Tisch, beleibt, schnaufend und rotgesichtig vor Anstrengung. Ein Lakai stand hinter ihm. Aber noch bevor Lisiewski das übliche Unterwürfigkeitszeremoniell zu Ende bringen konnte, unterbrach ihn ein ungeduldiger Wink des Königs.

»Es ist gut, Lischewky. Im Tabakkollegium kennen Wir keine Etikette, nur Männer.«

Er lachte gönnerhaft. Lisiewski wagte nicht, einzustimmen und begnügte sich mit einem vorsichtigen Lächeln. Der König konnte prächtiger Laune sein und im nächsten Augenblick entsetzlich fluchen, ja sogar handgreiflich werden, wenn ihm etwas gegen den Strich ging. Die missglückte Flucht des Kronprinzen lag vier Jahre zurück. Der König hatte seinen Sohn zwar begnadigt, aber er hatte dessen Freund, Leutnant Katte, vor seinen Augen als Fluchthelfer und Fahnenflüchtigen enthaupten lassen. Seit diesem schrecklichen Richtspruch galt der König in seinem Misstrauen als unberechenbar. Lisiewski hatte den jungen Katte wenige Monate vor seiner Hinrichtung porträtiert. Viele Monate hatte er deshalb in nackter Angst gelebt, der König könne ihn und seine Familie außer Landes jagen.

»Er braucht nicht höflich gegen diese Bilder zu sein, es ist nur der Maler Klecksel, der sie gemalet«, scherzte der König. Sein intensiver Blick, mit dem er Lisiewski fixierte, stand in scharfem Kontrast zu der launigen Bemerkung.

Es waren eigenhändige Bilder des Königs! Jetzt verstand Lisiewski, was Weidemann gemeint hatte! Er hatte bei dem Kollegen einige nur als Umrisse hingeworfene Kopien gesehen und sich gewundert, dass die alten flämischen Bilder aus Monbijou und Charlottenburg kopiert werden sollten. Weidemann hatte nur gesagt, er solle dem König die Umrisse liefern. Der König malte die Konturen aus, wie ein Schulbub!

»Majestät«, begann Lisiewski, aber er konnte nicht verhindern, dass er heftig ins Schwitzen geriet. Jedes Wort, das er ab jetzt sagte, konnte falsch sein. Wenn der König dilettierte, war dies seine Sache. Er konnte dem ganzen Hof befehlen, seinen Werken zu applaudieren, und diejenigen, die es nicht taten, nach Spandau in die Festung schicken.

Unter der ungewohnten Perücke bildeten sich Schweißtropfen. Lisiewski spürte, dass sie gleich an seinen Schläfen entlanglaufen würden. Aber vor dem König konnte er doch nicht sein Taschentuch herausziehen! Stocksteif stand er da, wünschte inständig, dass Gott der Herr ihm eine passende Replik aus dem Himmel senden möge, da sprach der König schon weiter: »Er hat Uns eine schöne Jagdtrophäe gemalet.«

Unendlich erleichtert sprudelte Lisiewski heraus: »Majestät sind zu gnädig! Das Wildschwein war überhaupt nicht mein Metier, auch jene Jagdszene …«

Ein Wink des Königs unterbrach ihn. Der König ließ sich vom Lakaien eine gestopfte Pfeife anzünden, paffte Rauchwolken in die Luft und sagte: »Er ist bescheiden, Lischewky. Das mögen Wir. Bescheidenheit ist die Tugend des gottesfürchtigen Christenmenschen. Diese Bilder hat sein König unter Schmerzen gemalt, sie werden in Wusterhausen ihren Platz finden. Es ist nicht das Werk, das wichtig ist, sondern die Tätigkeit, die den König von den Schmerzen der Gicht ablenkt.«

Er wies mit der Pfeife auf eines der Bilder. In der unteren rechten Ecke las Lisiewski: ›in tormeti pinxit‹.

Plötzlich war Georg Lisiewski gerührt. Der König hatte Schmerzen, und seine gichtigen Finger ließen feine haptische Tätigkeiten wie das Malen kaum zu. Dass er dennoch ausgerechnet diese Kunst als Ablenkung von den Schmerzen gewählt hatte, griff Lisiewski ans Herz. Wie fromm der König war, und sein Kunstverständnis war nicht so schlecht. Die flämischen Meister des vergangenen Jahrhunderts waren zu Unrecht aus der Mode geraten, Lisiewski fand sie brillant. Die Königin teilte den Geschmack des Königs aber nicht, sie ermunterte den Hofmaler Pesne ständig, mehr »à la francaise« zu malen, wenn er das niederländische Kolorit für ihren Geschmack zu derb verwendete.

»Majestät sollten mit den Augen beginnen«, sagte Lisiewski, mutig geworden, »Sie haben es dann einfacher.«

Er erläuterte detailliert, zeigte, was er meinte, und der König sah von ihm zu seinem Bild, legte den Kopf mit den zarten, beinahe kindlichen Zügen, die zu dem massigen Körper nicht passen wollten, schief, und hörte dem Maler zu, ohne ihn zu unterbrechen.

»Rauche er eine Pfeife mit seinem von Schmerzen geplagten König«, befahl Friedrich Wilhelm schließlich, »und habe er keine Angst, Lischewky, sein König will ihn nicht um sein Brot bringen. Er ist ein tüchtiger Porträtmaler.«

Er nahm einen tiefen Zug, blies eine gewaltige Rauchwolke in den Raum und lachte auf. »Sogar sein Porträt des kapitalen Keilers hat Charakter!«

Lisiewski lächelte erleichtert und paffte an der Pfeife, die ihm der Diener gereicht hatte. Er verabscheute das Rauchen, er vertrug es nicht, aber diese Gnade konnte er unmöglich abschlagen. Er hoffte inständig, dass er ohne volle Hosen hinauskommen würde. Von anderen wusste er, dass des Königs größter Spaß darin bestand, seine Gäste nicht aus der Tabakrunde zu entlassen, bevor sie alles von sich gegeben hatten. Seine Schadenfreude bei besonders Empfindlichen kannte keine Grenzen, nicht einmal vor den eigenen Söhnen machte sie halt.

»Hier soll ein Bild Unseres Tabakkollegiums hängen«, sagte der König und deutete mit dem Mundstück seiner langen weißen Pfeife an die Wand.

Das klang nach einem Auftrag.

»Möchten Majestät Porträts aller Edelleute in Seiner Tabagie verewigen?«, fragte Lisiewski vorsichtig. Der König verneinte. Ein Bild des gesamten Raumes wolle er, mit allen Herren beim Rauchen, auch die Kronprinzen sollten darauf sein.

»Aber ich bringe es nicht zuwege«, sagte der König grimmig.

Der König wollte seine Tabakrunde selbst malen. Kein Auftrag. Kein Geld. Lisiewski sank in sich zusammen.

»Wir brauchen seine Hilfe, Lischewky«, knurrte der König, »soll sein Schade nicht sein.«

Wieder dieser fixierende Blick.

»Selbstverständlich helfe ich Ihnen gern, Majestät«, stammelte er, »wenn ich nur wüsste, wie?«

»Soll Uns zur Hand gehen, weiß nichts von Perspektiven«, meinte der König.

»Soll ich Ihro Majestät die Farben anmischen?«, fragte Lisiewski vorsichtig und fügte erklärend hinzu: »Das Kolorit ist die wichtigste Wissenschaft beim Malen.«

Der König wischte diese Idee mit einer alles umfassenden Handbewegung fort.

»Mein alter Bombardier mischt Uns die Farben, dieser Fuhrmann, nein, Lischewky, er soll sich mit wichtigeren Dingen beschäftigen.«

Es gibt nichts Wichtigeres als das Kolorit, dachte Lisiewski, Herr im Himmel, was versteht ein Bombardier von Farben! Daher also das dick aufgetragene Rosa der Wangen von Königin Charlotte.

»Er soll Uns die Perspektive anlegen, verstehe nichts davon, und bei den Figuren helfen, die am Tisch sitzen.«

»Werden die Herren Ihnen sitzen, Majestät?«, fragte er vorsichtig.

»Sitzen jeden Abend hier herum! Kenne die Gesichter auswendig!«, bellte der König. Er zeigte Zeichen jener Ungeduld, die schnell in Zorn umschlagen konnte.

»Selbstverständlich werde ich Euer Majestät mit dem größten Vergnügen zur Hand gehen«, erklärte Lisiewski schnell, »es wird mir eine Ehre sein.«

Ein Wink des Königs entließ ihn. Lisiewski erhob sich und ging unter Verbeugungen rückwärts zur Tür, da fiel ihm ein, wie er das seltsame Unternehmen zu einem Erfolg machen konnte.

»Darf ich Euer Majestät um die große Gnade bitten, meine Tochter mitbringen zu dürfen? Sie ist sehr talentiert und mischt mir immer die Farben an …«

Der König, der sich bereits erhoben hatte, stützte sich schwer auf den Tisch. Er schien nicht mehr zuzuhören. Sein Gesicht war schmerzhaft verzogen. Schnell wandte sich Lisiewski ab, beschämt, seinen König in einem Augenblick der Schwäche zu sehen, erhaschte aber noch ein zustimmendes Nicken des Lakaien.

Er würde Anna mitbringen. Mehr als hinauswerfen konnte der König sie nicht. Aber auf diese Weise würde er den seltsamen Auftrag wenigstens mit seinen Farben ausführen und nicht mit diesem grauenhaften Soldatengemisch.

2

SIE KÖNNE DOCH die Farben für ihn auch zu Hause anmischen, beantwortete Anna das väterliche Ansinnen am nächsten Morgen, während sie die unwillige Tinka mit Hirsebrei fütterte.

Lisiewski strich sich über seinen geliebten Gran. Sein Bart war ein prächtiger Musketierbart nach Art der polnischen Husaren, ungewöhnlich für Berliner Verhältnisse. Der sorgsam gepflegte Knebelbart mit den hochgezwirbelten Schnurrbartenden machte aus Lisiewski unter den überwiegend bartlosen preußischen Männern einen alten Meister aus dem vergangenen Jahrhundert. Der Gran war die einzige Extravaganz, die er sich gegenüber den preußischen Sitten leistete.

»Du verstehst nicht, Tochter! Es ist eine Schaustellung, du sollst die Farben vor den Augen des Königs mischen! Nimm es als Jahrmarkt, spiel den Doktor Eisenbart! Nur so kann ich den König überzeugen, dass seine Bilder nicht durch das Gepansche seines Bombardiers, sondern durch mein Kolorit besser werden!«

Anna verstand. Aber zum König höchstselbst … Wo sollte sie Tinka lassen? Die Befehle des Königs konnten sehr plötzlich kommen, wie dieses Wildschwein, und dann musste der Vater alles stehen und liegen lassen und ins Schloss eilen, den König durfte man nicht warten lassen. Wie sollte sie sich benehmen? Was durfte sie tun, was nicht? Und was in aller Welt sollte sie anziehen?

Angesichts der umständlichen Einwände seiner Tochter und des unentwegt greinenden und spuckenden Kleinkindes ging Lisiewskis polnisches Temperament mit ihm durch.

»Mariaundjosef, welch überflüssige Fragen ihr Weibsbilder stellt! Von mir aus kannst du die Farben in deiner Leibwäsche anmischen, es ist doch völlig gleichgültig, was du dabei trägst!«

Anna seufzte. Der Vater verstand nicht. Es gab vieles zu beachten, wenn ein bürgerliches Mädchen sich dem König näherte. Hatte Friedrich Wilhelm nicht den Luxus und die Verschwendungssucht angeprangert? Ginge sie höfisch in Seide gewandet, konnte man sie womöglich dafür tadeln. Aber den einfachen Kattun hatte der König verboten, unmöglich konnte sie das heimlich in diesem schönen Stoff gefertigte Kleid tragen. Der König hatte schon manche Jungfer ins Spinnhaus geschickt wegen ähnlich lächerlicher Delikte …

»Unsinn! Du bist meine Tochter, die Tochter des Hofmalers! Du machst dein Kompliment, und dann mischst du ohne ein weiteres Wort die Farben an, in dem starken Kolorit, wie ich es dir gezeigt habe! Und lass ein einziges Mal dieses Kind los! Diese Missgeburt …« Georg Lisiewski griff nach Tinka und riss sie von Annas Schoß.

»Diese Missgeburt soll endlich sehen, wie sie klarkommt! In ihrem Alter habt ihr alle längst allein mit dem Löffel gegessen!«

Tinka fiel, so unsanft gepackt, zu Boden. Das Holzschüsselchen polterte auf die Dielenbretter. Der Brei verteilte sich um das erschrockene Kind, das tief Luft holte und blau anlief.

Anna sah ihren Vater schockiert an. Wie hatte er die Kleine genannt?

Seltsamerweise war es Jana, die sich einmischte. Noch bevor Anna etwas sagen konnte, noch bevor Tinka in den erlösenden Schrei ausbrach, bekreuzigte sich die sorbische Magd und schrie Lisiewski etwas zu. Der schrie zurück, Anna verstand nichts. Nun rannte Jana herbei, wischte mit der Rechten den Brei weg und hob mit der Linken das Kind auf. Ununterbrochen redete sie heftig auf Lisiewski ein.

Anna sah der Szene sprachlos zu. Wenn Maria in Wut gerät, weil jemand das Jesuskind beleidigt, dann müsste es so aussehen, dachte sie beeindruckt und konnte den Blick nicht von der Magd wenden, die Tinka den Rücken klopfte, deren Aufschrei noch immer auf sich warten ließ und das Kind schier erstickte.

Mechanisch hob Anna die Schüssel und den hölzernen Löffel auf. Missgeburt. Der Vater hatte Tinka eine Missgeburt genannt. Sie betrachtete die kleine Schwester auf Janas Armen, die nun endlich in den erlösenden Schrei ausgebrochen war und, krebsrot im Gesicht, so gellend schrie, dass keiner sein eigenes Wort mehr verstand.

Wütend warf Lisiewski seinen Löffel auf den Tisch und verließ die Küche. Jana rief ihm etwas hinterher und bekreuzigte sich wieder, hastig, dreimal, als müsse sie den Teufel aus der Küche vertreiben. Die Tür knallte zu.

Jana ging zum Herd zurück, schuckelte das Kind, sang beruhigende Töne in kindlich hoher Stimme, während sie Wasser in den Brei auf dem Herd rührte, der schon einen etwas brenzligen Geruch verbreitete. Endlich war Tinka still.

Da drehte sich Jana um und sagte zu Anna in einem seltsam rauen, aber einwandfreien Deutsch: »Ich näh Ihnen das Kleid, Knjeschna Anna, besorgen Sie nur den Stoff.«

Sie sprach Deutsch! Anna starrte die Magd, die schon vor Rosinas Geburt der Familie Lisiewski gedient hatte, fassungslos an. Dann hatte sie also …?

»Man schnappt so einiges auf, wenn man viele Jahre von daheim fort ist«, murmelte Jana und trocknete Tinkas Tränen. »Und die Christina können Sie bei mir lassen, wenn Sie ins Schloss müssen. Ich pass auf, dass ihr nichts geschieht.«

Anna betrachtete das sonst so blasse, nun vor Erregung gerötete Gesicht der Magd. Es war bäuerisch, breit, nicht hübsch, dafür fehlte die Ebenmäßigkeit, aber es lag Güte darin. Beinahe hätte Anna geweint. Sie schluckte.

»Findest du auch, dass Tinka eine Missgeburt ist, Jana?«, fragte sie.

»Wir sind alle Kinder des Herrn«, stellte Jana fest, setzte die getröstete Kleine auf den Boden und gab ihr einen aufmunternden Klaps auf den Hintern. »Hol den Löffel, Christina, und bring ihn der Jana!«

Und als Tinka anstandslos den Auftrag ausführte, fügte sie hinzu: »Selig sind die geistig Armen, denn ihnen gehört das Himmelreich.«

Schnell, als habe sie zu viel gesagt, wandte Jana sich wieder dem Herd zu, klapperte mit Deckeln und Töpfen und brummte vor sich hin.

Der Befehl des Königs erreichte Lisiewski ausgerechnet an einem der Wüstentage. So nannten die Berliner jene Tage, an denen der scharfe Ostwind den Sand der Dünen, die vor der Stadt angeweht waren, in Berlin durch jede Ritze trieb. Es war September geworden, und die ersten Herbststürme peitschten über die märkische Ebene, die durch das schonungslose Abholzen der Wälder in eine öde Steppe verwandelt war.

Gerade legte Anna dicke, strohgefüllte Stoffwülste vor die geschlossenen Türen und Fenster, als der Bote sie und den Vater ins Schloss befahl.

Ausgerechnet heute, dachte sie. Bei diesem Wetter ging kein Berliner freiwillig aus dem Haus, und wenn es unbedingt sein musste, nur mit Tüchern verhüllt, was ein Problem darstellte. Auf diese Weise vermieden die Menschen zwar den nadelscharfen Sand im Gesicht, übersahen aber die Unrathaufen, die überall auf den Gassen lagen, und ruinierten sich Schuhe und Kleidersäume.

Aber Anna hatte alles vorbereitet. Flaschen mit Leinöl, Firnis, Eiweiß und die Gläser mit den fein geriebenen Pigmenten standen in einem Korb bereit, und das neue Kleid war fertig. Es war aus einem blassrosa Stoff, den Anna mit Bedacht gewählt hatte. Die Farbe Blau war ihr für immer verleidet. Niemals in ihrem Leben würde sie ein blaues Leinenkleid tragen, das sie an ihre grauenhafte Taktlosigkeit während des Todeskampfes ihrer Mutter erinnern würde. Das Rosa im zarten Farbton edler Rosen sah vornehm aus, ohne eitel zu wirken. Es passte zu ihrem dichten braunen Haar, den hellbraunen Augen und ihrem blassen Teint, von dem sich der schmale, scharf geschnittene Mund kaum abhob. Und der König konnte nichts dagegen einwenden, denn es war aus dem von ihm geförderten Wollstoff geschneidert, der aber mit Seidenfäden verwebt war, daher nicht kratzte und bei Sonnenschein ein wenig glänzte.

Anna biss sich auf die Lippen und klopfte sich auf die Wangen, um ihnen etwas Farbe zu geben. Jana schnürte ihr das Mieder und half ihr in das neue Kleid. Julie jammerte, man solle sie mitnehmen, lief zum Vater und schmiegte sich an ihn.

»Wenn du gelernt hast, die Farben anzumischen, darfst du mit mir kommen«, sagte Lisiewski sanft. Julie war so hübsch, so ähnlich sah sie seiner verstorbenen Frau, nie konnte er ihr ein böses Wort sagen. Anna beobachtete Julies Bemühungen und wandte sich ab. Im letzten Moment würde es Julie vermutlich noch gelingen, den Vater umzustimmen. Mit ihrem schmeichelnden Blick und einem Lachen oder Tränen, die sie produzieren konnte wie eine Aktrice des Hoftheaters, setzte sie stets ihren Willen durch. Aber dieses Mal blieb der Vater hart. Er brauche beim König keine Glücksfee, sagte er, sondern eine Tochter, die etwas von Farben verstehe. Julie schmollte.

Zu Annas großer Überraschung musste sie den Weg von der Fischerbrücke über den Mühlendamm zum Schloss nicht zu Fuß gehen. Der König hatte eine Sänfte mit zwei Trägern geschickt. Staunend nahm Anna auf den bequemen Polstern

Platz, den Korb auf dem Schoß. Noch nie hatte sie in einer Sänfte gesessen.

Der Besuch beim König war für Lisiewski ein Erfolg, führte er doch dazu, dass der König dem Kolorit mehr Aufmerksamkeit widmete als bisher. Mit hochrotem Kopf mischte Anna die Farben an. Seit Jahren verstand sie, geschickt Farben herzustellen, aber die Gegenwart des Königs brachte Anna in die peinlichste Verlegenheit. Linkisch und ungelenk verrichtete sie ihre Arbeit, ständig in Furcht, einen Klecks auf den königlichen Tisch zu machen oder gegen das höfische Reglement zu verstoßen. Unzählige Male hatte sie in den vergangenen Wochen mit Rosina die Verhaltensregeln und Formeln der Etikette geübt. Rosina wiederum hatte sich von Pesnes Töchtern unterweisen lassen. Der König allerdings beachtete Anna kaum. Nach einer, wie sie fand, sehr knurrigen Begrüßung richtete er kein einziges Mal das Wort an sie. Hatte sie etwas falsch gemacht?

※ 3 ※

AN JENEM ABEND speiste die Familie Lisiewski bei Michel Therbusch in der ›Weißen Taube‹. Anna hatte nach dem Besuch im Schloss keine Zeit mehr, das Abendessen zuzubereiten, und Jana hatte es gerade geschafft, die vier Kinder mit Buchweizenbrei zu versorgen. Sie war untröstlich, aber Kochen war nicht ihre Stärke.

»Kommt alle mit«, befahl Lisiewski kurz entschlossen, auch seiner ältesten Tochter Elisabeth, die neugierig herbeigeeilt war, um Details der ungewöhnlichen Audienz zu erfahren. »Heute Abend haben wir uns etwas Besseres verdient als diesen Brei.«

Die Anspannung fiel von Anna erst ab, als Ernst Therbusch die Familie freundlich willkommen hieß. Höfische Untertänigkeit war anstrengend, ungewohnt und umständlich war das strenge Reglement der Etikette. Michel brachte Krüge mit Bier, und Liese, an diesem Abend in ausgezeichneter Laune, servierte Kalbsbraten mit Knödeln und eingelegten Gurken. Mit Annas Paten Modestus Eccardt war die familiäre Runde auf zehn Personen angewachsen. Lachen erfüllte die Schankstube, als Lisiewski sein Erlebnis mit dem König zum Besten gab.

Niemand beachtete den beleibten Herrn, der in der Ecke saß, bis Ernst flüsternd erzählte, dass der Unbekannte an diesem Abend zum ersten Mal gekommen sei. Der Ruf von Liese Therbuschs grüner Erbsensuppe sei zu ihm gedrungen, habe er gesagt. Alle sahen sich erstaunt an.

»Du meinst Erbspüree«, sagte Rosina, der diese Winterspeise aus getrockneten Hülsenfrüchten verhasst war. Es war September, die Erntezeit begann, aber dass die Zeit der grünen Sommererbsen längst vorbei war, wussten auch die Städter.

Anna, die Erbspüree liebte, leckte sich die Lippen. Sie hatte mit großem Erfolg Erbsen im Garten geerntet und getrocknet, um diese Spezialität im Winter zu Geselchtem zu reichen.

Ernst versicherte seinen staunenden Gästen leise, dass dieser Exzentriker grüne Erbsen zum Gänsebraten verlangt habe. Seine Mutter sei erfolglos zu allen Marktfrauen Berlins gelaufen, bis sie endlich beim teuren französischen Kolonialwarenhändler fündig geworden sei, der frische Erbsen aus Dänemark eingeführt habe. Es sei ein glänzendes Geschäft gewesen, die Mutter hatte einen Groschen pro Erbse eingenommen.

»Einen Groschen pro Erbse ...« Der Mann musste komplett verrückt sein. Der kleine Holle äußerte diesen Verdacht lauthals, wobei ihm das Dünnbier aus dem Mund tropfte. Onkel Modestus warf einen schrägen Blick auf den Mann.

»Wenn die Herrschaften doch einmal so viel für ein gutes Porträt ausgeben wollten ...«

»Zehn Groschen für jede Haarsträhne!«, platzte Anna heraus. Das Gelächter war so laut, dass der Herr in der Ecke aufmerksam wurde. Ein Blick aus klugen braunen Augen traf die Gesellschaft, ein leichtes spöttisches Lächeln umspielte seine Mundwinkel. Verrückt war dieser Mann nicht, entschied Anna, nur reich. Machte viel Geld exzentrisch?

Ernst Therbusch, der sich den wohlhabenden Gast erhalten wollte, eilte schnell an dessen Tisch, um nach weiteren Befehlen zu fragen. In diesem Augenblick betrat David Matthieu die Gaststube. Der Porträtmaler kam aus Pesnes Atelier. Bei dem Gelächter am großen Tisch verzog sich sein Mund in Vorfreude auf eine fröhliche Runde. Frisch sah sie aus, seine Lisi, rote Wangen hatte sie, und kugelrund war sie. Sein Kind trug sie unter dem Herzen, stolz war er auf sie. Da sah er den Herrn in der Ecke.

»Hochwohlgeboren! Sie hier!«, rief Matthieu aus. Das Lachen des Monsieurs klang wie Donnergrollen. Er sei der Empfehlung Matthieus endlich gefolgt und habe die Küche der ›Weißen Taube‹ probiert. Ob er alles so gefunden habe wie rekommandiert, fragte Matthieu vergnügt, und der Chevalier lachte wieder das dunkle Lachen des Genussmenschen: »Vortrefflich, mein Lieber! Formidable!«

Er wies Ernst an, noch ein Glas zu bringen, damit sein Künstlerfreund den ausgezeichneten französischen Wein kosten könne. Die Lisiewski-Familie hörte es deutlich: Der Chevalier nannte Matthieu nicht »artiste«, sondern sagte tatsächlich: »mon ami des beaux-arts«!

Matthieu wurde verlegen. Niemals wolle er Chevalier Gotters Einladung ausschlagen, meinte er, aber seine Familie ...

»Dies ist Ihre Familie?«, fragte der Mann mit dröhnendem Lachen. Alle waren still. Der Mann war von Stand, aber er siezte Matthieu! Welch ungewöhnliche Leutseligkeit!

Gotter winkte Matthieu zu sich und tuschelte ihm über den Tisch etwas zu. Matthieu nickte. Dann ging er zu Lisiewski und sagte: »Dieser Chevalier, Baron von Gotter, möchte gern mit Ihnen tafeln, lieber Schwiegervater.«

Lisiewski blickte verlegen. Julie, erst vierzehn, aber ein Blickfang für Männer jedes Alters, strich die Locken aus dem Gesicht und sah den Unbekannten aus schwarzen Augen maliziös an. Anna seufzte und dachte: schon wieder Etikette. Für heute hatte sie genug davon. Sie wollte diesen Abend ungezwungen genießen, wollte sich in Ernsts Bewunderung sonnen, mit den Schwestern Rosina und Lisi scherzen und so sein, wie sie wollte. Sie liebte Tinka, aber die Tage mit ihr waren anstrengend, und es gab wenige Stunden wie diese, in denen sie auf nichts Rücksicht nehmen musste.

»Die junge Dame seufzt«, hörte sie eine freundliche, wohlklingende Stimme. »Sie möchte wohl nicht gern mit einem Menschen die Tafel teilen, der sein Geld an Erbsengerichte verschleudert, statt der Kunst zu huldigen.«

Anna fühlte sich durchschaut und zuckte zusammen. Noch ehe sie sich von ihrem Schreck erholt hatte, sagte Rosina mit gewinnendem Lächeln: »Euer Hochwohlgeboren haben sicherlich einen außerordentlichen Kunstverstand und wissen neben einer vortrefflichen Cuisine auch künstlerische Fertigkeiten zu schätzen.«

Natürlich. Rosina fiel immer das Richtige ein, dachte Anna neiderfüllt. Rosina war charmant, das war der Ausdruck für diese Art der Verstellung, und sie verstand es, sich auf dem spiegelglatten Parkett der Eitelkeiten elegant wie eine Eisläuferin zu bewegen, auf dem sie, Anna, immer nur ausglitt und unsanft auf den Hintern fiel.

Lisiewski erhob sich hastig, rückte dienstfertig einen Stuhl heran, dankte Gotter und versicherte, es sei ihm eine Ehre.

Nein, er habe die Ehre, meinte der Baron und sah aus runden braunen Augen, deren Ausdruck etwas von einem staunenden Kind hatten, auf Michel Therbusch.

»Der Wirt hat in seinem Hause das Hausrecht. Wenn der Herr Wirt in seiner Gaststube keine Standesgrenzen kennt, werde ich sie nicht einführen«, erklärte er dem verblüfften Therbusch, und er möge seiner *reine de casserole* ausrichten, dass die grünen Erbsen sein Leibgericht seien, auf das er auch in der ungünstigen Jahreszeit manchmal einen nicht zu bezähmenden Gusto habe, und ihre Zubereitung mit Majoran sei über die Maßen deliziös. Dann hob er sein Glas und rief: »Vive la joie!«

Damit war der Bann gebrochen, und die Unterhaltung kam lebhaft in Schwung. Gotter versicherte, er sei vom Stamm der Epikureer, und wenn Lenchen nicht nach seinem Kopfschmuck gefragt hätte, was einen längeren Lachanfall Gotters zur Folge hatte, hätte die Familie Lisiewski wohl nie erfahren, dass Gotter schlicht ein Genussmensch war.

David Matthieu sah gut aus und war so unterhaltend, dass wahre Lachstürme die ›Weiße Taube‹ erschütterten. Mit der Gestik eines Komödianten berichtete er wortreich, wie er Baron Gotter bei Pesne kennengelernt hatte.

Auch Gotter konnte wunderbar erzählen, und er bestand darauf, die Familie Lisiewski auf Bouteillen französischen Weins einzuladen. Michel solle den besten heraufholen, den er im Keller habe. Matthieu steuerte Anekdoten über Pesne und seine italienische Familie bei, die gleichzeitig Ateliergemeinschaft war. Staunend hörte Anna, wie es bei Pesne zuging. Manchmal mischte sich Rosina ein, um ihren Schwager lachend zu korrigieren.

»Du übertreibst, Matthieu!«, war einer der am häufigsten gehörten Sätze und steigerte Annas Verlangen, endlich auch zu Pesnes Schülern gehören zu dürfen. Lisi strich sich über ihren Bauch und lächelte nachsichtig nach innen.

Mit Gotter wurde der Abend lang. Er erzählte von seiner Zeit als Gesandter bei Kaiserin Maria Theresia, von der Pracht und den Intrigen des Wiener Hofes, würzte die Beschreibung mit Anekdoten über den Wiener Dünkel, wobei er die

Mundart derart treffend nachahmte, dass die Familie Lisiewski aus dem Lachen nicht mehr herauskam. Michel sperrte ab, damit die Gesellschaft unter sich sein konnte. Manchmal reichte er durch die Klappe einen Krug Bier auf die Gasse an seine Stammkunden.

Die ›Weiße Taube‹ sei das reizendste Wirtshaus in Berlin, das er kenne, behauptete Gotter mit wohlgefälligem Blick auf Lisiewskis Töchter, sonst sei ja hier im Gegensatz zu Wien so ziemlich alles verboten, was im Leben Freude mache.

Es war weit nach Mitternacht, als die Gesellschaft sich von dem geduldigen Wirt trennte. Weinselig ging Gotter sogar so weit, die neu gewonnenen ›Künstlerfreunde‹ in sein Schloss Molsdorf bei Gotha einzuladen, und ließ sie nicht eher gehen, bis sie versprochen hatten, seiner Einladung Folge zu leisten.

»Du willst doch nicht wirklich dort hin?«, fragte Anna ihren Vater, nachdem Gotter seine Kalesche bestiegen und die Heiliggeiststraße in Richtung Spandauer Straße verlassen hatte. Lisiewski lachte, sein Gesicht war gerötet vom Wein.

»Kind, es hätte sich nicht gehört, seine Einladung auszuschlagen. Morgen wird er sie ohnehin vergessen haben, und sollte er sich daran erinnern, wird es dem hohen Herrn nur peinlich sein.«

»Nichts als Lügen«, murmelte Anna.

»Du bist zu streng, Anna«, fand Matthieu, »war es nicht ein lustiger Abend?«

Das musste Anna zugeben.

Onkel Modestus meinte: »Nach Molsdorf sind es zwei Tagesreisen. Wer kann sich das schon leisten?«

»Es sei denn, man bekommt dort einen Auftrag«, erklärte Matthieu gut gelaunt.

Lisiewski lachte ihn aus: »Das glaubst du ja selber nicht, verehrter Schwiegersohn! Ein Baron kann sich den königlichen Hofmaler leisten, der braucht keine polnischen Kopisten!«

Julie warf die schwarzen Locken zurück. »Du sollst dich nicht immer schlechtreden, Papa! Zu große Bescheidenheit ist keine Zier, sondern schlecht fürs Geschäft. Hast du nicht heute den König unterrichtet? Das hättest du Gotter erzählen sollen!«

Elisabeth mischte sich etwas außer Atem ein; der Abend hatte sie angestrengt. »Vater will nicht, dass dies bekannt wird, also halte dich bitte daran, Julie!«

Julie lächelte den Vater schmeichelnd an und hakte sich bei ihm unter. Ein Schild ›Königlicher Zeichenlehrer‹ mache sich gut an der Haustür, befand sie, und sie würde gern nach Molsdorf zum Schlossfest fahren. Der polnische Blick des Vaters ließ sie verstummen.

»Mit diesem Titel würde ich nichts als Hohn und Spott ernten. Du hast die Bilder des Königs nicht gesehen, Julika! Und Baron Gotter wird keine Karriere machen, wenn er sein Porträt nicht von Pesne malen lässt, um es seinen standesbewussten Freunden zu dedicieren!«

Matthieu wedelte skeptisch mit erhobenen Händen. »Die Karriere Gotters ist die eines Parvenüs, Georg, auch wenn niemand wagt, ihn so zu nennen. Er ist vom Herzog Friedrich von Sachsen-Gotha geadelt worden. Seinen Titel hat Gotter seiner unglaublichen Freundlichkeit und seinem diplomatischen Geschick zu verdanken. Nicht sein Stand, sondern die Freundschaft geht ihm über alles. Er ist kein dünkelhafter Mensch. Erinnert ihr euch, was er heute Abend sagte über die guten und schlechten Freundschaften?«

»Das sind doch bloß Sprüche«, wandte Anna ein.

»Aber immerhin Sprüche von Konfuzius und Horaz! Nein, Gotter ist kein Dummkopf!«, sagte Matthieu entschieden und küsste seine ungeduldige Frau, die nach Hause wollte. »Er ist darüber hinaus ein Glückspilz! Zweimal hat er in der Lotterie gewonnen, man munkelt, über 150 000 Gulden!«

»Umso besser«, versetzte Lisiewski, »mit solchen wohlhabenden Kunden werdet ihr es einmal besser haben als ich, liebe Töchter! Allmählich wird unser Handwerk auch als Kunst geschätzt. Nicht nur die Historienmalerei, nein, auch Porträts kommen zunehmend in Mode. Und gute Porträts will ein jeder immer haben, von sich, zum Dedicieren, um sich Freunde zu machen, zur Erinnerung an teure Verstorbene oder um die liebe Verwandtschaft neidisch zu machen. Aber einem Edelmann sein Schloss ausmalen? Das geschieht einmal in einer Dekade, und mir und euch wird dieses Glück kaum zuteilwerden.«

Aber Anna hörte nur »Historienmalerei«. Sie ahnte nicht, wie der trinkfeste Gotter in ihr Leben eingreifen würde.

❦ 4 ❦

BEIM NÄCHSTEN BEFEHL, ihn zu unterweisen, ließ der König seinen Hofmaler und Mallehrer Lisiewski wissen, dass ihm das Mädchen am Herd nützlicher sei. Er möge allein kommen, ohne die Jungfer Tochter.

Anna war darüber nicht unglücklich, sondern erleichtert. Gemeinsam mit Holle mischte sie dem Vater die Farben an und trug ihm den Korb zum Schloss, dann eilte sie in den Garten, begleitet von Lenchen und Tinka. Der Garten, den sie mit wechselndem Erfolg bestellte, war ihr Zufluchtsort. Hier konnte sie mit den Kindern spielen und mit dem Gemüse sprechen, wenn ihr danach war. Die Teltower Rübchen lachten nicht über sie, und die Kinder erwarteten keine jener Konversationsregeln oder Höflichkeitsfloskeln, jene Fallstricke, in denen sie sich unweigerlich verfing. Im Garten konnte Anna sein, wie sie wollte. Sie schwatzte und lachte mit den

Kindern, und es war doch nützlich, was sie tat, und trug zum Familienunterhalt bei.

Der November war bereits fortgeschritten, aber es hatte noch keinen Frost gegeben. Zärtlich grub Anna die letzten Rüben und Pastinaken aus dem nasskalten Boden und legte sie in den Korb. Dann lockerte sie mit dem Grubber den Boden, obwohl dies kaum nötig war, denn der sandige Boden machte weniger Verdruss, weil er zu fest war, sondern weil er die Nährstoffe, die Anna ihm mühselig in Form von Gänsemist und aufgesammelten Pferdeäpfeln gab, nicht an das Gemüse abgeben wollte.

Während sie noch rätselte, wie sie das Problem beheben konnte, um größere Kohlköpfe und längere Rüben ernten zu können, rannte ihr zwölfjähriger Bruder in den Garten. Das Holztor knallte gegen den Zaun.

»Holle! Die Gänse!«, schrie sie. »Mach das Törchen zu! Wie oft muss ich das noch sagen! Selbst Tinka hat es inzwischen begriffen!«

Reinhold Lisiewski machte eine flüchtige Bewegung zum Tor und rief aufgeregt: »Du sollst zu Lisi kommen! Schnell! Sie kriegt ein Kind!«

Anna wurde blass. Bei Entbindungen wurde die Hebamme gerufen, auch Rosina, die sich auskannte, im schlimmsten Fall, wie sie inzwischen wusste, ein Chirurgus. Warum schickte Lisi nach ihr, Anna, die nichts von Geburtshilfe verstand?

Sie eilte zur Regentonne und tauchte ihre verschmutzten Hände in das kalte Wasser. Erdige Schlieren lösten sich träge im grünlichen Wasser. Heftig rieb Anna die Hände. Wie konnte ausgerechnet sie ihrer großen Schwester helfen? Was war geschehen?

»Schnell! Du sollst schnell kommen!«, schrie Christian Reinhold, die Hände am Gartentor, ohne es zu schließen.

Tinka begann zu weinen. Anna hob sie auf den Arm und rannte los.

»Holle, du nimmst Lenchen mit nach Hause! Und schließ das Gartentor ab! Wenn die Gänse weglaufen, fängst du jede Einzelne von ihnen wieder ein!«, befahl sie dem Bruder und rannte mit Tinka auf dem Arm zum Hause des Monsieur Lafond, in dem Lisi und Matthieu seit einem Jahr eine kleine Wohnung gemietet hatten.

Lisi lag im Bett und lächelte durchsichtig, als Anna mit einer weißen Schürze über dem erdverkrusteten Rock eintrat.

»Hast du wieder in der Erde gewühlt?«, fragte sie zärtlich. Anna bestätigte dies mit belegter Stimme. Die Schwester hatte sie nicht gerufen, um über den Garten zu plaudern, das stand fest. Lisi winkte sie zu sich, griff nach ihrer Hand und flüsterte: »Ich werde das hier nicht überstehen ...«

Anna wollte protestieren, aber Lisi schüttelte schwach den Kopf und ließ ihre Hand nicht los.

»Ich weiß es. Ich spüre es. Das Kind liegt falsch, und die Hebamme kann es nicht drehen. Das überlebt keine Frau, es wäre ein Wunder. Aber der Kleine ...«

Sie lächelte Anna zu. Schwarz blickten ihre Augen aus dem leichenblassen Gesicht. Ringe in hässlichem, stumpfem Tintenblau bildeten die tödlichen runden Rahmen.

Behutsam packte Anna einen Schürzenzipfel und tupfte ihrer Schwester den Schweiß von der Stirn. Lisi umklammerte Annas Arm mit einer eiskalten Hand, die in schrecklichem Gegensatz zu ihrer heißen Stirn stand. Das kalte Fieber, dachte Anna erschrocken, Lisi hat recht, da gibt es kein Entrinnen.

»Du bist so lieb mit Tinka, Anna. Matthieu kann sich doch keine Amme leisten, er steht erst am Anfang seiner Karriere ...«

Erst Tinka, jetzt einen Neffen. Warum ich, dachte Anna verzweifelt, ich bin doch keine Mutter für alle. Mama, warum musstest du uns so früh verlassen. Sie fühlte sich entsetzlich allein.

»Du wirst nicht gehen, Lisi, du darfst nicht gehen!«, wimmerte sie. »Bleib bei uns!«

»Ich versuche es«, versprach Elisabeth, »glaub mir, ich versuche es, aber …«

Eine Wehe raste durch ihren Körper. Elisabeth bäumte sich auf, stöhnte und zerquetschte Anna fast den Arm. Die Hebamme kam mit besorgtem Blick und reichte Anna einen kleinen Stein: »Geben Sie ihr den.«

Anna betrachtete den seltsam geformten Stein. Was sollte das?

»Ein Geburtsstein«, wisperte die Hebamme beschwörend. Auf ihrer Stirn standen Schweißperlen wie auf der Lisis. Sie hatte Angst! Herr im Himmel, wer sollte Lisi helfen, wenn selbst die Wehmutter es nicht vermochte! Mit zitternden Händen legte Anna den Geburtsstein auf Lisis Brust.

»Sollen wir nicht besser den Chirurgus …«

»Unsinn!« Die Hebamme nahm den Stein von Lisis Brust und drückte ihn der Kreißenden in die linke Hand. »Das ist vergebliche Liebesmüh und viel zu teuer! Wenn ich es nicht schaffe, sie von diesem Kind zu entbinden, kann es auch keiner sonst, das können Sie mir glauben, Kindchen! Und jetzt hinaus mit Ihnen, und bringen Sie mir abgekochtes Wasser und saubere Tücher herein!«

Lisi hatte Annas Arm im Wehenschmerz losgelassen. Jetzt öffnete sie die Augen und sah Anna flehentlich an.

»Ich verspreche es dir, Lisi«, sagte Anna und küsste Lisis Hand. »Ich werde mich um dein Kleines genauso kümmern wie um Tinka.«

Erlöst lächelte Elisabeth ihre Schwester an.

»Lass Matthieu herein«, bat sie, und als die Hebamme protestieren wollte, sagte sie: »Nur einen Augenblick, ich liebe ihn so sehr. Ich will ihn noch einmal sehen in meinem Leben.«

Anna ging weinend hinaus auf den Gang. Matthieu setzte sich mit aschfahlem Gesicht neben sie. Bei jedem der schrecklichen Schreie Lisis zuckten sie zusammen. Rosina rannte verweint aus der Küche und trug Wasser und Leintücher ins Schlafzimmer. Als sie wieder herauskam, war ihre Schürze blutverschmiert, ihr Gesicht aschfahl. Sie wankte. Matthieu sprang auf.

»Lasst mich zu meiner Frau!«, schrie er und wollte in die Kammer stürmen.

Anna und Rosina brauchten ihre gemeinsame Kraft, ihn aufzuhalten.

»Sie würde nicht wollen, dass du sie so siehst«, flüsterte Rosina erschöpft, »bewahre deine Kräfte für deinen Sohn.« Sie ging in die Kammer und schloss die Tür sorgfältig hinter sich.

Dem nächsten entsetzlichen Schrei Lisis folgte ein leiser, kläglicher Schrei. Eine Weile später kam Rosina und trug das in Leintücher gewickelte Kind.

»Das ist David«, erklärte Rosina erschöpft, aber feierlich.

Matthieu weinte, als er das blau angelaufene Gesichtchen betrachtete.

»Er soll auch Georg heißen, nach seinem Großvater«, sagte er.

Still und bleich lag Elisabeth im Bett, als die Familie kam. Einmal öffnete sie die Augen. Schnell hielt die Hebamme ihr das Kind hin.

»Wir sind alle bei dir, wir sorgen für den kleinen David Georg«, sagte Matthieu, und Anna dachte verzweifelt: Warum ist es tödlich, Leben zu schenken. Warum sind wir, wenn wir Leben schenken, von Leid, Schmerz und Tod umgeben. Ich will niemals Kinder, niemals!

Berlin 1740

»DER KÖNIG IST tot!«, riefen die Leute auf den Gassen.
»Es lebe der König!«, antworteten die anderen. Überall
blieben Menschen stehen, schwatzten, schlugen sich auf die
Schultern, tranken in den Wirtshäusern auf das Wohl des
neuen Königs von Preußen: Friedrich II. Manche fanden ihn
mit 28 Jahren zu jung für die Königswürde, andere freuten
sich gerade über die Jugend des neuen Königs. Die Zeiten
würden sich ändern, prophezeiten sie, endlich käme Leben
in die Bude. Mit der Bude meinten sie Preußen.

In der ›Weißen Taube‹ saß am 11. Mai 1740 Georg Lisiewski und trauerte weniger um den König als um seinen besten
Freund. Michel Therbusch war gestorben, und er vermisste
ihn unendlich. Er streichelte Liese die verweinten Wangen,
die nicht wusste, wie es weitergehen sollte. Zur Ruhe werde
sie sich setzen, sie sei eine alte Frau.

»Natürlich wird es weitergehen, bist doch eine tüchtige
Köchin!«, sagte Lisiewski. »Was willst du sonst tun?«

Tun? Liese sah ihren langjährigen Freund trübe an. Warum
sollte sie etwas tun? Nein, sie hatte keine Lust mehr.

Lisiewski schüttelte energisch den Kopf. »Höre, Liese, ich
habe erst meine Frau begraben, dann meine Tochter und nun
meinen besten Freund und Wirt. Habe ich jemals aufgehört
mit der Porträtmalerei?«

Das sei etwas anderes, meinte Liese.

Nein, beharrte Lisiewski, das sei genau dasselbe. Die Malerei habe ihm über alles hinweggeholfen, über Trauer, Einsamkeit, und sie habe ihn davor bewahrt, wunderlich zu werden.
Natürlich sei es sein Broterwerb, aber – er lächelte in der

Erinnerung an ›in tormentis pinxit‹ – es sei wie beim seligen König, dem habe das Malen auch über die Schmerzen hinweggeholfen.

»Glaubst du, mir macht es Freude, jeden Tag in der Küche zu stehen?«, rief Liese aus. Lisiewski zupfte seinen im Eifer ramponierten Musketierbart in Form.

»Ja, es macht dir Freude«, behauptete er, »du schimpfst gern, aber du bist eine wundervolle Köchin. Mit dem Kochen ist es wie mit dem Porträt: Ist es verpfuscht, muss man es wegwerfen und von vorn anfangen.«

»Ja, aber das teure Fleisch!«, rief Liese.

»Die teure Leinwand!«, trumpfte Lisiewski.

»Die teuren Gewürze!«, jammerte Liese.

»Der teure Kobalt!«, lamentierte Lisiewski.

Sie musterte ihn misstrauisch.

Ernst trat ein und warf schwungvoll seine Bücher, die er mit einem Gürtel zusammengefasst hatte, auf den Tisch. »Wir werden die ›Weiße Taube‹ nicht aufgeben, nicht in diesem Moment, in dem es aufwärtsgeht!«

Aufwärts?

»Alle Wechsel sind bereits jetzt gestiegen, der Handel geht prächtig! Fritz als König, das bedeutet Aufschwung, ökonomisch und kulturell! Ich kann endlich …«

»Du kannst endlich dein Studium beenden, damit dir eine Stelle beim königlichen Gericht sicher ist! Mit einer Pension!«, sagte Liese energisch.

»Und wovon sollen wir das bezahlen?«

»Die Wirtschaft wird deine Studiengebühren schon weiterhin abwerfen …«

Liese verstummte, der offensichtliche Widerspruch war auch ihr aufgefallen.

Ernst Therbusch sah Lisiewski an und seufzte: »Helfen Sie mir! Mir liegt nichts an der Juristerei! Ich will aus der ›Weißen Taube‹ ein Hotel machen! Mutters Küche ist exzellent, die Herrschaften wissen das zu schätzen, und sie zahlen gut!

Baron von Gotter hat uns immer wieder besucht, einmal hat er sogar einen seiner hochwohlgeborenen Freunde mitgebracht. Unsere Lage, zwischen Schloss und Post, ist formidabel! Die Handelsreisenden kommen zu uns, warum nicht auch die von Stand, wenn wir sie standesgemäß empfangen! Der neue König liebt alles Welsche und Französische, also werden wir viele hohe Gäste aus dem Ausland haben!«

Das klang vernünftig, fand Lisiewski.

Ernst habe nur Rosinen im Kopf, meinte Liese verärgert, ihr Herr Sohn habe keine Ahnung, wie anstrengend ein Hotelbetrieb für derart anspruchsvolle Gäste sei, und sie seien nur zu zweit.

»Aber nicht mehr lange!«, trumpfte Ernst auf. Er habe vor zu heiraten, dann sei alles leichter.

Liese war einen Moment still und betrachtete ihren Sohn nachdenklich. Eine tüchtige Frau würde die Situation allerdings ändern. Aber zuletzt hatte sein Herz für Rosina geschlagen, und, bei aller Sympathie für Lisiewski, eine Künstlerin im Haus war nicht das, was sie für ein Hotel brauchten.

»Es muss ja nicht alles von heute auf morgen geschehen«, sagte Lisiewski schnell. Er kannte die Vorliebe des jungen Mannes für seine Töchter und ahnte, wohin das Gespräch führen sollte. Im Gegensatz zu vielen seiner Zeitgenossen hielt Lisiewski die Ehe nicht für eine zuverlässige Versorgung für Töchter. Mitgift für die Jungfern war teuer und von ihm kaum zu erwirtschaften, und hörte man nicht immer wieder, wie Faulpelze das Vermögen ihrer Ehefrauen durchbrachten, statt es zu vermehren? Lisiewskis Vermögen war seine Kunst, das Einzige, womit er seine Töchter ausstatten konnte. Wenn Anna heiraten wollte, gut, er würde sie nicht hindern, aber zunächst hatte sie noch einiges zu lernen. Sie musste sicherer und eleganter in ihrem Pinselstrich werden und einige Aufträge zur Zufriedenheit der Kunden ausführen, sonst würde sie als schlecht bezahlte Kopistin enden.

Lisiewski erhob sich.

»Liese, ich unterstütze dich, wo ich kann, aber ich bin nur ein Porträtpinsler, von der Gastwirtschaft verstehe ich nichts. Vielleicht bringt ein Hotel mehr ein als die Juristerei? Ich finde, es klingt recht vernünftig, was dein Herr Sohn sagt.«

Berlin 1741

❧ 1 ❧

Es war Mai, und die Luft war mild in Berlin. Einmal im Jahr überlagerte der Duft von Obstbaumblüten und Flieder den Gestank der Spree, in der der gesamte Unrat der ständig wachsenden Bevölkerung moderte. Anna spürte den Ruck, der durch die Stadt ging. Wie jung war dieser Friedrich, wie schön! Gedrückt und geduckt war er als Kronprinz unter der Knute seines tyrannischen Vaters gewesen. Als König blühte er auf, sein sanftes, etwas schwammiges rundes Gesicht bekam Konturen. Freundlich, ein wenig ironisch lächelte er den Menschen zu, wenn er durch die Straßen ritt, als begreife er ihre Huldigung nicht. Die jungen Leute jubelten ihm zu, sie verstanden ihn. Sie hatten mit ihm gelitten, als er in Küstrin in Haft saß, und sie lachten über die Bonmots, die ihm nachgesagt wurden. Wie er bespöttelten sie die althergebrachten Sitten. Der erst 28-jährige König verkörperte die moderne Lebensart, eine neue Zeit brach an. Weg mit dem langweiligen Pietismus, dem genussfeindlichen Geiz! Her mit dem Savoir vivre, der Philosophie, der Musik, der verschwenderischen Fülle der Künste! Weg mit den schwarzen Bibeln in dusteren Stuben, her mit französischen Komödien, mit italienischen Opern! Weg mit den langweiligen Tragödien und albernen Hanswurstiaden auf den Bühnen, her mit galanten Romanen, deren Lesen bisher als verderblich galt! Weg mit der trostlosen preußischen Mode, her mit französischen Schleifchen und Spitzen an duftigen Dekolletés, deren Tiefe den Müttern die Schamröte ins Gesicht trieb! Weg mit dem

dummen alten Aberglauben, her mit den neuen naturwissen-
schaftlichen Erkenntnissen, mit dem segensreichen Einsatz
des eigenen Hirns und seiner Vernunft!

Selbst der alternde Hofmaler Antoine Pesne war angesteckt
von der duftigen Brise, die durch Preußens Hauptstadt wehte.
Schon die künstlerische Ausgestaltung des Rheinsberger
Kronprinzenpalais hatte ihn angestachelt, nun sollte er auch
die Lietzenburg neu gestalten. Der Soldatenkönig hatte das
Lustschloss seiner Mutter vernachlässigt, Friedrich wollte das
heitere, helle Schloss der Großmutter als Charlottenburg mit
neuem Leben erfüllen.

Antoine Pesne, bald 60 Jahre alt, malte plötzlich keine steifen Porträts mehr, sondern galante Pierrot- Szenen, entdeckte
Apollo mit den Musen und die Liebesinsel Kythera, als wolle
er seinem jungen König beweisen, dass er hinter Watteau und
Lancret nicht zurückzustehen brauchte. Seine Bilder schienen vor neuen Ideen und Sujets förmlich zu bersten. Anna
errötete vor nackten Musen, die sich mit kokettem Lächeln
um Apoll versammelten, bewunderte galante Gartenszene-
rien, bestaunte maskierte Komödianten in Heckentheatern.

Ihr Pate Modestus Eccardt hatte behauptet, Anna sei etwas
Besonderes. Sie sei schon als Malerin auf die Welt gekommen,
weil sie an Watteaus Todestag das Licht der Welt erblickt
hatte. Es stimmte nicht ganz, Eccardt hatte erst eine Woche
später von Watteaus Tod am 18. Juli 1721 erfahren. Anna
war am 23. Juli geboren, aber die Prophezeiung des Paten
hatte sie tief beeindruckt. Die Stiche von Watteaus Gemälden, die Onkel Modestus ihr schon früh gezeigt hatte, konnten zwar das zarte Kolorit nicht wiedergeben, aber sie hatte
eine Ahnung, wie es sein musste, und war von schwärme-
rischer Bewunderung für den früh verstorbenen französischen Maler erfüllt.

Und jetzt durfte man so galant malen wie der große Watteau! Schon für Rheinsberg hatte der Kronprinz Pesne ermun-

tert, mehr im Stile Watteaus und Lancrets, seiner erklärten Lieblinge, zu malen. Nun hatte er sogar das Geld, Bilder der französischen Meister zu kaufen und seine Galerie zu erweitern.

Gerne vergab Pesne die langweiligen Porträtaufträge an die mittlerweile sehr versierte Rosina, um sich neuen Themen zu widmen. Anna durfte ihrer Schwester nachfolgen, sodass sie in den Genuss kam, genau in der Zeit in Pesnes Atelier zu studieren, als dessen Pinsel wieder schwungvoller, sein Kolorit lebhafter und seine Sujets freizügiger denn je wurden.

Der kleine David war weniger mühevoll zu versorgen als Tinka. Matthieu hatte auf einer Amme bestanden. Er wollte diese lebendige Erinnerung an die geliebte Frau nicht verlieren, zu viele Säuglinge starben im zarten Alter. David hatte einen liebevollen Vater und drei Tanten, die sich um ihn kümmerten. Sogar Julie in ihrer sprunghaften Art trug ihn manchmal zum Garten oder ließ ihn im Atelier mit Stiften spielen. Rosina liebte den Kleinen und nahm ihn Anna ab, sooft sie konnte.

Lisiewski bot Matthieu ein Zimmer in seinem Hause an, sodass dieser seinen Hausstand auflösen konnte. Die eingesparte Miete bekam zunächst die Amme, die sechs Mal am Tag kam und den kleinen David an ihre unerschöpflichen Brüste legte.

Die größer gewordene Familie Lisiewski lebte wie eine Künstlergemeinschaft, das Geld kam herein und wurde wieder ausgegeben. Es herrschte kein Luxus, aber auch kein Mangel.

Lenchen, inzwischen zehn Jahre alt, übernahm den Garten, an dem Julie kein Interesse zeigte. Behutsam begann Anna, die inzwischen achtjährige Tinka von sich zu entwöhnen, indem sie die Kleine immer häufiger Jana überließ, die sie in die Geheimnisse der Küche einweihte. Küchenarbeit schien das Einzige zu sein, was das blasse Mädchen mit dem freundlichen Grinsen gern tat. Der Versuch, sie mit sechs Jahren zur Schule zu schicken, war gescheitert. Der Lehrer hatte ihr das Lesen und Schreiben nicht einprügeln können. Schreiend war Tinka aus der Schule in Annas Arme geflohen. Weder Versprechungen noch Drohungen konnten sie bewegen, wieder den Schulraum zu betreten. Als Anna empört in die Schule eilte und den Lehrer zur Rede stellen wollte, hatte er sich geweigert, mit ihr zu sprechen. Sie musste mit Lisiewski, dem Haushaltsvorstand, erscheinen.

»Wenn man die Rute spart, kommen Schand' und Schad' über die Kinder«, dozierte der Professor und riet Lisiewski, das »blöde« Kind, da es nun einmal auf der Welt sei, ins Spinnhaus zu schicken. Dort könne es sich nützlich machen und werde im christlichen Glauben unterwiesen.

Lisiewski ging grußlos. Er hielt von derlei Unterricht nichts und von Spinnhäusern noch weniger. Seine Tochter sei kein Waisenkind, beschied er dem Lehrer, und das Schulgeld sei ihm für die Rute zu teuer.

So hantierte Tinka am Vormittag, nachdem Anna sie geduldig, aber erfolglos in Schreiben und Rechnen unterrichtet hatte, mit Jana in der Küche, und die beiden verstanden einander auf wundersame Weise.

Pesne hatte viele Schüler. Er ersetzte seit Jahrzehnten die brachliegende Akademie in Berlin und war der Einzige, der sich auf die französische Malweise verstand. Die Lisiewski-Töchter waren allerdings die einzigen Frauen, die er als Schülerinnen annahm, und auch nicht zu denselben Bedingungen wie die jungen Männer. Anders als Lisiewski ließ Pesne bei seinen Töchtern die Malerei nur als Teil einer beinahe höfischen Ausbildung zu. Helene, Marie und Henriette lernten tanzen, musizieren und französische Konversation, als sollten sie bei Hofe Karriere machen. Immerhin hatte Pesne viele Schüler von Stand, der treueste war Wenzeslaus von Knobelsdorff gewesen, der den Kronprinzen und jetzigen König als seinen Freund betrachtete. Pesne war entschlossen, seine Töchter bei Hofe einzuführen, damit sie sich über ihrem Stand verheirateten, und wenn es ihn den letzten Heller kosten sollte. Seine Älteste hatte sich dem väterlichen Wunsch bereits entzogen, indem sie zur Überraschung aller mit 20 Jahren in ein Kloster eingetreten war. Traurig hatte ihr Vater sie porträtiert, eine wunderschöne junge Frau mit Schleier, ein zu Herzen gehendes Bild, das jeden rührte, der es in seinem Atelier sah.

An jenem Freitag des Jahres 1741, an dem die Nachricht vom Sieg bei Mollwitz des jungen Königs Ruhm ins schier Unendliche vermehrte, arbeitete Anna mit den anderen Schülern in Pesnes Atelier. Die Berliner zogen durch die Straßen, jubelten, tranken, Männer warfen ihren Dreispitz in die Luft und ließen ihn von lachenden jungen Frauen auffangen. Keine der Frauen war geniert, zu lange hatte der alte König sie mithilfe seines Stockes derb von den Straßen vertrieben mit den bösen Worten: »Hat sie zu Hause nichts zu schaffen? Muss sie sich auf der Gasse herumtreiben?« Im schlimmsten Fall hatte das Spinnhaus gedroht, in das nicht nur Huren gesperrt wurden, sondern auch Marktweiber, die der jüngsten königlichen Order, jede Woche ein Pfund Wolle während ihres »Müßigganges« zu spinnen, nicht nachgekommen waren. Sie alle jubelten nun dem jungen König zu, als sei er mit der Eroberung Schlesiens ihr Befreier geworden. Im Krieg hatte er Ruhm gewonnen, den Spöttern zum Trotz, die behauptet hatten, der kleine Fritz sei eher ein Schöngeist, Philosoph und Querflötist als ein Feldherr.

In Pesnes Atelier auf dem Friedrichswerder eilten alle Schüler an die Fenster, als sie die Trommeln hörten, in deren Wirbel sich Jubelschreie, Hochrufe, Gesang und immer wieder Frauengelächter mischten. Der König war noch nicht aus dem eroberten Schlesien zurückgekehrt, da feierte ihn sein Volk schon auf den Straßen Berlins.

Joachim Gottlieb Knospe, erst seit einem knappen Jahr Schüler Pesnes, war aus Schwedt nach Berlin gekommen, auf Befehl des Markgrafen Friedrich Wilhelm von Brandenburg-Schwedt, dem angeblich sein Talent aufgefallen war. Pesne sollte Knospe in die Lehre nehmen, bis der Markgraf ihn für die Gestaltung seines abgebrannten Schlosses einsetzen könnte, und dies konnte erst in einem Jahr geschehen. Dieser Fürst, den sein Volk wegen seiner Extravaganzen den »tollen Markgrafen« nannte, zahlte gut für den Schüler, und so übte sich Joachim Gottlieb Knospe, der sich lieber Jean nannte, bei Pesne in verschiedenen Techniken: Tempera für die Wandmalerei, Porträt, Historien- und Genremalerei, und nahm Quartier im Hause Lisiewski.

Anna fand den jungen Mann mit den dunklen Locken charmant und sehr begabt. Auch sie machte immer wieder Körperstudien, zeichnete mit Rötel Arme, Hände und Schultern, studierte die Arbeit der Muskeln bei den malenden Schülern, bis Pesne sie an jenem Freitag vor allen anderen rüffelte.

»Junge Dame, bald haben Sie sich zum Oberkörper vorgearbeitet«, meinte er mit jenem ironischen Unterton, den er annahm, wenn es ihm sehr ernst war, »ich werde nicht zulassen, dass meine Schüler sich entblößen, um Ihnen Modell zu sitzen.«

Grinsen bei allen. Anna wurde feuerrot, ihre Hände feucht.

»Sie sollten nicht die Muskeln der Messieurs beim Malen beobachten, sondern ihre Gesichter, wenn Sie weiterhin das weibliche Fach, die Porträtmalerei, studieren wollen«, fuhr Pesne fort.

»Aber für ein Kniestück oder für ein Ganzkörperporträt muss ich doch ...«, wollte Anna einwenden, aber Pesne fuhr ihr über den Mund: »Ich werde Sie à coté und tout de suite in das Atelier zu meinem Schwager befehlen, damit Sie mit demselben Eifer eine Vase mit Blumen malen.«

Das weckte Annas Trotz. Der geduldige, charmante Etienne Page, dessen Unterricht im »Blumengepinsel« die männlichen Schüler gern schwänzten, gehörte zu ihren Lieblingslehrern. Unerlässlich fand sie das Studium der Stillleben für ihre große Liebe, das historische Fach, das sie insgeheim studierte. Zudem wurde manch weibliches Porträt schöner durch eine Rose im Dekolleté, mancher Hintergrund durch ein Bouquet raffinierter als durch einen langweiligen Vorhang. Pesnes ironisch gemeinter Vorschlag kam ihr gerade recht.

»Sehr wohl, verehrter Meister«, antwortete sie, »das ist unendlich freundlich von Ihnen.« Und packte ihre Staffelei zusammen.

Pesnes schmale Lippen kräuselten sich. »Sind Sie sicher, dass Ihr Herr Vater das wünscht?«

Anna nickte. Warum sollte er nicht wünschen, dass sie sich in dekorativen Details übte?

»Mademoiselle, meine Ausbildung hat sehr klare Richtlinien. Den Damen ist, aus verständlichen sittlichen Gründen, das Aktstudium untersagt. Die Porträtmalerei gereicht ihnen allerdings durchaus zur Zierde, und sie dient der Ehre Ihrer Familienzunft, Mademoiselle Lisiewska. Begeben Sie sich nicht in die Niederungen der dekorativen Malerei, die Sie allenfalls zum Ausschmücken Ihrer Küche benötigen werden!«

Damit wandte Pesne sich ab.

Anna blickte zu Boden, spürte das hämische Grinsen der anderen Schüler und war zutiefst beschämt. Da hörte sie die Stimme des Schülers Knospe: »Verehrter Meister, stimmen Sie mir zu, dass, wer Französisch zu parlieren versteht, auch Italienisch lernen kann?«

Pesne sprach drei Sprachen fließend, er wusste, dass dies ohne große Mühe möglich war.

»Sie schließen also das eine wegen des anderen nicht aus?«

Nein, das tat Pesne nicht.

»Wäre es nicht im Sinne der künstlerischen Vielseitigkeit, wenn wir unsere Education nicht auf unser jeweiliges Fach beschränken, sondern uns darüber hinaus weiterbilden?«

Knospes Frage fiel in den Raum wie ein Felsbrocken, der zwei Etagen durchschlägt, bevor er mit Getöse in den Keller kracht. Die Schüler Martinet, Metzner und Rehfeldt erstarrten vor ihren Staffeleien. Pesne empfand die Frage als pure Provokation. Mit schneidender Stimme fragte er Knospe, ob er bereits die Untermalungen fertiggestellt habe. Knospe gab zu, dies noch nicht getan zu haben.

»Dann stellen Sie sie fertig, Monsieur Boutonnet, Untermalung ist eine gute Übung für Ihre Vielseitigkeit.«

Unterdrücktes Kichern war zu hören. Boutonnet, das Knöspchen. Wie lächerlich für einen Mann.

Antoine Pesne wandte sich verächtlich von Knospe ab und sah daher nicht den selbstzufriedenen Ausdruck auf dessen Gesicht. Joachim Gottlieb Knospes Geltungssucht war befriedigt. Er hatte den Meister verunsichert, dafür nahm er den Spott mit dem Knöspchen in Kauf. Jean Boutonnet, das klang sogar recht elegant. Stumm, aber mit triumphierender Miene nahm Knospe sein unvollendetes Bild von der Staffelei und holte die Rahmen, für die er die Untergründe vorbereiten sollte.

Pesne betrachtete seine Schüler missbilligend. Dieser Jahrgang schien nichts hervorzubringen. Sein Schüler Mercier war Hofmaler am englischen Hof geworden, Hirt immerhin am Hof des hessischen Landgrafen untergekommen. Auch Dubuisson, Falbe und Rode waren ordentliche Maler geworden. Rehfeldt zeigte zwar eine recht anständige Begabung, aber dieses grauenvolle Kolorit! Den schnöseligen Kaufmannssohn Metzner aus Osnabrück duldete er nur, weil dieser schwere Ballen Leinen von seinem reichen Vater, einem Leinwandhändler in Osnabrück, als Entlohnung mitbrachte. Leinwand war teuer, zumal in Berlin, wo auf fast allen Dingen hohe Zölle lagen, die Leinwandeinfuhr aus Westfalen sogar verboten war. Metzner war nicht unbegabt, aber er würde Kaufmann werden, von den Schmerzen der Kunst hatte er keinen Schimmer.

Der arme Martinet brachte recht leidliche Porträts zustande, wollte aber unbelehrbar in der Historienmalerei reüssieren! Endlich dieser unruhige Knospe, der die schnelle Karriere suchte, ohne dafür arbeiten zu wollen, und zu allem Überdruss die freche Lisiewski-Tochter! Nie hätte er ein Weibsbild unterrichten dürfen, das brachte nur Gezänk ins Atelier. Aber er hatte nicht geahnt, dass sie sich derart von ihrer Schwester unterschied. Rosina, seiner Töchter Freundin, war gefällig und stets gut gelaunt gewesen. Statt im Atelier zu sitzen, hatte sie auch mal eine Kanne Kaffee gekocht, Farben angemischt, Leinwand und Rahmen besorgt, kurz, sie hatte sich auf weibliche Weise nützlich gemacht. Aber diese Anna! Schon ihre scharf geschnittenen Züge hätten es ihm verraten müssen: Sie kam auf ihre Brandenburger Mutter, nicht nach dem gemütlichen, trinkfesten Vater.

Anna setzte sich wieder an die Staffelei. Das war ja unerhört! Mechanisch begann sie, die Linien für ihr Porträt anzulegen, gerührt und begeistert zugleich.

Gerührt, weil Jean ihr geholfen hatte. Begeistert, weil er eine Tür aufgestoßen hatte. Sie empfand die traditionelle Einteilung der künstlerischen Gattungen als überholt. Anna war nicht begierig auf nackte Körper, aber Aktstudium war nun einmal unerlässlich. Schon für ein Kniestück musste sie wissen, wie sich der Körper verhielt, wie ein Mensch saß, stand, sich anlehnte, die Arme hielt, den Ellbogen anwinkelte, das Knie beugte. Und erst das Kolorit! Verflixt viel schwieriger war das lebendige Inkarnat zu treffen als ein gepudertes Gesicht, unter dem sich kein Muskel regte, keine blaue Ader zu sehen war.

Und Jean empfand wie sie! Dabei war er als Mann von diesen Einschränkungen nicht betroffen, jeder Weg stand ihm offen, und Vielseitigkeit wurde von seinem Herrn, dem Markgrafen, vermutlich sogar gefordert. Jean hatte sich für sie eingesetzt! Er hatte riskiert, von Meister Pesne, der sehr streng sein konnte, wenn man ihm widersprach, hinausgeworfen zu werden, und er hatte sich einen Spottnamen eingehandelt, der ihn unweigerlich verfolgen würde. Warum hatte er das getan? Ging es ihm nur um die Kunst?

Ihr wurde heiß. War er in sie verliebt?

Anna verwarf diesen Gedanken, kaum dass er ihr gekommen war. Alle jungen Männer verfielen ihrer bildhübschen Schwester Julie. Anna war nur die unscheinbare Ältere, die nicht einmal in der Lage war, ihre störrischen Haare zu einer Coiffure zu frisieren. Lisiewski hatte zunächst Bedenken gehabt, einen jungen Mann, der nicht sein Schüler war, in sein Haus aufzunehmen. Aber das Quartiergeld war gut, er vertraute seinen Töchtern, und Matthieu und er waren als Haushaltsvorstände zu zweit. Natürlich schmachtete Joachim Knospe die temperamentvolle 17-jährige Julie an. Aber ohne Sympathie für Anna hätte Jean sich doch nicht für sie eingesetzt ...

Bevor Anna Knospes Motiv ergründen konnte, waren Lärm, Geschrei und Hochrufe auf den Straßen zu hören. Keinen Schüler hielt es auf seinem Platz, alle stürmten zu den Fenstern, und als sie begriffen, dass es um den gloriosen Sieg ihres Königs ging, waren sie nicht zu halten, winkten aus den Fenstern und brachen ebenfalls in Hurrarufe aus.

Pesne betrachtete die Rücken seiner Schüler und warf alle hinaus. Er gab sich grimmig, teilte aber ihre Begeisterung für den jungen König.

Anna fühlte sich an beiden Armen untergehakt und auf die Gasse geschoben. Eine Menge begeisterter Menschen drängte zum Schlossplatz, wo ein Soldat auf einem Fass stand und berichtete, wie die Schlacht von Mollwitz verlaufen war, dass man sie bereits verloren geglaubt und nach einer verlustreichen Schlacht verzweifelt die Österreicher besiegt habe. Schon brachte ihm einer einen Krug Bier, um das Wohl des Königs auszubringen.

»Ich bin nur König, wenn ich frei bin!«, schrie einer aus der Menge begeistert, den König zitierend, der sich bereits in der Gefangenschaft der Österreicher geglaubt hatte. Dann blies ein anderer die Fanfare, und der Soldat wurde bestürmt, Details zu erzählen. Ein weiterer Krug Bier gab dem Bericht vom Verlauf der Schlacht frischen Schwung. Und immer war Jean neben Anna, lachte ihr zu, schob sich die zerzausten braunen Locken aus der Stirn, wenn er seinen Dreispitz in die Luft warf, und Anna fühlte sich ganz leicht, ganz unbeschwert, ihr Herz klopfte.

Es war der 1. Mai 1741, Anna war 19 Jahre alt, und sie war glücklich, dass sie an diesem Tag ihr Lieblingskleid aus lavendelfarbener Seide angezogen hatte, das so gut zu ihren vollen braunen Haaren passte.

❧ 2 ❧

DER KRIEG WAR mit der gewonnenen Schlacht von Mollwitz noch lange nicht beendet, aber das kümmerte vorerst niemand. Schlesien war weit weg. In den nächsten Monaten widmete Anna sich einem Auftrag, den sie sich selbst gegeben hatte. Die Menschen auf Lancrets und Watteaus Bildern bewegten sich so leicht, so unbeschwert, genau so, wie Anna sich fühlte. So musste es wohl in Frankreich zugehen, sie hatten in Preußen viel nachzuholen, es war ja nichts für die Kunst geschehen! Die Akademie der Künste dümpelte vor sich hin. Weder Rosina noch sie hatte bekümmert, dass sie keine Frauen aufnahm: Ein Studium an dieser Akademie gereichte niemandem zur Ehre, auch keiner weiblichen Künstlerin. Aber nun war es nicht nur erlaubt, sondern a la mode, französisch zu malen, sich französisch zu kleiden, endlich galt alles Französische nicht mehr als verwerflich, sondern als Krone der Eleganz. Bei Pesne im Atelier wurde ohnehin Französisch gesprochen.

Heimlich skizzierte Anna mehrere Genrebildnisse. Die *fetes galantes* sollten nicht mehr in steifen Interieurs spielen, nein, draußen, in eleganten Gärten nach der Mode der Schäfer und ihrer Schäferinnen, zu Ehren der Verliebten. Und sie … ach, sie war verliebt, es musste wohl so sein, oder was hatte das Pochen ihres Herzens zu bedeuten, wenn sie Jean begegnete. Es machte nichts, dass er Julie anschmachtete, solange er nur freundlich zu ihr war. Sie waren sich nicht wieder so nahe gekommen wie an jenem Jubeltag des 1. Mai. Aber das störte Anna nicht, sie sah Jean ja in Pesnes Atelier und fast täglich beim Essen daheim.

Pesne war streng in seinen Vorgaben, und Knobelsdorff wollte ins Atelier kommen. Einmal im Jahr begutachtete der königliche Baumeister die Werke von Pesnes Schülern. Es war keine Prüfung, kein Examen, nein, es schien nur ein privater Besuch unter Freunden zu sein, aber jeder Schüler wusste: Wenn Knobelsdorff, der mit Plänen und Ideen vom König überschüttet wurde, seinen ehemaligen Lehrer Antoine Pesne besuchte, dann tat er dies auf der Suche nach neuen Talenten.

Anna wusste bereits von ihrem Vater, dass die Bauvorhaben des Königs gewaltig waren. Schloss Charlottenburg wurde um einen kompletten neuen Flügel erweitert. Das Potsdamer Stadtschloss sollte umgebaut werden, auf dem Mittelmarkt war ein Opernhaus geplant, und auch der ungeliebte alte Kasten, das Berliner Stadtschloss, sollte im Inneren heller, freundlicher und, ganz im Sinne des modernen königlichen Geschmacks, mit galanten Bildern und Wandgemälden ausgestattet werden.

Allein konnte der Hofmaler Pesne diese Aufgaben unmöglich bewältigen. Alle Schüler arbeiteten fieberhaft an ihren Bildern. Knobelsdorffs Besuch war wie eine inoffizielle Vernissage, aber niemand wusste, wann der hohe Herr kommen würde. Aus Schülern wurden heftige Konkurrenten. Wie sollte man die Arbeit an seinem neuesten Werk geheim halten und es dennoch im richtigen Moment präsentieren?

Anna arbeitete in den Nächten im heimatlichen Atelier an ihren Genrebildern, bei schlechter Beleuchtung mit Talglichtern, ein rußendes Licht, das sie fast zur Verzweiflung brachte. Aber niemand durfte etwas merken, am wenigsten die eigene Familie. Sie hoffte, über den Vater rechtzeitig von Knobelsdorffs Besuch in Pesnes Atelier zu erfahren.

Als Sujet hatte ihr die Einschiffung nach Kythera vorgeschwebt, der mystischen Insel der Liebe. Aber schnell merkte sie, dass bei diesem Thema die Landschaft außerordentlich wichtig war, und erst das Boot auf dem Wasser, die Wellen! In Landschaftsmalerei hatte sie keinen Lehrer, davon wusste sie nichts.

Daher wandte sie ihr Augenmerk auf die galante Gesellschaft in einer gezähmteren Natur, die Heckengärten der Herrschaften. Dieses Terrain war überschaubarer. Bei Blumen, Hecken und Bäumen fühlte sie sich dank Etienne Page sicherer, und den Mittelpunkt sollte die ›fete galante‹ mit ihren Spielen bilden.

Pesne war im Alter so frei, sogar nackte Badende in seine Landschaften zu malen. Das durfte Anna nicht. Da sie keine Idee hatte, womit die Hofgesellschaft sich unterhielt, hatte sie Rosina und Pesnes Töchter ausgehorcht. Sie hatte erfahren, dass die Königinmutter der Spielleidenschaft frönte, ja, dass sie ausländische Gäste ebenso wie die eigenen Hofdamen ungeniert ausnahm, aber auch Spielschulden machte, die ihr

Sohn, der König, stillschweigend bezahlte. Diese Spiele hießen Tricktrack, Tocategli, Pharao, und es waren Kartenspiele und Glücksspiele. Ins Freie ging die Königin höchstens, um eine Schiffspartie auf dem Kanal ihres Schlosses Monbijou zu unternehmen.

Die Belustigungen des jungen Königs blieben sein Geheimnis. Was Anna aufschnappte, klang weniger nach Amüsement im Freien als nach endlosen philosophischen Disputationen mit Gelehrten beim Souper. Nein, hier war wenig zu holen. Aber dann hatte sie in der ›Weißen Taube‹ wieder einmal Baron Gotter getroffen in Begleitung des Grafen Lehndorff, Kammerdiener der Königin, und hier wurde sie fündig. Leutselig erzählte Lehndorff, wie er die Feste des Prinzen Heinrich arrangierte, der in Schloss Rheinsberg residierte. Einmal habe er die Ankunft des Kaisers von China für den Prinzen inszeniert, der zu Schiff über den See gekommen sei. Im ersten Augenblick habe der Prinz ihn tatsächlich für echt gehalten, lachte Gotter. Außerdem spielten der Prinz und sein Hofstaat leidenschaftlich gern französische Komödie im Heckentheater. ›Dernier cri‹ seien Federball und das englische Cricketspiel. Hellhörig wurde Anna, als Lehndorff von einer Schaukel berichtete, die einen alten Baum im Schlosspark ziere, und wie entzückt die Damen davon seien.

Sie erinnerte sich an den großen Watteau und begann, drei Stücke zum Thema »fetes galantes« zu skizzieren, eine Szene mit Komödianten, ein Federballspiel, und eine Gesellschaft im Freien, deren Mittelpunkt eine Dame auf einer Schaukel sein sollte. Sie arbeitete langsam und sorgfältig, immer wieder übermalend, wenn ihr eine Person zu steif erschien, eine Bewegung falsch, eine Farbe zu blass.

Mit Lenchen, Holle und Tinka ging sie in den Garten, nahm einen Ball mit und beobachtete die Kinder. Mit schnellem Rötelstrich skizzierte sie deren Spiel, immer wieder, bis sie verstanden hatte, wie die Muskeln arbeiteten beim Werfen und Fangen, wie die Röcke flogen, wie sie sich bauschten beim Lagern auf dem bloßen Boden. Denn es sollte keine Bänke auf ihren Bildern geben, keine Steifheit, alles sollte in Bewegung sein, einen leichten, galanten Moment wollte sie einfangen.

Es geht auch ohne Aktstudium, dachte sie befriedigt, für Genremalerei geht es. Galanterie bedeutet nicht Sittenlosigkeit. Ich muss keine nackten Musen malen, ich kann Menschen malen, die sich verliebt einander nähern.

Als ihr erster Entwurf fertig war, wählte sie für die Ausführung ein breites Format, um dem Garten eine panoramaartige Perspektive zu verleihen. Noch nie hatte sie ein so großes Bild gemalt. Den Rahmen von fast sechs Fuß Breite und vier Fuß Höhe bespannte sie selbst. Ich muss zeigen, dass ich imstande bin, großformatig zu malen, dachte sie. Knobelsdorff darf mich auf keinen Fall für eine dieser Dilettantinnen halten, die sich mit Stickereien und Miniaturmalerei unterhalten.

Im Eifer und in der Begeisterung für das neue Sujet überwand sie sogar ihre Scheu vor Blau. Ein fliegender blauer Rock unter einem hellblauen Himmel sah zu schön aus. Wie erlöst trug sie das Blau auf, das billige Preußischblau. Lieber hätte sie das wundervolle Kobaltpigment angerührt, aber es war nicht zu bezahlen. Der Vater hatte nur geringe Mengen davon für gut zahlende Kunden, sodass ihm sofort aufgefallen wäre, wenn sie davon genommen hätte.

※ 3 ※

JOACHIM GOTTLIEB KNOSPE, jetzt von seinen Mitschülern als Boutonnet oder das Knöspchen bespöttelt, war ein schmales Talent. Seine bisherige Laufbahn verdankte er dem glücklichen Umstand, dass seine Mutter ein wenig zeichnen konnte und ihren Sohn darin unterrichtet hatte. Vor allem aber war seine Mutter die beste Freundin jener Dame, die einst eine Flamme des ›tollen‹ Markgrafen von Schwedt gewesen war. Dieser Verbindung entspross Georg, ein illegitimer Sohn, den der Markgraf in einem weichen Moment anerkannt hatte, was er bei weiteren illegitimen Kindern nie wieder tun sollte, denn 1734 war er auf Befehl des Soldatenkönigs mit dessen Tochter Sophie verheiratet worden.

Georg und Joachim wuchsen als Nachbarskinder in Schwedt auf. Der ältere Joachim stiftete Georg zu einigen Streichen an, bei denen Georg das Wohlwollen seines Vaters errang und Joachim Knospe dessen Interesse, denn der Markgraf hatte für Tollheiten jeder Art viel übrig. Mehrere schlechte Streiche auf Kosten anderer sicherten Joachim die Sympathie des Markgrafen, und als der fünfzehnjährige Georg für eine Militärkarriere nach Berlin gesandt wurde, erreichte Joachim mit seinem ersten faulen Trick, ihn begleiten zu dürfen.

Schwedt war klein, und die wenigen Bewohner der Uckermark lebten von der Fischerei und vom für den Markgrafen lukrativen Tabakanbau. Das interessierte den 17-jährigen Knospe ebenso wenig wie die Militärlaufbahn. Geschickt arrangierte er, dass sein jüngerer, argloser Freund Georg dem Markgrafen seine Zeichnungen zuspielte. Eigentlich waren es Zeichnungen von Knospes Mutter, aber das brauchte Georg nicht zu wissen. Die Hälfte des Jahres verbrachte der Markgraf in seinem Berliner Palais, dort konnte er einen Maler gut brauchen, und sei es nur, um Supraporten herzustellen oder Möbel zu bemalen. Joachim Gottlieb Knospe war zu allem bereit, Hauptsache Berlin, das Weitere würde sich finden. Und er hatte Erfolg, vielleicht auch aufgrund seiner Munterkeit, die ihn allerdings viel Kraft kostete, denn im Grunde war er ein phlegmatischer Mensch. Aber es gab ja den Branntwein und den Tabak, preiswerte Hilfsmittel, die die Augen leuchten ließen und unter deren Einfluss man die tollsten Pläne machen konnte.

Georg, der sich mittlerweile ›von‹ Jägersfeld nennen durfte, verschwand im hart strukturierten Leben der Kavallerie, Joachim französisierte seinen Vornamen in Jean, lebte bei Lisiewski und genoss das freie Künstlerleben. Er riss die Stunden bei Pesne ab, der nicht verstand, was der junge Mann bei ihm wollte. Üblicherweise hätte Pesne sich von ihm getrennt, aber Knospe galt als Günstling des Markgrafen, und dieser war der Schwager des Königs, auch wenn er als ›Tolldreister‹ galt. Außerdem zeigte Knospe sich charmant und sehr hilfsbereit. Er war keine Leuchte, aber er mischte gern die Farben an, kopierte recht geschickt und malte steife, aber schmeichelhafte Porträts von seinen Mitschülern.

Pesne lobte ihn, verbesserte hin und wieder ein paar Kleinigkeiten und dachte, für Schwedt würde es wohl reichen.

An einem der Abende, die Joachim Knospe, der sich lieber Jean nannte, in seiner Lieblingswirtschaft in der Mohrenstraße im Kreise träger Studiosi und deren ansehnlicher weiblicher Begleitungen zugebracht hatte, sah er bei seiner Rückkehr in Lisiewskis Atelier unter dem Dach noch Licht. Neugierig schlich er die hölzerne Stiege hinauf. Die Tür war verschlossen. Ob die hübsche Julie heimlich einen Galan empfing? Sie, die sich als Familientochter so unschuldig, ja sittsam gab, obwohl sie ihn mit Augen wie Kohle musterte?

Er traute ihr das zu. So waren die Weiber, er hielt nichts von ihnen. Man hatte ja in der Schwedter Nachbarschaft gesehen, wie die Weiber sich mit dem Markgrafen einließen aus purer Geilheit, und dann zogen sie noch Gewinn aus ihrem Bankert und wurden geadelt.

Knospe lauschte, hörte aber keinen Laut, der auf ein Rendezvous schließen ließ. Klopfen? Er hatte schon den Zeigefinger gekrümmt, da zog er seine Hand wieder zurück. Womöglich war es der Alte oder dieser Matthieu, der so auffallend mit der ältesten Schwester äugelte, dieser kantigen, wenig liebreizenden Rosina. In einer Nacht, in der er spät heimgekommen war, hatte er beobachtet, wie Matthieu sich aus Rosinas Kammer geschlichen hatte. Die war auch eine von dieser Sorte. Malweiber, dachte er verächtlich, hässlich, aber spitz wie Nachbars Lumpi.

Knospe versteckte sich auf dem Treppenabsatz, um zu beobachten, wer das Atelier verließ. Aber er war berauscht und so schlief er ein, und als er erwachte, mit Gliederschmerzen durch die unnatürliche Haltung und Kopfschmerzen vom schlechten Wein, sah er, dass das Atelier verlassen war. Verärgert schlich er im grauen Licht des beginnenden Tages in seine Kammer.

❧ 4 ☙

DER SOMMER DES JAHRES 1741 war weit fortgeschritten, als Gotter, inzwischen zum Grafen erhoben, auf sein Schloss Molsdorf im Herzogtum Sachsen-Gotha einlud. Er hatte sein Versprechen nicht vergessen! Sein Fest konnte nur stattfinden, solange der König in Schlesien beschäftigt war, denn Friedrich II. hatte ihn zum Oberhofmarschall und Erzieher der Prinzen von Württemberg bei einem Salär von 15 000 Gulden jährlich gemacht und wurde ausgesprochen ungnädig, wenn Gotter sein Landleben genoss und wochenlang Berlin fernblieb.

Pesne und seine Schüler sollten letzte Hand an die Innenausstattung von Schloss Molsdorf legen, im September, wenn es noch warm war und bevor der König zurückkehrte. Eine große ›Fete joyeuse‹ sollte die künstlerische Vollendung bekrönen, versprach Gotter Matthieu, und er werde seine Kalesche und seinen großen Jagdwagen schicken, darauf hätten alle Künstler Platz. Matthieu lachte und ließ sich entschuldigen; er gedenke zu heiraten und müsse sich im Herbst um sein neues Haus kümmern.

Gotters Molsdorfer Feste waren berühmt, und Einladungen begehrt. Dass Molsdorf zwei Tagesreisen entfernt von Berlin lag, erhöhte den Reiz nur. Gerüchte und Anekdoten rankten sich mittlerweile um den leutseligen Gotter, der es nur durch seine Liebenswürdigkeit zum Grafen gebracht haben sollte. Kaum jemand wusste, dass Gotter sein Jurastudium in Jena mit Auszeichnung abgeschlossen hatte. Seine Dienste als fachkundiger Jurist hatten ihn erst dem Wiener Hof und später Herzog Friedrich von Sachsen-Gotha unentbehrlich gemacht.

Pesne zeigte dem Grafen seine Entwürfe für Schloss Molsdorf. Alle waren im Verhältnis 1:10 und sauber ausgearbeitet. Gotter war begeistert, aber Pesne neigte verneinend den Kopf, als Gotter ihn nach Molsdorf einlud. Für eine solche Reise sei er zu alt. Gotter lachte ihn aus, er selbst sei keine zehn Jahre älter. Pesne lächelte sanft und meinte, das seien die entscheidenden Jahre. Ein größerer Unterschied als der zwischen den beiden Männern war kaum vorstellbar. Der große kräftige Gotter mit den runden braunen Augen und den wulstigen Lippen des Genussmenschen und der zierliche Franzose Pesne mit den markanten schmalen Zügen eines geistigen Arbeiters.

»Ich sende Ihnen meine Brüder«, sagte Pesne, und damit meinte er die Brüder seiner Frau. »Sie wissen meine Entwürfe umzusetzen, und meine Schüler werden ihnen zur Hand gehen. Sie werden nur eine Woche brauchen, und sie verstehen zu feiern!«

»Wundervoll!« Durch Pesnes Atelier dröhnte Gotters melodisches Lachen wie die Arie einer Opera buffo.

Lisiewski hatte Anna in den Garten begleitet, um zu gießen. In den letzten Tagen hatte die Sommerhitze in Berlin so gewaltig zugenommen, dass alle Pflanzen zu vertrocknen drohten.

Lisiewski wollte Anna nicht nach Molsdorf fahren lassen. Das sei lächerlich, widersprach Anna ihm energisch, sie sei 20 Jahre alt, sie sei kein Kind mehr.

»Eben deswegen«, erklärte Lisiewski und zupfte an seinem imposanten Bart.

Es ginge ihr nicht um die *fete joyeuse*, versicherte Anna, der Auftrag sei Teil von Pesnes Ausbildung, sie müsse einfach dort hin.

»Geht es um Porträts?«, fragte Lisiewski streng. Anna musterte ihren Vater, seine fröhlichen kleinen Augen, die mittlerweile von vielen Falten umgeben waren, den Blick, der versuchte, streng zu sein. Er wusste genau, dass Gotter große Wandgemälde im Schloss haben wollte. Wie konnte er annehmen, dass sie dort Porträts malen sollte?

Lisiewski ergriff ihre Hand. »Anna, fische nicht in fremden Gewässern! Als Frau wirst du nur als Porträtistin eine Chance haben! Was soll dieser sinnlose Versuch in der Wandmalerei? Was tust du nachts im Atelier?«

Er hatte es gemerkt! Ihrem Vater konnte sie nichts vormachen. Aber die Genreszenen, die sie nächtens malte, durfte er – gerade ihr Vater! – auf keinen Fall sehen, nicht bevor Pesne und Knobelsdorff sie begutachtet hatten. Sie wusste, dass ihre Bilder gut waren, sie wusste, dass ihr Weg sie vom Porträt fort zur geachteten Gattung der Historienmalerei führen konnte. Sie musste alles daransetzen, dieses Ziel zu erreichen. Das große Deckengemälde für Gotter war ein Schritt auf diesem Weg. Der Vater begriff die günstige Situation nicht, er verstand nicht, dass sie dem jungen König jetzt das bieten musste, was er liebte. König Friedrich, da war sie sicher, war es völlig gleichgültig, ob galante Szenen und historische Bilder einer weiblichen oder männlichen Hand entstammten. Das Werk selbst musste ihn überzeugen, später würde er erfahren, wer es gemalt hatte. Nein, dann sollte der Vater lieber denken, dass sie zu ihrem Vergnügen nach Molsdorf wollte.

Sie führte seine Hand zum Mund, küsste sie sanft und sagte

leise: »Lass mich einmal ein Vergnügen haben, Papa! Alle Schüler Pesnes fahren mit, es wäre lächerlich, wenn ich als Einzige nicht fahren dürfte! Außerdem ist Jean ja auch dabei.«

Lisiewski schob seine Tochter von sich, stellte die Gießkanne ab und setzte sich auf die Bank.

»Ich traue diesem Knospe nicht«, sagte er. Anna rieb verlegen an Tinkas Kleidchen herum, die gefallen war und sich mit Erde beschmutzt hatte.

»Er ist ein Hallodri«, erklärte Lisiewski.

»Ach, Papa, er weiß nur nicht so recht, wo es langgeht«, verteidigte Anna den charmanten jungen Malschüler.

Lisiewski zwirbelte seine Bartspitzen nach oben. »Ich habe nichts gegen eine Sinnsuche, das ist bei Künstlern normal. Es wäre sogar schlimm, gäbe es sie nicht! Aber Knospe hat keine Begabung, Anna …«

Sie widersprach ihm so vehement, dass er sie sorgenvoll betrachtete. Anna hatte einen sicheren Blick. Er hielt sie für unbestechlich, für die Begabteste seiner Töchter. Bisher jedenfalls. Bei Julie wusste man noch nicht, was aus ihr werden würde, sie war zu sprunghaft und zu ungeduldig. Aber Anna musste doch sehen, dass dieser Knospe kein guter Maler war, und dass er es auch bei Pesne nicht werden würde. Wenn sie es nicht sah … sie würde sich doch nicht am Ende in diesen Taugenichts verliebt haben?

»Er trinkt zu viel«, warnte er schließlich etwas hilflos. Anna gab Tinka, die auf der Schaukel kauerte, einen Schubs, sodass sie vor Vergnügen kreischte.

Sie werde auf sich achten, meinte Anna leichthin über die Schulter hinweg. Georg Lisiewski erhob sich ächzend. Er ging ins 66. Jahr, seine Augen waren nicht mehr die besten, und die Arbeit ging ihm nicht mehr so leicht von der Hand wie früher. Nahm seine Tochter ihn nicht mehr ernst?

Nachdenklich beobachtete er, wie sie ihre kleine Schwester schaukelte. Nun, wenigstens um diese seltsame letzte Hinterlassenschaft seiner Frau, um dieses Wesen, fremd wie von einem anderen Stern, musste er sich nicht sorgen, wenn er einmal ins ewige Himmelreich durfte. Tinka war in guten Händen. Anna hatte recht, sie musste mal raus aus Berlin, einmal tanzen und vergnügt sein wie andere junge Mädchen, Tinka hing ja wie eine Klette an ihr.

»Gut, genehmigt. Aber achte auf dich, Anna. Und lasse dich durch nichts und niemanden verführen, Tochter! Bedenke: die Menschen von Stand sind leichtsinnig!«, warnte er.

Schweigend verließen sie den Garten, Tinka zwischen sich an den Händen, die fröhlich hüpfte und mal ihren Vater, mal ihre Schwester aus ihren schrägen Augen ansah, arglos lächelnd wie der sahnefarbene Vollmond.

5

ANNA HATTE JEAN durchaus gesehen, als sie in jener Nacht das Atelier verlassen hatte. Voller Schrecken war sie zusammengefahren, des Glaubens, ein wildes Tier habe sich im Winkel des Stiegenhauses verkrochen. Mit zitternden Händen hatte sie das schnaufende Ungeheuer mit dem Nachtlicht angeleuchtet und erleichtert festgestellt, dass es Jean war. Was machte er in der Nacht auf der Treppe? Schlief er seinen Rausch aus?

Einen Augenblick überlegte sie, ob sie ihn wecken sollte. Aber es gehörte sich nicht, einen Mann in der Nacht anzusprechen. Sie merkte, dass sie unsicher war, ja sogar Angst hatte. Sie wusste nicht, wie er reagieren würde. Womöglich war er hinaufgekommen, weil er Licht im Atelier gesehen hatte?

Neugierige Fragen wollte sie nicht beantworten. Ihre Bilder mussten ihr Geheimnis bleiben, bis Knobelsdorff sich bei Pesne angesagt hatte. Anna klopfte das Herz bis in den Hals,

als sie an dem jungen Mann vorbei in ihre Kammer schlich und, zum ersten Mal, sorgsam die Tür verriegelte.

Joachim Knospe neckte Julie am Mittag. Wie die meisten Frauenhasser war er sehr galant, hofierte sie, brachte Komplimente an, wann immer es ging. Beim Essen machte er Anspielungen auf das nächtliche Licht. Er erntete nur einen hochmütigen Blick. Gleichmütig löffelte Julie ihre Suppe und schwieg. Knospe war irritiert. Verstand die Hübsche sich derart kokett zu verstellen? Sie war auf eine Weise kühl gegen ihn, die ihn zutiefst verbitterte. Seit Monaten war er im Lisiewskischen Hause, und Julie behandelte ihn, als sei er ein Dummkopf oder ein Krüppel. Er sah recht ansehnlich aus, er wusste das, bei den Mädchen aus Studiosikreisen hatte er einigen Erfolg, und es waren nicht die schlechtesten, die ihm auffordernde Blicke zuwarfen. War Julie derart hochmütig, ihn keiner Antwort zu würdigen? Nicht einmal ein Lächeln? Oder hatte sie tatsächlich keine Ahnung, wovon er sprach?

Sein Blick streifte Anna, die am Herd stand und mit dem Kochlöffel Brei in ein Holzschüsselchen für diese Missgeburt schaufelte, die ständig an ihren Röcken hing wie ein klebriger Schatten. Widerwärtig war das. Aber da sah er, dass Anna brennend rot geworden war. Schnell senkte sie den Blick, aber er hatte es doch gesehen. Anna! Hatte Anna etwa ein nächtliches Rendezvous im Atelier?

Zum ersten Mal betrachtete er sie genauer. Er sprach jede Woche in Pesnes Atelier mit ihr, aber als Frau hatte er sie noch nie gesehen, sie war völlig anders als ihre Schwestern. Zum ersten Mal begutachtete er sie mit den Augen des Mannes. Nein, da war nichts Besonderes an ihr, zwar war sie nicht schlecht gewachsen, aber zu flachbrüstig, sie hatte eine schöne weiße Haut und volles braunes Haar, das sie aber stets so trug, dass es nicht zur Geltung kam. Etwas wie Anmut oder Koketterie konnte er an ihr nicht entdecken. Und doch – gerade in diesem Augenblick, wie sie so rot wurde bis ins

Dekolleté hinein, mit der züchtigen weißen Schürze vor dem grünen Kleid, da war sie richtig hübsch, trotz ihrer schmalen Lippen und des etwas harten Blicks. Stille Wasser sind tief, sagte man. Auch der Leinwandverkäufer hatte neulich behauptet, hässliche Weiber seien die raffinierteren Liebhaberinnen, die schönen seien affektiert und langweilig. Womöglich hatte Anna es faustdick hinter den Ohren? Was trieb sie nächtens im Atelier?

Als Anna am Nachmittag in Pesnes Atelier am Werder konzentriert vor ihrer Staffelei stand, die Palette auf der Hand, beschloss Knospe, dies herauszubekommen. Sie hatte ein Tuch um den Kopf gewunden und den farbverschmierten Kittel über dem Kleid und sah erschreckend hässlich aus, aber er würde ihr ein wenig den Hof machen.

Heiß sei es, meinte er in der kurzen Pause auf dem Hof, ging zu dem Limonadier, der die Arbeiter des benachbarten Packhofes und Pesnes Schüler mit einem Fass auf seinem Handwagen jeden Tag besuchte, und brachte ihr ein Glas Limonade.

Anna ergriff tiefe Verlegenheit. Was war mit Jean? Erst verteidigte er sie gegen Pesne, dann schlief er sozusagen vor ihren Füßen auf der Treppe, nun spendierte er ihr eine Limonade.

Knospe entzündete eine Pfeife und sah gelangweilt zu, wie die anderen Schüler ebenfalls ihre Limonade bezahlten. Ob sie sich einen Augenblick zu ihm setzen wolle, fragte er und wies auf die Bank, die vor Pesnes Haus an der Spree stand.

Anna folgte ihm, fuhr sich schnell über die Haare, deren Strähnen sich in ihrer schweren Fülle stets aus der ungeschickten Coiffure lösten, strich über ihr Kleid, kontrollierte verstohlenen Blickes, ob ausgerechnet auf dem Dekolleté ein Farbspritzer war, und nahm, als dies nicht der Fall war, erleichtert in geziemendem Abstand neben ihm Platz. Er reichte ihr das Glas.

Wie schön seine Hände sind, dachte sie, kaum behaart, kräftig, und …

»Schmeckt die Limonade? Oder wäre ein Gläschen Wein erfrischender gewesen?«, fragte er neckend. Sie errötete und schüttelte den Kopf. Er musste doch wissen, wie selten sie Wein trank, höchstens manchmal in der ›Weißen Taube‹, und auch da nur mit Wasser vermischt. Wie langweilig ich bin, dachte sie verärgert, nie fällt mir eine fröhliche, gefällige Antwort ein.

»Danke für die Limonade«, sagte sie. Es klang lahm, und sie ärgerte sich. Aber er fragte, ob sie einmal die mit Orangen probiert habe, sie sei seines Erachtens erfrischender als die mit Zitronen.

»Orangen«, meinte sie verträumt. Schnell sagte Knospe: »Eine schwierige Farbe.«

»Ja, und nicht schön in der Wirkung«, stimmte Anna ihm zu, erleichtert, dass sich die Pausenkonversation einem Thema näherte, von dem sie etwas verstand.

Die anderen Schüler schlenderten heran. Der freche Martinet hatte offenbar die letzten Worte gehört und rief: »Das Knöspchen will Knobelsdorff ein Stillleben mit Orangen offerieren!«

»Nach Art der alten Meister!«, höhnte Martin Rehfeldt, der sich etwas darauf einbildete, mit Pesnes Tochter Tanzunterricht zu haben. Metzner kicherte.

Anna sah Knospe an, der Martinet innerlich verwünschte.

»Ist das wahr?«, fragte sie interessiert, und fügte hinzu: »Das ist keine schlechte Idee, nach Art der flämischen Meister!«

Das Gespräch bekam eine Wendung, die Knospe nicht passte. Aber er nahm die Herausforderung an und meinte, gelassen an seiner Pfeife ziehend: »Besser eine gut gemalte *nature morte* als ein Historiengemälde mit dreibeinigen Pferden.«

Martinet lief rot an. Er wollte Historienmaler werden, aber seine letzten Entwürfe hatten Pesnes Spott gereizt. Der Meister war als Lehrer beliebt, weil er ihre Werke konstruktiv korrigierte und stets geduldig Hilfestellung bot. Pesnes Spott war selten, dann aber vernichtend. Stets war es die Paarung von Hochmut mit Nichtkönnen bei Schülern, die Pesne zu rhetorischen Höhenflügen herausforderte. Martinet wandte sich wortlos ab und kehrte ins Atelier zurück. Die anderen kicherten.

Anna meinte bewundernd: »Dem hast du es aber gegeben, Jean!«

»Zu recht!«, befand Metzner. »Er ist doch gar zu eingebildet.«

»Was bereitest du für Knobelsdorff vor, Anna?«, fragte Jean, als die anderen gegangen waren. Anna betrachtete ihr Limonadenglas, als sei es das interessanteste Objekt, das sie je gesehen hatte.

»Oh, dies und das … ich habe ja nicht viel Zeit, die Kinder, die Hauswirtschaft, du weißt ja …«

»Aber in den Nächten scheinst du Zeit zu haben«, sagte er lauernd. Er war überrascht von ihrer Reaktion. Sie fuhr zusammen wie eine ertappte Diebin.

»Es ist ja nicht … denkst du, ich hätte kein Vertrauen zu dir?«, stammelte sie. Er schaltete blitzschnell. Aus diesem sichtbar schlechten Gewissen ließ sich etwas herausschlagen.

»Offenbar nicht, sonst würdest du dich nicht einschließen«, warf er ihr vor.

»Ich habe nur nachts Zeit zum Arbeiten«, verteidigte sie sich, »und ich will nicht gestört werden. Wenn Knobelsdorff kommt, muss das Stück fertig sein, das geht uns allen doch so, oder nicht?«

Sie sah ihn bittend an.

So war das! Sie empfing keinen Galan, sie arbeitete heimlich an ihrem Vorzeigestück! Das hätte er sich ja denken können, bei dem Ehrgeiz, den sie an den Tag legte. Wenn Pesne sie lobte, blickte sie beseligt wie ein Kind bei der Erstkommunion.

»Das geht uns allen so«, bestätigte er zerstreut. Er nahm

die Gläser und brachte sie dem Limonadier zurück. Als er zurückkehrte, war sie ins Atelier geflohen.

Knospe fuhr fort, Anna den Hof zu machen. Er freue sich auf Molsdorf, ließ er sie wissen, nicht wegen der *fete joyeuse*, die sei ihm völlig gleichgültig, nein, er träume von ihrer gemeinsamen Arbeit, und Anna freute sich, dass er keiner von diesen Süßholzrasplern war, sondern dass er ihre Arbeit ernst nahm. Künstler waren sie, sie verstanden einander, sprachen dieselbe Sprache.

Der Tag der Abreise rückte näher, aber Knobelsdorff ließ sich nicht blicken. Einige Tage vor der Abfahrt kam Pesne ins Atelier, zeigte seine Entwürfe und erläuterte, was die Schüler unter Anleitung seiner Brüder in Schloss Molsdorf zu tun hätten. Er wies sie an, die Farben für die Gemälde zu mischen und alles weitere Zubehör reisefertig zu verpacken. Sie sollten ihm, Pesne, Ehre machen, fleißig sein und das Kolorit nicht verderben.

✸ 6 ✸

ENTTÄUSCHT GING ANNA heim. Sie hatte nicht gewagt zu fragen, aber der selbstsichere Metzner hatte sich erdreistet und erfahren, dass Knobelsdorff erst nach ihrer Rückkehr aus Molsdorf Pesnes Atelier besuchen wolle.

Knospe begleitete sie den Werder entlang und schmeichelte. Sie sprächen doch dieselbe Sprache, sie seien doch Kollegen, und bald würden sie miteinander in Schloss Molsdorf arbeiten. Sie müsse ihm ihr Bild zeigen, nun, wo Knobelsdorff noch nicht komme. Er habe alles offengelegt, er werde sein Porträt von Metzner präsentieren, damit Knobelsdorff sich bereits im Atelier überzeugen könne, dass es dem Dargestellten ähnlich sei.

Anna fühlte sich schlecht. Jean vertraute ihr, warum hatte sie kein Vertrauen? Konnte sie nicht etwas entgegenkommender sein? Sie ärgerte sich über ihre Stacheligkeit.

Ob sie ihre Schwester porträtiert habe, fragte Knospe harmlos. Anna sträubten sich die Haare.

»Welche Schwester?« Aggressiv klang ihre Frage, natürlich interessierte er sich nur für die hübsche Julie, alle Männer interessierten sich für sie.

Aber er antwortete unschuldig: »Christina natürlich.«

Das war gut, dachte er, so würde er ihr Vertrauen erringen. Wie erwartet sah sie ihn erstaunt an.

»Tinka«, sagte sie und sah nachdenklich dem Schiffer eines Lastenkahns nach, der sein Paddel ins grünliche Wasser der Spree senkte. Warum hatte Familie Lisiewski sich noch nie gegenseitig porträtiert? Keiner war auf den Gedanken gekommen, nicht einmal der Vater, um Bilder seiner Lieben zu haben. Sie lebten in der Gegenwart, Porträts entstanden durch Aufträge, die Geld einbrachten. Es war schwierig genug, die achtköpfige Familie von ihrer Kunst zu ernähren, für Erinnerungsbilder waren Leinwand und Zeit zu teuer. Auf diese Weise besaßen sie kein Familienbild, keine Erinnerung an die Mutter, kein Bildnis von Lisi, außer einer Skizze, die der verliebte Matthieu einmal gemacht hatte. Warum sollte sie ausgerechnet Tinka porträtieren?

»Ein interessantes Objekt«, meinte Knospe zufrieden. Er war ihrem Blick nicht gefolgt, sondern hatte eine junge Frau beobachtet, die flussaufwärts ihre Röcke bis über die Knie geschoben hatte, um sich in dem schmutzigen Wasser die Füße zu waschen. Ihre Coiffure hatte sich gelöst, Strähnen aschblonden Haares fielen ihr über die Schultern und bedeckten die Hälfte ihres Gesichtes. Das wäre ein galantes Bild, dachte er, aber wer will schon Bilder von Altcöllner Gören.

Objekt. Er sprach von Tinka wie von einem seltenen Tier. Anna dachte an Tinkas blasse Haut, ihr wässriges Mondscheinlächeln, ihre unnatürlich hellen, blauen, schräg stehenden Augen, den seltsam nach innen gerichteten Blick. Tinka nahm nur wahr, was sie wahrnehmen wollte, ihr Gesicht war so wenig greifbar wie ein Dorfweiher, wie sollte sie es malen?

Nachdenklich ging sie über den schmalen Holzsteg, der Jungfernbrücke genannt wurde. Auf der Brücke zankte ein Holzbudenbesitzer mit einem anderen um den Platz. Drohend hatte der Verkäufer von Hampelmännern eine Latte gegen den Wurstverkäufer aus der Lausitz erhoben. Um die Streithähne hatte sich ein Pulk von Menschen gebildet, die einen, um die beiden zu beschwichtigen, die anderen, um den Kampf, von dem sie sich kostenlose Unterhaltung erhofften, anzufeuern.

»Wegen diesem Pack ist auf den Brücken kein Durchkommen mehr«, meinte Knospe missbilligend mit Blick auf die schäbigen Holzbuden, die an dem Brückengeländer förmlich klebten.

Anna betrachtete eine Schachtel mit Pastellkreiden und dachte an ihre kleine Schwester. Vielleicht war Tinkas eigenartig durchscheinende Aura einen Versuch in Pastell wert? Ein Porträt wie eine Vollmondnacht. Oder wie der Blick in einen Brunnen. Mit dem Herzen muss ich Tinka malen, dachte sie plötzlich, nicht nach den Regeln der Porträtmalerei.

»Nun?«, drängte Knospe. Er wollte endlich erfahren, woran sie malte. Anna schüttelte den Kopf bei dem Preis, den der Händler nannte.

Dieser verschlossenen Auster war nicht beizukommen. Knospe änderte seine Taktik und spielte den Beleidigten. Anna vertraue ihm nicht, er bedaure unendlich, ihr verraten zu haben, was er vorbereitet habe.

Sie legte die Kreiden zurück und sah ihn erstaunt an. »Deine Arbeit ist doch kein Geheimnis! Metzner hat dir doch in Pesnes Unterricht gesessen!«

Der Händler nannte einen niedrigeren Preis. Anna nahm eine karmesinrote Pastellkreide zur Hand und betrachtete sie nachdenklich.

Zornig riss Joachim ihr den Pastellstift aus der Hand. Mit Anna war nicht zu reden, gleich, in welcher Manier. Er legte dem erfreuten Händler den geforderten Gulden auf den Tisch, nahm die Schachtel an sich und ging mit schnellen Schritten weiter.

Anna sah ihm verblüfft nach. Männer waren wirklich seltsam. Was hatte sie falsch gemacht? Sie eilte hinter ihm her und fasste ihn am Arm.

»Jean«, sagte sie bittend, »natürlich habe ich Vertrauen zu dir.«

»Dann beweise es!« Er ging nicht langsamer, sie versuchte, Schritt zu halten, wurde aber zwischen dem Volk, das sich zu den Buden drängte, von ihm getrennt. Traurig sah sie ihm nach. Er war so schlank, seine Gestalt so schön. Deutlich größer hob er sich von den meisten Männern ab, elegant sah er aus in seinem dunkelroten Justaucorps, und die Eile, mit der er seine Schritte Richtung Petrikirche setzte, machte ihn noch stattlicher, auf eine geschäftliche Art wichtig.

Die erste Reise ihres Lebens wollte Anna nicht im Streit mit Jean verbringen. Eine Woche Molsdorf! Eine Woche malen! Eine Woche in einem wirklichen, echten Schloss wohnen! Es würde wundervoll werden, wenn … ja, wenn er freundlich zu ihr war, wenn er ihr vertraute. Sie musste ihm ihre Bilder zeigen, oder wenigstens eines davon. An einer Bude erstand sie zwei Ellen Spitze, sie wollte ihm ein Jabot für das Molsdorfer Fest nähen.

Knospe wartete, bis Anna zu Hause war, dann überreichte er Julie die Schachtel mit einer kleinen, ironischen Verbeugung. Raffiniert achtete er darauf, dass Anna nichts entging.

»Mademoiselle, weil Sie so ungern die Farben anmischen.«

Julie staunte. Bisher hatte sie den Untermieter für einen faulen Egoisten gehalten, mangelhaft begabt und unverschämt obendrein. Aber er hatte wahrgenommen, wie ungern sie die Vorbereitungen für die Malerei traf, wie sie es hasste, diese klebrige Masse anzurühren! Sie betrachtete die Pastellkreiden wie einen seltenen farbenprächtigen Vogel.

Lisiewski warf erst einen Blick auf die Stifte, dann auf Joachim Knospe. Musste dieser Mensch seiner Tochter solche Flausen ins Hirn setzen!

Pastellstifte seien zu kostspielig, um damit herumzuspielen, erklärte Lisiewski streng.

»Aber Papa! Ich weiß, wie man in Pastell malt!«, rief Julie eifrig.

Anna schluckte ihre Enttäuschung hinunter und sagte sanft: »Papa, Julie kann sich von Onkel Eccardt unterrichten lassen, er beherrscht diese Technik.«

Befriedigt registrierte Knospe Annas Enttäuschung.

Beim Abendessen schob sie ihm ein gefaltetes Zettelchen zu. Er solle hinauf ins Atelier kommen, aber erst, wenn alles schlafe.

Julie bediente ihn zuvorkommend bei Tisch. Geht doch, dachte Knospe zufrieden, die eine bedient mich, die andere schreibt konspirative Billets.

Als er das Atelier betrat, schloss sie die Tür sorgfältig hinter ihm und zog das Laken von der Staffelei. Sie hatte das »Federballspiel« daraufgestellt. Einige Minuten stand Knospe regungslos vor der großformatigen Genreszene. Es war ein Meisterwerk, das sah er sofort. Es war viel besser als alle Bilder von Pesnes Schülern, die er bisher gesehen hatte. An eine Genreszene hatte sich keiner von ihnen gewagt.

Seine unbewegte Miene verunsicherte Anna. Gefiel ihm ihr Bild nicht? War es schlecht? Eigentlich hatte sie ihm nur dieses zeigen wollen. Da er nicht reagierte, tauschte sie das Bild gegen »Die Schaukel« aus. Joachim schluckte. Es war noch besser, noch lebendiger als das andere, routinierter im Kolorit und in der Bewegung. Wie kokett der Dame auf der Schaukel das blaue Pantöffelchen vom Fuß wirbelte! Wie elegant Anna den Vordergrund mit der Gruppe lagernder Damen in Schäferinnenkostümen und ihren Kavalieren gemalt hatte! Wie galant sich die Röcke bauschten!

Er räusperte sich. »Das hast *du* gemalt?«

Seine Stimme klang hohl.

Anna beobachtete Jean ängstlich. Waren die Bilder so schlecht? Aber eines musste ihm doch gefallen! Sie nahm das »Federballspiel« von der Staffelei und zog die »Komödianten« hervor, das sie für das beste der Serie hielt. Sorgsam stellte sie das Bild auf die Staffelei, sah auf Jean, versuchte, seine Miene zu entschlüsseln. Sie sah, wie sein Blick von dem Harlekin auf die leicht bekleidete Kolombine fiel. War mit ihr etwas nicht in Ordnung? Vielleicht war ihr das Inkarnat etwas zu rosa geraten, das musste sie korrigieren … ach, und die Figuren standen beziehungslos zueinander. Dieses Sujet war aber auch das Schwierigste gewesen, denn ihre Theatererfahrung hielt sich in Grenzen. Aber der Vordergrund war gut, befand sie selbstbewusst, die Menschen noch heiterer, die Kavaliere noch galanter als beim »Federballspiel«, und der Mops als Symbol der Treue stand nicht mehr steif wie ein Wächter neben der Gruppe, sondern sprang nach einer Leckerei, die ihm eine der Damen reichte.

Knospe war über seine starre Miene zutiefst erschrocken. Er rang sich ein Lächeln ab, versuchte, sein Lob herablassend zu gestalten.

»Sie sind recht nett, alle drei«, meinte er lässig. Welch ein Segen, dass Knobelsdorff noch nicht in Pesnes Atelier gewesen war! Keine Chance hätte sein armseliges Porträt gehabt gegen Annas Genreszenen, die so galant im Sujet, so leicht und freizügig im Pinselstrich waren, dass sie sogar den König begeistern mussten.

»Du hast Watteau kopiert«, sagte er versuchsweise.

Anna sah ihn empört an.

»Kopiert? Ich stehe unter Watteaus Stern, aber ich kenne nur drei Bilder von ihm, und die nur als Stiche. Wie hätte ich sie kopieren sollen? Ich sah nicht einmal das Kolorit!«

Sie hatte natürlich recht, leider. Er trat näher heran, sah, dass die Schaukel etwas unbeholfen gemalt war, die Perspektive stimmte nicht. Der Chevalier hielt den Federballschläger unbeholfen in der Hand, und der Harlekin stand zu steif da.

Aber das waren Kleinigkeiten. Hölle und Teufel, dieses Mädchen war gerade erst ihren neunzehn Lenzen entwachsen!

Er sah zu dem »Federballspiel« hinüber, das Anna an die Wand gelehnt hatte. Die Bewegung der Dame! Der Schwung ihres Rockes, während sie sich bemühte, den Federball einzufangen! Das zierliche Fesselchen, das durch das galante Bemühen verführerisch in den Mittelpunkt des Bildes ragte! Diese raffinierte Dreidimensionalität, wie doppelsinnig! Es war ein männlicher Einfall, wie war dieses junge Mädchen auf ein so galantes Sujet gekommen … wie würde diese hässliche kleine Lisiewska erst in zehn Jahren malen! Und da behaupteten die Kenner, Frauen hätten kein Talent! Nie würde er so malen können, bestenfalls für die Supraporten des Schwedter Schlosses würde seine Begabung ausreichen.

Für einen Sekundenbruchteil sah Knospe sein Leben vor sich, trist und schwunglos. Als Maler und Stuckateur würde er bei dem lächerlichen Markgrafen in Schwedt enden, ohne Ruhm, ohne Verdienste, bei mageren Einkünften, während Anna bei Hofe ein und aus gehen würde, hoch verehrt, und alle Höflinge würden sich darum reißen, von der Lisiewska, der Meisterschülerin Pesnes, gemalt zu werden. Trübselig ließ er sich auf den einzigen Stuhl im Atelier sinken.

Anna deutete sein Verhalten falsch. Seinen Stimmungswandel bezog sie auf sich, ein Fehler, den Frauen oft begehen.

»Du findest sie nicht gut«, sagte sie unglücklich. Woher sollte ihr Selbstbewusstsein kommen? Zum ersten Mal hatte sie sich aus dem von Kindheit an vertrauten Feld der Porträtmalerei hinaus und in die Genremalerei hineingewagt. Leicht war es ihr gefallen, voller Vergnügen war ihr die Arbeit von der Hand gegangen, sie war ohnehin erstaunt, dass es ihr nicht schwergefallen war, diese Kompositionen mit mehr als zehn Figuren zu schaffen.

Sie betrachtete die ›Schaukel‹ kritisch. Ja, die Menschen im Vordergrund mit dem Mops, diese Gruppe war noch viel zu unbeholfen; viel legerer, verspielter mussten sie lagern. Vielleicht durften sie nicht so intensiv auf den Betrachter starren, sondern verträumt in die Weite schauen? Und die Komödianten ... da musste noch viel mehr Schwung, mehr theatralische Leidenschaft hinein, sie hatte keine Gelegenheit gehabt, Schauspieler und Tänzer bei ihrer Arbeit zu skizzieren. Aber es konnte doch nicht alles falsch sein?

Jean zog Gewinn aus ihrem mangelnden Selbstbewusstsein. Das Beste war, er brachte sie dazu, diese Bilder niemandem zu zeigen. Er verwandelte seine trübsinnige Miene in eine bedenkliche.

»Deine Bilder sind gut, sogar sehr gut, aber ...« Er machte eine lange Pause, die sie beunruhigen sollte. Es gelang ihm. Sie sah ihn an wie ein Hase, der sich plötzlich Aug in Aug mit dem geifernden Jagdhund sieht.

»Hast du bedacht, was es bedeutet, wenn du dich auf dieses Gebiet wagst? Du, eine Frau?«

Er deutete auf die ›Schaukel‹: »Man wird sagen, du hättest Watteau kopiert. Man wird behaupten, eine Frau sei nicht imstande, solche Bilder zu schaffen. Man wird ...«

Er kam nicht weiter. Anna lief im Atelier hin und her und schrie plötzlich: »Wie kannst du so etwas sagen!«

Er legte den Zeigefinger vor den Mund. Es war nicht notwendig, dass die Familie aufwachte und nach der Ursache des Schreiens sah. Anna holte tief Luft und sagte leiser, aber mit ungedämpftem Zorn: »In Italien oder in Frankreich würde kein Mensch bestreiten, dass Frauen imstande sind, ebenso gut zu malen wie Männer!«

»Was macht dich so sicher?«, fragte er. »Diese Länder sind katholisch, und haben ihre Akademien nicht ebenfalls die Frauen vom Aktstudium ausgeschlossen?«

Er wies auf die halbnackte Kolombine: »So eine Haltung kannst du nur malen, wenn du Aktzeichnen gelernt hast!«

Er betrachtete sie lauernd. Sie schüttelte überlegen den Kopf. »Dafür brauche ich doch keine Akademie! Wie oft habe ich meine kleinen Geschwister gebadet, wie oft haben Rosina und ich uns gegenseitig skizziert! Ich weiß doch, wie ein Mensch ohne diese Bedeckung aussieht, die uns die Scham auferlegt, wie natürlich der Körper ...«

»Du hast an deinen Geschwistern geübt?«

»Selbstverständlich!«, sagte sie erstaunt. »Das tut doch jeder! Die ersten Modelle sind immer aus der Familie!«

»Nein, die ersten Modelle sind die großen Meister, die wir kopieren«, sagte er streng. »Selbst beim Akt sind es die Marmorstatuen der antiken Meister, an denen wir uns versuchen.«

Anna betrachtete Jean, als habe er den Verstand verloren. Das Studium innerhalb ihrer Familie erschien ihr so alltäglich, dass sie nie darüber nachgedacht hatte. Wovon hätten in ihrer Familie klassische Kopien bezahlt werden sollen? Das war etwas für Fürsten. Selbst Pesne besaß nur einen Kopf des Apoll, ein Geschenk von einem Gönner, wie sie vermutete.

»Alles andere ist den Frauen untersagt.« Joachim Knospe lehnte sich zufrieden zurück, verschränkte die Hände hinter dem Kopf und wollte seine lässige Überlegenheit durch gewagtes Kippeln unterstreichen. Aber der alte Stuhl knirschte, und so nahm er schnell wieder seine frühere, weniger selbstbewusste Haltung auf der Kante ein.

»Untersagt?«, wiederholte Anna. Sie verstand nicht, was Jean wollte. Natürlich besaß der Vater eine billige, reichlich bejahrte und abgeschabte hölzerne Gliederpuppe, natürlich konnten alle sich an ihr immer wieder vergewissern und korrigieren.

»Du kommst aus einer Künstlerfamilie«, erläuterte Knospe, als hätte er ihre Gedanken gelesen, »du nimmst Dinge völlig normal, die anderen als Teufelswerk erscheinen müssen …«

Nun musste Anna lachen. Jean redete wie im Mittelalter. Aber er fuhr mit verärgertem Blick auf sie fort: »Ob du es kannst oder nicht, ist von untergeordneter Bedeutung. Aktzeichnen ist den Frauen verboten. Es ist unweiblich. Unweibliche Fertigkeiten gelten im schlimmsten Fall als Hexenwerk, die Hexenverbrennungen sind noch nicht vorbei, auch wenn unser letzter König sie in Preußen verboten hat.«

Anna war das Lachen vergangen. Wollte er sie einschüchtern? Wozu?

»Ich hielt dich für meinen Freund«, sagte sie enttäuscht. Er versicherte ihr, dass er das sei, aber sie betrachtete ihn mit dem dunklen Blick einer enttäuschten Geliebten und erklärte: »Der Edle begegnet seinen Freunden durch die Kunst und fördert durch seine Freunde seine Sittlichkeit.«

Er schwieg.

»Konfutse«, erläuterte sie.

Er bemühte sich, in seine Stimme den höchsten Grad an Wahrhaftigkeit hineinzulegen, der ihm zur Verfügung stand: »Ich sage dir dies, eben weil ich dein Freund bin, Anna. Deine Bilder sind sehr gut, aber sie könnten deiner künstlerischen Karriere schaden.«

Sie breitete das mit Farbspritzern verzierte Leintuch über ihr Bild auf der Staffelei, als habe sein Blick es besudelt. Dann ging sie zur Tür, öffnete sie und forderte ihn auf, zu gehen. Sie habe noch zu tun. Ohne ein weiteres Wort verließ er das Atelier.

Anna nahm das Tuch wieder von ihrem Bild und betrachtete es lange. Der Mops im Vordergrund war noch nicht lebendig genug, dabei war er wichtig als Symbol der Treue. Aber ihre Hände zitterten bei dem Versuch, das Tier zu verbessern. Jeans Worte dröhnten durch ihren Kopf, jagten durch ihren Körper wie Paukenschläge. Heute Nacht würde ihr nichts mehr gelingen. Sie verschloss die Farbgläser, reinigte sorgfältig die Pinsel und packte die Bilder wieder in ihr Versteck hinter den Keilrahmen. Dann löschte sie die Kerzen und schlich mit ihrem Nachtlicht die Treppe hinunter in ihre Kammer.

Lange lag sie wach und starrte ins Dunkel. Wenn Jean recht hatte? Der Vater wäre mit diesen Bildern nicht einverstanden, das wusste sie. Vater bildete Rosina, Holle und sie in seinem Metier aus, in der Porträtmalerei, die er beherrschte und in der er eine Zukunft sah. Porträts brauchen die Leute immer, pflegte er zu sagen, und die Mode hatte ihm recht gegeben: Seit einigen Jahren beschenkte alle Welt Freunde mit Porträts von sich selbst, vom König, von wichtigen Persönlichkeiten. Eine wahre Sammelwut war bei denen ausgebrochen, die das nötige Geld für diese neue Mode hatten. Begüterte Bürger, die keine langen Ahnengalerien aufzuweisen hatten wie der Adel, schmückten sich mit Bildern ihrer Freunde. Freundschaftszimmer, Freundschaftsgalerien und Freundschaftstempel entstanden in Villen und Gärten. Rosinas Ruf war schon jetzt weit über Berlins Grenzen gedrungen, sie hatte gute Aussichten auf eine Stellung als Hofmalerin an einem der Markgrafenhöfe. Der König hatte zehn Geschwister, alle herrschten über kleinere Markgrafschaften mit Höfen, die sich gegenseitig an Pracht zu übertrumpfen suchten, die Hofmaler, Musiker, Stuckateure anstellten, um es dem König gleichzutun. Aber Anna war skeptisch. Sollte sie in einem langweiligen Nest wie Ansbach oder Schwedt den Rest ihres Lebens verbringen?

Angewidert schüttelte sie sich. Sie ahnte nicht, wie ähnlich ihre Gedanken denen von Joachim Knospe waren.

Nein, wenn sie am königlichen Hof reüssieren wollte, musste sie diese Art von Genrebildern malen. Sie musste sich weiterbilden und jene alten Sagen und Mythen lesen, um Sujets wie die Einschiffung nach Kythera, Apoll mit seinen Musen oder Diana mit ihren Nymphen malen zu können. So wie Pesne es getan hatte, kaum dass der Soldatenkönig unter der Erde war.

Den Vater konnte sie erst überzeugen, wenn der König oder einer seiner Höflinge ihr Bild gekauft hatte. Wenn sie Aufträge vorweisen konnte, würde er ihr keine moralischen Vorhaltungen machen, da war sie sicher. Oder doch? Manchmal war der Vater so unkonventionell, dann wieder sehr sittenstreng ... Was Jean ihr auch zu bedenken gegeben hatte, sie musste diesen Weg gehen. Sie spürte, dass dies ihre Gattung war, dass ihr die Lebendigkeit des galanten Genres mehr lag als die offiziellen Porträts, bei denen Orden, Perücke, Schmuck und jedes delikate Detail der standesgemäßen teuren Kleidung wichtiger war als der Charakter des Porträtierten.

7

Die Fahrt nach Molsdorf begann an einem warmen Septembertag, und sie war aufregend. Graf Gotter hatte einen leichten Jagdwagen geschickt, für die Damen bestimmt, die der Jagd folgten. Mit zwei Phaetonkästen bot dieser Gesellschaftswagen reichlich Platz für sechs Schüler, Pesnes zwei Schwäger und Gepäck. Sogar ein Bedienter war dabei, der neben dem Kutscher auf dem Bock saß. Auf jeder Seite des Wagens konnten Springvorhänge an hübschen Posamenten zum Schutz gegen Sonne, Wind, Staub und Regen heruntergelassen werden.

Die jungen Künstler saßen sich erwartungsvoll gegenüber. Rehfeldt spielte die Laute, alle sangen, und da sie jung waren und das Wetter sich herbstlich mild zeigte, war die Stimmung bei hochgezogenen Stores prächtig. Niemand fürchtete sich, Berlin zu verlassen, obwohl es an Warnungen vor schlechten Wegen, Räuberbanden, betrügerischen Bauern und vielem mehr nicht gefehlt hatte.

Anna war erfüllt von einer Reiselust, die ihr unbekannt war. Ihr Herz klopfte, wenn sie Jean ansah, der ihr gegenübersaß. Wie lieb er war, wie fürsorglich, er hatte ihr nur die Realität in Bezug auf ihre Gemälde vor Augen führen wollen. Sie hatte ihm zugetuschelt, sie habe ihn verstanden und sei ihm dankbar für seine Warnung. Sie werde auf sich und ihre Karriere achten. Er hatte gelächelt, ihre Hand genommen und einen Kuss darübergehaucht, wie es die Gentilhommes bei ihren Demoiselles taten.

Zum ersten Mal in ihrem Leben kam Anna Dorothea Lisiewska aus Berlin heraus, mit knapp 20 Jahren. Das flache, sandige Land mit den meilenweit abgeholzten Bäumen erschien ihr lieblich, die arbeitenden Bauern auf den kargen Feldern glücklich, die von Wacholdergestrüpp umstandenen Seen so harmonisch, dass sie sich fragte, ob sie nicht in der Landschaftsmalerei ihr Glück versuchen sollte. Sie konnte sich in Molsdorf darin üben, auch wenn es nur das Studium für die Hintergründe galanter Szenerien sein würde.

Anna sang laut und falsch, aber inbrünstig, lachte über jedes Loch auf dem Weg, das ihr den Rücken stauchte, und trank Wasser mit ein wenig Wein gemischt.

Ein Rad brach und warf sie alle auf dem Wagen umeinander. Anna biss sich auf die Zunge, aber ihr Schmerz wurde von dem Glück verdrängt, sich in scheinbarem Schrecken an Jean festzuhalten. Die Reisegesellschaft nutzte die Pause und biwakierte am Wegrand. Gotter hatte an alles gedacht und seine Künstler mit mehreren Flaschen aus seinem schwunghaften Weinhandel bedacht. Der Lohndiener servierte kalte Hühnchen, Eier in Gelee, Kalbsbraten und eingelegtes Gemüse. Kleine Kuchen mit Rosinen rundeten die Wegzehrung ab.

Ein Bauer mit einer Fuhre Heu nahm schließlich das lustige Völkchen und seinen unglücklichen Kutscher samt gebrochenem Rad mit zum nächsten Stellmacher. Hoch oben thronten sie auf dem Heu, schwerfällig zogen die Ochsen.

Ach, wie entsetzlich waren die Wege, und wie gleichgültig war ihr das. Jean lag mit geöffnetem Hemd neben ihr im Heu, lachte sie an, Martinet sang eine französische Weise und dirigierte den Kanon. Sie kamen alle durcheinander und lachten unbändig. Die Herbstsonne schien, als wolle sie den Winter niemals ins Land lassen, und die Bäume leuchteten in grandiosen Gelbtönen vor dunkelblauem wolkenlosem Himmel.

Anna dachte an Rosina, die sich mit Matthieu verlobt hatte. Die Schwester und ihr verwitweter Schwager waren einander nähergekommen. Rosina liebte den kleinen David, und nachdem er seine Mutter nie gekannt hatte, war auch er seiner Tante gegenüber so anhänglich wie ein Sohn. Nur manchmal, wenn Rosina streng gegen ihn war, flüchtete der Dreijährige weinend zu Anna.

Rosina und Matthieu liebten einander, sie waren aber auch eine Künstlergemeinschaft, die ihre Fertigkeiten nutzte zur schnelleren Herstellung der beliebten Porträts. Auf diese Weise brauchte Rosina sich nicht mit dem Inkarnat und den Augen aufzuhalten, die ihr schwerfielen, und der erfahrene ältere Matthieu überließ das Stoffliche seiner Frau. Schwere Brokatornamente, delikate Stoffe und durchscheinende Spitzen waren Rosinas Spezialität. Matthieu und Rosina arbeiteten gemeinsam im Atelier, einer porträtierte die Herrschaften bei den Sitzungen, und die Ausführung übernahmen sie gemeinsam. Nun planten sie zu Beginn des kommenden Jahres ihre Hochzeit und einen eigenen Hausstand. Matthieu würde seiner Frau niemals das Malen verbieten, im Gegenteil. Er hielt es für Verschwendung, Rosina in die Küche zu schicken, sondern bestand darauf, so viele Aufträge anzunehmen, dass sie sich eine Köchin und ein Mädchen leisten konnten.

Verstohlen betrachtete Anna Jean, sah seine braunen ungepuderten Locken in der Herbstsonne glänzen, sein herablassendes Lächeln, als Rehfeldt irgendeine Dummheit schwatzte. Ach, er war so klug, so charmant, und er dachte auch nicht schlecht vom weiblichen Talent. Er hatte sie nur warnen wollen, das war doch lieb und fürsorglich von ihm.

Eine Künstlerehe wie Rosina, dachte Anna, eine Gemeinschaft, in der jeder nach seinen Fähigkeiten leben und arbeiten kann, das will ich. Erst jetzt erkannte sie, wie die geliebte Mutter sich dem Vater untertan gemacht hatte. Jedes Jahr ein Kind, die gesamte Hauswirtschaft nur mit Jana, die äußerst widerspenstig sein konnte, niemals ein Verschnaufen, immer Arbeit, Arbeit, Arbeit. Nein, die Mutter hatte es nicht leicht gehabt, während der Vater sich langsam mit Kopien von Pesnes Porträts ein gewisses Ansehen bei Hofe errang, bis er eigene Aufträge bekam. Recht angesehen war Lisiewski, wenn er es auch nie so weit gebracht hatte wie der Hofmaler Antoine Pesne.

Der dicke Metzner plumpste auf Rehfeldt ins Heu bei dem Versuch, während der Fahrt einen leuchtend roten Apfel von einem knorrigen Baum zu pflücken.

Jean lachte ihn aus und fing dabei Annas Blick auf. Lachend warf er ein Heubüschel nach ihr. Das Heu verfing sich an ihrem Kleid, er robbte zu ihr hinüber und sammelte mit zärtlicher Sorgfalt jeden Halm einzeln wieder ab. Sie spürte seine Hände auf ihrem Körper und wagte nicht, ihn anzusehen. Verlegen irrte ihr Blick über die dunklen Wellen des Thüringer Waldes, der sich in der Ferne abzeichnete. Heiß war ihr geworden. Eine Woche mit Jean, dachte sie, ob er sich erklären wird?

Sie dachte an Rosinas Verlobungsfeier in der ›Weißen Taube‹, an Ernst Therbuschs sehnsüchtige Blicke. Seine Hand hatte die ihre gestreift, als er das Essen servierte, und als sich alle spät am Abend erhoben, hatte er ihr das Umschlagtuch gebracht und gefragt, ob sie sich nicht auch verloben wolle.

Der gute Ernst! Er war nicht von der Idee abzubringen, eine Lisiewska zur Frau zu nehmen. Sie hatte ihn angelächelt, sie mochte ihn, aber geantwortet hatte sie ihm nicht. Armer Ernst, es war freundlicher, als ihn zu enttäuschen. Ihr Lächeln hatte einen Hoffnungsfunken in seinen Augen entzündet, er hatte sich über ihre Hand gebeugt wie über die einer Dame von Stand und einen Kuss darübergehaucht. Sie hatte keine Lust, schroff gegen ihn zu sein, was sollte ihr der Wirtsmann! Was verstand er von jenen Leidenschaften, die ihr Herz schneller schlugen ließen? Nichts! Nichts löste seine Berührung aus, sie brachte nicht jene heißen Flammen in ihr zum Auflodern wie die Jeans.

Die Künstler übernachteten in Gotters Jagdzelt, das der Kutscher und der Stellmacher aufschlugen, und wurden am nächsten Tag von einem Trommelfeuer geweckt, das sie als Regentropfen auf der Plane erkannten. Das Rad war repariert, und sie setzten ihre Fahrt fort, mehr als 15 Meilen waren noch zurückzulegen.

Unangenehm kühl pfiff der herbstliche Wind durch den Jagdwagen, von den Seiten drang Regen ein, durch die dünnen Stores nur unzureichend abgehalten, sammelte sich auf dem Holzboden und durchnässte Schuhe und Strümpfe. Bei allen sank die Stimmung, außer bei Anna. Sie wickelte sich ihr wollenes Tuch um die Schultern und schnitt, dem Regen und den holpernden Stößen des Wagens trotzend, dicke Scheiben von einem riesigen Brotlaib ab, belegte sie mit Hühnerbrust und verteilte dieses frugale Frühstück lächelnd unter den Missgelaunten. Als Rehfeldt ein Kätzchen, das im Wagen Zuflucht gesucht hatte, auf den Weg werfen wollte, fiel sie ihm in den Arm und nahm das klägliche nasse Tier auf den Schoß.

Alle schwiegen. Die Stimmung war grau und schwer wie die Wolken, die über ihnen hingen. Annas Blicke suchten Jeans, fanden seine, unverändert, wie ihr schien, nur ein wenig schwermütiger.

Wie sanft und rücksichtsvoll er ist, dachte sie, er lässt seine

Laune nicht an den anderen aus. Und sie streichelte dem greinenden struppigen Fellknäuel über den Rücken, bis es schnurrte.

Joachim Knospe, der sich lieber Jean nannte, sah in den unaufhörlichen Regen und dachte, dass es richtig gewesen war, den Verliebten zu spielen. Er wusste noch nicht, welche Konsequenzen das Spiel haben würde. Wichtig war nur, dass die Lisiewska weit weg von Berlin war, weit weg von Pesne und Knobelsdorff. Niemand würde ihre galanten Bilder sehen, und bis zu ihrer Rückkehr nach Berlin würde ihm schon etwas einfallen.

Er sollte nicht bis zur Rückkehr warten müssen.

✻ 8 ✻

SCHLOSS MOLSDORF LEUCHTETE den Künstlern in zartem Gelb und lichtem Blau entgegen. Der Regen hatte am Mittag nachgelassen und nach der Mittagspause bei Leipzig völlig aufgehört. Bei Jena hellte sich der Himmel auf und mit ihm die Laune der Reisenden. Der Kutscher entfernte die Plane, die Kleider trockneten im Fahrtwind. In flottem Trab überquerten sie hinter dem Dörfchen Stedten die Gera. Der gut ausgebaute Weg führte in sanftem Bogen auf Molsdorf zu durch das Dorf zum Schloss.

»Sieh mal!« Rehfeldt stieß Metzner an und deutete auf die steinernen Figuren, die das eiserne Tor auf hohen Sockeln bewachten.

Metzner grinste: »Gotter braucht keine königlichen Löwen zum Schutz, er braucht nur königliches Geld!«

In der Tat trugen die beiden Figuren die Uniformen der königlichen Geldboten sowie deren steife hohe Hüte und

Umhängetaschen. In der Linken hielten sie Speere, mit der Rechten stützten sie sich auf Gotters Wappen.

Über eine steinerne Brücke fuhr der Jagdwagen auf das von einem Wassergraben umgebene Schloss zu. Für ein ländliches Lustschlösschen erschien es Anna groß und wehrhaft. Graf Gotter hatte bescheiden von seiner »mittelalterlichen Wasserburg« gesprochen. Es ist sicher seit Jahrhunderten in Familienbesitz, dachte Anna und betrachtete ehrfürchtig das alte Gemäuer, das von zwei mächtigen dreigeschossigen Türmen eingefasst war. Gotter musste ein vermögender Mann sein.

Eine Frau stand, einen Apfel in der Hand, am geöffneten Fenster über dem Portal im ersten Stock und winkte ihnen lachend zu.

»Eva im Paradiese, hütet euch!«, warnte Martinet.

»Eine von Gotters Mätressen, was?«, murmelte Rehfeldt, der die schlanke Gestalt kritisch betrachtete. Aber der Blumenmaler Etienne Page sah nur kurz hinauf und meinte dann lässig zu Rehfeldt: »Unsinn, das ist die Kastellanin.«

In der Tat trug die Frau, die nun hinuntergeeilt war, um die Gäste willkommen zu heißen, ein schweres Schlüsselbund an einem Lederband um die grazile Taille. Sie schüttelte jedem kräftig die Hand und erklärte in einem seltsamen Singsang, sie sei Fleurette, die Kastellanin. Und jetzt werde sie den Herren Künstlern und ihrer Zofe ... Bei diesen Worten stockte sie. Ein mageres Ding mit einem räudigen Kätzchen, dachte sie, aber bei Künstlern weiß man nie, und verbesserte sich fragend: »Und der Frau Künstlerin?«

Anna hatte kein Wort verstanden. Die Frau sprach offenbar jenen Dialekt, den Gotter so köstlich imitiert hatte. Knospe stellte Anna als Mademoiselle Lisiewska vor, und er sei Jean Knospe, ebenfalls Schüler von Pesne, wie auch die anderen, und nannte alle Namen.

Anna fühlte sich plump und unbeholfen. Fleurette war so gertenschlank, als würde sie jeden Morgen auf der Reitbahn verbringen, und dabei so weiblich, so hübsch in diesem seltsamen Gewand, das dem einer Bauernmagd ähnlicher sah als dem einer so bedeutenden Dame. Die Schürze, die sie trug, erinnerte Anna an die Schäferkostüme der Damen von Stand – eine seidene bestickte Schürze, die nur als Schmuck dienen konnte, niemals als Schutz für den Rock. Kastellanin! Was für eine würdige Profession!

Fleurette musterte Anna. Ihre Augen glitzerten amüsiert, als sie den ehrfürchtigen Blick wahrnahm. Sie griff nach Annas Tasche und meinte: »So, die Messieurs werden vom Hausdiener hinaufgeführt, und Sie, Mademoiselle Lisiewska, kommen mit mir!«

Sie ging voran, eine riesige geschwungene Holztreppe hinauf, deren Stufen so breit waren, dass die Herrschaften bequem seitlich einander zugewandt hinaufschreiten konnten, wie es die höfische Etikette erforderte. Schon der erste Treppenabsatz hatte die Größe von Lisiewskis gesamtem Atelier und war überwölbt von einem Deckengemälde, das eine bemerkenswert offenherzige Liebesszene darstellte.

»Beck«, erläuterte Fleurette, die Annas Blick nach oben sah, »Jacob Samuel Beck, er arbeitet am Hof des Herzogs von Sachsen-Gotha, Sie werden ihn kennenlernen!«

Sogar in Erfurt malte man ›fêtes galantes‹! Berlin ist wirklich sehr rückständig, dachte Anna verwundert und folgte Fleurette in die erste Etage, dann eine schmale Stiege hinauf unters Dach, wo sie in ein Kämmerchen geführt wurde, das dem ihrigen in Berlin entsprach, nur dass das ovale Fenster viel mehr Licht hineinließ. Die Kammer war einfach, aber ansprechend eingerichtet. Ein Waschgeschirr aus Steingut stand auf einem eisernen Gestell bereit, und das Tischchen in der Ecke zierte ein Frisierspiegel.

»Gefällt es Ihnen?« Fleurette hatte Annas Tasche abgestellt. Anna setzte verlegen das Kätzchen auf den Boden.

»Bitte, gnädige Frau, Sie müssen mich nicht siezen.«

Fleurettes spöttisches Gesicht überflog ein warmes Lächeln.

»Aber, Mademoiselle, das hat seine Richtigkeit: Sie sind die Künstlerin und ich die Schlossmagd!«

Anna machte eine abwehrende Bewegung mit den Händen.

»Bitte nicht! Ich bin nur ein Berliner Mädchen ...«

»Eines angesehenen Kunstmalers Tochter«, verbesserte Fleurette, »aber d'accord, duzen wir uns! In Gegenwart der hohen Herrschaften werde ich allerdings wieder Mademoiselle Lisiewska zu Ihnen sagen ...«

»Hohe Herrschaften?«, fragte Anna erstaunt.

»Graf Gotter wird am kommenden Sonntag ein Fest geben, wenn die Räume fertig ausgemalt sind!« Fleurette blickte sie erstaunt an. »Das wusstest du nicht?«

»Oh doch, aber ich dachte, es sei mehr eine Künstlerfete ...«

Fleurette lachte schallend. »Bei meinem Herrn ist das gesamte Jahr über Karneval. Vive la joie, das ist sein Motto, und die hohen Herrschaften sind derart versessen auf seine vorzügliche Tafel und seine kuriosen Einfälle, dass sie über seine bürgerliche Herkunft großzügig hinwegsehen!«

Annas Augen wurden kugelrund. Graf Gotter war nicht von uraltem Adel? Fleurette lächelte und flüsterte, als verrate sie ein großes Geheimnis: »Er ist der Sohn eines Richters, der für seine Verdienste zum Ritter geschlagen wurde. Gotter studierte ebenfalls die Juristerei und verstand es, sich als Gesandter am Wiener Hof durch seine Liebenswürdigkeit und seine luxuriöse Tafel so unentbehrlich zu machen, dass ihn der Kaiser in den Stand eines Reichsgrafen erhoben hat! Sein Großvater war Pfarrer hier in Molsdorf.«

Anna hatte Gotter für einen jener exzentrischen Barone gehalten, die sich gern leutselig gaben, indem sie in Wirtschaften wie der › Weißen Taube‹ verkehrten. Auch unter denen, die dem Vater für ihre Porträts saßen, hatte es einige gegeben, die gern zeigten, dass ein Künstler für sie auch ein Mensch war.

Fleurette hatte begonnen, Annas Tasche auszupacken und die wenigen Kleider auszubürsten und aufzuhängen.

»Zweimal gewann Graf Gotter in der Lotterie!«, erzählte sie, während es Anna die Schamröte auf die Wangen trieb. Gar zu ärmlich sahen die in Berlin geliebten Kattunkleider hier aus.

»Er gewann 150 000 Gulden, davon kaufte er das Schloss und war auf einmal der Herr über den Molsdorfer Pfarrer! Die Bauern im Dorf hassen ihn, sie schimpfen ihn einen Parvenü und weigern sich, ihm ein winziges Stück Land zu verkaufen, das er als Durchfahrt dringend benötigt!«

Woher sie dies alles wisse, fragte Anna, und die hübsche Fleurette lachte: »Dienstboten wissen alles über ihre Herren!«

Ernsthaft fügte sie hinzu: »Ich bin aus Wien, ich habe ihm dort sein Haus geführt! Das war ein Leben! Er fragte mich, ob ich sein Schloss in Ordnung halten wolle. Ich sagte ja und da bin ich nun!«

Fleurette bekam den Heimwehblick: »Ich Törin hatte keine Ahnung, wie einsam es hier auf dem Lande ist! Wenn ich die Bibliothek nicht hätte … Aber ich schwatze, Anna, erzähl mir von der weiten Welt! Wie ist es in Berlin unter dem neuen König?«

Und Anna erzählte von Berlin, das einer riesigen Baustelle glich, von der Begeisterung der Untertanen über die militärischen Siege des jungen Königs, sie berichtete vom neuen Opernhaus, das jetzt die Lindenallee des Großen Kurfürsten zierte, von den vielen Besuchern, die neugierig das beginnende Spree-Athen besuchten, von den französischen Tänzerinnen und den welschen Sängern, die einen Skandal nach dem anderen produzierten. Fleurette machte runde Augen.

»Das klingt ein bisserl nach dem Wiener Leben! Du musst alle hier kennenlernen, ich werde dich gleich herumführen! Pedrozzi, den Stuckateur, musste ich seit Tagen hinhalten, er will euer Deckenbild einfassen und braucht das Format! Er muss weiter zu einem Auftrag nach Bayreuth. Ach, diese

Italiener, so ungeduldig, es wird noch viel Arbeit geben! Am Samstag hat Graf Gotter zu einer Feier der ›Lustigen Eremiten‹ geladen, es gelten keine Standesunterschiede, alle dürfen kostümiert als Götter und Musen erscheinen!«

»Kostüme?«, fragte Anna erschrocken. Wie sollte sie ein Kostüm nähen in der kurzen Zeit?

Fleurette beruhigte sie. Es sei alles vorhanden, auch eine Frau aus dem Dorf sei bestellt für Änderungen.

Sie ging zum Fenster und winkte Anna einladend. Anna sah hinaus und stieß einen Ruf des Entzückens aus. Wie anders war der Blick als der von ihrem Fenster in das des Nachbarn, wie dicht standen die Häuser in Berlin, und nun diese Aussicht! Welche Farben! Der Blick auf das Tal der Gera vom Schloss aus war atemberaubend schön. Das gesamte Tal, das von den Hügeln des Thüringer Waldes eingerahmt vor ihr lag, konnte sie überblicken. Sanft ging der mit Hecken und Statuen geschmückte Garten in die natürliche Landschaft über. Tief atmete Anna ein. Wie wundervoll würden diese Tage werden!

In ihrer ersten Molsdorfer Nacht schlief Anna unruhig in ihrer Dachkammer. Ein stürmischer Herbstwind rüttelte an den Schieferplatten des Daches, pfiff durch den Rahmen des Fensters und heulte immer wieder auf wie ein verletzter Wolf.

Anna träumte, sie sei mit Jean verabredet, aber er war nicht da. Sie eilte, des Glaubens, sie habe sich geirrt, zu einer anderen Stelle. Da fiel ihr auf, dass die Leute sie betrachteten, die Köpfe zusammensteckten, tuschelten. Manche sahen erbost aus, andere riefen schrill nach der Polizei. Sie blickte an sich herunter und sah, dass sie nackt war. Erschrocken presste sie sich ein Laken vor den Körper und eilte weiter, über weiche, dunkelgrün bemooste Flächen. Sie merkte, dass die Blicke der Männer ihr gierig folgten. Sie musste fort, zu Jean, den Blicken entfliehen. Ganz leicht wurde sie auf dem weichen Moos, jeder Schritt begann zu federn, bis sie mit leichten Schwüngen, beinahe fliegend, den Weg zurücklegte. Aber Jean war nicht da. Wo sollte sie hin? Sie bekam Angst, da bemerkte sie, dass die Blicke, die ihr folgten, anerkennend waren, ja, bewundernd. Niemand verfolgte sie, niemand gierte nach ihr, sie war viel zu schnell, ihre Bewegungen waren leicht wie die eines Engels. Fast flog sie zu dem Haus, an dem sie mit Jean verabredet war, aber es war vollständig überwuchert. Efeu und Wilder Wein hatten es so umrankt, dass sie nicht einmal die Türklinke fand, auch die Fenster waren überrankt. Hier war seit Jahren kein Mensch gewesen. Wo war Jean? Plötzlich schämte sie sich ihrer Leichtigkeit und ihrer Nacktheit. Wenn Jean sie so sähe! Sie packte das Laken und wickelte sich darin ein. Aber jetzt war ihre wundervolle Leichtigkeit fort. Nur noch mühevoll konnte sie sich von dem zugewachsenen Haus fortbewegen. Sie stolperte über Wurzeln, hässliche dornige Brombeerranken bedeckten den Weg, verfingen sich im Stoff, versuchten, sie zu Boden zu reißen. Plötzlich war alles schwer, verzweifelt schwer.

Anna wurde wach, weil sie sich so fest in ihre Decke verwickelt hatte, dass sie Mühe hatte, sich zu befreien. Verwirrt ging sie zum Fenster.

Im Tal der Gera zog der Morgen heran. Graue Nebel verhüllten den Fluss und zogen wie Schleier nach oben. Anna öffnete das Fenster und atmete tief ein. Träume narren uns, dachte sie, niemals würde Jean mich im Stich lassen.

Sie hatte den gestrigen Abend genossen. Pesnes Brüder hatten das Maß des Deckengemäldes festgelegt und skizziert, die Schüler hatten die Farben angerührt, und der ungeduldig wartende Pedrozzi hatte sofort mit seinen feinen Stuckarbeiten begonnen. Vier Allegorien der Jahreszeiten in den Ecken sollten Pesnes Gemälde der Aurora umschmeicheln.

Die Decke des gräflichen Schlafzimmers hatte Pedrozzi bereits mit einem filigranen Muster aus versilberten Muscheln und ornamentalem Blattwerk versehen, das Annas Entzücken erregte. Einige kleine Tiere, zwischen das Blattwerk platziert, sollten weibliche Eigenschaften darstellen, eine Art Galanterie, die Anna nicht verstand. Ihre naiven Fragen hatten Pedrozzis helles Gelächter hervorgerufen, in das die anderen eingestimmt hatten. Auch Jean hatte gelacht. Nur Samuel Beck, der Erfurter Tiermaler, hatte seine Arbeit an den Supraporten unterbrochen, die Männer strafend angeblickt und Anna auf freundliche Weise erläutert, welches Tier die Putzsucht, welches die Eifersucht und welches die Streitsucht darstellte.

Anna hatte eine Weile zur Decke hinaufgeblickt, wütend, sie wusste selbst nicht, warum. Dann hatte sie sich abgewandt mit der Bemerkung: »Natürlich, bei einem Mädchen gilt als Sucht, was bei Herren als vortreffliche Eigenschaft gilt. Streitsucht heißt bei ihnen Tapferkeit, Putzsucht Galanterie, und die Eifersucht? Ah, der wäre ein schlechter Liebhaber, der nicht eifersüchtig wäre.«

Dann hatte sie den Glasstempel zornig auf das anzurührende Pigment gedrückt, sodass das Öl nach allen Seiten hinausgelaufen war. Beck hatte nicht gelacht, sondern ihr den Stempel aus der Hand genommen und sorgfältig das Pigment mit dem Leinöl vermischt.

»Aus Ihrer Sicht haben Sie durchaus recht, Mademoiselle«, hatte er gesagt, »ich als Tiermaler finde es ungerecht, den unschuldigen Kreaturen unsere menschlichen Untugenden anzudichten. In unsere Arbeit aber sollten wir keinen Zorn legen. In der sorgfältigen Vorbereitung entsteht bereits die Kunst, und die benötigt Frieden.«

Becks Auftrag war die Ausgestaltung des Jagdzimmers, das an den Marmorsaal grenzte. Da aber weder Gotter ein großer Jäger noch Beck ein Freund der Jagdbeute, sondern der lebenden Tiere war, hatte Beck ein naturhistorisches Kabinett geschaffen, das die gesamte Fauna der sumpfigen Umgebung von Molsdorf wiedergab. Anna, die sich lebhaft an die Flüche des Vaters bei dem Bemühen, die schweinische Jagdbeute des Königs auf Leinwand zu bannen, erinnerte, war voller Bewunderung für Beck. Er hatte mit seinen Darstellungen von Hennen und Küken, Reihern und Enten einen Raum gestaltet, den sie in dieser Art noch nie gesehen hatte. Es schien, als wollten Maler und Auftraggeber eine andere, friedliche Form des Zusammenlebens zeigen, eine glückliche Welt ohne Allüren, Etikette und Eitelkeiten, ohne Streit und Gewalt.

Anna lächelte bei dem Gedanken an Beck. Sie tauchte den Schwamm in die Schüssel und wusch sich den Oberkörper. Das eiskalte Wasser belebte sie. Schnell kleidete sie sich an, bürstete die verstaubten Haare aus und steckte sie hoch. Dann huschte sie die Treppe hinunter in den Garten.

Die grauen Nebel hatten sich verflüchtigt. Schloss Molsdorf glühte im Licht eines herbstlichen Sonnenaufganges. Anna folgte einer Allee mit jungen Bäumchen, die neben dem Kanal nach Süden führte. Sie endete bei einer Wiese, die den Blick auf das Schloss freigab.

Ein harmonischer Bau, befand Anna. Die Gartenseite des Schlosses war erst im vergangenen Jahr fertiggestellt worden, als Gotter den Turm des alten Wasserschlosses hatte abtragen lassen. Sie war feiner gestaltet als die schlichte nördliche Anfahrtsseite. Den Mittelpunkt der Fassade bildete eine Attika, flankiert von einer Balustrade, auf der vier Vasen das Wappen Gotters umschwärmten.

Zwei Giebeldreiecke bekrönten die Seitenrisalite, in denen sich Sonnenuhren auf himmelblauem Grund befanden. Sie mahnten an die enteilenden Stunden mit einer lateinischen Inschrift, die Anna nicht verstand, aber sie wusste, dass sie von Gotters Lieblingsdichter Horaz waren.

Die Fensterfront der Risalite durchbrachen zwei himmelblaue Nischen auf jeder Seite, aus denen marmorne Allegorien freundlich lächelten. Neun Glastüren zierten das Parterre und ebenso viele türenhohe Fenster die erste Etage. Alle waren mit prachtvollen Stuckaturen in Hellblau und Gelb verziert. Zwei steinerne Sockel flankierten die Terrasse. Sie warteten offenbar noch auf Löwen, die das Wappen Gotters in ihren Pranken hielten, denn diese lauerten halbfertig unter einer Zeltplane.

An allen Weggabelungen des Broderiegartens und auf der Terrasse standen grau gestrichene hölzerne Kästen mit Pomeranzen, Zitronen, Weinstöcken und Sträuchern mit kleinen roten Früchten, die Anna nicht kannte. Sie mussten ungeheuer wertvoll sein. Wo waren sie im Winter untergebracht? Anna hatte gehört, dass die Herrschaften gläserne Hallen, Orangerien genannt, für diese wertvollen Bäume unterhielten, da diese die harten Winter draußen nicht überstanden. Aber sie entdeckte hier nichts, das aussah wie eine Orangerie.

Den gekiesten Weg flankierten steinerne Statuen auf Sandsteinsockeln, von denen sie manche als antike Göttinnen und Götter deutete. Hermes erkannte sie an der Schriftrolle, Diana hatte Pfeil und Bogen, Demeter trug einen Korb mit Ähren. Manche waren von Putten begleitet, an das Bein des Androklus schmiegte sich sein Freund, der Löwe. Die Morgenröte hauchte den steinernen Göttern Leben ein und ließ den hellen Stein in einem Rosa leuchten, das Anna noch nie vorher gesehen hatte.

Das ist die Farbe der Aurora, dachte sie, plötzlich hellwach, genau diese zarte, transparente Mischung aus Orange und Karmesin. Sie eilte in den Marmorsaal, betrachtete den Entwurf, der bereits am Ende der Woche die Decke schmücken sollte. Dann ging sie, die morgendliche Ruhe genießend, zu ihrem Arbeitstisch und begann das Rot zu mischen. Ich habe Aurora begrüßt, dachte sie, und freute sich auf die Arbeit an dem großen Deckengemälde, das Pesne ›Aurora mit dem Sonnenwagen‹ genannt hatte.

I𝖭 B𝖤𝖱𝖫𝖨𝖭 𝖧𝖠𝖳𝖳𝖤 Ernst Therbusch die schweren Koffer der Gäste, die eben mit der Postkutsche angereist waren, aus dem Packhof geholt und mit dem zweirädrigen Holzkarren zur ›Weißen Taube‹ in die Heiliggeiststraße gebracht.

Kritisch musterte er die Gästezimmer, auf die er das Gepäck verteilte. Sie waren zu einfach und zu klein. Er würde immer zwei zusammenfassen und fein als Apartments ausstaffieren, mit Tapisserien, eisernen Öfen und allen Bequemlichkeiten, die Handelsreisende und Kavaliere erwarteten. Und dazu brauchte er eine weibliche Hand, die Hand einer Frau, die er liebte.

Er ging nach unten in die Küche. Es roch nach Sauerkohl. Liese Therbusch saß auf dem alten Küchenhocker und sog an einer langen weißen Tonpfeife.

»Mutter, die Lisiewska …«

»Welche nun schon wieder?«

»Nun, Mutter, das Änneken …«

»Anna Dorothea? Was ist mit der?«

»Mit ihr werde ich demnächst mal ausgehen, wenn sie zurück ist.«

»Was findest du nur immer an den Lisiewska-Töchtern?«, schimpfte Liese. »Nichts gegen Schorsch, er ist ein guter alter Kunde und war der beste Freund deines Vaters, aber mit fünf Töchtern ist er völlig überfordert! Diese Malweiber! Dorothea trägt nicht einmal ein anständiges Korsett, ständig hängen ihr diese farbverschmierten Kittel über den Kleidern, und sie stinkt nach Terpentin und Leinöl. Statt ihrem Vater ordentlich die Hauswirtschaft zu besorgen, geht sie zu diesem Franzmann ins Atelier und treibt sich mit seinen Studiosi herum! Die hat eine Liebschaft nach der anderen mit denen, sieh dir ihr geiles Grinsen an, die lächelt jedes Mannsbild an, die senkt niemals den Blick! Vor allem dieser zweifelhafte Mensch, den sie bei sich einquartiert haben, was sich überhaupt nicht schickt! Jetzt ist sie mit dieser Bagage weggefahren, das einzige Mädchen unter fünf lüsternen jungen Kerlen, was werden die dort treiben bei diesem tollen Hund, diesem Gotter, dessen dekadenter Lebenswandel ihm den Namen ›Donnernder Jupiter‹ eingetragen hat!«

»Du sprichst von einem vornehmen Gast der ›Weißen Taube‹«, mahnte Ernst.

»Das steht auf einem anderen Blatt! Kennt man doch, diese Lustschlösser irgendwo im Wald, wo es jeder mit jedem treibt! Als Hure wird sie zurückkommen, nicht als Malerin!«

»Ich werde sie heiraten«, sagte Ernst Therbusch.

10

MALPAUSE. WIEDER SCHRITT Anna durch den Schlossgarten, der sie faszinierte. Sie lächelte bei dem Gedanken an ihr Küchengärtchen, das gegen diese feine Broderieanlage wie Kraut und Rüben aussah.

»Sie lächeln, Fräulein Anna«, sagte Metzner, der ihr gefolgt war, »auch mich machen diese Gestalten lächeln. Was soll dies nun vorstellen?«

Er deutete auf die Skulptur des bärtigen Mannes, an dessen Knie sich ein Löwe schmiegte.

»Das ist Androklus«, entgegnete Anna erstaunt. Gotters Konzept war doch klar erkennbar: Horaz und die Gestalten der griechischen und römischen Mythologie bevölkerten seinen Garten.

»Sehen Sie, Fräulein Anna«, fuhr Metzner fort, der sich die Künstlerduzerei nicht angewöhnt hatte, »wir wissen vom Ruhm des Appelles, aber seine Bilder haben die Zeiten nicht überstanden. Ich würde lieber meinen Garten mit einem solchen Tier schmücken – es soll vermutlich einen Löwen darstellen –, als einen veritablen, kräftigen Löwen gut zu malen und in die Stube zu hängen.«

Anna schwieg. Sie mochte die Geschichte vom Sklaven Androklus, der seinem Freund, dem Löwen, die Freiheit verdankte, gleich, ob sie auf Leinwand gemalt oder aus Stein geschlagen war.

»Was immer diese in den Proportionen verunglückten Gestalten darstellen sollen, dieser Kitsch wird die Jahrhunderte überdauern. Was ist die Leinwand gegen Marmor!«

Anna betrachtete Metzner. Neben dem steinernen Androklus fiel ihr zum ersten Mal auf, dass der Kollege nicht dick, sondern groß und kräftig gebaut war, muskulös, ein Junge vom westfälischen Lande.

»Meine Leinwand kann ich auch unbemalt verkaufen.«

Metzner betrachtete Anna prüfend. »Ich will den Leinwandhandel meines Vaters erweitern um Seide aus Frankreich, Spitzen aus Sachsen, Brokat aus Augsburg, um alle galanten Stoffe, die eine schöne Frau noch schöner werden lassen. Aber etwas fehlt mir zu meinem Glück.«

Anna überlegte noch beim Anblick des Hermes, der seine nackten Beine in höchst prosaischer, ungöttlicher Weise lässig überkreuzt hielt, dass Metzner nicht unrecht hatte mit seinen Betrachtungen, da fiel dieser plötzlich vor ihr auf die Knie, ergriff ihre Hand und hauchte einen Kuss darüber.

»Demoiselle Anna! Wollen Sie meine Frau werden und mit mir ins schöne Osnabrück ziehen?«

Verblüfft sah Anna auf die strohigen gelben Haare hinab, legte mechanisch eine Hand darauf. Das schien Metzner zu ermutigen. Schnell erhob er sich und umschlang ihre Taille.

Anna lachte. Das war ja ein unerwarteter Erfolg! Was würde in diesem närrischen Molsdorfer Schloss noch alles geschehen! Gotters Geist schwirrte schon umher, obwohl er noch nicht angereist war. Ach, sie brauchte Metzner ebenso wenig wie Therbusch, wozu sollte sie ihn kränken, es gab doch Jean! Jean, den wundervollen Mann, den grandiosen, intelligenten Künstler, den sie lieben und mit dem sie ein Atelier teilen würde. Großzügig beließ sie Metzners Arm auf ihren Hüften und tätschelte seine fleischige rosa Wange: »Mein lieber Metzner, das wird nicht angehen.«

Er stammelte verlegen: »Sind Sie versprochen?«

Anna blickte zum Schloss, dessen sanfte Farben in der Mittagssonne leuchteten. Rehfeldt und Martinet standen rauchend auf der Terrasse, die Glastüren waren weit geöffnet. Sie sah Fleurette mit einem Tablett voller Leckereien kommen, sah, wie Jean zu ihr blickte, unruhig, wie ihr schien. Hatte er Metzners Kniefall gesehen?

Sie streichelte Metzners Hand.

»Ja, der Kunst bin ich versprochen, mein Leben lang«, sagte sie zärtlich.

❧ 11 ☙

Gotters Fest begann mit einem evangelischen Gottesdienst in der kleinen Molsdorfer Kirche, zum großen Erstaunen Annas und der anderen Künstler, die recht weltlich aufgewachsen waren. Anna betrachtete sein volles Gesicht, in das er würdevollen Ernst gelegt hatte, und fragte sich, ob Gotter so fromm war wie sein Name. Gravitätisch schritt Graf Gotter, begleitet von seiner Nichte, einem hübschen jungen Mädchen, das er den Künstlern als seine »Lieblingsnichte, Friederike von Wangenheim« vorgestellt hatte, auf die erste Reihe zu und nahm auf der harten Holzbank Platz.

Am Abend seiner Ankunft hatte der Graf das fertige Deckengemälde in Augenschein genommen. Dies sei die wahrhaftige Aurora in all ihrer lieblichen Würde, hatte er gesagt und

Pesnes Kolorit gelobt. Es sei eines Rubens würdig, hatte er erklärt, und er müsse es wissen, er habe Rubens Meisterwerke auf seiner Kavalierstour in den Niederlanden betrachtet.

Anna hatte bescheiden im Hintergrund gestanden, aber ihr Herz hatte gejubelt. Rubens! Ihr Kolorit wurde mit dem größten aller Meister verglichen! Beck hatte ihr anerkennend zugenickt, und Jean hatte ihr einen so bewundernden Blick zugeworfen, dass sie errötete wie Aurora selbst.

Der Pfarrer zelebrierte den Erntedankgottesdienst. Anna erkannte, warum Gotter sich hier zeigte: Als Grundherr stand ihm der Zehnte dieser Feldfrüchte zu. Da schien es doch sinnvoll, die Ernte zu segnen. In Molsdorf war Gotter Landedelmann. Er nahm seine Aufgabe ernster, als sie von seinem dröhnenden »savoir vivre« in der ›Weißen Taube‹ vermutet hatte, und sein Wissen um landwirtschaftliche Dinge war so umfassend wie das über Horaz.

Am vergangenen Vormittag hatte er den Künstlern seine neue Webersiedlung gezeigt. Bereits 400 Weber lebten dort, und es gab inzwischen 20 Webstühle, hatte Gotter stolz erläutert. Die Häuser waren klein und einfach, aber hell und mit Gärten versehen. Gut ernährte Kinder liefen umher, und das war keine Selbstverständlichkeit, wie Anna von Berlin wusste, wo bettelnde Kinder elend in Hinterhöfen vegetierten. Fleurette hatte ihr erzählt, dass sie großzügige Geschenke für Gotters zahlreiche Patenschaften besorgen musste, die der Graf gern selbst überreichte.

Auf dem Rückweg von Dietendorf waren sie an einem Stein vorbeigekommen, der in großer Schrift auf Latein verkündete: ›Monumentum rusticae pertinacitatis‹.

Gotter hatte den Kutscher angewiesen, einen Moment zu halten. Er habe diesen Stein als ›Monument bäuerlicher Halsstarrigkeit‹ setzen lassen, verkündete er, denn, wie sie bereits bemerkt hätten, müsse man von seinem Schloss nach Dietendorf einen riesigen Umweg fahren.

»Eine schöne gerade Allee habe ich bauen wollen. Keinen Heller hätte es die Bauern gekostet, bequem hätte ich zwischen meinen Besitzungen fahren können, und sie hätten den Gewinn gehabt, denn die Früchte der Bäume hätten ihnen gehört. Ich hätte sogar auf meinen Zehnten verzichtet, aber diese Bauern waren durch nichts zu bewegen, sich von ihrem Land zu trennen! Nicht einmal in meiner Eigenschaft als Gerichtsherr habe ich sie zwingen können. Ja, so ist das Leben ...«

Er hatte ein grimmiges Gesicht gezogen, aber im nächsten Augenblick wieder sein dröhnendes Lachen von sich gegeben, etwas Lateinisches deklamiert, und dann hatten die Pferde angezogen, und sie waren an ihre Arbeit zurückgekehrt.

Anna betrachtete Gotters Profil, seine üppigen, etwas schlaff gewordenen Wangen von der Farbe gesottenen Kalbfleisches, auf denen der Puder die geplatzten bläulichen Äderchen, Mahnmale seiner Ausschweifungen, nicht verdecken konnten. Er überragte die Männer in der kleinen Kirche gut um einen Kopf. Er gibt gern den König, dachte sie, er ist großzügig, ohne sich selbst etwas zu versagen. Seine Tafel war derart üppig, dass sie ihr Mieder nicht so eng schnüren konnte wie gewohnt.

Jean sah zu ihr herüber und verdrehte die Augen, als wolle er sagen: was für ein Zinnober. Anna entstammte keinem frommen Haushalt, aber sie fand Jeans Geste in der Kirche, unter den bescheidenen Bauern, die sie neugierig anstarrten, fehl am Platz. Schnell senkte sie den Blick.

Auch Fleurette hatte sich für den Kirchgang herausgeputzt, obwohl sie alle Hände voll zu tun hatte. Vierzig Dienstboten befehligte sie, Gäste waren im benachbarten Rittergut bei Dietendorf unterzubringen, das ebenfalls zu Gotters Anwesen gehörte. Silberzeug wurde geputzt, Geschirr aus riesigen Schränken genommen. Ochsen waren geliefert, mehrere Hirsche und Kapaune in die Küche gebracht worden, Fässer mit Bier, Dutzende Eier und säckeweise Mehl und Gemüse. Nicht einmal die dekorativen Pomeranzen- und Zitronenbäume hatte Fleurette geschont, sondern Torten und Süßspeisen mit den köstlichen Früchten dekoriert.

»Bist du nicht katholisch?«, flüsterte Anna. Fleurette warf ihr unter gesenkten Lidern einen amüsierten Blick zu: »Geh, Schatzerl, wir Wiener nehmen's nicht so genau!«

Equipage um Equipage rollte heran, illustre Gäste in feinen Roben versammelten sich lachend und schwatzend auf der Terrasse.

Joachim Knospe erkannte das Wappen auf einer Kalesche und wich erschrocken zurück. Der Markgraf von Schwedt! Was wollte der hier? Wie sollte er ihm begegnen?

Gleich darauf schalt er sich einen Narren, von dummem Untertanengeist erfüllt. Sein Herr war als Gast geladen! Besser konnte er nicht reüssieren. Pesnes Deckengemälde war gut, und daran hatte er einen Anteil. Er beobachtete, wie der Markgraf ausstieg, in seiner hämischen Art das Schloss betrachtete, als sei es nicht gut genug für ihn, und einem Menschen in der Chaise eine spöttische Bemerkung auf Französisch zurief. War er etwa mit seiner Gattin Sophie, der Schwester des Königs, angereist? Nein, der Kalesche entstieg nun ein junger Mann, und Jean erkannte seinen Freund, der inzwischen die noble blaue Uniform eines Leutnants trug. Georg mit seinem markgräflichen Vater unter den Gästen!

Im Garten scharten sich die Molsdorfer Bauern erwartungsvoll um das Fass Bier und den Ochsen, der schon seit dem Morgen am Spieß gebraten wurde. Gotter ließ sich nicht lumpen.

Am Mittag war sein großer Auftritt gekommen. Dem Tal der Gera entstieg Gotter als Bacchus, von Fanfarenbläsern begleitet. Er stand auf einem goldenen zweirädrigen Karren mit großen Rädern, die Stirn mit seidenem Weinlaub umwunden, in der Hand einen goldenen Stab, der mit kunstvoll geschmiedeten Weintrauben umrankt war. Die vergoldeten Insignien des Bacchus blinkten in der Sonne. Seine Nichte hatte sich als Diana kostümiert und stand in einem weißen Gewand mit gewagtem Dekolleté neben ihm. Den Karren zogen zwei veritable Hirsche, die Diana an goldenen Zügeln hielt. Sie hatte es leicht, denn die geweihbewehrten Tiere wurden von zwei Dienern in prächtiger rot-grüner Livree geführt.

Der Karren fuhr, bestrahlt von der warmen Herbstsonne, den gekiesten Weg entlang, bis er unter dem Jubel der Gäste vor der Terrasse anhielt. Das Mädchen kann kaum dreizehn Jahre alt sein, schoss es Anna durch den Kopf, als sie die kindliche Figur betrachtete. Gotter hielt eine Rede, mit viel Latein gespickt, das er aber freundlicherweise übersetzte. In wohlgesetzten Versen kreiste er immer um sein Lieblingsthema: die Freude, die kostbare Zeit, und wie sie zu nutzen sei. Er wies auf die Sonnenuhr am Giebel und rief: »Flüchtig enteilen die Jahre, meine Freunde! Daher lasst uns das kurze, kärgliche Erdenleben nicht mit dem Haschen nach Eitelkeiten verbringen, sondern die Freuden des Lebens auskosten.«

Jean, der hinter Anna stand, flüsterte ihr ins Ohr: »Weise gesprochen! Haben wir uns diese Freude nicht verdient?«

Sie spürte seinen Atem an ihrem Hals wie einen Flügelschlag. Wellen der Erregung liefen über ihre Haut. Jean, wie wundervoll Jean war, und so chevaleresk. In der arbeitsreichen Woche war er ihr nie zu nahe getreten. Sie hatten nebeneinander gearbeitet, und bei jeder Berührung, bei jedem Blick von ihm war Anna heiß geworden, und ihr Herz hatte schneller geklopft. Die Welt ist voller Farben, dachte sie, voller warmer Herbstfarben wie ein Seidenschal, und die Luft ist weich und singt auf meiner Haut. Sie wandte sich um. Er lächelte sie verliebt an. Dieses Fest würde ihr den Geliebten näherbringen, sie spürte es. Sie erwiderte sein Lächeln und lehnte sich leicht an ihn.

Inzwischen war Gotter vom Wagen gestiegen, oder besser, er ließ sich von zwei Lakaien vom Wagen helfen, denn seine Leibesfülle ließ eine solche Anstrengung nicht zu. Seine zierliche Nichte legte ihre Hand auf die seine, und so schritten sie zeremoniell durch die weit geöffnete Flügeltür in die weiße Stuckpracht des Gartensaals, dessen Mittelpunkt ein Marmorbrunnen bildete. Mit seinem Bacchusstab berührte Gotter den vergoldeten Wasserhahn und beschwor ihn in tiefem Bass: »Bacchus sei König des heutigen Tages! Wein möge aus diesem Brunnen fließen und meine Gäste laben!«

Und der Wein floss tatsächlich wie von Zauberhand! Anna lachte bewundernd, die Gäste applaudierten, die Kapelle spielte temperamentvoll, wie es Bacchus gebührte, und Gotters Gesicht errötete vor Freude. Seine Nichte, die ihm kaum bis an die Schulter reichte, musste sich recken, um ihrem Onkel einen hohen Glaspokal zu kredenzen, in den sein Wappen eingraviert war. Der Graf hielt ihn unter den goldenen Wasserhahn, hob ihn dann über seinen Kopf und rief: »Vivere et laetari! Vive la joie!«

Alle Gäste bekamen nun Weinpokale, hielten sie in den Brunnen und tranken einander zu. Ein Trinkspruch jagte den nächsten. Jeder versuchte, seinen Vorredner an Originalität zu überbieten. Aufsehen und Gelächter erregte die Tatsache, dass die Pokale keine Ständer hatten, man sich demzufolge unausgesetzt zum Trinken genötigt sah.

Nach einem Fanfarenstoß schritten alle zur Tafel. Die hohen Herrschaften zogen sich zunächst zu ihrer Eremitensitzung und dessen Exerzitien in den holzvertäfelten Festsaal zurück.

Anna hatte gestern Fleurettes Probe zugesehen. Gotter liebe es, seine Gäste zu überraschen, hatte Fleurette ihr verraten, die Gäste sollten zunächst herzhaft enttäuscht sein, keine Tafel im Saal vorzufinden. Dann aber würde sich auf Gotters Händeklatschen das Deckengemälde herabsenken wie ein Tischleindeckdich, vollständig mit zwölf Gedecken und den Schalen und Schüsseln mit ihrem dampfenden Inhalt versehen. Die Aktion war gewaltig, und Gotter war in diesem Punkt nicht großzügig: Der Coup musste perfekt gelingen. Im Falle einer Panne, die ihn unsterblich blamieren würde, hatte er harte Strafen angedroht.

Zwei kräftige Diener hatten am Vortag auf dem Dachboden unter Fleurettes Anleitung das Gemälde herabgelassen, das absolut gerade, ohne Schwanken, gleichsam von Engelshand, herunterschwebte. Fleurette zeigte sich erleichtert und hoffte inständig, dass der Coup an diesem Abend ebenfalls gelingen möge. Nun hatte Anna begriffen, warum Weingart seine ›Götterversammlung‹ nicht auf Leinwand, sondern auf Holz gemalt und mit einem schweren Eichenrahmen gefasst hatte. Das Bild war nichts weiter als ein bemalter Tisch.

Gotter hatte in seiner Ansprache auch von der Freude gesprochen, die die Menschen einige. Die Freude sei es, die die Schranken aufhebe, die Etikette überflüssig mache, Menschen zu Brüdern und Schwestern verbinde. Seine Rede bedeutete jedoch nicht, dass Künstler, Bauern und Gäste von Stand gemeinsam dinierten. Die Bauern durften im Schlossgarten feiern, die Künstler dinierten im von ihnen fertiggestellten Marmorsaal, Gotter tafelte mit seinen Gästen im Festsaal.

12

ANNA LEGTE DEN Umhang ab, der ihr Dekolleté in der Kirche verborgen hatte. Erfreut nahm sie Jeans bewundernden Blick zur Kenntnis. Fleurettes »Pilgerkleider« waren die feinsten Seidenroben, wie sie bei Hofe getragen wurden, mit dem Unterschied, dass sie mit Spitzen und die Umhänge mit Muscheln verziert waren.

Voller Verlegenheit hatte sie das Kleid am Vortag wieder ausziehen wollen, nachdem sie sich im Spiegel erblickt hatte. Zu freizügig war der Ausschnitt, man könne ja ihren Busen sehen, hatte sie erschrocken gesagt, aber Fleurette hatte ihre schöne weiße Haut gelobt. Dorettes Haut – die Wienerin hatte diese zärtliche Koseform erfunden – schimmere wie Elfenbein, bei einem so festlichen Anlass müsse sie ihre Schönheit herzeigen, hatte Fleurette ihr zugeredet. Anna betrachtete sich zum ersten Mal mit anderen Augen. War sie schön? Die mollige Lisi hatte als hübsch gegolten, Julie als Schönheit, Fleurette war schön mit ihrer grazilen Taille, aber sie?

Fleurette hatte nur den Kopf geschüttelt. Dorettes Taille sei schmaler als die ihrige, hatte sie gesagt, nur seien ihre Kleider von Berliner Zuschnitt, und der sei eine modische Katastrophe. Fleurette trug ihre Kleider à la francaise.

Zögernd hatte Anna Fleurettes Spitzen angenommen und an den Ausschnitt genäht. Es sah sehr gut aus. Zunehmend mutiger hatte sie auch den Rock mit raffinierten Raffungen versehen, die von hübschen Posamenten gehalten wurden.

Jean war nicht der Einzige, der Anna bewundernd betrachtete. Die Künstlerrunde hatte sich um einige Gäste erweitert. Zwei Tänzerinnen des königlichen Balletts und die Musiker, die später zum Ball aufspielen sollten, saßen an der Tafel im Marmorsaal. Die Tänzerin wollte wissen, ob Anna dieses elegante Kleid in Paris habe nähen lassen, die anderen tranken ihr zu. Lächelnd hob Anna ihr Glas. Wie ein sanftes Streicheln spürte sie Jeans Blicke. Sie griff nach der schweren Damastserviette, um sie aufzufalten. Ein kleines Päckchen glitt heraus.

Nun hörte sie von den anderen ebenfalls Ausrufe des Entzückens. Die Tänzerin hielt ein Stück wertvoller Spitze in den Händen, Martinet und Metzner freuten sich über ein Gläschen Kobaltblau. Rehfeldt strich sanft über einen feinen Dachshaarpinsel, nur Jean hatte nichts Künstlerisches, sondern feine kalbslederne Handschuhe in seinem Päckchen. Ein schüchterner junger Mensch, der sich als Dichter aus Erfurt vorgestellt hatte, errötete vor Freude über einen Band Horaz. Gotter hatte wirklich weder Mühe noch Kosten gescheut, diesem Fest Glanz zu verleihen.

»Was hast du? Pack doch aus!«, forderte Jean sie auf. Annas Päckchen war sehr klein. Ob es Schmuck enthielt? Bitte nicht, flehte sie stumm, ich kann ihn doch nicht tragen. Schließlich lag ein Augenglas in ihren Händen. Es war ein starkes Glas, wie sie feststellte, fast eine Lupe, an einem feinen schwarzen Samtband. Wie seltsam! Sie drehte das Glas in den Händen.

»Lies nur! Da ist ein Billett! Wie aufregend – sonst hat keiner ein Billett!«, rief die zweite Tänzerin, die gerade ein Spitzenband ausgewickelt hatte.

Anna entfaltete das Papier. Es stand etwas auf Lateinisch darauf, das sie nicht verstand.

»Horaz vermutlich«, sagte sie etwas ratlos. Ein junger Mann mit unreiner Haut, der sich als Gotters Gerichtsassessor vorgestellt hatte, saß zu ihrer Linken und erbot sich, es zu übersetzen.

Anna zögerte. Der junge Mensch meinte einfühlsam, er könne ihr die Übersetzung auch zuflüstern. Anna nickte dankbar. Es ging doch niemanden etwas an, wenn Gotter mit ihrer Arbeit so unzufrieden gewesen war, dass er ihr Nachhilfe im Sehen erteilen wollte. Aber als der Assessor ihr seine Übersetzung zuraunte, wurde ihr ganz heiß vor Freude.

»Wär nicht das Auge sonnenhafter Natur,
   nie hätte es die Sonne gesehen,
   und wär die Seele selbst nicht schön,
   nie könnte sie das Schöne sehen.«

Eine der Berliner Tänzerinnen fragte nach dem Herzog von Sachsen-Gotha. Der schüchterne Poet wusste, dass er mit seiner Gattin zur Kur in Frankreich weilte, heute würde Herzog Friedrich Molsdorf nicht mit seinem Besuch beehren. So fiel mancher Name an der Künstlertafel, den Anna nicht kannte, der aber für die Künstler offenbar wichtig war. Auch Rehfeldt und Martinet hätten sich der Gothaer Hofgesellschaft oder dem hiesigen Landadel gern als zukünftige Auftraggeber vorgestellt.

Der ungewohnte Wein berauschte Anna. Sie lachte viel und manchmal zu laut, aber das schien keine Seele zu stören, im Gegenteil. Jede ihrer Bemerkungen wurde mit Gelächter und weiterem Zutrinken beantwortet.

Nach dem Diner halfen die Künstler den Dienern, die Tafel aufzuheben, um Platz für den Ball zu schaffen. Gotter erschien, umringt von einer Traube feiner Herrschaften, um seinen Gästen den neu gestalteten Marmorsaal zu präsentieren. Als Kontrast zu dem würdevollen holzgetäfelten Festsaal zeigte sich der Saal in heller, sommerlicher Leichtigkeit, weiß mit Marmorierungen in zartem Grün und Sienarot. Pedrozzi hatte ein Stück Italien nach Molsdorf gebracht. In weiße und goldene Stuckaturrahmen hatte er die Bilder gefasst, darunter Gotters Porträt über dem weißen Marmorkamin, ein Jagdstillleben und die Porträts einiger schöner Damen, deren Identität Gotter nicht verraten wollte, auch nach vielen drängenden Nachfragen nicht. Der Saal rief allgemeine Bewunderung hervor.

Zum Vergnügen aller stieg Gotter auf das Gerüst und tat unter bewundernden und ermunternden Zurufen einen großen Strich an die Decke über die kaum getrocknete Farbe des Aurorabildnisses. Anna hatte die Ehre, dem Grafen den Pinsel mit dem Firnis zu reichen.

Der Markgraf winkte Knospe zu sich.

»Die Kleine dort …«

»Anna Dorothea Lisiewska, Euer Hoheit«, sagte Knospe devot, »des Porträtmalers Lisiewski Tochter.«

»Eine Künstlertochter? Umso besser, die nehmen es ja nicht so genau. Du arrangierst uns das. Du sollst in der Galanterie geschickt sein, hat mir mein Sohn gesagt.«

»Euer Hoheit befehlen gnädigst …«

»Unauffällig, versteht sich. Nach dem Tanz.«

Der Markgraf wedelte mit der Hand, dass die Spitze über den Handrücken schäumte. Knospe war entlassen.

✹ 13 ✹

»Voila, c'est finis!«, dröhnte Gotter und klatschte zweimal in die Hände. Die Tafel des Festsaals schwebte unter lautem Beifall und Bravorufen nach oben und bildete wieder die Götterversammlung um Helios auf hellblauem Grund.

Diener brachten die Stühle fort, und der Tanzmeister erschien. Mit den Worten: »Dulce est desipere in loco – Süß ist der Leichtsinn am rechten Ort«, eröffnete Gotter den Tanz im Festsaal. Es war nicht nur ein toller Effekt, sondern auch sehr praktisch, dachte Anna, und reihte sich vergnügt bei den Damen ein, beim Tanz schienen die Standesgrenzen nun wirklich aufgehoben.

Jean war, als die Gesellschaft in den Marmorsaal strömte, auf zwei Kavaliere zugegangen und hatte ihnen die Hand geküsst. Sie hatten seine Gunstbezeugung leutselig entgegengenommen, ein wenig mit ihm getuschelt, dabei aber ihre Blicke nicht von Anna abgewendet.

Wer waren die Messieurs? Anna drehte sich, hüpfte, sah Jeans lächelndes Gesicht vor sich, dann Martinets, einmal sogar das vor Anstrengung gerötete Gesicht Gotters, dem das Tanzen sichtlich schwerfiel. Schließlich sah ihr der jüngere Fremde in die Augen, mit einem Blick, der sie erschreckte. Ungeniert starrte er ihr ins Dekolleté, lächelte süffisant, als ob ihm, was er sah, nicht genüge, und wandte sich mit einer Verbeugung der nächsten Partnerin zu. Anna fühlte sich gedemütigt, aber der Wein machte sie nachsichtig, sie ließ sich vom

Rhythmus der Musik tragen, fasste ihr Kleid so graziös, wie sie es vermochte, an der Schleppe, verbeugte sich, drehte sich in zierlicher Wendung dem Nächsten zu.

Mit dem Ende der Sarabande bat der Tanzmeister die Gesellschaft die Treppe hinunter in den Gartensaal. Die Musiker gingen spielend die breiten Stufen hinunter, und der Tanzmeister befahl alles zu einem Treppentanz. Unter Gelächter schritten und hüpften die Tänzer von Stufe zu Stufe, hinauf und hinunter, immer parallel zur Treppe, immer wieder fanden sich andere Paare, während die Ersten bereits eine Stufe tiefer gerückt waren.

Anna hatte einen solchen kuriosen Tanz noch nie erlebt. Sie stolperte, fühlte sich aber sofort fest am Arm gehalten. Dankbar blickte sie auf und in Jeans Gesicht.

»Vorsicht, mein Augenstern! Du möchtest doch kein gefallenes Mädchen sein!«

Anna wurde heiß vor Scham. Was war das für eine Bemerkung? Und dieser Blick beim Tanz? Hatte der Wein die Männer derart frivol gemacht? Sie vermochte nicht zu antworten. Aber Jean schmeichelte: »Du bist die Schönste des Abends! Mein Herr hat mir befohlen, dich mit ihm bekannt zu machen.«

»Der Markgraf von Schwedt?«, stammelte sie. Welche Ehre! Vergessen die frivole Art, verziehen der freche Blick. Jean sah ihr in die Augen und lächelte verführerisch.

»Und sein Sohn, Georg von Jägersfeld. Beide wären enchanté, deine Bekanntschaft zu machen.«

Er hatte sie langsam vom Tanz zum Brunnen geleitet, aus dem immer noch der Wein perlte, und füllte ihr einen der von Gotter erdachten Kelche, die zwar einen Stiel, aber keinen Ständer hatten.

»Ich trinke auf das schönste Mädchen des Abends!«

Er trank ihr zu. Anna war ein wenig schwindlig, als sie den Kelch sinken ließ, aber er füllte ihn sofort wieder auf.

»Ich trinke auf die beste Schülerin Pesnes!«

Sie wollte protestieren.

»Doch, doch, Anna, sei nicht zu bescheiden: Du bist nicht nur Pesnes schönste, sondern auch seine talentierteste Schülerin. Wer bin ich schon gegen dich? Jean Knospe, ein kleiner Pinsler aus der Provinz.«

Wieder wollte sie protestieren, aber da näherte er sich ihrem Mund. Sie schloss die Augen. Alles drehte sich, er sollte sie festhalten und küssen, immer wollte sie ihm nahe sein, mit ihm tanzen, malen …

Sie hörte sein leises Lachen und riss die Augen auf.

»Willst du nicht mit mir auf die Kunst trinken?«

»Auf die Kunst schon … aber nicht auf deine Schlechtrederei. Du bist ein wunderbarer Maler!« Er hob das Glas. »Auf die schöne Schmeichlerin.«

Haltsuchend sah Anna sich nach einer Abstellmöglichkeit um, aber da war nichts, und das Glas war schon wieder gefüllt.

Plötzlich ertönte wieder ein Fanfarenstoß. Die Bauern, die im Garten fröhlich getafelt und Mengen von Bier aus grauen Tonkrügen getrunken hatten, sammelten sich erwartungsvoll an einem roten Band, das zwischen zwei Bäume in der Allee gespannt war. Sie wussten offenbar genau, was sie erwartete. Säcke lagen bereit, in die sie stiegen, und nach einem zweiten Trompetenstoß hüpften sie los, rempelten einander an, fielen um, rappelten sich wieder auf und hoppelten weiter. Anna lachte herzlich über die Tölpel. Dann aber sah sie, dass nicht der Schnellste oder der Geschickteste gewann, sondern ein grober Kerl, der alle seine Konkurrenten mit heftigen Schlägen umstieß.

Empört sah sie sich um. Das war nicht gerecht, das musste Gotter doch sehen. Aber Gotter und seine Nichte scherzten mit einem Kavalier, der dem Geschehen seine gewaltige weißgepuderte Perücke zudrehte, weil er sich um eine üppige Dame bemühte, deren Dekolleté Annas Mutter veranlasst hätte, ihren Kindern die Augen zu verhüllen.

Anna drehte sich wieder nach vorn und beobachtete, wie der Grobian dem Ziel entgegensprang und seinen Preis, ein quiekendes, sich windendes Ferkel, in Empfang nahm. Er packte es am Hinterlauf, hielt es hoch in die Luft und rief etwas, was Anna nicht verstand, denn das Ferkel schrie so herzzerreißend, geradezu menschlich, wie damals die mutterlose, von Rosina hochgehaltene Tinka.

»Welch eine Schweinerei«, meinte Jean und hatte die Lacher der Gesellschaft auf seiner Seite. Auch Anna musste lachen. Jean machte seine geistreichen Scherze so charmant, so königlich belustigt, und wieder hob er seinen Kelch und trank ihr zu, und wieder rann der köstliche kühle Wein ihre Kehle hinunter. Fröhlich wollte sie sein, schön und reizvoll fand er sie, sie war immer viel zu vernünftig gewesen. Einmal im Leben wollte sie so leichtsinnig sein, wie Graf Gotter es befahl! Hatte nicht Horaz gesungen: Süß ist der Leichtsinn am rechten Ort? Hier in diesem wunderschönen Schloss, mit einem verliebten Mann musste der rechte Ort sein, wo sonst auf der Welt?

Wieder erschallte ein Fanfarenstoß. Diesmal galt er den Bauersfrauen, die sich erwartungsvoll mit geschürzten Röcken an der Allee versammelt hatten und nun auf die Bäume losrannten. Sie sprangen, mal ungeschickt, mal graziös, in die Luft und versuchten, in den Bäumen etwas zu erhaschen, was aber zunächst nicht gelang.

Mit seiner dröhnenden Stimme meinte Gotter zu den Umstehenden: »Ich wette auf dieses Bauernweib da …« Er deutete auf eine Dralle, Junge, die recht ungeschickt wirkte. »Ich wette, dass es der nicht gelingen wird, den Hauptpreis zu ergattern!«

»Was ist der Hauptpreis?«, erkundigte sich der Markgraf.

»Ein rosa Mieder, in das sie zum Entzücken ihres Freiers ihre drallen Formen hineinpacken kann!«, rief Gotter unter allgemeinem Gelächter. »Hier! Mein Einsatz!«

Er riss sich einen Ring vom Finger, zeigte ihn den Umstehenden und legte ihn mit der dramatischen Geste des großen Wurfs in seinen Weinkelch.

»Halten Sie die Jungfer für eine schlechte Springerin?«, fragte der Markgraf anzüglich.

»Ich setze dagegen!«, schrie die üppige Dame. Ihr unverhüllter Busen wogte vor Erregung.

»Was setzen Sie?«, erkundigte sich Gotter. Die Dame ließ ihren Fächer aufspringen, lugte kokett darüber hervor und meinte, das könne sie der Schicklichkeit halber nicht in Gegenwart der Jungfer von Wangenheim sagen.

Gotter lachte dröhnend und erklärte, seine Nichte sei durch ein wenig Galanterie in ihrer Tugend nicht zu erschüttern. Dabei lächelte er seine Nichte liebevoll an, ein völlig anderes Lächeln als das, was er der Gesellschaft gegenüber aufsetzte, bemerkte Anna. Es war gütig und fürsorglich wie Annas Vater, wenn er beim Abendessen seine Familie betrachtete, bevor er das Dankgebet sprach.

Die dralle Dame zierte sich. Zur Enttäuschung der Kavaliere schlug Gotter vor, sie solle ihm ihren Einsatz ins Ohr flüstern. Sie tat dies hinter vorgehaltenem Fächer, und Gotters bleiche Gesichtsfarbe ging in ein erregtes Blau über. Er hielt ihr die Hand hin: »Top, Frau Baronin! Die Wette gilt!«

Anna schüttelte den Kopf, halb amüsiert, halb abgestoßen, und wandte sich wieder dem bäuerlichen Preisspiel zu. Die Weiber mühten sich redlich, die Dinge zu ergattern. Es waren meist Haushaltsgeräte, Siebe, Kochgeschirr, Krüge und Töpfe, aber auch weitere Kleidungsstücke, vornehmlich Unterwäsche, deren Anzüglichkeit die Herrschaften besonders amüsieren sollte. Eines der Bauernweiber griff nach einem Unterrock mit Rüschen, eine andere erhaschte ein Nachthemd.

Die junge Frau, die Gegenstand der Wette war, hatte es offenbar auf das lachsfarbene Mieder abgesehen. Sie drängte die anderen zurück, nahm ungeschickt Anlauf und sprang immer wieder hinauf zu dem Ast, an dem das gute Stück hing.

Anna erfuhr, dass Hilfsmittel wie Stöcke oder Haken verboten waren. Erlaubt war aber, die bereits errungenen Gegenstände für weitere Beute zu benutzen. So hatte eine ältere Frau, die mit einem Sieb nach der Kanne schlug, Erfolg, und trug die beiden Gegenstände stolz zu ihrer Familie.

Plötzlich heulte das dicke junge Weib triumphierend auf und hielt das Mieder in den Händen, legte es über ihre Kleidung und stolzierte unter dem Jubel der anwesenden Dorfjugend, die Hüften schwingend, den Weg in den Broderiegarten hinein. Ja, sie posierte, kein Zweifel, zu Graf Gotter hin, der sein Glas hob und schrie: »Vive la joie!«

Das Bauernweib ging mit einer obszönen Bewegung in die Knie und zeigte zum Schloss hin mit gespreizten Fingern beider Hände eine lange Nase. Gotter erblasste und schüttelte die Faust. Das Weib kreischte und verschwand in der Menge. Gotter, wieder heiter in der nächsten Sekunde, fischte den Ring aus dem Glas, steckte ihn der dekolletierten Dame an den Mittelfinger und küsste ihr die Hand: »Madame, Sie haben die Wette gewonnen, aber Sie sind um einen unglücklichen Verehrer reicher. Ich bin untröstlich, nun nicht in den Genuss Ihrer herrlichen weißen ...« Lächelnd unterbrach er seine Rede, ließ seinen Blick auf ihrem Busen ruhen, wartete das wiehernde Gelächter der Kavaliere ab und fügte, die pummelige Hand der Dame tätschelnd, hinzu: »Fortuna winkt uns entweder in der Liebe oder im Spiel – ich bin ein Hasardeur, Madame.«

Die anderen Bauernfrauen hatten sich inzwischen ununterbrochen bemüht, die Gegenstände zu erhaschen, die in den Zweigen aufgehängt waren. Sie stellten sich teils ungeschickt an, teils waren die Schüsseln und Kannen sehr hoch gehängt. Einige standen traurig vor Scherben. Sie hatten das Geschirr zwar erreicht, es aber beim Herunterholen zerschlagen. Anna fühlte Zorn in sich aufsteigen, der sich steigerte, als eines der Weiber beim Aufkommen umknickte und mit einem Schmerzensschrei umsank. Sie wollte sich aufrichten, fiel aber unter Stöhnen in sich zusammen.

»Ein Arzt! Wir müssen einen Arzt rufen!«

Hilfesuchend sah Anna sich um, aber niemand in der fröhlichen Runde reagierte. Nur Jean sah sie mitleidig an, winkte einem Diener, der ihre Kelche wieder auffüllte, und sagte leise: »Sie wird sich schon zu helfen wissen!«

»Aber sie hat sich ernsthaft verletzt!«

Niemand reagierte. Annas Zorn steigerte sich. Wütend erklärte sie: »Die Bauern sind auch Menschen! Es geht doch nicht, dass die Herrschaften sie aufeinander hetzen wie Tiere und Wetten auf sie abschließen …«

Gotter und seine Gesellschaft hörten ihren Zornesausbruch nicht, sie standen oben auf dem Balkon hinter dem prächtigen goldenen Ziergeländer. Aber Fleurette hatte Anna gehört.

»Silence, Mademoiselle Dorette, solche Reden will ich hier nicht hören«, wies sie Anna zurecht. »Graf Gotter ist ein ungemein generöser Herr, der alle diese Kreaturen großzügig beschenkt. Für deren Ungeschicklichkeit kann er wahrlich nichts.«

Anna fand nicht die Bauern ungeschickt, sondern die Spielregeln ungerecht. Nun wurde Fleurette scharf: »Ich verbiete dir solche Reden, Dorette! Du bist hier zu Gast, es schickt sich nicht, Standespersonen zu kritisieren!«

»Aber wenn Menschen zu Schaden kommen!«, empörte sich Anna. »Dann sind also die Geschichten doch wahr, die man mir zutrug! Ich wollte sie nicht glauben!«

Fleurette hob eine Augenbraue, aber Anna war in Fahrt. »Graf Gotter hat eine Wette abgeschlossen, dass sein Botenläufer in zwei Tagen nach Hannover und zurück laufen könne!«

»Unmöglich«, meinte Martinet, »das ist ein Weg von mindestens 40 Meilen!«

»Genau!«, stimmte Anna ihm zu. »Aber der Mann war tatsächlich bereits nach der 30. Stunde zurück! Der Graf hatte die Wette gewonnen!«

Sie ignorierte Fleurettes wütende Miene und fuhr fort: »Aber der Läufer bekam einen Blutsturz und starb noch in der Stunde seiner Ankunft ...«

Fleurette packte sie am Arm. »Das reicht! Es steht einem Berliner Mädchen nicht an, Seine Hochwohlgeboren, den königlichen Hofmarschall, zu kritisieren! Mein Herr tut nur gute Werke, nie ging es den Molsdorfer Bauern so gut wie unter seiner gütigen Herrschaft! Von der Taufe bis zur Konfirmation betreut er deren plumpe Kinder.«

Die anderen schauten betreten zur Seite. Plötzlich war Anna allein. Ihr Zorn wich tiefer Enttäuschung. Warum war Fleurette so hart? Sie hatte geglaubt, eine Freundin gefunden zu haben, und nun putzte Fleurette sie vor allen anderen herunter. Anna schluckte. Fleurette ging energisch Richtung Küche und fauchte mit einem letzten scharfen Blick auf die Gruppe: »Und das gilt auch für Sie, Messieurs! Ehren Sie Ihren Brotgeber!«

Was habe ich getan, dachte Anna unglücklich, habe ich wieder einmal meinen Mund nicht halten können. Hatte Fleurette recht? Die anderen blickten sie nicht an. Martinet begann eilig eine Konversation über Gartenkunst und Skulpturen und veranlasste die anderen, ihm in den Garten zum Wasserfall zu folgen. Plötzlich stand sie allein.

Anna fühlte, wie ihr Hals trocken wurde. Sie schluckte krampfhaft, um nicht in Tränen auszubrechen. Hilflos sah sie Fleurette hinterher, sah die anderen scherzend und lachend auf dem Kiesweg promenieren. Annas Kehle wurde eng und trocken. Sie fühlte sich entsetzlich blamiert und einsam. Wasser, dachte sie, ein großes Glas Wasser. Entschlossen eilte sie in den Marmorsaal zum Brunnen.

✣ 14 ✣

ABER DA STAND Jean, und er war entschlossen, aus der Situation Kapital zu schlagen. Lächelnd goss er ihren Kelch auf, nicht mit Wasser, sondern mit Wein. Anna trank gierig, murmelte: »Wieso bist du noch da? Geh zu den anderen …«

»Lass sie gehen, ich bin lieber mit dir. Komm mit«, murmelte Jean an ihrem Ohr. Annas ratlose Enttäuschung wich. Kleine Flämmchen züngelten über ihren Körper. Erregt und dankbar blickte sie Jean in die braunen Augen. Sonst hatten sie immer etwas Ironisches, Süffisantes. Aber in diesem Moment las sie nichts als Zärtlichkeit in ihnen. Er verließ sie nicht! Jean hielt zu ihr!

»Komm, wir berauschen uns an den Orangenblüten.«

Sie hielt sich an ihm fest, schämte sich, dass sie schwankte.

»Aber du …«, begann sie, doch er bot ihr seinen Arm und meinte lässig: »Vergiss es einfach. Die kleine Schlampe ist nicht viel mehr als eine Magd, sie hat dir nichts zu befehlen. Wahrscheinlich …«, wieder war er an ihrem Ohr, »… wahrscheinlich ist sie nur eifersüchtig auf dich, schau sie doch an!«

Anna blickte Jean erstaunt an. Sie fand Fleurette bildhübsch, ihre Position glänzend, warum sollte sie eifersüchtig sein?

»Wie eine Kröte neben einer Elfe!« Jeans Grinsen war frech, aber Annas Hirn begann sich vom Wein zu benebeln. Ja, Fleurette war gemein zu ihr gewesen.

Sie kicherte: »Eher wie ein Wurm neben einer Henne!«

Jean verstand den Vergleich nicht, aber er entnahm ihm, dass Anna den Wein spürte, und das passte in seinen Plan. Er lächelte sanft und pries Annas Schönheit. Fleurette sei hässlich und missgünstig.

»Aber ich habe mal wieder Unsinn geschwatzt …«

»Vergiss es!«, flüsterte Knospe. »Ich habe eine Flasche

Champagner gesichert! Du wolltest doch wissen, wo das Pomeranzenhaus ist.«

Wollte sie? In Annas Kopf war ein wirbeliges Durcheinander, aber die kühle Nachtluft tat gut. Sie atmete tief durch und klammerte sich wieder an Jean, als sie fühlte, dass sie umzusinken drohte. Fleurette hatte ihr das Mieder aber auch so eng geschnürt! Anna konnte kaum atmen, beim Tanzen hatten ihr Seitenstiche zugesetzt, sie schmerzten auch jetzt noch. Ach, sie wusste nicht, was richtig war, außer Jean. Er war da und er hielt zu ihr. Er liebte sie, unzweifelhaft wollte er sich erklären, und das natürlich nicht hier, vor den anderen.

»Komm!« Jean tätschelte ihre Hand und lachte leise. Der Kies knirschte.

»Wohin gehen wir?«, stammelte sie.

»Eine Feier, privatissime, nur mein Herr, die Pomeranzen und wir, eine surprise für dich, die Schönste der Nacht.«

Fleurette sah Anna an Knospes Arm hinauswanken und überlegte kurz, ob sie ihr folgen solle, aber da befahl Gotter das Dessert, und sie eilte in die Küche.

Jean griff mit der Rechten nach einem Talglicht und fing Anna mit der Linken auf.

»Langsam, mein Schatz, Du wirst meinen Herrn früh genug kennenlernen!«

Wie konnte er nur so von ihr denken … Anna strauchelte erneut, sie fühlte Übelkeit hochsteigen und blieb stehen.

»Lass uns umkehren«, bat sie, »hier ist es so dunkel.«

»Komm, wir sind tout de suite dort! Sieh nur!«

Anna sah nichts.

»Dort ist die Orangerie«, behauptete Jean, »riechst du nicht den herrlichen Duft?«

Nein, Anna roch nur Jeans Atem, und der war schwer, er roch wie ein wildes Tier … Warum keuchte er so? Sie wollte umkehren. Sein Griff wurde fester.

»Nachts duften die Limonenblüten besonders herrlich, wir werden es schön haben. Komm nur!«

Waren das ihre Schritte, die auf dem Kies knirschten? Undeutlich schien ihr, als ob Menschen hinter ihr liefen. Wurde sie verfolgt? Wieder wollte sie umkehren, da sah sie Licht hinter den Glasscheiben.

Jean öffnete die Tür zum Gewächshaus weit.

»Ah, wie das duftet!«, rief er.

»Jean, bitte, ich kann nicht mehr stehen, bitte, bring mich fort von hier …«

»Du brauchst nicht zu stehen, meine Schöne.« Er wies auf einen Haufen Leinenplanen, stellte das Licht dort ab. Sie ließ sich darauf sinken, alles drehte sich. Der Champagnerkorken knallte aus der Flasche.

»Oh Jean, ich hätte diesen Wein nicht …«

War das Jean? Zwei Herren waren aus dem Dunkel getreten.

»Mein Herr, sein Sohn«, stellte Jean devot vor. Anna versuchte sich zu erheben, es wollte nicht gelingen.

Sie solle liegen bleiben, meinte der ältere der beiden, sie seien *entre nous*, und ob sie nicht ihr Haar lösen wolle. Nein, das wollte sie nicht, aber da waren Jeans Hände, sie strichen zärtlich über ihr Haar, und auf einmal fiel es wie eine Kaskade über ihre Schultern.

»So schön ist sie, meine Anna«, murmelte er, und wieder streiften seine Lippen ihre Wangen, glitten tiefer hinab an ihrem Ohr vorbei … ach, wie das prickelte, wie dieser Wein. Sie stöhnte unwillkürlich auf.

»Schüttle dein schönes Haar«, befahl die Stimme des Jüngeren, aber sie wollte nicht, und da klang die Stimme plötzlich schneidend.

»Los! Schüttle dein Haar!« Sie fühlte sich an den Schultern gepackt und geschüttelt.

»Jean!«

»Ja, mein Herz«, murmelte seine Stimme weit fort, wie ihr schien.

»Jean!« Wo war er? Aber da war er ja, er nahm sie in die Arme, nun ging es ihr besser, nun drehte er sie herum, was war das?

Sie hörte ein unterdrücktes Keuchen, jemand packte in ihr Haar, zog ihren Kopf nach hinten, schob ihren Rock nach oben …

Sie wollte schreien, aber da war er, der lang ersehnte Kuss. Jean küsste sie. Ach, wenn sie sich doch besser gefühlt hätte!

Sie hielt völlig still. Als er sich von ihr löste, lachte er leise.

»Das gefällt dir, nicht?«

Sie umarmte ihn. Er fühlte sich so gut an, so schön, wenn er nur ihren Rock in Ruhe lassen würde, das schickte sich doch nicht … Sie versuchte, ihn wieder hinunterzuschieben, aber ihre Hand wurde festgehalten, ach, wie mühsam, nun musste sie die andere Hand finden …

Sie wollte schreien, als sie merkte, dass auch diese festgehalten wurde, aber ein weiterer Kuss verschloss ihr den Mund. Ein gieriger, nasser Kuss. War das Jean?

Sie riss die Augen auf, aber das kleine Talglicht war erloschen. Es war dunkel. Sie konnte kein Gesicht erkennen. Panik ergriff sie. Wo war Jean?

Da presste sich ein Körper zwischen ihre Beine, ein scharfer Schmerz, wieder wollte sie schreien, aber ihr Mund war verschlossen, nicht von einem Kuss. Eine Hand hatte sich erbarmungslos über ihren Mund gelegt, eine andere hielt ihre Arme fest, ein schwerer Körper bewegte sich auf ihr, in ihr, der Schmerz wurde unerträglich. Anna wollte sich wehren. Sie wand und drehte sich, trat mit den Füßen, versuchte, ihre Arme zu befreien, hörte ein leises Lachen.

»Eine kleine Wildkatze, was?« Sie wurde herumgedreht: »So macht es auch viel mehr Spaß!«

Einer drückte ihr Gesicht in die stinkenden feuchten Planen. Wieder und wieder stieß der Schmerz zu, in ihre Blöße, der modrige Gestank nahm ihr den Atem, ihre Schreie erstickten in den stockfleckigen Planen. Anna schwanden die Sinne.

❧ 15 ❧

»Deiner Schwester Anna geht es schlecht«, sagte Lisiewski. Er hatte lange gezögert, hatte mal über dies, mal über jenes gesprochen, während er den kleinen David Georg auf seinen Knien reiten ließ. Nun setzte er ihn wieder in das Ställchen, das in Matthieus Atelier stand, und gab ihm seinen Schlüsselbund als Spielzeug.

Die dünne, energiegeladene Rosina hatte ihre konzentrierte Arbeit an dem Porträt einer Dame nicht unterbrochen. Nun ließ sie den Pinsel sinken und betrachtete ihren Vater, der mit sorgenvoller Miene auf dem Hocker in ihrem Atelier saß.

»Ist sie krank?«, fragte Rosina besorgt. Lisiewski zog die Schultern hoch. Wie sollte er Annas Zustand beschreiben? Rosina steckte die Palette mit dem Daumenloch auf die Staffelei, eine Erfindung von ihr, wenn sie schnell zu dem kleinen David musste, reinigte die Pinsel in einem Wasserkrug und schlug vor: »Gehen wir in die Küche! Ich koche uns einen Kaffee!«

Lisiewski betrachtete das Porträt der Dame, an deren spitzenreichem Gewand Rosina gearbeitet hatte. Das Gesicht war erst skizziert.

»Aber dein Auftrag«, gab er zu bedenken, »der Untergrund wird trocken werden.«

Rosina betrachtete ihr Werk mit einem kritischen Blick. »Macht nichts, meine Arbeit daran ist getan. Das Gesicht wird David ausführen, die Dame hat ihm gesessen. Ich habe sie nie gesehen.«

Lisiewski schüttelte verwundert den Kopf. Die Zusammenarbeit der beiden war ihm ein Rätsel. Nie hätte er ein begonnenes Porträt einem anderen überlassen, nicht einmal seiner begabten Tochter.

»Mir liegt die Delikatesse der Gewänder mehr als der Blick«, meinte Rosina leichthin und trocknete sich die

Hände an einem farbverschmierten Tuch. Sie nahm den Kleinen auf den Arm, ging in die Küche, setzte ihn auf einen Stuhl und begann, Kaffee zu mahlen. Lisiewski setzte sich auf den Stuhl neben dem Herd. Es ging auf Weihnachten zu, und Berlin war seit Wochen empfindlich frostig. Er genoss die Wärme nach dem kalten Atelier und blickte sich behaglich um.

Rosinas Küche war nicht so sauber, wie ihr Vater es gewohnt war. Der Tisch klebrig von Kinderhänden, der Boden hätte gewischt werden müssen, und die Wand über dem Herd war schwarz und verkrustet. Rosina verbrachte mehr Zeit im Atelier als in der Küche. Als spüre sie die prüfenden Blicke ihres Vaters, wischte Rosina schnell den Tisch ab, bevor sie zwei saubere Becher darauf stellte und zwei Löffel des gemahlenen Kaffees hineinschüttete.

»Was ist mit Anna?«, forschte sie.

»Seit sie aus Molsdorf zurück ist, ist sie blass und verstört und immer wieder weint sie. Sie denkt, ich sehe es nicht. Sie weint heimlich, und wenn sie mich sieht, wischt sie schnell die Tränen ab, schiebt den Unterkiefer vor und lächelt mich an, auf ihre Art, du weißt schon …«

Rosina übergoss den Kaffee mit heißem Wasser und wickelte ein großes Brot aus einem Leinentuch. Anna war hart gegen sich selbst. Alles hatte ihre kleine Schwester zurückgestellt, um erst Tinka und vier Jahre später David zu versorgen, ihre Malerei, ihre Ausbildung, nicht einmal ausgegangen war sie, von gelegentlichen Theaterbesuchen oder einem Abend bei Therbusch abgesehen. Dabei war sie stets liebevoll und umsichtig mit den Kindern gewesen, hatte mit unendlicher Geduld vergeblich versucht, Tinka Schreiben und Lesen beizubringen, und mit David gespielt und gemalt. Rosina, die seit ihrer Heirat mit Matthieu den kleinen David zu sich genommen hatte, wusste Annas Werk zu schätzen: Die Erziehung ihrer Schwester hatte den Vierjährigen zu einem fröhlichen, gescheiten Kind gemacht.

»Aber am schlimmsten ist, dass sie nicht mehr malt.«

»Sie malt nicht mehr? Anna?« Rosina hielt inne, der Junge fing an zu weinen. Schnell strich sie Marmelade auf die Schnitte und reichte David das Brot. Hungrig biss das Kind zu.

»Nicht vorstellbar, nicht wahr? Seit sie aus Molsdorf zurück ist, scheut sie das Atelier wie der Teufel das Weihwasser. Da ist etwas geschehen in Molsdorf, ich bin mir sicher, und es hat mit diesem Knospe zu tun!«

»Deinem Kostgänger?«

»Er ist eben nicht mehr mein Kostgänger! Anna kehrte ohne ihn aus Molsdorf zurück. Einige Tage später schickte Knospe einen Burschen, die Miete zu begleichen und seine Habe abzuholen. Der Mann weicht uns aus. Dabei hat er erst Julie den Hof gemacht, dann Anna.«

»Geht sie nicht mehr zu Pesne?«, fragte Rosina erstaunt.

Lisiewski verneinte, rührte in seinem Kaffee und sah seine ältere Tochter flehend an: »Sprich du mit ihr, Sinecken! Sie redet mit keinem Menschen, nur mit Tinka, die weicht ihr nicht vom Rockzipfel. Dabei …«

Er lehnte sich über den Tisch und sagte vertraulich: »Dabei hat Ernst bei mir um ihre Hand angehalten. Was soll ich ihm nur sagen?«

»Dass wir nicht mehr im vergangenen Jahrhundert leben und er um ihre Hand bei ihr selbst anhalten soll!«, meinte Rosina kurz. Dann lachte sie auf: »Aber wahrscheinlich hat er Angst, dass er einen Korb kriegt wie von mir!«

Lisiewski war nicht einverstanden mit seiner spöttischen Tochter. Ernst Therbusch sei ein anständiger, sehr tüchtiger junger Mann und kein Dummkopf, sein Jurastudium habe er nur unterbrochen wegen des Todes seines Vaters. Seine Mutter könne die ›Weiße Taube‹ unmöglich allein bewältigen.

Rosina winkte ab. »Und welche Rolle ist Anna in dieser Wirtschaft zugewiesen? Die der Schankkellnerin?«

»Unsinn, Sine! Natürlich wird sie die Chefin, Liese ist froh, wenn sie sich zurückziehen kann.«

Rosina musterte ihren Vater, der vorsichtig am heißen Kaffee nippte, mit einem mokanten Blick. »Das ist nicht dein Ernst, Vater! Hast du Anna in der Porträtmalerei ausgebildet, damit sie ihr künftiges Dasein als Wirtin fristet?«

»Sie ist eine gute Hauswirtschafterin!«, brauste Lisiewski auf.

»Ja, eine viel bessere als ich, und als Mutter wird sie wahrscheinlich auch viel besser sein als ich …«

Rosina schoss ein Gedanke durch den Kopf, so verwegen, dass sie ihn nicht zu Ende denken mochte. War Anna … Schnell griff sie zu ihrem Becher. Auf den Kaffee konnte sie sich verlassen. Stets nahmen ihre Gedanken Gestalt an, während sie das heiße, süße Getränk genoss.

Lisiewski sprach erregt weiter: »Gott hat mir sechs Töchter und einen Sohn geschenkt! Hätte ich nur Reinhold unterrichten sollen? Ich habe euch allen mein Wissen weitergegeben ohne Ansehen des Geschlechts! Alles, was ich kann und weiß, habe ich euch gelehrt. Das ist eure Aussteuer, mehr kann ich euch nicht mitgeben. Ich weiß, das ist nicht viel …«

»Es ist das Wichtigste in der Welt, und ich bin froh, nicht mit Leintüchern und Bettwäsche, sondern mit einer Profession versehen worden zu sein«, sagte Rosina und küsste ihrem Vater die Hand. »Morgen schickst du Anna zu mir. Gib vor, ich brauchte dringend ihre Hilfe. Aber beim Malen, hörst du, nicht bei David, damit sie Tinka nicht mitschleppt. Der Pinsel löst die Zunge, du wirst sehen.«

»Aber du wirst ihr nicht die Heirat mit Therbusch ausreden?«, erkundigte sich Lisiewski besorgt. Rosina zog die Augenbrauen hoch. »Bisher hat er sich nicht einmal erklärt! Was soll ich ihr ausreden?«

16

ES SCHNEITE, UND TINKA WEINTE. Sie verstand nicht, warum sie daheim bleiben musste. Sie wollte mit David spielen, während Anna und Rosina arbeiteten.

»Mitkommen! Schneemann bauen!«, bettelte sie. Endlich riss Anna sich los, schlang ein wollenes Tuch um den Kopf, hüllte sich in ihren Umhang und griff nach dem Leinentuch, in das der Vater einige Pinsel und Farben eingeschlagen hatte, die Rosina angeblich dringend brauchte. Wenn dies ein Vorwand war, sie wieder an die Staffelei zu bekommen, die Mühe konnte der Vater sich sparen. Nie wieder würde sie malen, nie wieder. Die ›fetes galantes‹ hatten ihr nur Unheil gebracht. Anna wusste nun, was sich dahinter verbarg, wusste, dass diese Feste keine heiteren Spiele waren, jedenfalls nicht für Frauen bürgerlicher Herkunft. Wie dumm sie gewesen war, dumm wie eine Bauernmagd! Viel dümmer als Janas Freundinnen! Die Cottbusser Dienstmädchen wussten wenigstens, dass die Väter ihrer Kinder die Hausherren und deren Söhne waren. Und sie hatte die Feste dieser Ungeheuer auch noch gemalt! Wie grenzenlos dumm sie war. Anna wollte die Bilder nie wieder sehen, nie wieder anrühren. Tief hinter den anderen verborgen, lehnten sie an der Wand in Lisiewskis Atelier, mochten sie dort verschimmeln, sie würde nie wieder einen Pinsel in die Hand nehmen, auch nicht, um Rosina zu helfen.

Anna sah nicht auf, als sie die Fischerbrücke entlang im Schneegestöber über den Mühlendamm Richtung Petrikirche ging. Seit ihrer Heirat mit Schwager Matthieu wohnte Rosina auf dem Platz an der Jerusalemer Brücke.

Der Weg war nicht weit, aber sie zögerte, ihren üblichen Weg über die schmale Jungfernbrücke zu nehmen. Er führte an Pesnes Haus am Friedrichswerder vorbei. Pesne wollte sie nicht begegnen, noch weniger Knobelsdorff, und einem ihrer ehemaligen Mitschüler am allerwenigsten. Kein anständiger Mann würde eine so verworfene Frau wie Anna Lisiewska wollen. Jean Knospe hatte sofort das Quartier gewechselt, und sie konnte von Glück sagen, dass alles fern von Berlin geschehen war, sonst säße sie jetzt in der Spandauer Festung und würde mit anderen Huren Wolle spinnen. Schaudernd blickte sie zum Dach des riesigen grauen Schlosses auf der Spreeinsel, in dem der König regierte, der in diesem Punkte keinen Deut nachsichtiger war als sein sittenstrenger Vater. Entschlossen wandte Anna sich am Ende der Sparrenstraße nach links zur Gertraudenbrücke.

Es war Markttag, und der Stadtteil Cölln war entsprechend belebt. Trotz des eisigen Wetters kamen die Bauern und die Fischer aus dem Umland. An Holzständen wurde gesalzener Stockfisch und sauer eingelegtes Gemüse angeboten, Metzger in blutigen Schürzen zerlegten ihre Tiere, von ihren Kähnen priesen die Fischer schreiend frische Karpfen, Welse und Schleien an. Um die Branntweinbude am Spreeufer drängten sich torkelnde Gepäckträger und Schulschwänzer.

Auf der Gertraudenbrücke blieb Anna unvermittelt stehen. Aus dem grauen Gewirr, zu dem sich ihr Leben trostlos verstrickt hatte, leuchtete ihr plötzlich der Fluss entgegen, in freundlichem, frischem Grün. An den Ufern bildeten dünne Eiskristalle bizarre durchscheinende Muster auf dem Wasser wie winterliche Spinnengewebe.

Hinein, sagte eine freundliche Stimme in ihr, hinein, dann bist du deiner Sorgen ledig. Spring, das kalte Wasser wird über dir zusammenschlagen, nichts wirst du merken, du bist schneller erfroren als ertrunken.

Nie würde Anna den grauenvollsten Tag ihres Lebens vergessen. Im Morgengrauen war sie in der Orangerie erwacht, weil ihre Zähne vor Kälte aufeinanderschlugen. Ohne zu begreifen, hatte sie sich aufgerappelt, die Röcke geschürzt und war in ihre Dachkammer geflüchtet. Jede Stufe tat ihr weh, kein Glied ihres Körpers wollte ihr gehorchen, alles war verdreht. Ihre Beine zitterten, ihre Arme schmerzten, voller Schrecken entdeckte sie Blutergüsse an den Handgelenken. Als sie nach dem endlosen Anstieg die Tür hinter sich schloss, spürte sie klebrige Nässe ihre Beine hinunterrinnen. Blut! Es hörte nicht auf. Über das bereits geronnene Blut ergoss sich frisches, warmes, schreckliches, nicht zu stillendes Blut. Wie lange hatte sie in diesem grausigen Glashaus gelegen und geblutet? Was war ihr zugestoßen?

Fleurettes Kostüm! Himmel, wenn sie die kostbare Robe ruiniert hatte. Kraftlos und ungeschickt hatte sie sich aus dem engen Mieder befreit, die Röcke begutachtet und mit Entsetzen gesehen, dass der Unterrock voller Blutflecken war. Sie würde verbluten, elendig sterben würde sie. Was war nur geschehen, sie konnte sich an nichts erinnern, bis zum heutigen Tag nicht.

Anna sah in das eisige dunkelgrüne Wasser der Spree und dachte verzweifelt zum hundertsten Mal seit drei Monaten: Wie konnte mir das geschehen? Warum war ich so entsetzlich leichtsinnig? Kann ein Mädchen tiefer fallen?

In der Kammer gab es nur ein Waschgeschirr mit kaltem Wasser und ein wenig Essig. Mühselig hatte sie erst das Kleid halbwegs gesäubert, dann hatte sie sich selbst gereinigt, voller Ekel, und dann läutete es auch schon zum Frühstück. Keine Zeit zum Grübeln, das Deckengemälde musste gefirnisst, die Pinsel gereinigt, die Utensilien gepackt, Abschied genommen, Fleurettes forschenden Blicken ausgewichen werden. Flüchtige Umarmungen, falsches Lächeln, nie wollte sie Fleurette wiedersehen, nie an diesen entsetzlichen Ort zurückkehren. Fort, nur fort, bevor Fleurette das ruinierte Kleid entdeckte. Voller Angst hatte Anna schließlich den Unterrock herausgeschnitten und in ihre Reisekiste gesteckt, panisch. Wo sollte sie dieses grauenvolle Corpus Delicti vernichten?

Sie hatte bereits in der Kutsche gesessen, als Fleurettes Stimme nach ihr rief. Nun hatte sie das Kleid entdeckt! Schweiß brach Anna aus allen Poren. Aber Fleurette hatte ihr lachend ein Päckchen in den Schoß geworfen. Anna war zusammengezuckt, als hätte eine fette braune Küchenschabe sie unvermutet getroffen. Es war das Augenglas, das sie vergessen hatte. Ach, was sollte ihr das, sie würde nie wieder sehen können, mit oder ohne Gotters Geschenk. Die Farben waren aus der Welt verschwunden. Der Himmel war nicht mehr blau, er war von steinernem Grau wie uralter Granit, und er legte sich auf ihre Brust, als wolle er sie erdrücken.

Zum ersten Mal seit langen bangen Wochen sah Anna wieder Farben. Wie ein weit geöffnetes Fischmaul leuchtete ihr das glänzende dunkle Flussgrün entgegen, die Kiemen klappten auf und zu, braun und rot, die Spree würde sie verschlingen, alles wäre vorbei, und ihrem armen Vater würde sie die Schande ersparen.

Aber nicht hier, dachte sie klar und vernünftig, die neu entdeckten Farben von Grün über Grau bis Schlammbraun und tiefem Rubinrot genießend wie das Stillleben eines alten Meisters, nicht hier. Einer der Fischer würde sie unter lautem Schimpfen herausfischen, ihr derb auf den nassen Hintern patschen, und ihr schöner Plan wäre misslungen. Oder ihre Leiche würde mit der Strömung durch ganz Berlin gespült, womöglich am Mühlendamm herausgefischt werden, wie entsetzlich für ihre Familie. Nein. Nicht hier.

Komm, Anna, lockte gurgelnd die Spree, ich hab einsame moosgrüne Windungen, hinter dem Holzmarkt, wo die Flößer die Stämme verhaken, wer unter dieser Last landet, die halte ich fest in meinen grünen, weichen Armen und lasse sie nie wieder nach oben.

Tief holte Anna Luft, um über die Brücke zurückzugehen, da kam die Kutsche vom Schloss über die Gertraudenbrücke. Obwohl es eines jener modernen, wendigen einspännigen Cabriolets war, das der Kutscher geschickt zwischen dem Marktvolk, den Holzbuden und Ständen hindurch manövrierte, musste Anna sich auf der schmalen Brücke eng an die steinerne Balustrade drücken, um nicht umgefahren zu werden. Wie merkwürdig, dachte sie, ich bin auf dem Weg mich zu ertränken und weiche doch aus. Warum nur, ich könnte mich auch vor dieses Cabriolet werfen, es ginge gewiss schnell.

Sie hörte ein scharfes »Arret«. Der Rappe wurde so heftig zurückgehalten, dass er auf der Hinterhand einknickte und mit nervös rollenden Augen und angelegten Ohren direkt neben ihr stehen blieb.

Ein Diener sprang heraus und öffnete den Schlag. Unter der tief ins Gesicht gezogenen Pelzmütze aus unbezahlbarem Zobel blickte Anna in die übernächtigten, rotgeränderten Augen des Grafen Gotter.

17

»MADEMOISELLE ARTISTE!«, dröhnte Gotters mächtiger Bass, und an den Herrn neben sich gewandt, meinte er: »Sehen Sie nur, das ist Mademoiselle Lisiewski …«

»Lisiewska«, verbesserte Anna mechanisch und verstummte erschrocken. Wie kam sie dazu, den Grafen zu korrigieren. Aber Gotters gute Laune war nicht aufzuhalten. Die beiden Herren hatten trotz der morgendlichen Stunde bereits einige Gläschen Wein getrunken, das war nicht zu übersehen. Beide wieherten, als hätte Anna einen riesigen Spaß gemacht.

»Nun, also Mademoiselle Lisiewska! Sie ist die Tochter des Hofmalers Georg Lisiewski.«

»Ah, der den verstorbenen König im Malen unterrichtete?«, fragte der junge Kavalier interessiert.

»Er unterzog sich dieser Mühe, mein lieber Mutzel«, meinte Gotter, »aber er hätte ebenso gut einen Fisch das Fechten lehren können.«

Mutzel lachte ein hohes, wieherndes Lachen, das sich neben Gotters Bass anhörte wie das Quieken eines verängstigten Iltis im Fang des Wolfs.

»Steigen Sie ein, Mademoiselle!«, befahl Gotter. »Ich fahre Sie, wohin Sie wollen, Sie dürfen bei dieser Kälte nicht hier herumlaufen!«

Anna wollte nicht. Aber schon war der Diener vom Lakaienbrett gesprungen und riss den Schlag auf.

»Kommen Sie nur! Ich habe ohnehin mit Ihnen zu sprechen, Mademoiselle. Ich muss nur erst meinen verehrten Freund Mutzel zur Diligence bringen, er reist mit der Extrapost nach Italien. Ah, welch ein Glück Sie haben, mon ami, einen Onkel in Florenz, wer hätte das nicht gern? – Nun steigen Sie schon ein, Mademoiselle, zieren Sie sich nicht, Monsieur Mutzel beißt nicht!«

Anna gehorchte zitternd und begrüßte Gotters Begleiter mit einem verlegenen Lächeln. Mutzel war etwa in ihrem Alter und hockte aufgrund seiner Körpergröße mit eingezogenem Kopf etwas unglücklich in dem schnittigen Cabriolet. Zur Post! Am Vormittag kamen die Postkutschen an, und Ernst Therbusch war sicher unterwegs zum Packhof, seinen Gästen die Bagage abzunehmen. Sie wollte ihm nicht begegnen. Sie wollte keinem Menschen begegnen, am allerwenigsten aber Ernst, dem sie auf seinen Antrag nicht geantwortet hatte und der sie nie zur Frau nehmen würde, nicht mehr jetzt, nach ihrer entsetzlichen Schande. Er musste denken, dass sie sich mit diesen Müßiggängern von Stand tagsüber herumtrieb, statt ihrer Arbeit nachzugehen. Aber schlimmer war Gotters Ankündigung, er habe mit ihr zu sprechen. Nun würde er sie wegen des ruinierten Kleides ausschelten, wenn nicht Schlimmeres. Was hatte sie angerichtet in seinem schönen Schloss, wie hatte sie sich aufgeführt! Sie hatte es sich mit einem wohlhabenden Gönner verdorben, aber gut, sie würde auch keinen mehr brauchen in den letzten Stunden ihres Lebens. Sie drückte sich in die Ecke gegenüber von Gotter, der Diener schloss den Schlag, sprang hinten auf das Brett, und die Fahrt ging durch Cölln über die Insel, über die Lange Brücke zur Post auf der Königsstraße.

Auf dem Posthof ging es laut und lebhaft zu. Das Dach einer großen Berline wurde gerade mit Reisekisten und Körben beladen. Ein kräftiger Mann hob das schwere Gepäck hinauf, und ein anderer verstaute es und zurrte es mit Ledergurten am Eisengeländer fest.

Monsieur Mutzel war bereits ausgestiegen. Anna erschrak, als Gotter plötzlich eine langläufige, wertvolle Pistole hervorzog. Er reichte sie dem jungen Mann mit einem Pulverhorn und einem Säckchen Kugeln und meinte: »Hier, mein Bester, das werden Sie sicherlich brauchen.«

Mutzel bedankte sich artig, wog die schwere Waffe in der Hand und gab zu bedenken, dass er kein Meisterschütze sei.

»Um das Gesindel in den Bergen fernzuhalten, dürfte es ausreichen, die Pistole zu zeigen«, meinte Gotter, und wieder lachten beide endlos.

War das Reisen so gefährlich? Anna hatte keine Vorstellung von Bergen und wie man nach Italien reiste. Die erste Reise ihres Lebens hatte ihr nur Unheil gebracht. Vermutlich war dieser junge Mann wochenlang unterwegs. Sie betrachtete ihn trotz ihrer Schwermut mit einem Anflug von Neugierde, konnte aber in seinen unscheinbaren Gesichtszügen keinen abenteuerlustigen Charakter entdecken. Der Schlag wurde geöffnet, Anna drückte sich in die Polster und spähte vorsichtig zu den geschäftigen Menschen. Eben wurden zwei Pferde im Geschirr an die Deichsel geführt. Eine große Berline stand bereits abfahrbereit an der Ausfahrt. Pferde wieherten und schnaubten, Menschen lachten und weinten, fielen einander um den Hals, aber Ernst Therbusch war zu Annas Erleichterung nicht zu sehen.

Mutzel bemerkte, dass sein Gepäck bereits aufgeladen war, und verabschiedete sich von Anna mit einem gehauchten Handkuss, wobei er betonte, es sei ihm ein Vergnügen, ihre Bekanntschaft gemacht zu haben. Erleichtert, Therbusch nirgendwo zu sehen, schenkte Anna ihm ein freundliches Lächeln und wünschte ihm eine gute Reise. Da machte Mutzel plötzlich ein besorgtes Gesicht und meinte ernsthaft: »Vielen Dank, Mademoiselle. Bei einem solchen Abenteuer weiß man ja nicht … vielleicht werde ich Sie niemals wiedersehen.«

Ganz gewiss nicht, dachte Anna, denn ich werde nicht mehr sein. Plötzlich bewunderte sie den jungen Mutzel. Er durfte nach Italien fahren, in jenes Land, in dem es so warm sein sollte, dass Pomeranzen und Zitronen wuchsen, in dem der Himmel sich in wolkenlosem Blau bis zum Horizont erstrecken sollte, durchscheinend und kaum zu malen, und er ließ die graue Kälte in Berlin zurück. Ja, wenn sie einen Onkel oder eine Tante in Italien hätte, dann könnte sie sich ihnen anvertrauen statt den dunkelgrünen Wellen der Spree. Wie gut er es hat, dachte Anna ohne Neid, eine fremde, aufregende Welt voller wunderbarer sonniger Farben erwartet ihn, und ich bleibe in meiner Hoffnungslosigkeit zurück, aus der mich nur der Tod erlösen kann.

Vier Herren ließen drei Damen in die Postkutsche steigen, dann folgten sie ihnen. Zuletzt stieg der junge Mutzel ein. Er drehte sich noch einmal zu Graf Gotter um und hob lachend die Pistole in die Luft. Annas Blick begegnete er nicht. In seinen Augen glomm nun die Vorfreude auf das Abenteuer.

Die Kutsche fuhr an. Anna wagte nicht, den Grafen anzusehen. Ergeben erwartete sie ihre Strafpredigt, was konnte es ihr ausmachen, nichts als ein kurzer Aufschub, bevor sie diese Welt verlassen würde.

»Was sollen diese Dummheiten?«, herrschte Gotter sie an. Mühsam entschuldigte sie sich für das Ungemach, das sie ihm in seinem Schloss bereitet hatte.

»Molsdorf? Ungemach? Bavardage«, beschied Gotter kurz, »ich meine die Dummheit, Mademoiselle, die Sie offenbar an der Gertraudenbrücke planten.«

Annas Kopf fuhr nach oben. Wie konnte er ...

»Sapere aude!«, erklärte Gotter, richtete seinen fleischigen Zeigefinger auf Anna und übersetzte: »Entschließe dich zur Vernunft! – Mademoiselle Lisiewska, ich kann nichts Vernünftiges darin sehen, wenn sich hoffnungsvolle Talente von Brücken stürzen, statt ihrer künstlerischen Inspiration zu frönen.«

Hatte der Mann übersinnliche Fähigkeiten? Anna knetete verwirrt das Päckchen in ihren Händen und erklärte stockend: »Ich möchte zu meiner Schwester, Madame Rosina Matthieu, auf dem Platz bei der Jerusalemsbrücke.«

Gotter rief dem Kutscher das Fahrtziel zu und wandte sich wieder Anna zu.

Nachdenklich betrachtete er die gesenkten Lider in ihrem fast weißen Gesicht und ihre kräftigen Hände, die nervös an dem Leinwandpäckchen nestelten.

Graf Gotters Ehre als Gastgeber und Gründer des Ordens der gut gelaunten Eremiten war besudelt worden. Fleurette hatte ihm von ihrem Verdacht berichtet, und er war entschlossen, der jungen talentierten Malerin die Wahrheit zu entlocken. In den langen Jahren seiner diplomatischen Laufbahn hatte er die Menschen studiert. Dieses Mädchen war keine Dirne. Er glaubte an Annas Unschuld und war entschlossen, ihr Genugtuung zu verschaffen. In seinem Haus sollte die Freude herrschen, vielleicht noch Fortuna, andere Göttinnen duldete er nicht.

»Ich möchte mein Porträt von Ihrer Hand in Auftrag geben.«

Ein Porträt? Anna sah verblüfft auf. Keine Schelte, keine Vorwürfe? Hatte Fleurette nichts erzählt? Aber es war zu spät. Leise sagte sie: »Ich male nicht mehr.«

Sie waren vor Rosinas Haus vorgefahren.

»Oh doch, Sie werden mein Porträt malen, Mademoiselle«, entgegnete Gotter ruhig, »ich zahle gut.«

»Es wird kein Bild werden, das im Postministerium hängen kann«, erklärte Anna feindselig. Aber Gotter lachte nur.

»Von der Sorte habe ich genug. Mademoiselle! Selbst wenn Sie mich als Harlekin malen, ein Bild von Ihrer Hand wird mein Stadtpalais schmücken!«

Der Diener hatte den Schlag schon geöffnet, da schrie Anna voller Verzweiflung: »Wollen Sie Ihr Bildnis von einer Hure gemalt haben, Graf?«

Sie stürzte aus der Kutsche über die Gasse ins Haus. Die alte, schäbige Haustür zitterte, als sie sie hinter sich zuschlug.

✦ 18 ✦

ERNST THERBUSCH WAR BEI DER POST GEWESEN, auch wenn Anna ihn nicht gesehen hatte. Er hatte Reisekisten seiner Gäste zur Kutsche bringen lassen und sich überzeugt, dass sie ordentlich aufgeladen und verzurrt wurden.

Da sah er Anna Lisiewska. Was tat sie in der Kutsche jenes verschrienen Parvenüs, den man erst Herr Gotter, nun aber mit ›Hochwohlgeboren‹ anreden musste? Der Mann war zugegebenermaßen ein spendabler Gast, aber er war ein liederlicher Geselle wie die meisten seines Standes. Von Moral hielten sie nichts, von Genuss viel.

Dies war das Mädchen, das er heiraten wollte, und sie war ihm seit zwei Monaten ausgewichen. Plötzlich kam ihm ein entsetzlicher Gedanke. War sie in Molsdorf die Mätresse dieses windigen ›donnernden Jupiters‹ geworden? Hatte sie sich von Gotters Reichtum, von seiner glänzenden Stellung bei Hofe beeindrucken lassen? War sie Ernst deshalb ständig aus dem Weg gegangen? Hatte er sie verführt, dieser Lüstling, dem man doch ansah, dass er keine Ausschweifung ausließ?

Schon wollte Ernst Therbusch zu Gotters Cabriolet stürzen, ihn zur Rede stellen, Edelmann und gut zahlender Gast hin oder her, da fuhr die Chaise an. Im Vorbeifahren sah er Annas blasses, verstörtes Gesicht, das in dem protzigen Cabriolet förmlich verschwand. Nein, dies war keine launige, aufgeputzte Mätresse, dies war seine Anna, ein Mädchen, das aussah, als solle es entführt werden. Hatte der Rohling sein scheußliches Werk noch nicht vollendet?

Ernst wusste kaum, was er tat, als er dem Cabriolet folgte. Er konnte es gut verfolgen, die Gassen waren belebt, und der Kutscher musste den flotten Traber immer wieder in Schritt fallen lassen, um den Menschen im Schneegestöber auszuweichen. Schon nach wenigen Minuten hielt die Kutsche vor dem Haus, in dem Rosina wohnte, und Anna stieg aus. Sie rief etwas, was Ernst nicht verstand, und verschwand im Hauseingang. Sie besucht ihre Schwester, dachte er erleichtert, auch wenn er nicht verstand, warum sie sich von Gotter zu Matthieus Haus chauffieren ließ. Schon wollte er sich erleichtert abwenden, Gotter war bereits abgefahren, da eilte Anna wieder aus dem Haus. Zielstrebig ging sie die Oberwallstraße entlang.

Ernst folgte ihr erstaunt. War Rosina nicht daheim? Aber Annas Besuch war zu kurz, um dies auch nur erfahren zu haben. Was tat Anna?

Er brauchte sich nicht einmal die Mühe machen, sich zu verbergen. Anna drehte sich nicht um. Zielstrebig, mit schnellen, kleinen Schritten überquerte sie die Pomeranzenbrücke und ging in Richtung des Schlosses der Königsmutter, Monbijou, am Schlossgarten vorbei, bis sie am Ufer der Spree anlangte. Noch weiter ging sie, nun war sie schon in der Spandauischen Vorstadt. Kein Mensch war hier unterwegs, kalt war es, für einen solchen Fußmarsch war Ernst Therbusch nicht angekleidet. Er schloss seine Jacke und blies sich in die

Hände, aber Anna hatte offenbar ihr Ziel noch nicht erreicht. Wollte sie bei dieser Eiseskälte in ihren Garten?

Aber Anna ging an den Gärten vorbei, ohne sie eines Blickes zu würdigen, sogar an den Äckern der Berliner, die hier ihr Kraut anbauten. Kahl lagen die sandigen Flächen da, Schneeflocken wehten über die aufgefrorenen Schollen und bildeten eisige Schaumkronen.

Inzwischen hatte Anna die Allee, die zum Oranienburger Stadttor führte, überquert. Weiter ging sie an der Spree entlang.

An einem einsamen Platz in der Flusswindung kurz vor dem Holzmarkt blieb sie plötzlich stehen und starrte in den Fluss. Einer der Flößer am anderen Ufer, die mit ihren Floßrechen die Stämme aus dem Wasser auffingen, um das Holz in Klaftern auf das Ufer zu setzen, sah auf und rief ihr eine Obszönität zu. Sie beachtete ihn nicht.

Was tat Anna?

Ernst Therbusch beobachtete ratlos, wie sie Steine sammelte und sich in die Taschen ihrer Röcke stopfte. Nun ging sie nah ans Ufer, viel zu nah, fand er, nun brüllte der Flößer, aber keine Obszönität, nein, er warnte. Schon schoss ein Baumstamm in der Strömung heran, ein weiterer folgte blitzschnell, Anna ging weiter, nun ging sie in das eiskalte Wasser hinein, nun bauschten sich ihre Röcke wie eine Glocke auf dem Wasser …

Ernst Therbusch rannte los, stürzte in den Fluss und riss sie vor dem Stamm weg. Sie war leichenblass und starrte ihn an, als sehe sie einen Geist. Er schleppte sie in ihren vollgesogenen Röcken ans Ufer, kniete sich neben sie.

»Therbusch«, kam es dem erschrockenen Ernst über die Lippen, »weißt du, dass mein Name von Ther Borch kommt?«

Sie starrte ihn immer noch an.

»Du wirst den Nachfahren eines berühmten niederländischen Malers heiraten«, meinte Ernst Therbusch und küsste ihre kalten weißen Lippen.

»Das ist gut«, flüsterte sie, »denn ich werde nie im Leben wieder malen.«

❧ 19 ❧

DIE FLÖSSER KAMEN HERAN. Sie waren zu fünft. In der Mitte ging ein besonders großer, starker Mann, kaum dreißig Jahre alt. Er trug ärmliche, vielfach geflickte Kleidung und eine schwarze Leinenkappe. Mit einer entschiedenen Bewegung schob er Ernst von Anna fort, wickelte sie in eine riesige dicke Wolldecke, die ihm der Kleinere an seiner Seite reichte, stellte die Zitternde auf die Füße, hob befehlend das Kinn, worauf einer seiner Kumpane sofort begann, Anna warm zu klopfen und zu reiben. Dann sprach der große Flößer zum ersten Mal, in einem seltsamen Dialekt mit vielen Zungenschlägen, den sie noch nie gehört hatte.

»Der taugt nichts, Fräulein«, sagte der Flößer warnend zu Anna, »kein Mann ist das wert.«

Er ignorierte Ernst Therbuschs Protest und trat einen Schritt näher an die vor Kälte Zitternde heran. »Der Herrgott hat uns das Leben geschenkt, und ein Geschenk wirft man nicht weg. Hab ich recht?«

Die anderen Flößer nickten zustimmend. Breitbeinig hatten sie sich vor Ernst aufgestellt.

»Und nun zu dir.« Der große Flößer wandte sich von Anna ab, reichte einem seiner Kumpane seine Kappe und schlug ohne weitere Warnung Ernst die Faust ins Gesicht. Anna schrie auf. Ernst Therbusch sackte ohne einen Laut in sich zusammen.

Die Flößer blickten den am Boden Liegenden verächtlich an. Der Große setzte sich die Kappe wieder auf die Haare, tippte noch einmal mit zwei Fingern daran wie zum Abschied, dann gingen sie.

»Aber er ist doch gar nicht …« Anna verstummte. Warm war ihr geworden, sie spürte die kräftigen Hände des Mannes durch die dicke Wolldecke hindurch noch auf ihrem Körper. Dunkel tauchte eine Erinnerung an die Mutter auf, die sie nach dem Baden in ein großes Tuch gewickelt und trockengerieben hatte, und an den kleinen Holle, der bibbernd in der Wanne gestanden hatte, bis die Reihe an ihm war.

Sie sah auf Ernst Therbuschs übel zerschundenes Gesicht hinunter. Von weitem hörte sie die Rufe der Flößer, die wieder bei der Arbeit waren.

So lösen Männer Probleme, dachte sie und wusste nicht, ob sie weinen oder lachen sollte. Wenn sie wenigstens den Richtigen getroffen hätten! Es hätte ihr Problem zwar nicht gelöst, aber eine Tracht Prügel von diesem Kerl, der aussah wie die Baumstämme, die er transportierte, die hätte sie Knospe von Herzen gegönnt. Ekel stieg in ihr hoch und machte sie schaudern. Die Erinnerung an die modrigen Planen, dieser widerwärtige, gemeine … Schnee von gestern, kümmere dich um deinen zukünftigen Ehemann, befahl sie sich zitternd, nestelte unter der steifen Wolldecke ein Tuch aus ihrem Kleid, kniete sich neben ihn und tupfte ihm vorsichtig das Blut vom Gesicht.

Ernst schlug die Augen auf.

»Du wirst ein liederliches Weibsstück heiraten«, warnte sie.

Ernst lächelte.

»Du wirst Vater eines Kindes sein, das nicht deines ist«, flüsterte sie.

Ernst zog sie zu sich hinunter und küsste sie.

Er schmeckte nach Blut, Schweiß und Tränen.

ANNA HATTE BESCHLOSSEN, ihre Aussteuer als Kopistin zu verdienen. Sie arbeitete an einer Kopie von Pesnes Selbstporträt.

»Besuch für dich, Anna!« Georg Lisiewski öffnete die Tür und trat respektvoll vor der unbekannten, vornehm gekleideten Dame zurück.

Fleurette betrat das Atelier. Anna sah auf und starrte die gutaussehende junge Frau an wie einen Geist. Jetzt kam ihr Todesstoß. Wenn der Vater nur endlich die Tür schließen würde! Aber nein, er blickte stolz von seiner Tochter auf das Bild und erläuterte der Dame: »Sehen Sie! Und dies ist nur eine Kopie! Sie sollten erst ihre eigenen Werke sehen! Meine Tochter ist so begabt fürs Kolorit, und die Ähnlichkeit mit den Personen – als würden sie Ihnen leibhaftig gegenüberstehen, gnädige Dame!«

»Ich weiß«, sagte Fleurette lächelnd.

Nun würde alles herauskommen. Anna legte den Pinsel zur Seite, nahm die Palette von der Hand und erwartete ihr Todesurteil mit gesenktem Kopf.

»Grüß Gott, Dorette!«

Sie nannte sie bei dem Wiener Kosenamen, den sie ihr in Molsdorf gegeben hatte. Dorette und Fleurette, wie hatten sie gelacht. Jetzt konnte es nur böse Ironie sein. Wollte Fleurette sich an ihrem Unglück weiden? Nun, auf jeden Fall wollte sie das ruinierte Kleid ausgebessert oder bezahlt wissen.

Georg Lisiewski sah erstaunt von der eleganten Wienerin zu seiner Tochter. Die war doch sonst nicht auf ihre Berliner Schnauze gefallen, eher zu frech als zu stumm. Er hatte keine Ahnung, wer die Dame war, aber gut situierte Kundinnen brauchten sie immer, gerade jetzt vor der Heirat. Auch wenn sein künftiger Schwiegersohn Wirt einer gutgehenden Restauration war, Hochzeiten kosteten Geld. Und Lisiewski fand es vernünftig, dass Anna wieder angefangen hatte zu malen, Kopien hin oder her, sie würde sich schon wieder finden. Vielleicht war dies hier der erste lukrative Auftrag, und die Dame war bildhübsch, eine Freude, sie zu porträtieren. Er räusperte sich.

»Sind schon Angehörige in Tränen ausgebrochen, weil meine Tochter die Verstorbenen so lebendig in ihrem Ausdruck porträtiert hat!«, pries er Annas Fähigkeiten mit seinem charmantesten pommerschen Akzent. Was stand sie da wie versteinert? Er warf seiner Tochter einen auffordernden Blick zu.

»Kommen Sie nur, Allergnädigste, sehen Sie!« Lisiewski wollte Fleurette vor die Staffelei führen.

Anna blickte auf und in das lächelnde Gesicht Fleurettes. Ein Wolfsgrinsen, dachte sie, erst setzt Gotter mir zu, und nun schickt er Fleurette. Was hatte dieser infame Hund Knospe – sie hatte den sanften Namen Jean aus ihrem Herzen und ihren Gedanken verbannt – ihnen eingeflüstert?

»Guten Tag, Fleurette«, sagte sie mühsam. Dann hielt sie ihren Vater, der an ihr vorbei zur Staffelei wollte, am Ärmel fest: »Lass uns allein, Papa!«

Und als sie seinen verletzten Blick sah, fügte sie, den Tränen nahe, hinzu: »Bitte, Papa!«

Lisiewski war Vater von fünf Töchtern. Weibliche Stimmungsschwankungen waren ihm nicht unbekannt. Er wusste nicht, wer diese vornehme Dame war, aber sie versetzte seine Anna in Aufregung, und er war sofort bereit, den Kampf aufzunehmen wie ein polnischer Husar.

»Wenn du meinst, mojskarpie …«, murmelte er, zwirbelte seinen beeindruckenden Schnurrbart nach oben und warf der Dame einen misstrauischen Blick zu. Wie vornehm sie auch sein mochte, seine Tochter hatte niemand in Verlegenheit zu bringen.

»Du rufst mich, wenn du mich brauchst, Änneken!«

Und nach einem letzten argwöhnischen Blick zog er die Tür des Ateliers hinter sich zu.

Fleurette betrachtete das Atelier, das nicht mehr als eine große Dachstube war. Herrschaftliche Requisiten für die Porträts lagen auf den Regalen, Papporden, Karaffen, Weinpokale, ein Stück Hermelin, Bücher, eine alte hölzerne Gliederpuppe. Ein schwerer Samtvorhang war mit dicken Posamenten in einigen Raffungen in die Zimmerecke drapiert. Auf einem Podest davor stand ein herrschaftlicher Lehnstuhl. Staffage für die Bühne, dachte Fleurette, deren Mutter im Königlichen Wiener Theater als Ankleiderin gearbeitet hatte. Schnell hochherrschaftlich prächtig aufgebaut, ebenso schnell fortgeräumt. Wie vergänglich alles war, das wirkliche Hofleben schien ihr eine ebensolche Staffage zu sein.

Die gegenüberliegende Seite sah mehr nach Werkstatt aus. Auf einem großen, alten Tisch mit Farbspuren von mindestens zehn Jahren standen Gläser voller Farbpigmente, Flaschen und Tiegel mit undefinierbarem Inhalt, alte Lappen, Pinsel, eine Wasserschale. Anerkennend betrachtete Fleurette die scheinbare Unordnung. Hier findet das wahre Leben statt, dachte sie, und es ist kein künstlerisches Lotterleben, sondern harte Arbeit.

Ein Oberlicht ließ Tageslicht ein, genau auf die Staffelei. Jetzt fiel es auf Anna, fing eine Bewegung von ihr ein, und Fleurette sah es sofort: Anna war schwanger.

Fleurette fand ihren Auftrag bestätigt. Sie sollte herausfinden, was die Ehre ihres geliebten Herrn beschädigt hatte, Gotters Ehre als Edelmann und Freimaurer. Vivere et laetari, Fleurette, hatte er gesagt, Schadenfreude ist hässlich und gemein, und niemals im Sinne des Horaz und meines Ordens der gut gelaunten Eremiten. Fleurette hatte sich an Annas Zorn über den Spaß des Adels an den bäuerlichen Vergnügungen erinnert und gedacht, dass Schadenfreude ein recht dehnbarer Begriff sei, aber sie hatte den Gedanken nicht geäußert.

»Ich komme im Auftrag meines Herrn, Graf Gotter«, erklärte sie. Anna sackte förmlich in sich zusammen. Unglücklich stierte sie vor sich hin, die Wangen bleich, die

Augen glanzlos, stumpf lag das dunkelbraune Haar wie eine Dornenkrone um ihr schmales Gesicht. Nichts war übrig von dem fröhlichen Selbstbewusstsein, das Fleurette an ihr so gut gefallen hatte. Man hat ihr übel mitgespielt, dachte Fleurette in aufwallendem Zorn. Wer ist das gewesen? Sie musste es herausfinden. Plötzlich ging es Fleurette nicht nur um Gotters Ehre, sondern auch um die Ehre dieser jungen Malerin. Gutmachen konnte sie nichts mehr, Anna würde die böse Erfahrung ihr Leben lang nie vergessen, aber bezahlen sollte er, wer immer es war.

»Graf Gotter hörte, dass deine Hochzeit bevorsteht.«

»Im Februar werde ich heiraten«, brachte Anna mühsam hervor.

»Herzlichen Glückwunsch! Und wer ist der Glückliche?«

Anna sah Fleurette zum ersten Mal direkt ins Gesicht. Fleurette war ganz sicher nicht gekommen, um Details ihrer Heirat zu erfahren. Oder doch? Welcher Zynismus! Sie holte Luft, um Fleurette etwas Entsprechendes ins Gesicht zu schleudern. Aber sie sah einen schönen, lächelnden Mund, freundliche Augen, die sie ohne Falsch, eher fürsorglich betrachteten.

Schnell nannte sie Ernsts Namen, er würde Fleurette ohnehin nichts sagen. Und dann musste sie sich zu dem ruinierten Kleid bekennen, sich entschuldigen, und … Sie hatte sich getäuscht. Fleurette fragte interessiert: »Ernst Therbusch? Der junge Wirt der ›Weißen Taube‹?«

Anna nickte erstaunt.

»Den Sohn der merveilleusen Köchin«, stellte Fleurette zufrieden fest.

Gotter hatte ja in der ›Weißen Taube‹ verkehrt, erinnerte sich Anna. Alles sprach sich herum, über alles wurde getratscht, also auch über ihre lose Moral … Mit einer hastigen Bewegung wandte sie sich von Fleurette ab, holte tief Luft und wollte wegen des ruinierten Kleides irgendetwas stammeln. Fleurette kam ihr zuvor.

Sie beglückwünschte sie zu der Wahl eines ebenso talentierten wie wohlhabenden Ehegatten, meinte aber sorgenvoll, dann werde Anna wohl kaum zum Malen kommen.

»Graf Gotter erinnert an seinen Auftrag. Er wünscht sein Porträt so schnell wie möglich.«

»Sein Porträt …«, stammelte Anna völlig überrumpelt. Herrje, hatte Gotter das ernst gemeint an jenem schwärzesten Tag ihres Lebens, als er sie zu Rosina gefahren hatte?

»Er schickt mich, um mit dir Termine für die Sitzungen zu vereinbaren, denn im Winter ist er in Berlin.«

»Deswegen sind Sie gekommen?«, fragte Anna ungläubig. Keine Vorwürfe, keine Demütigungen, statt dessen ein Auftrag?

»Selbstverständlich!«, erwiderte Fleurette vergnügt. »Und erinnere dich bitte, Dorette, dass wir einander du sagen!«

Sie war nicht völlig aufrichtig. Gotter war der Meinung, dass Fleurette von Frau zu Frau erfahren würde, was in jener Nacht in Molsdorf vorgefallen war. Sollte Anna weiterhin verschlossen wie eine Auster bleiben, folgten eine Reihe Sitzungen, in deren Verlauf er die Wahrheit herausbringen würde.

Gotter hatte sich nicht verrechnet. War es Fleurettes verbindliche Art? Im Dezember begleitete sie ihren Herrn zur ersten Sitzung mit einigen Näschereien ins Atelier. Die Begegnung mit Gotter, die Anna so entsetzlich gefürchtet hatte, verlief wie ein Wiedersehen zwischen Kunde und Künstlerin – einer gefeierten und gefragten Künstlerin, dieses Gefühl wusste Gotter auszulösen. Anna griff erst in die Konfektschachtel, dann zum Pinsel und zur braunen Skizzierfarbe und begann ihr Werk. Anna malte, und es sollte eines ihrer lebendigsten, frischesten Porträts werden. Kein Bild für das Postministerium, hatte sie ihm entgegengeschleudert, aber Gotter hatte ihre Worte ernst genommen und bestand darauf, als Bacchus gemalt zu werden. Offizielle geschönte Bildnisse habe er genug, erklärte er lächelnd, es fehle ihm eines für sein Berliner Zuhause, um seine Besucher mit seinem Molsdorfer Habitus zu beeindrucken.

Fleurette zog sich diskret zurück und überreichte dem entzückten Lisiewski einen großen Guglhupf. Bald saßen Julie, Lenchen, Tinka und Lisiewski mit Fleurette auf der Bank in der Küche am warmen Feuer. Fleurette wurde nicht müde, die Aussicht von der Fischerbrücke auf die Spree zu loben. Tinka wurde zutraulich und kochte mit Jana Kaffee, Lenchen bewunderte die Eleganz der Wienerin, während Julie ein schmeichelhaftes Porträt von Gotters Beschließerin malte, eines ihrer Blitzporträts, wie sie ihre bezaubernden Pastellzeichnungen nannte, mit denen sie später reüssieren sollte.

Anna blieb verschlossen. Ihr Stolz verbot ihr, über das Geschehen jener Nacht in Molsdorf zu sprechen. Das Beschämendste für sie war, dass sie sich an Details nicht erinnern konnte. Aber Fleurette brachte am Kaffeetisch heraus, dass Joachim Knospe plötzlich ausgezogen war, der nämlich, der Anna in Molsdorf ins Dunkel geführt hatte, gefolgt vom Markgrafen und dessen Sohn. Dies verriet dem Grafen genug.

Gotters Wege waren durch langjährige Erfahrungen am Wiener Hof geprägt, sein Sinn für Intrigen ausgeprägt. Sein Leben hatte er als Höfling verbracht, seinen Ruf verdankte er nicht einer jahrhundertealten Ahnenreihe, sondern seinen profunden juristischen Kenntnissen, gepaart mit diplomatischem Geschick.

Wenige Tage nach Gotters Sitzung ereigneten sich zwei Begebenheiten, die sich die Familie Lisiewski nicht erklären konnte.

Zuerst klopfte Joachim Knospe, der sich lieber Jean nannte, an Lisiewskis Tür. Seltsamerweise klopfte er, als Anna gerade das Haus verlassen hatte. Sie malte Gotters Porträt in Matthieus Atelier, das heller und größer war.

Tinka öffnete die Tür und schrie bei Knospes Anblick lange und hysterisch. Lisiewski eilte herbei und schob die protestierende Tinka in die Küche zu Jana.

Dem verblüfften Lisiewski erklärte Knospe, er sei gekommen, um drei Bilder von Anna abzuholen, die er erworben habe. Sein Auftraggeber sei von hohem Stand und wolle anonym bleiben, aber Anna wisse Bescheid.

Er drückte Lisiewski einen Lederbeutel in die Hand. Es seien 300 Gulden. Sein Gesichtsausdruck, abgefeimt und doch verlegen, gefiel Lisiewski nicht. In Anbetracht der enorm hohen Summe zog er aber hörbar die Luft ein. Welche Bilder? Er wollte Knospe ins Atelier führen, aber Knospe bestand darauf, allein die Treppe hinaufzusteigen. Lisiewski solle sich nicht bemühen, er kenne ja den Weg, und schon war er behände die Treppe hinaufgeeilt und im Atelier verschwunden.

Lisiewski öffnete misstrauisch den Beutel. 100 Gulden pro Bild! Sollte er Jana zu Matthieu schicken und Anna fragen, ob dies mit rechten Dingen zuging? Wessen Porträts hatte Anna gemalt, und warum holte Knospe sie ab? Hatte Anna bei Pesne ausgestellt, ohne ihrem Vater davon zu erzählen? Oder war es eine pikante Geschichte? Womöglich hatte Anna die Mätresse eines Edelmannes gemalt. Georg Lisiewski kannte solche Fälle und wusste, dass ein Künstler diskret sein musste. Nun ja, aber ihrem alten Vater hätte Anna doch davon erzählen dürfen …

Schon war er auf dem Weg in die Küche, um Jana zur Jerusalemsbrücke zu schicken, da hörte er Knospe die Treppe herunterkommen und ging ihm entgegen. Die Bilder würden das Rätsel ja wohl klären.

Aber Knospe trug ein großes, in Leinwand eingeschlagenes Paket in den Armen. Tinka schoss aus der Küche und gebärdete sich wie ein Huhn, in dessen Stall der Fuchs eingedrungen ist.

»Es sind leider nur zwei«, bemerkte Knospe mit nervösen Seitenblicken auf Tinka, »Sie wissen nicht, verehrter Meister, wo sich das dritte befinden könnte?«

»Sehr große Porträts«, meinte Lisiewski, der das Paket

misstrauisch beäugte. Er dachte nicht daran, Knospes Frage zu beantworten. Wenn Anna ein drittes Bild versteckt hatte, würde sie ihre Gründe haben.

Tinka griff in einem urplötzlichen Anfall nach der Leinwand und wollte sie vom Bild zerren.

Lisiewski hielt sie zurück.

»Nun, nun, es wird sich finden, ich werde Ihre Demoiselle Tochter danach fragen«, meinte Knospe hastig. Wollte der Mann niemals die Tür freigeben? Er hatte ihm doch Geld genug gegeben.

»Hat sich was mit der Demoiselle«, sagte Lisiewski und strich sich über den Schnurrbart. Er hatte eigentlich nur anfügen wollen, dass Anna in zwei Monaten heiraten würde. Mit der geradezu panischen Reaktion auf seinen harmlosen Satz hatte er nicht gerechnet.

Knospe verfärbte sich, als habe Lisiewski ihm den Tod durch den Strang angekündigt. Er schob den Maler förmlich zur Seite, schüttelte Tinka ab, als hätte sich eine Ratte in seinen Arm verbissen, und rannte zur Tür.

»Auf Wiedersehen«, murmelte er heiser, stellte sein schweres Paket kurz ab, griff nach der Türklinke und flüchtete aus dem Haus.

»Halt! Er bekommt noch Geld!«, rief ihm Lisiewski hinterher, der 300 Gulden für zwei Porträts auch bei einem diskreten Auftrag sehr viel Geld fand. Aber Knospe antwortete nicht, er hastete die Fischerbrücke entlang mit seiner schweren Last, als seien des Königs Jäger hinter ihm her.

Kopfschüttelnd schob Lisiewski die schreiende Tinka ins Haus und schloss die Tür. Er nahm ihr gerötetes Gesicht in beide Hände, um sie zu beruhigen.

»Christina, dieser Mann ist kein Dieb«, sagte er eindringlich. Der Mensch hatte Geld gebracht, nicht gestohlen … dennoch, dieser Knospe hatte etwas auf dem Kerbholz. Gut, dass er nicht mehr unter seinem Dach wohnte. Bei Gelegenheit würde er Pesne nach diesem missratenen Schüler fragen.

»Doch ein Dieb«, erklärte Tinka kurz und bündig, wie es ihre Art war, »hat Annas Herz gestohlen.«

Die zweite Begebenheit ereignete sich kurz vor Weihnachten. Jana öffnete auf das Geläute der neuen Türklingel und sah eine Dame in vornehmer Kleidung, die in einer Sänfte saß. Zwei kleine Mädchen, die sich den Platz ihr gegenüber teilten, schauten neugierig heraus. Der Lakai, der geläutet hatte, fragte nach Demoiselle Dorothea Lisiewski.

»Lisiewska«, murmelte Jana mechanisch, schlug sich vor den Mund und eilte in die Stube, in der Anna lustlos an ihrer Aussteuerwäsche stichelte.

»Schnell, Knjeschna Anna! Eine sehr vornehme Dame in einer Sänfte will zu Ihnen!«

Froh über die Abwechslung ließ Anna Nadel und Faden sinken und eilte in das ehemalige Nähzimmer, das der Vater als Empfangsraum für seine herrschaftlichen Kunden eingerichtet hatte.

Die Dame war ein Kammerfräulein, Anna sah es an dem kleinen Schlüsselchen an ihrer Taille. Da sie sich mit diesen Orden und Standesabzeichen auskannte, sah Anna auch, dass sie kein königliches Kammerfräulein war, sondern einem geringeren Hof vorstand. An jeder Hand hielt sie ein kleines herausgeputztes Mädchen, ein etwa zweijähriges mit bravem und ein älteres mit verschlossenem, trotzigem Gesichtchen.

Anna begrüßte die Dame zeremoniell und fragte nach ihrem Begehr, beugte sich zu den Mädchen und grüßte sie freundlich.

Die Dame erklärte, dies seien ihre durchlauchtigsten Prinzessinnen, die Töchter ihrer Königlichen Hoheit Prinzessin Sophie Markgräfin von Schwedt, die Prinzessinnen Friederike Sophie Dorothee und Anna Elisabeth Luise von Brandenburg-Schwedt.

Anna verfärbte sich bei der Nennung des Namens.

Das Kammerfräulein erklärte: »Ihre Königliche Hoheit schätzt die Ausdrucksstärke der Porträtistin Lisiewska und wünscht die Porträts ihrer Töchter.«

»Welche Ehre«, stotterte Anna. Sie betrachtete die Mädchen in ihren hellblauen Kleidchen mit den weißen Spitzen. Was geschah hier seit einigen Wochen? Erst kaufte ihr abscheulicher Feind Knospe ihre *fetes galantes* zu einem Spitzenpreis, und nun wünschte die Gattin des Verführers von der Hure ihres Gatten Porträts ihrer Kinder?

Anna wandte den Blick ab, der Anblick der Mädchen war ihr unerträglich.

»Mein Vater ist viel versierter darin, Kinder zu porträtieren«, sagte sie, aber das Fräulein neigte verneinend den Kopf.

»Ihre Königliche Hoheit haben mich ausdrücklich gebeten, Mademoiselle Anna Dorothea zu beauftragen«, sagte sie, »wir kennen die Malerfamilie Lisiewski-Matthieu als merveilleuse Porträtisten. Aber wir wünschen diese Bilder von Ihrer Hand.«

»Ich werde im Februar heiraten«, murmelte Anna. Das Fräulein beglückwünschte sie aufrichtig, meinte aber, dann sei ja noch genügend Zeit. Wie man's nimmt, dachte Anna und schlug zwei klassische Porträts vor.

Wieder neigte das Kammerfräulein zart, aber bestimmt den Kopf. Sie habe den Auftrag, um Ganzkörperporträts einzukommen, sagte sie, Demoiselle Lisiewska solle ihre Honorarforderung stellen.

Anna bat alle drei ins Atelier und begann sofort mit den Skizzen. Wie niedlich die Kleinen waren in ihren kindlichen Roben, wie unschuldig, und doch, es konnte kein Zufall sein. Sie versuchte, das Kammerfräulein auszuhorchen, aber es gelang ihr nicht. Diese gehörte zum Hofstaat der Markgräfin und wusste lediglich, dass die Markgräfin derzeit in ihrem Berliner Palais residierte, um ihre Mutter, die Königinwitwe, zu besuchen, die ihre kleinen Enkelinnen über alles liebe.

Markgräfin Sophie wolle ihr die Porträts der Prinzessinnen zu Weihnachten schenken.

»So rasch!«, entfuhr es Anna erschrocken. Wie sollte sie das schaffen? Das Fräulein erklärte, in der königlichen Familie werde traditionell erst am 6. Januar beschert, es sei doch genügend Zeit, oder? Man sei nicht kleinlich mit dem Honorar, wenn dies die Sache beschleunige …

Hier lachte Anna zum ersten Mal vergnügt. Wenn ein Gesicht getroffen werden solle, werde Eile die Sache keineswegs befördern, erklärte sie, aber sie wolle mit ihrem Vater sprechen, vielleicht könne er helfen, dann ginge die Sache schneller.

Und so geschah es, dass Anna die Töchter ihres Peinigers porträtierte und Lisiewski die Kleidung malte. Anna, die ahnte, dass Gotter hinter diesem Auftrag stand, überwand ihren eisigen Schrecken durch die Unschuld der niedlichen, überhaupt nicht hochnäsigen Mädchen. Ihre Liebe zu Kindern kam ihr zu Hilfe. Sie wurden ein wenig steif, diese Porträts, kein großer Wurf wie das Bildnis des vor Leben strotzenden Gotter als Bacchus, aber sie brachten Anna wieder an die Staffelei. Die Kinder hatten viel Spaß im Atelier, die Auftraggeberin zeigte sich angetan. Die Porträts wurden ein solcher Erfolg, dass es nicht bei den Kindheitsporträts bleiben sollte.

Entspannt sorgte Anna, nachdem der Vater Haltung, Kleidung und die unvermeidlichen Schoßhündchen gemalt hatte, für den passenden Hintergrund: eine sich ins Weite öffnende Parklandschaft, die Ähnlichkeit mit dem Molsdorfer Schlosspark hatte …

Berlin 1748

DER 1. JANUAR DES JAHRES 1748 unterschied sich zunächst nicht sehr von anderen verkaterten Silvestermorgen. Es war Friede in Europa, Friede seit zwei Jahren schon, die Berliner nahmen das Neujahr mit einer gewissen Lässigkeit. Die Zeiten der schlimmsten Armut waren vorbei. Ob der König Schlesien besaß oder nicht, wen kümmerte es? Das alte Jahr hatte sich mit eisiger Kälte verabschiedet, und wer im Rausch die Nacht auf der Straße verbracht hatte, den ließ auch das neue Jahr nicht aus seinem frostigen Griff.

Joachim Gottlieb Knospe, der sich lieber Jean nannte, erwachte mit klappernden Zähnen auf dem Boden der Wohnung seines Zechkumpans. Irgendeine mitleidige Seele hatte ihm einen Strohsack über die Beine gelegt, aber der mitleidigen Seelen gab es nicht mehr viele, das musste Knospe sich eingestehen. Seine Glieder schmerzten, und sein Kopf dröhnte, als er versuchte, sich von dem eiskalten Lehmfußboden zu erheben. Er betrachtete die erbärmliche Bude, in die er geraten war. Es gab weder Feuerstelle noch Waschgeschirr. Auf einem Holztisch, dessen zerstörtes viertes Bein mit einem Stück Draht notdürftig geflickt war, um das armselige Teil am Umstürzen zu hindern, standen fünf leere Weinflaschen. Eine Branntweinflasche war umgestürzt und ließ ihren klebrigen Inhalt auf den mit Unrat übersäten Boden tropfen. Eine rohe Holztür stand offen, lautes Schnarchen drang an sein Ohr.

Knospe hatte keine Ahnung, wo er war und wer in der Kammer schnarchte. Oft fiel er nach dem Kneipen mit seinen studentischen Zechkumpanen in einen katatonischen

Zustand, aus dem er erst bei einem der Kumpane erwachte. Stöhnend sank er wieder um, schob sich den Strohsack unter den Kopf und schloss die Augen.

Knospe stank. Er stank nach Erbrochenem, billigem Fusel, Tabak, altem Schweiß und ungewaschener Kleidung. Er merkte es nicht, er hatte keine Zeit, sich zu pflegen, denn er hatte sein Leben einer fixen Idee gewidmet, einem Hass, der nicht zur Ruhe kam. Wo war das dritte Bild dieser verdammten Hure? Er hatte ihre Karriere vernichten wollen, stattdessen hatte sie sein Leben vernichtet. Ja, sie war schuld, diese Lisiewska, diese Polackenhure. Statt dass sie öffentlich als ledige Mutter ausgepeitscht wurde und die nächsten Jahre im Spinnhaus verbrachte, lebte sie das Leben einer ehrbaren Ehefrau, und er hatte noch immer nicht die 200 Gulden abgestottert, die sein Freund Georg unnachgiebig von ihm forderte.

Georg, dieser Hasenfuß! Einen kleinen Spaß habe er gewollt, nicht mehr, hatte der illegitime Sohn des Markgrafen gewinselt, und nun müsse er zahlen! Seine Militärlaufbahn sei ruiniert, wenn sich dieses lächerliche Molsdorfer Techtelmechtel zu einer stadtbekannten Affäre ausweite! Joachim Knospe hatte protestiert: Er habe nur dem Befehl Seiner Hoheit, des Markgrafen, gehorcht, hätten sich die Messieurs nicht prächtig amüsiert?

Georg, der froh war, dass sein Vater ihn als Sohn anerkannt hatte und ihm den Adelstitel nicht mehr nehmen konnte, hatte seinen Jugendgespielen nur schief angesehen. Hatte der nicht ebenfalls Spaß gehabt? Joachim Gottlieb solle nicht so unschuldig tun, sondern sein Scherflein beitragen zu diesem Kranzgeld, zu dem sein Vater, der Markgraf, ihn verdonnert habe.

Das Kranzgeld war der Bilderkauf, und der kam Knospe gerade recht: Auf diese Weise konnte er die *fetes galantes* der Lisiewska in der Versenkung verschwinden lassen. Niemals würden sie vor Knobelsdorffs Augen kommen. Der Markgraf würde sie seinem Schwager, dem König, kaum zeigen. Knospe hatte nicht nur die Bilder bei Lisiewski gekauft, sondern zähneknirschend auch eines bezahlt – und war wie vom Donner gerührt, als er feststellte, dass er um die ›Komödianten‹ betrogen war. Das Bild war nicht im Atelier gewesen! Er stotterte jeden Gulden bei Georg ab, nichts erließ ihm der reiche Protz.

Knospe stöhnte. Seine Hoffnung, einen Auftrag des Markgrafen zu ergattern, hatte sich wieder einmal zerschlagen. Diese verdammte Schlampe hatte die markgräflichen Bälger gemalt, nicht er. Keines Blickes hatte ihn der Markgraf gewürdigt, als er ihm in Georgs Gesellschaft die zwei Bilder der Schlampe brachte und devot um einen Auftrag einkam. Nicht einmal im verhassten Schwedt durfte er arbeiten, und was würde er inzwischen dafür geben, dort in einer festen Anstellung zu arbeiten!

Nein, er kam aus diesem vermaledeiten Berlin nicht fort, er bepinselte weiterhin die Untergründe bei Pesne; manchmal durfte er ein Werbeschild malen, Farben besorgen, unter seinen Studentenfreunden und deren leichtlebigen Freundinnen Modelle besorgen. Nebenbei arbeitete er als Tagelöhner auf dem Packhof, schleppte Fässer und Kisten, trieb Vieh zum Schlachthof, eine Tätigkeit, die ihn zutiefst erbitterte. Auch daran war diese Metze schuld, die nun Therbusch hieß und in Saus und Braus im Wirtshaus lebte, ein Kind nach dem anderen in die Welt setzte und mit ihren Gästen schöntat.

Joachim Gottlieb Knospe, der sich lieber Jean nannte, rappelte sich auf und machte sich auf den Weg. Das Jahr 1748 hatte begonnen, es wurde Zeit. Seit sechs Jahren suchte er im Geheimen nach diesem verdammten Bild, nun war es genug. Er musste diese Hure erschrecken, sie musste das Bild herausgeben, er hatte dafür bezahlt. Heute musste es gelingen. Gierig wollte er den letzten Schluck aus der einzigen Flasche, die nicht zerbrochen war, trinken, aber sie war leer. Wütend warf er sie an die Wand und wankte aus der Bruchbude, um den Weg in die Heiliggeiststraße zu suchen.

Anna hatte den ersten Morgen des neuen Jahres mit Arbeit begonnen. Das Silvesterfest war ein guter Erfolg gewesen. Ihr Festtagsmenü war hoch gelobt worden. Aus ganz Berlin waren die Gäste herbeigeströmt, um den berühmten knusprigen Gänsebraten in der ›Weißen Taube‹ zu genießen und nach dem Menu zu tanzen. Ernst hatte auf seiner Musette, begleitet von einem hinzuengagierten Geiger, die neuesten Tänze gespielt, den Rigodon, die Sarabande, sogar am Passepieds hatten sich manche Gäste versucht, alle anderen tanzten die beliebten alten Reigen.

Bis tief in die Nacht hatten Ernst und Anna schwer gearbeitet, auch wenn es für die Gäste aussah, als würden sie sich mit ihnen köstlich amüsieren. Wenigstens hatten sie einander zugetrunken und sich in einer etwas ruhigeren Minute, nachdem das letzte Dessert die Küche verlassen hatte, versprochen, dass sie nach dem Dreikönigstag ein paar Tage zusperren und sich erholen wollten.

Anna hüllte sich in ihr wollenes Schultertuch, schlüpfte in die Pantinen und tappte leise die Treppe hinunter in die Gaststube. Nach langen Nächten anstrengender, aber auch anregender Arbeit fand sie nur wenige Stunden Schlaf und erwachte vor dem Morgengrauen. Sie genoss den frühen Morgen, an dem sie erfrischt als Erste im Hause erwachte. Kostbar wie Gold empfand sie diese stille Stunde völlig allein, bevor die Mägde mit ihrer Arbeit begannen, die Boten und Landfrauen kamen, die Kinder erwachten.

In der Gaststube war es dunkel und kalt. Anna zündete die Laternen an, machte Feuer im Kamin und setzte in der Küche den Kessel auf. Dann trug sie das Geschirr von den Tischen ab und stellte es der Magd, die um sieben Uhr kommen würde, neben die Spüle. Sie fegte die Scherben eines Glases zusammen, das zu Bruch gegangen war, gottlob nur dieses, packte die anderen sorgsam in den großen Korb, den sie ebenfalls zur Spüle stellte, und legte die festlichen weißen Damasttischdecken für die Wäscherin zusammen.

Erst danach füllte Anna Kaffeebohnen in die Mühle und begann, den Kaffee zu mahlen. Die Kaffeemühle zwischen den Knien, überlegte sie, was an diesem Tag zu tun war. Keine Hotelgäste, das bedeutete nur Frühstücksbrei für Tinka und die Kinder, Brot und Butter für die Küchenmägde, Ernst und sie. Sie würde einen Topf von dem Pflaumenmus zur Feier des Neujahrstages aus dem Keller holen.

Mit dem frisch aufgebrühten duftenden Kaffee ging sie in die Gaststube, die eigentlich ihr Wohnzimmer war, und sank auf die Eckbank neben dem Kamin. Es war ihr Lieblingsplatz, er war warm, und von hier konnte sie den gesamten Gastraum überblicken. Sie konnte sehen, wer hereinkam, was an der Schänke gebraucht wurde, und ein Seitenblick zur Küche zeigte ihr, ob dort alles ordentlich ablief. Aber meist hatte sie nur wenige Minuten, hier zu verschnaufen, denn es gab immer etwas zu tun, sei es, die Lohndiener anzuweisen, ihre Herrschaften zu bedienen, Wein aus dem Keller zu holen, die Mägde zu überwachen, die mit den Lieferburschen schäkerten anstatt das Gemüse zu waschen, oder eine neue Serviererin einzuarbeiten, weil wieder einmal eine davongelaufen war. Am wichtigsten und liebsten aber war ihr die Aufgabe, die neuen Gäste zu begrüßen, sich nach ihrem Befinden zu erkundigen und an ihre Tische zu führen.

Anna nahm einen Schluck, verzog das Gesicht und ging in die Küche, um Zucker zu holen. Sie liebte die neue Mode des Kaffeetrinkens am Morgen, aber ungesüßt war ihr das heiße Getränk zu bitter. Sie ließ einen Löffel Zucker in den Kaffee rieseln und rührte nachdenklich um. Das Jahr 1748 hatte begonnen, bald war sie sechs Jahre mit Ernst verheiratet. Sechs Jahre mit drei Kindern, und das vierte erwartete sie im April. Sechs Jahre als Hotelière. Sie hatte zwar jahrelang die jüngeren Geschwister versorgt, die Wirtschaftsführung der ›Weißen Taube‹ aber hatte sie in der ersten Zeit Schweiß und Tränen gekostet. Sie hatte lernen müssen, dass man Gäste nicht beschimpfte, selbst wenn sie sich unflätig benahmen, betrunken waren, unverschämte Frechheiten von sich gaben und ihre Zeche nicht begleichen wollten. Sie hatte lernen müssen, dass die Schwiegermutter dem Haus vorstand und ihre Anordnungen zu befolgen waren. Der Umgang war ein völlig anderer als im Lisiewskischen Haushalt. Ihre Mutter, das hatte Anna erst durch den rauen Ton ihrer Schwiegermutter Liese gemerkt, hatte die Familie Lisiewski mit sanfter, freundlicher Hand geführt.

Eine Künstlerfamilie war etwas anderes als eine Gastwirtschaft, dennoch berührte Anna der Ton, der im Hause Therbusch herrschte, unangenehm. Liese hatte nur einen Ton, wenn sie meinte, sich durchsetzen zu müssen, ein schrilles Kreischen, das Anna schier um den Verstand brachte, vor allem während der Schwangerschaften, auf die Liese wenig Rücksicht nahm. Die Enkel hatten sie nicht besänftigt, im Gegenteil, Liese ahnte, dass Annas Erstgeborene Anna Luisa nicht ihre wahre Enkelin war, konnte aber nichts sagen, und das Geschrei der ein Jahr später geborenen Wilhelmine ging ihr auf die Nerven. Minchen schrie viel, sie war ein schwieriges Kind, ein Säugling, den Tinka adoptierte. Mit der erstaunlichen Geduld, die Anna einst ihr entgegengebracht hatte, schleppte Tinka die Kleine herum. Auch für Ernst, der seine Frau herzlich liebte und sie gegen die Attacken seiner schlecht gelaunten Mutter verteidigte, waren die ersten Ehejahre nicht einfach gewesen. Liese hatte sich beharrlich den Plänen zum Ausbau eines Hotels widersetzt, hatte in den dafür vorgesehenen Räumen residiert wie die Königinmutter und darauf bestanden, dass nichts verändert werden dürfe.

Lieses Tod lag nun vier Jahre zurück, Geburt und Tod der kleinen Ernestina drei Jahre, die Geburt des kleinen Georg fast zwei Jahre. Ernst und Anna hatten die ›Weiße Taube‹ nach ihrem Geschmack ausgebaut. Einige Porträtaufträge hatten daran durchaus ihren Anteil. Sie hatten viel Geld in fünf schöne Apartments gesteckt, die Räume mit teuren Stofftapeten, Polstermöbeln und Betten mit Vorhängen ausstaffiert. Nun war seit drei Jahren Friede in Preußen, und Berlin hatte viele Gäste. Die ›Weiße Taube‹ war ständig ausgebucht.

Mit kritischem Blick musterte Anna die Gaststube. Im neuen Jahr muss hier etwas geschehen, dachte sie, die Gaststube soll heller und freundlicher werden. Ich werde die gesamte Holzverkleidung abziehen und frisch streichen lassen, und der Schankbereich muss von den Gästen, die in Ruhe dinieren wollen, getrennt werden, es geht an der Schank doch oft recht ausgelassen zu.

Zugegeben, die ›Weiße Taube‹ würde nie so vornehm werden wie der ›König von Portugal‹, das erste Hotel Berlins in der Burgstraße. Vornehme oder sogar gekrönte Häupter würde sie nicht beherbergen, aber das wollte sie auch nicht. Es soll nicht so fein sein, dass man ständig die Hand vor den Mund nehmen muss, dachte sie, und auf diebische Lohnlakaien, die sie anspruchsvollen Gästen zur Verfügung stellen musste, konnte sie gut verzichten. Nach der Gast-Wirths-Taxe zählte die ›Weiße Taube‹ inzwischen zur ersten Kategorie und ließ damit das etwas schmuddelige Hotel ›Prinz von Conde‹, das nur drei Häuser weiter auf der Heiliggeiststraße seinen Sitz hatte, weit hinter sich. Die erste Kategorie bedeutete allerdings höhere Steuern, diese Einnahme ließ sich der König nicht entgehen, nachdem er den Bürgermeister degradiert und sich auch zum König der Stadt Berlin gemacht hatte.

Der Kaffee belebte. Anna griff mit einem zufriedenen Seufzer nach der ›Berliner Zeitung‹ von gestern. Endlich in Ruhe ein Blick in die ›Tante Voss‹, sonst würde sie den ganzen Tag wieder nicht dazu kommen. Sie blätterte ein wenig zerstreut herum, las mal dies, mal das, Meldungen über den königlichen Hof, über die baulichen Fortschritte in Potsdam, dann betrachtete sie amüsiert die neuesten Modetorheiten der diesjährigen Messe in Leipzig, die immer im Januar begann. Ihr Blick verfing sich an einer winzig kleinen Notiz. Ihr Atem stockte.

Der König habe gnädigst die französischen Kunstmaler Blaise Nicolas Le Sueur und Charles Amédée Philippe van Loo zu seinen Hofmalern berufen, so stand es kurz und knapp. Es folgte eine kurze Beschreibung der beiden Künstler und ihrer Fähigkeiten, Le Sueurs als Historienmaler und van Loo als Porträtist.

Anna ließ die Zeitung sinken und starrte in das Kaminfeuer. Trocken war ihr Hals geworden, mechanisch nahm sie einen Schluck aus der Tasse. Wer war Le Sueur? Natürlich war ihr die Familie van Loo ein Begriff, auch einige Bilder von Charles van Loo, dem Vater, kannte sie. Galant, schön, auch Pastell, gute Köpfe. Der Neffe, der nun an den Hof berufen wurde, war der mittelmäßigste von allen.

Ihre Stelle. Sie versuchte aufzustehen, auf einmal war ihr unerträglich heiß geworden. Sie wollte ein Fenster öffnen, aber ihre Beine verweigerten sich, sie sank wieder auf die harte Holzbank zurück, als habe sie keinen Muskel im Leib. Ihre Stelle war besetzt. Van Loo und Le Sueur. Der König hatte entschieden.

Was willst du, dumme Pute, sagte sie hart, hast du gedacht, der König beruft eine schwangere vierfache Mutter zur Hofmalerin? Die Wirtin einer Schankwirtschaft? Was kannst du, Lisiewska, außer Kinder gebären und Bier ausschenken?

Die Gaststube verschwamm vor ihren Augen. Schäbig erschien sie ihr plötzlich, verdreckt, unerträglich die Ausdünstungen des gestrigen Abends. In der abgestandenen Luft mischte sich kalter Rauch mit dem Gestank fetten Gänsebratens und zerkochten Winterkohls, ekelhaft und widerwärtig. So stank sie wahrscheinlich auch. Wer war sie, dass eine solche Nachricht sie derart umwarf? Ein Nichts war sie, ein klägliches Nichts. Noch einmal versuchte sie aufzustehen, diesmal gelang es.

Unendlich mühselig schleppte sich Anna von Stuhllehne zu Stuhllehne. Sie fühlte sich wie eines der uralten Hökerweiber, die manchmal in die Wirtschaft kamen und hofften, ihr das eine oder andere Kraut für einen Heller aufzuschwatzen. Aus stinkendem zahnlosen Maul troff der Speichel, wenn sie den Küchenduft rochen, und manchmal gab Anna einen Teller Suppe und kaufte aus Mitleid ein zerdrücktes Bund Beifuß, obwohl sie Besseres in ihrem Garten pflücken konnte. Mit klammen Fingern öffnete sie ein Fenster und sank auf einen Stuhl.

Hofmalerin, höhnte sie, was hast du dir gedacht, du Gans? Hast dich schwängern lassen, konntest dankbar sein, einen Wirt zu heiraten, der dir ein Kind nach dem anderen macht, und pflegst diesen albernen Traum immer noch im Herzen? Längst vorbei, die Zeit hat dich überholt! Pesne ist alt, und seine Nachfolgerin wird nicht die hirnlose Anna Dorothea werden, Tochter des Porträtisten der ›Langen Kerls‹, dessen Zeit seit dem Tod des alten Königs ohnehin abgelaufen ist. Du trägst ja nicht mal mehr seinen Namen! Aus der begabten, schlanken Jungfer Anna Lisiewska ist die fette alte Wirtin Dorothea Therbusch geworden. Natürlich wird ein französischer Maler, elegant und a la mode, künftig die königliche Galerie bestücken; einer, der mit dem König intelligent parlieren kann, eine Empfehlung des großen Voltaire vermutlich oder des eleganten Marquis d'Alembert.

Van Loo, Le Sueur, die Buchstaben tanzten in wilden Sprüngen vor ihren Augen. VaLe Sueur, LooLe, groteske Namen formten sich und sprangen heftig durcheinander, purzelten durch das Feuer, sprangen durch die Stube, tanzten höhnisch auf den Tischen, böse, klein, wild, sprangen auf sie zu, kratzten, fuhren ihr in die Haare …

Anna sprang atemlos auf, es war zu viel. Sie stürzte zur Tür, riss sie auf, wollte in tiefen Zügen die frostige Morgenluft einatmen, um wieder zu Verstand zu kommen, und sah nach sieben Jahren zum ersten Mal wieder direkt in das Gesicht von Joachim Gottlieb Knospe, den sie nie wieder Jean nennen würde.

Sie erkannte ihn nicht sofort. Sie sah einen Menschen in heruntergekommener, verschmutzter Kleidung, blickte in ein unrasiertes Gesicht unter einer verfilzten Perücke, in den harten Blick aus verschwommenen, blutunterlaufenen Augen. Sie kannte diesen Blick, der schon am Morgen nach nichts anderem als billigem Fusel sucht, nach betäubendem Branntwein, und Menschen mit dieser kalten Gier in den Augen gingen über Leichen, um ihn zu bekommen. Sie schrak zurück, wollte den Menschen anschreien, dass noch geschlossen sei, da erkannte sie ihn.

Knospe fühlte sich von dem plötzlichen Überfall überrumpelt. Er hatte die ›Weiße Taube‹ erstürmen wollen, mit Wirtschaften kannte er sich aus. Im Schutz anderer Trinker hatte er sich in die Räume schleichen wollen, um das verdammte Bild zu finden. Womöglich hing es in der Gaststube, es hätte ihn nicht verwundert, wenn die eitle Metze sie mit ihrem eigenen Werk geschmückt hätte. Ihr ruinierter Ruf hatte ihn unerwartet viel Geld gekostet, das würde er ihr nie vergessen. Durch sein vernebeltes Hirn war der Gedanke bis zu diesem Vorhaben gedrungen, aber nun stand er ihr urplötzlich leibhaftig gegenüber, allein. Darauf war er nicht vorbereitet. Er schalt sich einen Narren, dass er im ersten Bruchteil einer Sekunde Angst verspürte.

So standen sie sich gegenüber, Sekunden fühlten sich an wie Stunden. Anna sah ihren Feind, in seiner Gier gefährlicher denn je, in seiner heruntergekommenen Montur ein zum Raubtier gewordener Mensch, eine Bestie, die nach ihrer Vernichtung lechzte. In diesem Augenblick verstand sie, was hinter der wohlanständigen Maske bereits damals gegrinst hatte, was sie in ihrer Unschuld nicht hatte erkennen können, und bevor sich in ihrem Hirn der undeutliche Gedanke des Wiedererkennens formen konnte, da spürte sie bereits am Beben in ihrer Brust, dass er es sein musste. Er, ihr Feind, er war es, der hinter der Berufung der neuen Hofmaler stand, er war es, der schuld war an ihrer verpatzten Lebensplanung. Er hatte sie hinters Licht geführt, sie ausgenutzt, ihr Gewalt angetan. Plötzlich durchzuckte sie eine Erinnerung, plötzlich begriff sie, es durchfuhr sie in dieser Sekunde: Er hatte sie seinem Herrn offeriert wie ein Zuhälter.

Sie starrte ihn an, mit angstvoll aufgerissenen Augen und geöffnetem Mund, der nur beim tiefen Atmen hatte helfen wollen, nun formte sich die Schmach der Erkenntnis tief in ihrer Brust zu einem infernalischen durchdringenden Schrei.

Joachim Gottlieb Knospe begriff seine Chance. Wie dumm er gewesen war, sich einschleichen zu wollen wie ein Dieb. Hier stand sie, allein, und sie hatte Angst! Ja, ihr Blick war anders als damals, hier stand nicht mehr die brünette Vestalin vor ihm, deren spröde Unschuld es zu brechen galt, hier stand eine Frau, die das Leben kannte. Eine Frau, die wusste, dass das Leben mörderisch war, dass sie darin umkam, wenn sie sich nicht höllisch vorsah, eine Frau, die die Angst kannte, die hatte sie bei ihm gelernt. Und einen weiteren Braten hatte sie auch schon wieder in der Röhre. Er brauchte nicht einmal die Stimme zu erheben. Böse und vernehmlich zischte er: »Rück das Bild raus, du Hure! Gib es her, sofort, sonst stech ich dich ab!«

Genau in diesem Augenblick brach der Schrei aus Anna. Sie schrie so, wie sie in jener Nacht in Molsdorf hätte schreien wollen. Der Schrei eines angeschossenen Tieres brach aus ihr heraus. Tief steckte der Pfeil in ihrem Herzen und würde immer dort stecken, aber der Schrei der Erkenntnis verschob ihn ein Stück in einen Winkel, in dem er weniger wehtat.

Anna schrie, und Joachim Gottlieb Knospe, der sich lieber Jean nannte, starrte mit geiferndem Maul auf ihren geöffneten Mund. Er wollte sich auf sie stürzen, um sie zum Schweigen zu bringen, schon regte er sich, aber sein Körper hatte noch nicht seine Ration an Branntwein bekommen, weder seine

Feigheit noch sein Körper waren der unerwarteten Situation gewachsen. Mitten in der Bewegung, mit der er ihr an die Kehle wollte, mit der er ihr das kreischende Maul stopfen wollte, hielt er inne und zitterte am ganzen Leib.

Anna warf die Tür zu, verschloss sie fest, zog den Schlüssel ab und umklammerte ihn in ihrer Faust wie ihr kostbarstes Gut. Schwer atmend lehnte sie ihren Rücken gegen die Tür, drückte sich gegen die Klinke, sie sollte sich zwischen ihre Rippen bohren, sie musste den Schmerz spüren, den anderen Schmerz. Aufrichtiges Eisen, verlässliches Holz, treues Mauerwerk, liebes Zuhause, Schutz vor jedem Feind.

Genügend Schutz? Sie rannte zum Fenster, schloss es, rannte in die Küche, sah sich voller Panik um, ob alles verschlossen war, und die Erleichterung, dass es so war, ließ sie vor den Kamin sinken, wo sie hocken blieb. Während ihre Zähne unaufhörlich aufeinanderschlugen, versuchte sie zu begreifen, was gerade geschehen war.

Durch Knospes verrohte Sinne, durch sein suchtgeschärftes Hirn war nur eines gedrungen: Die Lisiewska hatte Angst vor ihm. Er hatte ihr Bild nicht, noch nicht, aber er würde es bekommen. Wie sie vor ihm geflohen war! Aber sie war laut gewesen, schon flogen am Nachbarhaus die Läden auf, und so trollte er sich frierend, während in seinem verrotteten Hirn undeutlich ein Gedanke Gestalt annahm, wie er an das verfluchte Bild herankommen konnte. Sie fürchtete ihn! Das machte sein Unternehmen ja viel leichter, als er gedacht hatte. Warum hatte er so lange an den falschen Stellen gesucht, warum so lange gezögert, das Bild von ihr einzufordern?

Sie würde ihn noch viel mehr fürchten, als sie sich vorstellen konnte. Bekam er das verdammte Bild nicht, würde er sie sich vornehmen, so, dass ihr honoriger Gatte sie danach nicht erkennen würde.

Zuerst kam Christina, deren Sinne ausgeprägter waren als bei anderen Menschen. Der Schrei ihrer Schwester erschütterte sie bis ins Mark. Tinka stimmte in Annas Schrei ein, packte den kleinen Georg, der bei ihr im Bett schlief, drückte ihn fest an ihre Brust und stolperte barfuß aus ihrer Schlafkammer die Treppe hinunter. Ihr unausgesetztes Schreien weckte Ernst Therbusch, der nach der anstrengenden Nacht eigentlich die Augen wieder schließen und sich auf die andere Seite drehen wollte. Seine Hand tastete nach Anna und fühlte nur ein kaltes Kopfkissen. Noch immer schrie Christina durchdringend. Es klang entsetzlich. Außerdem war ihm, als habe die Eingangstür geschlagen. Mit einem Ruck richtete er sich auf. Was war geschehen?

Ernst Therbusch griff in die Schublade seines Nachtschrankes, riss seine große Pistole heraus und rannte nun ebenfalls in Nachtmütze und Pantinen, aber mit entschlossen erhobener Waffe, die Treppe hinunter. Die beiden Mädchen, vom Lärm erwacht, sahen ihren Vater zum ersten Mal in ihrem Leben mit einer Pistole in der Hand, fassten sich ängstlich an den Händen und folgten ihm wie zwei winzige Gespenster in weißen Nachthemden, denn auf keinen Fall wollten sie im Dunkeln allein bleiben.

Christina war mit dem unsanft geweckten und empört brüllenden Georg neben ihrer Schwester auf die Knie gesunken. Anna hockte vor dem Kamin auf dem kalten Fußboden, die Hände vors Gesicht geschlagen. Ihr Schultertuch hatte sich gelöst, ihre Haare lagen wirr um die zuckenden Schultern. Sie reagierte weder auf das hysterische Geschrei ihrer Schwester noch auf das Gebrüll ihres Sohnes, das sich langsam zur Panik steigerte.

Ernst Therbusch blickte sich wild in der Gaststube um, rannte in die Küche, es war niemand da. Er legte die Pistole auf den Tisch, hockte sich neben seine Frau und zog ihr die Hände vom Gesicht. Anna sah mit geweiteten Augen durch ihn hindurch, als er sie zärtlich ansprach. Die Mädchen drängten sich an sie und begannen zu weinen. Unheimlich war ihnen der Anblick der Mutter, die nicht die Mutter zu sein schien. Ernst ging zur Theke und goss einen Schnaps ein. Christina stopfte dem brüllenden Kind den mit Honig getränkten Schnuller ins Mäulchen und weinte nur noch vor sich hin. Sie streichelte Anna ohne Unterlass, unterbrach manchmal ihr Weinen und murmelte beruhigende Worte in eigenartigem Singsang. Luisa und Wilhelmina folgten ihrem Beispiel, streichelten Anna und riefen immer wieder: »Mama! Mama, hör doch, Mama! Sag doch was!«

Ernst kam mit dem Schnaps und flößte ihn Anna ein. Das scharfe Getränk brachte sie wieder zu sich. Sie hustete, sah sich um, betrachtete die verschlossene Tür, atmete erleichtert auf und nahm plötzlich die Versammlung um sie herum wahr. Zärtlich betrachtete sie Ernst, der mit dem leeren Glas dastand und sie besorgt ansah, sah auf die ordentlichen Zöpfe der Mädchen, spürte Christinas Streicheln und sah auf den zufrieden nuckelnden Säugling, der sie, noch mit Tränen auf den dicken rosa Kinderbäckchen, aus großen Augen beobachtete.

»Mama weint!«, sagte die fünfjährige Luisa betreten, worauf die vierjährige Wilhelmina in ein klägliches Weinen ausbrach.

»Nicht weinen!« Anna zog die beiden zärtlich an sich und küsste sie aufs Haar. Eine Hand streckte sie nach Ernst aus.

»Du auch nicht weinen!«, entschied Christina.

»Ich wein ja nicht, Tinka«, lächelte Anna mühsam. Da waren alle, die sie liebte, ihre Familie. Wie niedlich der Kleine auf Tinkas Armen nuckelte, wie hübsch die Mädchen aussahen mit ihren braunen Zöpfen und den weißen Nachthemden, und wie liebevoll der Mann da stand, ihr Ehemann, breit, beleibt, mit gütigem Blick.

Vielleicht ist es das, dachte sie, diese Geborgenheit, vielleicht reicht es, die Liebe einer Familie zu spüren, die Liebe, die ich erfahren habe, weiterzugeben. Im Frühjahr noch einen kleinen Jungen zu gebären. Vielleicht ist es das, was das Leben ausmacht? Wie viele Frauen denken an nichts anderes, und sind sie unglücklich? Vielleicht ist es das, dachte sie, aber sie war sich nicht sicher. Eine winzige, aber sehr deutliche Sehnsucht nagte an ihrem Herzen und biss kleine Stücke von ihm ab. Schmerzhaft war die Erkenntnis, dass da noch etwas war. Liebe und Geborgenheit konnten nicht alles sein, was das Leben ausmachte. Sie fühlte sich verworfen und schlecht.

Sie sah auf Therbusch. Nein, der hatte keine Angst, der schmiss den unverschämten Gast ebenso hinaus wie ihren Feind, der sich offenbar wieder aus seinem Loch wagte. Was war geschehen?

Wieder sah sie das grässliche Gesicht dieser Bestie vor sich. Sie war noch nicht in der Lage, das Erlebte zu sortieren. Was hatte Boutonnet – da er nun ungewollt wieder in ihr Leben getreten war, hatte sie beschlossen, ihn bei Pesnes verächtlichem Spitznamen zu nennen – mit den neu berufenen Hofmalern zu tun? Gab es einen Zusammenhang? Was hatte er eigentlich gesagt?

Sie drückte die beiden Mädchen an sich und erhob sich mühsam.

»Bist du krank, Mama?«, fragte Luisa ängstlich. Anna betrachtete ihre älteste Tochter liebevoll. Gottlob war in den Zügen des Kindes nichts zu entdecken von der grauenhaften Fratze, in die sie eben geblickt hatte, auch nichts von der höhnisch hochgezogenen Oberlippe des Markgrafen und seines ungeratenen Sohnes. Zwei braune Augen blickten sie mit jener Neugier an, in der Anna den lebhaften Blick ihres eigenen Vaters erkannte. Luisa hatte Lisiewskis Augen, gepaart mit seiner Arglosigkeit, die manchmal in kindliche Wutanfälle umschlug, wenn sie sich ungerecht behandelt fühlte – auch ein Erbe des polnischen Temperaments ihres Großvaters.

»Nein, ihr beiden Süßen, Mama ist nicht krank«, sagte sie, dabei waren die beiden viel zu groß, um sie in der dritten Person, dieser Kindersprache, anzureden.

»Mama war nur traurig. Aber nun seid ihr alle da, nun bin ich wieder fröhlich und ich habe furchtbaren Hunger. Soll die Bertha uns mal ein richtiges Sonntagsfrühstück machen, wie für die feinen Gäste?«

Die Mädchen waren begeistert. Anna ging zum Tisch, sah die Pistole darauf liegen und warf Ernst einen erstaunten Blick zu. Der nahm die Waffe und schob sie lässig in den Gürtel.

»Keine Sorge, sie ist nicht geladen«, sagte er, »aber sie sieht beeindruckend genug aus, um Gesindel zu verscheuchen.«

Wo hatte sie das schon einmal gehört? Anerkennend lachte sie ihren Gatten an, obwohl ihr zum Heulen war. Was immer heute früh geschehen war, sie, Anna Lisiewska, war gescheitert. Ihre Karriere als Hofmalerin war vorbei, ehe sie begonnen hatte.

Am nächsten Tag kaufte sie Leinwand, ging ins väterliche Atelier an der Fischerbrücke und begann ein riesiges Familienbild. Ernst schickte Luisa zu ihr, es sei nichts im Hause, was er den Gästen vorsetzen solle. Sie schickte Luisa zurück mit einem Einkaufszettel, einem Rezept für Teltower Rübchen mit Rippenspeer und machte weiter. Der Pinsel zitterte manchmal, wenn sie an die Ereignisse des Vortages dachte, aber sie konnte alle aus dem Gedächtnis malen, jeden Tag sah sie Ernst und die Kinder und Tinka. Als sie zu Tinkas Gesicht mit dem wässerig erstaunten Blick ansetzte, zitterte ihr die Hand derart, dass sie innehalten musste. Dieser Boutonnet, hatte der ihr nicht einmal geraten, ihre Schwester zu malen? Was war gestern geschehen? Was hatte er ihr giftig wie eine Schlange zugezischelt ... von einem Bild, das er haben wollte? Er wollte ein Bild von ihr?

Doch, so war es wohl gewesen. Dabei hatte er sich damals ihre beiden schönsten Bilder ergaunert, niemals hätte sie ihm die *fetes galantes* verkauft, nicht für tausend Gulden. Anna verstand den Sinn des Erlebten nicht, aber langsam begann sie die Absurdität der Situation zu begreifen. Genau in dem Augenblick, als ihr alle Felle davonschwammen, als ihr andere Maler als Hofmaler vorgezogen wurden, genau in diesem Augenblick schrie ihr größter Feind, ihr Vernichter, sie an, er wolle ein Bild von ihr.

Wie unsinnig! Sie lachte hysterisch auf, ließ die zitternde Hand sinken, legte den Pinsel fort und trat ans Fenster. Von der vereisten Spree drang das Lachen der Kinder hinauf, die sich auf dem Eis vergnügten. Der Himmel hing in trägem dunstigen Grau über Berlin, der Turm der Nicolaikirche ragte schemenhaft am gegenüberliegenden Ufer über den Häusern hervor. Tief atmete Anna die kalte Winterluft ein und mahnte sich zur Vernunft. Als sie sich wieder der Staffelei zuwenden wollte, fiel ihr Blick auf Gotters Päckchen auf dem Requisitenregal.

Sie hatte es dort abgelegt, weil sie alle diese Dinge, die sie an den grauenvollsten Tag ihres Lebens erinnerten, nicht mehr sehen wollte, und sich nicht weiter darum gekümmert. Zum ersten Mal seit sieben Jahren öffnete sie das Futteral, las den Denkspruch und drehte das Augenglas nachdenklich in den Händen. Sie sah hindurch, mäßig neugierig. Ein Augenglas, natürlich. Sie würde alle Dinge verschwommen sehen, nur alle, die nahe lagen, in vergrößerter Deutlichkeit. Sie richtete den Blick durch das Augenglas auf ihr Bild und fuhr erschrocken zurück.

Alles war ihr schlagartig klar. Alles lag in vergrößerter Deutlichkeit vor ihr. Die beiden Ereignisse, der Überfall Boutonnets und die Berufung der Hofmaler, hatten nichts miteinander zu tun. Der teuflische Zufall hatte seine Hand im Spiel. Noch einmal blickte sie durch das Glas, aber es konnte ihr nicht erklären, was ihr Feind ihr antun wollte. Nur eines war deutlich: Er hatte die Fährte wieder aufgenommen. Der hungrige Wolf war noch nicht satt.

Sie betrachtete das Augenglas in höchster Verwirrung. Hatte es geheime Kräfte? Immerhin war Gotter bei den Freimaurern. Anna kehrte an ihre Staffelei zurück und begutachtete das begonnene Bild, die Mädchen, die sich an sie schmiegten, Tinka mit dem Säugling auf dem Arm. Im Hintergrund war schon die Figur von Ernst zu erkennen, der am Tisch stehen sollte, seine Familie betrachtend. Sollte sie ihm die Pistole in die Hand geben?

Neugierig geworden, betrachtete Anna die Szenerie noch

einmal durch das Augenglas. Zu ihrer größten Verblüffung sah sie Ernst friedlich im Garten sitzen. Anna nahm das Glas von den Augen, betrachtete es nachdenklich, dann packte sie es sorgsam zurück in sein Futteral. Ein Aberglaube, anzunehmen, die Dinge wüssten mehr als ihre Erfinder. Aber die Idee war gut. Sie würde die gesamte Familie in eine Gartenszenerie setzen und auf den Gartentisch neben Ernst eine Bierkanne oder ein Tablett mit Kaffee stellen. Alles sollte friedlich und schön in der Wirkung sein, dies war ihre Familie, und sie ließ sie nicht zerstören von einem verwahrlosten Taugenichts. Liebevoll setzte sie ein Licht auf die Stirn des kleinen Georg.

Die Tür wurde geöffnet. Sie sah auf und blickte in das erzürnte Gesicht ihres Gatten. Jetzt würde er fragen, wo sie bliebe, ihr Vorhaltungen machen, weder war für die heute erwarteten Gäste noch für die Familie gekocht, kein Abendtisch gerichtet, nichts. Sie holte tief Luft, da veränderte sich Ernsts Ausdruck in ein liebevolles Lächeln. Er sah auf die Staffelei und sagte sanft: »Wie schön.«

Es war zu viel. Auf Vorwürfe hätte sie gereizt reagiert, sie hätte auf ihrem Recht, zu malen, bestanden, geschimpft, behauptet, dass die Kunst ihre Profession sei und nicht das Hotel, aber der ehrlich entzückte Ausdruck ihres Gatten ließ die Tränen fließen. Sie rannen ihr über das Gesicht, hinunter auf ihr Brusttuch, das ihr Dekolleté vor der Kälte schützte. Schluchzend klammerte sie sich an ihn.

Ernst Therbusch nahm seine Frau in die Arme und wiegte sie sanft hin und her, wie er seinen kleinen Sohn wiegte, wenn die großen Schwestern ihn geärgert hatten. Er wusste noch weniger als Anna, was geschehen war, er wusste nicht, wer Anna derart verstört hatte. Er hatte sich über ihre Abwesenheit geärgert, aber dieses wundervolle Bild versöhnte ihn. Wie liebevoll sie die Familie malte, wie hübsch die Kleinen aussahen, wie gut die Szene getroffen war.

»Ich werde eine Köchin einstellen«, murmelte er an ihrem Ohr und vergrub seine Nase in ihrem Haar. Es roch nach

Lavendel und ein wenig nach Gänseschmalz. »Dann hast du mehr Zeit für deine Malerei.«

»Er will mich vernichten«, flüsterte Anna. Ernst fuhr fort, sie zu wiegen.

»Ich muss weg von hier ... sehr weit weg, für immer«, stammelte sie.

Stuttgart, an meinem Geburtstage den 23. Julius des Jahres 1761

LIEBSTE ROSINA,

Sei herzlich bedankt für die exquisiten Pigmente, die mir hier außerordentliche Möglichkeiten eröffnen, weil das Kolorit, anders gemischt, auf den Wänden sehr schön hervortritt. Sei aber vor allem umarmt für das wunderschöne Seidentuch. Ich habe es gestern um die Schultern gelegt, die Spitze ist so allerliebst, dass ich sofort begonnen habe, mein Porträt zu malen! Es würde Dir gefallen, da bin ich sicher, auch wenn es ein wenig extravagant ist, da ich mich mit offenen Haaren male, obwohl ich nun vierzig Lenze zähle. Aber Du hasst ja wie ich diese schreckliche Mode der Kappen und Hauben, die uns Weiber zwingen, unseren Stand stets öffentlich auf dem Kopfe zu tragen, und so wirst Du verstehen, warum ich mich so »vogelwild« mit porzellanweißem Dekolleté male. Ein wenig habe ich mich von Holles Bildern inspirieren lassen, die wir immer die »welsche Imitatio« nannten. Erinnerst Du Dich, wie wir unseren Bruder auslachten in seiner Nocturno-Phase? Wie Vater schimpfte wegen der Unmengen von teuren Kerzen und Angst hatte, das Haus würde in Flammen aufgehen?

Nein, ich habe der Versuchung widerstanden, mich als Nachtstück zu verewigen, aber ich habe ein weiches, warmes Licht gewählt, wie der Widerschein eines Abendlichtes, das oben von Westen eine dunkle Kammer erhellt. Ich werde mir die Insignien der Malerin in die Hand legen, und ich werde nur eine Hand malen, diese aber so fein, dass das Selbstporträt hoffentlich den Beifall des Herzogs Carl Eugen und des Monsieur Harper finden wird. Erinnerst Du Dich noch an die Familie Harper? Adolf ist der Sohn von Papas Freund Johann Harper, der so früh verstarb, mitten in den Arbeiten an den Wandmalereien von Sanssouci. Nach dem Tode seines Vaters reiste er nach Italien, um dort die Landschaftsmalerei zu studieren. Inzwischen ist er zum Hofmaler am hiesigen Hofe und Professor an der neu begründeten Académie des Arts avanciert. Mein Selbstporträt soll das Receptionsstück sein, um dort aufgenommen zu werden, denn ich möchte nicht, dass der Hofklatsch behauptet, mein Patent sei nicht meinem Talent zu danken, sondern eine Gefälligkeit unter Berliner Künstlerfamilien. Harpers Porträt habe ich natürlich zuerst gemalt, als Dank für seine Gastfreundschaft, und es ist mir recht gut gelungen. Es ist ein Freundschaftsporträt mit Künstlerhut ohne die üblichen Allüren. Er meint, damit solle ich mich um Aufnahme in der Akademie von Bologna bewerben, er wolle eine Empfehlung schreiben!

Ich höre Dich lachen, liebe Schwester! Ja, ich wollte nie wieder eine Palette anfassen, mich nie wieder mit den Meriten unserer Gilde schmücken! Ja, ich wollte nichts anderes, als meinen vier Kindern eine gute Mutter und Therbuschs Gästen eine zuvorkommende Wirtin der »Weißen Taube« sein! Und, ja, davor wollte ich nichts von alledem, sondern selbst als weiße Taube gen Himmel schweben und alles Irdische hinter mir lassen ... aber das ist lange her.

Die Metamorphose der Anna Lisiewska in Dorothea Therbusch dauerte zwanzig Jahre, und sie wurde immer wieder unterbrochen. Vaters Augen wurden schwächer, dabei stapelten sich die Aufträge, er bat mich, sie anzunehmen, was sollte ich tun. Und da er die Augen für immer schloss, und wir seine Hände hielten, Du erinnerst dich, da hat mir seine inständige Bitte, mein Talent nicht zu verschwenden, recht ans Herz gegriffen. Wie viele Väter und Ehemänner gibt es, die ihren

Töchtern und Gattinnen ihre Profession untersagen, ja, sie ihnen mit Schlägen auszutreiben suchen! Dagegen haben wir mit diesem trefflichen Vater einen Lehrer gehabt, durch den wir imstande sind, unser eigenes Brot zu verdienen, da wir nicht alle, wie Lenchen, einen reichen Juwelier heiraten konnten.

Auch ist es das Verdienst Deines Gatten Louis, den ich Dich bitte herzlich von mir zu grüßen, und seines Dichterfreundes, meines Lieblingsgastes Herrn Lessing, dass ich den Pinsel nie wirklich wegschloss. Ich erinnere mich, Du warst eben an den Anhalter Hof nach Zerbst zu Deiner neuen Anstellung gereist, es war kurze Zeit nach dem Tod des lieben Matthieu und Tinkas frühem Tod, Gott hab sie beide selig, wie ich in einem plötzlichen Anfall begann, die Gaststube auszumalen mit eben jenen Supraporten, für die ich nun hier in Stuttgart engagiert bin.

Ein Logisgast, ein Messehändler aus Leipzig, der sich über unser karges Berlin mokierte, zeigte mir einen Stich von Auermanns Keller und beschrieb mir das Kolorit. Ich war einigermaßen beeindruckt von dem Effekt, der die Leipziger Wirtshäuser aussehen lässt wie Landschlösser unserer Majestäten. Ich bekam die Idee, die vier Jahreszeiten in jede Stubenecke zu malen und einen Himmel an die Decke mit Wolken, aus denen Apoll mit den Musen, von Amor mit seinem Bogen umflattert, hervorlugen. Über den Kamin malte ich einen Schwarm weißer Tauben, gleichsam als würden die Wahrzeichen unseres Hotels aus dem Kamin herausfliegen. Unser kleiner David zählte 15 Lenze und war für jeden Spaß zu haben. Er half mir, heimlich die Farben anzumischen, dann schickten wir Ernst mit den Jungens zu seinen Verwandten aufs Land.

Es war das zweite Kriegsjahr. Auswärtige Gäste waren aus Preußen geflohen, preußische Gäste hingegen rar, weil alle Kantonisten im Feld waren, und so hatten wir drei Tage, die »Weiße Taube« in einen Olymp zu verwandeln. Und wer kam, natürlich spät am Abend, und stolperte, voll des Weines über die Farbeimer? Natürlich Herr Lessing mit seinen Freunden Ramler, Sulzer, Nicolai und Mendelssohn. Sie hatten ihn aus Baumanns

Höhle rausgeworfen, weil er keinen Gulden mehr hatte, und dieses eine Mal hatte Onkel Ephraim wohl keine Lust, die Zeche zu übernehmen. Vielleicht war er auch damit beschäftigt, die Silberdukaten des Königs zu fälschen, in einer dieser Nächte muss es wohl gewesen sein, jedenfalls torkelten sie über die Brüderstraße zur Heiliggeiststraße in der Hoffnung auf Ernst Therbuschs bekannte Gastfreundlichkeit auch zu später Stunde.

Lessing schmiss einen Farbeimer um, indem er die Tür aufriss, und bevor Ramler über den nächsten fallen würde, bat ich sie an den Stammtisch in der Ecke und traktierte sie mit dem Rheinwein, den Papa immer so gern mochte. Als Chodowiecki auch noch mit meinem Paten Eccardt hereinschneite, befahl ich der Magd, den Entenbraten und die gefüllten Tauben, die für den nächsten Tag im Ofen schlummerten, mit ordentlichem Feuer zu wecken und noch in der Nacht zu servieren. Das war ein Hallo! Onkel Modestus und Chodowiecki begutachteten mein halbfertiges Werk und machten einen klugen Spruch nach dem anderen, Lessing stritt mit Mendelssohn über Winckelmann und die Laokoon-Skulptur, die keiner von beiden je leibhaftig gesehen hatte, Ramler trank David unter den Tisch, während ich ohne Unterlass, begleitet von Chodowieckis guten Ratschlägen und des Paten Korrekturen, weitermalte, damit bei Ernsts Rückkehr alles fertig war.

An diese Nacht muss ich denken, während ich den Spiegelsaal Seiner Hoheit des Herzogs Carl Eugen mit Supraporten, mit den Allegorien der vier Jahreszeiten und anderem modischen Schnickschnack versehe, und natürlich an Dich, liebste Schwester, die Du mir immer streng ins Gewissen geredet hast und nie einsehen wolltest, warum ich mich »nur« um das Hotel und um die Kinder kümmere – und sie dabei nicht einmal unsere Kunst lehre! Aber ich hatte es meinem Gatten versprochen, das Einzige, das ich ihm jemals in die Hand versprechen musste, und es fiel mir leicht, denn es gibt heute bessere Schulen als zu unserer Zeit. Carl und August sollen sich eine gute Bildung aneignen und in der königlichen Administration reüssieren, dann bleibt ihnen die Qual des Mittelmaßes erspart. Wir sollten ohnehin nicht unsere Kunst auf letztlich dürftige Weise unseren Kindern vermitteln, es sollte besser jeder Begabte, unabhängig von der Profession seiner Eltern, in einer Akademie sein Talent bilden können ... aber das ist ein anderes Thema, ich weiß, dass Du darüber anders denkst. Unsere Majestät ebenfalls, denn er rührte keinen Finger, als die Akademie zu Berlin in Flammen stand. Nun ragt die verkohlte Ruine wie ein schwarzes Denkmal in den Himmel und kündet vom armseligen Stand der Künstler in Preußen. Dem hoch verehrten Pesne, Gott hab ihn selig, hat der königliche Philosoph von Sanssouci nicht einmal eine Pension gewährt, obwohl sein Hofmaler drei Generationen von Majestäten und Hofstaat auf die Leinwand bannte, und stets zu ihrem Vorteil.

Erinnerst Du Dich an die Porträts der Hofdamen der Königinwitwe, die Pesne in schwarzen Samtroben auf eine unnachahmliche Art malte? Als wolle er zeigen, dass er es dem alten niederländischen Meister Franz Hals gleichtun konnte. Eine völlig neue, alte Weise zu malen. Genre vermischte sich mit Porträt, plötzlich schien die Natur wichtig, nicht die Rüschen und Schleifen der teuren Kleidung! Das exquisite Glitzern der Diamanten wurde vom gewinnenden Lächeln verdrängt.

Aber diese ungeheure Neuerung der Malerei und ihren Schöpfer wusste niemand in Berlin zu schätzen, stattdessen wurden diese Stümper van Loo und Le Sueur zu Hofmalern berufen. Dies ist hier in Stuttgart anders.

Ich habe meinen ersten großen Auftrag. 18 Schlosstüren muss ich bis zum Februar mit Supraporten bemalt haben. Du wirst den Kopf schütteln, dass mir diese Arbeit nicht ausreicht, sondern dass ich auch noch den Ehrgeiz habe, in die hiesige Akademie der schönen Künste aufgenommen zu werden. Daran schuld sind Philippe und Niccolò, meine neuen Freunde, die ich hier gewonnen habe.

Philippe de La Guepière ist der Hofarchitekt, und Niccolò Jommelli Kapellmeister des Herzogs. Sie nahmen dem weiblichen Talent gegenüber eine äußerst feindselige Haltung ein, man konnte meinen, sie seien eifersüchtig, obwohl ich ihnen als Malerin nicht ihr Brot nehme! Ihre Skepsis stachelte mich an, ihnen zu zeigen, was ein Weib zu tun imstande ist, und siehe, mein Werk hat beide überzeugt. Sie reden inzwischen nur Gutes über mich, lassen sich von mir malen und sorgen für weitere Aufträge. Ich kann nicht klagen, bei Morgenlicht arbeite ich an den Supraporten im Schloss für den Herzog, am Nachmittag sitzen mir die Damen und Herren der Württembergischen Hofgesellschaft, bis auf eine, Du weißt schon. Diese hast Du gemalt! Es wird Dich interessieren, was aus ihr geworden ist, der schönen unglücklichen Gattin des Herzogs, der Du allen Dünkel aus dem Gesicht gemalt und nur das hübsche, intelligente Mädchen porträtiert hast!

Die schönste Frau Europas, Friederike, die Nichte unseres Königs, die Tochter seiner geliebten Bayreuther Schwester, hat ihren herzoglichen Gatten verlassen. Ich gestehe Dir meine klammheimliche Freude über diesen Schritt, denn der Herzog ist in seinen Launen wahrhaft unerträglich. An einem Tag will er die Kontinente, am anderen die Tugenden, am dritten befiehlt er, ich solle alles übermalen, und will nur Trophäen sehen. Dabei ist er entzückend in seiner Abscheulichkeit, ein charmanter Halunke, der nicht etwa nur launenhaft ist wie die meisten seines Standes, sondern voll bösartiger Berechnung auf die Verzweiflung seiner Umgebung hofft, um sich daran zu weiden.

Aber ich habe ihn überlistet, sonst werde ich niemals fertig. Zunächst fasste ich mir ein Herz und schlug ihm vor, alles zu malen, was er befiehlt: die vier Jahreszeiten über den Türen der Schmalseite, die Allegorien der Künste über den Fenstern der Längsseite und die Tugenden über den Spiegeln, mit den Künsten korrespondierend. Meine Idee fand seine Gnade. Damit er nicht wieder davon abweicht, bat ich Harper und

Guepière, ihn bei seinen Besuchen stets zu begleiten und beim Anblick meiner Fortschritte in Jubel auszubrechen ob der Schnelligkeit, mit der ich sein Schloss fertigstelle. Nun sieht er mit einer gewissen Verblüffung von einem zum anderen und schweigt stille, denn er will seinen Spiegelsaal im kommenden Jahr mit großem Zeremoniell durchschreiten, und das ist nur zu schaffen, wenn ich bis zum Winter fertig werde.

Du merkst, liebste Schwester, ich stecke bis über die Ohren in Arbeit, in einer durchaus lukrativen Arbeit, auch wenn man mir keine Anstellung als Hofmalerin anbot. Für diesen Herzog mag ich auch nicht arbeiten, nicht einmal, wenn Gotter persönlich ihn noch einmal an den Ohren zöge, denn er bringt sein gesamtes Land durch seine Rigorosität zur Verzweiflung, und einem von beiden wird es noch schlimm ergehen. Während ich Dir dies schreibe, findet gerade eine Redoute statt, die mit Bankett und Geschenken für die Damen 400 000 Gulden gekostet haben soll!

Gotter ist es wieder einmal gewesen, liebste Schwester, dem ich diesen Wechsel meines Lebens verdanke. Er ist wahrlich auch für mein Leben der dröhnende Jupiter, der rasende Wirbelwind, denn er hat sich in den Kopf gesetzt, meine Karriere zu fördern. Mein Ehrgeiz befiehlt mir, ihn nicht zu enttäuschen. Ich frage mich nur manches Mal, was er an der Erziehung dieses Herzogs, der ihm als Knabe anvertraut wurde, falsch gemacht hat, denn des Herzogs jüngerer Bruder Friedrich Eugen ist völlig anders, ein gütiger, freundlicher Chevalier, der die Geschicke des Landes mit Umsicht leiten würde. Allein, er dient als Obrist nicht seinem Bruder, sondern unserer Majestät, auch im Kriege, der durch Gottes Gnade bald beendet sein möge. Weiß der Himmel, wie das bei den Durchlauchtigsten Herrschaften zugeht, gegen sie sind unsere viel geschmähten Künstlerfamilien Oasen des Friedens.

Denn Du musst wissen, liebste Schwester, dass es unter der Oberfläche dieses Landes gewaltig brodelt, aber davon werde ich Dir hoffentlich bald persönlich berichten, wie von vielem anderen, das ich der Post in Kriegszeiten nicht anvertrauen mag. Die Fahrt hierher hat mich sehr erschüttert. Armut ist überall, Elend und Verwüstung von den vielen Kriegen entsetzlich. Ich sah Bauern, die, schier wahnsinnig vor Hunger, das Moos von ihren Strohdächern kratzten und es sich in den Mund stopften.

Ich habe eine neue Leidenschaft, durch die Bekanntschaft mit dem Herrn Hofrat von Bühler, dessen Familie ich in zwei Pendants für immerhin 200 fl. porträtierte. Bühler ist Intendant der Ludwigsburger Porzellanmanufaktur, und daher kam mir der Gedanke, seine Familie beim Tee à l'anglaise zu malen mit einem wahrhaft fürstlichen Service. Seine Gattin war von dem Ergebnis so begeistert, dass sie sich ein Service mit dem Dekor, das ich eigens für das Porträt erfunden, wünschte. Wie es so geht, bemalte ich eines, es wurde gebrannt, das Ergebnis kam dem Herzog zu Augen, und natürlich wollte er dasselbe in Größer, Schöner und Vornehmer!

So komme ich nun doch noch zur Historienmalerei, liebste Schwester, denn auf Porzellan gemalt, und vom Herzog selbst in seinen Privaträumen auf der Solitude aufgestellt, wird jeder nur Bewunderung und Staunen äußern. Niemand wird Anstoß daran nehmen, dass Venus im Bade und Diana bei der Jagdrast von einem Weibe gemalt wurde.

Ich sehe Dich wieder den Kopf schütteln, liebste Sine, so viel Raffinesse hast Du Deiner kleinen Schwester, der Verwalterin der Töpfe und Pfannen und Kleinkinder, nicht zugetraut, nicht wahr? Nun bemalt sie ihr Geschirr auch noch, wirst Du spotten, aber Du spürst durch diese Zeilen: Ich bin heiter in meinem neuen Leben. Heiter, weil ich mich an nichts anderes binden werde als an die Kunst, fröhlich, weil nur die Kunst mich zuversichtlich macht, nur sie wird mir die Liebe und Wahrhaftigkeit geben, ohne die ich nicht leben mag, ja, sie macht mich an manchen Tagen regelrecht übermütig, weil ich ihr so viele Facetten abgewinne wie niemals zuvor. Ob

Holz, Leinwand, Porzellan, ob Genre, Historie oder Porträt, alles erfüllt mich mit tiefer Freude, und die Kategorisiererei der Messieurs Kunstrichter kann mir gestohlen bleiben.

So Gott will, werde ich im kommenden Jahr nach Berlin zurückkehren. Therbusch wird nicht bereuen, sein Plazet zu dieser Unternehmung gegeben zu haben, denn ich verdiene derzeit mit meiner Kunst nicht viel schlechter als er mit dem Hotel!

Nun, liebste Schwester, will ich wieder an die Arbeit. Grüße Deinen lieben de Gasc von seiner Schwägerin und sei umarmt von Deiner Dich liebenden Schwester

Anna.

Stuttgart, den 10. November 1762

MEIN VEREHRTER, GELIEBTER GATTE!

Sie zürnen mir, weil ich meine Arbeit noch immer nicht beendet habe und zu Ihnen nach Berlin zurückgekehrt bin. Sie überhäufen mich mit Vorwürfen, dass ich mich nicht um unsere Kinder kümmere. Sehen Sie, mein Bester, von fünf Kindern habe ich vier großgezogen und ihnen zwanzig Jahre meines Lebens gewidmet. Das Leben ist nicht unendlich, zumal für eine Künstlerin nicht. Die Mädchen sind längst junge Frauen, Georg ist angehender Secretarius, und unseren kleinen Kalle vermisse ich so sehr, dass ich zu weinen begann, als ich Ihren Brief las, und mich kaum beruhigen konnte.

Mein gnädiger Gemahl, ich weiß, dass es ungewöhnlich ist, wenn eine Mutter ihr Kind zurücklässt, um sich ihrer Profession zu verschreiben. Aber ich weiß meinen Jüngsten doch nicht allein, sondern mit seinem zärtlichen Vater und bei seinen großen Schwestern und Tanten, die ihn verwöhnen.

Glauben Sie mir bitte, dass ich Ihre Generosität nicht ausnutze und mich hier auf Ihre Kosten amüsiere. Ich schrieb Ihnen bereits, dass ein Flügel des Herzoglichen Schlosses durch eine Feuersbrunst völlig vernichtet wurde. Soll ich mich dem Befehl des Herzogs widersetzen, den neu erbauten Flügel so bald als möglich auszumalen? Nein, ich nahm seinen Befehl demütig an, bedeutete er doch einen weiteren lukrativen Auftrag. Sie wissen, mein Gatte, dass ich geschickt arbeite, so werde ich die Supraporten bald fertiggestellt haben.

Nun aber widerfuhr mir die Gnade, im Gefolge des Herzogs Carl Eugen zum Karlstag nach Mannheim fahren zu dürfen. Der Hubertustag am 3. und der Namenstag des Kurfürsten Carl Theodor werden jeden 4. November mit großem Prunk begangen, mit riesiger Tafel von über dreißig Gedecken, Ball, französischer Komödie und einer Oper. Die neue italienische Oper hatte in diesem Jahr ein guter Freund von Niccolò Jommelli, dem Kapellmeister des Herzogs, komponiert.

Ich durfte die Oper besuchen, durfte an allen Feiern teilnehmen, mit Ausnahme natürlich des großen Appartements, das der Gesellschaft von Stand vorbehalten bleibt.

Der württembergische Hof ist gewiss der prächtigste, den ich je sah. Aber auch Mannheim ist wohlhabend. Selbst die Ärmsten in dieser Residenz sehen nicht so arm und zerlumpt aus wie in unserem vom Krieg gebeutelten Land. Kurfürst Carl Theodor ist beliebt bei seinen Untertanen, es wird nur Gutes über ihn geredet. Er tut auch viel Gutes, wenn seine Barmherzigkeit im Vergleich zu dem Prunk, den sein Hof entfaltet, auch nur geringe Summen ausmacht. Aber so ist es ja überall, nicht wahr, mein lieber Therbusch, es ist schwer, Gerechtigkeit zu erlangen.

Sie werden bereits ungeduldig wissen wollen, warum ich Ihnen von diesem Hofe so ausführlich berichte, der nur 16 Meilen von Stuttgart beheimatet ist. Wir benötigten mit unseren Reisechaisen nur einen Tag.

Man machte mir Hoffnung auf eine Anstellung bei Hofe, da mein Ruf von Stuttgart nach Mannheim gedrungen war, und bat mich, unbedingt ein Receptionsstück einzureichen. Allein, da hing mein Porträt von Jommelli, dem gefeierten Komponisten, zwischen den Porträts der Primaballerinen und Sängerinnen in ihren enormen Prunkkostümen, und ich wies darauf und sagte: »Da hängt eine Probe meiner Kunst.« Alles drängte sich um das Porträt, das ich recht schön angelegt hatte, ungekünstelt, wie es meine Art ist, Sie wissen, was ich meine, Sie kennen mein Porträt von Graf Gotter als Bacchus.

Ich malte Jommelli, der nicht mehr der Jüngste ist, dem guten Essen nicht widerstehen kann und Unmengen welschen Weines benötigt, um, wie er sagt, seine lausigen Musiker ertragen zu können. Ich malte Jommelli nach seiner Natur, ohne ihm zu schmeicheln, und wie es ist bei erfolgreichen Künstlern in ihrer extraordinären Eitelkeit, gerade das schmeichelte ihm! Er liebt sein Porträt und zeigt es überall her.

Kurz und gut, Kurfürst Carl Theodor sandte seinen Secretarius zu mir, und dieser ist, Du wirst es kaum glauben, Monsieur Collini, der sich von seinem früheren Herrn, dem großen Voltaire, trennte und beim Kurfürsten Anstellung fand. Der Kurfürst befahl meinen Besuch, wobei er sein Porträt in Aussicht stellte!

Liebster, gnädigster Gatte, ich bitte Sie nicht um meines Amüsements willen, mir die Verlängerung der Reise zu erlauben, sondern um meiner Ehre willen. Eine Anstellung am kurpfälzischen Hofe werde ich nicht erlangen, dafür bin ich zu gering, ich strebe sie auch nicht an. Aber den Auftrag, den Kurfürsten zu porträtieren, den bitte ich Sie, mich ausführen zu lassen, um unserer Majestät König Friedrich ebenfalls zu gefallen, wenn ich heimgekehrt bin.

Und nicht zuletzt um des damit verbundenen Verdienstes willen. Bin ich Ihnen jemals zur Last gefallen? Habe ich Ihnen nicht stets treu zur Seite gestanden in den vergangenen zwanzig Jahren? Ich habe die Hotelwirtschaft geführt, die Kinder nach Ihren Befehlen zu guten Bürgern und nicht zu Porträtmalern erzogen, habe recht wenig Aufträge angenommen und mich nur in meiner karg bemessenen freien Zeit weitergebildet, manches Mal bei schlechtem Licht in meinem Kämmerchen oder bei meinem lieben Vater oder bei Schwager Matthieu, die Gott selig haben möge. Die teure Anmietung eines eigenen Ateliers versagte ich mir all die Jahre.

Seit ich in Stuttgart bin, habe ich mein eigenes Auskommen gehabt. Ich werde Ihnen jeden Gulden, den Sie die Großzügigkeit hatten, mir für diese Reise zu verauslagen, doppelt zurückgeben können. Ich habe das Geld hier in guten Goldkarolinen bei zuverlässigen Finanzagenten angelegt, denn wenn ich es in preußische Gulden wechseln müsste, hätte ich einen großen Verlust nach dem Kriege. Mit den letzten drei, ja wahrlich drei!! Porträts habe ich 600 Taler eingenommen. Dafür hätte ich in Berlin zehn Pesnes kopieren müssen. Ja, Sie sind erstaunt, mein gnädiger Gatte, nach der Aufnahme in die hiesige Akademie kann ich hier 200 fl. für ein Porträt verlangen. Wenn ich am kurpfälzischen Hofe ebenfalls reüssiere, kann es leicht noch mehr werden.

Kurfürst Carl Theodor ist sehr reich. Er wird sich großzügig zeigen, wenn er mit seinem Porträt zufrieden ist, und ich zweifle nicht, dass es mir gelingen wird, ihm zu gefallen.

Ich lege mich Ihnen zu Füßen, mein verehrter Gatte, und bitte Sie flehentlich, mir die Reise nach Mannheim zu gestatten.

Ihre Ihnen treu ergebene liebende Gattin und Freundin Anna Dorothea.

Mannheim 1763

❧ 1 ❧

ANNA HATTE DEN BRIEF an Ernst Therbusch zur Post gebracht und, ohne seine Erlaubnis abzuwarten, die Kutsche nach Mannheim bestiegen. In ihrer Tasche trug sie zwei Zertifikate. Mit ihrem aufsehenerregenden Selbstbildnis war sie in die erst 1761 von Harper begründete ›Académie des Arts‹ in Stuttgart aufgenommen worden. Aber auch das ›Institut der freyen Künste zu Bologna‹ hatte sie als Ehrenmitglied aufgenommen. Dies hatte sie Ernst nicht geschrieben, aus Angst, er würde ihr die Reise umso eher verbieten, je deutlicher er ihren beruflichen Ehrgeiz spürte. Ach, Ernst! Die Künstlerin Anna Lisiewska in ihr begehrte heftig gegen die Gattin Dorothea Therbusch auf. Ernst hatte ihr die Malerei nie verboten, aber sie sollte sie so betreiben wie er sein geliebtes Musettespiel: wenn das Hotel Zeit dazu ließ. Kunst als eine schöne Nebensache, die ›Weiße Taube‹ als die wirtschaftlich wichtige Hauptsache. Aber die Kunst ist keine Liebhaberei, dachte sie, sie ist Auftrag und Sinn meines Lebens. Ich verdurste, wenn ich mich nicht weiterentwickeln kann, ich muss lernen, ich muss besser werden, um Aufträge zu bekommen.

Alle Stuttgarter Kollegen hatten sie beneidet. Eine bezahlte Sommerfrische sei Mannheim, meinte Harper, mit dem sie eine kurze, sanfte Affäre an einem lauen Frühjahrsnachmittag hatte. Harper war ihr erster Liebhaber gewesen seit jener unseligen Affäre – wenn sie von Therbusch absah. Aber Ernst war ihr Ehemann und hatte sich genommen, was ihm zustand, meist rücksichtsvoll und sanft, selten fordernd und nie mit Gewalt, das hatte ihr geholfen, die verwundete Seele zu heilen. Aber besonders aufregend war Ernst nie. Harper, das war wie ein warmer Frühlingswind gewesen, ein Äolus, der sie streichelte und schnell wieder fortwehte, mehr hätte sie nicht ertragen.

Der ältere Philippe de la Guepière machte ihr ein wenig den Hof, erzählte von seiner Heimatstadt Paris, nach der er heftige Sehnsucht hatte, und Jommelli, der italienische Kapellmeister, war unterhaltsam und komisch. Jung wie nie fühlte sie sich, umgeben von drei Verehrern; ihr schien, als habe das Leben mit vierzig Jahren neu begonnen. Schlanker war sie geworden von der monatelangen Arbeit, schön fand sie sich, wenn sie vor den Spiegel trat. Die Arbeit an den Supraporten hatte ihr ebenso gutgetan wie die Bewunderung der liebenswerten Kollegen. Die Liebe konnte so leicht sein, oder war es die Galanterie? Hatte sie die Galanterie nicht verabscheut? Aber nein, ein wenig Galanterie war wie der Flügelschlag eines Schmetterlings, der zarten Purpurstaub auf der Haut hinterlässt.

Anna sah hinaus in das frische Grün des spät erwachten Frühlings. Der Winter in Stuttgart war lang und eisig gewesen. Die Bäume hatten sich Zeit gelassen, ihr grünes Kleid anzulegen, und die Wiesen waren noch braun von der Schneelast, die erst Ende April geschmolzen war.

Nach Mannheim! Sie hatte Ernst verheimlicht, dass nicht nur der Auftrag, sondern auch die Aura des Kurfürsten sie in die kurpfälzische Residenz zog. Der große Mann mit den lebhaft leuchtenden Augen hatte sie beeindruckt wie kein Mann zuvor. Sein Blick war zwischen ihr, die tief in einen Hofknicks versunken war, und Jommellis Porträt hin und her gewandert, als suche er einen Zusammenhang zwischen der Frau und ihrem Werk. Ihr Herz hatte sich gebärdet wie ein aufsässiges Kind. Es ist der Kurfürst, musste sie es einlullen, es ist Kurfürst Carl Theodor, ein Kurfürst ist kein Mann, sondern ein Herrscher von Gottes Gnaden.

Als er ihr bedeutet hatte, sich zu erheben, und einige Fragen bezüglich des Porträts an sie richtete, war sie sich vorgekommen wie eine Bauerndirne. Die teure Parure aus leuchtend gelbem Brokat, die sie sich für den festlichen Anlass hatte nähen lassen, schien ihr auf einmal grell und gewöhnlich, und ihre braunen ungepuderten Haare waren wieder einmal widerspenstig und zu nichts zu frisieren gewesen. Nun sah dieser elegante Fürst sie mit dieser unmöglichen Kappe, in die sie ihre Haarpracht ungeduldig hineingestopft hatte. Wie ärgerlich! Sie hatte keine Bedienstete, die sie frisierte, und Schwestern und Töchter, die dieses Geschäft manchmal versahen, waren fern.

Gehorsam hatte sie die Fragen des Kurfürsten mit Ja und Nein beantwortet und sich unendlich langweilig gefühlt. Die Kurfürstin, eine dralle Person mit hängenden, rot geschminkten Wangen und der Mimik einer stets Beleidigten, hatte sich nach einem kurzen ungnädigen Blick aus kleinen hervorquellenden Augen abgewandt und mit ihren aufgeputzten Damen, die ihr wie eine tuschelnde rüschenbesetzte Schleppe folgten, entfernt.

Aber offenbar hatte ihr Werk mehr überzeugt als ihre Person, denn sie hatte den Auftrag, den Kurfürsten zu porträtieren! Was würde sie am kurpfälzischen Hof erwarten?

Die Chaise näherte sich Mannheim. Sie solle ihn zum Haus des Hofbildhauers Verschaffelt bringen, befahl Anna dem Kutscher. Der freundliche Kollege hatte sie in sein Haus eingeladen. Der Kutscher wusste nicht, wo Herr von Verschaffelt wohnte. Sie kramte in ihrer Reisetasche nach Verschaffelts Karte. Ratlos betrachtete sie das Stückchen Bütten, auf dem nur ›Fı‹ vermerkt war.

»Ich habe keine Adresse«, sagte sie dem Kutscher und reichte ihm die Karte. Aber der meinte zufrieden, dies sei die

Adresse und schnalzte dem Pferd aufmunternd zu. Jommelli hatte ihr das elegante Coupé von einem der italienischen Kastratensänger besorgt, der so fürstlich entlohnt wurde, dass er sich den Luxus einer solchen Equipage leisten konnte. Als sie das Tor passiert hatten und in die Stadt einfuhren, sah Anna, warum ein Buchstabe mit einer Zahl völlig ausreichte. Mannheim war erst 100 Jahre alt. Nach dem Umzug aus der alten Burg Heidelberg war die kurpfälzische Residenzstadt Mannheim vollkommen neu gestaltet worden. Hochmoderne Planquadrate bildeten den Stadtkern, jedes Haus war einfach zu finden. Die neuen Häuser waren mehrgeschossig und lagen an breiten Chausseen. In einem großen Oval lagen alle Quadrate vor dem Schloss, der Hofstaat eines kurpfälzischen Sonnenkönigs, in dem jeder den ihm zugewiesenen Platz ausfüllte.

Anna dachte an Berlin, dieses seit dem Mittelalter gewachsene Durcheinander von Häusern und Hütten zwischen Flüssen und Kanälen, dieses Konglomerat aus Gassen und Gässchen, von denen viele nicht benannt waren. Wie oft hatte Nicolai in der ›Weißen Taube‹ seinem Ärger über die nicht vorhandenen Straßennamen und Nummerierungen Luft gemacht! Jedes Haus für seinen Stadtplan musste er nach seinem Eigentümer benennen. Wie sollen sich Fremde zurechtfinden, hatte Nicolai geschimpft. Aber Fremde sollten sich ja in Berlin auch nicht zurechtfinden. Ihre Gäste der ›Weißen Taube‹ hatten sich immer wieder beschwert über die harsche Behandlung durch die preußische Miliz, die das Gepäck nach zu verzollenden Waren durchsuchte, als sei jeder Reisende ein Verbrecher. Wenn die Kutsche in der Nacht ankam, hätten ihre armen Gäste ohne Gepäck dagestanden, da dieses zunächst vorschriftsmäßig im Packhof gelagert und erst am nächsten Morgen nach der Zolluntersuchung ausgeliefert wurde, falls sie oder Ernst ihre Gäste nicht in weiser Voraussicht angemeldet hätten, sodass sie ihr Gepäck mit in die ›Weiße Taube‹

nehmen durften. Wie angenehm das Passieren, wie freundlich die Reisekontrolle dagegen hier an Mannheims Toren war!

Die Chaise fuhr in die breite Einfahrt eines dreigeschossigen Hauses und hielt unter einem Tor, über dem ein nackter Putto grüßte. Anna hielt es für das Rathaus, aber der Kutscher bestand darauf, dass dies ›F1‹ und damit Verschaffelts Haus sei. Beeindruckt betrachtete Anna das prachtvolle Gebäude, dessen Ecke ein eleganter kleiner Erker bildete. Der dicke Metzner hatte wohl doch recht gehabt, solch gediegenen Wohlstand würde ein Maler, selbst ein mit allen Gnaden und Privilegien ausgestatteter Hofmaler, nie erringen. Sie schätzte, dass Verschaffelt als Bildhauer mindestens die dreifache Gage von Pesne erhielt, obwohl er nicht an einem Königshof arbeitete.

»Verehrteste Frau Hofmalerin!«

Peter Anton von Verschaffelt kam mit ausgebreiteten Armen die Treppe herunter. »Meine liebe Freundin! Wie freue ich mich, Sie in meinem bescheidenen Heim begrüßen zu dürfen!«

Ein rostroter Hausmantel umwehte den stämmigen 53-jährigen Bildhauer, zu dem Anna bereits bei der ersten Begegnung im vergangenen November große Zuneigung gefasst hatte. Sein niederländischer Charme erinnerte sie an Therbusch, auch er hatte leuchtend blaue Augen, hellblonde, ein wenig strohige Haare und ein breites Gesicht mit rosiger Haut, die das Oberlicht des Ateliers besser vertrug als die Sonne.

So würde ich Verschaffelt gern malen, dachte sie, in diesem abgeschabten Mantel mit dem zerschlissenen Pelz, fröhlich, ohne Dünkel, offener, kluger Blick.

»Wie schön, dass Sie so früh kommen!«

Früh? Anna entschuldigte sich, sie habe keinen Boten gehabt, ihre Ankunft anzukündigen. Verschaffelt kicherte, eine seltsame Gewohnheit, bei seiner Statur hätte sie ein dröhnendes Lachen etwa in Gotters Stimmlage erwartet.

Er küsste ihre Hand und meinte: »Früh genug, damit ich Ihnen die Gemäldegalerie und meine Zeichnungsakademie und die Werkstätten, nun eben alles zeigen kann vor dem Umzug!«

Verwirrt sah Anna ihn an. Wollte Verschaffelt dieses großartige Stadthaus verlassen? Er kicherte wieder. Ein Mädchen brachte zwei Becher Schokolade, und Verschaffelt führte Anna in den Empfangsraum, eine Art Gartenzimmer, dessen Wände mit Blumengirlanden, exotischen Vögeln und einer Landschaft mit einem griechischen Tempel in der Ferne bemalt waren. Eine Frau, aus Marmor gehauen, betrachtete sehnsüchtig die Szenerie. Sie war wunderschön.

»Dies ist meine erste Frau, ich lernte sie in Italien kennen …«, meinte Verschaffelt, betrachtete die Skulptur einen Augenblick, riss sich los und meinte zu Annas Lob nur: »Ja, die Wände! Von Zeit zu Zeit male ich gern Fresco. Das bleibt aber entre nous – der Kurfürst würde sofort befehlen, dass ich sein neues Projekt, das Badehaus, bemale!«

Anna versprach Verschwiegenheit und fragte, warum er umziehen wolle. Verschaffelt kicherte wieder.

»Kein Gedanke, verehrte Freundin! Ich habe das Glück, hierbleiben zu dürfen, wenn der gesamte Hof umzieht!«

»Der gesamte Hof?«, stammelte Anna verwirrt. Wie sollte das gehen?

Das wusste Verschaffelt auch nicht. Aber es ging, keine Frage. Jedes Jahr im Mai zogen 1.500 Menschen in den Sommersitz des Kurfürsten nach Schwetzingen und verbrachten dort die Sommermonate bis Oktober.

Anna sah die Schlösschen Rheinsberg und Sanssouci vor sich und überschlug kurz, wie es dort aussähe, wenn der gesamte Berliner Hof im Sommer umsiedeln würde.

»Meine Liebe, Sie haben genau die richtige Vorstellung. Es ist so qualvoll eng in Schwetzingen, dass man es nicht aushalten kann. Ich entziehe mich der Sommerfrische, indem ich behaupte, mein Atelier mit tonnenschweren Steinblöcken könne nicht umziehen. In Wahrheit habe ich natürlich ein zweites Atelier in Schwetzingen, der Transport wäre auf die Dauer zu kostspielig. Also arbeite ich im Winter in Schwetzingen und im Sommer hier, auch wenn mich deshalb die gesamte Cour einen säbelbeinigen Unflat nennt!«

Er kicherte. Die Hofleute seien bloß neidisch auf seine Freiheit, meinte er. Die meisten müssten in Zelten hausen oder in winzigen Pensionen, und auch der Sommer könne empfindlich kalte Tage haben.

»Die Schwetzinger sind reich, Therbuschin, das können Sie mir glauben! So mancher Kammerherr hat sich schon ruiniert, um seinem Herrn in der Sommerfrische möglichst nah zu sein!«

Anna erfuhr, dass der Kurfürst ihr im Schwetzinger Schloss sitzen werde. Sie solle sich keine Sorgen machen, sie habe ein Atelier dort oben und logiere bei den Sängern und Künstlern im Gästehaus nahe beim Schloss.

Sie nutzten den Tag, wie Graf Gotter gesagt hätte. Zuerst präsentierte Verschaffelt ihr seine Zeichnungsakademie im benachbarten Quadrat, die er fünf Jahre zuvor begründet hatte.

»Meine private Bildhauer– und Zeichenakademie«, sagte er stolz und stellte Anna einen jungen Mann vor, der eine antike Statue als Grisaille malte.

»Ferdinand Kobell, Hofkammersekretär«, stellte er sich höflich vor. Er habe das Talent des Kobell erkannt, erläuterte Verschaffelt wohlwollend, und habe den Kurfürsten überredet, Ferdinand ein Stipendium an der Zeichenakademie zu verschaffen.

»Ich denke, er wird ein recht brauchbarer Dekorationsmaler«, sagte Verschaffelt, als sie das Atelier verließen, »rechnen kann er auch, so kann er künftig die Theaterdekorationen anfertigen.«

Anna äußerte ihre Bewunderung für die Statue. Sie hatte nie an römischen Skulpturen studieren dürfen.

»Sie stammt aus der Sammlung des vormaligen Kurfürsten Jan Wellem«, erzählte Verschaffelt, »wenn Carl Theodor erst meine Akademie anerkannt hat, werde ich alle Statuen in einem großen Saal versammeln. Hinsehen! sage ich meinen Schülern immer, hinsehen! Und je besser das Licht, desto besser der Blick!«

Er wies Anna auf eine Büste des Homer hin, die im Gang stand.

»Dies sind alles Abgüsse von marmornen Statuen der Antike, in Italien mit großer Sorgfalt gefertigt und mühevoll zu Anfang unseres Jahrhunderts nach hier verbracht. Während der letzten Regierungszeit Carl Philipps standen sie in den Kellern herum, er war nur an der Jagd interessiert und wusste nichts mit ihnen anzufangen. Ich will sie aber nicht als Schmuckstücke in den fürstlichen Schlafzimmern sehen, deshalb bin ich dabei, sie dem Kurfürsten Stück um Stück aus den Kellern Düsseldorfs und Mannheims zu entführen und hier in meine Akademie zu bringen!« Er lachte vergnügt.

»Sie müssen meine Frau malen, Therbuschin«, erklärte er unvermittelt, und ohne ihre Antwort abzuwarten, fragte er: »Wollen Sie etwas wirklich Schönes sehen?«

Welche Frage! Natürlich wollte sie. Er führte sie zu einem Gang und befahl ihr, die Augen zu schließen. Sie hörte, wie er am Ende des Ganges eine Gardine zurückzog, dann durfte sie die Augen öffnen und um die Ecke treten.

Aus gut 300 Fuß Entfernung sah Anna am Ende des hellen Gangs auf eine Gruppe von drei Menschen in Lebensgröße. In entsetzlicher Furcht suchten sie sich zweier Schlangen zu erwehren, die sie bereits so fest umschlungen hatten, dass keine Hoffnung mehr bestand. Aus Körpern und Gesichtern sprach Todesqual. Es war nur Gips, kein weißer Marmor, denn das Original stand unzweifelhaft in Rom. Der Mann in seiner Pein war so berückend schön, dass sie beinahe in die Knie gesunken wäre. Es war eine Kopie der Lao-koon-Gruppe.

»Der prägnanteste Moment …«, murmelte sie.

»Wie meinen Sie?«, fragte Verschaffelt interessiert.

»Mir fiel ein junger Mann ein, ein Gelehrter, der mit seinem Freund um die Dichtkunst und die Malerei stritt. Er sprach der Poesie die Fähigkeit zur Beschreibung ab und der Malerei die zur Handlung … ach, es war eine so sinnlose Streiterei.«

Verschaffelt fand den Streit sinnvoll.

»Ihr junger Freund hat recht!«, rief er aus. »Das ist sehr interessant! Als Historienmalerin dürfte Ihnen die Debatte um den dramatisch wichtigsten Moment bekannt sein, nicht wahr? Malen Sie Cleopatra vor dem tödlichen Schlangen-biss? Oder in jenem Moment zuvor? Medea, nachdem sie ihre Kinder getötet hat? Oder den schrecklichen Moment, in dem sie die Tat begeht?«

Historienmalerin, dachte Anna, er hat mich Historienma-lerin genannt. Zum ersten Mal hat mich jemand so tituliert. Sie wies auf das Gesicht des Laokoon: »In einem Drama, meinte Herr Lessing sinngemäß, dürfe Laokoon schreien, wie er wolle, als Statue aber sei es ihm verwehrt, den Mund als Ausdruck des entsetzlichen Schreis, den er unweigerlich ausstößt, aufzureißen.«

»Edle Einfalt, stille Größe!« Verschaffelt lachte. »Ein Schrei verstößt gegen die Mode unserer Zeit, in der Affekte sich nicht äußern dürfen. In der Antike durften sie es durchaus.«

»Affekte a la mode äußern sich in Form von Galanterie. Aber man spricht nicht darüber«, sagte Anna leise.

Verschaffelt betrachtete sie erstaunt. Das klang aus bitte-rer Erfahrung heraus gesprochen. Er kannte die Therbusch kaum und wollte ihr nicht zu nahe treten.

»Kann man dieses Traktat des Herrn Lessing lesen?«, fragte er schnell.

»Ich fürchte, der Krieg hat ihn gehindert, es zu schrei-ben. Er verdingte sich als Sekretarius in Breslau, nachdem seine Reisepläne scheiterten. Ich habe derzeit keinen Kontakt zu ihm.«

Sie lachte plötzlich. »Das Seltsame an der Debatte war, dass keiner der Kontrahenten die Laokoon-Gruppe je gesehen hatte.«

Sie durchquerten Mannheims Quadrate in Verschaffelts Kutsche, und er erläuterte Anna die Geheimnisse der Stadt in detaillierter Ruhe, während alles um sie herum auf den Beinen war, Fässer, Säcke, Tragen schleppte, Kisten auf Fuhrwerken und Handkarren verstaute. Auf den Straßen Mannheims war der Teufel los. Alles rüstete zum Aufbruch in die Sommerfrische. Anna schüttelte amüsiert den Kopf. Ideen hatte dieser Kurfürst! Während es an anderen Höfen Mode wurde, sich in Eremitenschlösschen, Schäferidyllen und türkische Pavillons zurückzuziehen, um dem höfischen Zeremoniell zu entfliehen, nahm der Kurfürst seinen gesamten Hofstaat mit.

»Das tut der König von Frankreich ebenfalls«, sagte Verschaffelt, »Schwetzingen ist trotz der Menschenmengen eine Idylle, Sie werden es erleben, Therbuschin. Unser Hofarchitekt Pigage hat dort ein Theater gebaut, es ist ein wahres Kleinod und besitzt doch alles an Technik, was das große Haus von Galli Bibiena hier unten auch hat. Jeden Tag findet eine andere Aufführung statt, Schauspieler, Sänger und Tänzer sind versammelt, Sie werden sich wie auf dem Parnass fühlen! Auch ich muss jeden Sommer mit einer neuen Attraktion aufwarten.«

Er führte sie in sein Atelier. Zehn Gehilfen arbeiteten an zwei riesigen Sandsteinblocks. Er zeigte Anna seine Skizzen: »Apoll und Diana kann ich in aller Ruhe hier fertigstellen. Im Herbst erwarten die neuen Götter den Kurfürsten als surprise im Mannheimer Schlosspark. Oh, er ist anspruchsvoll! In jedem Jahr will er etwas Neues entdecken. In diesem Jahr wird er eine Sphinx in seinem Heckentheater finden, und ich stehe in Gunst ...«, ein seltsames Lächeln überzog Verschaffelts breites Gesicht und verwandelte es in das eines hinterlistigen Dionysos, »… während Freund Pigage sich in Benrath herumtreibt.«

Anna wagte nicht zu fragen, was der Hofarchitekt Nicolas de Pigage in Benrath tat. Sein Stuttgarter Kollege Philippe de la Guepière hatte von Pigages Charme und seinen Ideen geschwärmt und Anna ein Empfehlungsschreiben an ihn mitgegeben, da Pigages Einfluss bei Hofe beträchtlich sei. Pigage war also nicht hier. Warum war Verschaffelt nicht gut auf ihn zu sprechen? Da hielt sie sich als Gast besser heraus. Es gab Wichtigeres als Hofklatsch.

Sie waren im Residenzschloss angekommen, das wie ein kleines Versailles gebaut war und den Kopf der Stadt bildete. Verschaffelt führte Anna durch die Galerie der niederländischen Meister, die bereits im vergangenen Jahrhundert mit Sachverstand und Liebe angelegt worden war. Schon Carl Theodors Onkel Johann Wilhelm hatte die Kunst seiner Zeit gesammelt. Seine Gattin, die kunstverständige Anna von Medici, hatte die Sammlung um italienische Meister erweitert. Vom Boden bis zur Decke waren die Wände mit Bildern geschmückt, und Anna konnte sich gar nicht sattsehen.

»Wie geschickt alles gehängt ist!«, sagte sie begeistert zu Verschaffelt, »immer Gruppen von Sujets, die sich ergänzen und das Auge erfreuen. Diese Galerie ist nicht nur schön, sie ist auch klug.«

Verschaffelt freute sich an ihrer Begeisterung. »Das ist das Verdienst Ihres Kollegen Lambert Krahe«, sagte er, »er malt nicht nur, er ist auch Galeriedirektor. Derzeit ist er mit dem Deckengemälde von Schloss Benrath beschäftigt. Er ist ein Mann von großen Verdiensten, Sie müssen ihn kennenlernen.«

Anna betrachtete die ›Opferung Isaaks‹ von Rubens. Sie erschrak vor der Wildheit des Gemäldes, das so hoch war wie die Laokoon-Gruppe. In der königlichen Galerie in Berlin hatte sie bereits einige Werke des berühmten Meisters mit großem Respekt studiert. Still stand sie und erforschte das Inkarnat des armen, gefesselten, fast nackten Isaac, das umso schauderhafter wirkte, weil sein Gesicht nicht zu sehen war. Abraham hatte seinem Sohn den Kopf gewaltsam nach hinten gebogen, um die Kehle freizulegen.

Wie kommt es, dass ich mit dem Laokoon großes Mitleid empfinde, dachte Anna, während mir dieses Gemälde nichts als Angst einflößt? Abraham hat zwar das Messer zum Stoß erhoben, aber der Engel zu Isaacs Rettung schwebt schon über ihm. Laokoons Schicksal und das seiner unschuldigen Söhne ist hingegen unausweichlich.

»Können wir von Rubens mehr lernen als von der französischen Tändelei?«, fragte sie mehr sich selbst als Verschaffelt, obwohl ihr der Gedanke beinahe wie Verrat am geliebten Watteau und seiner melancholischen Heiterkeit erschien.

Verschaffelt legte die Hand aufs Herz und meinte: »Das fragen Sie einen Flamen!«

Dann wies er lächelnd auf den Engel: »Aber dieser Engel ist entweder ein schlechter Flieger oder die Perspektive des himmlischen Gesichtes ist etwas ungeschickt.«

Verschaffelt wagte es, Rubens zu kritisieren! Anna lachte unsicher. Die unerklärliche Angst, die das Bild ihr einflößte, wurde durch Verschaffelts Kritik gemildert.

»Ihre Werke könnten diese Galerie erweitern, Therbuschin«, meinte Verschaffelt, während sie weitere Meister vergangener Jahrhunderte betrachteten. Ein listiger Blick unter buschigen hellen Augenbrauen traf sie. »Sie sind doch nicht wegen zweier lumpiger Porträts in die Kurpfalz gekommen?«

Lumpig? Nach ihren neuen Patenten von den Akademien Stuttgart und Bologna rechnete Anna mit 200 Gulden pro Bild. Aber sie wäre auch allein wegen der Ehre gekommen, den Landesfürsten zu porträtieren.

»Eigentlich schon ...«, stammelte sie.

»Aber verehrte Freundin, Ihr Ruf ist Ihnen doch vorangereist! In Stuttgart, an Harpers frisch gegründeter Akademie, sind Sie ein aufgehender Stern. In Mannheim dagegen könnten Sie der Komet werden!«

Er senkte vertraulich die Stimme: »Unsere Hofmaler sind entweder gestorben oder erbärmlich schlecht! Sehen Sie sich diese Galerie an! Eine wundervolle Sammlung berühmter Namen aus den vergangenen Jahrhunderten, aber nichts ist aus Mannheim hervorgegangen! Dem versuche ich mit meiner Akademie abzuhelfen. Ich habe vielversprechende junge Leute wie Kobell, aber keine guten Lehrer für die Porträtmalerei!«

Tatsächlich war der kurfürstliche Hofmaler Johann Georg Ziesenis, vor dessen Porträts des Kurfürsten und seiner Gattin sie gerade standen, vor drei Jahren an den Braunschweiger Hof gewechselt.

»Ist nicht Besoldt hier? Und Carl Brandt?«, erkundigte sie sich. Von diesen Malern hatte Harper ihr berichtet.

»O ja! Und Carl Theodor schätzt sie nicht besonders. Wissen Sie, was er ihnen zahlt?«

Anna hatte keine Ahnung.

»400 Gulden jährlich!« Verschafelt sah Anna bedeutungsvoll an.

Das war allerdings erschreckend wenig. Es war das Honorar, das Anna künftig mit einem Bild, nicht in einem Jahr verdienen wollte.

»Erbärmlich, nicht wahr?«

Anna nickte. Selbst wenn die übliche freie Tafel bei Hofe und Brennholz hinzukamen, war es zu wenig. Pesne hatte sogar nach der Kürzung durch den geizigen Soldatenkönig am preußischen Hof das Doppelte verdient.

»Der Kurfürst will die erste Garde an seinen Hof ziehen, aber die Besten sind an anderen Höfen in Lohn und Brot! Was glauben Sie, was hier los war, als die Kurfürstin dem Erzbischof von Köln zwei Kastraten abspenstig machen wollte! Ihr Ehrgeiz, die besten Sänger an den Mannheimer Hof zu locken, führte beinahe zu einem Krieg!«

»Sieben Jahre Krieg wegen zwei Sängern«, sagte Anna düster.

Verschaffelt lachte. Annas Schlagfertigkeit gefiel ihm.

»Der König von Preußen hatte wohl andere Gründe. Dieser Krieg ist ja nun gottlob vorbei. Keine Sorge, der Kurfürst ist friedliebend. Sein Vorfahr Jan Wellem hatte Mijnheer Rubens, Carl Theodor braucht eine Madame Watteau – Sie, verehrte Madame Therbusch!«

Anna wehrte die Schmeichelei verlegen ab.

Verschaffelt zog eine der großen Schubladen auf und zeigte ihr ein Selbstbildnis von Rembrandt van Rijn. Carl Theodor war ein begeisterter Sammler und sandte seinen Secretarius Stengel zu Auktionen, um alles von Rembrandt zu erwerben, was auf dem Kunstmarkt zu haben war.

Ehrfürchtig betrachtete Anna die Radierung. Der eingefangene Moment einer eigenwilligen, fast trotzigen Bewegung. Krause Locken umwehten ein Gesicht mit vollen Lippen und dem Blick eines Menschen, der sich von niemandem etwas sagen lässt, aber deshalb Furcht hat. Erschrocken von der eigenen Courage, dachte Anna. Sie fühlte sich dem Meister tief verbunden.

»Auch Skulpturen werden ständig angekauft, weil ich so schnell gar nicht arbeiten kann, wie der Kurfürst alles schmücken will! Sein Bedarf ist unglaublich, er will sich mit Pracht und Luxus umgeben wie der König von Frankreich. Wenn Sie sich nicht hier niederlassen, wird an diesem Hof nur noch gesammelt, nicht mehr gearbeitet! Wir brauchen Sie, Therbuschin! Und der Kurfürst lässt sich nicht lumpen, wenn er mit seinem Porträt zufrieden ist, da bin ich sicher!«

Vertraulich beugte er sich zu Anna hinüber: »Er zahlt nur so schlecht, weil er unzufrieden ist. Und Carl Theodor liebt die Frauen, mit Ihnen käme die erste Porträtistin an den Hof!«

Eigenartig. Warum lag Verschaffelt so viel daran, sie als Hofmalerin hierzuhaben? War es nur wegen der Kunst? Das

Argument erschien Anna vorgeschoben. War Verschaffelt wirklich der ehrliche Kumpel, für den er sich ausgab, der Kollege, der uneigennützig Ratschläge erteilte? Hier stimmte etwas nicht.

❦ 2 ❦

AUF DEM APOLLOTEMPEL wolle Kurfürst Carl Theodor sie empfangen. Verschaffelt machte eine kleine ironische Verbeugung vor Anna: »Oh la la, Apoll trifft seine Muse! Und Hermes führt sie zu ihm!«

Hermes war Collini, ehemals Sekretär des berühmten Philosophen und Theaterdichters Voltaire. Mit einem kleinen, schnellen Cabriolet hatte er viel von dem geflügelten Götterboten, der Anna in den Schlosspark bringen sollte.

Das Cabriolet näherte sich Schwetzingen von Westen über Obstwiesen und seltsame Hügelfelder. »Spargel, die Lieblingsspeise des Kurfürsten! Mit Zitronenscheiben ein wahrhaft königliches Gemüse!«, schwärmte Collini, und er schwärmte weiter von Kurfürst Carl Theodor. Stets sei dieser Fürst leutselig, nie ungeduldig, nie gebe er Befehle, sondern sage nur: »Er wolle …«, oder »Er möge bitte«.

Er ist reich, dachte Anna, er hat es nicht nötig. Sie betrachtete die anmutige fruchtbare Schönheit der Rheinebene. Obst, Spargel und Wein. Hätte er ein zerrissenes Reich mit nichts als märkischer Heide, Sand und Wacholder, undurchdringlichen Wäldern und magerem Vieh, vielleicht wäre er dann auch knauserig und misogyn wie der preußische König. Wie gut, dass sie unabhängig von den Launen eines Herrschers war. Es konnte ihr gleichgültig sein, ob Carl Theodor launisch, befehlssüchtig, unfreundlich oder bezaubernd war. Er war ihr Auftraggeber, ein fürstlicher zwar, aber sie war ihm weder untertan, noch diente sie gegen geringes Salär bei Hofe.

Das Schloss sei auf der anderen Seite, er werde es ihr nach der Audienz zeigen, erklärte Collini, als der Kutscher das Pferd zum Stehen brachte. Fragend wies Anna auf den schmalen Eingang. Im Vergleich zu allem, was sie im Park des Mannheimer Residenzschlosses gesehen hatte, erschien er ihr recht dürftig. Aber der stets freundliche Collini lächelte bestätigend, sprang aus dem Cabriolet und half ihr beim Aussteigen. Knirschend entfernte sich die Kutsche auf dem Kies.

War dies der Eingang zum Apollotempel? Anna blickte nach oben und vermeinte, einige Gestalten auf der Terrasse zu sehen, die promenierten und neugierig auf sie herabsahen.

Der Berg Helikon, den sich Kurfürst Carl Theodor in einen verborgenen Winkel seines weitläufigen Schlossparks hatte bauen lassen, erschien Anna recht nüchtern. Zwar sah der kleine Monopteros sehr erhaben aus. Zwölf ionische Säulen bildeten das runde Tempelchen, und auf dem glänzenden Kuppeldach thronte die Sonne in Form einer glänzenden goldenen Kugel. Aber das Tempelchen bekrönte keinen Berg mit einer mythischen Quelle, sondern stand auf einer weitläufigen Terrasse, auch wenn deren schmiedeeisernes Geländer durchbrochen war mit wertvollen vergoldeten Sonnen, dem Symbol des erleuchteten Herrschers. Anna stand vor dem Gemäuer eines fensterlosen Hauses mit einem türschmalen Eingang.

War dies eines der berühmten Bauwerke, von denen alles schwärmte? Der Olymp, der Sitz der Musen, in der Pigage seit einer Dekade dabei war, eine grandiose kreisrunde Anlage zu schaffen, in der alles, Natur und Geist, sich ewig drehten, in der es keine Herrscher und Beherrschten geben sollte, sondern nur Gleiche im Erdenrund? Dagegen erschien ihr Schloss Sanssouci ungleich prächtiger und das Konzept König Friedrichs philosophischer.

Aber das konnte sie doch Collini nicht sagen. Es war eine große Ehre, von diesem intelligenten charmanten Monsieur begleitet zu werden, der offenbar genug von dem exzentrischen Philosophen Voltaire gehabt hatte und seinem neuen Herrn treu ergeben war.

Zögernd schritt Anna auf die Türöffnung zu. Sie sah sich um, ob Collini ihr folgte, aber er machte einigen Damen und Herren sein Kompliment, die auf dem breiten Zufahrtsweg ihren Chaisen entstiegen.

Wenige Schritte hinter dem Eingang verschwand das Sonnenlicht, verschluckt wie von einem riesigen Fischmaul. Geblendet tastete Anna sich voran. Nach wenigen Schritten umgab sie beinahe völlige Finsternis. Wo blieb Collini? Wo waren die Herrschaften, die er begrüßt hatte?

Vorsichtig ging sie weiter. Der Weg führte zu einer Kreuzung, aber es schien Anna, dass er enger und niedriger wurde. Nun stand sie an der Gabelung. Der Weg war zu Ende. Unschlüssig blieb Anna stehen. Sollte sie den rechten oder den linken Gang wählen? Von dem weit entfernten Ende eines Ganges drang Tageslicht hinein, sie stand in einem milchigen Dämmern. Suchend wandte sie sich um. Sie war vollkommen allein. Niemand war hinter ihr. Aber es schien ihr, als seien die Gänge belebt, ständig hörte sie ein Kratzen und Fiepen, ein Kichern, unterdrücktes Stöhnen, Keuchen, nicht auszumachen, ob von Menschen oder Tieren. Der Gang war auf unheimliche Weise leer und doch belebt.

Anna glaubte weder an Gespenster noch an Hexen, sie hielt dies für dummen Aberglauben, der dem 18. Jahrhundert nicht angemessen war. Aber in diesem Moment wusste sie nicht recht, ob sie am hellen Tag die Welt der Geister betreten hatte. Sie griff an die Wand, um sich zu überzeugen, dass sie real war. Sie fühlte sich feucht, kühl und uneben an. Viele Steinchen waren in den Putz eingelassen. Eine Grotte, eine künstliche Höhle mit vielen Gängen. Offenbar befand sie sich direkt unter dem Monopteros.

Zögernd ging Anna nach links. Der Gang wölbte sich nach oben und verweigerte ihr den Blick auf sein Ende. Wohin führte er? Jedenfalls unter dem Apollotempel vorbei, dachte Anna und bemühte sich, die aufsteigende Panik durch logisches Denken zu bekämpfen. Er wird hinausführen, sagte sie laut, und erschrak vor ihrer eigenen Stimme. Wie die dumpfe Feuchtigkeit ihre Worte schluckte! Sie ging ein paar Schritte weiter und fuhr entsetzt zusammen. Im Gang stand ein kopulierendes Paar, stumm, abweisend, mit sich beschäftigt. Im dämmerigen Grau sah Anna hochgeschobene Röcke, weißes Fleisch, einen Mann, der …

Da roch sie ihn, diesen Geruch von Molsdorf, die muffigen Planen, jemand drückte ihr Gesicht in das harte, feuchte Leinen, plötzlich überfiel er sie, dieser erstickende Geruch, den sie für immer vergessen geglaubt hatte, diese widerwärtige verhasste faulige Modrigkeit des überschrittenen Sommers, und mit ihm der Schmerz, der grenzenlose Ekel, der Selbsthass, die Angst, das Blut, die Einsamkeit. Sie wollte schreien, aber wie damals kam kein Ton aus ihrer Kehle. Panik legte sich auf ihre Brust wie eine Feuerqualle.

Sie wandte sich von dem schaurigen Anblick des kaltherzigen Vollzuges im Halbdunkel ab und rannte in die entgegengesetzte Richtung, so schnell sie konnte. Sie hörte Keuchen, war es ihr eigenes? Scharren und Schlurfen, waren es ihre neuen Schuhe auf dem unebenen Grund?

Eine Frau kicherte. Etwas sauste an Annas Ohren vorbei mit unhörbarem Schrei, das Mäulchen mit spitzen Zähnen weit aufgerissen. Dann kam ihr ein Schatten entgegen, ein riesiger Menschenumriss, und der Geruch, er wollte nicht weichen, modrig wie die Molsdorfer Planen stand die stickige Luft in den dunklen Gängen. Die Gestalt sagte etwas, wollte nach ihr greifen, wollte ihren Kopf in die Planen drücken … Anna schrie, einen gewaltigen langanhaltenden stummen Schrei, machte kehrt, rannte vor der Gestalt davon, nur fort, fort, weiter, da war ja das kopulierende Paar, aber das schien nichts zu bekümmern. Mit stoischer Lieblosigkeit stieß der Mann in die Frau, die ihm stumm ihre gebückte Rückseite darbot, nichts war von ihr zu sehen als weißes Fleisch von vollen Hinterbacken und Schenkeln, überflutet von Spitzenwellen und schimmernder Seide.

Anna schloss die Augen, wollte vorbei, strauchelte, wankte gegen die raue Wand, riss sich die Hände auf, als sie Halt suchte, rappelte sich auf. Nur fest die Augen geschlossen halten, nicht öffnen, sie wollte nichts sehen, nur fort, fort! Ein Unhold verfolgte sie und würde ihr Gewalt antun wie damals, und keiner, keiner würde es merken in diesem modrigen dumpfen Labyrinth, nein, jeder würde sagen, sie habe es doch selbst gewollt, so wie dieses kopflose, nur als Vagina zwischen Spitzenröcken und Strumpfbändern vorhandene Weib, in der sich der Mann in stumpfen, gierigen Stößen bewegte. Ach, es war überall gleich, Molsdorf oder Berlin oder die Kurpfalz, immer würde diese furchtbare Schande sie einholen, zu tief hatte sich der Geruch der Fäulnis in ihr Gedächtnis gegraben, nie konnte sie der grausigen Schuld entfliehen.

Sie wollte weiterlaufen, es ging nicht. In einer blitzartigen Erkenntnis riss sie blind die neuen Schuhe mit den hohen Absätzen von den Füßen und tastete sich so schnell weiter, wie es ihr möglich war, die Augen vor dem Schrecklichen krampfhaft geschlossen haltend. Die Wände waren ekelhaft, feucht und rau, bedeckt von krabbelndem Geziefer, aber sie waren das einzig Verlässliche …

Etwas war plötzlich anders. Zweige schlugen ihr ins Gesicht, schmerzhaft trat ihr Fuß fehl, wieder stolperte sie, griff in die Luft, packte auf einen harten kantigen Felsen. Entsetzt riss Anna im Fallen die Augen auf. Sie blickte in den freundlichen blauen Himmel. Sie war dem unterirdischen Labyrinth entkommen. Sie war frei.

Tief strömte sommerlich warme Luft in ihre Lungen, da sah sie die dunklen Felsen, die den stufigen Pfad umgaben. Panisch blickte sie um sich. Ein schmaler Weg führte mit mehreren Stufen zwischen hohen Hecken hinunter. Wo war sie?

Sie hörte Rufe. Wollte der grässliche Unhold sie in die Heiterkeit des Gartens verfolgen? Aber da war keine Heiterkeit, nur stumme dunkelgrüne Taxusbüsche, Farne, menschenhohe Buchenhecken, auch hier draußen würde sie keiner sehen, keiner ihre Schreie hören. Sie hastete an einer felsigen Grotte vorbei, in der sich die Skulptur eines Wildschweines in den Fängen der Jagdhunde wand. Gehetzt und umstellt, in Todesangst, diente das gepeinigte Tier noch der Kunst als Motiv. Anna fühlte sich genauso.

Plötzlich hörte sie Wasser rauschen. Ein Schritt noch, da war ein freier Platz, ein Schritt noch, hinaus aus diesem entsetzlichen Heckenlabyrinth mit seinen spöttischen Göttern, fort von diesem widerlichen Geruch, hin zu klarem Wasser, es würde sie erfrischen und beruhigen, und, ach, die Klarheit des Wassers, wer sollte es wagen.

An der Stufe, über die das Wasser floss, sank Anna nieder. Schwer atmend griff sie hinein und ließ das kühle Nass über die Hände rinnen, dann benetzte sie ihr Gesicht. Das Wasser belebte augenblicklich ihre Sinne, die die Panik benebelt hatte. Sie sah die Stufen, über die das Wasser freundlich hinabplätscherte, die Felsen, die den Bachlauf begrenzten, sie entdeckte die Quelle, die einer Amphore entsprang. Zwei barbusige Najaden aus weißem Marmor hielten sie in ihrer Mitte. Stumm und aufmerksam betrachteten sie Anna. Über der Quelle erhob sich der Monopteros. Anna vermeinte all die peinlich berührten Menschen auf der Terrasse zu sehen. Sie fühlte sich aus hundert Augenpaaren angestarrt, und es war ihr schlagartig klar, wie sie aussah. Ein hysterisches Weib war kreischend aus dem Heckengarten gerannt, wild gestikulierend, ohne Schuhe, mit zerrissenen Strümpfen und derangierter Coiffure.

Im Monopteros stand der Kurfürst.

Hatte sie sich jung und begehrenswert gefühlt? Schön? Neu erwacht zu frischem Leben, einem pulsierenden Leben, der Freude und der Kunst gewidmet? Alles war vorbei.

In Anna erstarb der Lebenswille. An einem solch derangierten Wesen würde der Kurfürst kein Interesse zeigen. Was hatte sie getan, wie konnte sie sich nur so gehen lassen! Wo blieb ihre preußische Disziplin, ihre Courage?

Es dauerte ewig, bis Collini schwer atmend die Stufen herunterkam.

»Madame Therbusch! Um Himmels willen! Haben Sie sich verletzt?«

Behutsam half er ihr auf und führte die Benommene zu einer Steinbank, die vor den hölzernen Treillagen stand. Schwer atmete Anna, schwerer lag ihr auf der Seele, dass sie sich vor dem gesamten Hof kompromittiert hatte. Sie schämte sich in Grund und Boden.

»Aber es ist nichts geschehen«, sagte Collini ratlos. Anna war so bestürzt, dass sie die Hände vor das Gesicht schlug und in zusammengekauerter Haltung auf der Bank verharrte. Kühl war der Stein, von tröstlichem frischem Grün die ersten Spitzen der Hecken.

Langsam wurde Collini die Sache unheimlich. Womöglich hatte die Malerin solche widerwärtigen Anfälle wie Madame Denis, die Nichte Voltaires? Womöglich schlug sie um sich und schrie, bis sie an Erstickungskrämpfen litt. Collini hasste weibliche Aufregungen, sogenannte »Zustände«, er fand sie degoutant. Frauen und Kunst, das konnte ja nicht gutgehen.

Er stand auf, blickte sich hilfesuchend nach einer Hofdame oder einer Dienerin um, aber niemand war zu sehen. Hilflos griff er nach ihren Schuhen und stellte sie ordentlich auf die Bank neben sie.

»Bitte, Madame, sagen Sie mir im Vertrauen, was Ihnen geschehen ist! Ich werde den, der Sie belästigt hat, bestrafen lassen!«

Bestrafen? Anna ließ die Hände sinken und sah Collini erstaunt an. Sie war doch ganz allein schuld an dieser Sache … was hatte Collini gesagt? Vielleicht war es das? Den Schuldigen bestrafen? Nicht sie?

Plötzlich sah Anna ein winziges Licht der Gerechtigkeit leuchten, noch sehr fern. Zwanzig Jahre nach ihrem entsetzlichen Molsdorfer Erlebnis hörte sie zum ersten Mal, dass nicht sie, sondern ein anderer schuldig war. Aber da oben hatte der gesamte Hof ihren hysterischen Ausbruch gesehen …

»Niemand hat sie gesehen außer dieser Sphinx, Madame!«, sagte Collini und wies nach links. Anna sah in eine weite, von Treillagen umgebene Arena, in der eine weiße Sphinx sie ernst und desinteressiert anblickte.

»Aber der Kurfürst …« Sie blickte hinauf zum Monopteros, aber die Treillagen versperrten ihr die Sicht.

»Niemand kann Sie hier sehen, Madame Therbusch«, sagte Collini beruhigend, »es ist ein Theater, ein Naturtheater! Nur die Sphingen könnten Sie sehen, aber Verschaffelt hat erst diese mit dem Buch fertiggestellt, und die gilt als besonders verschwiegen!«

Zaghaft lächelte Anna den Sekretär an. Collini lächelte erleichtert zurück. Wie charmant sie sein kann, dachte er, wie eine Französin. Warum erziehen sie in Preußen ihre Frauen wie Soldaten, nun ja, vielleicht werden sie darum nicht so schnell hysterisch wie die Französinnen, sie ist ja eine echte *gitane jolie* mit ihren dunklen Locken, selbst der fehlende Zahn macht sie nicht hässlich, sondern gibt ihr einen wilden Charme.

Anna betrachtete ihre Lage, dann schlüpfte sie ein wenig geniert in ihre Schuhe.

»Es war so dunkel …«, stammelte sie.

»Dunkel und feucht«, bestätigte Collini, der erleichtert begriff, was Anna in Schrecken versetzt hatte. Seit der Kurfürst den Schwetzinger Park der Öffentlichkeit freigegeben hatte, konnte man nie sicher sein, ob sich ein Taugenichts herumtrieb. Sogar der Kurfürst selbst war bei einem seiner einsamen Morgenspaziergänge einmal überfallen worden. Collini hatte sich energisch gegen die Öffnung des Parks ausgesprochen, aber die Libertinage des Kurfürsten ließ keine Zäune zu, nur eine Nachtwache. Die kleine Preußin war also nicht hysterisch.

Feierlich erklärte Collini: »Madame Therbusch, Sie sind den Weg gegangen, den wir alle bewältigen müssen. Aus unserer selbst verschuldeten Unmündigkeit müssen wir uns durch das Dunkel des Aberglaubens kämpfen, hinauf zum Lichte Apolls, um uns zu freien und aufgeklärten Menschen zu entwickeln. Voltaire sagte, frei sein, gleich unter Gleichen zu sein, ist das wahre Dasein, die natürliche Bestimmung des Menschen. Alles andere nannte er unwürdigen Betrug.«

✻ 3 ✻

AM NÄCHSTEN TAG stand Anna in Carl Theodors Bibliothek in seinem wundervollen Sommersitz.

Sie lächelte, während sie ihre Staffelei aufbaute, die bereits angemischten Farben auf den kleinen Tisch stellte, die gesäuberten Pinsel sortierte und ordentlich nach Breite und Größe bereitlegte, ein wenig umständlich, wie sie es vom Vater gelernt und wie es sich bewährt hatte.

Kurfürst Carl Theodor wurde durch zwei Lakaien angekündigt. Anna nahm die mit Collini einstudierte devote Haltung ein, beugte das Knie und senkte den Blick. Dieses Mal musste alles perfekt sein. Keine Szene. Sie würde niemanden enttäuschen, weder den gastfreundlichen Verschaffelt noch den Baumeister Nicolas Pigage, dem sie diese Empfehlung unbekannterweise zu verdanken hatte, nicht den charmanten Collini. Keine Szene, befahl sie sich, Unterwürfigkeit nach der Etikette, wie es sich für eine Frau meines Standes gehört, wenn ein Auftrag winkt.

Sie hörte das Getrappel vieler Schuhe und sah Kaskaden von Spitzen über Reifröcken, hochhackige Schuhe mit kostbaren goldenen Schnallen, Seidenstrümpfe in allen Farben. Der Kurfürst war mit einem großen Teil seines riesigen Hofstaates gekommen. Wollten etwa alle beim Porträtieren zuschauen? Sollte sie zur Belustigung aller malen? Anna hatte von derlei öffentlichen »Salons« gehört, in denen der Maler, wie jene in Mode gekommenen mechanischen Menschenautomaten, zur Belustigung intriganter Höflinge zur Schau gestellt wurde. Wie auf dem Theater, wo der Adel zwischen den Szenen auf die Bühne spazierte, würde womöglich der eine oder andere Dilettant zum Pinsel greifen und zur Belustigung des Kurfürsten ihr Werk ruinieren.

Anna fühlte die Hitze der Panik aufsteigen. Sie brauchte Ruhe und das persönliche Gespräch, wenn ihre Arbeit gelingen sollte. Wie sollte sie das in diesem Kreise bewerkstelligen? Ach, hätte sie doch Harper gefragt, wie das Porträtieren bei den erlauchten Herrschaften vor sich ging! Graf Gotter war kein Maßstab, er hatte ihr im Atelier gesessen wie ein Lamm, und der Herzog von Württemberg war viel zu beschäftigt mit seinen Narrheiten und Allüren und Mätressen, sein Porträt hatte er nicht verlangt.

Sie dürfe sich nähern, bedeutete ihr der Hofmarschall. Sie tat dies mit gesenkten Lidern. Da hörte sie das leise Lachen des Kurfürsten. Wie sie sein Porträt erschaffen wolle, ohne ihn anzusehen. Anna hörte den Hof applaudieren und lachen, wie es sich für devote Hofschranzen gehört: nicht lauter als der Kurfürst, aber spöttischer, intrigant.

Sie blickte auf, Wut im Bauch, Zorn im Blick, genau in das amüsierte Gesicht Carl Theodors. Dichte dunkle Brauen überspannten große, schwermütige braune Augen über einer auffallend großen Nase, unter der ein schön geschwungener Mund lächelte. Das Lächeln eines klugen Kindes unter der kurzen, weiß gepuderten Perücke. Nichts schien zusammenzupassen in diesem Gesicht, als hätte die Natur Zutaten zusammengeworfen, die jede für sich schön und kraftvoll waren, aber wie einzelne, nicht konvenierende Elemente, verschwenderisch verteilt. Er hatte von allem zu viel. Und als wollte er diese Güte vergelten, lächelte er. Er verzog nicht den Mund breit beim Lächeln, sein Amorbogen lächelte von selbst, und seine Augen waren von großzügiger Freundlichkeit.

Keine kleinen hellblauen Augen mit spöttisch hochgezogenen Brauen, kein französisches Zitat, nicht dieses ungeduldige Wegwedeln mit der Linken – hier stand nicht König Friedrich, der mächtig gewordene preußische Herrscher, hier stand der kurpfälzische Kurfürst, seit Jahrhunderten Herr über die Kurpfalz, Neuburg, Sulzbach und Bergen-op-Zoom und damit Beherrscher des Rheins, und, zum immensen Ärger der preußischen Könige, trotz sieben Jahren Krieg und Verwüstung immer noch Herzog des reichen Jülich Bergischen Kreises.

Gnädig hatte Carl Theodor seine Bemerkung gemeint. Sie, eine gewöhnliche Sterbliche ohne erlauchte Vorfahren, durfte ihn ansehen. In seiner lächelnden Großmut merkte er nicht, wenn er Späße auf Kosten der Untergebenen machte.

Anna blickte in seine braunen Augen. Ihr geschulter Blick entdeckte sofort einige Kummerfalten, sah die faszinierende Hässlichkeit im Gesicht des beeindruckend großen Mannes. Der hatte nichts einstecken müssen, nur austeilen dürfen, ein geliebtes Kind, ein geborener Herrscher. Aber etwas in ihm war gut geblieben. Er hatte eine schöne Seele. Blick tauchte in Blick, Anna stockte der Atem.

Krampfhaft schluckte sie. Die Wut im Bauch war ausgelöscht, diese Augen zogen ihr den Boden unter den Füßen weg. Sie wusste nicht, wie ihr geschah. Sie konnte doch nicht dastehen und den Kurfürsten anstarren wie ein Phantom. Die Etikette erforderte eine verbindliche Bemerkung nach seiner leutseligen Begrüßung. An diesem Hof erwartete man sogar mehr, ein geistreiches Bonmot, sie spürte das, und nichts, absolut nichts fiel ihr ein. Welch ein Mann, welch ein Charisma! Nie hatte ein Mann sie durch seinen bloßen Anblick derart beeindruckt, und genau das konnte, das durfte sie nicht sagen. Anna schwankte, der Raum schien sich zu drehen, sie wollte nach etwas greifen, sich zu stützen, aber da war nichts, hilflos schluckte sie, rang nach Luft. Jemand rief nach einem Glas Wasser, dann wurde es dunkel um sie.

Als sie wieder zu sich kam, lag sie auf einer Chaiselongue. Verlegen richtete sie sich auf. Ein Lakai bot ihr mit besorgtem, aber aufmunterndem Lächeln ein Glas Wasser an. Sie nahm es dankend.

»Hat Sie sich erholt, Madame Portraitiste?«, erklang eine Stimme. Oh Gott, es musste die Stimme des Kurfürsten sein, so voll, so wohltönend, ein schnörkelloser Bariton, warm und teilnahmsvoll. Wie peinlich! Wie konnte ihr so etwas geschehen! Hatte sie sich zu eng geschnürt?

Er saß auf seinem Stuhl neben einem zierlichen Tischchen, das mit Karten und Büchern bedeckt war. Der Hof war offenbar hinausgeschickt worden, bis auf zwei Damen, die ihr Getuschel im Alkoven nun unterbrachen und Anna über ihre Fächer hinweg neugierig beobachteten.

Anna fiel beinahe von der Chaiselongue auf den Boden, verneigte sich und stammelte, wie leid es ihr tue …

»Was tut Ihr leid? Sie hatte eine Schwäche, das ist bei Ihrem Geschlecht nicht ungewöhnlich, nicht wahr?«

War das eine Frage? Oder eine Feststellung?

»Durchlaucht, wir Weiber sind viel stärker, als es den Anschein hat. Ich entschuldige mich untertänigst und versichere Ihnen, dass ich in der Lage bin, Ihr Porträt zu fertigen. Ich beginne sofort, Sie werden zufrieden sein …«

Er sagte nichts, betrachtete sie nur. Nach einer Weile meinte er mit einem wissenden Lächeln: »Dennoch sollte Sie in Ihrem Zustand vorsichtiger und langsamer arbeiten.«

Zustand? Was für ein Zustand? Plötzlich begriff Anna. Sie sprang auf und rief heftiger, als es ihre Absicht war: »Sie denken, ich sei schwanger!«

Das Wort knallte in die kurfürstliche Bibliothek wie ein Peitschenhieb. Die Damen fuhren zusammen. Der Kurfürst erbleichte, dem Lakai, der die Karaffe abstellen wollte, zitterten die Hände. Geschirr klirrte leise. Anna betrachtete mit einer gewissen Befriedigung, was sie angerichtet hatte. Dieses Drumherumgerede hatte sie seit Jahren satt. Früher war sie durch manchen Fauxpas unangenehm aufgefallen, ihre Schwiegermutter hatte sie immer wieder scharf zurechtgewiesen. Ihre Reden seien abschreckend für die Gäste, als Hoteliersgattin habe sie verbindlicher zu sein. Nach Lieses Tod war Anna Herrin über die ›Weiße Taube‹ geworden, und bald hatte sich herumgesprochen, dass die neue Wirtin eine Künstlerin sei, die kein Blatt vor den Mund nehme. Sie führe nicht nur einen frechen Pinsel, sondern habe auch Haare auf den Zähnen. Ihre unverblümten Reden hatten selbst dem gelehrten Nachbarn Ramler und dem Buchhändler Nicolai ein amüsiertes Lächeln entlockt, und, befeuert von manchem Glas Wein, hatte sie frech gesagt, was bei Hofe niemals erlaubt war. Lessing und sein Freund, der Advokat de Gasc, hatten geistreich mitgehalten, und so kam es, dass sie freier in ihren Reden war, so frei, dass manche sich indigniert abwendeten und sie als schamlos bezeichneten. Wenn Ernst Therbusch sie scharf in die Küche rief, wusste sie, dass sie den Bogen überspannt hatte.

Nun hatte sie weibliche Dinge beim Namen genannt, über die keiner öffentlich sprach, jedenfalls nicht bei Hofe. Befriedigt sah sie sich um. Umstände, Schwäche, Krankheit, vom Storch ins Bein gebissen – herrje, sie hatte vier Kindern das Leben geschenkt, es war ein natürlicher Vorgang, warum immer dieses Getue.

Plötzlich fiel ihr ein, dass der kurpfälzische Hof katholisch war. Himmel, da war sie wohl taktlos gewesen.

»Nein, ich bin nicht in den Umständen«, fügte sie leise an.

Aber es wurde nicht besser. Der Kurfürst saß wie versteinert.

Eine der Damen ging eilig zum Cembalo und intonierte ein einfaches ernstes Lied, eine italienische Arie, die Anna nicht verstand. Sie hatte eine wunderschöne, geschulte Stimme, und die Züge des Kurfürsten entspannten sich ein wenig.

Er setzte sich in seinem Sessel zurecht, richtete den Blick auf Anna und bedeutete ihr, dass sie mit dem Malen beginnen könne. Es war nur ein Wink, aber Anna legte erleichtert das unscheinbare Braun, das sie zum ersten Skizzieren benutzte, auf die Palette, griff zum Pinsel und begann, die Züge des Kurfürsten einzufangen.

Es dauerte nur wenige Minuten, bis sie begriff, dass sie nicht imstande sei würde, den Kurfürsten zu porträtieren. Sein Gesicht war wie eine Maske, sie konnte nicht erkennen, was sich darunter verbarg.

Ihre Routine half ihr wenig. Sie musste ihm näherkommen, erfahren, was unter diesem versteinerten Gesicht lag. War sie der Auslöser gewesen? Nur wegen eines despektierlichen Ausdrucks? Der darüber hinaus die reine Wahrheit ausdrückte?

Sie räusperte sich.

»Verzeihen Sie untertänigst, Königliche Hoheit, darf ich eine Bitte äußern?«

Er sah sie fragend an.

»Darf ich Ihnen ein wenig näher rücken und Ihr Porträt zunächst mit dem Rötel vorskizzieren?«

Sie durfte. Er sprach kein Wort. Wie konnte sie ihn nur dazu bekommen, ein wenig mit ihr zu sprechen. Wie dumm sie sich benommen hatte, schon gestern, diese dumme, überflüssige Panik, wo blieb nur ihre Contenance! Ach, immer war sie dumm, sie ging mit hohen Herrschaften falsch um, entweder zu unterwürfig oder zu frech, immer rutschte ihr etwas heraus, das ihr Ungemach brachte …

Ihre älteste Tochter Luisa fiel ihr ein, deren Vater sie nicht benennen konnte, und ihr Gesicht brannte vor Scham.

Gut, dass sie die Rötelkreide nicht sofort fand, so konnte sie ihr Gesicht in dem Beutel verstecken, nach dem Skizzenpapier suchen und etwas herumwerkeln, während der Kurfürst schaute und schaute, während die Dame sang und sang, während die zweite Dame mit maliziösem Blick die Noten umwendete.

Böse Blicke beider trafen Anna, als sie sich mit Skizzenblock und Hocker nur drei Schritt vor dem Kurfürsten platzierte. Der Blick aus seinen Augen machte ihre Hand zittern. Das Licht war schauderhaft, so würde sie nicht arbeiten können, aber das hatte sie zu spät bemerkt, und jetzt konnte sie nicht wieder den Platz wechseln. Ihn bitten, das Gesicht zum Licht zu drehen? Unmöglich.

So ging es nicht. Er musste ein wenig Zutrauen zu ihr haben, es musste ehrlich zugehen, sonst musste sie den Auftrag zurückgeben, und das wäre eine Katastrophe.

Sie nahm all ihren Mut zusammen und sagte: »Verzeihen Sie mein unnützes Geschwätz, kurfürstliche Durchlaucht, bitte, verzeihen Sie einer vierfachen Mutter …«

Ihr fiel ihr fünftes Kind ein, die kleine Ernestine Friederike, die nach wenigen Wochen gestorben war, und die Stimme versagte ihr. Wie hatte sie die niedliche Kleine vergessen können, süße achtzehn Jahre wäre sie in diesem Jahr geworden.

Tränen traten ihr in die Augen, sie versuchte, sie mit intensivem Versenken auf den Skizzenblock zu verstecken. Aber nichts half, und hinter dem Tränenvorhang konnte sie weder sehen noch malen.

In der Bibliothek war es totenstill. Die Dame unterbrach ihr Cembalokonzert und blickte besorgt zum Kurfürsten. Anna sah vorsichtig zu ihm auf. Durch ihren Tränenschleier sah sie, dass er ebenfalls Tränen in den Augen hatte. Oh Herr im Himmel, was hatte sie angerichtet. Nun war es endgültig vorbei, nun konnte sie gehen. Sie steckte den Rötelstift in den Beutel und wollte sich aus dem Saal schleichen. Da sagte Kurfürst Carl Theodor: »Sie haben vier Kinder, Madame, und Sie weinen? Sind nicht Kinder das größte Glück unseres Lebens? Müssten Sie nicht vor Glück singen und tanzen?«

Sie lächelte. Wie schön er das gesagt hatte. Und er hatte sie gesiezt, eine Anrede, die ihr nicht zukam.

»Sie sind so gnädig in Ihrer Leutseligkeit, Euer Durchlaucht«, antwortete Anna, »ich habe recht närrisch mit meinen Kindern gesungen und getanzt, als sie klein waren. Mein Jüngster zählt inzwischen zwölf Lenze, und ich habe ihn seit einem Jahr nicht gesehen. Ich musste nur eben an mein fünftes Kind denken, das nicht einmal ein Jahr alt wurde …«

Der Cembalodeckel wurde mit einem Knall geschlossen. Anna zuckte zusammen. Sie sah in die aufgebrachten Gesichter der Damen.

Der Kurfürst blickte Anna ruhig ins Gesicht. Ohne sich von ihr abzuwenden, sagte er, die Hand Richtung Cembalo hebend: »Liebste Base, lassen Sie nur. Der Schmerz lässt nicht nach, wenn Wir ihm keine Beachtung schenken, sondern er bohrt stetig weiter. Alle schweigen nun schon ein Jahr, und was hat Uns das Schweigen eingebracht?«

Er wandte sich wieder Anna zu, die wünschte, es täte sich ein Schlund vor ihr auf, in den sie stürzen könnte: »Madame Artiste, Sie haben etwas Extraordinäres bewirkt. Nicht nur eine Mutter trauert um ihr Kind, auch der Kurfürst ist Vater. Wir sind unendlich gekränkt um unseren dahingegangenen Sohn, den Erbprinzen.«

Carl Theodor hatte sich leicht nach vorn gelehnt und sah Anna eindringlich an.

»Vor zwei Jahren verloren Wir unseren ersten Sohn«, sagte er leise, »es war hier in Schloss Schwetzingen. Der Prinz überlebte nicht einmal seine erste Nacht.«

Am liebsten hätte Anna sein trauriges Gesicht in beide Hände genommen und geküsst. Überall, auf die Augen, die unschöne große Nase, das vorspringende Kinn, die hohe Stirn. Sie brannte vor Begierde, die Wärme seiner Haut zu spüren, eine sehnliche Lust nach diesem großen, sinnlichen Mann packte sie. Ein Mann mit warm blickenden braunen Augen. Ein Mann, der Tränen wegen seines tot geborenen Kindes vergoss, eines Kindes, das er nicht einmal kennengelernt hatte.

Sie rief sich zur Ordnung. Welch absurde Idee! Wohin verstieg sie sich! Welcher boshafte Teufel flüsterte ihr solch galanten Unsinn ein! Energisch griff Anna nach ihrem Stift, die Kunst duldete keine Verirrungen dieser Art, prunkvoll musste ein Herrscherbild aussehen. Aber ihr Herz widersprach dem Diktat des Rötels: ein prunkvoller Herrscher, ja, aber ein zutiefst menschlicher, keine Pose, keine Insignien der Macht, er hat sie nicht nötig.

Anna betrachtete den Kurfürsten. Da saß ein warmherzig empfindender Mensch, ein Mann, in den sie sich gerade tief verloren hatte. Sie wollte sein Bildnis malen wie eine Liebeserklärung.

»Gott hat Uns aber eine Tochter geschenkt«, sagte der Kurfürst, wieder fröhlich, »und sie ist ein so allerliebstes, kluges Mädchen, ihre Aufgewecktheit setzt alle Welt in Erstaunen.«

Anna machte ihre Skizzen, befreit, während der Kurfürst ebenso gelöst von der kleinen Caroline, seiner illegitimen Tochter, erzählte. Die Damen verdrehten die Augen, schossen feindselige Blicke auf Anna, sandten gelangweilte an die Stuckaturen der Decke. Diener brachten Erfrischungen. Zweimal wurde der Hofmarschall fortgeschickt, das Souper zu verschieben, weil der Kurfürst von Annas Kindern hören wollte. Er erzählte Anekdoten von seiner Tochter, von der innigen Freude, die es ihm machte, der Entwicklung des kleinen Mädchens zuzusehen. Sie sprachen von der Freude über den ersten Zahn, vom Entzücken über die ersten Schritte, der Begeisterung über die ersten Worte, von der kindlichen Intelligenz, von der Schöpfung Gottes.

Erfrischt und angeregt, gerührt und voller Freude packte Anna nach drei Stunden ihre Blätter in die große Mappe, verneigte sich tief vor dem leutseligen Fürsten und wandelte wie im Traum durch den Schlosspark. Der sorgfältig gerechte Sand auf den breiten Promenaden knirschte unter ihren neuen Schuhen. Links und rechts von ihr bildeten die beschnittenen Linden Galerien aus dichtem braunem Geäst. Dicke, runde Knospen blickten erwartungsvoll in die Sonne und würden in wenigen Tagen grüne Mauern bilden. Ein Gärtner, der mit zwei Gehilfen die Broderie mit frischen Frühjahrsblumen bepflanzte, zog ehrerbietig den Strohhut. Anna winkte ihm zu und setzte sich auf eine steinerne Bank an dem riesigen Rondell, in dessen Mitte das Wasser der Fontaine in das kreisrunde Bassin rauschte. Verschaffelts Skulpturen der Elemente stachen in scharfem Weiß von den erdigen Frühlingsfarben ab. Weich schien das Licht der späten Nachmittagssonne.

Hier saß sie nun, in seinem Arkadien, und würde sein Apelles sein, so drückte man das doch galant aus, oder nicht? Nie die Dinge beim Namen nennen, stets duftige, aber umständliche Umschreibungen wählen. Und doch hatte sie mit ihm freimütig über Kinder gesprochen, und das, was man seit einiger Zeit modisch »education« nannte. Sie dachte an ihre Mutter, die ihre große Familie mit Liebe und Humor gemeistert hatte, an den Vater, der sich nicht um die Konvention geschert und seine Töchter das Malen gelehrt hatte, an die Schwester Tinka, die so jung gestorben war. Ob es stimmte, dass nicht Schläge und harte Zucht den Menschen zum Guten brachten, sondern Liebe und fürsorgliche Zuwendung?

Verschaffelt hatte ihr eine Anekdote von Carl Theodor erzählt. Der Prinz, der in Brüssel bei seiner Urgroßmutter aufgewachsen war, die er zärtlich »Maman« nannte, war im Alter von acht Jahren am Auge verletzt worden. Im hitzigen

Spiel hatte ihn einer seiner Gespielen geschlagen. Die entsetzten Diener wollten die Herzogin aus dem Nebenzimmer holen, aber Carl Theodor verbot ihnen dies, obwohl er große Schmerzen hatte. Seine Maman genieße ihr Spiel, und man solle sie nicht beunruhigen.

Die Geschichte klang so völlig anders als die vom jungen König von Frankreich, die man sich erzählte. Danach hatte der König als Kind in Fontainebleau eine zahme Hirschkuh, die sich füttern und streicheln ließ. Dennoch schoss er mit seinem Bogen auf sie, und als das verwundete Tier ausgerechnet bei ihm, seinem Peiniger, Schutz suchte, ließ er sie einige Schritt weit fortbringen, um sie gnadenlos zu erschießen.

Beide Fürsten hatten sicherlich eine behütete, sorgfältige Erziehung genossen, überlegte Anna, was machte den einen zu einem herzlosen Wüterich und den anderen zu einem mitfühlenden, leutseligen Fürsten?

Sie öffnete die Mappe und betrachtete kritisch ihre Skizzen. Generös und freundlich wollte sie den Kurfürsten darstellen, mit der Würde des Gerechten und seines Standes. Er sollte kein eitler Pfau inmitten der Insignien seiner Macht sein, Machtfülle manifestierte sich durch seine Person. Ein guter Herrscher, davon war Anna überzeugt, musste großzügig und edelmütig sein. Hatte Carl Theodor nur gute Eigenschaften? Oder hatte sie sich in ihn verliebt?

Schnell steckte sie die Skizzen wieder in die Mappe, band sie sorgfältiger zu als nötig und erhob sich. Nein, das konnte, das durfte nicht sein, es war eine aussichtslose Liebe. Sie musste aufhören, sich einen solchen Unsinn auszumalen! Schlag ihn dir aus dem Kopf, ermahnte sie sich, dieser Mann ist nicht von deinem Stand.

Ein Kavalier des Hofes näherte sich der Bank. Er drückte der überraschten Anna ein samtbezogenes Etui in die Hand und murmelte: »Bravo, Verehrteste, bravissimo! Mein Herr macht Ihnen sein Kompliment und bittet Sie, die Sitzungen weiterhin zu Konversation dieser Art zu benutzen!«

Anna betrachtete ihn misstrauisch von der Seite. Was wollte dieser Mann von ihr?

»Wer sind Sie?«

Der Mann lachte, es klang hässlich.

»Wer ich bin, tut nichts zur Sache! Ihre köstliche Art, Konversation zu machen, findet den Beifall meines Herrn. Mein Herr wird sich weiterhin großzügig zeigen, wenn Sie ihn durch Ihre erfrischende preußische Ehrlichkeit in seiner Position als Nachfolger unterstützen.«

Seine Mimik konnte Anna nicht als Lächeln auffassen. Ein Schurke verzog seine Gesichtsmuskeln zu einer Maske des Hohns. Alle Haare stellten sich ihr auf.

»Wer ist Ihr Herr?« Aber der Mann schritt schnell durch die Hecken davon.

Neugierig öffnete Anna das Etui. Ein schmaler Ring mit einem glitzernden roten Stein steckte auf schwarzem Samt. Er funkelte so weithin sichtbar in der Abendsonne, dass sie das Etui blitzartig zuschnappen ließ wie eine Mausefalle. Erschrocken sah sie sich nach allen Seiten um. Ihr Herz klopfte heftig. Ein Rubin! Nie hatte sie einen so kostbaren Schmuck besessen. Was sollte dieses widerwärtige Präsent? Wofür? Was hatte dieser hässliche Mensch gesagt? Konversation? Sie hatte mit dem Kurfürsten über die Kinder gesprochen. Anna erinnerte sich, wie schockiert die Damen sich gezeigt hatten. Das Thema war tabu, um dem Kurfürsten keine schmerzlichen Erinnerungen zu bereiten. Aber offenbar gab es eine Gegenpartei, die dem Kurfürsten gern Schmerzen zufügte, um sich die Thronfolge zu sichern.

Sie steckte das Etui in ihren Korb zwischen die Farbgläser und eilte durch den menschenleeren abenddämmrigen Park zurück zum Schloss, in dessen Dachgeschoss sie ihr Atelier hatte einrichten dürfen. Die Fontäne war versiegt. Die

Gärtner hatten ihre Arbeit beendet und trugen ihre Geräte zu den Schuppen.

Ob Judas sich so gefühlt hatte wie sie, als er mit dreißig Silberlingen vom Tempel nach Hause strebte? Warum hatte sie sich überrumpeln lassen wie eine Bauernmagd? Ich hätte ihm sein Etui hinterherwerfen sollen, dachte Anna, in der allmählich die späte Wut der Gefoppten hochstieg. Was sollte sie jetzt tun? Sie musste dieses unselige Schmuckstück verschwinden lassen – oder machte sie sich gerade damit schuldig? Ob sie es dem Kurfürsten bei der nächsten Sitzung auf den Tisch legen sollte?

Anna schloss die Kammer auf und legte die Mappe mit den Skizzen sorgfältig in die Schublade. Sie packte die Farbgläser aus dem Korb in das Regal und schrieb eine Notiz an den Burschen, der die Farben am nächsten Morgen anmischen sollte. Als sie ihren Malkittel an den Haken hängte, schlug es von der Kirche sieben Schläge. Es wurde Zeit, dass sie zu ihrem Apartment ging und sich für die abendliche Tafel umkleidete. Sie öffnete die Tür. Da fiel ihr Blick auf die Staffelei.

Anna stockte der Atem. Ein hässliches, obszönes Bild stand dort. Es zeigte in grellen Farben ein nacktes Weib mit lüsternem Blick, das sich an der Hose des Kurfürsten zu schaffen machte. Darunter hatte jemand mit roter Farbe geschrieben: Verschwinde, du Hure.

Blitzartig schloss Anna die Tür wieder, sank auf den Hocker und starrte auf das Bild. Ihr Atem flog. Es war nicht einmal ungeschickt gemalt, zu steif, schlecht im Kolorit, aber die Ähnlichkeit war unverkennbar. Es war kein Werk eines Dilettanten, auch wenn der Maler sich bemüht hatte, diesen Eindruck zu erwecken.

Zwischen welche Fronten bin ich hier geraten, dachte sie verzweifelt. Eine Fraktion will mich bestechen, dass ich bleibe und den Kurfürsten ablenke, von was auch immer, und die gegnerische Fraktion will, dass ich verschwinde.

Ihr Humor siegte, je länger sie das obszöne Werk betrachtete. Es erschien ihr nicht mehr bedrohlich, sondern albern. Ich habe mich offenbar an einen Hof voller Kabalen gewagt, dachte sie, griff zum Pinsel und übermalte sorgfältig die flüchtig hingeworfene Obszönität. Sollen sie alle ihre Intrigen spinnen, was schert es mich! Sie verwandelte das schweinehafte Rosa in ein sanftes Inkarnat und machte aus der obszönen Zeichnung eine komödiantische Liebesszene mit einem enttäuschten Cupido zwischen malerischem Buschwerk und einem Tempelchen auf einem Hügel in der Ferne.

Als sie ihr Werk beendet hatte, schlug es neun. Inzwischen war die Tafel aufgehoben, aber Anna verspürte keinen Hunger. Ich bin verliebt, und keiner wird es je erfahren, am wenigsten er selbst, denn er sieht in mir keine Frau, bestenfalls eine talentierte Porträtistin. Vielleicht ist es das, dachte Anna, eine einseitige Liebe, vielleicht ist dies das Glück, denn nur sie kann geben. Die nicht erwiderte Liebe fordert nichts, sie genügt sich selbst. So müsste Liebe immer sein. Ich liebe, selbstlos und leidenschaftlich wie nie in meinem Leben. Wer will mich daran hindern.

Aber offenbar wollte jemand genau das. Jemand wusste von ihrem Geheimnis, das sie gut behütet in ihrem Herzen glaubte. Jemand wollte sie an dieser Liebe hindern. Jemand, der sich Eintritt in ihr verschlossenes Atelier zu verschaffen wusste, wollte, dass sie von hier verschwand. Dieses Bild war erst der Anfang.

4

NACH FÜNF SITZUNGEN war die Konversation zwischen Anna Therbusch, geborene Lisiewska, und Carl Theodor, Kurfürst der Kurpfalz, bei dem neuen Stern am Philosophenhimmel, Jean Jacques Rousseau, angelangt. Dessen Erziehungsroman »Emile oder Über die Erziehung« war im vergangenen Jahr kurz nach seinem Erscheinen verboten worden. Rousseau war nach Preußen geflüchtet und hatte bei Friedrich II. politisches Asyl erhalten.

Ohne die gelangweilten Gesichter der Höflinge zu beachten, disputierten Anna und Carl Theodor die Frage, ob Eltern ihr Kind als Kind behandeln und auf ihre moralischen Prinzipien bei den Kleinen verzichten sollten. Die Natur, die Menschen und die Dinge seien die Lehrer, das sei eine kluge Einschätzung von Rousseau, meinte Anna und plädierte für einen Trennstrich zwischen Erwachsenen und Kindern.

Der Kurfürst hielt die Ideen Rousseaus für überzogen. Gott habe den Menschen nach seinem Ebenbild erschaffen, und dabei habe er sicher nicht die scheußliche Entwicklung mancher schlechter Charaktere gemeint, sondern die Unschuld der Kinder. Und habe nicht auch Jesus gepredigt, lasset die Kinder zu mir kommen, denn ihrer ist das Himmelreich?

Anna hielt dem entgegen, dass die Kinder mit der Sünde zu oft geschreckt und in Angst gehalten würden. Mit der Rute bringe man keinem Kind Lesen und Schreiben bei.

Der Kurfürst betrachtete sie nachdenklich. Er fand Annas offene Art ungewöhnlich für eine Frau. Diese Protestanten nahmen sich viele Freiheiten heraus. Andererseits hatte er durch lange und intensive Gespräche mit Voltaire in den vergangenen Jahren viel Neues erfahren und er mochte nicht als bigotter Traditionalist gelten.

»Wir leben in einem aufgeklärten Jahrhundert, das Glück unseres Daseins liegt wohl mehr in der Vernunft als in der

Einfalt einer frommen Erziehung«, beschloss er die letzte Sitzung mit seiner Malerin.

Verschaffelt kam aus Mannheim, um die Aufstellung seiner Skulptur, des dritten Elements, zu überwachen, die, in zwei Teile zerlegt, von Ochsengespannen in den Park gezogen wurde. Anna überlegte, ob sie ihn ins Vertrauen ziehen sollte. Das übermalte Bild und der Ring lagen noch immer in ihrem Atelier, und sie wusste nicht, was sie damit tun sollte. Sie entschied sich dagegen. Den Konflikt konnte ihr auch Verschaffelt nicht nehmen: Blieb sie, dann erhielt sie Drohungen und Bestechungsgeschenke, ging sie, war es mit ihrer Karriere als Hofmalerin vorbei. Wer Erfolg hatte, der hatte auch Neider. Sie wollte die hässlichen Intrigen nicht so ernst nehmen.

Nicolas de Pigage, Hofkammerrat, Hofarchitekt und seit einem Jahr auch kurfürstlicher Gartendirektor, entstieg dem Schiff aus Düsseldorf rechtzeitig, um der sommerlichen Finissage des kurfürstlichen Bildnisses beizuwohnen.

Pigage stand auf dem Höhepunkt seiner Karriere. Er war im Umfeld der Bautätigkeiten der lothringischen Herzöge als Sohn einer Steinmetzfamilie in Lunéville aufgewachsen und hatte an der Königlichen Akademie für Architektur in Paris studiert. Seit 1749 stand er im Dienst Carl Theodors und war sowohl mit dem Schwetzinger Bau beauftragt wie mit der Bibliothek und der Schlosskirche der Mannheimer Residenz, gleichzeitig mit Schloss Benrath bei Düsseldorf, dem Schatzkästchen der Kurfürstin.

Pigage war so neugierig wie Anna aufgeregt. Keines der früheren Porträts hatte den Ausdruck des Kurfürsten getroffen, da war Pigage mit Verschaffelt einig. Verschaffelt schrieb dies dem mangelnden Können der Porträtisten zu, Pigage der Ungeduld Carl Theodors. Was hatte den Kurfürsten dieses Mal so gefesselt, dass er die Sitzungen nicht nur ausgehalten, sondern diese sogar über Gebühr ausgedehnt hatte, sodass

Kolloquien verschoben, Diners abgesagt, Gesandte vertröstet wurden?

Der Hofklatsch trug Pigage schon am Quai zu: Eine preußische Malerin hatte Carl Theodor in ihren Bann gezogen. Die einen feixten, der Kurfürst sei wieder einmal verliebt, und es sei nur dem Einspruch der Kurfürstin zu verdanken, dass die Therbusch ihn nicht als Apoll in seiner natürlichen Gestalt verewigt habe, denn diese Preußin vertrete jenen gotteslästerlichen Aufwiegler Rousseau, der von der Menschheit verlange, wieder auf allen vieren zu gehen.

Andere meinten zu wissen, dass Anna die Vertraute der kurfürstlichen Mätresse sei, es genüge dem Kurfürsten nicht, mehrere Mätressen zu besitzen, er wolle sie auch gleichzeitig genießen. Und die dritte Partei, die der päpstlichen Nuntiatur, hatte mit Bedacht das Gerücht gestreut, diese Protestantin sei mit dem schönsten Mann am Hofe im Bunde: Sie habe den Kurfürsten verhext und mache mit dem zum Protestantentum konvertierten Pfalzgrafen Friedrich Michael, der die Herrschaft anstrebe, gemeinsame Sache, um den wahren Glauben durch die lutherische Freigeisterei zu ersetzen.

Jedes Detail des Hofklatsches hatte Pigage gehört, kaum dass er festen Boden unter den Füßen hatte. Er lachte über den Wirbel, den die Malerin, die ihm La Guepière empfohlen hatte, verursachte. Neugierig ließ er sich zur Orangerie fahren, die ebenfalls auf seinem Entwurf beruhte. In ihr sollte das neue Porträt des Kurfürsten präsentiert werden. Mit dieser Finissage wurde ja ein toller Aufwand getrieben. Die Solisten des Hoforchesters spielten festliche Musik, das Ballett trat auf, und Collini hielt eine Ansprache über die Musen und die schönen Künste. Er warnte vor Hoffart und Hochmut und pries die Ehrlichkeit und physiognomische Ähnlichkeit, die das wichtigste Prinzip der Porträtmalerei sei.

O la la, dachte Pigage, will Collini einem Eklat vorbeugen? Kann die Lisiewska nicht malen? Ein weiteres scheußliches

Bild des hässlichen Kurfürsten, über das der Hof hinter seinem Rücken spottet und das er in verletzter Eitelkeit in den hintersten Winkel seines Jagdschlosses verbannt? Und warum in aller Welt wird nur der Kurfürst porträtiert und nicht die Kurfürstin, die doch immer alles größer und besser haben will als ihr Gatte? Er erinnerte sich an das letzte Porträt, das der Hofmaler Johann Georg Ziesenis vor fünf Jahren gemalt hatte. Es war ein intimes Bild des Kurfürsten, der die Traversflöte spielte, nicht schlecht eigentlich, aber von der Galerie sah seine Gattin mit dem missbilligenden Blick einer strengen Mutter auf ihn herab, als sei sie die wahre Herrscherin.

Ihre Durchlaucht, die Kurfürstin Elisabeth Auguste, schien den festlichen Anlass zu meiden. Wahrscheinlich hatte sie sich wieder einmal in ihr Schloss nach Oggersheim zurückgezogen. Schwetzingen war zu eng für ein Ehepaar, das sich nicht ausstehen konnte. Pigage hatte sich dennoch der Sympathie der einflussreichen Kurfürstin versichert, schon seine Heirat mit ihrer Lieblingshofdame hatte dazu beigetragen.

Während der Abwesenheit der Kurfürstin weilte immer öfter die Mätresse des Kurfürsten in Schwetzingen. Zur großen Schmach Elisabeth Augustes hatte diese sogar ihr Kind, den Bastard des Kurfürsten, hier, während der Sommerfrische im vergangenen Jahr, zur Welt gebracht, nur ein Jahr nach dem tot geborenen Thronfolger. Aber auch die Gräfin Parkstein konnte er nirgendwo entdecken. Parbleu, sollten die Gerüchte stimmen? Hatte der Fürst seine zur Gräfin erhobene Schauspielerin abserviert und durch eine Künstlerin ersetzt?

Wo war sie überhaupt? Verschaffelt zeigte ihm Madame Therbusch, die in bescheidener Haltung in der Menge stand.

Die Bescheidenheit war nur Attitüde, das sah Pigage sofort. Diese Frau war alles andere als bescheiden, als weiblich-demütig. Dabei war sie nicht einmal schön. Oh ja, sie war attraktiv, sie war ein Vulkan, aber sie war nicht schön nach Art weiblicher Sanftmut, jener unterwürfigen Schönheit, die gerade in Mode war und die der Kurfürst an seiner Mätresse schätzte. Nein, die Lisiewska würde sich nicht unterordnen, die würde regieren! Kein Wunder, wenn sie jetzt schon einigen ein Dorn im Auge war. Pigage betrachtete das scharf geschnittene Profil, die braunen ungepuderten Locken, die sich von der makellosen, fast weißen Haut abhoben. Das veilchenfarbene Kleid war schlicht, nicht nach der französischen Mode, aber es brachte ihre gute Figur blendend zur Geltung.

»Wie alt ist sie eigentlich?«, flüsterte er Verschaffelt zu. Der hob vier Finger hoch.

»Respekt«, murmelte Pigage. Sie war in seinem Alter, im Alter des Kurfürsten, aber er hätte sie für zehn Lenze weniger durchgehen lassen. Erstaunliches Mädchen, dachte er, mal sehen, ob sie nur Köpfe malen kann oder ob sie auch Talent hat.

Collini hatte seine Rede beendet. Die Anwesenden applaudierten, der *homme des lettres* lächelte erfreut und geschmeichelt. Unter den Klängen seines Orchesters enthüllte der Kurfürst persönlich sein Porträt.

Das Bild war eine Halbfigur, ungewöhnlich, weil ohne jeden Zierrat. En face schaute der Kurfürst den Betrachter an, nur geschmückt mit dem St. Hubertusorden, der an einer kostbaren breiten Goldkette auf dem breiten Hermelinkragen ruhte. Der Schmuck war delikat gemalt, die Juwelen funkelten den Betrachter förmlich an. Mit der rechten Hand verwies der Kurfürst ... auf was?

Pigage zog hörbar die Luft ein. Die Lisiewska zeigte nichts, die verweisende Geste war Machtfülle per se. Das Porträt war nicht nur sehr gut, sondern auch unglaublich raffiniert. Der direkte Blick des Kurfürsten ließ dem Betrachter keine Möglichkeit des Ausweichens, er forderte die Ehrlichkeit des Beschauers. Dieser Fürst brauchte keine Insignien der Macht, weder Kurfürstenhut noch Marschallstab, seine Persönlichkeit allein war eine Demonstration aufgeklärter Machtfülle.

Verschaffelt grinste Pigage an. »Etonné, mon cher archi-
tecte?«

»Etonnant«, gab ihm sein Chef recht. Erstaunlich. Eine
Malerin, wild, schön und begabt, eine Rarität.

Der Kurfürst war vor sein Bild getreten und betrachtete
es ausgiebig. Pigage drängte sich nach vorn, um das Porträt
ebenfalls aus der Nähe zu betrachten. Die Lisiewska hatte den
Kurfürsten von hinten beleuchtet, auch die Stirn war hell und
klar, die Augen strahlend. Sie wollte ihn in die Nähe der Auf-
klärer rücken. Es war das beste Porträt, das Pigage seit lan-
gem gesehen hatte. Wenn die Lisiewska zur Hofmalerin erhoben wurde, konnten in Mannheim einige ihre Koffer packen.

Mit klopfendem Herzen sah Anna zu, wie Kurfürst Carl
Theodor sein Konterfei studierte. Mit jeder Sitzung hatte
sie sich aussichtsloser in ihn verliebt. Jedes Detail brachte
sie dem sensiblen, intelligenten Mann näher. Es stimmte ja
nicht, dass er hässlich war. Wie schön waren seine traurigen
dunklen Augen, wie buschig seine Brauen, wie erotisch seine
große Nase, wie bezaubernd das Grübchen, das sein Kinn
teilte, wie berauschend der Amorbogen seiner Lippen! Und
wie elegant er sich auf schlanken Beinen bewegte, manchmal
rührend in seinen kleinen Unbeholfenheiten, wie sie oft großen Menschen eigen waren! Ein kleiner Bauchansatz war seiner Liebe zum Rheinwein geschuldet, der ihn leutselig und
großzügig machte, nicht gewalttätig, wie sie es schmerzhaft
erfahren hatte.

Es war vorbei. Sein Porträt war fertig. Inmitten des kurpfälzischen Hofstaates stand Anna und verdurstete in einer Wüste
von Einsamkeit. Sie hatte ihn geliebt, während er auf der
Leinwand entstand. Nun waren die Sitzungen beendet, und
mit ihnen diese wundervollen Stunden, in denen sie diesen
Mann einzig für sich hatte – fast einzig. Irgendein Höfling
war stets dabei gewesen, hatte ob ihrer Konversation die Nase

gerümpft, gehüstelt oder demonstrativ gegähnt, vor allem, als es um die Verbesserung der Geburtshilfe und der Hygiene ging. Nach der Kurfürstin und Annas eigenen Erfahrungen mit stockdunklen zeltartig verhängten Betten und abergläubischen Geburtssteinen statt abgekochter Instrumente war es dringend geboten, Hebammenschulen und Entbindungsanstalten einzurichten, um Kinder und Mütter nicht länger zu gefährden. Anna fand das Thema zu wichtig, um es zu meiden, nur weil es vielleicht den Interessen irgendeines designierten Nachfolgers diente. Waren Kinder nicht das Wundervollste der Welt, so wie die Kunst? Und starben nicht erschreckend viele kurz nach ihrer Geburt? Wen Gott liebt, den nimmt er früh zu sich, hatte der Kurfürst schmerzlich gelächelt, aber Anna hatte ihm widersprochen. Es musste Gottes Wille sein, dass die Menschen alle Anstrengungen unternahmen, ihre Kinder zu schützen und gefahrlos aufwachsen zu lassen. Seinen Reichtum konnte der Kurfürst nicht mit ins Grab nehmen. Sein Geist, sein Wissen, seine schöne Seele aber würden nicht in seinen Dukaten, sondern in seinen natürlichen Kindern weiterleben. Es war klug und weitsichtig von ihm, über ihre Gesundheit und Erziehung nachzudenken, nicht nur aus dynastischem Denken, sondern aus dieser neuen Perspektive des Monsieur Rousseau, der Kinder als junge Menschen sah, die es zu bilden und zu formen galt.

Schaudernd erinnerte Anna sich, wie der jetzige König Friedrich von seinem Vater so lange kujoniert worden war, bis er sein Heil in der Flucht sah, und wie der eigene Vater ihn vor ein Kriegsgericht gestellt hatte und nicht mit der Wimper gezuckt hätte, wäre er zum Tode verurteilt worden! Nein, das würde Carl Theodor seinen Kindern niemals antun. Wie tragisch, dass er mit einer Gattin geschlagen war, die ihm keine Kinder mehr gebären konnte, mit der er seine Dynastie nicht fortführen konnte. Und wieder zeigte er sich leutselig! Dem Gesetz nach durfte er eine infertile Gattin verstoßen und er hätte allen Grund dazu gehabt. Die Spatzen pfiffen es ja von den Dächern, dass sie ein Verhältnis zu ihrem eigenen Schwager unterhalten hatte. Schon vor der unglückseligen Totgeburt des Thronfolgers hatte sie dem Kurfürsten Hörner aufgesetzt. Es war ein offenes Geheimnis, dass ihr Stallmeister Rodenhausen ihr derzeitiger Liebhaber war.

Kein Wunder, dass dieser Fürst oft schwermütig war, dass er sich zu zerstreuen suchte, und wie harmlos war diese Zerstreuung! Eine freundliche, liebevolle Frau, diese Francoise, die sich inzwischen Gräfin von Parkstein nennen durfte, ein beneidenswerter Aufstieg, aber …

Anna suchte zwischen dem versammelten Hofstaat nach dem blassen, schmalen Gesicht und sah die ehemalige Tänzerin Francoise Després-Verneuil unauffällig und bescheiden sehr weit hinten stehen. Sie war untadelig geschminkt, aber Anna wusste, dass das Rot auf ihren Wangen nicht aufgetragen war. Diese Kleine war halb so alt wie sie, aber sie war dem Tod geweiht, da war Anna sicher. Sie hatte die Auszehrung oder jene Lungenkrankheit, die von mangelndem Sonnenlicht herrührte, die Französinnen gingen aus Angst um ihren elfenbeinfarbenen Teint nicht gern hinaus. Ein liebes, etwas unbedarftes Geschöpf, trotz ihrer kleinen Tochter mehr Mädchen als Frau, aber mit einer großen Energie und einem weiten Herzen. Die Ausschweifung des Kurfürsten bestand in nichts weniger, als mit seiner Maitresse Familie zu spielen, ein trügerisches Spiel, denn es würde bald zu Ende sein.

Anna wandte den Blick ab, sie konnte den Gedanken nicht ertragen, dass der Kurfürst erneut großen Kummer haben würde. Die kleine Francoise würde sich an ihrer neuen Würde als Gräfin nicht lange erfreuen können. Ob sie ein schönes Porträt von ihr machen und dem Kurfürsten schenken sollte?

Annas Kopf fuhr herum. Hatte der Kurfürst sie angesprochen? Sie wurde feuerrot, als sie in sein lächelndes Gesicht blickte. Sein Porträt gefalle ihm so gut, erklärte er, dass er ein zweites fordere, was ihm die Künstlerin hoffentlich nicht abschlagen werde.

Anna knickste verwirrt. Selbstverständlich konnte sie eine Kopie anfertigen, obwohl es ihn sicherlich günstiger käme, einen Kopisten zu beauftragen.

Dieses Staatsporträt solle nach Mannheim in die Residenz gebracht werden, verfügte der Kurfürst, für Schwetzingen wolle er ein *Portrait privée*. Es solle größer sein und in seiner Bibliothek hängen.

Der Hof applaudierte. Das war noch keine Ernennung zur Hofmalerin, dachte Pigage, aber was nicht ist, kann noch werden.

Die Gesellschaft promenierte zu den prächtigen Zirkelpavillons, die den kreisförmigen Garten umrahmten. Im vordersten Pavillon war während Pigages Bauarbeiten am Theater ein Tanzsaal eingerichtet worden. Der Kurfürst hatte sich unwillig damit abgefunden, in diesem Sommer auf seine geliebte komische Oper zu verzichten, und mit Ballett und musikalischen Akademien vorlieb genommen. Darum hatte er Zeit für die Sitzungen gefunden, dachte Pigage, der die Arbeiten an der Hinterbühne in Augenschein nahm, die vor dem Frost beendet sein sollten.

Wie im Traum ging Anna an den prachtvollen Broderien vorbei. Sie ließ sich gratulieren, dankte höflich, beantwortete Fragen, lächelte verbindlich. Ganz warm war ihr geworden vor Freude. Ihr Gesicht glühte wie der Buntsandstein der prächtigen Bauten in der sommerlichen Abendsonne. Ihr Bild hatte des Kurfürsten Wohlgefallen erregt! Nun, da er ihr so lange gesessen war, würde er zwar nicht mehr sehr viel Zeit mit ihr verbringen, denn sie hatte alles, um ein zweites Bild von ihm zu malen. Aber vielleicht würde er ihr noch ein- oder zweimal die Gunst gewähren. Sie musste sich nicht von ihm trennen, sie durfte ihn noch einmal malen. Heftig klopfte ihr Herz.

»Ein großer Auftrag, ich gratuliere!« Nicolas Pigage hatte

sie eingeholt. Das war also der Freund Philippe de Guepières. Sie mochte ihn sofort. Ein klares Gesicht, höflich ohne schmeichlerische Attitüden, ein offenes, intelligentes Lächeln, nicht durch den Hof verdorben. Sie dankte freundlich, richtete die Grüße La Guepières aus, erzählte, dass der etwas müde gewordene Stuttgarter Hofarchitekt sich nach Paris sehne, der Herzog ihn aber nicht fortlasse.

Der Abend endete mit einem Diner an der Künstlertafel. Musiker, Tänzer, Maler und Stuckateure waren unter sich. Anna sah bewundernde, aber auch missgünstige Gesichter, offene Blicke, aber auch zusammengesteckte Köpfe. Irgendwo an dieser Tafel saß ihr Feind, einer, der bösartige Bilder malte und auf ihre Staffelei stellte, der sich Zutritt zu ihrem Atelier zu verschaffen wusste, obwohl sie die Tür verschlossen hatte.

Nach ihrem heutigen Erfolg würde ihr Feind erst recht Grund haben, sie zu vertreiben. Wieder überlegte sie, ob sie Verschaffelt ins Vertrauen ziehen sollte. Da kam ihr ein entsetzlicher Gedanke. Sollte etwa Verschaffelt selbst ... vielleicht war er falsch? War seine freundliche Art pure Heuchelei?

Sie verwarf den Gedanken. Eine derart primitive Zeichnung konnte nicht von seiner Hand sein. Vielleicht sollte sie Pigage um Rat fragen? Pigage war über allen Zweifel erhaben, er war erst heute aus Benrath zurückgekehrt. Sie beobachtete ihn, wie er mit den Sängerinnen scherzte. Da blickte er auf, sah ihren Blick, hob das Glas und sagte: »Auf unsere Portraitiste!«

Leise, aber entschieden fügte er hinzu: »Mein Porträt bestelle ich ebenfalls, Madame Therbusch! Zu meinem 40. Geburtstag in sechs Wochen!«

Sie lächelte erfreut. Es gab weitere Aufträge, sie hatte Erfolg, das Leben war schön! Was kümmerte sie der Neid der anderen.

5

DIE FARBE VON PIGAGES PORTRÄT war noch nicht trocken, da befahl der Kurfürst Anna zur nächsten Sitzung ins Schloss. Erstaunlicherweise war niemand in der Bibliothek, nicht Collini, nicht einmal jener allgegenwärtige Kammerdiener Pierron, den sie im Verdacht hatte, stets hinter einer der Tapetentüren zu lauschen, und den sie deshalb innig hasste.

Mit klopfendem Herzen legte sie Carl Theodor ihre Entwürfe vor, Ideen zu einem Kniestück, zu einem Ganzkörperporträt, einem Porträt mit Händen. Sie erläuterte: en face, Halbprofil, Profil, habilleé privée. Es könne völlig anders werden als das offizielle Porträt … warum sagte er nichts?

Irritiert blickte sie auf. Er sah nicht auf die Blätter, die sie auf dem großen Tisch ausgebreitet hatte. Er betrachtete sie. Sein Blick hatte etwas Einsames, Hungriges. Es war wie ein Sog. Anna ging einen Schritt auf ihn zu, beinahe fiel sie ihm entgegen. Er hob sie auf den Tisch, setzte sie vor sich, küsste sie, alles ging in atemloser Schnelle, in lautloser Leidenschaft fielen sie übereinander her. Die Blätter schwebten vom Tisch, als sie ihn in Besitz nahm, genialisch verteilten sich ihre Studien auf dem Boden wie ein stummes Publikum ihrer Lust. Endlich durfte sie dieses Gesicht umfassen, das sie studiert hatte wie kein anderes. Es war wie ein Wiedersehen nach langer Zeit. Warm und fest fühlte sich seine Haut an. Sie schloss die Augen und spürte dem Grübchen seines Kinns nach, strich über seine Brust, küsste seine Hände, die vom Tischlern, seiner Lieblingsbeschäftigung, ein wenig rau waren. Er stöhnte leise, als sie ihn sanft auf den Hals küsste, unter seinen Justaucorps griff und die Linien seines Körpers nachzog, als wolle sie einen Akt von ihm malen. Sie hob die Röcke, schob ihm ihren Schoß entgegen, dann spürte sie ihn in sich. Weit bog sie den Kopf zurück, schloss die Augen und gab sich seinen Stößen hin, eingehüllt in eine Wolke verwirrender Gefühle, die sie noch nie erlebt hatte.

Als es vorbei war, legte sie ihren Kopf an seine Schulter. So verharrten sie, eng umschlungen.

»Ich wollte, ich könnte dich malen«, flüsterte er an ihrem Ohr, »du bist so hinreißend schön.«

Sein Flüstern kitzelte sie am Ohr, ein Schauer lief ihr den Hals hinunter und rieselte ihre Seite hinunter, bis er sie in heftigen Konvulsionen zucken ließ. Sie wollte schreien, aber nur ein schwaches Stöhnen kam über ihre Lippen. Wieder berührte er ihren Hals.

»Komm!« Es war wie ein Befehl, nun bewegte sie sich an ihm, das also war die Wollust? Oder die Liebe? Nie hatte sie dergleichen empfunden. Hilf mir, hilf mir, dachte Anna, und klammerte sich an dem Mann fest, während eine Woge sie überschwemmte und forttrug in einen bisher nicht entdeckten Kontinent: ihren Körper.

Der Mann griff unter ihre festen Backen und blieb bewegungslos stehen, hielt sie fest, während sie von einer Verzückung in die nächste trieb. Ruhig blickte das Konterfei des Kurfürsten von den Blättern am Boden, still standen Verschaffelts Skulpturen im Garten und sahen hinauf.

Nach hundert Jahren hörte es auf. Sanft glitt sie von ihm, er wandte sich ab, um seine Kleidung in Ordnung zu bringen.

Bevor eine Verlegenheit entstehen konnte, beugte er sich zu Boden, hob eine Skizze auf und sagte: »Dieses wünschen Wir, meine Liebe. Und Wir möchten es von der Hand der Kurpfälzischen Hofmalerin. Wir werden dir, Anna Dorothea Therbusch, das Patent erteilen.«

❧ 6 ❧

Es zog Anna hinaus. Jeder Schritt war ein Schweben, ein Chor von Lerchen jubilierte in ihr. Trillernd schwirrte ihre Seele hinauf in den Himmel des warmen Sommerabends. Die hohen Bosketten prunkten in sattem Grün, in den Broderien strahlten Rosen in zarten Pastelltönen.

Oh Gott, wie schön ist deine Schöpfung, dachte Anna, wie gut ist die Liebe, wie wundervoll kann es zwischen Mann und Frau sein, dafür musst du sie erschaffen haben. Liebe kann keine Sünde sein. Sie hockte sich an das große runde Bassin, griff in das schillernde kühle Wasser, durchpflügte es mit ihrer Hand und lachte glückselig über zwei Enten, die sich neben dem Wasserspiel niedergelassen hatten. Wie schön war die Welt, wie liebte sich selbst das einfältige Geflügel!

Sie zog die nasse Hand aus dem Bassin und eilte auf ihren Lieblingsplatz zwischen den hohen Lindentreillagen zu. Schelmisch zwinkerte Vulkanus ihr zu wie Verschaffelt, als habe der Bildhauer sich im feurigen Element selbst verewigt. Von der anderen Seite des Weges sah die neu aufgestellte Demeter ernsthaft zu ihr hinüber, als wolle sie Bodennähe und Vernunft anmahnen.

Nein, ich will nicht vernünftig sein, dachte Anna und sank auf die Steinbank zwischen den beiden Elementen. Ich bin verliebt, ja, ich muss es mir eingestehen, auch wenn es eine amour fou ist, ich bin verliebt in den Kurfürsten, er ist verheiratet, hat eine Geliebte, ach, alle nennen ihn den Vielgeliebten, warum sollte ich eine Ausnahme bilden. Hatte er nicht sehr glücklich ausgesehen? War er nicht sehr leidenschaftlich gewesen? War sie nicht ebenfalls … Anna errötete. Sie hatte sich gegen alle Konvention benommen. Energisch verdrängte sie den Gedanken an Therbusch, und es gelang. Nur ein winziger Gewissensbiss wie ein Mückenstich, und schon war er fort, der unangenehme Gedanke.

Vielleicht ist es das, dachte Anna, Leben im Augenblick ist ein ganzes Menschenleben, für die Lust dieser zärtlichen Minuten verzichte ich auf die Ewigkeit. Was soll mir die Vergangenheit, und an die Zukunft mag ich nicht denken.

Vielleicht hat dich der Kurfürst morgen schon vergessen?, fragte Vulkanus hinterlistig, aber sie lachte Verschaffelts Skulptur aus: Schäm dich, du redest so bieder wie Madame Demeter, nicht mit der Glut des Feuers!

Schon am Abend begann sie mit dem zweiten Porträt des Kurfürsten, sie konnte nicht schlafen. Sie steckte frische Kerzen auf den Eisenkranz, legte ihn auf die breite Krempe des vom Vater geerbten Malerhutes, um das bestmögliche Licht zu haben, und begann mit den Vorarbeiten für das gewünschte Kniestück. Größer sollte es werden als das Herrscherbildnis. Den Hermelinmantel brauchte der Fürst nicht mehr, wie ein erlegtes Tier warf sie ihn über die Stuhllehne, auf die sich Carl Theodor lässig mit dem Ellbogen stützte. Die andere Hand legte sie ihm dekorativ auf die linke Hüfte und sie musste kurz die Augen schließen, als sie sich seine Hände vergegenwärtigte, diese Hände, die sie berührt hatten, den Amorbogen seiner Lippen, den Blick voller Liebe …

Sie rief sich zur Ordnung und verschob alles Wichtige auf den nächsten Tag bei gutem Tageslicht. Sie würde einen Ausdruck finden, der nicht nur den Menschen, sondern auch den Herrscher in seiner Würde zeigte. Mit Genuss malte sie den dunkelblauen Samtanzug, jeder einzelne Diamantknopf geriet zu einer exquisiten Studie. Aber das war ihr nicht genug: Der Griff seines Portepee war ebenfalls mit kostbaren Steinen besetzt, und jeden einzelnen malte sie liebevoll, ein kleines Kabinettstückchen nach dem anderen.

Sie war ihm nah in dieser Arbeit, daher fiel es ihr nicht auf, dass sie ihn nicht sah, dass er nicht nach ihr schickte. Im Gegenteil, er sandte seinen Kammerdiener, diesen verschlagen dreinschauenden Menschen, den Anna nicht ausstehen konnte. Aber Pierrons Botschaft war wunderbar: Der Kurfürst wünsche offizielle Porträts seiner Hofkünstler Verschaffelt und Pigage und zwei Historiengemälde für den großen Saal. Sie solle das Sujet vorschlagen.

Sie malte ein kokettes kleines Bild, das Diana nach dem Bade zeigte, von einem Satyr belauscht, und sandte es ihm mit einem Billett, ob ihm dieses Sujet zusage. Gleichzeitig bat sie um die Erlaubnis, nach Stuttgart fahren zu dürfen, um dort mehrere Auftragsgemälde abzuliefern. Sie durfte, er befahl ihr sogar eine Chaise und wünschte gute Fahrt.

Der Stuttgarter Oberbaudirektor Philippe de la Guepière war der Launen seines Herzogs müde. Er hatte Carl Eugen das Stuttgarter Schloss gebaut, das sein plötzlich verstorbener Vorgänger Retti unvollendet hinterließ, hatte ein grandioses Opernhaus angefügt und eine Spiegelgalerie, dernier cri aller deutschen Fürsten, die Frankreichs Sonnenkönig nacheiferten. Als der neu errichtete Gartenflügel 1762 mitten in den Arbeiten abgebrannt war, hatte Guepière gotteslästerlich geflucht, dann aber seine ganze Energie daran gesetzt, ihn zum Geburtstag Carl Eugens im Januar 1763 wieder aufzubauen. Es war ihm gelungen, und dafür war er den Handwerkern, Stuckateuren und Künstlern, die ihn unprätentiös, schnell und professionell, vor allem aber preisgünstig unterstützt hatten, äußerst dankbar.

Anna war eine von diesen Künstlern. Sie hatte 18 Supraporten für den Spiegelsaal schnell, charmant und farbenfreudig gemalt, hatte das darunterliegende Corps de Logis mit weiteren Supraporten versehen und auch die herzoglichen Gemächer auf dem Lustschloss Solitude eigenständig und ganz nach dem Geschmack des Herzogs ausgemalt. Dabei hatte sie für das allegorische Genre ein erstaunliches Geschick bewiesen, jedenfalls für eine Frau, die dergleichen nicht studiert hatte. Perspektiven lagen ihr nicht, aber Harper hatte sie unterrichtet.

Jetzt aber gefiel es dem Herzog, seine Residenz nach Ludwigsburg zu verlegen. Es war ein ständiges Hin und Her, und Guepière konnte dies nicht mehr als Bereicherung seiner Tätigkeit empfinden, sondern als eine viel zu hektische Belastung. Er stand vor seinem 50. Jahr, zwölf Jahre stand er nun in Dienste des Herzogs. Er sehnte sich nach Paris zurück, seine Frau lag ihm in den Ohren, dass sie ihre Töchter nicht wie Französinnen erziehen könne, ja, langsam gewöhnten sie sich diesen degoutanten hiesigen Dialekt an, und sie wollte zurück nach Frankreich.

Guepière lehnte sich zurück und betrachtete die Genreszenen, die Anna auf die Staffeleien gestellt hatte, eine Diana mit ihren Dienerinnen und Bacchus mit fröhlichen Satyrn. Herzog Carl Eugen hatte diese Themen bestellt. Neben den mythologischen Gemälden stand das Porträt eines weiteren Auftraggebers, des Fürsten von Hechingen.

»Ein ehrliches Wort entre nous, Madame Dorothée?«, wandte er sich fragend an Anna, und wartete ihre Zustimmung nicht ab: »Sie haben wunderbare Supraporten gemalt, charmant und gekonnt für die Betrachtung von unten gefertigt, ganz im gout unserer galanten Zeit. Auch Ihre Porträts rühmt man zu Recht, Sie werden damit sicher zur Hofmalerin in Mannheim avancieren, da unser hoher Herr sich nicht entschließen konnte, Sie für uns zu gewinnen.«

Anna wusste nicht recht, was sie sagen sollte, nicht nach den jüngsten Ereignissen. Hofmalerin am kurpfälzischen Hof, das klang verlockend, aber als Maitresse … immerhin hatte sie Familie in Berlin. Sollte sie ihr früheres Leben wegwerfen für diese wundervolle Liebe? Alles war so verwirrend, wie sollte sie etwas über ihre Zukunft sagen, außer dass sie diese zwei Bilder für einen wohlhabenden Stuttgarter Bürger gemalt hatte und zu einem guten Preis zu verkaufen beabsichtigte.

»Das Hofleben ist von früh bis spät angefüllt mit Intrigen, mit lächerlichen kleinen Kabalen, fragen Sie unseren

Freund Jommelli! Seit zwölf Jahren arbeite ich in Stuttgart, verehrte Madame Dorothée, und ich sehne mich zurück nach der Ungebundenheit eines freien Künstlerlebens ...« Guepière hob beide Hände: »Ich weiß, ich weiß, die Unsicherheit, die können wir uns nicht leisten, wir haben Kinder, nicht wahr? Ihr Gatte wird Sie zurückbefehlen.«

Er wies auf die Bilder.

»Ich bin nur ein Architekt, Madame, aber ich betrachte diese Beinhaltung. Wenn diese Dame ein Haus wäre, würde sie einstürzen. Und jener abgewinkelte Arm, ihn ereilte dasselbe Schicksal, wäre er eine Brücke. Der Satyr steht nicht, er schwebt ... aber ein lüsterner Herrscher ist vermutlich kein so indiskreter Betrachter wie ich. Als Hofmalerin müssten Sie ständig solche Genreszenen malen, und es ist, Pardon, Madame, nicht Ihre Meisterschaft.«

Anna hatte ihm stumm zugehört, in aufgeregter Erwartung. Nun fühlte sie sich wie ein Vogel, der gegen eine Wand geflogen war. Ihre neuen Bilder gefielen ihm nicht! Und sie hatte sich so frei gefühlt, endlich fort von der Porträtmalerei!

Guepière fuhr fort: »Dagegen Ihr Porträt, Madame: Diesen Menschen möchte ich sofort kennenlernen. Die Feinheit des Inkarnats, der lebendige Ausdruck des Gesichts, die Offenheit des Blicks – dies ist Ihr Metier, Madame Dorothée!«

Anna war unendlich enttäuscht.

»Aber meine Schäferszenen ...«, begann sie. Die galanten Supraporten für das neue Schloss hatte sie mit viel Freude gemalt. Etwas wehmütig hatte sie sich an ihre ersten Versuche, die ›Schaukel‹, die ›Komödianten‹ und das ›Federballspiel‹ erinnert. Wie selbstbewusst hatte sie dem Vater entgegengeschleudert, sie wolle Historienmalerin werden. Aber das interessierte keinen, niemand hatte sie unterrichtet. Ihre autodidaktischen Studien hatten offenbar nicht den erhofften Effekt, denn das Ergebnis gefiel nicht. Zu Recht, wie sie sich mit kritischem Blick auf die galanten Bilder eingestand. Musste sie ihr ganzes Leben im Porträtfach bleiben? Ausgerechnet jetzt, wo sich durch die Stuttgarter Aufträge und die Aussicht, Hofmalerin von Mannheim zu werden, eine neue Perspektive eröffnete? Anna seufzte schwer.

Guepière sah sie beschwörend an. Er mochte diese kleine Wilde, er wollte sie nicht beleidigen, noch weniger zerstören. Dass Frauen nicht künstlerisch tätig sein konnten, hatte er stets als mittelalterliches Vorurteil abgelehnt. Die Therbusch bewies es, sie war eine talentierte und gut ausgebildete Meisterin des Porträts. Er wollte sie aufbauen, ihr einen Weg weisen. Die Historienmalerei lag ihr nicht. Aber so war das Leben, der Komödiant strebte zur Tragödie, der Architekt zur Bildhauerei, und diese ausgezeichnete Porträtistin wollte eigensinnig Historienmalerin werden. In ihrer Mischung aus Trauer und Trotz sah die Therbusch völlig anders aus als das, was üblicherweise als schön galt, sie schien wild und unberechenbar und sie war kompromisslos in ihrer Kunst.

»Madame Dorothée, Sie müssen Ihre Fähigkeiten weiterentwickeln! Wenn Sie das Genre wechseln wollen, bonne idee! Aber malen Sie den Bacchus als Porträt und hüllen Sie Diana in ein dekoratives Gewand!«

Guepières Rat ist klug, dachte Anna. Und er war ehrlich. Ein Mensch, dem sie vertrauen konnte. Ihr Gesicht hellte sich auf. Sie erzählte ihm von dem Bestechungsversuch, von der obszönen Zeichnung, von dem Dilemma, in das sie geraten war. Er hörte ihr zu, ohne sie zu unterbrechen. Als sie von ihrer Übermalung erzählte, lachte er schallend und machte eine wegwerfende Handbewegung über die Schulter: »Tragen Sie den Ring, Madame! Tragen Sie ihn ungeniert bei Hofe, sodass ihn jeder sehen kann! Das ist die einzige Antwort!«

Anna sah den Hofarchitekten bewundernd an. Schon während der Arbeit des vergangenen Jahres hatte sie seine Geradlinigkeit, seine penible Genauigkeit geschätzt, die oft zu heftigem Streit mit Handwerkern und Bauunternehmern führte.

Sie hatte ihn immer verstanden, denn die exakte Umsetzung seiner Entwürfe duldete keine Schlamperei. So genau er aber in seiner Arbeit war, so großzügig, ja eher nachlässig war er im Privaten: Nie reichte das Geld, stets jammerte seine Frau, die Töchter hätten nichts anzuziehen. Stets war er trotz seines hohen Salairs verschuldet, aber den guten Rotwein mit Jommelli oder anderen Kollegen zahlte stets er.

Guepière hatte recht. Sie würde den Ring demonstrativ tragen, die Intrige war zu dumm. Mit schlechten Malern, die ihr Metier verfehlt hatten, habe er kein Mitleid, fügte Guepière hinzu, die müssten sich eben als Kirchenmaler verdingen. Es zeuge nicht von Standesbewusstsein, eine begabte Kollegin wie einen lästigen Sperling zu verscheuchen.

Anna lachte erleichtert. »Ich habe Sie verstanden, Monsieur. Ich werde Ihnen diesen Bacchus und die Diana als Porträt bringen.«

Guepière küsste ihr die Hand und lächelte zufrieden. »Merveillieuse artiste! Hört niemals auf zu studieren, bravissimo! Ihr Kolorit hat sich übrigens geändert, Madame, wunderbar gewandelt! Was haben Sie getan?«

»Ich studiere die flämischen Meister in Mannheim«, sagte sie schlicht. »Ich weiß, es ist gegen die Mode, aber bei keinem finde ich ein kraftvolleres Inkarnat als bei Rubens, bei keinem so warme reiche Farben. Auch die Italiener ...«

Sie kam ins Schwärmen, erzählte von der Galerie, von den Eindrücken, von ihren Versuchen, zu kopieren, von ihren Porträts von Verschaffelt und Pigage.

Er hörte geduldig zu. Als sie geendet hatte, sagte er: »Sie bringen mir die neuen Genreszenen, Sie lassen die Finger von der Historienmalerei, und dann fahren Sie mit mir nach Paris! Ich mache Sie mit dem Marquis de Marigny bekannt. D'accord?«

Anna hatte keine Ahnung, wer Marquis de Marigny war. Paris! Welch verrückte, undurchführbare Idee! Wie sie Guepière kannte, der ständig über seine Verhältnisse lebte, der hohe Schulden bei hochfliegenden Plänen machte, würde niemals etwas daraus werden. Die verwegene Idee eines verschwenderischen Menschen! Aber warum sollte sie ihm widersprechen?

»Einverstanden«, sagte Anna mit einem nachsichtigen Lächeln.

7

ERFRISCHT, DEN KOPF VOLLER IDEEN, kehrte Anna aus Stuttgart zurück. Während sie das Porträt des Kurfürsten vollendete, fuhr sie in jeder freien Minute nach Mannheim und zeichnete Studien von den antiken Skulpturen der kurfürstlichen Galerie. Gleichzeitig arbeitete sie an den ersten Skizzen für die Idee, die Guepière vorgeschlagen hatte. Als Modell dienten ihr der junge Gärtner und eine Tänzerin des französischen Balletts, die neben ihr im Apartment Logis hatte. Anna arbeitete ununterbrochen. Nur für einige Spaziergänge durch den wundervollen Park unterbrach sie ihre Arbeit, um dem stickigen, nach Terpentin und Leinöl stinkenden Atelier zu entfliehen. Mit Pigage und Verschaffelt, die ihr für die offiziellen Porträts saßen, verbrachte sie heitere Stunden voll ungezwungenem Gelächter. Sie beobachtete Verschaffelt genau, konnte aber keinen Falsch an ihm feststellen. Auch den Ring an ihrer Hand schien niemand zu bemerken.

Erst als der Juni fortgeschritten war, vermisste sie Carl Theodor. Dass er nicht nach ihr geschickt hatte? Sie hatte Sehnsucht nach ihm. Bei einem ihrer Spaziergänge durch den Park sah sie ihn. Er stand neben seinem Monopteros und sah gedankenverloren auf seinen Garten hinunter. Als er sie sah, lächelte er und winkte sie zu sich.

Er wirke so einsam, meinte Anna schüchtern, nachdem sie ihm ihr Kompliment gemacht hatte, eine tiefe Verbeugung, die er mit einer großzügigen Geste aufhob.

»Ich bin vergnügt, wenn ich allein bin«, meinte Carl Theodor versonnen, gänzlich ohne Pluralis Majestatis. Er plane einen Pavillon, in dem er völlig allein, ohne Etikette, ja sogar ohne Dienstboten seine freien Stunden verleben könne.

»Dort soll mein türkisches Bad stehen«, erklärte er und wies auf die freie Fläche neben dem Hügel, »und es soll einen grandiosen Ausblick haben.«

Sie wagte es, sich neben ihn zu stellen, scheinbar um die Richtung besser sehen zu können, aber sie wollte ihm nahe sein, ihn riechen, seine Wärme spüren.

»Pigage hat einen Laubengang mit einer Menagerie vorgeschlagen, der zu einem Panoramabild führt. Eine Perspektive auf einen ›pavillon d'óptique‹, wie er es nennt. Was hältst du davon?«

»Ein Blick zum Ende der Welt«, sagte sie leise.

Sie hätte gern sein Gesicht zwischen ihre Hände genommen und es zart gestreichelt. Sie wollte es nicht wirklich berühren, nur die Sanftheit der Haut spüren, die Konturen mit den Fingern nachzeichnen, ihm nahe sein. Aber sie wagte es nicht.

»Das hast du schön gesagt«, meinte der Kurfürst überrascht. »Ja, ich möchte die Einsamkeit genießen gleich einem Eremiten, das Ende der Welt betrachten beim Cellospielen, viel lesen und ein wenig tischlern.«

Wie liebevoll er war in seiner großen Traurigkeit, die ihn umschwebte wie ein grauer Nachtvogel mit lautlosem Flügelschlag weicher Federn.

»Ich möchte mich mit allen schönen Dingen des Lebens umgeben«, fuhr der Kurfürst fort, »nichts fände ich schöner als eine wunderschöne Frau, die malt, während ich musiziere, und die aus der Einsamkeit eine Zweisamkeit macht.«

Warum nicht, dachte Anna, wenn die Kurfürstin sich ohnehin nicht mehr in Schwetzingen blicken lässt.

»Die Gräfin Parkstein wird sich glücklich schätzen«, sagte sie. Der Gedanke machte sie nicht einmal traurig, er war wie ein feiner Nadelstich.

Der Kurfürst betrachtete sie. Sein Blick wurde weich.

»Francoise würde dich nicht stören? Welche Libertinage! So können nur Künstler empfinden. Wie großherzig du bist, und wie engherzig meine erlauchte Gattin.«

Er riss sie in seine Arme und hielt sie fest. Anna fühlte sich umschlungen von einer unbeholfenen Zärtlichkeit. Gerührt streichelte sie ihm über den Rücken.

»Ich meine doch dich, du Dumme!«, flüsterte der Kurfürst in ihr Ohr, »wer sonst sollte hier seine Staffelei aufstellen? Und ich werde nicht warten, bis mein türkisches Bad fertig ist! Du kommst sofort in mein Boudoir, das befehle ich dir, du wilde Schöne, und ich möchte dich dort so sehen, wie du mir Diana gemalt hast! Amor hat mich getroffen, lass mich dein Satyr sein!«

Es wurde ein leidenschaftlicher Nachmittag. Mit zärtlicher Wildheit liebten sie sich in der verführerischen Wärme des Sommers. Die Luft, die durch weit geöffnete Fenster in das kurfürstliche Kabinett wehte, fühlte sich an wie Vanillemilch, die seidenen Kissen der kurfürstlichen Chaiselongue wie Wolken. Anna liebte diesen Mann mit einer fantasiereichen Ekstase, die sie selbst überraschte. Sie hatte die Angst vor der Liebe verloren. Es war eine neue, befreiende Erfahrung. Aber Anna ahnte nicht, dass dieser Nachmittag ihr letzter gemeinsamer sein würde.

8

ERFRISCHT, EIN WENIG VERWIRRT, mit den glänzenden Augen der Frau, die eine verboten schöne blaue Stunde verlebt hat, schwebte Anna durch den Park. Der Sand unter ihren Schuhen fühlte sich an wie Lämmerwölkchen, die Sonne streichelte ihr Haar, der sanfte Abendwind machte die Seide ihres Kleides zur wispernden Erzählerin der Liebe. Auf der Wasserfläche des runden Bassins spiegelte sich der dunkelblaue wolkenlose Sommerhimmel. Anna betrachtete ihr Gesicht und dachte: Der Tag ist noch nicht zu Ende, und hat schon alles verändert. Was sieht mich an? Die Geliebte des Kurfürsten? Ein wenig schämte sie sich vor Francoise, auch der Gedanke an Therbusch, den treuen, verständnisvollen Therbusch, trieb ihr das Blut ins Gesicht, aber die sekundenlangen Gewissensbisse konnten das köstliche Erschauern des Nachempfindens nicht vertreiben.

Mit ihrer kräftigen Hand durchpflügte Anna das Wasser und freute sich, wie es mit dem Licht der Sonne rang, wie es in silbrige, braune und blaue Farbtöne zersprang. Sind die Dinge wirklich so, wie wir sie sehen?, dachte sie, wie viele Töne müsste ich mischen, und hätte dennoch nicht die Farbe dieser Wellen, die die Sonne spiegeln, oder spiegelt sich die Sonne in den Wellen? Das Wechselspiel des Wassers mit der Sonne könnte ich so wenig malen, wie ich als Dichterin die Worte hätte, meine Gefühle zu schildern. Vielleicht ist alles ganz anders, dachte Anna, nur können wir es nicht erkennen.

Ist dies Liebe? Oder nur Galanterie? Eine andere Galanterie als die Gewalt, deren Opfer ich wurde. Mein Herz klopft, ist es klüger als mein Geist? Ich will ein leichtes, lustvolles Spiel mit der Liebe treiben, wie der Wind mit einem duftigen Schleier aus blauer Seide spielt.

War es noch ein Spiel? Sie schlug auf das Wasser, dass ihr Spiegelbild in unendliche Splitter zersprang, glitzernd wie

Diamanten. Diese Liebe hatte sie überrascht, ja regelrecht überrumpelt. Sie eilte in ihr Atelier.

»Was willst du von mir?«, fragte sie das beinahe fertiggestellte Porträt des Kurfürsten, während sie das gute Licht nutzte, um zärtlich seine Hände zu malen. »Ich bin zweiundvierzig Jahre, sieh mich an, mir fehlt ein Zahn, ich bin verheiratet und habe vier Kinder, drei davon erwachsen, was findest du an mir? Ist es nur ein wenig Geilheit, weil deine Francoise zu krank ist, um die Freuden der Liebe zu genießen? Aber da gäbe es doch jede andere, jüngere, warum ich?«

Es erregte sie, seinen angewinkelten Arm zu malen, die rechte Hand, die er lässig auf die Hüfte vor den zurückgeschlagenen Justaucorps legte, die linke, in die sie ein kostbares goldenes Tabakdöschen legte. Diese Hände hatten ihren Körper berührt, zartgliedrige Hände, die viel verstanden vom Flötenspiel, vom Cello und … von der Liebe. Jeden einzelnen geliebten Finger führte Anna zärtlich mit dem dünnen Dachshaarpinsel aus, liebevoll ließ sie die kostbare Spitze über seinen Handrücken rieseln.

Nein, die Neigung des Kurfürsten würde sie niemals ergründen.

Die richtige Frage lautete, was sie von ihm wollte. Wollte sie seine Mätresse werden und auf die Malerei verzichten? Seine kleine erträumte Idylle hörte sich romantisch an: Er spielte Cello, sie malte. Bei den fürstlichen Dilettanten mochte das angehen, bei wahrhaft künstlerischer Arbeit war es unmöglich. Würde sie jedes Mal alles fallen lassen, um sich zu ihrem fürstlichen Geliebten ins Bett zu legen?

Ja, schrie ihr Herz, immer! Mit ihm zusammen sein, diese Wonnen genießen, versorgt sein, nicht mehr die stinkenden Farben zusammenpanschen, nicht mehr dieses mühselige Geschäft, dieses Katzbuckeln um jeden Auftrag. Ein wenig malen, an Nachmittagen mit gutem Licht, aus purer Freude. Sie konnte sein Porträt malen, immer wieder, oder ein galantes Thema, das ihn erfreute. Hofmalerin, Geliebte obendrein, was wollte sie mehr.

Sie schenkte sich ein Glas Wasser aus der Karaffe ein, die stets auf dem Tisch neben den Farben stand. Sie trank einen großen Schluck, während sie nachdenklich das beinahe vollendete Antlitz des Kurfürsten betrachtete. Sie wollte beides, aber beides würde nicht gehen. Keine Maitresse, von der sie gehört hatte, und es waren meist Schauspielerinnen oder Tänzerinnen, hatte an der Seite des fürstlichen Geliebten ihre Profession weitergeführt. Ihre neue Aufgabe bestand einzig im Glück ihres Herrschers. Selbst wenn der Kurfürst ihre Kunst duldete, würde sie in den Zustand des Dilettierens abrutschen. Als Künstlerin würde sie sich kompromittieren. Würde sie aber auf ihre Kunst verzichten, hätte sie unter den Intrigen des Hofes zu leiden.

Der junge Gärtner, den sie zur dritten Sitzung bestellt hatte, riss sie aus ihren Gedanken. Schüchtern legte er sein Hemd ab und legte sich das Stück Fell um die nackten Schultern. Anna trug das Porträt des Kurfürsten zum Trocknen beiseite und stellte das begonnene Porträt des Satyrs auf die Staffelei.

»Johann, wie gut, dass du früher kommen konntest! Das Licht ist perfekt, fangen wir sofort an.«

Sie schätzte den Gärtnerburschen. Er war zuverlässig und konnte sich stillhalten. Gut gelaunt griff sie in ihr Requisitenregal, legte ihm den Kranz aus Weinlaub auf seine dunklen Locken, drückte ihm die Flöte in die Hände und begutachtete ihn kritisch. Es dauerte eine Weile, bis er die Haltung eingenommen hatte, in der sie den Sonnengebräunten als dunkelhäutigen Satyr arrangiert hatte. In sanftem Gelb schien die Sonne durch das Dachfenster und beleuchtete sein schüchternes Gesicht, das er unter Annas munterer Konversation zu einem Grinsen verzog, als wolle er ein freches Liedchen auf der Flöte spielen. Schließlich griff sie zufrieden zum Pinsel und setzte ihr Werk fort, das sie Guepière gemeinsam mit einer Bacchantin als Pendant vorzeigen wollte.

Johann saß wie eine Statue, und Anna arbeitete sorgfältig fast eine Stunde lang. Während der Arbeit trank sie einen weiteren Becher Wasser, als sie den sehnlichen Blick des jungen Mannes wahrnahm.

»Bist du durstig, Johann?« Er nickte bescheiden. Sie goss ihm ein Glas ein und reichte es ihm: »Entschuldige meinen Egoismus! Du kommst von der Arbeit, bist hungrig und durstig, und ich sehe nur, dass das Licht noch so wunderbar ist!«

Der junge Gärtner griff nach dem Becher, wollte ihn an den Mund setzen, da verzog sich sein Gesicht.

Mit einem Satz war er bei Anna. Der Kranz fiel zu Boden, er schlug der Verblüfften das Glas aus der Hand, schrie: »Gift! Um Himmels willen!«

Anna schrak vor seiner Attacke zusammen.

»Riechen Sie das nicht, Madame Therbusch?«, fragte der Bursche aufgeregt. Anna betrachtete die Karaffe, die immer im Atelier stand. Ob das Mädchen vergessen hatte, frisches Wasser einzufüllen? Sie roch an der Karaffe und verzog das Gesicht. Der Bursche hatte recht, das Wasser stank erbärmlich, seltsamerweise nach Mäusen. Immer, wenn sie ein Mäusenest in der ›Weißen Taube‹ entdeckt und entfernt hatte, war ihm der scharfe Geruch nach Mäusekot entströmt. Aber wie sollte eine Maus in dieses Wasser kommen?

»Schierling!«, schrie der Gärtner, »den kennen Sie doch. Madame, um Himmels willen, wie viel haben Sie von dem Wasser getrunken?«

»Nur einige Schlucke, Johann«, antwortete Anna entsetzt. Sie konnte kaum glauben, was er sagte.

»Mäusedreck!«, schrie Johann. »Das ist der Schierlingsgeruch, schnell! Sie müssen sich erbrechen!«

In diesem Augenblick merkte Anna, dass ihre Zunge sich taub anfühlte. Ihr Durst hatte zugenommen. Dann kam der

Brechreiz. Sie übergab sich in den Eimer, der neben dem Tisch stand. Heftige Krämpfe schüttelten sie.

Johann drückte ihr ein Handtuch in die Hand und rannte, um den Arzt zu holen.

Es dauerte eine Ewigkeit, bis der Wundarzt de Winter endlich kam. Anna deutete auf die Karaffe, sie konnte nicht sprechen. De Winter roch an dem Wasser, sein Gesicht veränderte sich, er blickte zu dem Gärtnerburschen hinüber.

»Du hattest recht, Johann. Gut aufgepasst!«

Er wandte sich an Anna: »Haben Sie sich übergeben, Madame?«

Sie nickte erschöpft.

»Gott sei gepriesen! Mehrmals?«

Wieder nickte Anna. Dann verwirrten sich ihre Sinne.

9

ETWAS WEICH WAREN Annas KNIE NOCH, als sie in den Garten ging, um sich von dem Schock zu erholen. Der Wundarzt de Winter hatte sie zur Ader gelassen. Zehn Tage hatte sie in ihrem Apartment zu Bett gelegen, umgeben von Blumen und Bonbonnieren, die Verschaffelt und Pigage geschickt hatten. Jeden Tag war Johann gekommen und hatte Früchte aus dem Garten und Kannen mit Kräutertee gebracht. Johann, der Gärtner und Satyr. Ohne ihn wäre sie jetzt tot.

So ging es also bei Hofe zu. Das war ja wie ein Dschungelgesetz: fressen oder gefressen werden. Sie hatte gewusst, dass es Intrigen gab, dass jeder um die Gunst des Kurfürsten buhlte, dass manche sich vernichtet sahen, wenn er ihnen seine Gunst entzog. Aber sie hatte nicht geahnt, dass es tödlich sein konnte, ihn zu lieben.

Es war Juli geworden. Die akkurat geschnittenen hohen Hecken des Schwetzinger Boskettengartens verdeckten raffiniert das Wegesystem, das sternförmig zu lauschigen versteckten Plätzen führte.

Stern? Eher wie ein Krake, dachte Anna, ein achtarmiges Meeresungeheuer als Sinnbild dieses Hofes, der den Menschen mit scheinbar traumhafter Perspektive an wunderschöne Endpunkte lockte, um ihn dort mit Haut und Haaren zu verschlingen.

Mit den vorsichtigen Bewegungen der Genesenden näherte sie sich ihrem Lieblingsplatz, den ein kleines rundes Bassin schmückte. Verschaffelt hatte einen Putto in die Mitte gesetzt, der mit einem freundlichen Grinsen eine Amphore hielt, aus der Wasser in das weit aufgesperrte Maul eines dicken Fisches sprudelte. Dieses Sinnbild für den Kreislauf des Lebens betrachtete Anna gern, es hatte ihr viele Anregungen gegeben, so wie ihr die meisten Einfälle in der letzten Zeit nicht im Atelier kamen, sondern auf den täglichen Promenaden. Sie seufzte bei dem Gedanken, den wundervollen Schwetzinger Park verlassen zu müssen. Sollte sie ungeachtet des hässlichen Attentats Hofmalerin am kurpfälzischen Hof werden? Würde Carl Theodor sie noch wollen, da sie derartige Intrigen entfachte?

Sie wollte sich auf die Steinbank vor dem Bassin setzen, da hörte sie durch die Hecke leises Schluchzen. Sie lugte durch das grüne Blättergewirr und sah zu ihrem Erstaunen ein Kind. Ein kleines Mädchen hockte mit baumelnden Beinen auf der Bank, hatte keinen Blick für das Wasserspiel und weinte vor sich hin. Es trug bereits Damenkleidung, kein Gängelband mehr, mochte also bereits zwölf Jahre zählen. Sein Kleid war aus rosa Seide mit weißer Stickerei, dazu ein passendes rosa Halsband mit Schleife, eine Parure nach höfischem Zeremoniell, aber nicht nach dem französischen, wie es am kurpfälzischen Hof üblich war. Die blonden Haare waren hinter den

Ohren hochgesteckt, weiß gepudert und mit einer Aigrette von Seidenblümchen verziert.

Der Anblick schnitt Anna ins Herz. Die Kleine erinnerte sie an ihre Schwester. Julie hatte in diesem Alter auch recht erwachsen getan, war aber sehr verletzlich gewesen und schnell in Tränen ausgebrochen, wenn sie sich von ihren älteren Geschwistern ungerecht behandelt fühlte.

Anna setzte sich neben die Kleine und streichelte ihr sanft die zuckenden Schultern. Gern hätte sie ihr übers Haar gestrichen, aber sie wagte nicht, die kindliche Coiffure zu berühren. Sie sah auf den Putto, um die Kleine nicht in Verlegenheit zu bringen. Endlich spürte sie, wie das Weinen nachließ.

»Entschuldigung«, brachte die Kleine hervor.

»Wofür?«

»Ich darf nicht weinen. Sicher ist mein Puder jetzt verschmiert, und meine Augen sind ganz rot«, meinte das Mädchen angstvoll. Ihr Akzent erinnerte Anna an Fleurette.

Sie beruhigte die Kleine: »Den Puder können wir auffrischen, und die Augen werden strahlen, sobald du wieder fröhlich bist.«

Das Mädchen schien nicht überzeugt.

»Ich muss hübsch aussehen, auch wenn ich nicht fröhlich bin«, sagte sie und griff nach dem Taschentuch, das Anna ihr hinhielt.

»Warum?«

Die Kleine tupfte vorsichtig ihr Gesicht ab. »Ich muss meinen kleinen Bruder am Clavier begleiten.«

»Ah, du willst Pianistin werden«, meinte Anna freundlich.

Das Mädchen sah sie beinahe verächtlich an und sagte: »Ich bin Pianistin. Ich spiele sehr gut, sogar die Sonaten von Eckard und Schobert, und die sind sehr schwer. Aber sie wollen mich nicht spielen lassen, nur meinen Bruder.«

Wieder traten Tränen in ihre Augen. »Dabei hat er gar nicht geübt! Er kommt und macht seine Späße, und dann verdrehen alle die Augen und schreien, wie süß, und stopfen ihn mit Konfekt voll, als wäre er ein Schoßhündchen!« Sie sah Anna vertrauensvoll an. »Dabei ist er schlimm, weißt du!«

»Schlimm?«, fragte Anna.

»Ja, er hat nichts wie Spompanadln im Kopf! Immer zieht er mich an den Haaren oder er legt der Mama einen Frosch in die Küche, und üben mag er nicht, weil er nicht stillsitzen kann.«

»Ich habe auch einen kleinen Bruder«, sagte Anna.

»Ist er auch schlimm?«

»Manchmal«, sagte Anna lächelnd, »aber mein Vater war streng mit ihm, wenn er nicht geübt hat. Wir haben alles von unserem Vater gelernt.«

»Wir haben auch alles von unserem Vater gelernt! Bist du Musikerin?«, fragte die Kleine ernsthaft.

»Ich bin Malerin«, sagte Anna, »und mein Bruder auch.« Sie lächelte. »Und meine Schwestern ebenfalls.«

Die Kleine nickte nachdenklich. »Wir sind nur zu zweit, alle meine Schwestern sind gestorben, als sie noch ganz klein waren. Wenn wir noch zu siebent wären, dann könnte der Wolferl seine Possen treiben, und ich könnte mit meinen Schwestern auftreten, dann wäre es mir gleich.« Wieder traten Tränen in ihre Augen. »In München hat er auf dem Clavichord und der Geige gespielt, und dann haben zwei Damen gesungen, und ich durfte nicht mehr spielen!«

Sie zerknüllte Annas Taschentuch nervös im Schoß.

»Und dann haben sie ihm einen Degen geschenkt, und ich habe nur ein Spitzentuch bekommen!«

»Hättest du lieber einen Degen gehabt?«, fragte Anna. Die Kleine lachte.

»Nein! Es ist mir egal, was wir bekommen, ich möchte nur spielen und nicht dem Wolferl die Noten umblättern!«

Vertraulich sagte sie zu Anna: »Weißt du, mit diesen Geschenken, Degen, Spitzen, Tabatieren, Etuis und solchem Zeug können wir bald einen Stand aufrichten, sagt der Herr Papa!«

Sie lachten beide. »Dabei brauchen wir viele Dukaten, wir müssen nach Paris reisen! Und das Geld will der Hauswirt zurückhaben!«

Nach Paris, dachte Anna andächtig und betrachtete die altkluge Kleine interessiert. Die war schon weiter in der Welt herumgekommen als sie in vierzig Jahren, und dass man mit seiner Kunst Geld verdienen musste, war für sie eine Binsenweisheit.

»Wie alt bist du?«, fragte sie. Sie zähle noch elf Jahre, meinte das Mädchen, aber bald, am 30. Juli, werde sie zwölf.

Da hätten sie was gemeinsam, lachte Anna, um sie aufzumuntern, sie feiere auch im Juli, bereits am 23., ihren Geburtstag.

Eine Weile schwiegen sie und sahen auf den sprudelnden Brunnen.

»Es ist sehr schön hier«, sagte die Kleine schließlich, »fast so schön wie in Nymphenburg. Da waren drei kleine Schlösser in einem Park, und eines war nur für die Hunde gebaut!«

Sie sah Anna an. »Willst du mich malen? Ich schenk dir auch eine Komposition.«

»Du komponierst sogar?« Anna war ehrlich beeindruckt.

»Ich hab sogar mein eigenes Notenbüchel, bloß hat der Wolferl auf den leeren Seiten herumgeschmiert. Aber der Papa sagt, es seien begnadete Kompositionen.«

Wie bei uns, dachte Anna, wir dürfen Porträts malen, aber die Historiengemälde bleiben den Herren vorbehalten. Sie musterte die kluge Kleine: »Ja, ich kann dich malen, wenn du noch ein paar Tage hier bist. Wie heißt du?«

»Ich heiße Maria Anna Walburga Ignatia Mozart.«

Sie nahm Annas Hand und sagte: »Aber du darfst mich Nannerl nennen, wie es die Frau Mama auch tut.«

Am Abend ging Anna zur musikalischen Akademie und sah den stolzen Vater, der seinen Sohn vorstellte. Sie hörte den kleinen Wolfgang spielen. Wie erwartet stand ihre neue Freundin Nannerl am Klavier, knickste geziert und wendete ihm die Seiten um. Anna lächelte ihr zu, horchte auf, der Kleine war sehr gut. Das Mannheimer Orchester spielte ausgezeichnet. Jommelli hatte in den höchsten Tönen geschwärmt und behauptet, ein solches Orchester gäbe es nirgendwo sonst, auch nicht in Italien. Als die Musiker dem Kleinen applaudierten, merkte Anna, dass sie es ernst meinten, und der verwöhnte Hof desgleichen.

Es folgten einige Spielchen, die Anna albern fand. Einmal spielte der kleine Wolfgang mit verbundenen Augen, dann auf der verhängten Tastatur, dann sollte er Töne raten. Wie ein dressiertes Jahrmarktsäffchen, dachte Anna.

Die kleine Walburga Ignatia Mozart lächelte sanft. Sie durfte auch eine kurze Arie singen, begleitet von ihrem Bruder. Nur Anna sah das Unglück in den Augen des gedemütigten Mädchens. Sie hat sich nicht behauptet, dachte Anna. Aber gegen einen solchen Bruder ist das kein Wunder. Es ist deutlich zu sehen, warum die Künstlerinnen es schwerer haben.

Wieder war sie ihrem Vater unendlich dankbar, dass er Holle und sie gleich behandelt hatte.

Als sie den Kindern gerührt applaudierte, dachte Anna: Wenn Nannerl sich jetzt nicht durchsetzt, wird sie keine Karriere als Komponistin oder Konzertpianistin machen. Welch vergeudetes Talent, welche Verschwendung. Nein, ich will meine Laufbahn als Malerin fortsetzen und nicht als Kurfürstenliebchen enden. Sie erinnerte sich, wie Lessing betrunken, aber ehrlich gesagt hatte: »Der König kann mir keine noch so starken Gnadengelder geben, dass ich sie für wert halten sollte, Niederträchtigkeiten darum zu begehen.«

Niemand sollte einmal sagen, Anna Lisiewska habe ihren Ruhm dem Bett des Kurfürsten zu verdanken.

❧ 10 ❧

Es gab ein letztes Rendezvous, nachdem Anna ihre Bilder vorgestellt hatte: das Kniestück von Carl Theodor, die Porträts von Verschaffelt und Pigage, der Satyr, die Bacchantin und Diana, deren liegende nackte Wehrlosigkeit einen kleinen Skandal verursachte. Um dem unbekannten Feind ein starkes Zeichen zu setzen, hatte sie auch das übermalte Bild in die kleine Galerie gehängt. Wer immer ihr die obszöne Zeichnung auf die Staffelei gestellt hatte, er war nicht davor zurückgeschreckt, sie zu vergiften. War es einer der mittelmäßigen Maler, einer von Verschaffelts erfolglosen Schülern? Dann war er erst gar nicht gekommen. War es ein Intrigant des Hofes, so war er abgefeimt genug, sich nichts anmerken zu lassen. Anna war es gleich, ihr Entschluss war gefasst.

An einem klaren Sommerabend stieg sie schweren Herzens zu Carl Theodor in sein Observatorium hinauf, das er sich auf das Dach des Schlosses hatte bauen lassen. Er war nicht der einzige Fürst, der die Gestirne beobachtete, aber er betrieb die Astronomie mit so großer Begeisterung, dass die Höflinge die Nase rümpften und er seiner Gattin Stoff für weiteren Spott bot.

Der Kurfürst stand an seinem Fernrohr und sah in den Himmel hinauf.

»Anna! Sieh nur!«

Er trat vom Fernrohr zurück und machte eine einladende Geste.

»Das Sommerdreieck! Kannst du es sehen?«

Sie sah die drei hellen Sterne. Wie sollte sie ihm ihren Entschluss mitteilen? Sie wollte nicht der dritte Stern in seinem Sommerdreieck sein.

»Einer davon ist der Abendstern, nicht wahr?«

Er lächelte. »Der Abendstern und der Morgenstern gleichermaßen, ja. Er ist so schnell, dass er unsere Erde umrundet hat, wenn wir wieder aufstehen. Faszinierend, nicht wahr?«

Er trat hinter sie, umschlang ihre Taille und flüsterte: »Es ist die Venus, die uns Tag und Nacht begleitet. Und da behauptet die Dichtung, Venus sei untreu!«

Er strich sanft ihre Arme entlang, als wolle er sie wärmen, und küsste ihre Schulter. Anna schloss die Augen. Es sollte nie aufhören. Sie wollte seine Hände spüren, seinen Mund atmen, seinen Atem trinken. Sie würde ihn immer lieben, und deshalb musste sie ihn verlassen.

»Ich reise morgen ab«, stieß sie hastig hervor und wünschte, sie könnte auf der Stelle flüchten, ohne ihm noch einmal in die Augen sehen zu müssen. Er hörte nicht auf, ihre Schulter mit Küssen zu bedecken.

»Wann kommst du wieder?«, murmelte er.

Anna schloss die Augen. Seine Küsse ließen sie erzittern.

»Ich bin nicht Venus«, sagte sie mühsam, »ich bin eine alte Frau, ich habe Familie in Berlin und komme nie wieder.«

Er riss sie herum.

»Du bist nicht alt, und schöner als Venus. Sieh mich an!«

Sie öffnete die Augen, Tränen strömten über ihre Wangen.

»Ist es wegen des Attentats?«, fragte er heftig. »Mach dir keine Gedanken, ich werde den Schuldigen finden, er soll mit Staupeschlägen außer Landes gejagt werden, ich werde ihn vierteilen lassen, ich …«

Sie legte einen Finger auf seinen Mund und schüttelte den Kopf.

»Es ist nicht deswegen.« Wie sollte sie es ihm nur sagen. Sie öffnete den Mund, ihr fehlten die Worte.

Er schob sie abrupt von sich und betrachtete sie argwöhnisch.

»Deine Tränen sind falsch! Was verbirgst du vor mir?«

Das ist gut, dachte Anna plötzlich, er soll mich hassen, das macht den Abschied leicht.

»Liebst du mich nicht?«

Anna trat einen Schritt zurück und sagte: »Ich liebe meinen Mann. Ich liebe meine Kinder. Ich muss nach Hause.«

In diesem Moment spürte sie, dass sie die Wahrheit sagte. Es ging um ihre Kunst, um ihre Karriere, aber in diesem Augenblick sehnte sie sich nach den liebevollen Blicken von Ernst, nach ihrer großen Tochter, nach den beiden Jungen. Ja, sie sehnte sich sogar nach der Betriebsamkeit, dem Lärm und dem Tabakdunst der ›Weißen Taube‹, nach dem Gelächter und den launigen Bemerkungen der Gäste.

»Ich weiß«, sagte er erstaunt, »aber das hindert dich doch nicht, wiederzukommen? Du bist Hofmalerin, vergiss das nicht!«

»Das vergesse ich niemals«, flüsterte sie. Sie nahm seine Hand, küsste sie und bat, entlassen zu werden.

Er trat zurück, legte eine Hand auf das Fernrohr, die andere hob er an die Stirn.

»Wir sind untröstlich«, erklärte er. »Wie kannst du Uns das antun! Mein Herz …« Er nahm mit pathetischer Geste seine Hand von der Stirn und legte sie auf die Brust. »Das Herz wird mir brechen.«

Er sah aus wie der Abguss des ›Denkers‹ in Verschaffelts Antikensaal. Anna sah ihm mit wachsendem Staunen zu und dachte, sie sei im Theater. Dann begriff sie. Auch die Trauer war nur ein galantes Spiel, eine der vielen Varianten des Liebesspiels.

Was ihr das Herz zerriss, den Atem nahm, den Geist verwirrte, war für ihn nichts als ein Schäferspiel, ein *lieto fine* seiner geliebten Oper.

Anna wusste nicht, ob sie weinen oder lachen sollte. Ihre Gefühle schwankten zwischen Amüsement und Zorn, nicht ernst genommen zu werden. Dann aber war sie erleichtert, dass ihr Entschluss ihm nicht zu nahe ging. Seine theatralische Geste machte ihr den Abschied leicht.

»Ihr besitzt doch mein Herz, gnädigster Fürst«, sagte Anna mit Grabesstimme. Sie würde sein Spiel mitspielen, natürlich. »Es wird Euch ewig gehören, und ich werde Euch nie vergessen, verzeiht mir meinen Fehltritt. Ich bin nur ein schwaches Weib, das die geringe Kunst der Malerei betreibt. Ich muss fort.«

Plötzlich lachte er auf. »Du bist nicht schwach«, sagte er.

Hatte sie ihn unterschätzt?

Er ging auf sie zu und schloss sie in die Arme, hielt sie fest, sehr fest.

»Lass mich noch einmal dich spüren«, murmelte er, »gib mir ein wenig von deiner Stärke, ich werde sie brauchen. Die nächsten Regierungsjahre werden hässlich, ja mörderisch werden, ich spüre es. Dieser Krieg ist vorbei, aber die nächsten werden kommen, und sie werden heftiger und länger werden.«

»Die Sterne werden Ihnen Kraft geben, mein Fürst«, flüsterte Anna, »sehen Sie nur! Wir sind wie sie, zwei winzige Fünkchen in einem unendlichen Universum.«

»Das Einzige, was uns bleibt, ist die Liebe.«

Berlin 1763

DIE CHARITÉ IN BERLIN war von dem kleinen schnauzbärtigen Kurfürsten Friedrich Wilhelm, der sich später in
Königsberg die Krone aufs Haupt drückte und sich König in,
aber nicht von Preußen nennen durfte, in der besten Absicht
gegründet worden. Das Gebäude am Stadtrand, von Kanälen
und hohen Mauern umgeben, sollte ab 1710 die Pestkranken
aufnehmen, »damit denen Armen und Dürftigen geholfen
und die Angesteckten von den Gesunden abgesondert werden möchten«, so Friedrich I.

Da der schwarze Tod Berlin freundlicherweise verschonte,
wandelte es der nächste König, Friedrich Wilhelm I., 1727 in
ein Lazarett und Hospital um und nannte es die ›Charité‹,
denn es sollte »aus christlicher Liebe denen armen Kranken
beyspringen«, so der Soldatenkönig.

Als die Arbeiter den leblosen Joachim Gotthilf Knospe, der
nicht mehr in der Lage war, sich Jean zu nennen, in der Spandauer Vorstadt auf der Gasse fanden und auf ihren Karren warfen, um ihn in einem Massengrab auf dem Friedhof zu ver-
scharren, stellten sie fest, dass noch ein Rest Leben in ihm war.
Barmherzig brachten sie ihn in die Charité, statt ihn lebendig zu begraben.

Die Charité galt schon wenige Jahre nach ihrer Gründung
als ein Ort, an dem man nicht gesund wurde, sondern krank
heimkehrte, denn sie war chronisch überfüllt mit Patienten,
die an Geschlechtskrankheiten, Krätze oder Fieber litten. Die

Sterblichkeit lag bei 30 Prozent, weil die Patienten aus berechtigter Angst erst in einem ähnlichen Zustand wie Joachim Gottlieb Knospe in das Hospital kamen, wenn ihnen nämlich nicht mehr zu helfen war – vorausgesetzt, die Mediziner wollten ihnen helfen. Entweder ließen sie sich wochenlang nicht blicken, vor allem nicht bei den Armen, sondern kümmerten sich um ihre reichen Privatpatienten, oder sie gerieten am Bett des Patienten in einen hitzigen Streit darüber, wie er zu kurieren sei.

Als Joachim Gottlieb Knospe 1757 in die Charité eingeliefert wurde, war sie durch die chronische Überfüllung und den Mangel an Pflege bereits im Verfall begriffen, sowohl baulich wie moralisch. Eine Eingabe wegen der mangelhaften hygienischen Zustände hatte König Friedrich II., der es mit der christlichen Nächstenliebe nicht so genau nahm wie sein Vater, mit dem bissigen Kommentar zurückgeschickt, »wenn einige Balcken schadhaft seindt, so können sie das wohl alleine besorgen«.

Die Ärzte waren schlecht bezahlt und ebenso angesehen, und die noch schlechter bezahlten Krankenschwestern aßen den Patienten das Essen weg, um sich halbwegs schadlos zu halten.

Man warf den reglosen Knospe auf ein schmutziges Bett in einem überfüllten Saal, flößte ihm ein wenig Wasser ein und ließ ihn liegen. Knospe hatte kein Geld und war zu schwach, sich zu wehren, und genau das war seine Chance. Nachdem ein zufällig vorbei gekommener Arzt seine Delirien richtig als fortgeschrittene Abhängigkeit vom Branntwein diagnostiziert hatte, entschied er auf »übles Leben«, um wieder einen freien Platz zu haben. Denn die Charité beschränkte ihre Barmherzigkeit auf Arme, die ohne eigenes Verschulden krank geworden waren, wozu rätselhafterweise bei Männern auch Geschlechtskrankheiten zählten. Wer durch übles Leben erkrankte, wurde in die Arbeitshäuser nach Spandau oder Friedrichsstadt verwiesen.

Was bei anderen Menschen zum Tode geführt hätte, war Knospes Glück. Er hatte kein Geld für Branntwein, bekam nur Wasser und einige Kanten harten Brotes am Tag, war eingesperrt und hatte keine Mittel, die Wächter zu bestechen, ihm den Stoff, den er so dringend brauchte, zu besorgen. Unter quälenden Erbrechen, Krämpfen, Ohnmachten und Zusammenbrüchen musste er schwere Arbeit verrichten, und während etlicher grauenvoller Delirien verfestigte sich in seinem geschädigten Hirn der Gedanke, dass es Anna Dorothea Therbusch, geborene Lisiewska, war, die an seinem elenden Zustand und seiner perspektivlosen Zukunft schuld war. Jedes Rasseln der schweren Fußkette, mit denen seine kraftlosen Beine gefesselt waren, verwandelte diesen Gedanken, falls es jemals einer gewesen war, in eine Qualle, die ihre feurigen Tentakel in Knospes Hirn schlang. Je nüchterner er wurde, während er riesige, schwere Basaltstelen zu Straßenpflastersteinen behaute, die der König für seine neuen Alleen brauchte, desto blutiger malte er sich seine Rache aus. Die Ungerechtigkeit, dachte er, während er voller Wut auf den unwilligen Stein einschlug und seine Malerhände für immer ruinierte, war offensichtlich: Er musste Steine hauen, statt gut gezahlte Porträts abzuliefern, während die Metze in Saus und Braus lebte, statt in Spandau Leichentücher zu weben. Je wütender er sein Geschick beklagte, je einsamer er auf die Steine einschlug, desto deutlicher stand ihm seine Rache vor Augen: Er würde das dritte Bild finden, vernichten und die Metze erschlagen.

Hätte ihn einer seiner Leidensgenossen gefragt, warum, er wäre um eine Antwort nicht verlegen gewesen. Die Qualle in seinem Hirn gaukelte ihm vor, dass die Metze ihn in diese Hölle geschafft hatte. Sie hatte ihn so betrunken gemacht, dass er beinahe daran gestorben war. Hatte sie ihm nicht Branntwein ausgeschenkt in der ›Weißen Taube‹, bevor sie die Tür zugeschlagen hatte? Und es war vergifteter Branntwein gewesen, sonst wäre ihm das nicht geschehen, wie anders wäre er hier im Arbeitshaus gelandet.

In der Leere, die sich in ihm ausbreitete, nachdem der angenehme Rausch des Alkohols verflogen war, war nur noch dieser Gedanke greifbar und alles, was zu seiner Ausführung an Planung nötig war. Die Phantasmen verschwanden. Die öde, aber stark empfundene rauschfreie Realität zeigte sich jeden Tag aufs Neue, wenn er eine der Ratten erschlug, die an ihm genagt hatten, als er zu entkräftet war, sich zu wehren. Genauso würde er mit dieser Hure verfahren. Und er traf Gleichgesinnte. Jeden Tag war er umgeben von den vom Leben Enttäuschten und vom Hass Zerfressenen, die wie er Steine schlugen, Ziegel brannten, Baumstämme zu Balken und Brettern zersägten. Dann bereitete der König seinen Krieg vor, und sie gossen Kanonenkugeln und Pistolenkugeln und wurden nicht freigelassen, weil der kurze Beutezug nach Sachsen einen unerwarteten europaweiten Gegenschlag hervorrief. Sie sollten noch sieben Jahre Kanonenkugeln gießen.

Die Zeit der Räusche war vorbei. Diese Häftlinge hatten keine Zukunft mehr, daher mussten sie sich schnell in den Besitz der Mittel bringen, die es ihnen ermöglichten, den Rest ihres Lebens wenigstens am Existenzminimum zu verbringen. Joachim Gottlieb Knospe, der sich auch von seinen Mitgefangenen Jean nennen ließ, imponierte ihnen, wenn er eine Kohle aus dem erloschenen Feuer klaubte und zunächst mit zittriger, später mit schwieliger Hand grobe, böse Karikaturen ihrer selbst auf Holzscheiben malte. Er versprach denen reiche Beute, die mit ihm in einige Berliner Häuser einsteigen würden. Er würde das Bild holen aus dem Haus an der Fischerbrücke, und wenn es dort nicht war, aus der ›Weißen Taube‹, und wehe dem, der sich seinem nächtlichen Beutezug in den Weg stellen würde.

Im Februar 1763 wurde Joachim Gottlieb Knospe, der sich lieber Jean nannte, mit einigen seiner Kumpane freigelassen. Der Krieg war vorbei, Preußen verarmt, und der König hatte genug zu tun, seine Untertanen die Wirtschaftskrise bezahlen zu lassen und seine Invaliden durchzufüttern. Alte, kraftlose Häftlinge wurden aus dem Arbeitshaus entlassen, nicht ohne Ermahnungen, künftig ihrem König treu zu dienen und nicht mehr vom Pfad der Tugend abzuweichen. So standen sie auf der Straße in der Friedrichsstadt, mittellos, nicht einmal einen Kanten Brot hatte man ihnen bei der Entlassung in die Hand gedrückt. Der König war, in größerem Stil, ebenfalls mittellos.

Zu dritt wollten sie Knospes Idee ausführen, sie hatten keine bessere. Jemandem am Weg auflauern und ihm die Kehle durchschneiden konnten sie immer noch, wenn alles misslang. Sie warteten den frühen Morgen ab, jene Diebeszeit, von der der Dieb zu Recht annimmt, dass der gute Bürger schläft, und drangen geräuschlos in das Haus an der Fischerbrücke ein. Während die Kumpane einsteckten, was ihnen wertvoll erschien, schlich Knospe ins Dachgeschoss und stellte fest, dass dort kein Atelier mehr war. In der Zeit seines Aufenthalts im Arbeitshaus war zu Knospe nichts von der Familie Lisiewski gedrungen. Er wusste nichts von Georg Lisiewskis Tod, der schon über zehn Jahre zurücklag, er wusste nicht, dass das Haus längst nicht mehr von der Familie Lisiewski bewohnt wurde.

Sein Misserfolg versetzte Knospe in kalte, berechnende Wut. Sein Ziel war so verworren wie vorher, aber die Kaltherzigkeit, mit der es zu erreichen gedachte, hatte mit der Nüchternheit zugenommen. In seinem Hirn hatte sich der Wahn festgebissen, dass er die Lisiewska nur vernichten konnte, indem er ihr Bild vernichtete. Niemand durfte es zu Gesicht bekommen.

Es fiel Knospe nicht schwer, die Kumpane zu einem weiteren Einbruch zu überreden. Der Beutezug hatte nichts Wertvolles eingebracht. Sie schlichen in die Heiliggeiststraße zur ›Weißen Taube‹.

Während die Kumpane die Wirtskasse suchten und sich im

Weinkeller zu schaffen machten, schlich Knospe auf Strümpfen hinauf in die Schlafzimmer. Im flackernden Lichtschein seiner Handlaterne zuckte er plötzlich in wildem Schrecken zurück: Da stand sie auf der Treppe. Sie wartete auf ihn. Zitternd blies er die Laterne aus, wollte flüchten, schon war er am Treppenabsatz, da übermannte ihn der Ärger. Er würde ihr zeigen, wer er war, dass sie mit ihm nicht so umspringen konnte. Jetzt würde er sie einmal richtig vornehmen, er hatte damals an dem zerrupften, ausgeweideten bewusstlosen Wesen keinen Gefallen gefunden und sie verächtlich liegen lassen.

Er entzündete das erloschene Talglicht an dem des Kumpans und schlich bis zur Stufe, wo er ihr Gesicht gesehen hatte. Wieder sah sie ihn an, mit einem leicht ironischen Lächeln, und sie war nicht allein. Ihre gesamte Familie umgab sie wie ein Schutzwall. Ein fast lebensgroßes Bild hing auf dem geräumigen Treppenabsatz, die entsetzliche Therbusch hatte sich mit ihrer Familie gemalt. Drei Bälger standen um sie herum, und ihre grässliche Schwester, dieses schreiende Ungeheuer Tinka, das er mehrmals mit Lust erdrosselt hätte, hielt ein weiteres Balg in ihren Armen. Am rechten Bildrand hockte ein Kerl auf einem Stuhl, der ein weiteres Bankert auf seinem Schoß verträumt anlächelte. Der Wirt, der sich erbarmt hatte, die Hure zu ehelichen?

Joachim Gottlieb Knospe, der sich lieber Jean nannte, hatte keine Lust, die Details zu betrachten. Die Signatur, die das Familienbild als Werk der Therbusch auswies, prangte prahlerisch in der rechten unteren Bildecke, und er hätte sie und ihr Gesicht gern mit einem Messer zerkratzt, aber dazu war keine Zeit. Das Gemälde war meisterhaft, es graute ihm davor. Reichte es nicht, dass sie Ehefrau und Wirtin war? Wurde sie nicht genug hergenommen, dass ihr Zeit zum Malen blieb? Und die grässliche, entsetzliche Ungerechtigkeit, im Gegensatz zu ihm war sie nicht auf ihrem damaligen Stand verblieben, sondern sie hatte sich, wusste der Teufel, wo, weitergebildet, er sah es auf einen bösartigen Blick, Hintergrund und Details der Szene ersparte er sich.

Lautlos öffnete er eine Tür nach der anderen. Er sah alle friedlich im tiefen Schlaf, zwei Mägde in einer Kammer, eine junge Frau, die nicht die kreischende Geistesgestörte war. Zwei halbwüchsige Buben in ihren Betten, in denen er die kindlichen Züge der auf dem Bild Dargestellten erkannte. Der Hausherr schnarchte allein in einem großen Bett. Wo war ihr Schlafzimmer? Wo schlief das vermaledeite Weib?

Er schalt sich einen Narren, suchte er sie oder ihr Bild? Vorsicht und absolute Lautlosigkeit waren geboten. Es dauerte, bis er begriffen hatte, dass die verschlossenen Kammern Gästezimmer waren. Wenn ihr Familienbild im Treppenhaus hing, konnten die ›Komödianten‹ auch ein Gästezimmer schmücken.

Genauso war es, und dennoch erstarrte er vor Schreck, als er das ersehnte Objekt seiner Begierde in einem nicht bewohnten Raum erblickte. Das Gästeapartment war mit einem gewissen Luxus ausgestattet, verfügte über einen Vorraum, der als Empfangszimmer eingerichtet war, und über ein Ankleidezimmer mit Kleiderschrank. Vorhänge umgaben das einladend hergerichtete Bett, weißes Leinen schimmerte im Dunkel. Eine Waschkommode stand in einer Ecke, und über einem Schreibtisch mit unzähligen Schublädchen und geschwungenen Füßchen hingen die ›Komödianten‹ in einem vergoldeten, reich verzierten Holzrahmen und verliehen dem nicht bewohnten Zimmer einen Hauch von höfischem Luxus.

Knospe pisste in wohligem Gewinnergefühl auf das Bett, bevor er sein Messer aus der Tasche nahm und das Bild aus dem Rahmen schnitt. Da hörte er Lärm aus der Gaststube.

Eilig rollte er die Leinwand zusammen, packte sie unter den Arm, griff nach Messer und Laterne und eilte die Treppe hinunter. Sein Blick fiel auf das Familienbild, noch hatte er das Messer in der Linken, voller Wut schnitt er über ihr lächelndes Gesicht, einmal, zweimal, bis das widerwärtige Lächeln ausgelöscht war.

Seine Kumpane standen wie erstarrt in der Gaststube, zwischen sich einen Korb mit Weinflaschen, von denen eine herausgefallen war und über den Holzboden kollerte.

Schon hörte Knospe von oben die sonore Stimme eines Mannes rufen: »Wer da?«

Er deutete in Richtung Küche und schlüpfte hastig in seine Schuhe. Es war ihm gleich, ob die Kumpane ihm folgten, sollten sie auf der Heiliggeiststraße einer Wache in die Hände fallen, er wusste, über welche Hinterhöfe er schnell verschwinden konnte. Nun polterten schon Pantinen die Treppe hinunter.

Er packte seine Rolle und drängte sich an den Kumpanen vorbei, die sich entschlossen hatten, mit dem Korb Wein aus der Küchentür zu fliehen, unsicher schwankend, anscheinend hatten sie einen Teil des Diebsgutes bereits im Keller geleert. Er überholte die Schwankenden, riss die Küchentür auf und rannte in den langsam dämmernden Morgen, erfüllt von dem herrlichen Gefühl, endlich in den Besitz des kostbaren Gutes gekommen zu sein, mit dem er der ehrbaren Therbusch die Maske vom Gesicht reißen und sie als das entlarven konnte, was sie war: eine Hure, die ausgepeitscht und ins Spinnhaus gehörte.

Berlin, zum Jahreswechsel 1765 auf 1766

L*IEBSTE* R*OSINA*!

Nun bist Du Hofmalerin mit einem großen Auftrag! Ich beglückwünsche Dich, liebste Schwester, wünsche Dir alles Glück der Erde für das kommende Jahr und verneige mich bereits jetzt vor den Schönheiten des Anhaltinischen Hofes, die Du sicherlich in all ihrer Pracht darzustellen vermagst –

und wo sie hässlich sind, kennen wir ja alle Möglichkeiten der Verschönerung und wissen, wie geduldig Leinwand ist, nicht wahr?

Ach, liebste große Schwester, aber leider bist Du in Zerbst und kannst mir kaum raten, dabei brauchte ich Deinen Rat dringend. Seit ich wieder in Berlin bin, hat sich in der Kunst nichts zu meiner Zufriedenheit entwickelt. Kunststück, wirst Du lächelnd sagen, dumme kleine Schwester, Du hast es falsch angefangen, Du könntest am kurpfälzischen Hofe eine viel höher dotierte Position haben als ich am Zerbster Hofe!

Ach nein, das kann Deine dumme kleine Schwester nicht, und es würde auch zu weit führen, dies alles zu erläutern. Ich bin ja nicht unglücklich. Therbusch hat mich mit offenen Armen nach meiner Rückkehr aus Mannheim empfangen, die Jungs sind zu jungen Männern herangewachsen und arbeiten in der Administration. Weißt Du noch, wie wir vor 15 Jahren beide glücklich von unseren kleinen Jungen entbunden wurden? Mir ist, als sei Kalle noch gestern mit Deinem Leo auf dem Holzkarren die Gasse entlanggetollt!

Luise ist als Schneiderin recht erfolgreich in der Friedrichstadt, Sorgen macht mir nur meine zweite Tochter Wilhelmine, der die überstürzte Heirat mit diesem Monsieur Baudouin gar nicht bekommen ist. Zunächst begegnete sie mir als Gattin eines Kriegsrates sehr von oben herab, als sei es ihr peinlich, eine Malerin zur Mutter zu haben. Da Deine lieben Kinder in Deine Fußstapfen treten, kannst Du Dir das sicherlich kaum vorstellen, nicht wahr? Nun rächt sich, dass ich Therbusch seinerzeit versprechen musste, die Kinder nicht in unserem Metier zu unterrichten, nun sehen sie mit Verachtung auf ihre Mutter herab, von der sie nicht wissen, ob sie Malerin oder Wirtin ist. Ach, ich bin es manches Mal selbst, die verächtlich in den Spiegel blickt, wenn mir alles über den Kopf wächst.

Gestern aber kam meine Tochter weinend zu mir. Sie will sich von ihrem Mann trennen, der nicht nur im Felde ein Haudegen ist, sondern auch zu Hause gegenüber seiner wehrlosen Ehegattin.

Therbusch und ich waren selten so einig wie hier, Mine wieder zu uns zu nehmen, sie war uns immer eine große Stütze in der Wirtschaft, aber eine Scheidung? Die Schande wird auf uns zurückfallen, aber unsere Tochter weint und schimpft, wir würden ihr nicht helfen, dabei suchen wir nur verzweifelt nach anderen Möglichkeiten, um diese Ehescheidung, die den Frauen erst seit wenigen Jahren offensteht, zu verhindern. Ich verstehe Mine gut, habe ich doch am eigenen Leib erfahren, zu welcher Gewalt Männer fähig sind, und es ist nur gerecht, dass die Ehegattinnen sich nicht mehr von ihren Männern grün und blau schlagen lassen müssen, sondern dass das Gesetz ihnen die Möglichkeit gibt, sich von ihren Peinigern zu trennen. Aber ich hege die Hoffnung, dass die beiden sich wieder versöhnen. Wir werden sehen, wie dieser unschöne Roman zu Ende geht.

Es gibt Momente, in denen es mich reut, nicht in Mannheim geblieben zu sein, und dieser Jahreswechsel beginnt damit. Nichts will mir glücken. Ich wollte mit meinen neu erworbenen Titeln in Berlin reüssieren. Kurpfälzische Hofmalerin, Mitglied der Akademien in Stuttgart und Bologna, aber das war wohl zu hoch gegriffen. Der König hat französische Hofmaler, keine guten, aber sie sind französisch, das allein sichert ihnen die Achtung des Königs, und während ich mich als Wirtsgattin der ›Weißen Taube‹ und meinen vier Kindern widmete, machten meine ehemaligen Mitschüler Karriere.

Ist es nicht entsetzlich, wie wir Weibsbilder stets um unseren Rang kämpfen müssen? Glume, Falbe und Rode, einst Pesnes Schüler wie Du und ich, mussten sich nie um ihre Wirtschaft und die Kinder kümmern, sie haben Gattinnen, die ihnen diesen lästigen Teil des alltäglichen Lebens abnehmen. Nun malen sie auf Teufel komm raus alles, alles! Die Messieurs, die so peinlich darauf bedacht sind, dass wir Frauenzimmer im schicklichen Rahmen der Porträtmalerei blieben, malen Genreszenen, Historiengemälde, was ihnen einfällt. Mir aber pfuschen sie ungeniert ins Handwerk, indem sie außerdem jeden Porträtauftrag annehmen, am liebsten natürlich die vom königlichen Hof.

Ich weiß, liebste Schwester, der Neid ist eine Todsünde. Aber ich bin, offen gesprochen, nicht neidisch, denn das Talent der genannten Herren ist sehr schmal. Wir Lisiewskis malen alle besser. Der Jammer ist, dass diese Messieurs mit ihren langweiligen Bildern reüssieren, nur weil die Berliner es nicht besser kennen. Ich habe mich weitergebildet. Liebste Rosina, wenn Du doch mein Porträt der Chichiniere, der verstorbenen Frau Verschaffelts, sehen könntest! Ich habe sie nie gesehen, nur nach einer Miniatur hatte ich die Idee, sie in aller Lebensfreude, eine wenig geheimnisvoll in ein Cape gehüllt, zu malen, und Verschaffelt standen Tränen in den Augen. Er umarmte mich und sagte, dass ich das Wesen seiner geliebten Frau genauer getroffen hätte als alle, die sie persönlich gekannt hatten. Glaubst Du mir, liebste Schwester, die Du meine Laufbahn von Kind an verfolgt hast, dass meine Supraporten für Stuttgart und Ludwigsburg im Kolorit lebendiger, im Sujet origineller und theatralischer in den Haltungen sind als manches, das in Sanssouci das Auge des Königs erfreut? Dass meine Porträts des Kurfürsten die besten sind, die je von ihm gemalt wurden, die wahrhaftigsten und charakterlich völlig neuartigen, weil sie von einem neuen Denken, einem neuen Blick der Aufklärung geprägt sind.

Ja, liebe Schwester, ich bin mit neuen Gedanken aus Mannheim zurückgekommen, und es sollte mich nicht wundern, wenn man dies meinen Bildern ansieht. Diese Mode stößt in unserem alten Berlin nicht auf Gegenliebe. Ich hatte Gelegenheit, die alten italienischen und flämischen Meister zu studieren, auch die Abgüsse antiker Statuen, und habe erstaunliche Entdeckungen gemacht. Die Dinge, so scheint mir, sind anders, als wir sie sehen. Während Papa noch streng darauf bedacht war, den Menschen in seinem Standesbewusstsein und mit all seinen Orden darzustellen, merke ich, dass der wahre Orden die Würde ist, die den Menschen auszeichnet. Alles andere ist Dünkel. Wir Menschen sind alle gleich, auch wenn einige sich auf ihre lange Ahnenreihe viel zugute halten. Ich kann den Milchjungen, der jeden Morgen seine Ware in der Küche abliefert, so einfältig malen wie den General von Zieten bei der Parade, wie er mit seinem Leopardenfell einherschreitet – von edler Geburt wird keiner etwas sehen, wenn ich dem Milchjungen dieselben Insignien umhänge wie dem General.

Deswegen bin ich als Hofmalerin ungeeignet. Ich mag niemandem mehr schmeicheln, will nicht länger die Tricks anwenden, um Hässliche schön, Dumme intelligent, Geizige charmant und Dünkelhafte bescheiden zu malen. Ich vermute, dass man das hier spürt und mir daher keine Aufträge gibt, und daher bin ich für die freie Kunst offenbar ebenso ungeeignet. Welche Zwickmühle! Wäre die ›Weiße Taube‹ nicht inzwischen eines der ersten Häuser in Berlin mit hochrangigen, gut zahlenden Gästen (von denen leider keiner sein Porträt befiehlt), dann wäre ich schon verhungert.

Aber ich habe aus der Not eine Tugend gemacht und meine Gäste ohne Auftrag gemalt, ein junges Paar beim Essen im Kerzenschein à la Caravaggio. Die Kerze auf dem Tisch beleuchtet nicht nur die beiden, sondern auch noch einen Soldaten. Ich dachte an die preußischen Werber, und es war mein Bemühen, das Unheilvolle des drohenden Abgangs des jungen Mannes zu zeigen. Dabei habe ich empfindlich gemerkt, dass ich mein Metier verlasse: Ein Nachtstück muss Spannung haben wie auf der Oper. Es nicht so sanft zu entwerfen wie eine galante Szene, und die Mimik der Porträtierten allein, die sonst den Wert meiner Bilder ausmacht, reicht nicht. Das Stück ist im Kolorit recht gut gelungen, aber ihm fehlt die Dramatik. Wie macht unser frecher Chodowiecki das nur, drei Striche mit dem Rötel, und schon ersteht eine vollständige dramatische Handlung! Wenn er das nächste Mal auf ein Glas Wein hereinschaut, werde ich ihn um Rat fragen, denn er ist ein liebenswerter Mensch. Als er das letzte Mal zu Gast war, haben wir alle unbändig gelacht, weil er so anschaulich von seiner Reise nach Danzig erzählt hat. Er hatte sich in seiner Unkenntnis einen Zossen andrehen lassen, der ihm die Haare vom Kopf fraß, aber nicht laufen wollte!

Hast Du Neuigkeiten von meinem Lieblingsgast, Herrn Lessing? Ich habe inzwischen seine Übersetzung ›Das Theater des Herrn Diderot‹ gelesen, muss aber gestehen, dass ich Diderots Theorie von der Dramatik weniger dramatisch als einschläfernd fand. Unser Nachbar Ramler berichtete, Lessing habe im Herbst schwerkrank gelegen und geglaubt, seine letzte Stunde sei gekommen. Du aber schriebst, er arbeite an einem Lustspiel und wolle nach Berlin zurückkehren, nachdem dieser vermaledeite Krieg ihm seine Reisepläne zerschlug. Eine Komödie von Lessings Hand wird sicher spaßiger als die Dramen des Monsieur Diderot! Ich muss zur Post und so schließe ich, liebste Schwester, in der Hoffnung, Dich und Deinen lieben de Gasc spätestens in der Komödie im kommenden Jahr wiederzusehen!

Es grüßt Dich Deine kleine Schwester Anna.

Berlin 1766

1

ALS THERBUSCH DAS ATELIER BETRAT, wusste Anna sofort, dass etwas nicht stimmte. Sein Gesicht war ein einziger Furor. Noch nie hatte sie ihren sanften Mann so wütend gesehen. Er sprach kein Wort, bedeutete ihr mit gefurchter Stirn, ihm zu folgen. Anna ging in Gedanken ihre Aufgaben durch. Hatte sie vergessen, Wein zu bestellen? Waren Fleisch und Geflügel für den vorgesehenen Braten im Keller? Hatte die Wäscherin das Weißzeug gebracht?

Hastig legte Anna ihre Palette auf den Tisch, wischte die farbbefleckten Hände an einem Lumpen ab, band ihren Kittel ab und hängte ihn an den Haken. Ein letzter bedauernder Blick galt der Staffelei mit der begonnenen unglücklichen Ariadne am Strand von Naxos, ein historisches Genre, an dem sie sich versuchte. Gerade hatte sie den richtigen Schwung bekommen. Nun würde die Farbe trocknen, die Farbmischung würde nicht gelingen, und sie würde später übermalen müssen, was sie hasste. Sie hatte gehofft, seltener gestört zu werden, seit sie sich nach ihrer Rückkehr aus Mannheim das Dachkämmerchen der ›Weißen Taube‹ als Atelier eingerichtet hatte. Aber nun blieb ihr nichts anderes übrig, als Therbusch in sein Kontor zu folgen. Er griff nach Papieren, die auf seinem Schreibtisch lagen, und hielt sie hoch.

»Ich habe viel Geduld gehabt«, begann er, »ich habe das Hotel mehr oder weniger allein geführt, weil meine Ehefrau Malerin ist, und weil die Chance, in Stuttgart zu arbeiten, gelegen kam und im überschaubaren zeitlichen Rahmen blieb.«

Seine Hände zitterten vor unterdrücktem Zorn. Er versuchte, an sich zu halten. Was war nur Schreckliches geschehen?

»Aber jetzt reicht es mit deinem Steckenpferd!«, schrie er sie plötzlich an. »Es ist nichts als eine Ausrede, mich zu betrügen!«

Er warf die Papiere auf seinen Schreibtisch und schlug mit der flachen Hand darauf.

»Belogen und betrogen hast du mich!«, brüllte er.

Anna stand da wie eine ertappte Schülerin vor ihrem Lehrer. Hatte Therbusch von ihrer Liebe zum Kurfürsten erfahren? Aber wie? Woher? Sie hatte ihm die Affäre nie gestanden. Diese Liebe war vorbei. Therbusch hatte immer ihr Herz besessen, warum sollte sie ihn kränken mit dem Geständnis einer amour fou, die so tief in ihrer Erinnerung ruhte wie die Zwiebeln der Königslilien in der schwarzen Erde ihres Gartens.

Ihr schuldbewusster Blick brachte ihn zum Rasen.

»Er ist dein Liebhaber«, schrie er, »die ganze Zeit schon hatte ich den Verdacht, aber ich wollte es nicht wahrhaben! Deshalb hast du dein Honorar in Stuttgart gelassen, du wolltest die guten Karolinen mit deinem Liebhaber durchbringen! Du hast mich gehörnt, du Luder!«

Er zerknüllte den Brief, aber das schien ihm nicht zu genügen. Ihr Schweigen brachte ihn in eine solche Raserei, dass er sie am liebsten gepackt und geschüttelt hätte. Seine Sanftmut hielt ihn zurück, er packte den Kontorstuhl an der Lehne und knallte ihn zu Boden, dass das Bein zersplitterte.

»Ernst!«, rief Anna hilflos. »Ernst, bitte hör mir zu!«

Sie ging einen Schritt auf ihn zu, wollte ihn beruhigen, aber er packte den lädierten Stuhl und schleuderte ihn voller Wut in ihre Richtung. Sie konnte nicht ausweichen, zu plötzlich kam der Angriff, sie konnte nur die Arme hochreißen. Der Stuhl traf ihren Ellenbogen an der empfindlichsten Stelle und polterte neben ihr zu Boden. Vor Schreck und Schmerz sank sie zu Boden, rieb sich den Arm und sah sprachlos zu dem tobenden Therbusch hinauf. Noch nie in den 20 Jahren ihrer Ehe hatte sie ihn derart in Rage gesehen.

Mit dem zerknüllten Papier in der Hand kam er hinter seinem Schreibtisch hervor und trat auf sie zu. Instinktiv hob sie die Arme vor das Gesicht. Er warf ihr das zerknüllte Papier in den Schoß. »Meine Ehre und die meiner Familie weiß ich zu verteidigen, ich lasse mich nicht in der ganzen Stadt zum Gespött machen. Du wirst nicht schon wieder wegfahren, und schon gar nicht mit deinem Geliebten nach Paris, in diese Stadt des Lasters! Nein, nicht meine Ehefrau! Das schlägst du dir aus dem Kopf, und wenn ich dich hier einsperren muss!«

Anna griff nach dem Papier. Paris? Geliebter? Therbusch konnte unmöglich von Carl Theodor sprechen. Breitbeinig stand Therbusch da, förmlich über ihr, machte keine Anstalten, ihr aufzuhelfen.

Sie glättete das Papier. Es war ein Brief, und auf der Rückseite stand ihr Name.

»Du hast meine Post geöffnet«, murmelte sie. Es war sein Recht als Gatte und Familienvorstand, aber er hatte nie davon Gebrauch gemacht.

Sein Zorn flackerte auf wie das Kaminfeuer, wenn die Gäste die Tür zu lang offen stehen ließen. »Soll ich dir den Brief deines Liebhabers freundlich lächelnd übergeben? Du hältst mich wohl für den dümmsten Hahnrei von Berlin?«

Anna warf einen Blick auf die Unterschrift der ruinierten Epistel. Der Brief war von Philippe de La Guepière. Sie seufzte erleichtert auf.

Therbusch interpretierte ihr Seufzen falsch. »Hast du schon Sehnsucht nach ihm, wenn du seine Schrift siehst? Hat er dir bisher heimlich geschrieben?«

Er packte Anna am Arm, zerrte sie hoch und stieß sie vor sich her in ihr Schlafzimmer. Anna fühlte sich mit der routinierten Kraft des Wirtes gepackt wie ein randalierender Gast.

Er warf sie aufs Bett und lachte verächtlich, als er ihre Angst sah.

»Nein, es interessiert mich nicht, dich zu schänden, obwohl du es verdient hättest. Hier bleibst du, bis du …«

»Er ist nicht mein Liebhaber!«, konnte sie endlich schreien.

»Der Brief ist vom württembergischen Oberbaumeister, lass es dir doch endlich erklären!«

Er wollte nicht wissen, von wem der Brief war.

»La Guepière ist persönlich bekannt mit dem Marquis de Marigny, dem Bruder der Pompadour, er …«

»Ah! Willst du in die Fußstapfen der Pompadour treten?«, höhnte er. »Nun, nach ihrem Tod ist zwar die Stelle noch unbesetzt, aber die Pompadour galt als alt, faltig und verbraucht, der Sonnenkönig liebt Frischfleisch. Und die Pompadour war dein Jahrgang …«

»Du redest Unsinn«, fiel sie ihm energisch ins Wort. Sie hatte sich gefasst, seit sie gesehen hatte, dass er nichts über ihre Affäre mit dem Kurfürsten erfahren hatte.

Therbusch schwieg und starrte zornig auf seine Frau, die vor Aufregung rosige Wangen bekommen hatte. Mit ihren 45 Jahren sah sie keineswegs so aus, wie er gerade die verderbte Madame Pompadour beschrieben hatte. Anna hatte in den letzten Jahren ein paar Falten um die Augen bekommen, Fältchen, die von ihrem fröhlichen, unbefangenen Lachen herrührten, das ihn seit 20 Jahren bezauberte. Sie war fraulicher geworden, hatte aber ihre schöne Taille behalten, und nur an einzelnen grauen Haaren, die sich manchmal durch ihre kräftigen braunen Strähnen zogen und die sie entschieden ausriss, sah man ihr Alter. Nur zwei Zähne fehlten ihr. Mit Mitte 40 waren andere bereits zahnlose alte Weiber, nein, er liebte sie, seine etwas älter gewordene Anna, und fand sie attraktiver in ihrer Reife als das magere, verunsicherte junge Mädchen, das sie einmal war. Darum schmerzte es ihn, dass sie ihn hinterging. Eigentlich wollte er in Frieden mit ihr und dem Hotel leben, gerade jetzt, wo die schweren Kriegsjahre vorüber waren und die ›Weiße Taube‹ bei weniger Plackerei mehr Gulden einbrachte.

Anna sah ihre Chance. Sanft sagte sie: »Philippe de la Guepière ist nicht mein Liebhaber. Ich habe keinen Liebhaber, nur meinen Ehemann.« Sie lächelte Ernst an und fuhr fort: »Philippe de La Guepière ist herzoglicher Baumeister und war mein Vorgesetzter in Stuttgart. Er meinte, ich solle mich an der berühmten Königlichen Académie des Beaux Arts in Paris bewerben. Er wollte an den Marquis de Marigny schreiben, der als Kulturminister dort im Kuratorium sitzt und mit dem Guepière bekannt ist, weil er seine Mitgliedschaft an der Pariser Akademie auch in Stuttgart pflegte. Man kann das als sogenanntes korrespondierendes Mitglied. Ich habe seine Idee für Buffetgeplauder gehalten, aber es scheint, dass ich La Guepières Einfluss unterschätzt habe.«

»Ah! Und mit diesem Gerede hat er meine ehrgeizige Frau rumgekriegt?«

Anna merkte, dass Ernst ihr zuhörte. Sie klopfte auf das Bett, legte sich verführerisch hin und lachte ihn an. »Komm doch her, mein lieber Gatte, probiere, ob ich einen Liebhaber habe.«

Zwei Schritte, und er hatte die Tür abgeschlossen, vier Schritte, und er war bei ihr, riss ihr die Kleider vom Leib und nahm sie, gierig, hungrig, fast verzweifelt, und sie schenkte sich ihm und dachte, dass sie sich noch nie so geliebt hatten wie jetzt. Als er erschlafft neben ihr lag, bereitete sie ihm wieder Lust. Der Verdacht, dass sie einen Liebhaber hatte, tat ihnen beiden sehr gut.

Aber die zärtliche Versöhnung war trügerisch.

2

PHILIPPE DE LA GUEPIÈRE hatte Marigny, dem Direktor der Königlichen Bauwerke, Anna als »berühmte Berlinerin« und »Hofmalerin des preußischen Königs« angekündigt. Es sei nur der jahrzehntelangen Vakanz des preußischen Botschafterpostens in Berlin geschuldet, dass man in Paris noch nichts von dieser vortrefflichen Malerin gehört habe, und er empfehle sie der Protektion des Marquis, er selbst habe ihre Arbeiten in Stuttgart gesehen und bewundert.

Anna schluckte. Welche Übertreibung! Hier saß sie, über die Speisekarte der Woche gebeugt, hatte seit ihrer Rückkehr keinen einzigen Auftrag in Berlin bekommen geschweige denn vom preußischen Hof, für den sie noch nie gemalt hatte, und Guepière empfahl sie als Hofmalerin.

Aber er hatte recht, Klappern gehörte zum Handwerk. Anna war klar, dass sie in Paris ein Nichts war. Mit der Empfehlung des Marquis de Marigny würden die gestrengen Professoren der Akademie hoffentlich gnädiger ihr Rezeptionsstück betrachten. Und sie hatte keine Zeit zu verlieren: In wenigen Jahren würde sie in ihr 50. Lebensjahr gehen. Ob sie dann noch imstande sein würde, lange, beschwerliche Reisen zu machen? Ob ihr Stil modern blieb, wenn sie keine Gelegenheit hatte, sich weiterzubilden?

Nein, sie musste das Eisen schmieden, solange es heiß war. Aber Therbusch war strikt dagegen. Er hatte ihr geglaubt, dass sie ihn nicht betrog. Dass sie nicht nach Paris wollte wegen La Guepière, sondern wegen der Aufnahme in die Akademie. Seinen Zorn hatte sie besänftigen, nicht aber seine Haltung ändern können. Er verbot ihr diese Reise: zu teuer, zu gefährlich und völlig überflüssig.

Er habe ihr Stuttgart erlaubt, sagte er, während er die frisch gespülten Bierkrüge in das Buffet räumte, und sie sei ohne seine Erlaubnis von dort nach Mannheim gereist. Was nun folge? Erst Paris, von da weiter nach Rom, dem Traum aller Künstler? Nein, er sei gewarnt, erklärte er, ohne auf Annas Einwendungen einzugehen.

Anna bat. Sie weinte, sie schrie, sie verlegte sich auf Bitten, ja, sie flehte ihn an, ihr die Zukunft nicht zu verbauen, sie sei nicht mehr die Jüngste.

»Genau deswegen«, erklärte Therbusch ungerührt. Sie habe wohl vergessen, dass sie zwei volle Jahre fort gewesen sei. Ihre Geschwister seien auch ohne Pariser Akademie gefragte Porträtmaler. Warum sie nicht wie Rosina oder ihr Bruder Holle als Hofmalerin arbeiten könne? Er warf ihr einen misstrauischen Blick zu, den Anna nicht sah, weil sie die frisch gebügelten weißen Decken über die Tische breitete. Sie sei doch Hofmalerin am kurpfälzischen Hofe, er habe nichts dagegen, wenn sie ab und an nach Mannheim reise. Ihre Aufträge könne sie zu Hause ausführen wie derzeitig auch.

Anna zog eine Tischdecke nach der anderen glatt und schwieg. Sie konnte ihm nicht erklären, warum sie nie wieder für den kurpfälzischen Hof arbeiten würde, warum sie den Kurfürsten in ihrem Leben nie wieder sehen wollte. Die ›Ariadne‹ war das letzte Stück, und sie würde es nicht persönlich übergeben, dafür hatte sie gesorgt. Harper würde es in Stuttgart in Empfang nehmen und ihr die versprochenen 300 Karolinen übergeben, die sie für Paris dringend brauchte. Collini hatte ihr Geld in Mannheim so gut angelegt wie das von Voltaire, und den Lohn für die Stuttgarter Bilder konnte sie ebenfalls in guten Karolinen statt in billigen preußischen Gulden mitnehmen. Ihre Finanzen hatte Anna sorgsam geplant.

Verzweifelt überlegte sie, wer ihr Fürsprecher sein konnte, aber alle, die Einfluss auf Therbusch hatten, waren tot. Graf Gotter, ihr Vater, Matthieu, Pesne. Rosina lebte in Zerbst, Holle in Dessau. Julie? Annas jüngere Schwester war die Einzige, die sich in Berlin als Pastellmalerin durchschlug. Sie würde verstehen, dass Anna nach Paris wollte … Mehr noch, dachte Anna und verwarf den Gedanken. Julie würde sofort mitreisen wollen, und Therbusch hörte ohnehin nicht auf sie, die er ein flatterhaftes Ding nannte.

Wer konnte ihr helfen? Onkel Modestus? Aber er war alt geworden, und sie war sich nicht sicher, ob er ihre Pläne billigte. Am Ende hatte sie zwei Gegner.

Und die Zeit drängte! Bis zum 17. August 1766 musste ihr Rezeptionsstück an der Königlichen Akademie der Künste eingereicht sein, wenn sie im Salon des kommenden Jahres ausstellen wollte. La Guepière erhielt demnächst seinen Abschied in Stuttgart und wollte bereits im August seine Familie nach Paris begleiten. Er lud Anna ein, in seiner Kutsche mitzufahren, eine enorme Ersparnis und eine außerordentliche Reiseerleichterung. Die Reise kostete sie praktisch nichts. Sie konnte sich doch diese Chance nicht entgehen lassen! Die Aufnahmeprozedur für die Akademie würde einige Monate in Anspruch nehmen, sodass der Zeitpunkt gut gewählt war. War sie erfolgreich, konnte sie als neues Akademiemitglied im Salon des Jahres 1767 ausstellen, als ›peintre du roi‹, Malerin Ludwigs XV., ein Titel, den in Berlin nur Le Sueur führte. Ein Titel, zum Greifen nah dank Guepières Fürsprache!

Je verzweifelter Anna versuchte, ihren Gatten zum Einlenken zu bewegen, desto unzugänglicher wurde Ernst Therbusch. Paris war ein Sündenbabel und nicht der richtige Aufenthaltsort für seine Frau. Mitglied der Akademie zu werden, hielt er für ihre fixe Idee, auf die sie sich versteift hatte. In Berlin waren Frauen an der Akademie nicht zugelassen, warum sollte es in Paris anders sein, und wenn schon, was sollte dieses zweifelhafte Prestige wert sein. Er war zu großzügig gewesen, nie hätte er ihr den Stuttgarter Auftrag gestatten dürfen. Der kleine Erfolg an dem mittelmäßigen Hof war ihr zu Kopf gestiegen, nun musste er nachholen, was er versäumt hatte: ihr zu zeigen, wer der Herr im Hause war. Sie war seine Frau und Wirtin der ›Weißen Taube‹. Gut, sie war eines Malers Tochter, er akzeptierte das, sie sollte in ihrem Dachkämmerchen ein Bild nach dem anderen malen, solange sie die Wirtschaft nicht vernachlässigte, so wie er darauf bestanden hatte, dass sie die Kinder selbst erzog. Er fand sich großzügig und verständnisvoll und war schmerzlich verletzt, dass Anna dies nicht zu schätzen wusste.

❧ 3 ☙

MIT DER SOMMERLICHEN MORGENDÄMMERUNG war Anna im Garten angekommen. Die kurze Nacht hatte ihr keinen Schlaf gebracht. Sie hatte sich von einer auf die andere Seite gewälzt und gegrübelt, wie sie nach Paris kommen konnte. Sogar durch ihr Augenglas hatte sie geschaut, aber es hatte ihr nur Illusionen vorgegaukelt. Sie hatte sich gesehen auf dem Pariser Salon, mit Marquis de Marigny, der ihre Hand küsste, und Besuchern, die bewundernd applaudierten. Ärgerlich hatte sie Gotters Glas wieder in das Futteral gepackt.

Wenn das Leben doch ein einziges Mal so geradlinig verliefe, dachte sie mit missmutigem Blick auf die langen Reihen Rüben, Kartoffeln und Karotten, aber auf dem Weg zum Ziel musste man immer die Disteln und den Giersch ausreißen, das Leben vom Unkraut befreien, sonst kam man keinen Schritt weiter. Sie griff zur Hacke und begann energisch, das Unkraut zu jäten.

»Schön ist der Morgen, schön die trunkne Flur,
Von Gottes Wolken gestern überströmt
Und heute früh von seiner Sonne Glanz
Mit Blumenschöpferblicken angelacht …«

Anna blickte zum nachbarlichen Garten. Die erdverkrusteten Hände auf die Staketen des Holzzaunes gelegt, deklamierte eine Frau aus vollem Halse. Nun nickte sie ihr freundlich zu, ohne ihren Redefluss zu unterbrechen:

>Die Rose drang aus grüner Knospe leicht,
Wie mein Gedank aus diesem Herzen dringt,
Aus dieser neu erweckten Seele steigt
Zu dem, der mich wie Blumen werden ließ,
Verwelken und zu Staube werden lässt,
Wenn mir eine bestimmte Stunde kömmt.«

Noch nie hatte Anna eine so hässliche Frau gesehen. Sie war vermutlich kaum älter als sie, aber ausgemergelt von harter Arbeit oder erlittener Armut oder beidem, dünn und sehnig, und ihr Gesicht glich einer zerklüfteten Gebirgslandschaft mit einem Unterkiefer als vorstehendem Felsen. Aber ihre Stimme klang wohltönend, und die Worte, die ihrem Mund entströmten, waren lieblich und wollten in ihrer humorvollen Art nicht recht zu dem pathetischen Gedicht passen. Es hörte sich an, als parodiere sie ihre eigenen Worte.

Anna trat an den Zaun und reichte der Nachbarin, die sie noch nie gesehen hatte, die Hand.

»Wie kann ich's wagen / die schmutzbefleckte Hand Euch anzutragen«, lachte die Frau und hielt ihr freundlich den Ellbogen hin. Anna wünschte einen guten Morgen und erhielt prompt zu Antwort:

»Gern entbiet ich meinen Gruß Frau Nachbarin,
berühmte Jüngerin der Musen, des Königs Malerin,
Frisch wie der Morgentau, Frau Therbuschin!«

Anna schnaubte. »Des Königs Malerin! Der bevorzugt die französischen Pinsler ...«

Erschrocken hielt sie inne. Was ging diese Frau das an. Aber die sah sie ernsthaft an und stimmte ihr, schlicht in Prosa, zu: »Der König bevorzugt auch die französische Sprache und merkt nicht einmal, wenn im Deutschen gedichtet wird. Von seiner Gunst hat die Kunst kein Brot, nicht wahr?«

Sie sah Annas erstaunten Blick, lachte trocken auf und meinte: »Ich pflege nur die schönen Dinge in Stegreifversen zu besingen. Das Freimütige ist besser in Prosa gesagt.«

Mit einer kleinen ironischen Verbeugung stellte sie sich vor: »Anna Louise Karsch, erst vor vier Jahren vom Lande nach Berlin übersiedelt.«

Die schlesische Sappho! Anna hatte schon von der Karschin gehört, eines Tagelöhners Tochter aus dem vierten, völlig rechtlosen Stand, die mithilfe ihres Onkels lesen und schreiben gelernt hatte. Seit einigen Jahren wurde sie als Stegreifdichterin in den wohlhabenden Häusern der Stadt herumgereicht. Der König hatte ihr sogar eine Audienz gewährt.

»Die Dichtkunst ernährt die Frau nicht, daher hab ich mir den Garten hinzugemietet«, meinte die Karschin, »aber mir fehlt Ihr Geschick, Frau Nachbarin.«

Sie deutete auf ihre Beete. In der Tat stand das Gemüse recht mickrig.

»Gott der Herr will seine arme Dienerin mit diesem märkischen Sand bestrafen, scheint mir.«

Anna lachte. »Der Herr bestraft die nachlässige Gärtnerin und belohnt die märkischen Karnickel! Sehen Sie nur die Löcher zwischen den Beeten! Sie müssen, verehrte Dichterin, einen kleinmaschigen Zaun ziehen, so wie diesen!« Sie zeigte der Karschin das Drahtgeflecht, das ihren Garten umgab.

»Ach! Sie haben sicherlich einen kräftigen Mann, der diese Dinge erledigt«, vermutete die Karschin, »das ist nichts für ein ungeschicktes Weib.«

Anna dachte an Therbusch, der in der Tat den Zaun mühevoll einen Schuh tief in den Boden eingegraben hatte, aber dabei fiel ihr auch ihr Streit ein und ihr Gesicht verdüsterte sich. Die Karschin nahm den Stimmungswechsel sofort wahr.

»Oft ist es besser, ein Weib kommt mit schwachen Kräften aus, als sich von einem Mann grün und blau schlagen zu lassen.«

»Therbusch schlägt mich nicht!«, erklärte Anna empört.

»Sie Glückliche«, erwiderte die Karschin, »meine lieblose Mutter verheiratete mich im zarten Alter von 16 Lenzen einem Tuchhändler, der war ein Schläger, der mich mit vier Kindern ins Elend stieß. Der zweite war ein Schneider und Trinker. Er schlug mich nicht, wenn er betrunken war. Nun frag ich Sie, Nachbarin, ist dies eine Verbesserung?«

»Nein, wahrlich nicht«, bestätigte Anna mit Blick auf die ockerfarbene Erde und überlegte, ob sie wohl immer in diesem Garten herumwursteln würde, während das wahre Leben in Paris an ihr vorbeilief. War sie zu unbescheiden? Anna rammte die Hacke in den Boden und erklärte voller Zorn: »Ich will nach Paris, und er …«

Wieder hielt sie erschrocken inne. Wie konnte sie nur? Eine ihr völlig Fremde! Sie blickte in die Augen der Karschin, die groß und klug aus dem hässlichen Gesicht heraus leuchteten. Den Willen dieser Frau hatten beide Taugenichtse nicht brechen können.

»Und er lässt Sie nicht reisen? Seien Sie glücklich, Gevatterin, dass er Sie nicht grün und blau schlägt und im Keller einsperrt«, sagte die Karschin. Sie beugte sich über den Zaun und murmelte: »Aber auch ein wehrloses Weib kennt Mittel und Wege, die eigenen Ziele zu erreichen. Ich habe meinen zweiten Gatten den Werbern ausgeliefert …«

Anna starrte die Karschin erschrocken an. Die kicherte: »Das war doch meine vaterländische Pflicht, nicht wahr? Kann ich dafür, dass er betrunken war, als sie ihn rekrutierten?«

Wie gemein, dachte Anna. Aber die Karschin riss wortlos das Tuch von ihrem Ausschnitt. Ihr Dekolleté war von tiefen bläulichen Narben verunstaltet. »Es ging auf Leben und Tod, Gevatterin! Sollte ich zur Mörderin werden und meiner einzigen Tochter die Mutter nehmen?«

Die preußischen Werber. Keine feine Methode, einen brutalen Mann loszuwerden, aber mit Sicherheit die zuverlässigste. Wie schlau eingefädelt. Anna kicherte. Eine Weile standen zwei glucksende Frauen am Gartenzaun, hielten sich an den erdverkrusteten Händen und konnten nicht aufhören zu lachen.

Ein Mann, der in einem anderen Garten arbeitete, richtete sich plötzlich auf und schrie: »Weiber! Wollt ihr wohl arbeiten, statt zu tratschen, ihr Irrtum der Natur!«

Anna zuckte zusammen.

Die Karschin dagegen richtete sich auf und schleuderte dem Mann entgegen: »Wollt Ihr hören, mein Herr, wie Weiber mit sieben Zungen reden?«

Der Mann schrie zurück: »Ratschen, Freigeistern, wollt ihr jetzt auch noch Doktoren und Professoren belehren? Scher dich an deine Arbeit, Weib! Wenn es so fortgeht mit euch, werden die Kinderstuben leerstehen, Küche und Keller, Haus und Hof werden verwahrlosen!«

»Ich wollt, ich könnt Haus und Hof mein Eigen nennen, Herr!«, lachte die Karschin. Sie war nicht im Mindesten eingeschüchtert. Anna bewunderte sie.

Der Mann fuhr fort zu schimpfen, aber es war nur noch ein unverständliches Grummeln.

»Verzeihen Sie, Frau Nachbarin«, sagte die Karschin, »wir sind halt sehr derbe, wir Weiber aus dem untersten Stand. Aber wir brauchen diese Derbheit zum Überleben.«

Der Kerl sei viel derber gewesen, meinte Anna, kluge Erkenntnisse ihres Jahrhunderts seien zu schade, um über den Zaun gebrüllt zu werden. »Ich habe neulich gelesen, dass die Ursache für die Verachtung des weiblichen Geschlechts das Vorurteil sei, dass Frauenzimmer von Natur dümmer und zu Kleinigkeiten und Tändeleien aufgelegt seien. Die Kräfte des Geistes sind aber nicht an die Gestalt des Körpers gebunden, und der Unterschied zwischen beiderlei Geschlecht geht nicht bis auf die Seele.«

»Gut erkannt und schön gesagt«, meinte die Karschin anerkennend.

»Ja, von einem Mannsbild!«, lachte Anna. »Einem Herrn Meier aus Halle. Aber er ist zu klug, um dumme Männer in ihre Schranken zu weisen.«

Später, während sie einträchtig erst den einen, dann den anderen Garten harkten, erfuhr die Karschin von Annas Paris Plänen.

»Ein freundlicher Gatte ist doch angenehmer im Umgang«, meinte Anna Louise Karsch. »Schmeicheln Sie ihm! Nichts lieben Männer mehr als ihre Eitelkeit!«

Am Abend lag Anna Ernst in den Ohren, als sei er ein Stein, den es zu erweichen galt. Dieses Mal gurrte sie, umgarnte ihn, wollte ihn ins Bett locken. Aber er durchschaute sie, es war ihre Rolle nicht. Es kränkte ihn, dass sie ihn auf so billige Weise bestechen wollte. Wütend verließ er die ›Weiße Taube‹ und ging ins Bordell.

Ernst Therbusch war ein anständiger Mann. Er hatte noch nie eines der zahlreichen verbotenen, aber geduldeten Berliner Bordelle besucht. Er konnte nichts dafür, dass er an eine Hure geriet, die einmal ein dralles Mädchen aus der Lausitz gewesen, aber von den Höhen und Tiefen des Gewerbes verschlissen war. Kaum hatte er sein Bedürfnis, das mehr Wut als Begehren war, an ihr ausgetobt, sank sie dahin und hauchte ihr kurzes, erbärmliches Hurenleben aus, und der ratlose Therbusch musste auf die Polizei. Trotz des Gekreisches der Bordellbetreiberin war schnell klar, dass Therbusch nicht der Mörder des armen Wesens war, aber keines der Mädchen konnte ihn identifizieren. Dies war einerseits Therbuschs Glück, so kompromittierte sich der Hotelier der ›Weißen Taube‹ nicht. Aber Anna musste mitten in der Nacht auf die Polizeistation, um einen Eid darauf abzulegen, dass es sich bei dem Festgenommenen um ihren Gatten Ernst Therbusch handelte.

Am nächsten Morgen griff Ernst Therbusch in die gut

gefüllte Hotelkasse, legte Anna einen Beutel mit Goldduka-
ten auf die Staffelei und sagte: »Hier. Dein Reisegeld.«

Der Weg war frei.

❧ 4 ❧

PHILIPPE DE LA GUEPIÈRE war verärgert. Seine Gattin wirkte
verstört, die beiden Töchter weinten.

»Der Herzog lässt mich nicht ziehen«, erklärte er Anna,
die die Szene ratlos beobachtete. Da stand sie in La Guepières
Haus in Stuttgart, zehn ihrer besten Bilder in zwei zugena-
gelten Holzkisten sorgfältig verstaut, und sah alle ihre Felle
davonschwimmen.

Mit 2.500 Gulden Besoldung, Fourage auf zwei Pferde
und drei Klafter Holz war Philippe de la Guepière einer der
hoch besoldeten Angestellten des württembergischen Hofes.
Aber er war Oberbaurat mit Majorsrang, und als solcher
hatte er dem Herzog bis zum letzten Tag zu dienen. Außerdem hatte er den Marktplatz der neuen Stadt Karlsruhe für
den anspruchsvollen Markgrafen von Baden noch nicht fertiggestellt, ein lukrativer, aber zeitintensiver Auftrag.

Seine Frau seufzte und hob den Blick zum Himmel. De
La Guepière packte der Zorn: »Madame, wollen Sie in Paris
neben dem Palais du Luxembourg residieren oder in Villeneuve ohne Dienstboten vegetieren?«, schrie er.

Anna hatte keine Ahnung, wo oder was Villeneuve war,
aber auf Madame de La Guepière hatte dieses Ansinnen eine
erstaunliche Wirkung. Durch ihren Körper ging ein Ruck,
sie riss die Augen auf, schob den Unterkiefer nach vorn und
nahm eine herrschaftliche Haltung an. Streng ermahnte sie
ihre Töchter, Contenance zu bewahren, und befahl den Dienern energisch, Koffer und Kisten auf die Kutsche zu hieven.

La Guepière griff seinen verlegenen Töchtern unters Kinn und tätschelte seiner Frau die Wange.

»Keine Sorge, Madame Therbusch, Sieur Desbrosses wird Sie begleiten.«

Er wies auf einen hochgewachsenen jungen Mann in einem kastanienbraunen Anzug, der auf launige Art die Töchter getröstet hatte. Er trat auf Anna zu und stellte sich vor: »Desbrosses, Financier, Wechselgeschäfte jeder Art, zu Ihren Diensten, Madame.«

Seine Perücke war entweder völlig aus der Mode gekommen oder sie war der dernier cri aus Paris. Solche voluminösen weiß gepuderten Locken hatte Anna noch nie gesehen. Seine bemühte Geschäftstüchtigkeit war von jener Art, die jeden völlig normalen Satz wie einen Witz erscheinen ließ.

»Desbrosses kennt sich nicht nur mit Währungen aus, sondern auch in Paris«, erläuterte La Guepière.

»Kenne es besser als die Tasche meines Justaucorps«, frotzelte Desbrosses, aber Anna war verzweifelt. Wie sollte sie sich zurechtfinden? Philippe de La Guepière war ihr einziger Kontakt in Paris. Er hatte sie zur Akademie begleiten wollen. Er war der Einzige, der ihr zu einer Audienz bei Marigny verhelfen konnte und der Einfluss auf die Mitglieder der gestrengen Kommission hatte. Wie sollte sie ohne ihren Fürsprecher reüssieren? Bis zum 17. August waren es nur noch zwei Wochen. Trostlos bestieg sie die Chaise.

La Guepière sah ihre Verzweiflung und versicherte ihr, dass Desbrosses sie auf allen Wegen begleiten würde. Auch seine Freunde, der Bildhauer Etienne Falconet und der Philosoph Denis Diderot, erwarteten die Malerin bereits. »Machen Sie sich keine Sorgen, Madame, alles wird comme il faut sein.«

Aber Anna machte sich Sorgen. Wie unüberlegt hatte sie gehandelt, wie leichtsinnig und dumm! Sie war auf dem Weg in die Hauptstadt eines fremden Landes, in dem es seit dem Krieg keinen preußischen Gesandten mehr gab. Sie hatte keine Unterkunft, keine Freunde, keine Beziehungen und nur wenig Geld. Außer einem Empfehlungsschreiben hatte sie nichts.

TAGELÖHNER WAREN IN BERLIN nicht die Ausnahme, sondern die Regel für alle anfallenden Arbeiten, vor allem auf dem Packhof, der Floßlände und dem Holzmarkt. Wer sich und die Seinen ernähren musste, konnte von dem geringen Verdienst nur in bitterer Armut leben, wer aber allein und ungebunden war wie Joachim Gottlieb Knospe, der sich lieber Jean nannte, konnte sein Auskommen haben.

Knospe hatte nicht wieder zum Branntwein gegriffen. Nachdem seine Kumpane beim Diebstahl ergriffen und wieder auf die Festung verbracht worden waren, war ihm bereits der Geruch von Alkohol zuwider. Er hatte Unterkunft in einer erbärmlichen Hütte bei einer Tagelöhnerfamilie gefunden, die über die zwei Groschen, mit denen er seinen Strohsack und das Dach über dem Kopf bezahlte, als Zusatzeinnahme froh war.

Nach der schweren Arbeit im Arbeitshaus fielen ihm die Tagelöhnerarbeiten, vorwiegend Transport schwerer Güter und Botengänge, leicht. In der neu gewonnenen nüchternen Abscheu vor dem Leben und mit der Besessenheit im Hirn, seine vermeintliche Feindin zu vernichten, schleppte er Säcke und Kisten von hier nach da, bis einem Kaufmann auffiel, dass Knospe rechnen und schreiben konnte. Er bot ihm eine feste Stellung in seinem Kontor an, und Knospe, beherrscht von seiner Rache, widerstand der Versuchung, die Bücher zu fälschen und sich mit dem Gewinn aus dem Staub zu machen. Das konnte er immer noch tun. Er verließ die Tagelöhnerhütte und bezog eine Kammer im Zeughaus des Kaufmanns, das ein wenig abgelegen am Stadtrand lag, sodass er, dem der Kaufmann vertraute, auch eine Nachtwächterfunktion hatte.

Das Dachgeschoss war weitläufig, das Oberlicht nicht schlecht. Joachim Gottlieb Knospe, der sich lieber Jean nannte, fühlte seine Finger durch die Schreibarbeiten wieder biegsam und geschmeidig werden, leistete sich von seinem schmalen Gehalt einige Farben und Leinwand und malte seine erste ›galante‹ Szene, wobei ihm die brutal herausgeschnittene und lieblos an die Wand genagelte Leinwand mit den ›Komödianten‹ der Lisiewska gute Dienste leistete. Sie hatte das Bild überarbeitet, sah er, es hatte nicht mehr die jugendliche Unbeholfenheit, die er in Erinnerung hatte. Die Figuren standen lebendiger auf der Bühne, die Perspektive in den weitläufigen Park hinein war verbessert, auch die Armhaltungen und die Hände hatten an natürlichem Charme enorm gewonnen.

Knospe mischte viel geschmackloses Rosa an und malte Teile der Szene ab, wobei er sich die Mühe des Stofflichen ersparte. Die lagernde Dame im Vordergrund wurde drall und unbeholfen, aber von einem geilen Faun beobachtet, die lebendigen Figuren der Commedia wurden zu nackten Frauen, die zwischen grellgrünen Zweigen posierten. Er legte die Leinwand unter den Kontortisch, und es dauerte nicht lange, da verkaufte er die kleinformatigen Werke an interessierte Kollegen. Er ersann verquere, anatomisch unmögliche, aber die männliche Fantasie anregende Positionen, mischte das Rosa fleischiger, ließ die Bedrohung durch Faune und Ungeheuer plastischer werden und hatte eine gute Nebeneinnahme. Die Nachfrage war so groß, dass er sogar auf Bestellung der Lehrjungen malte, die ihm ihre Wünsche flüsternd mit roten Ohren vortrugen.

Um nicht wegen Verbreitung unzüchtiger Darstellungen denunziert zu werden, ersann er wohlklingende klassische Titel wie ›Venus, von Cupido überrascht‹ oder ›Nymphe mit Amor und Satyrn‹ und klebte sie sorgsam auf die Rückseiten der unsignierten Werke.

Das Selbstbewusstsein des Joachim Gottlieb Knospe, der sich lieber Jean nannte, wuchs mit dem zunehmenden Absatz seiner Bilder. Er leistete sich die Kleidung eines bürgerlichen Kavaliers und begann, sich in der ständig wachsenden Stadt zu bewegen, die Heiliggeiststraße zu beobachten, die Gäste der ›Weißen Taube‹ zu betrachten. Er lungerte nicht herum, sondern schritt mit einem eleganten Stöckchen die Straße auf und ab mit der gierigen Fantasie, dass die Lisiewska seiner ansichtig und in tiefem Entsetzen vor ihm flüchten würde.

Allein, sie erschien nie.

Je öfter er seine Paraden abhielt, desto unheimlicher wurde es ihm. Sie musste doch irgendwann einmal das Haus verlassen! Da entsann er sich, dass sie nicht im Hause geschlafen hatte, als er dort eingestiegen war. Er zögerte nicht länger, sondern betrat an einem regnerischen Herbsttag nach seinem Dienst den Gastraum der ›Weißen Taube‹, bestellte ein Bier und das Tagesgericht, obwohl es seine Mittel weit überstieg. Der Wirt, den er nach dem zerstörten Familienbild als Therbusch erkannte, brachte ihm mit leutseligen Bemerkungen über das Wetter den Krug, ein adrettes Mädchen in sauberer Kleidung stellte eine dampfende Schüssel Kohleintopf auf den Tisch.

Die Gaststube war voll von Männern, deren Habitus sich von seinem kaum unterschied. Auch einige dieser widerwärtigen Studenten und der Intelligenzia schienen in der ›Weißen Taube‹ zu verkehren, jedenfalls machte er jenen Buchhändler aus, der sich mit seiner »deutschen Bibliothek« und diversen Künstlerbeschreibungen seit einiger Zeit wichtig machte, an seinem Tisch dieses jüdische Pack, das Knospe verabscheute. Sogar einige Weibsbilder, in die neue Mode gekleidet, aßen neben ihren gediegenen Ehegatten, die sich nach dem Essen vom Wirt Pfeifen stopfen und es sich wohlgehen ließen. Knospe hasste sie alle in ihrer Wohlanständigkeit, ihrem klugen Geschwätz, ihrem blasierten Gerede von Theater, Zeitungen und Politik.

Als das adrette Mädel abräumte, fragte er harmlos nach der Chefin. Sie reagierte ausweichend. Später sah er sie mit dem Wirt tuscheln, dachte, es sei Zeit, das Feld zu räumen, und verlangte die Rechnung. Ein junger Mann kam, fragte, ob alles recht gewesen sei und warum er nach Madame Therbusch gefragt habe. Knospe überlegte blitzschnell, dass der dicke Metzner nicht mehr in Berlin sein konnte, gab sich für ihn aus und erklärte, als Leinwandhändler aus Osnabrück sei er nach langer Zeit einmal wieder in Berlin und hätte gern seine ehemalige Mitschülerin aus Pesnes Atelier getroffen.

Die Züge des jungen Mannes entspannten sich. Der Herr müsse sein Misstrauen entschuldigen, meinte er, aber sie hätten vor drei Jahren einen seltsamen Einbruch gehabt, eine Bilderschändung, die auf einen unmäßigen Hass auf seine Mutter hindeute, daher sei man vorsichtig geworden.

Knospe freute sich über den Schrecken, den er ausgelöst hatte, versicherte sein Verständnis und sein Bedauern über den Schaden. Dies sei also der Sohn seiner Mitschülerin, der begabten Lisiewska.

»Georg Friedrich Therbusch«, stellte der junge Mann sich vor, »geheimer expedierender Secretarius im General-Postamt.«

Der Schaden sei eher ideeller Natur gewesen, es handle sich um ein Familienbild, das beschädigt worden sei.

Expedierender Secretarius, dachte Knospe gehässig, ich tue nichts anderes: Waren, die zu versenden sind, notieren. Aus was sie alles einen Titel machen, diese Staatsdiener. Die Lisiewska hatte den Papst zum Vetter, hier hatte General-Postminister Hofmarschall Gotter seine Finger im Spiel, sonst würde das Milchgesicht die dreckigen Teller spülen.

Ob er denn die Mutter, seine alte Freundin, begrüßen dürfe, fragte er harmlos, während er innerlich bebte. Aber der höfliche junge Mann schüttelte bedauernd den Kopf. Sie sei, er suchte nach einem Wort, schien ein wenig verlegen, und sagte schließlich, die Mutter sei in Geschäften unterwegs.

Dem war etwas peinlich, aber was? Es wäre zudringlich gewesen, wenn Knospe gefragt hätte, in welchen Geschäften die Frau Mutter unterwegs sei. Aber vielleicht konnte er auf den Busch klopfen.

Joachim Gottlieb Knospe, der sich lieber Jean nannte, griff nach seinem Dreispitz und zeigte auf diese Weise, dass auch er in dringlichen Geschäften unterwegs sei und keine weiteren Fragen äußern werde, und warf lässig hin: »Ein so splendides Hotel mit einer derart guten Küche erfordert sicher oft Geschäftsreisen, um den Standard zu halten.«

Der junge Therbusch errötete vor Freude über das Kompliment und verneigte sich. Wenn der Herr bei seinem nächsten Besuch in der ›Weißen Taube‹ absteigen wolle ...

Das wolle er vielleicht, erklärte Knospe, genoss seine Generosität, griff nach seinem Stöckchen und drückte seine Freude aus, dass die Frau Mutter sich von der Kunst verabschiedet habe, genau wie er. Sie bringe nichts ein, und ein Hotel sei ein Familienunternehmen, das alle Kräfte erfordere.

Georg Therbusch errötete wieder, und diesmal war Knospe völlig sicher, dass er richtig lag. Die Hure trieb sich herum! Sie war nicht in Geschäften unterwegs, die der ›Weißen Taube‹ dienten. Während er zur Tür strebte und devot bat, der Mutter untertänigste Grüße zu bestellen, jubilierte er innerlich. Womöglich waren sie bereits getrennt oder geschieden, recht geschah ihr. Mit von Triumph geschwellter Brust strebte er von der abendlich belebten Heiliggeiststraße in die Vorstadt ins Bordell, zum ersten Mal, seit er eine fast bürgerliche Existenz hatte. Während sich ein bleiches Mädchen um seine männliche Begierde bemühte, malte er sich aus, wie er das verfluchte Genrebild der Lisiewska-Hure übermalen würde, sofort, wenn er heimkam. Für seine pornographischen Bildchen brauchte er es nicht mehr. Sein Porträt würde er malen, jawohl, sein Selbstporträt, und es würde ein Meisterwerk werden auf ihrem erbärmlichen Opus.

Haguenau 1766

DER MANN FIEL HERAUS wie eine reife Gurke, wie diese gekrümmt, allerdings nicht der Reife, sondern des Schmerzes wegen. Er musste sich im Dunkeln unbemerkt zwischen die beiden Tragbäume und den Kutschkasten geklemmt haben und hatte offensichtlich die Stunden bis zur lothringischen Grenze in dieser Klammerhaltung verbracht, und das bei 18 Meilen grauenvollen Weges. Unter sich Schlammlöcher, Steine und Furchen voller Regenwasser, über sich einen schwankenden Kutschenkasten, der ihm sicher ständig schmerzhaft in den Rücken oder auf den Kopf gestoßen war.

Madame de La Guepière hielt sich indigniert ihr Taschentuch vor den Mund und scheuchte ihre Töchter von dem elenden Anblick fort in die Poststation. Anna betrachtete das vor Erschöpfung weiße Gesicht mit den geschlossenen Augen voller Mitleid.

Desbrosses, der den Damen beim Aussteigen galant den Arm geboten hatte, lachte und stieß den Bewegungslosen mit Füßen an. Der Kutscher wollte den Mann mit der Peitsche schlagen. Anna hielt ihn zurück, der arme Mann habe genug gelitten.

»Meine Pferde auch!«, meinte der Kutscher verdrossen und mutmaßte, dies sei wohl der Grund der Verzögerung, man erreiche Haguenau sonst eine gute Stunde früher, und das mit frischeren Pferden.

»Wir sind doch gut in der Zeit«, sagte Anna bittend. Sie sah nach den Zöllnern, aber die untersuchten noch das Gepäck cines anderen Wagens.

Der Kutscher, immer noch unwirsch, meinte, dennoch müsse er den blinden Passagier melden, man müsse ihn in Ketten abführen. Bei dem Wort »Ketten« schlug der Mann zum ersten Mal die Augen auf. Sie waren groß, dunkel und voller Furcht. Erst an dem angsterfüllten Blick erkannte Anna, wie jung der Mann war. Er konnte kaum mehr als 20 Lenze zählen. Seine wirren, vom Straßendreck verstaubten Locken umstanden sein Gesicht wie ein ramponierter rötlicher Heiligenschein. Flehend richtete er seinen Blick auf Anna. Er sah aus wie der junge Rembrandt van Rijn auf seinem Selbstporträt, das sie in Mannheim gesehen hatte. Aus lebhaften runden Augen studierte er mit der Naivität eines Kindes intensiv die Dinge, um das Leben hinter ihnen zu entdecken.

Schon hob der Kutscher die Hand, schon öffnete er den Mund, um die Zöllner zu rufen, da hatte Anna eine Eingebung. Sie nahm den Kutscher beim halb erhobenen Arm, zog ihn auf die Seite und tuschelte ihm etwas zu. Der Mann sah sie ungläubig an, dann blickte er auf den blinden Passagier, der sich mühselig aufrichtete. Anna tuschelte weiter. Der Kutscher kratzte sich am Kinn, ging einen Schritt auf Distanz, hängte die Peitsche ein, um Zeit zu gewinnen. Eines der schweißbedeckten Pferde scharrte laut und ungeduldig mit dem Vorderhuf, das andere schüttelte sich im Geschirr und rieb den Kopf gereizt an der Deichsel. Der Kutscher besann sich auf seine Aufgaben.

»Gemacht«, sagte er kurz, ohne den blinden Passagier eines weiteren Blickes zu würdigen. Hingegen folgten seine Augen, während er die Pferde ausschirrte und nach dem Stalljungen rief, Anna mit einer Mischung aus Bewunderung und Verachtung. Er pfiff leise durch die Zähne und ging seiner Arbeit nach.

Es war später Nachmittag. Die Dauer des Aufenthalts hing von der Gründlichkeit der Kontrolle ab. Desbrosses klopfte auf seinen Geldbeutel und grinste vielsagend. Die Frage: »Haben Sie nichts gegen die Befehle des Königs von Frankreich in Wagen oder Valise?«, werde er schnell beantwortet haben.

Madame de La Guepière wollte über Nacht auf den wesentlich besser ausgebauten Straßen Frankreichs weiterfahren, zweimal in der Nacht an den Stationen die Pferde wechseln und in sieben Tagen Paris erreichen, eine Reisezeit, die in Deutschland bei 1.800 Zollstationen völlig undenkbar war. Anna, die die lange, beschwerliche Anreise von Berlin nach Stuttgart noch schmerzhaft im Rücken spürte, fragte sich, wie das gelingen sollte, aber Desbrosses hatte versichert, der Reiseplan sei realistisch. Da sie das teure und unfreundlich servierte Essen der Poststationen von ihrer letzten Reise in schlechter Erinnerung hatte, nahm sie ihren Korb und ging zu der Bank am Haus. Neugierig betrachtete sie den jungen Rembrandt. Sie würde ihn malen. Wenn sie nur wüsste, wann.

Offenbar hatte er seine Glieder sortiert. Mit einem Sprung kam er auf die Füße. Er war mittelgroß und sehr schlank, beinahe schmächtig.

Zögernd schlenderte er auf sie zu, wie ein gehetzter Hirsch müde, aber würdevoll nach allen Seiten sichernd. Sie packte ihr Essen aus und betrachtete ihn. Wie schön er war. Zu schön für sie. Aber sein Porträt malen, das durfte sie.

»Was haben Sie dem Kutscher nur gesagt?«, staunte er, ohne sich vorzustellen.

»Dass Sie mein Liebhaber sind, der mir heimlich nachgereist ist.«

Rembrandt warf den Kopf in den Nacken und lachte lautlos. Dann setzte er sich neben Anna, umschlang sie mit beiden Armen und küsste sie.

Der Kuss eines Genies, dachte Anna, wenn das kein gutes Omen für Paris ist. Und sie erwiderte die unerwartete Attacke nach dem ersten Zurückschrecken so leidenschaftlich, dass der Kutscher, der die dampfenden Pferde vorbeiführte, den Kopf schüttelte und zu dem Wirt bemerkte, die Lasterhaftigkeit sei in Lothringen fortgeschrittener als in Württemberg, was diesen so erzürnte, dass er ihm kein Bier ausschenken wollte.

»Meine Retterin«, murmelte Rembrandt, »meine wunderschöne Retterin, wohin fährst du?«

»Paris«, antwortete Anna knapp. Gottlob hatte Madame de La Guepière diesen Kuss nicht gesehen, sie hätte ihr vermutlich die gemeinsame Weiterfahrt aufgekündigt. Das wäre ein schönes Vorbild für die jungfräulichen Töchter, die durch Desbrosses' aufdringliche Heiterkeit den ersten Reisetag vor Verlegenheit nur kichernd und errötend verbracht hatten.

Rembrandt riss die Augen auf. Bevor er weitere Fragen stellen konnte, auf die sie keine Lust hatte zu antworten, fragte sie schnell, wovor er flüchte.

»Sieht man das?«

»Dass du auf der Flucht bist? Warum würdest du sonst auf diese unbequeme Art reisen?«

»Weil ich kein Geld habe vielleicht?«

Sie betrachtete den ausdrucksvoll geschwungenen Mund, mit dem er sie bis zur Atemlosigkeit geküsst hatte, spürte noch einmal seine Lippen und schloss die Augen.

»Ich fliehe vor dem Herzog«, murmelte er, nahm ihre Hand und bedeckte sie mit Küssen.

Anna entzog sie ihm. »Wo willst du hin?«

Genau das wusste er nicht. Er hatte die Physik studiert, war aber vor der Willkür der berühmten Kadettenanstalt des Herzogs Carl Eugen aus Stuttgart geflüchtet. Die harte Disziplin und die drakonischen Strafen bei den geringsten Vergehen hatten ihm derart zugesetzt, dass er nur einen Ausweg sah: Flucht aus dem Land, vielleicht nach Karlsruhe zum badischen Markgrafen, vielleicht zu Kurfürst Carl Theodor, deren Güte und Großherzigkeit man rühme.

»Aber jetzt …« Er betrachtete Anna, als sei sie Venus, unversehens aus schäumenden Meereswogen vor ihm aufgestiegen.

Sie fuhren zusammen nach Paris, er auf dem Bock neben dem Kutscher, sie mit den Damen Guepière und mit Desbrosses im gut gepolsterten Chassis.

Paris 1766

❧ 1 ❧

DIE SCHRECKLICHE NACHRICHT platzte in die fröhliche Gesellschaft wie eine Granate. Der Bildhauer Etienne Falconet feierte mit allen Freunden sein Abschiedsfest. Er hatte den gewaltigen Auftrag bekommen, ein überlebensgroßes Reiterstandbild Peters des Großen zu errichten, ein Auftrag, der mehrere Jahre in Anspruch nehmen würde. Zarin Katharina II. hatte ihn nach Petersburg eingeladen, und Falconet hatte 25 Holzkisten gepackt mit Hohlformen, Gipsmodellen, mehreren Marmorstatuen, seinem gesamten Werkzeug und Bildhauerzubehör. Allein vier Kisten waren nur mit Büchern gefüllt, denn Falconet verstand sich nach seinen »Betrachtungen über die Bildhauerei«, die er für die Enzyklopädie verfasst hatte, auch als Schriftsteller. Der Autor und Herausgeber dieses großen Werkes war sein Freund, der Philosoph Denis Diderot. Falconets Selbstverständnis stachelte Diderot zu endlosen Spotttiraden an: »Zweihundert Bücher! Freund, ins eiskalte Russland solltest du deine Kisten mit Pelzmützen und Schals füllen! Hast du überhaupt etwas an persönlichem Bedarf dabei?«

»Ich habe Marie«, erklärte Falconet und sah mit väterlicher Zärtlichkeit auf eine zierliche junge Frau mit schlichter Frisur, die Anna für seine Haushälterin hielt.

Fürst Gallitzin, Gesandter der Zarin in Frankreich und großzügiger Freund der Pariser Künstlerszene, durch dessen Vermittlung der Auftrag zustande gekommen war, prostete allen zu: »Marie Collot wird ihn besser wärmen als ein

Bärenpelz! Und seine Seele wird sie behandeln wie das Porzellan von Sevres! Auf Marie-Anne Collot! Auf Russland!«

Sie tranken einander zu, zum etwa hundertsten Mal an diesem Abend, und Anna war schon vom Wassertrinken schwindlig.

»Mein bester Diderot, Ihre Idee hieße, Eulen nach Athen tragen«, erklärte Gallitzin, »Mütterchen Russland produziert die feinsten Zobelpelze!«

Sie saßen in Falconets Haus in der Rue d`Anjou, einer ruhigen schmalen Straße im Faubourg Léveque, die von der alten baufälligen Kirche Madeleine zu den prächtigen Villen der Botschafter auf der Rue St. Honoré führte. Falconet hatte sein dreiflügeliges Haus mit Atelier in unmittelbarer Nähe des Palais d'Elyssée, das der König seiner berühmtesten Mätresse errichtet hatte, gebaut, eine Lage, die nach dem Tode der Pompadour nicht schlechter wurde.

Anna hatte noch nicht viel von dieser Stadt gesehen, die sie beim ersten Anblick gleichermaßen fasziniert und erschreckt hatte. Sie war erst wenige Wochen in Paris, hatte pünktlich zum 17. August ihr Rezeptionsstück an der königlichen Akademie eingereicht, war staunend durch die belebten engen Gassen und über die neu erbauten breiten, reichen Boulevards der riesigen Stadt spaziert und hatte begonnen, die Visiten zu machen, die La Guepière ihr empfohlen hatte. Dies war kein leichtes Unterfangen. Schon mehrere Male hatte sie sich verirrt und war unverrichteter Dinge, aber mit geschwollenen Füßen, in ihre Pension zurückgekehrt. Paris war die größte Stadt, die sie je gesehen hatte, sie musste zehnmal so groß wie Berlin sein. Die Straßen waren dunkle Fluchten mit fünfstöckigen Häusern, die vor Dreck nur so starrten und entsetzlich nach Unrat stanken.

Der Bildhauer Etienne Falconet, sonst eher von asketischem Wesen, hatte an seinem Abschiedsmenu nicht gespart, und Fürst Gallitzin, jeglichem Dünkel abhold, hatte Wein von der

Loire spendiert. So war ein kleiner, aber erlesener Kreis von Künstlern und Intelligenzia zusammengekommen, die das Paris jener Jahre geistig dominierten: der Philosoph Denis Diderot, der Kupferstecher Georg Wille und der kleine Lemoyne, Falconets Lehrer, der so zierlich war, dass Anna sich fragte, wie er jemals riesige Marmorblöcke bearbeitet hatte. Diderot kam in Begleitung von Madame Geoffrin, der berühmten Salonière, die gerade aus Wien zurückgekehrt war, wo sie Diderot bei der Herausgabe seiner Enzyklopädie mit ihrer Verbindung zum Wiener Hof entscheidend geholfen hatte. Auch Diderots Freund, der Maler Jean Siméon Chardin, war gekommen.

Alle waren in ausgelassener Stimmung, manchmal auch wehmütig wie Diderot, der behauptete, seinen Freund schon jetzt zu vermissen, und ihn ständig beschwor, mit ihm in Korrespondenz zu bleiben. Wohl zum hundertsten Mal an diesem Abend fragte er: »Du wirst mir doch schreiben, mein Seelenfreund?«

Falconet verzog sein Faungesicht zu einem ungeordneten Haufen Falten, als müsse er über diese Frage lange und ernsthaft nachdenken, und stürzte damit seinen Freund in tiefe Verzweiflung.

»Marie! Schreib du mir, er will es nicht tun!«, rief Diderot.

Marie-Anne Collot lächelte ein sanftes Madonnenlächeln. Sie brachte das Essen, füllte Wein und Wasser nach, sprach kaum, lachte aber oft voller Begeisterung. Gern schien sie Paris gegen das unbekannte Petrograd zu tauschen, wie eine Forscherin, die sich auf die Entdeckung eines seltenen Schmetterlings freut. Sie zählte höchstens zwanzig Lenze. War sie eines jener armen Landkinder, die bereits im zarten Alter an wohlhabende städtische Haushalte verkauft wurden?

Die Stimmung war auf dem Höhepunkt, als die Diskussion über die ›maniere à la greque‹ entflammte, eine Mode, die Falconet hasste.

»Ohne Seele! Eklektizistisch! Manieriert!«, schrie er, mit den Händen derart herumwedelnd, dass mehrere Kerzen erloschen.

»Aber La Guepière arbeitet doch auch à la greque«, wandte Anna ein. Falconet breitete die Arme aus: »Unser verehrter gemeinsamer Freund La Guepière, liebe Madame Therbouche, arbeitet nicht nach dieser scheußlichen Mode, überall Säulen aufzustellen, wo sie nicht hingehören! Er hat die Architektur der Griechen studiert, er hat ihren Sinn verstanden, so wie ich versuche, ihn zu verstehen! Wenn aber tout Paris à la greque ist, dann hat tout le monde in dieser flatterhaften Stadt wieder einmal nichts begriffen, sondern jagt nach dem ›gout pittoresque‹ der nächsten leeren Form hinterher, einer Larve, hinter der sich das Nichts verbirgt … ach, was sage ich«, unterbrach er sich, »das Nichts hätte ja noch eine philosophische Dimension! Nein, hinter der Larve à la greque verbirgt sich die Dummheit mit ihrem blöden Grinsen!«

Anna verstand den Widerspruch nicht. Vor dem Diner hatte sie Falconets zierliche Figürchen aus kostbarem durchscheinendem Biskuitporzellan bewundert, die er für die berühmte Porzellanmanufaktur von Sevres entworfen hatte. Diese waren sicherlich das Gegenteil des neuen Stils à la Greque, aber Falconet hatte verächtlich gesagt: »Madame, Sie sehen den Kitsch des letzten Jahrzehnts, den Auswurf dieses dekadenten Jahrhunderts, ausgeführt von einem Sklaven des schlechten Geschmacks!«

Falconet habe die Arbeit als Direktor der Modellierabteilung von Sevres gehasst, erklärte Diderot Anna vertraulich. Der königliche Maler und Direktor der Académie des Beaux Arts, Francois Boucher, hatte die Entwürfe gezeichnet, und Falconet hatte sie ausgeführt, fraglos erfolgreich und bei gutem Salair, aber er habe sich zum Kunsthandwerker degradiert gefühlt und sei glücklich über den Auftrag der Zarin, der ihn vermutlich die nächsten drei Jahre beschäftigen werde.

Anna war erleichtert, dass Falconet großzügig und nicht nachtragend war. Sie hätte die Schulden Philippe de la Guepières begleichen sollen, aber im letzten Moment hatte dieser wieder keinen Sous übrig gehabt. Guepière hatte das Honorar für eine Skulptur Falconets im Stuttgarter Schloss entgegengenommen, aber die Kosten für das Haus in Paris, das er für seine Familie angemietet und eingerichtet hatte, verschlangen das Honorar, und er konnte seine Schuld wieder einmal nicht zurückzahlen. Der Finanzmakler Desbrosses musste ohne Falconets Geld abreisen, stattdessen mit einer weitschweifigen Erklärung, deren Botin ausgerechnet Anna war. Ihr war diese Aufgabe einem Unbekannten gegenüber sehr peinlich. Zu ihrer Erleichterung hatte Falconet ihre Situation feinfühlig erfasst, hatte ihre Hand geküsst und sich besorgt nach dem Befinden seines Freundes Guepière erkundigt, und sie hatte aufgeatmet und ihm von der Raffinesse seiner Stuttgarter Schlösser berichtet, deren Supraporten sie gemalt hatte.

Und mitten in diese Diskussion um die Mode à la greque platzte jetzt die furchtbare Nachricht, überbracht von keinem Geringeren als dem Assistenten des Akademiedirektors Francois Boucher. Dieser Unglücksrabe namens Emanuel Noir war gesandt worden, die Zeichnungen seines Herrn zu holen. Falconet war außer sich vor Zorn.

»Glaubt Boucher, ich würde seine Entwürfe in Russland meistbietend versteigern?«, schrie er voller Zorn. »Das sieht ihm ähnlich! Statt sich von mir mit einer Bouteille zu verabschieden, schickt er seinen Wurm von Assistenten und will seine lächerlichen Zeichnungen zurück! Als ob ich die Erinnerung an meine Fronarbeit aufbewahrt hätte!«

Er legte dem verlegenen Noir einen Arm um die Schulter und lud ihn zum Essen ein, da er doch für diesen peinlichen Auftrag nichts könne: »In Sevres werden die Blätter liegen, mein Bester, suchen Sie dort, wenn Sie mögen!«

Anna lachte. Falconet war ein merkwürdiger Mensch. Sein Freund Guepière hatte sein Honorar veruntreut, und er erkundigte sich besorgt nach dessen Befinden. Einige Zeichnungen aber brachten ihn in solche Rage!

Später verging ihr das Lachen. Marie, der Koch und ein Diener schleppten große Schüsseln mit coq au vin herein. Es mundete großartig, der spritzige Weiße von der Loire tat auch bei Noir seine Wirkung, und so plauderte er freimütig über eine Frau, die sich erkühnt habe, ihre Bewerbung bei der Akademie einzureichen.

»Dabei kann sie gar nicht malen!«, kicherte Noir. Man solle Frauen ohnehin nicht an Akademien zulassen, erklärte er großspurig, Rosalba Carriera sei eine große Ausnahme gewesen, sie habe immerhin den König porträtiert.

»Aber schon diese andere, die ist doch nur als Gattin des großen Vien aufgenommen worden, gottlob beschränkt sich ihr Sujet auf Blümchen und tote Tiere, gut, die hatte mein Herr protegiert, aber Frauen im Allgemeinen sind zu keiner akademischen Ausbildung fähig ...«

»Wer? Welche Frau hat man nicht aufgenommen?«, unterbrach Diderot seinen Redefluss.

»Nun, diese Polin oder Preußin, mit dem unaussprechlichen Namen, diese Lischewski!«

Das angeregte Tischgespräch verstummte schlagartig. Alle sahen auf Anna. Sie saß am anderen Ende des Tisches und hatte die angetrunkene Rede Noirs nicht verstanden. Sie war glücklich, dass sie sich verständigen konnte und dass ihr Französisch verstanden wurde, aber dem schnellen, konsonantenverschluckenden Gebrabbel hatte sie nicht folgen können. Anna hatte der würdigen alten Madame Geoffrin gelauscht und bedankte sich gerade artig für deren Einladung in ihren Salon um die Ecke, in der Rue St. Honoré. Madame schlug einen Dienstag vor, an dem das Thema die schönen Künste sein sollten, über deren moderne Entwicklung sie sich mit ihren Gästen auseinandersetzen wolle.

Eben wollte Anna die Gabel mit dem köstlichen Hühnchen zum Mund heben, als sie feststellte, dass alle sie ansahen. Falconet, der eine neue Flasche Wein hatte öffnen wollen, hielt inne und schrie diesen Menschen an, der vorhin die Zeichnungen hatte abholen wollen. Aber was hatte das mit ihr zu tun?

Anna sah mitleidige Blicke, wandte sich fragend an Madame, aber diese war plötzlich wie verwandelt. Mit einem gelangweilten zerstreuten Lächeln wandte sie sich von Anna ab und begann leise und schnell mit Chardin, ihrem Nachbarn zur Linken, ein Gespräch über Steinleiden.

Chardin hörte ihr nicht zu, sondern betrachtete Anna teilnahmsvoll, auf jene mitleidige Art, die sie nicht ausstehen konnte. Aber vielleicht drückten ihn auch nur seine Gallensteine.

»Was ist geschehen?«

Und dann erfuhr sie die bittere Wahrheit. Die königliche Akademie hatte ihr Werk abgelehnt. Ihr Bild, das Abendessen bei Kerzenschein, gefiel den hohen Herren nicht. Anna ließ die Gabel sinken und sah in die stummen Gesichter.

Diderot spielte verlegen mit seiner Serviette, einer hüstelte, einer eilte hinaus. Noir, nicht begreifend, was er angerichtet hatte, hob fröhlich sein Glas und rief angetrunken: »Es lebe Russland, es lebe die Kunst, verehrter Académicien Falconet!«

Niemand hob sein Glas. Noir ließ sein Glas sinken und betrachtete unsicher die Runde, in der keiner mit ihm trinken wollte. Hastig leerte er das Glas und verdrückte sich zum Abtritt.

Anna saß wie erstarrt. Das konnte, das durfte nicht wahr sein. Ein dummes Gerücht, schoss es ihr durch den Kopf, lieber Himmel, wenn die Luft in Berlin von Gerüchten und Hofintrigen nur so schwirrte, dann musste sie in Paris davon vergiftet sein. Die Nachricht über ihre Aufnahme würde sie offiziell und schriftlich erreichen. Nicht von dem Geschwätz vergiften lassen, befahl sie sich, es ist nur ein Gerücht.

Aber es war kein Gerücht, und schlimmer, es wog schwer. Plötzlich war ihr eiskalt. Falconet kam zu ihr.

»Machen Sie sich nichts draus, Madame! Diese Akademie besteht aus einem Haufen von Schwachköpfen.« Er goss ihr das Glas nach.

»Schwachköpfe oder Genies, sie haben soeben mein Leben vernichtet«, murmelte Anna. Sie wünschte sich weit weg, in ein anderes Leben, eine andere Zeit. Sie versuchte sich zu erheben, aber ihre Beine glitten unter ihr weg, als gehörten sie ihr nicht. Alles war weiß, ohne Blut, ohne Leben, weiß wie eine Leere, in der es nichts mehr gab, keine Liebe, keine Menschen, nur Einsamkeit, Vergessen und Kälte.

Falconet stützte sie unter einem Arm, unter den anderen griff jemand, den Anna nicht wahrnahm. Halb trugen, halb führten die Männer Anna zu dem Diwan.

Falconets lebendiges Faungesicht war erfüllt von ehrlicher Anteilnahme.

»Nur der Hass kann das Leben vernichten«, sagte er ernst.

Anna blickte von ihm zu Diderot, der an ihrer linken Seite war.

»Den Hass habe ich bereits besiegt«, sagte sie. Diderot lachte leise. Es klang bewundernd.

»Bravo, Madame! En garde!«, feuerte Falconet sie an. »Was kümmern uns die Messieurs Kunstrichter! Auch mein Rezeptionsstück wurde von der Akademie abgelehnt, eh bien? Morgen bin ich auf dem Weg nach Russland, um mein Lebenswerk zu schaffen!«

Abgelehnt? Falconet, einer der ersten Bildhauer Frankreichs? Der Schöpfer des bezaubernden ›Amor menacant‹ und der ›Badenden‹, deren Kopien in allen Schlössern Europas begehrt waren? In Anna erwachte so etwas wie Interesse, obwohl alles in ihr tot und starr war. Fragend blickte sie ihn an.

»Vor zwanzig Jahren reichte ich meinen Milon von Kroton ein«, erzählte Falconet. »Ich meißelte den Moment in

Marmor, in dem der Löwe den Überraschten am Bein packt und zu Boden reißt. Der stärkste Athlet der Antike besiegt von einer Bestie! Abgelehnt!«

Lemoyne kam mit einer nassen, kalten Leinenserviette und legte sie auf Annas Stirn.

»Es ist wahr!«, bestätigte er. »Und zur Begründung führten sie an, mein Schüler hätte Puget kopiert! Einfach lächerlich! Puget hat dasselbe Thema fast zwei Klafter hoch ausgeführt, mit einem stehenden Milon. Etiennes Skulptur misst nur zwei Fuß!«

»Ich musste ein weiteres Stück einreichen! ›Das Genie der Skulptur stützt sich auf einen antiken Torso‹ zwangen sie mir als Thema auf!«

Falconet vollführte eine ironische Verbeugung. »Mir! Der ich nichts mehr hasse als verwirrende Allegorien in ihrem unfruchtbaren Überfluss! Mir, dem Todfeind des Klassizismus! Aber ich habe ihnen ihr Schulthema gemeißelt in Anwesenheit der Professoren der Kommission, und sie haben es akzeptiert.«

Wenn einem Unrecht geschieht, erzählt jeder von seinem erlebten Unrecht, dachte Anna. Die trostlose Leere überrollte sie wie eine Lawine, unter der sie hilflos, zur Unbeweglichkeit verdammt, zu erfrieren drohte. Unendlich mühsam verzog sie ihren Mund zu etwas, das hoffentlich wie ein Lächeln aussah, als fühle sie sich durch Falconets Schicksal getröstet. Aber sie wünschte inbrünstig, die Erde möge sich auftun, genau hier unter diesem teuren Eichenparkett, und möge sie verschlingen.

Von der Tafel drang gedämpftes Gemurmel. Sie reden über mich, fuhr es Anna durch den Kopf, oh mein Gott, wie werden erst alle in Berlin über mich reden, wenn ich, gescheitert und gedemütigt, wieder in der ›Weißen Taube‹ die Gäste begrüße. Die Schande drehte ihr den Magen um. Sie verbarg das Gesicht in den Händen und wies den Wein zurück, den Falconet ihr reichte.

Diderot hatte Falconet nachdenklich zugehört. Durch den Vorwurf der Kopie Pugets hellhörig geworden, fragte er plötzlich: »Was ist eigentlich die Begründung für Madame Therbouches Ablehnung?«

Emanuel Noir war nicht zu finden.

»Kein Wunder, früher wurden die Boten schlechter Nachrichten geköpft«, erklärte Fürst Gallitzin drohend.

Aber Marie, ein riesiges hölzernes Tablett mit Glasschälchen voller Pudding in den Händen, brachte den Schlotternden zurück. Es sah aus, als triebe sie ihn vor sich her. Er habe doch nicht gewusst ... Ein ums andere Mal entschuldigte der Assistent Bouchers sich bei Anna, er schien völlig zerknirscht.

Marie Collot ließ seine Entschuldigung nicht gelten. Habe er nicht verkündet, Frauen könnten nicht malen?

Bouchers Assistent wand sich. Das sei nicht seine Meinung, das sei die Begründung der Kommission ...

»Was sagen Sie? Die wollen keine Frau aufnehmen?« Die zierliche Marie Collot schien plötzlich zu wachsen, während der große, unbeholfene Assistent, der sie um zwei Köpfe überragte, zu schrumpfen schien. Das Tablett schwankte in ihren Händen wie ein Schiff bei Windstärke acht, die Schälchen klapperten entrüstet.

»Nicht grundsätzlich ... nein ... die Professoren glauben nicht, dass dieses Bild von einer Frau gemalt sein könnte ... Ihr Bild, Madame, verzeihen Sie.«

»Nicht von mir? ›Mein Diner bei Kerzenschein‹?«

»Das Nachtstück, ja. Die Herren Professoren halten es für das Werk einer männlichen Hand, verzeihen Sie, Madame.«

Anna lachte hysterisch auf. Wenn es nur das war! Sie konnte doch beweisen, dass das Bild von ihr war.

Marie Collot schrie den Assistenten wütend an: »Das hat Methode, nicht wahr? Die Methode dieser ehrwürdigen Akademie! Oh, Sie sind nicht die Erste, Madame«, wandte sie sich zu Anna mit einem Schwung, der sämtliche Dessertschälchen klirrend nach Backbord treiben ließ, »und Sie werden auch nicht die Letzte sein! Es ist gerade 40 Jahre her, da hatte sich eine Niederländerin, Marguerite Haverman, an der Akademie beworben. Sie malte ganz allerliebste Stillleben, und was geschah?«

Böse betrachtete sie alle Gäste, als seien sie schuld am Schicksal der Margaretha Haverman.

»Ihre Ehre hat man ihr genommen, rausgeworfen hat man sie!«

Marie Collot knallte das Tablett auf die Anrichte. Die Schälchen verstummten. Von der Tafel war kein Ton zu hören.

Anna hatte das Gefühl, als ob sie dies alles nicht beträfe. Maries Zorn drang zu ihr wie durch ein dickes Federplumeau gedämpft. Sie war nicht aufgenommen worden. Weil sie eine Frau war? Der Grund erschien ihr vorgeschoben. Sie war eben nicht gut genug. Oder zu gut für eine Frau. Welch lächerlicher Widerspruch. Die Gründe interessierten sie nicht. Ihr Traum war zerplatzt, diese Niederlage war die Strafe für ihren Hochmut. Sie hätte ihrem Gatten dienen, sich um ihre Kinder und um die Wirtschaft kümmern sollen, so wie es Millionen von Frauen ihr Leben lang taten. Hochmut kommt vor dem Fall, diesen Satz hatte sie von ihrer Schwiegermutter jeden Tag gehört. Aber sie hatte nach dem Lorbeerkranz greifen müssen.

Marie deutete wütend auf die zierlichen Sevres-Skulpturen: »Wird jemand Monsieur Falconet die Urheberschaft für diese kleine Gärtnerin absprechen, weil ich sie gestaltet habe? Wird jemals mein Name genannt werden, weil ich den Kopf Peters des Großen modelliert habe?«

Sie wandte sich an Anna: »Das Leben hat für uns Weiber Ehen und Kinder vorgesehen, Fürsorge kranker Gatten, Brutpflege und Hauswirtschaft. Sind wir in die falsche Domäne geraten, werden wir vertrieben.«

Anna beschaute die erregte junge Frau. Und sie hatte Mademoiselle Collot für Falconets Haushälterin gehalten! Sogar ich, eine Kollegin, dachte sie beschämt, bin dem

Klischee aufgesessen, dass junge Frauen in Begleitung von Künstlern Gattinnen oder Haushälterinnen sein mussten, nicht etwa eine Ateliergemeinschaft bildeten. Innerlich leistete sie Abbitte. Marie Collot war schön. Der Zorn hatte ihre Wangen gerötet, eine Locke hatte sich aus ihrem strengen, kunstlosen Dutt gelöst und fiel auf ihre Schulter. Falconet betrachtete sie zärtlich, Diderot mit einem feinen ironischen Lächeln. Am Tisch war es still geworden.

Wie jung sie war! Anna fragte nach Maries Alter. Sie war 19 Jahre, schon mit 15 hatte sie bei Falconet gelernt.

Himmel, in ihrem Alter hat man mich beinahe zu Tode gebracht, dachte Anna. Wie energisch Marie ist, und dabei so schlicht, so unschuldig. Sie hat ihre gesamte Laufbahn noch vor sich, und ich hänge an der Aufnahme in diese Akademie wie eine alte Wölfin an der Kehle des Hirsches. Ich habe keine Zeit zu verlieren, will ich den Herbst meines Lebens als Künstlerin bestehen. Sie sah den Zorn in Maries schönen dunklen Augen und vermisste ihn bei sich. Ich werde alt, dachte sie erschrocken, alt und müde. Ich habe nicht mehr die Kraft zur Wut, mich erfüllt nur eine tiefe Mutlosigkeit.

Diderot hatte Anna beobachtet. Die energische Preußin war ihm sympathisch. Marigny und Cochin hatten sie empfohlen, es musste etwas an ihr dran sein, auch wenn er ihre Bilder noch nicht gesehen hatte. Die Überheblichkeit der Pariser Akademie war ihm nichts Neues.

»Ihr Geist und Ihr Herz sind wie ein Garten, Madame«, begann der Autor der »Indiskreten Kleinode« behutsam, »entscheiden Sie, wie Sie ihn anlegen! Hass und Rache sind Unkraut, das andere Pflanzen ersticken kann. Lassen Sie Ihren Garten nicht verwildern! Lassen Sie das Licht Ihrer wunderbaren künstlerischen Energie scheinen, Ihre Liebe, Ihre Großzügigkeit! Sie werden sehen: Ihr Garten wird gedeihen und Ihnen Freude machen.«

Diese Worte hätten von Lessing sein können. Ihr fiel ein, dass Lessing für Herrn Diderot eine große Verehrung hegte. Sie hob den Kopf und blickte in Diderots intelligente wasserblauen Augen, die sie aufmunternd ansahen. Das hatte er sehr poetisch gesagt. Aber im Moment wünschte sie sich weit fort in ihren wirklichen Garten nach Berlin. Lieber fünf Jahre lang tatsächlich Unkraut jäten und Schnecken absammeln, als sich noch einmal an dieser Akademie bewerben.

Doch sie hatte nicht mit Falconet gerechnet.

»Wie wundervoll du das gesagt hast, Denis, Freund meiner Seele!«, rief er empathisch aus. »Nun fehlt noch der Garten, und was ist des Künstlers Garten? Sein Atelier!«

Er nahm Annas Hände und erklärte feierlich: »Sie geben jetzt nicht auf, Madame! Aus meiner Erfahrung sage ich Ihnen: Das letzte Wort ist nicht gesprochen! Kommen Sie!«

Er winkte einem Lohndiener und führte Anna an der vereinsamten Tafel vorbei ins Parterre, ging über den weiträumigen Innenhof und öffnete eine Tür. Der Diener ging mit dem Leuchter hinein. Es war das größte, schönste Atelier, das Anna je gesehen hatte, größer als das unstreitig großzügige von Verschaffelt in Mannheim.

»Ich habe die gesamte Gartenwand Stück für Stück durch Fenster ersetzt«, sagte Falconet stolz, »jedes Salair in Sevres brachte einen Lichtstrahl mehr hinein, um die Dinge zu schaffen, die ich als meine Berufung sehe.« Er deutete auf einige Terrakottaentwürfe und Gipsfiguren.

Anna zeigte sich beeindruckt, als das Licht auf eine Bronzebüste Falconets fiel. Sein lebhafter Blick, das faunenhafte Lächeln und sein wirres natürliches Haar nahmen den Betrachter für ihn ein.

»Es muss um so vieles schwieriger sein, sein Selbstporträt dreidimensional nach der Natur zu schaffen.«

»Es ist kein Selbstporträt«, sagte Falconet kurz, »ich kann keine Köpfe. Ich habe sogar einmal einen zerschlagen, nachdem er kritisiert wurde.«

Anna stand etwas verwirrt vor der Büste.

»Sie ist von Marie«, sagte Falconet, »ich habe ihr nicht mal gesessen, dazu war nie Zeit.«

Die Büste war ein Meisterwerk. Jeder hätte es für das reife Werk eines erfahrenen Meisters gehalten, aber es war das genialische Stück einer knapp 20-Jährigen. Hut ab, Marie Collot, dachte Anna beeindruckt.

»Und hier ist meine Bibliothek, Madame. Sie ist zwar arg gerupft, weil ich viele meiner Lieblinge mitnehme, aber für Sie ist noch genug da. Meine Liebe gilt vor allem den klassischen Dichtern, schmökern Sie! Die Lektüre macht Spaß, wenn Sie an Historienstücken arbeiten!«

»Dieses Genre ist Frauen versagt.«

»Was schert Sie das! Malen Sie, Madame, malen Sie, was Ihnen gefällt! Auch Homer ist nichts als ein Geschichtenerzähler, wir gehen viel zu heilig mit ihm um!«

Falconet zog einen Kupferstich aus einer Lade.

»Sehen Sie, dies hat der große Meister Raffael geschaffen. Es zeigt alle Philosophen, die Athen jemals hervorgebracht hat. Dort steht Platon, hier denkt Aristoteles, der Faltenwurf ihrer Gewänder ist wunderbar, die Bewegung erhaben. Der Goldene Schnitt ist klug eingesetzt mit dem halbnackten Diogenes auf den Stufen der Treppe, als Einziger in liegender Stellung, im Vordergrund denkt Heraklit, an einen steinernen Tisch gelehnt. Der Ausdruck, die Haltung, alles ist von erhabener Würde und vollendeter Schönheit. Aber ...«

Anna kannte die ›Schule von Athen‹. Konnte es ein ›Aber‹ geben angesichts dieses Meisterwerks?

»Aber was erzählt uns das Bild über die Gedanken und Taten der Philosophen? Über die Grundlage unseres heutigen Denkens, die Befreiung aus unserer geistigen Unmündigkeit?«

Falconet beantwortete die Frage selbst: »Nichts!«

Zum ersten Mal lächelte Anna. Falconets intelligenter Charme war unwiderstehlich.

»Sie werden ein neues Rezeptionsstück einreichen, Madame, und das malen Sie hier, in meinem Atelier. Ich bestehe darauf! Sie können es nutzen, wie es Ihnen beliebt, Sie können im kleinen Haus nebenan wohnen. Chevalier Gallitzin wird im Haupthaus residieren, sodass ich keine Sorgen um meinen Hausstand habe, wenn ich die nächsten Jahre in Petersburg arbeite.«

Anna atmete tief ein. »Monsieur, Ihr Atelier ist das schönste Geschenk, das ich je bekommen habe«, sagte sie mit rauer Stimme, »ich weiß nicht, wie ich Ihnen das vergelten kann.«

Falconets Faungesicht durchzogen viele feine Fältchen.

»Vielleicht erzählen Sie mir etwas von Berlin, wo ich doch über diese Stadt nach Petersburg reisen werde.«

»Oh bitte! Seien Sie mein Gast! Sie müssen in der ›Weißen Taube‹ wohnen! Mein Gatte wird Sie beherbergen wie einen Bruder!«

Später fiel ihr ein, dass Ernst auf diese Weise von ihrem Scheitern an der Akademie erfahren würde, und ihr wurde heiß vor Scham. Wie dumm sie war! Wie konnte sie Falconet zu Therbusch schicken! Was sollte Ernst von ihr denken! Dass sie das Geld, das er mühsam erarbeitete, zum Fenster hinauswarf?

Aber es ist auch mein Geld, dachte sie, ich habe es in Stuttgart für meine Arbeit erhalten, und es ist in Paris nicht auf die schlechteste Art investiert. Ich kann lernen, Historienstücke zu malen, auch ohne akademische Ehren. Ich werde hier studieren, beruhigte sie sich, der Louvre ist ein Hort des Lernens, auch wenn ich nicht den Titel Académicienne mit nach Hause nehme.

Aber der Ehrgeiz, dieser unablässige Holzwurm, nagte an ihr. Welche Blamage, nicht als ›peintre du roi‹ aus Paris zurückzukehren! Welche Verschwendung! Sie musste Falconets Angebot annehmen, auch wenn es ihr kein Glück bringen sollte. Auch wenn der Weg steinig und die Aussicht auf Erfolg gering war.

❧ 2 ❧

AUF DER SEINE lag das unermessliche Licht des Spätsommers. In der Mitte des Flusses thronte zwischen träumendem Häusergewirr die Conciergerie in behäbigem Grau wie eine schlecht gelaunte Matrone. Ein Lastkahn, länger als alle Berliner Brücken, trieb auf silbernen Reflexen dem Pont Neuf entgegen. Auf der Ile de la Cité erhoben sich mächtig die breiten Türme von Notre Dame.

Anna verließ gerade die Kirche. Notre Dame hatte sie überwältigt. Noch nie hatte sie eine derart riesige Kirche gesehen, die dennoch, obwohl sie sich beinahe darin verlaufen hatte, so harmonisch gebaut war.

Sie blieb draußen stehen und betrachtete das prunkvolle Portal mit den mächtigen Türmen, dann umrundete sie die Kathedrale und bewunderte das kuriose Strebewerk.

Bettler drängten sich um sie. Sämtliche Veteranen, die in den Kriegen ihre Gliedmaßen dem König geopfert hatten, schienen vor Notre Dame versammelt zu sein. Anna betrachtete sie voller Mitleid. Manche saßen auf selbst gebauten Wägelchen, andere schleppten sich mühsam auf Krücken voran, wieder andere waren blind. Frauen hockten an der Kirchenmauer und blickten sie mit leeren, vom Wahnsinn vernebelten Augen an.

Anna gab einige Sous und beeilte sich, der Menge zu entkommen, als eine Frau mit einem Kind sich an sie herandrängte. Anna wurde das Ganze zu viel. Schnell drückte sie der Frau einen Sous in die Hand und wollte der Enge entfliehen. Die Frau aber ergriff ihre Hand und legte ein Stück Papier hinein. Anna entfloh dem Kirchenplatz und wollte den Zettel schon fortwerfen, da blickte sie auf ein ungeschickt gemaltes Bildchen, das ihr Interesse erregte. Es war ein billiger Druck auf hartem, holzhaltigem Papier, das eine Frau in Rüstung mit einem Speer zeigte. ›Une auréole pour la Pucelle‹, forderte die Schrift darunter, es wollten also Menschen die Jungfrau von Orléans heiligsprechen.

Anna waren katholische Bräuche fremd. Aber Jeanne d'Arc kann mir gut als Vorbild dienen, dachte sie, während sie über den Pont Notre Dame schlenderte, eine schmale Gasse, eng bestückt mit dreistöckigen Häusern, Läden im Parterre. Johanna hatte sich durch nichts beirren lassen, hatte immer an ihrem Ziel festgehalten, nicht beim ersten Hindernis aufgegeben und war als Märtyrerin für ihre Idee gestorben.

Würde man ihr eine zweite Chance geben? Sie grübelte, wie sie weiter vorgehen sollte. Sie musste ein Bild malen, das die Akademieprofessoren vor Begeisterung von ihren hohen Rössern riss. Wenn sie ihr das eigene Rezeptionsstück nicht zutrauten, musste das, was sie einreichte, besser sein als das eines Mannes, besser als das eines französischen Künstlers. Die Zwickmühle bestand darin, dass es keinen Neid wecken durfte, sonst hatte sie nichts gewonnen.

Sie wich drei schwer beladenen Eseln aus, die scheinbar herrenlos zwischen dem Menschengewühl ihren Weg fanden, und ging nach links den Quai de la Feraille entlang. Sie mochte das lebhafte Treiben der Schrotthändler, Schmiede und Gerber dort, auch wenn es entsetzlich stank.

Auf keinen Fall durfte sie das Sujet wählen, mit dem Monsieur Boucher reüssiert hatte. Keine als Mythologie verbrämte Nacktszene, aber auch kein Historienstück. Diderot hatte von Greuze und Chardin geschwärmt, die angeblich das wahre Leben der einfachen Leute malten.

Das wahre Leben ist alles andere als eine Idylle, dachte sie und beobachtete die Wäscherinnen auf einem vertäuten Floß zwischen den beiden Brücken bei ihrer schweren Arbeit. Greuzes Familienbild erschien ihr, der mehrfachen Mutter, so wenig real wie Falconets Porzellanfiguren. Chardins Fleisch, Würste und Rochen zeigten bei allem abstoßenden Realismus letztlich den Wohlstand der Leute, die sich diese Dinge leisten konnten. Es fehlen die aufgesprungenen, blau gefrorenen

Hände der Wäscherinnen, es fehlen die schwarzen Fliegen, die sich auf dem verdorbenen Fleisch tummeln, das die Armen aus der Gosse fischen, es fehlt der Gestank der schwärenden Wunden der Kranken, dachte Anna und schauderte bei dem Gedanken. Die Härte des Lebens eignete sich nicht für ein Genregemälde. Deshalb durfte sie auch kein Selbstporträt als Rezeptionsstück einreichen. Wenn sie sich in ihrem momentanen Zustand malte, würde das Bild eines verhärmten bösen Weibes mit leeren Händen entstehen. So etwas wollte keiner sehen. Anna hatte 500 livres für die Aufnahmeprüfung der königlichen Akademie bezahlt. Man hatte ihr nicht, wie seinerzeit der gefeierten Madame Rosalba Carriera, die Mitgliedschaft angetragen. Sie hatte sich beworben, und die Aufnahmegebühr war teuer. Alles in dieser Stadt war teuer. Kein Mensch kannte sie, wer würde sein Porträt bei ihr in Auftrag geben? Wovon sollte sie leben, wenn sie die Gebühr ein zweites Mal entrichten musste?

Anna zog ihr Tuch fester um die Schultern und ging zum Louvre hinüber. Der alte Königspalast bot vom Seineufer aus betrachtet keinen einladenden Anblick. Unkraut wucherte überall, Birken hatten sich ausgesät und waren zu Bäumen und Bäumchen herangewachsen. Die einst prunkvollen Kolonnaden waren verfallen. Im riesigen Innenhof des mächtigen vierflügeligen Komplexes hatte sich ein eigenes Quartier gebildet, erbaut aus den abgebrochenen Gebäuden des vor über 80 Jahren verlassenen Palastes. Sofort war Anna umringt von Verkäufern, die ihr Stiche aller möglichen Gemälde verkaufen wollten. Sie lehnte freundlich ab, aber ihr Lächeln wurde als Zustimmung genommen, und sie wurde weiter bedrängt, bis sie in die erste Etage geflüchtet war, in der die Akademie ihren Sitz hatte. Einige Professoren besaßen hier Ateliers, in denen sie auch ihre Schüler unterrichteten, aber auch Gäste des Hochadels bewohnten die Apartments der Bel Etage. Anna suchte den Aushang und erfuhr, dass man sie zum zweiten Mal zulassen würde. Für ihr neues

Rezeptionsstück stelle die Kommission ihr das Schüleratelier des Louvre zur Verfügung. In ihre Erleichterung über diese Entscheidung mischte sich Furcht. Sollte sie etwa vor den Augen der Professoren malen wie Falconet? Wie auch immer, sie bekam ihre zweite Chance!

Aufatmend blickte Anna aus einem der hohen Kassettenfenster auf die regelmäßige Gartenanlage der Tuilerien, die im Gegensatz zum Louvre sorgfältig gepflegt war. Blumen leuchteten in satten Herbstfarben. Um die runden Wasserbecken herrschte lebhaftes Treiben. Der leichte Wind hatte Kinder angelockt, die kleine hölzerne Segelboote um die Wette segeln ließen.

Anna lächelte und erinnerte sich, wie sie mit ihren Kindern Rindenboote auf der Spree hatte schwimmen lassen. Wie hatten die Kleinen geweint, als die winzigen Boote niemals den Weg zurückfanden! Diese Kinder hatten es besser, an den Mauern der Bassins landete jedes Schiffchen wieder an, auch wenn der Wind es kentern ließ. Früh zeigt sich, wer ein guter Ingenieur ist, dachte Anna, und die Gespräche mit Kurfürst Carl Theodor fielen ihr wieder ein. Kinderspiele waren nichts Verderbliches, im Gegenteil, die Kinder gewannen viele nützliche Erkenntnisse durch ihr Spiel. Ihr Herz tat keinen Sprung mehr bei dem Gedanken an den Kurfürsten, nur ein zärtliches Lächeln umspielte ihren Mund.

Langsam schritt Anna die breiten Stufen hinab und kehrte quer durch die Tuilerien zur Rue d'Anjou zurück. Sie hatte drei Wochen Zeit, ein neues Aufnahmestück einzureichen.

Ihr Weg führte sie über den großen freien Platz am hässlichen vernachlässigten Ende der Tuilerien, auf dem die Baumaterialien der abgebrochenen Gebäude ihrer Wiederverwendung seit Jahren harrten. Die Ärmsten der Stadt hatten sich darin eingerichtet und hausten in höhlenartigen Katen zwischen Bergen von Unrat. Es stank erbärmlich, und das Elend war unbeschreiblich. Eine Frau kreischte ihrer Nachbarin etwas zu, die kreischte zurück, dann lachten beide aus zahnlosen Mündern. Ein Hund an einer viel zu kurzen Kette kläffte wütend und versuchte, nach Annas Füßen zu schnappen.

Hier werde ich auch bald hausen, wenn nicht ein Wunder geschieht, dachte Anna, wenn ich kein Bild verkaufe, werde ich im Winter hier erfrieren. Der Gedanke peinigte sie. Eng hüllte sie sich in ihr Tuch, eilte über den Platz in die Rue St. Honoré an den prächtigen Häusern der Gesandten vorbei und bog in die Rue d'Anjou ein.

Leben war in der schmalen Gasse. Große weiße Ziegen zogen Karren mit Milchkannen, Hausierer boten laut ihre Waren an, Dienstboten eilten in Geschäfte und Werkstätten, Kinder schrien. Anna wich erst einer Sänfte aus, die von zwei mageren, schweißbedeckten Männern geschleppt wurde, dann einem Edelmann, der sein Pferd rücksichtslos im Galopp durch die Gasse trieb. Sie musste mit Desbrosses reden. Vielleicht konnte er Geld auf ihre Bilder leihen oder sogar eines verkaufen.

Sie überquerte Falconets gepflasterten, mit Bäumchen in Kübeln geschmückten Innenhof und schloss die Tür zum Atelier auf, da tauchte er urplötzlich auf, in heruntergekommener Kleidung, ohne Hut, nur ein lächerliches Tuch hatte er um seine wirren Haare gebunden.

Rembrandt war wieder da. Vor sechs Wochen war er kurz vor dem Pariser Stadttor vom Bock des Kutschers gesprungen und mit fröhlichem Lachen verschwunden, um seinen illegalen Weg in die Stadt zu suchen. Er machte wenig Umstände, schob sie ins Atelier, schloss die Tür und küsste sie.

Dieses Mal war Anna nicht für Überraschungen solcher Art zu haben. Böse schob sie ihn von sich und herrschte ihn an: »Was erlaubst du dir? Du kompromittierst mich und bringst dich in Gefahr!«

Alles sei völlig in Ordnung, versicherte er zusammenhanglos, er habe eine Anstellung bei einem Tischler gefunden: »Besser ein guter Tischler als ein schlechter Physiker!«

Er verzog seinen schönen Mund zu jenem hinreißenden Lächeln, das sie bezauberte. Sofort ärgerte sie sich, denn zweifellos spürte er, dass sie ihn unwiderstehlich fand. Schon griff sein Arm wieder um ihre Taille. Da kam ihr eine Idee. Sie riss sich das Tuch von den Schultern und griff nach ihrem Malkittel.

»Setz dich dort hin und rühr dich nicht vom Fleck!«, befahl sie ihm und wies auf den Hocker, der im Atelier stand, genau in einem breiten Streifen Nachmittagssonne.

Er tat brav wie ihm befohlen. Sie griff nach ihrem Rötel und begann eine Skizze, nur als Probe, mal sehen, wie er sich machen würde. Eine erotische nackte Frau, das würde ihr ohnehin keiner abnehmen, aber ein junger Mann, das könnte gehen. Er lümmelte herum.

»Sitz still!«, befahl sie. »Setz dich wieder so hin, wie du gesessen hast!«

Er drehte ihr den Rücken zu.

»Das ist kein Spaß!«, schrie sie. »Das ist meine Profession, und ich werde reüssieren, ich bin ebenso wenig zu meinem Vergnügen hier wie du, Rembrandt!«

Sie biss sich auf die Lippen. Jetzt hatte sie verraten, wie sie ihn nannte. Schwerer wog allerdings, dass sie ihn nie nach seinem Namen gefragt hatte, sich aber von ihm hatte küssen lassen.

Er drehte sich auf dem Hockerchen herum und strahlte sie an.

»Zu viel der Ehre, verehrte Saskia!«, versicherte er mit einer angedeuteten Verbeugung.

»Ich bin nicht deine Saskia, und du bist nur mein Modell«, sagte sie barsch, »lerne still zu sitzen und den Winkel des Gesichtes nicht zu drehen. Sieh mich an! Ja, genau so! Bleib nur eine halbe Stunde so sitzen, du Zappelhans, und sprich nicht.«

Er gehorchte, nicht ohne sich schelmisch zu erkundigen, was er dafür später bekäme. Sie versprach ihm eine Tasse

Schokolade und erntete Gelächter, das er sofort wieder einstellte, als sie ihn strafend ansah.

»Du schaust wie meine Mutter, wenn ich gekleckert hatte!«, beschwerte er sich.

»Ich könnte deine Mutter sein«, sagte Anna und ärgerte sich über diesen matronenhaften Satz. Schade, dass sie Worte nicht wie Pinselstriche übermalen und unsichtbar machen konnte.

»In der Kunst und in der Liebe gelten keine Alters- und Standesunterschiede«, bemerkte er so hochmütig, dass sie lachen musste. Was für ein Kind er war! Sie warf ihre Skizze auf den Boden und stellte den Leinwandrahmen auf die Staffelei. Sie hatte erfahren, was sie wissen wollte, sie war keine Freundin von langwierigen Vorstudien. Rein ins Bild, dachte sie, reinspringen in die Kunst, neues Spiel, neues Glück. Was soll mir das Morgen, was soll mir Berlin und der preußische Hof mit der lächerlichen Akademie des affektierten Monsieur Le Sueur. Sollen sie doch mein Scheitern bespötteln, sie tun es nur aus Neid, weil sie nicht an meiner Stelle sind. Nicht einmal der König ist in Paris gewesen. Besser in Paris scheitern als in Berlin versauern. Hier bin ich, Anna Lisiewska, im Zentrum der Welt, jetzt und hier. Vielleicht komme ich nie wieder nach Paris, vielleicht sehe ich Rembrandt mein Lebtag nie wieder. Wie unbefangen er ist, wie jung, wie neugierig er schaut, wie er staunt, das Leben liegt vor ihm gleich einem aufgeschlagenen Skizzenblock, er braucht nur Seite um Seite zu füllen.

Sie war mit den Proportionen der Glieder nicht zufrieden. Aktzeichnen, dachte sie wütend, das Manko unserer Familie, von nichts kommt nichts. Wie sitzt ein Mensch, wo legt er seine Arme ab, wie ist der Winkel des Ellbogens, nichts wusste sie. Dies sollte kein Standesporträt werden mit großer Geste, sondern eine Genreszene, in der alles natürlich und ungezwungen wirken sollte.

»Zieh dich aus«, befahl sie und machte sich auf die Suche nach einem Lehnstuhl, seine Haltung auf dem Hockerchen gefiel ihr nicht. Sie hörte sein verblüfftes Lachen. Schließlich hatte sie gefunden, wonach sie suchte, und kehrte mit einem Lehnstuhl in den Händen zurück. Sein Anblick verschlug ihr den Atem.

Ein vollständig nackter Mann stand im Atelier, schön wie Michelangelos David, von der Sonne des späten Sommers in ein warmes Licht gehüllt. Seine kräftigen runden Hinterbacken glänzten weiß wie Marmor, sein Oberkörper leuchtete wie aus Birnbaumholz geschnitzt. Langsam drehte er sich um und präsentierte ihr seine aufgerichtete Männlichkeit. Ohne Scham lächelte er sie an, öffnete die Arme. Wartete.

Zögernd ging Anna auf ihn zu. Wie einen Schild hielt sie den Stuhl vor ihren Körper. Bei jedem Schritt zerplatzte ein Stück der harten, rissigen Walnussschale, mit der sie ihren Körper gepanzert hatte. Knospe und seine adeligen Konsorten, die unglückliche Liebe zum Kurfürsten, die unbeholfenen Zärtlichkeiten des Gatten. Als sie vor ihm stand, war sie weich wie der Flaum eines frisch geschlüpften Kükens. Sie stellte den Stuhl ab und schmiegte sich in die geöffneten Arme ihres atemberaubend schönen Modells, drückte ihr Gesicht an die Wölbung seiner Brust. Er roch nach Holz, Knochenleim und seltsamerweise ein wenig nach Bergamotte. Sie streichelte seinen schmalen langen Rücken, seine Lenden, seine kräftigen Schenkel, spürte seine Hände, die unter ihren Röcken suchten. Sie schrie auf, als er sie hochhob und auf sein hart aufgerichtetes Glied setzte.

Er verschloss ihr den Mund mit einem langen Kuss, trug sie zur Chaiselongue und legte sie sanft ab. Anna hielt seine Hände fest, als er sie behutsam ausziehen wollte. Sie schämte sich ihrer alternden Nacktheit. Er sollte das Sonnenlicht nicht auf ihren Falten flirren sehen, nein, nur das nicht, er würde sie sofort verlassen. Konnte er nicht jede andere, Jüngere, Drallere haben? Sie hörte sein leises Lachen. Ihre Schamhaftigkeit amüsierte ihn. Sie liebten sich, er völlig nackt, sie völlig angezogen, nur das Mieder hatte sie ihn ein wenig öffnen lassen. Sie liebten sich stumm, zärtlich und unendlich langsam. Er forderte nichts von ihr, erforschte sanft und langsam ihren Körper unter Spitzen, Haken, Ösen und Geschnür. Anna glaubte zu schweben. Als sie voneinander ließen, war es Abend geworden, und ihr flossen die Tränen aus den Augen.

»Was hast du?«, fragte er erschrocken.

»Ich wusste nicht, dass es so sein kann«, stammelte Anna. Sie erzählte ihm, was damals in Schloss Molsdorf geschehen war. Sie erzählte alles. Zum ersten Mal in ihrem Leben konnte sie darüber sprechen.

»Nun weißt du alles über mich. Du bist mit einer Hure ins Bett gestiegen«, schloss sie hart.

»Ich sehe weder ein Bett noch eine Hure«, meinte Rembrandt. Zart küsste er ihre Hand. »Du hattest doch keine Schuld.«

»Keine Schuld? Ich hatte mich betrunken und kokettiert.«

»Es war Notzucht«, sagte Rembrandt entschieden. Anna lachte bitter auf: »Ich war recht willfährig.«

Rembrandt setzte sich auf. »Wer sagt, dass bei Notzucht Gewalt angewendet wird? Verführung ist die wahre Gewalt! Es war ein großes Fest, du warst verliebt, du bist schön, und ...«

»Ich war schön«, sagte sie leise.

»Du bist eine schöne Frau, verstehst du nicht«, meinte Rembrandt, »du wirst auch mit 65 noch schön sein.«

Es klang nicht, als wolle er ihr schmeicheln. Es war einfach eine Feststellung, denn er fuhr fort: »Wenn es nur die Schönheit der Frau wäre, die einen Mann zu einem gewalttätigen Wüterich macht, könnten die Frauen nur verschleiert und in Säcke gehüllt auf die Gasse gehen. Nein, nicht du bist an dem Geschehen schuld. Gewalt ist immer ein Verbrechen, gleich, ob man einen ausraubt, sich im Duell gegenseitig ermordet und es als Ehre bezeichnet, oder ob man Schwächere erniedrigt. Wie hättest du dich gegen drei Männer wehren sollen?«

Anna hatte ihm mit angehaltenem Atem zugehört. Noch nie hatte sie das Geschehen aus dieser Perspektive betrachtet. So muss sich ein Schmetterling fühlen, wenn er aus seiner Puppe schlüpft, dachte sie. Zwei Jahrzehnte war ich eingesponnen in meinem Kokon, der ›Weiße Taube‹ hieß. Oh, ich konnte viel tun in diesem Gespinst, ich konnte fünf Kinder gebären und vier davon großziehen, ich konnte eine leidlich gute Gattin sein, das Hotel führen, das eine oder andere Bild malen. Vieles ist möglich in einer solchen Hülle, ohne dass eine Frau merkt: Die Freiheit ist ganz woanders. Die Freiheit beginnt in der Seele, wenn die klebrigen Fäden der Schuld zerrissen sind.

Zart nahm Rembrandt ihr Gesicht zwischen seine Hände und sah ihr in die Augen.

»Hast du all die Jahre geglaubt, es sei deine Schuld?«, fragte er leise.

Anna nickte. Er küsste ihre Tränen fort.

»Schön sein!«, befahl er. »Das Leben spüren! Leben, lieben, frei sein!«

Und bunt, dachte Anna, wie ein Schmetterling die graue Hülle abstreifen und alle Farben zeigen.

Schweigend griff sie nach dem kleinen Leuchter, entzündete ein Wachslicht und ging in die Küche. Sie kam mit einer Flasche Rotwein und einem Brett mit Käse und Brot zurück. Rembrandt hatte sich träge aufgerichtet, den Kopf auf die Faust gestützt und sah ihr mit halb geschlossenen Augen zu. Anna betrachtete ihn im Schein der Kerze und wusste plötzlich, wie ihr Rezeptionsstück aussehen würde.

Vielleicht ist es das, dachte sie, ein schöner junger Mann. Ich brauche kein neues Thema, kein umständliches Arrangement, ich brauche nur ein neues Modell für ein neues Nachtstück. Sie würde, wie seinerzeit Falconet, in der Akademie vor den Augen der Herren Akademiker malen, aber sie würde Rembrandt malen, dies würde die demütigende Prozedur mildern. Mein Rembrandt in Rembrandtkolorit, dachte sie, stellte ein Glas Wein vor ihn auf den Tisch neben die Kerze und betrachtete die Szene. Schade, dass sie ihn nicht nackt auf dem Kanapee liegend malen durfte, er war so schön. Vielleicht vor ihm ein Mikroskop, das er mit seiner intelligenten nachdenklichen Trägheit betrachtete. Ein Physiker als Lebenskünstler. Wenn ich ihn so darstelle, können sich die gestrengen Messieurs seinem Charme unmöglich entziehen. Es liegt nur an mir.

»Es ist zwar völlig unwichtig«, meinte Rembrandt und hob sein Glas, wobei sein Arm einen wundervollen Schatten an die Wand warf, »aber ich heiße übrigens Thaddäus Häberle.«

Anna starrte ihn an, dann warf sie den Kopf zurück und lachte unbändig. Sie lachte und lachte und konnte sich kaum beruhigen. Rembrandt sah sie misstrauisch an. Was war so komisch?

Anna wischte sich die Tränen vom Gesicht, bevor das Lachen wieder aus ihr herausbrach. Es war so schön, dass an Rembrandt nicht alles vollkommen war.

❧ 3 ❧

Im Zeichensaal der Akademie herrschte das perfekte Licht. Alles war beschämend großzügig, Material war im Überfluss vorhanden. Anna ignorierte das gesamte Angebot, selbst Leinöl und Terpentin brachte sie mit. Malen unter Aufsicht. Nichts würde sie annehmen von dieser Akademie, bevor sie nicht aufgenommen war. Rembrandt lümmelte herum.

»Sitz endlich still!«, befahl sie ihm gereizt. Mit beleidigter Miene setzte er sich stocksteif hin. Anna spürte, wie die Tränen in ihr hochstiegen.

»Warum machst du es mir absichtlich schwer?«, fragte sie mit belegter Stimme.

Er entschuldigte sich. Sein Tischler warte, er habe nicht den ganzen Tag Zeit. Er langweilte sich, verstand nicht, was von diesem Bild für sie abhing. Oder wollte er es nicht verstehen?

Lemoyne kam, gesandt von der Kommission. Da er noch in lebhafter Erinnerung hatte, welche Erniedrigung die Situation für seinen Schüler Falconet bedeutet hatte, wollte er freundlich sein.

»Guten Morgen, Madame Therbouche! Wie haben Sie geschlafen?«

Sie legte die Pinsel aus der Hand und bedankte sich artig.

»Fahren Sie fort, Madame, lassen Sie sich nicht stören!«

Er warf einen scharfen Blick auf die Staffelei, dann auf ihr Modell, ohne den jungen Mann zu grüßen.

»Schön, schön, gut, gut! Fahren Sie fort, Madame! Vielleicht etwas weniger Rot, verstehen Sie …«

Sie verstand nicht.

»Oh, nur ein unwesentlicher Ratschlag eines unbedeutenden Skulpteurs«, beteuerte Lemoyne hastig, »was verstehen wir schon vom Kolorit, wir Steinhauer, was? Es ist nur wegen des gout francais, Sie wissen schon!«

Er machte sein Kompliment und verschwand hastig.

»Er ignoriert mich!«, empörte sich Rembrandt. »Für den bin ich ein Nichts!«

»Nimm das Glas in die Hand«, sagte Anna, »du bist mein Modell, und ich werde nicht dulden, dass man dich anredet. Es gehört sich nicht. – Nicht trinken! Nur halten!«

»Ich hab Durst«, quengelte er. Anna seufzte. Es war wie mit einem Kind. Das war wohl der Preis, den eine Frau für einen jugendlichen Liebhaber zahlte.

»Gut, Trinkpause.« Sie legte die Palette auf den Tisch und ging zu ihrem Korb, nahm Gläser heraus und öffnete die Flasche Wein, die sie mit dem Wasser in den Gläsern vermischte.

Sie reichte ihm einen Apfel: »Aber iss sie nicht alle auf, ich brauche sie als Requisite.«

Was zum Henker meint Lemoyne, fragte sie sich, während sie in den saftigen Apfel biss, dass es knirschte.

Sie hatten den Imbiss gerade beendet, Rembrandt hatte seinen Platz wieder eingenommen, da kam Chardin.

»Ich hoffe, dass die Situation Sie nicht in Unannehmlichkeiten bringt …«

»Pas du tout«, log Anna selbstbewusst, »ich kann auch im Wald von Fontainebleau malen, wenn die Professoren es wünschen.«

Chardin lachte. »Da würden Sie die königliche Jagd wohl empfindlich stören! – Nein, Madame, ich bin nicht Ihr Feind«, versicherte er, »ich hätte Sie schon mit Ihrem Nachtstück aufgenommen. Ich war davon überzeugt, dass es von Ihrer Hand ist, weil Sie nach der deutschen Schule malen.«

»Deutsche Schule?«, wiederholte Anna ratlos. Ihr polnischer Vater hatte wahrlich keine deutsche Schule begründet, und was sie bei Antoine Pesne gelernt hatte, war doch wohl französische Malerei reinsten Wassers. Der König ließ ja nichts anderes gelten.

»Oder die niederländische, wenn Sie so wollen. Sie sollten etwas weniger Rot verwenden.«

»Etwas weniger Rot?«, fragte Anna entgeistert. Das war nun schon der Zweite! Was war an dieser Farbe schlecht? Wie anders als in rötlichem Schimmer sollte eine Kerze in der Dunkelheit leuchten? Hatte nicht Rembrandt van Rijn in den schönsten Erd- und Rottönen gemalt? War nicht ihr verehrter Lehrer Pesne, unzweifelhaft Franzose, für sein »feuriges« Kolorit stets gelobt worden?

»Bonne chance!«, wünschte Chardin statt einer Erklärung, verbeugte sich höflich und ging.

Feuer ist rot, dachte Anna, lichterloh, meine Mischung aus den verschiedensten Karmesin- und Purpurtönen. Wütend und hilflos starrte sie auf die Regale mit Gipsköpfen, auf die leeren Staffeleien, Zubehör der Schüler, die den Saal für sie hatten räumen müssen. Rembrandt beschäftigte sich mit Zirkel und Winkelmesser und schrieb lange Zahlenreihen auf ein Blatt Papier, vermutlich seine Berechnungen des Erdumfangs, mit dem er sich seit neuestem beschäftigte. Er war ihr so fern wie die Milchstraße.

Sie gab sich einen Ruck und arbeitete weiter. Es machte wenig Sinn, auf das Gerede zu hören. Der Nächste würde etwas anderes kritisieren. Diese Mäkelei war so alt wie die Kunst selbst. Arbeite, befahl sie sich, zeig denen, was du kannst.

Sie hatte sich gerade gefangen, da kam der Nächste. Anna hörte ihn nicht, sie war so konzentriert dabei, die Falten zu stricheln, die Rembrandts Hemd warfen, dass sie zusammenschrak, als sie das leise »Bonjour, Madame Therbouche« direkt neben ihr hörte.

»Pardon, ich wollte Sie nicht erschrecken.« Lächelte fein, als wollte er genau das. Es war Francois Boucher, Maler des Königs, mit den höchsten Ehren ausgezeichnet, Direktor der Akademie und Vorstand der Kommission. Er trug einen reich mit Stickereien verzierten Anzug, aus Ärmeln und Halsausschnitt rieselten Spitzen, sodass er aussah wie ein aufgeputztes Leierkastenäffchen.

Devotheit lag Anna nicht, lahm stammelte sie eine Begrüßungsfloskel.

Boucher war weit davon entfernt, Höflichkeitsbezeugungen von sich zu geben. Schweigend platzierte er einen Stuhl nur sechs Fuß schräg hinter Anna, nahm Platz und beobachtete sie ungeniert beim Malen. Anna fühlte seine Blicke im Rücken, vermeinte höhnisches Lachen zu hören, spürte Verachtung. Schweiß sammelte sich in kleinen Tropfen auf ihrer Stirn. Wie lange wollte Boucher dort sitzen bleiben? Wollte er sie in den Wahnsinn treiben?

Nach einer Ewigkeit erhob er sich, besah sich das Modell, studierte eingehend Annas Palette und ihre Tiegel und Gläser mit Farben, und entfernte sich mit einem Kopfnicken. An der Tür hielt er noch einmal kurz inne.

»Ich sehe nun, Madame, dass dieses Bild von Ihrer Hand entsteht – Ihrer Rechten. Die Linke allerdings führt Ihr Färber.«

Er schloss die Tür hinter sich.

Anna blieb mit offenem Mund stehen. Ein kalter Schweißtropfen rann ihre Schläfe entlang und versickerte am Ohrläppchen. Was war das? Ihr Färber?

»Er ist ein Arschloch«, erklärte Rembrandt kurz und bündig, »nimm dir das bloß nicht zu Herzen, Saskiamädchen.«

Aber wie hatte Boucher das gemeint?

»Er drückt sich boshafter aus als die anderen! Natürlich meint auch er, dass du Rot verschwendest, der effeminierte Affe. Du solltest geiziger werden.«

Annas Verstörtheit wich einer wütenden Tatkraft. Sie würde das Bildnis jetzt fertigstellen. Nein, sie würde Rembrandt nicht als nachdenklichen Physiker zeigen, das konnte sie später noch malen. Ihr Rezeptionsstück würde das Bildnis eines jungen Hallodri werden, eines Nichtsnutzes mit der melancholischen Physionomie des nie Zufriedenen, das würde diese Kommission hoffentlich verstehen. Ein nichtswürdiges Sujet würde sie ihnen ins Gesicht schleudern, im warmen Kolorit der alten flämischen Meister gemalt, jawohl!

»Setz dich, ich bringe es jetzt zu Ende!«, befahl sie kurz. Rembrandt warf ihr eine Kusshand zu und schrie: »Halali! Zeig's ihnen, Saskia! Ich mucks mich auch nicht, versprochen!«

Sie lächelte und arbeitete weiter. Vielleicht ist es das, dachte sie, vielleicht hat Apoll mir diesen Jungen geschickt, damit ich lerne, meine Kunst zu verbessern und mich zu behaupten. Ich werde den Tücken der französischen Malerei schon zu begegnen wissen, wartet es nur ab, ihr hohen Herren!

Der frische Schwung währte nur kurz. Michel van Loo steckte seine spitze Nase hinein und machte eine Bemerkung über malende Weiber zu seinen ihn begleitenden Schülern. Dann erkundigte er sich leutselig nach seinem Bruder, dem Berliner Hofmaler, und herablassend nach seinem Schüler Christian Rode. Dieser habe bei seinem Studienaufenthalt in Paris seinerzeit nicht nach akademischen Sternen gegriffen, die französischen Malern vorbehalten seien, erklärte er mit vielsagendem Blick auf die malende Ausländerin.

Annas Wut fühlte sich kalt und weiß an. Rode war nach Venedig und Rom weitergereist, Paris war nur eine Station auf seiner künstlerischen »Grand Tour« gewesen. Aber sie kniff die Lippen zusammen und hielt den Blick fest auf Rembrandt gerichtet, der sie beruhigend ansah.

Der Unglückliche, den die Wucht ihres angestauten Zorns traf, war Diderot. Denis Diderot war kein Mitglied des Komitees, kam aber auch nicht aus privater Neugierde. Seit fast einem Jahrzehnt berichtete er für Melchior Grimms ›correspondance litteraire‹ über den zweijährig stattfindenden Salon und die darin vertretenen Künstler und ihre Werke.

Er fragte sogar, ob er näher treten dürfe. Natürlich durfte er, sie hatten disputiert, gelacht und getrunken bei Falconets Abschiedsfest.

Denis Diderot liebte den Salon. Die Kunstbetrachtungen lenkten ihn wohltuend ab von der Quelle seiner endlosen Tortur, der Enzyklopädie, für die er seit zwei Jahrzehnten kämpfte. Er empfand es als entspannend, sich mit Künstlern zu umgeben. Seine Salonkritiken verfasste er, davon war er überzeugt, auf originelle und ermunternde Art, die keine empfindliche Künstlerseele verletzte.

In freudiger Erwartung trat er näher, um das Bild der von allen gerühmten und von der Akademie ungerecht behandelten Madame Therbouche in Augenschein zu nehmen.

»Ah! Ein Licht wie von einem Brand!«, rief er aus. Das war zu viel. Anna knallte ihren Pinsel auf die Palette und fragte scharf: »Zu viel Rot, meinen Sie?«

»Jedenfalls sehr viel Rot für eine sehr kleine Kerze, Madame!«

Anna riss das Bild von der Staffelei und warf es wütend auf den Boden.

»Zu viel Rot, ja? Wissen Sie eigentlich, wie viele Nuancen diese prachtvolle Farbe hat? Ich will es Ihnen zeigen!« Sie griff nach einem Keilrahmen, der auf einem der Tische lag, und knallte ihn auf die Staffelei.

»Geh zu deinem Tischler, mein Junge«, befahl sie Rembrandt, der wortlos flüchtete. »Monsieur, sehen Sie her, ich will Ihnen etwas in Rot malen!«

Energisch warf sie das Oval eines Gesichtes in dunklem Purpur auf die Leinwand, große gerade Nase, kleine Augen mit stechendem Blick. Karmesin für den Schatten, leuchtendes Rubin für die Haare, weiß untermalt, warmes Braunrot für die Konturen der Augen, während sie ununterbrochen voller Zorn redete: »Rot, ja Rot! Die Farbe der Lippen, der Liebe, der Tanz des Feuers, Rot, die Hoffnung des anbrechenden Tages und die prachtvolle vergehende Schönheit der untergehenden Sonne! Flamingos, Hahnenkämme, die schreiend rote Farbe des Kampfes, das Blutrot des sterbenden Kriegers, das Zinnoberrot des glorreichen Sieges, das Purpurrot der Könige. Keine Darstellung des Ruhms kommt ohne Rot aus! Erst im Sterben färbt sich der Hummer prachtvoll rot im siedenden Wasser, langweilig braun ist der lebende Hummer auf dem Stillleben. Zart ist das Rosa der verwelkenden Rosenblüte, in feurigem Orange bäumen sich die herbstlichen Blätter gegen den Winter auf, rot sind die Ebereschen, die Preiselbeeren, die Himbeeren leuchten im verlockenden hellen Rot des fruchtbaren Sommers. Rot trägt der furchteinflößende Kardinal der Papisten, die Haare der schönsten Frauen leuchten kupferrot, wenn ihnen eine Modetorheit nicht gebietet, sie weiß zu pudern. Das Rot des großen Tizian ist sprichwörtlich geworden, das erdige tiefe Rot in Verbindung mit Gold hat Rembrandt berühmt gemacht, das rosige Inkarnat von Rubens Frauen ist von unsterblicher Schönheit – was hat tout le monde hier gegen Rot, das prächtigste Kolorit, das die Natur je hervorgebracht hat? Warum soll ich es nicht verwenden? Ich gebe alle Mühe darauf, stets neue Nuancen zu erfinden, täglich mische ich meine Rottöne neu an, ich entdecke die ganze Welt in ihnen! Kalypsorot, Schwedischrot, Ochsenblutrot, Mohnrot, Rosenrot, Zinnoberrot, Kirschrot – wissen Sie eigentlich, wie viel Rot selbst das Inkarnat der vornehmsten Blässe enthält, Monsieur?«

Während ihrer ununterbrochenen Tirade entstand auf der Leinwand das Porträt eines Mannes mit langer gerümpfter Nase, angeekelt verzogenem Mund, gefurchter Stirn. Geziert kringelten sich Löckchen einer gepuderten Perücke um sein Gesicht, ein lockiger falscher Zopf fiel ihm weit über den Rücken, in affektierter Manier spreizte er seine Finger zu Fächern.

»Habe ich ein Wort über das Pastellblau und das Ockergelb des Monsieur La Tour verloren, Monsieur Diderot? Habe ich gesagt: zu viel Blau, unnatürliche Blässe des Inkarnats, keine Adern unter der Haut, sondern die Farbskala vom geschächteten Ochsen bis zum Lungenkranken? Nein, ich sagte nichts, denn gerade sie ist La Tours Meisterschaft, seine Skala von Pastelltönen hat er zu seiner eigenen Kunst erhoben. Hier, sehen Sie!«

Diderot trat an die Staffelei. Das Porträt des affektierten Bouchers zeigte ein überhebliches Lächeln. Elegant hatte sie es hingeworfen in großen zügigen Strichen, aber nur in einer einzigen Farbe in allen Nuancen ihrer Palette: Rot.

Diderot lachte bewundernd.

»Sie sind faszinierend, Madame! Dieses Porträt widerspricht allen Gesetzen der Kunst und der Natur und ist doch rein aus dem Gedächtnis in vollkommener Ähnlichkeit getroffen.«

»Ach was, es ist nur ein Zerrbild, eine Karikatur, jeder kann so etwas«, widersprach Anna erschöpft.

»Jeder?«

»Der Hass malt solche Dinge, und der Hass ist vom Mittelmaß diktiert. In der wahren Kunst spiegelt sich die Liebe.«

Diderot sah von der Karikatur in Rot in Annas erhitztes Gesicht. Sie war nicht schön. Schöne Frauen strahlten Sanftmut und Hingabe aus. Aber wenn sie mit der Leidenschaft liebte, mit der sie malte – parbleu, wie galant! Er musste sein Porträt von ihr fordern.

»Wer weiß. Vielleicht wird man einmal so malen? Madame, Sie sind Ihrer Zeit weit voraus.«

4

GELDNOT MISCHTE SICH mit dem Erlahmen ihrer Kräfte. Anna hatte alles für ihr Rezeptionsstück gegeben. Sie fühlte sich leer und verbraucht. Still saß sie in Falconets Atelier und betrachtete die gekalkten Wände. Zehn Gemälde lehnten daran, manche aus Berlin mitgebracht. Desbrosses war soeben gegangen. Er hatte sie bewundert und als Meisterwerke gelobt, Annas Ansinnen aber bedauernd abgelehnt. Er sei kein Kunsthändler. Wenn sie jedoch Geld leihen wolle – hier hatte er heftig mit den Augen gezwinkert –, dann werde er ihr die besten Konditionen in der Stadt machen, und wenn jemand die Schulden eintreiben wolle, er kenne alle Tricks, um Gläubiger abzuwimmeln. Müde hatte Anna sich bedankt. Der Gedanke, Geld zu leihen, widerstrebte ihr. Selbst wenn die Akademie sie im zweiten Anlauf als Mitglied aufnahm – wie sollte sie bis dahin überleben? Es war November geworden. Bereits jetzt war es empfindlich kalt in ihren kleinen Zimmern, und das große Atelier mit den Glasfenstern war kaum zu beheizen.

Sie dachte wieder an Desbrosses, der sich vertraulich zu ihr gebeugt und gemurmelt hatte: »Sie haben doch wohlhabende Freunde, ma chère! Bessere Beziehungen als ich armer Schwabe!« Und meckernd gelacht hatte er. Ob sie nicht wüsste, dass Diderot seine Bibliothek im vergangenen Jahr an die russische Zarin verkauft habe? Desbrosses Stimme war nur noch ein ehrfürchtiges Wispern: »Für 50 000 Louisdor!« Anna konnte es kaum glauben. Ein Philosoph trennte sich von seiner gesamten Bibliothek?

Es sei nichts als ein Politikum, erklärte Desbrosses, die Zarin habe die Bibliothek symbolisch erworben, um dem König von Frankreich seine Bigotterie im Umgang mit den aufklärerischen Köpfen seines Landes zu demonstrieren. Erst nach Diderots Tod sollten die Bücher nach Petersburg geschickt werden.

»Wovon, Madame, leistet sich Diderot sein Haus im Quartier Latin? Die Rue Taranne kann sich nicht einmal ein Professor der Sorbonne leisten!«

Desbrosses sah Anna bedeutungsvoll an: »Aber es ist bestimmt etwas übrig geblieben, um einer Künstlerin unter die Arme zu greifen …«

Sie hatte ihm den Ring aus Mannheim gegeben, der sich als weniger wertvoll erwies, als es den Anschein hatte. Sogar bei der Bestechung wollen sie unsereins betrügen, dachte Anna bitter, die Pompadour hätte den Schmuck ihrer Zofe geschenkt und ihre Feinde ausgelacht.

Sie sollte Diderot anpumpen? Anna straffte sich und knotete energisch ihren wollenen Schal über der Brust. Das kam überhaupt nicht infrage. Sie stand auf und ging zum Bücherregal. Falconet hatte völlig recht, es war wichtig, sich weiterzubilden, mit Kindern und Gastwirtschaft hatte sie in den letzten Jahren viel zu wenig Muße zum Lesen gehabt. Sie zog eine Ausgabe der antiken Mythologie heraus und war bald so vertieft in die Geschichte von Zeus und Antiope, dass sie erst beim zweiten Klopfen aufsah.

Es war Rembrandt. Er schleppte zwei Säcke mit Holzabfällen aus der Schreinerei herein und machte Feuer in dem kleinen eisernen Ofen.

»Du siehst ja völlig erfroren aus«, stellte er fest, »höchste Zeit, dass dich jemand wärmt.«

Er küsste Anna und trug sie nach nebenan ins Bett. Sie überließ sich seiner Begierde, die ihr wie Balsam die Wunden ihrer Seele verschloss.

Die Wonnen ihrer Lust steigerten sich auf wundersame Weise gemeinsam bis zu einem Gipfel, der wie die Funken des wärmenden Feuers zerstob. Erschöpft, feucht und rosig lag Anna auf ihrem Bett, halb bekleidet, und streichelte mit geschlossenen Augen Rembrandts Profil nach. Mit dem Zeigefinger zog sie die Linie der sanften Wölbung seiner Stirn nach, erspürte sein rundes, energisch hervorspringendes Kinn. Ihre Hand umfasste die sanfte Linie seines Halses, streichelte die Wölbungen seines Brustkorbes.

Vielleicht ist es das, dachte sie, in Harmonie mit einem Menschen sein. Vielleicht ist es nicht wichtig, ob es Liebe ist. Wenn es nur guttut, dann brauche ich mir keine Sorgen zu machen. Er wärmt mich, wenn ich friere, er liebt mich, wenn ich traurig bin, ist das nicht das Wichtigste im Leben? Für alles andere kann ich selbst sorgen.

Es klopfte laut und energisch an die Ateliertür.

»Madame Therbouche! Sind Sie da?«

Anna sprang auf und richtete ihre derangierte Kleidung. »Himmel, das ist Diderot! Den habe ich ja völlig vergessen! Rembrandt, du musst gehen!«

Rembrandt streckte sich lässig wie ein Straßenkater.

»Ich bleibe hier liegen, ich habe heute frei. Ich werde mich nicht rühren, ich verspreche es!«

»Diderot wird mir sitzen! Das kann zwei Stunden dauern!« Anna war schon an der Tür. Er zog die Decke über sich, griff mit einer Hand nach der Mythologie und blinzelte Anna an: »Ich werde mich mit den Göttinnen der Antike vergnügen!«

Es war ihr nicht recht. Von ihrem Verhältnis mit Rembrandt durfte keiner wissen, der schwatzhafte Diderot am allerwenigsten.

»Aber …« Es klopfte wieder.

»Sofort, Monsieur Diderot! Ich bin gleich bei Ihnen!«

Sie betrachtete Rembrandt, der sich im Bett mit dem dicken Buch räkelte wie ein Kater mit einer zu großen Beute, und seufzte.

»Keinen Laut will ich von dir hören! Du willst mich doch nicht kompromittieren?«

»Wie kannst du so von mir denken!«, erwiderte Thaddäus Häberle beleidigt. Wenn er beleidigt war, kam das Schwäbische durch, und sein Vorwurf hörte sich an wie ein gekränktes Sofakissen.

Anna frisierte sich hastig vor dem kleinen Spiegel, strich ihr Kleid glatt und schloss die Schlafzimmertür sorgfältig hinter sich. Dann eilte sie durch das Atelier und öffnete die Eingangstür. »Guten Morgen, Monsieur Diderot!«

Er lächelte etwas säuerlich. Dass man ihn warten ließ, war er nicht gewohnt. Aber sie sah aus wie Fortuna persönlich. War das die verzweifelte Therbouche, untröstlich, dass ihr Rezeptionsstück nicht angenommen war? Die in männlichem Furor eine Karikatur Bouchers in Rot auf die Leinwand geworfen hatte?

»Madame, ich bin enchanté.« Er meinte es ehrlich. Erstaunt betrachtete er ihre strahlenden braunen Augen, den rosigen Teint, die etwas wirren braunen Locken, die für seinen Geschmack zu schmalen, aber glänzenden Lippen, das weiße unverhüllte Dekolleté. Wie alt war diese Preußin? Es schien, als ob sie in einem Alter aufblühte, in dem die Französinnen verwelkten.

»Wenn Sie hier Platz nehmen möchten …«

Sie hatte einen Sessel herangezogen. Hatte dabei mit einer Hand ihr Kleid angehoben, ließ ihn auf ein Fesselchen blicken, das zierlich war wie das einer 20-Jährigen. Diderot leckte sich die Lippen.

»Verzeihen Sie, dass ich Sie warten ließ.« Keine Begründung folgte. Ja, was hatte sie denn Wichtiges getan? Er blickte auf die leere Staffelei. Gemalt hatte sie jedenfalls nicht. Alle Pinsel steckten ordentlich und trocken in einem irdenen Becher, die Gläser mit den Farben und Pigmenten waren mit Korken verschlossen. Einige waren fertig gemischt, das sah er, hatte er doch gelernt, dass diese Malerin alles selbst machte, nichts beim Farbenhändler bestellte, sei es aus Geiz oder aus Gewohnheit.

Diderot nahm auf dem Sessel Platz, während er das Szenarium betrachtete. Natürlich, sie hatte die Zeit damit verbracht, sich für ihn schön zu machen! Er lächelte wissend, während sie um ihn herumspazierte, ihn betrachtete, mal von vorn, mal von hinten, seine leuchtenden Augen in dem langen grazilen Gesicht, sein Profil mit der vorspringenden schmalen Nase, auf die er stolz war. Das war ja eine eigentümliche Situation. Er fühlte ein Prickeln über seinen Körper laufen. Es begann im Nacken wie ein Frösteln und endete an seinen Hoden, die rund und hart wurden. So begann es also, wenn ein Mann von einer Frau gemalt wurde. Ähnliches hatte er doch immer geahnt, die Maler des Salons hatten mit pikanten Anspielungen über die weiblichen Modelle in ihren Ateliers nicht gespart. Amor schien mit seinen Pfeilen die Pinsel zu dirigieren.

»Ich habe noch nie einen Philosophen porträtiert«, erklärte Anna.

Sie betrachtete ihn auf eine Art, die sein Prickeln verstärkte. Er fühlte seit längerer Zeit wieder einmal seine Männlichkeit erstarken. Immerhin zählte er 51 Lenze, dies geschah nicht mehr täglich aus heiterem Himmel. Er schalt sich einen Idioten. Was hatte er nur mit dieser alternden Malerin? Sie war verheiratet, mehrfache Mutter, sie war nicht mal hübsch, und ihr Körper war vermutlich …

Sein Geschlecht ließ sich nicht betrügen. Es reagierte auf die Reize dieser Frau. Und offensichtlich hatte sie sich ebenfalls auf ihn gefreut, sich für ihn so reizvoll hergerichtet. Nun kam sie ihm näher, betrachtete ihn eindringlich. Wie sie roch! Himmel, das war ja eine einzige Brunst!

»Ich überlegte, einen Philosophen auf ungewöhnliche Art zu porträtieren«, erklärte Anna und sah ihn fragend an. »Wären Sie bereit, ein solches Wagnis einzugehen, Monsieur Diderot?«

Das wurde ja immer besser. Oh, er hatte nichts gegen Wagnisse einzuwenden!

»Ich habe für meine Überzeugung in der Festung gesessen, Madame«, erklärte er feurig, »wenn mir meine philosophischen Gedanken vier Monate Haft eingetragen haben, dann sollten mir die Sitzungen mit Ihnen ein kleines Wagnis wert sein, nicht wahr?«

Anna verstand die Anspielung nicht. Sie nickte freundlich, verführerisch, wie Diderot fand, und erklärte: »Mein verehrter Berliner Kollege Chodowiecki hat unseren Literaten und Philosophen Nicolai einmal ohne alle Insignien seines Standes in Kupfer gestochen.« Fragend sah sie ihn an. Er begriff nicht.

»Ihr Freund Falconet hält dies für eine Modetorheit, aber Sie sind doch ein wahrhafter Kenner der griechischen Philosophen, Sie kennen Ihren Platon und Ihren Sokrates auswendig ...«

Er wehrte geschmeichelt ab.

»Wozu brauchen Sie Insignien wie Perücke und Gelehrtenkragen, Schriftrollen und Vorhang, Monsieur Diderot?«

Mit steigender Erregung stimmte Diderot Anna zu.

»Privatissime, meine Liebe, Sie haben es getroffen!«

»Ich dachte weniger an privatissime, als an *à la greque*. Wie diese Büste!« Sie deutete auf eine Marmorbüste von Sokrates, die Falconet nicht mit nach Petersburg genommen hatte.

Diese Idee gefiel Diderot ganz außerordentlich.

»Ganz nach der Natur, nicht wahr, meine Liebe?«

Warum nennt er mich plötzlich ständig ›meine Liebe‹, dachte Anna, und diese Begeisterung. Ich bin doch nicht die

Erste, die ihn porträtiert, aber gut, das ist wohl sein Temperament.

»Nach der Natur pflege ich immer zu malen«, meinte sie, »in der Regel pflege ich nichts hinzuzufügen oder auszulassen.«

Diderot fand das ganz köstlich. Nichts auslassen! Darum war sie nicht nur geschminkt, sondern hatte das Atelier so mollig heizen lassen! Wie ihre Zungenspitze über die Lippen fuhr, dieser weibliche Eifer, einfach entzückend!

Diderot hatte stets mit schlecht gelaunten Frauen zu tun, mit einer beleidigten Ehefrau, einer anspruchsvollen Geliebten, einer anstrengenden intellektuellen Freundin. Hier ergab sich die galante Situation, von der er immer geträumt hatte. Sie kam spät, aber nicht zu spät, er war schließlich kein Greis, er war im besten Mannesalter, etwas Besseres als ihn konnte sie nicht bekommen, wenn sie auch verteufelt viel jünger aussah.

»Sie meinen die Natur Rousseaus ...« Schon war er hinter den Wandschirm getreten. »Falconets großer Konkurrent Pigalle plant seit Jahren, Voltaire in Marmor zu schlagen, wie die Natur ihn schuf, aber ...«

Diderot kicherte und lugte über den Schirm: »Aber was wird es bei Voltaire schon zu sehen geben? Nichts – oder sehr wenig!«

Um Gottes willen, er zieht sich aus, dachte Anna entsetzt, aber sie fasste sich schnell und setzte ein wissendes Lächeln auf: »Ich hätte nicht gewagt, es Ihnen vorzuschlagen, aber Sie haben recht!«, während sie einen großen Rahmen auf die Staffelei stellte, ihre Pinsel heraussuchte und feststellte, dass die Flasche mit dem Terpentin im Schlafzimmer stand. Wie in aller Welt konnte sie jetzt daran kommen?

Diderot trat hinter dem Wandschirm hervor. Er war vollkommen nackt. Anna starrte ihn an, sein faltiges gelbes Fleisch, den Hängebauch, seine mageren langen Arme, die behaarten krummen Beine, seine Trichterbrust.

»Fürchten Sie nichts, Madame, ich bin nicht so boshaft wie der da!«

Er deutete dabei wahrhaftig auf sein unscheinbares Geschlecht. Er hält es für eine Erektion, dachte Anna belustigt, und das Positive daran ist, dass mich nichts daran erschreckt. Ein Kichern stieg in ihr auf, sie versuchte es zu unterdrücken, denn sie wollte und durfte ihn nicht beleidigen, daher wandte sie sich rasch ab und nahm ein großes Leintuch aus dem Requisitenregal.

»Eine völlig natürliche Reaktion«, bestätigte sie im Plauderton, »wir leben schließlich nicht mehr in jenem finsteren Zeitalter des Aberglaubens, in dem Mann und Frau nicht allein gelassen werden konnten, ohne dass jeder pikante Details meinte herumtratschen zu müssen, nur um die Dame zu kompromittieren, nicht wahr?«

Diderot pflichtete ihr enttäuscht bei. Sie sah ihm an, dass er für ein galantes Abenteuer sogar seinen besten Freund mit Wonne kompromittiert hätte.

Lächelnd ging sie mit dem Tuch in der Hand auf ihn zu. »Monsieur, nicht aus verlogener Schamhaftigkeit, sondern wegen des schönen Faltenwurfs einer Toga, wie sie einem großen Philosophen ansteht, darf ich Ihnen dieses umhängen?«

Die Enttäuschung im Einverständnis Diderots verwandelte sich wieder in Erregung, als sie das Tuch sorgfältig an seinem Körper drapierte, sodass es den halben Oberkörper frei ließ wie bei einer Kokotte, die eine Brust entblößt. Sie ging zu ihrer Staffelei und betrachtete ihn prüfend. Sein Eifer gab dem Philosophen etwas von einem intelligenten Jagdhund, der schwanzwedelnd seine Belohnung erwartet.

Anna beschloss, ihm diese nicht zu versagen. Je natürlicher er sich gab, desto lebhafter wurde seine Mimik, aus vielen Ausdrücken konnte sie etwas wählen, was ihn gewissermaßen idealisch zeigte.

Sie griff nach ihrem Skizzenblock und lächelte ihn an: »Ich hatte endlich Gelegenheit, Ihre ›indiskreten Kleinode‹ zu lesen, Monsieur!«

Er wehrte mit falscher Bescheidenheit ab. Das kleine ero-

344

tische Werk sei eine Jugendsünde, es sei zu Recht verboten worden.

»Womit beschäftigen Sie sich derzeit, Monsieur Diderot?«

Sie bereute die Frage sofort. Sein Mund spitzte sich zu einem einfältigen Schnütchen, seine Stirn legte sich in Falten. Vor ihr saß kein geiler Philosoph mehr, kein alternder Faun, sondern ein grämlicher Buchhalter, der, obwohl nackt bis zur Hüfte, über seine Enzyklopädie dozierte, die ihn noch in den Tod treibe, wie er versicherte, der Tafelband mit allen Abbildungen sei nun endlich erschienen. Misslaunig ließ er sich über den Betrug Le Bretons aus, der eigenmächtig zensiert habe, und jammerte über den Verrat seiner Freunde d'Alembert und Rousseau, die die gemeinsame Redaktion verlassen hätten.

Das säuerliche Gesicht eines beleidigten Kanzlisten sah verärgert vor sich hin. Anna legte, innerlich seufzend, den Rötel aus der Hand. Zwar hatte sie ihn sich vom Halse gehalten, aber auf Kosten eines lebendigen Porträts. Wie sollte sie den galanten Zustand wieder herstellen?

In diesem Moment öffnete sich die Tür des Schlafzimmers. Rembrandt trat heraus, nackt wie Diderot, um die Hüften ein Handtuch festhaltend, ein Oberkörper wie aus Marmor und schön wie Apoll. Anna schloss die Augen. Nun war alles vorbei. Wie konnte er nur, dieser hirnlose Junge! Wie konnte er ausgerechnet in diesem Augenblick aus ihrem Schlafzimmer kommen. Wie auf einem riesigen Schlachtengemälde eines vergangenen Jahrhunderts sah sie die Szenen der Tragödie vor sich, die nun unweigerlich folgen würde: im Hintergrund ihre Demütigung durch die Pariser Kunstszene, in der Mitte ihre Abreise aus Paris, vorn der Empfang beim spöttisch lächelnden König von Preußen: Nun, Therbuschin, wer sich in Feindesland begibt, wird darin umkommen, flankiert von durchtrieben grinsenden Grünewald'schen und Breughelschen Gestalten, allen voran Anton Graff, der grässliche schweizerische Schwiegersohn des Nachbarn Sulzer, der in seinem grauenhaften Akzent sagte: Es sei eben doch nach der Natur, wenn die Mannsbilder die Kunst, und die Frauen das Haus besorgten …

Da hörte sie Rembrandt in geschliffenem Französisch sagen: »Monsieur, ich konnte nicht anders, verzeihen Sie mir! Ich musste dem berühmten Philosophen und Märtyrer persönlich meine Hochachtung ausdrücken. Verzeihen Sie bitte einem unwissenden Handwerker, ich störe nur ganz kurz, sofort bin ich weg.«

Anna öffnete die Augen. Diderot lächelte geschmeichelt. »Märtyrer?«, fragte er.

Rembrandt schlug sich mit der Hand auf die Brust, wobei das Handtuch verrutschte und seine prächtigen Lenden für Sekunden unbedeckt ließ.

»Haben Sie nicht für die Freiheit des Wortes gekämpft mit Ihrer Feder wie andere mit dem Schwert? Haben Sie nicht für Ihre Überzeugung in der Festung Vincennes geschmachtet?«, rief er aus.

Der Wurm des Verrats, der seit Jahren in Diderot nagte, er habe durch die grauenvolle Festungshaft schon nach vier Wochen seiner Überzeugung abgeschworen, Gehorsam gelobt und damit sich selbst und all seine Ziele verraten, nur um nie wieder Schaben und Ratten in dunkler, stinkender Eiseskälte ausgeliefert zu sein, wich dem Pathos dieses jungen Mannes. Geschmeichelt nickte er. Anna sah verblüfft und erleichtert, mit welchem Charme der junge Physiker den alternden Gelehrten einwickelte. Sie erinnerte sich, wie sie als Kinder immer geknobelt hatten, wer den Gänsestall ausmisten musste. Papier wickelt Stein ein, dachte sie, es ist unglaublich. Keine Sekunde verschwendete Diderot an den Gedanken, dass sie eine Liaison mit dem jungen Mann haben könnte, und dass dieser nur, weil er dringend auf den Abtritt musste, den einzigen Weg durch das Atelier nahm.

Berlin 1766

JOACHIM GOTTLIEB KNOSPE, der sich inzwischen mit Genuss
Jean nennen ließ, stieg zum Bürger auf, ohne seine geheime
Verachtung für diese zu verlieren. Sein Einkommen als Schreiber blieb schmal, aber die Nebeneinkünfte stiegen. Nicht nur
die lüsternen Bildchen verkauften sich gut, auch bekam er
Aufträge. Für einige Kaufleute malte er Geschäftsschilder, für
die Berliner Zeitungen fertigte er Illustrationen an, Zeichnungen von verurteilten Verbrechern, für den erbaulichen Teil lie-
ferte er Familienszenen, Modezeichnungen und Handarbeits-
muster. Sogar die Werbung für einen Branntwein erledigte er
ohne Wimperzucken zur Zufriedenheit des Firmeninhabers
und lehnte die Bezahlung in Naturalien ab. Er würde nie
wieder Branntwein trinken.

Nachdem er sorgfältig und mit hasserfülltem Genuss sein
Porträt über Annas ›Komödianten‹ gemalt hatte, begann er,
sich als Künstler zu fühlen, ohne die behagliche bürgerliche
Attitüde aufzugeben. Er ließ sich einen Pelz an seinen Dreispitz nähen und bewegte sich gemessenen Feierabendschrittes
durch Berlin, jeder Zoll ein kunstsinniger Bürger der Stadt,
und machte es zu seiner Gewohnheit, von Zeit zu Zeit in der
›Weißen Taube‹ zu dinieren.

An einem jener Abende vermisste er die leutselige Art
Therbuschs. Nicht der Wirt, sondern der Schankjunge
brachte ihm den Krug Bier, und auch der Sohn, der Secretarius, war offenbar nicht mehr des Abends im Familienunternehmen tätig. Knospe fühlte sich in seiner mühsam
erworbenen Würde verletzt. Dann entdeckte er den Fremden. Eigentlich entdeckte er zuerst dessen Mantel, einen
wertvollen pelzgefütterten Umhang, den er in der Flurgar-

derobe neidisch betrachtete. Sein abgetragener Wollmantel erschien ihm daneben schäbig, und als er seinen Dreispitz auf die Ablage legte, sah er den Hut, der offenbar zu diesem Pelzmantel gehörte, eine Art Wagenrad aus weichem grauem Hasenfilz, das Teuerste, das die Hutmacher zu bieten hatten, aufgeputzt mit drei schillernden Federn eines ihm unbekannten exotischen Vogels.

Welchem Edelmann gehörte diese fremdartige Kleidung?

Knospe brauchte nicht lange zu suchen. Zwei Tische waren zusammengerückt worden, und inmitten der großen Gesellschaft saß ein Mann in einem hellblauen seidenen Anzug, mit goldenen Stickereien, Posamenten und weißen Spitzen verziert, dass es Knospe ekelte. Der war ja noch aufdringlicher als der unselige Gotter, das konnte nur ein Franzose sein. Zu seiner Aufmachung trug er nicht einmal eine ordentliche Perücke, sondern kurz geschnittenes, ungepudertes Haar. Dann sah Knospe sie, die junge Frau, und einen Augenblick drohte sein Herz stehen zu bleiben.

Aschfahl sank er auf einen Platz am Nebentisch und machte sich klar, dass 20 Jahre vergangen waren, dass nicht die Lisiewska, sondern ihre Tochter neben Therbusch saß, mit brauner Mähne und derselben widerwärtigen Munterkeit, und nun sah er auch den Sohn, der ihn das letzte Mal bedient hatte. Die gesamte Familie Therbusch saß am Tisch und lauschte gebannt dem französisch parlierenden Fatzke.

Knospes Französisch war schlecht. Aber da immer wieder jemand aus der Therbusch-Familie deutsch sprach, verstand er schnell, dass der Fremde Grüße der Mutter aus Paris übermittelte. Da steckte die Lisiewska also die ganze Zeit!

Blass löffelte er seine Suppe. Paris! Das Geld dafür hatten höchstens adelige Schnösel wie sein Exfreund Georg, die ihre Kavalierstour dorthin machten, um danach mit ihren Abenteuern zu prahlen. Reiste die Hure etwa von dem Geld, das die Gäste in der Wirtschaft ließen? Widerwärtig. Angeekelt schob Knospe die Suppe von sich.

»Hat es Ihnen nicht geschmeckt?«, fragte das Serviermädchen besorgt. »Darf ich Ihnen etwas anderes bringen, mein Herr?«

Knospe rächte sich, indem er, ohne zu antworten, die Rechnung forderte. Das Mädchen entfernte sich irritiert und brachte ihm ein Birnenkompott, nannte die Höhe der Zeche und erklärte, das Dessert ginge auf Kosten des Hauses.

Knospe wollte sich schon erheben, da hörte er, dass die Neuigkeiten am Nebentisch sich um die Kunst drehten. Die Lisiewska hatte die Chuzpe besessen, sich an der Königlichen Akademie in Paris zu bewerben. Er glaubte zunächst, er habe sich verhört. Seit wann nahmen Akademien Weibsbilder auf? Aber kein Zweifel, alle redeten nun begeistert durcheinander, mit jenem widerwärtigen bürgerlichen Stolz auf die Tat der Mutter. Wie frech war dieses Weib, wie hoffärtig und unbescheiden. War die Aufnahme von Weibern nicht verboten? Warum verbot dieser Waschlappen von Ehemann es ihr nicht? Waren die Weiber in diesem Jahrhundert völlig von dem Wahn besessen, es den Männern in allen Dingen gleich zu tun?

Wütend löffelte Knospe das süße Kompott in sich hinein, ohne den feinen Hauch von Zimt zu schmecken. Hätte er sie doch denunziert damals, statt dem Alkohol zu verfallen. Was konnte er ihr jetzt noch antun? Er fühlte sich gedemütigt. Gerade wollte er sich erheben, als er am Nebentisch besorgte Gesichter sah. Therbusch wischte sich sogar über die Augen.

»Warum nur, Monsieur Falconet?«, fragte er kleinlaut und ratlos. Aber der Fremde nahm ihn am Arm und redete beschwichtigend auf ihn ein. Da schien noch was im Busch zu sein. Knospe bestellte sich einen Kaffee, ließ sich die Zeitung bringen und beschloss, genau hinzuhören. Was er hörte, befriedigte ihn zutiefst. Die Lisiewska war gescheitert. Die Königliche Akademie hatte ihr Bild abgelehnt. Es machte nichts, wenn der Fremde behauptete, sie würde es im zweiten Anlauf ohne Zweifel schaffen, Knospes Herz jubilierte.

Sie war gestraft worden, Hochmut kam vor dem Fall. Sie war in Paris, aber nicht als akademische Malerin, sie war zu schlecht. Schlecht! Wie ihn das freute.

Joachim Gottlieb Knospe, der sich lieber Jean nannte, zahlte den Kaffee, nahm Hut und Mantel und verließ hoch erhobenen Hauptes, voll innerlichen Jubels, die ›Weiße Taube‹. Nun brauchte er seine Fantasie nicht mehr anzustrengen, wie er die Lisiewska vernichtete. Er brauchte nur dafür zu sorgen, dass jeder in Berlin von ihrem Scheitern erfuhr. In die ganze Stadt würde er es tragen, und es würde kein Gerücht sein: Die hochmütige Wirtin Anna Dorothea Therbusch, die sich die Profession der Malerin angemaßt hatte, wo sie doch nur ein Weib war, hatte die Aufnahme an der Königlichen Akademie zu Paris nicht bestanden.

Paris 1767

🌿 1 🌿

AM 28. FEBRUAR 1767 wurde ›La dame Anne Dorothée Lei-cienska, épouse du Sieur Therbouche‹ in einer Sitzung des Aufnahmegremiums als ordentliches Mitglied der Königli-chen Akademie der Malerei und Skulptur aufgenommen. Als Rezeptionsstück wurde ihr Bild der Halbfigur eines Mannes, der in seiner rechten Hand ein Glas Wein hält und von einer Kerze beleuchtet wird, angenommen. Die Malerin wurde mit diesem Stück direkt als ›académicienne‹, nicht nur als ›agrée‹ aufgenommen, und damit standen ihr nach den Statuten der Akademie alle Privilegien eines vollwertigen Mitgliedes zu. Sie durfte den Titel »peintre du roi« führen.

Ihre Aufnahme unterschrieben Direktor Francois Bou-cher und alle 23 Professoren, die von Diderot geschmähten Künstler Belle und Lagrenée ebenso wie die von ihm verehr-ten Chardin, Van Loo und Lemoyne.

Anna erhielt die Urkunde Anfang März, als in den Straßen von Paris der Karneval tobte. Rembrandt kam, als Harlekin kostümiert, und zog sie übermütig an der Hand.

»Du hast was zu feiern! Glückwunsch!«, rief er ausgelassen. »Komm, sei meine Colombina!« Er drehte sie unter seiner erho-benen Hand wie eine Spieldosenfigur: »Wir schauen uns das neue Stück der Comédie italienne an und feiern Pantruche!«

»Aber ich habe nicht mal ein Kostüm …« Anna sah sich suchend nach der Maske um, die sie bei der Redoute des Barons von Holbach getragen hatte. Rembrandt lachte sie aus: »Willst du maskiert auf die Straße gehen?«

Dann sah er ihren Blick und flüsterte verschwörerisch: »Keine Angst! Wo wir feiern, werden deine vornehmen Freunde sich nicht blicken lassen, die würden nur die Nase rümpfen! Keiner wird uns sehen!«

Er griff nach einem bunten Seidenschal, wickelte ihn Anna malerisch um die braune Mähne, zupfte einige Haare verwegen darunter hervor und zog zwei riesige Kreolen aus der Tasche, die sie sich an die Ohrläppchen hängte.

»So, und jetzt noch …« Er griff nach ihren Röcken, nahm einige Wäscheklammern und steckte die oberen Röcke hoch, wie es die Wäscherinnen taten.

Anna lachte überrascht auf. Langsam fand sie Gefallen an der Maskerade. Wenn es so einfach war! In Berlin gab es keinen Karneval, die Protestanten lehnten ihn als papistische Erfindung ab. Aber sie wusste, dass König Friedrich Verkleidungen liebte, er gab gerne Maskenbälle und war verärgert, wenn er erkannt wurde.

Karneval auf der Straße? Bei dieser Kälte? Was immer das heißen mochte, sie war aufgenommen, sie war jetzt *académicienne*, das wollte sie feiern. Gern hätte sie alle ihre Freunde, die sie in Paris gefunden hatte, zu einem großen Fest eingeladen: den Kupferstecher Georg Wille, Diderot und seinen Freund, den Maler Chardin, Desbrosses, die nette Hutmacherin aus der Rue Royale, und Chevalier Gallitzin wäre sich sicher nicht zu schade, die Damen de La Guepière zu unterhalten, die noch immer ohne Haushaltsvorstand lebten.

Aber Annas schmale Börse gab das leider nicht her, und da stand ein junger, bildschöner Harlekin vor ihr, der mit ihr Karneval feiern wollte. Übermütig griff sie nach ihrer weißen Schürze und bemalte sie mit närrischen Streifen in allen Farben. Ein wenig Mehl ins Gesicht, ein freches schwarzes Pflästerchen auf die Wangenknochen, an die bewusste Stelle, die bereitwillige Galanterie signalisierte … neben Rembrandt hatte sie keine Angst.

Sie zogen los, aus dem feinen Faubourg St. Honoré ins Quartier Latin, in dem die Studenten ausgelassene Umzüge in bunten Kostümen veranstalteten. Wasserträger hatten ihre Eimer mit Wein gefüllt und priesen ihn billig an. Anna und Rembrandt folgten Stelzenläufern, Gauklern, Musikern und Gruppen mit Eselskarren, die freche Botschaften trugen und deren maskierte Treiber beim Anblick der Polizei schnell in die engen Gassen flüchteten.

»Es gärt im Volk«, kommentierte Rembrandt die Flucht der Gaukler.

»Warum?« Anna fand die Forderung nach »einem Strumpfband für die Favoritin« von harmloser Komik.

»Die Mätressenwirtschaft des Königs ruiniert sein Volk«, meinte Rembrandt, »als die Pompadour vor drei Jahren starb, atmeten alle auf, aber sie hatten sich getäuscht. Inzwischen gibt der König für seine neue Favoritin, die Dubarry, mehr Geld aus als in Kriegszeiten für die Pompadour. Die Generalpächter pressen aus den Untertanen heraus, was sie können, aber eine ausgepresste Zitrone gibt keinen Saft mehr.«

Anna betrachtete Rembrandt erstaunt. War er ein Freigeist wie Diderot?

Rembrandt lachte verächtlich. »Dein Diderot, der kann doch nur klug daherreden und Bücher schreiben! Der wahre Umsturz ...«

Er unterbrach sich.

»Was meinst du mit dem wahren Umsturz?« Anna verstand nicht.

Rembrandt verschloss ihr den Mund mit einem Kuss. Dann packte er sie am Arm und raunte: »Die Spitzel sind überall! Wer nicht aufpasst und zu freimütige Reden führt wie Voltaire oder Rousseau, den nehmen sie mit und lassen ihn in ihren Verliesen verrotten. Es gibt keine ordentlichen Gerichte. Diderot hat diese Erfahrung auch gemacht, ein zweites Mal werden ihn seine einflussreichen Freunde nicht aus der Festungshaft retten können. Deshalb hält er sich zurück, er hat ja die Schere der Zensur bereits im Kopf, wenn er die Artikel für seine Enzyklopädie schreibt!«

Unwillkürlich sah Anna sich um. Aber sie sah nur eine Gruppe von Savoyarden vorbeiziehen, die ihren Musettes quäkende Musik entlockten, an einem Gaukler vorbei, dessen Mund eine riesige Feuerwolke entwich.

»Diderot hat immerhin Familie, wo hingegen wir …«

Anna betrachtete ihren Begleiter plötzlich mit anderen Augen. Er schien engagiert, erregt und er wusste Dinge, von denen sie nichts geahnt hatte.

»Bist du ein Spion?«, fragte sie.

Rembrandt warf den Kopf zurück und lachte lautlos.

»Ja, ich spioniere für meinen geliebten Herzog Carl Eugen, den großzügigen Herrscher, der sich Frankreich einverleiben will!« Er küsste Anna auf die Stirn, kaufte zwei Becher Wein und prostete ihr zu: »Deshalb bin ich auch auf so unauffällige Weise ins Land gekommen, nicht wahr?«

Anna lachte erleichtert. Nein, man musste kein Spion sein, um zu sehen, wie zerlumpt die Gestalten waren, die hinter den Musettespielern herliefen. Auch Anna sah die Waisenkinder, die auf den Straßen um Almosen flehten, die Mütter, die mit ihren Säuglingen vor den Kirchen bettelten, die verkrüppelten Männer, die dem König als Soldaten gedient hatten und nun im Elend lebten. Die Armut und der Schmutz in den engen, dunklen und übervölkerten Gassen von Paris waren unbeschreiblich. Aber heute war Karneval, selbst die Ärmsten waren auf den Beinen und hatten fröhliche Gesichter, weil sie einen Becher Branntwein oder ein Stück Braten ergattert hatten.

»Komm!«

Sie gingen in die italienische Komödie, amüsierten sich über den täppischen Harlekin, den arroganten Dottore und den geizigen Pantalone, der seine hübsche Tochter unbedingt mit dem prahlerischen Corviello verheiraten wollte.

Natürlich ging alles gut aus, die Liebenden gingen als Sieger aus der Posse hervor. Die Zuschauer strömten hinaus in die abendlichen Gassen, um ihre Späße im Dunkel der Plätze zu treiben. Rembrandt stellte ihr Jaques vor, einen Freund und Kollegen, wie er lässig hinwarf. Jaques betrachtete Anna respektvoll. »Sie sind die berühmte Malerin, die Jean das Leben gerettet hat?«

Anna fand das übertrieben.

»Ich habe nur den Zöllner abgelenkt«, meinte sie.

»Deinen guten Ruf hast du für mich ruiniert!«, rief Rembrandt.

»Ach, was ist der schon wert«, meinte Anna verächtlich. Jaques machte große Augen und meinte, der gute Ruf sei doch für eine Frau das Wichtigste im Leben.

»Ging nicht darum die ganze Komödie, die wir sahen?«, fragte er.

»Ach, eigentlich ging es doch um die Eitelkeit der Väter«, meinte Anna, »Liebende tun, was sie wollen und lassen sich nicht einschränken, nicht von den Alten, nicht durch Gesetze.«

»Die Zeit ist nicht fern, in der dies nicht nur für Liebende gilt!«, rief Jaques.

»Dann werden die Hochwohlgeborenen zittern«, fügte Rembrandt leise hinzu, »denn sie haben viel zu verlieren, und wir nichts.«

»Diderot meinte neulich zu mir, er stehe jeden Morgen mit der Hoffnung auf, die Bösen könnten sich über Nacht gebessert haben und die Herren ihre wahren Interessen eingesehen haben und endlich anerkennen, dass wir die besten Untertanen sind, die sie besitzen.«

Jaques und Rembrandt hatten sich auf zwei Fässer am Rand des Karnevaltreibens gesetzt. Sie sahen sich an und lachten.

»Bei allem Respekt vor dem Philosophen Diderot, seine Träume sind sehr klein«, meinte Jaques, und Rembrandt ergänzte: »Von der Einsicht der Herrschenden können wir lange träumen! Wir sollten ihnen Albträume bereiten!«

»Ja! Albträume von einer gerechten Welt, die Montesquieu beschrieben hat!«

»Wer ist Montesquieu?«, fragte Anna. Beide Männer zuckten zusammen und sahen sich um.

»Sprich leiser!«, sagte Rembrandt auf Deutsch. Jaques meinte: »Gehen wir ein Stück!«

Neben einer lauten Musikkapelle erläuterte er: »Madame, die Spione des Polizeipräfekten sind überall. Dieser Staat wird nur von der Polizeigewalt zusammengehalten. Selbst ein Ehrenmann kann innerhalb eines Tages sein gesamtes Hab und Gut verlieren, und Sie riskieren Ihr Leben, weil das Leben eines Bürgers keinen Pfifferling wert ist.«

Anna verstand nicht, warum ihre Frage nach Montesquieu eine Festnahme zur Folge haben konnte. Fröhlich winkte sie einem Stelzenläufer in seine luftige Höhe hinauf.

»Sie kommt aus Preußen«, erklärte Rembrandt.

Jaques bekam wieder diesen respektvollen Blick.

»Ja, Madame …«

»Nennen Sie mich Anna, Jaques, die Madame will mir nicht passen«, lachte Anna.

Jaques kaufte einem Verkäufer drei Limonaden ab und hob seinen Becher: »Trinken wir auf den roi de Prusse! Ihren aufgeklärten König kann sogar ein Republikaner hochleben lassen! Ja, wenn wir in Frankreich preußische Zustände hätten, mit einer freien Presse und ohne Generalpächter, die das Volk aussaugen, und ohne dass Ämter verschachert statt an die Tüchtigsten vergeben werden!«

Anna wies darauf hin, dass der preußische König im vergangenen Jahr ebenfalls Generalpächter eingesetzt habe, sogar französische. Der dritte Schlesische Krieg habe die königlichen Kassen empfindlich geleert.

»Gleich, wie aufgeklärt der Herrscher sich geben mag, er wird seinen absoluten Machtanspruch niemals aufgeben. Es führt kein Weg an der Gewaltenteilung vorbei«, meinte Rembrandt. Leise erläuterte er Anna Montesquieus Theorie von der Gesetzgebung, der Rechtsprechung und der Regierungsgewalt, die vom Volk und dem gewählten Parlament und nicht vom König ausgehen sollten.

Anna nippte an ihrer Limonade.

»Aber welche Aufgabe nimmt der König dann noch wahr?«, fragte sie naiv. Die Männer lachten, Rembrandt schlug ihr auf die Schulter wie einem Kumpel.

»Du hast es begriffen!«, lachte er. Und Jaques meinte: »Preußin? Ich glaube, Deine Freundin ist Korsin! Anna, Sie sehen nicht nur aus wie eine Korsin, Sie denken auch wie eine Korsin!«

Er zündete sich eine Pfeife an. »Anna schafft wie Pascal Paoli den König bereits ab und führt eine gerechte Verfassung ein, während Diderot noch darüber nachdenkt, wie er die Herrscher dazu bewegen kann, ihre Untertanen als Menschen mit Rechten anzuerkennen!«

»Pah, Korsika!«, meinte Rembrandt mit der Miene eines alten Seefahrers. »Pascal Paoli ist ein Selbstmörder – wie lange, glaubst du, wird es dauern, bis der König sich die Insel zurückholt!«

Einen Versuch sei es allemal wert, meinte Jaques, und sie disputierten leise und ausgiebig über die neue Republik Korsika, die nicht einmal zehn Jahre alt war, über Montesquieus verbotenes Werk »Vom Geist der Gesetze«, über den Luxus in Versailles und die drückende Armut des Volkes, aber da kam eine neue Musikbande, und Anna juckte es in den Beinen. Da stand sie nun, jüngstes Mitglied der renommiertesten Kunstakademie Europas, nach Feiern und Tanzen war ihr, nicht nach Politik. Sie begann, im Rhythmus der Trommeln zu wippen, sich im klagenden Ruf der Musette zu wiegen wie ein Baum, der sich im Wind biegt, einige tolle Drehungen, tanzen ging ja auch alleine!

Vielleicht ist es das, dachte sie, das Leben auf den Straßen! Vielleicht verändert Pantruches Freiheit die Welt mehr als das endlose Disputieren. Uns gehört sie doch, die Straße, hier können wir singen, tanzen, musizieren und feiern.

Sie schwang herum, blickte in lachende Gesichter, sah Masken, bunte Kostüme, Jongleure. Ein Gaukler mit einem grünen Papagei auf der Schulter tanzte ebenfalls, ein riesiger Mann in einem roten Weiberrock hüpfte geziert auf und ab. Anna flog an allem vorüber, die Musette kreischte, die Trommeln schlugen schneller, Klatschen und Pfeifen begleitete die Musikanten, und die schöne Stimme einer Frau sang von der Lust, der Liebe und … und was? Anna verstand es nicht, aber die Umstehenden lachten und johlten nach jeder Strophe, sangen den Refrain und forderten mehr. Anna hob die Arme wie eine Zigeunerin, ließ sie über dem Kopf kreiseln, stemmte sie im nächsten Moment in die Taille, hüpfte einige Schritte, raffte die Röcke und wirbelte weiter.

Irgendwann nahm sie wahr, dass die Leute aufgehört hatten zu tanzen und einen Kreis um sie herum bildeten, pfiffen, klatschten und sie anfeuerten. Jemand legte die Hände um ihre Taille und wirbelte mit ihr herum … ach, das war Rembrandt, nun war es Jaques, wie schön war die Welt, wie bunt und lebendig war Paris, wie gut tat der Karneval!

Außer Atem hielt sie inne und ging zur Limonadenbude, um zu verschnaufen, da sah sie Rembrandt mit einem jungen blonden Mädchen wild durch die Menge hüpfen. Ein schönes Paar, bemerkte eine Frau neben ihr zu ihrer Nachbarin.

Lieber Himmel, Anna, stell dich nicht an, warum soll er nicht mit anderen Frauen tanzen wie du mit seinem Freund Jaques, dachte sie, aber es gab eine kleine Stimme in ihr, die höhnisch wisperte: Siehst du, das kommt davon, untreue Ehefrau! Lass deine gierigen alten Finger von dem jungen Mann. Sie wehrte sich: Aber ich habe doch nichts getan, ich habe ihm nur geholfen …

Und er hat dir geholfen. Die innere Stimme war unerbittlich.

Ich will nichts von ihm, verteidigte sie sich, ich bin hier, um zu malen, heute bin ich einen bedeutenden Schritt vorangekommen, jetzt muss ich den Salon vorbereiten, darf Schüler unterrichten, muss Aufträge und Käufer finden, ein Stipendium beantragen, ich bin doch nicht wegen einer flüchtigen Liebschaft in Paris …

»Hier bist du! Müde?«

Rembrandt stand neben ihr, legte seinen Arm um ihre Taille, strahlte aus gerötetem Gesicht.

»War sie nett?«

Er betrachtete sie, dann lachte er auf seine strahlende Art lautlos.

»Du bist doch nicht etwa eifersüchtig?«

Unsinn, er habe seine volle Freiheit, und das Mädchen passe gut zu ihm.

»Viel besser als du, meinst du?«

Anna schluckte.

»Nur weil sie jünger ist?«

Sie nickte mit klopfendem Herzen.

»Hör auf damit. Wir haben viel Spaß miteinander, nicht?«

Das konnte sie nur bestätigen.

»Was soll ich mit einem solchen Mädchen reden?« Er deutete auf die Blonde, die sich wieder lachend im Tanz drehte, diesmal mit Jaques, und kurz zu ihm hinüberwinkte.

»Sag's mir!«

»Nun, ihr könntet den bevorstehenden Umsturz vorbereiten …«

Rembrandt verschloss ihr den Mund. »Solche Reden sind gefährlicher, als du ahnst, glaub es mir. Sag so etwas nicht aus Eifersucht.«

»Ich bin nicht eifersüchtig!«

»Umso besser, das kann ich nämlich nicht leiden. Ich bin ja auch nicht eifersüchtig auf Diderot!«

Sie lachte. »Wieso solltest du?«

»Hätte ich nicht allen Grund? Er ist scharf auf dich, sag nicht, dass du das nicht bemerkst!«

»Er hat sich nur ausgezogen wegen eines Bildes im griechischen Stil.«

Rembrandt lachte sie aus.

Sie hatte sich Diderot gegenüber natürlich und unbefangen gegeben. Noch konnte sie ihm damit imponieren. Bei der nächsten Sitzung konnte sie ihn in ein Gespräch über Rousseau verwickeln. Aber dann? Hatte sie ihn unterschätzt, wollte er sie zur Mätresse? Das wäre eine Mesalliance, niemand würde sie als Künstlerin ernst nehmen, wenn sie ein Verhältnis mit dem Kritiker des ›Salons‹ hatte. Oder gerade deswegen? Wäre eine Liaison mit Diderot ihre Eintrittskarte in die Pariser Gesellschaft? Ach, sie wollte nichts davon wissen, ihr lag weder das eine noch das andere.

»Du bist so schön«, sagte sie leise und strich Rembrandt über die unrasierte Wange.

»Und du erst! Komm, ma gitane corsaire!« Sie wirbelten herum, und Anna wünschte sich, dass es niemals in ihrem Leben aufhören würde. Das Leben ein Tanz, vielleicht war es das.

2

NACH ASCHERMITTWOCH BESUCHTE SIE mit Diderot die Gemäldesammlung des Prinzen von Orleans im Palais Royal.

Anna hatte nicht gewusst, dass es erlaubt war, derartig schamlose Szenen zu malen, getarnt als »Historienmalerei«, und solche Landschaften zu ersinnen, und diese Farben!

Mit angehaltenem Atem betrachtete sie das Bild Bouchers von der berühmten Pompadour. Jede Falte ihres voluminösen Seidenrockes war haarfein gepinselt, jede Rose auf dem Rock des Gewandes sprang den Betrachter in geradezu obszöner Weise an. Wohin zuerst schauen? Auf die Schleifen, die Falten, den kleinen Hund? Oder auf die klugen Augen der Dame, die lässig ein Buch in der Hand hielt, als wolle sie sagen: Lesen kann ich, auch wenn ich einmal Mademoiselle Poisson war.

Diderot stieß Anna an und wies auf die Füße der Pompadour.

»Dahin geht der Blick zuerst«, kicherte er. Wahrhaftig, diese Pantöffelchen waren einer vornehmen Chinesin würdig, die so gut wie keine Füße hatte. In der Proportion zum Körper waren sie nicht wahr und gerade darum auffallend.

»Ich zählte gerade die Schleifen, es sind neun«, entgegnete Anna. Diderot betrachtete sie stirnrunzelnd.

»Das ist nicht Ihr Ernst, Madame Therbouche! Dieses exquisite erotische Detail kann Ihnen nicht entgangen sein!«

Sie ging einige Schritte zurück und betrachtete das Bildnis der halb Liegenden noch einmal. Diderot hatte recht. Aber für sie verschwand die Pompadour unter der pompösen grünen Robe, die sich wie eine Kleiderlandschaft unter dem zarten Gesicht ausbreitete.

»Sie sehen mit den Augen des Mannes, Denis«, sagte sie und wandte sich ab.

Diderot blieb wie angenagelt stehen.

»Sie wollen sagen, es gibt unterschiedliche Blickweisen der Geschlechter?«, fragte Diderot.

»Ach ja, natürlich! Diese wollüstige Betrachtungsweise, sie kann doch nicht die meinige sein, der Voyeur …« Anna brach ab. Ihre Stimme klang wie eine Kriegserklärung, das wollte sie nicht. Immer wieder hatte sie sich Feinde gemacht durch ihre offenen Erklärungen. Sie musste verbindlicher sein, Diderot war wichtig für sie, und er war liebenswert wie ein Kind. Sie wollte ihn als Freund behalten.

»Sehen Sie nur, Diderot«, lenkte sie ab, »wie wundervoll dieses Porträt ist! Es leuchtet förmlich. Man kann den Dargestellten nicht unsympathisch finden, nicht wahr?«

»Selbst wenn es der Kriegsminister wäre«, kicherte Diderot mit Blick auf das Messingschildchen am Rahmen.

»Ist das der Kriegsminister?«, fragte sie erschrocken. Diderot lachte schallend.

»Ich sagte, selbst wenn er es wäre! Ach, Madame, Sie sind so wunderbar in Ihrer Naivität, so direkt und so ...«

Er sah ihren Blick und verstummte. So preußisch. Es musste nicht alles ausgesprochen werden. Sie reagierte immer wieder auf eine Weise, die er nicht verstand, oft war sie gekränkt, und er wusste nicht, warum. Vielleicht verstand er nichts von Frauen. Jedenfalls nichts von preußischen Frauen.

»Es ist Pastell«, änderte er schnell das Thema, »La Tour malt nur mit diesen Farben.«

Sie lächelte, ohne den Blick von dem Porträt zu nehmen. Schmerzhaft stachen ihr die Blautöne in die Augen. Das blaue Kleid sprang sie an, das die Mutter nicht mehr hatte nähen können. Wie lange war das her, und nie würde es gut werden, auch nicht dadurch, dass sie Tinka aufgezogen hatte – die durchscheinend blasse Tinka, der ein so kurzes Leben beschieden gewesen war. Ach, wie hatte sie der Mutter in ihrer Sterbestunde so etwas Dummes sagen können! Tränen schossen ihr in die Augen. Schnell wandte sie sich ab.

Diderot beobachtete ihren Stimmungsumschwung erstaunt. Frauen waren seltsame Wesen.

»Ist Ihnen nicht wohl, Madame? Kann ich Ihnen helfen?«

Er war wirklich sehr lieb. Einen Augenblick lang wollte sie ihm die Geschichte des blauen Kleides erzählen. Sie öffnete schon den Mund, da sah sie in seine interessierten Augen. Lieb war Diderot erst in zweiter Linie, in erster war er der erbarmungslose Kunstpapst und scharfzüngige Philosoph, der für ein treffendes Bonmot den besten Freund verriet. Sie konnte förmlich hören, wie er ihre Geschichte im Salon von Madame Geoffrin zum Besten gab, ausgeschmückt mit erfundenen Details und gekrönt von einer philosophischen Wahrheit, die sie nicht verstand, die sie aber mit Sicherheit noch mehr beschämen würde als ihre naive Tat. Es nutzte nichts, dass sie noch ein Kind gewesen war. Mit zwölf Jahren hätte sie Takt genug besitzen müssen, um ihre sterbende Mutter nicht zu belästigen. Und offenbar hatte sie auf diesem Gebiet nicht genug hinzugelernt. Da schwieg sie lieber.

Schnell schritt sie zu einem riesigen Schlachtengemälde auf der anderen Seite, das sie nicht interessierte und das darum ihre Nerven beruhigen würde.

Diderot folgte ihr. Ob sie schon in Pastell gemalt habe. Diese kleinen Stifte seien erstaunlich vielseitig.

Nein, hatte sie nicht. Sie wollte ihre Farben selbst anreiben, selbst bestimmen, wie sie auf der Leinwand wirkten, verdünnen nach Belieben und hinzufügen, was ihr fehlte. Wieder klang ihre Stimme zu hart, war ihre Ablehnung zu brüsk, sie spürte es.

Am nächsten Tag brachte er ihr eine Holzschachtel mit Pastellkreiden. Sie seufzte.

»Ich werde nicht in Pastell malen, Monsieur Diderot«, sagte sie ungeduldig.

Er ereiferte sich. Wie sie das sagen könne, ohne es probiert zu haben? Er werde ihr sitzen, sie solle sein Bild anfertigen.

Sie legte die Schachtel beiseite und ergriff seine beiden Hände.

»Diderot, ich male gern Ihr Porträt«, sagte sie eindringlich, »ich male es auf meine Weise, und das wird nicht Pastell sein. Ich brauche es nicht zu versuchen, ich arbeite nicht gern mit diesen Stiften.«

Er entzog ihr die Hände und gestikulierte aufgeregt. Nie würde ein Franzose so etwas sagen! Sie sei eine Preußin durch und durch!

Warum?

»Sie wissen immer alles, die Preußen, ohne es probiert zu haben! Sehen Sie Ihren König an, er hat nicht einmal die Hälfte von dem begriffen, was Voltaire schreibt, schon jagt er ihn davon!«

Er spiele auf ein Ereignis an, das über eine Dekade zurückliege, sagte sie gereizt, der König und Voltaire hätten sich längst versöhnt.

»Darum geht es nicht, Madame! Ihr Deutschen wisst immer alles im Voraus! Aber Probieren geht über Studieren!«

Sie band die Schnur sorgfältig um die Schachtel.

»Als Sie den Artikel über die Stellmacherei für Ihre Enzyklopädie schrieben, Diderot«, sagte sie, »haben Sie da vorher eine Chaise bauen müssen?«

»Madame, selbstverständlich nicht! Aber ein Stellmacher hat mir sein Handwerk erklärt, bis ich sicher war, es richtig zu beschreiben, auch für Menschen, die keinen blassen Dunst von dieser Kunst haben.«

»Sie haben nicht einmal einen Hammer zur Hand nehmen müssen, nicht wahr?«

Nicht einmal das, gestand er.

Sie reichte ihm das Päckchen. Das Band markierte vier korrekte Rechtecke mit einer preußisch korrekt gebundenen Schleife in der Mitte.

»Ich kann jedem Menschen die Pastellmalerei erklären, auch wie man Kohleskizzen und Radierungen fertigt«, sagte sie. »Auch wie Fresco gemalt wird, weiß ich, aber ich male nicht auf Wände. Ich bin 45 Jahre alt, ich male Porträts, weil ich keine andere Chance hatte, denn in Berlin gab es nicht einmal eine Akademie, die mir das Aktstudium hätte verbieten können. Ich habe auch nie eine *nature morte* gemalt, ein Stillleben, wie es so scheußlich in meiner Sprache heißt, obwohl ich weiß, wie man einen Apfel malt. Ich habe auch Genreszenen gemalt und ich möchte mit Historiengemälden reüssieren. Neue Techniken brauche ich nicht. Ich brauche neue Aufträge.«

Er nahm das Päckchen, verbeugte sich und ging ohne Abschied.

Sie sah ihm verwirrt nach. Hatte sie ihn beleidigt? Sie hatte sich solche Mühe gegeben, ihre Stimme weich und ihr Französisch sanft klingen zu lassen. Sie hatte ihm ihre Situation erklärt und hatte sein Geschenk nicht schroff zurückgewiesen.

Seufzend ging sie ins Atelier. Sie betrachtete den riesigen Marmorblock, den Falconet zurückgelassen hatte. Sanft strich sie über den rauen grauen Stein. Die wunderschöne Maserung wird erst hervortreten, wenn er behauen, geschliffen und poliert ist, dachte sie. Ach, wäre ich wie dieser Marmor! Aber ich werde mich nicht mehr ändern, mag an mir herumhauen und -schleifen, wer mag. Ich bin zu alt. Alt und hässlich. Sie drückte ihr Gesicht an den kühlen Stein und weinte lautlos.

Der Aschermittwoch war längst vorbei, die Aschekreuze auf den Stirnen waren abgewischt. Man schrieb den 28. März, und Anna ging aufgeregt zu ihrer ersten Sitzung des Komitees der Akademie im Louvre. Wie es sich gehörte, dankte sie als ordentliches neues Mitglied für die Aufnahme. Während sie den weiteren Themen der Sitzung lauschte, spürte sie, dass ihre Anwesenheit über die Danksagung hinaus die Herren völlig irritierte. Warum nur? Benahm sie sich falsch? Verstohlen sah sie an ihrem Kleid herunter, aber alles war in Ordnung. Gab es eine Etikette, die ihr unbekannt war? Und dann erfuhr sie das Furchtbare in einer Pause auf dem Gang, verstohlen von Cochin, dem Sekretär: Sämtliche Statuten der Akademie galten für männliche Künstler. Die regelmäßige Teilnahme an den Sitzungen war für weibliche Mitglieder nicht vorgesehen. Für Frauen galten andere Regeln. Und die sollten sich furchtbar auf sie auswirken.

Diderot, der am nächsten Tag zu seiner Sitzung ins Atelier kam, erlebte Anna mit zitternden Händen, völlig außer sich. Sie war kreidebleich. Schließlich legte sie den Pinsel aus der Hand und brach die Sitzung ab. Sie entschuldigte sich.

»Aber Madame, je vous en prie! Ich komme morgen wieder, wir sind doch quasi Nachbarn!«

»Es wird mir morgen nicht besser gehen«, erklärte Anna mit weißen Lippen, »ich werde Ihr Porträt nicht fertigstellen können, bei aller zärtlichen Verehrung für Sie und Ihre intelligenten Gesichtszüge.«

Anna legte die Palette fort und sah Diderot aus leeren Augen an. »Ich werde mit der nächsten Diligence nach Berlin zurückkehren.«

Es klang, als habe sie erklärt, sich in die Seine stürzen zu wollen.

»Madame Therbouche!« Diderot ging zum Schrank, in dem Falconet, wie er wusste, nicht nur seine Bildhauerutensilien, sondern auch einen guten Weinbrand aus der Stadt Cognac aufbewahrte. Er goss ein wenig in zwei Gläser und prostete ihr zu. Anna trank mechanisch, schüttelte sich, hustete, aber die Farbe ihrer Wangen belebte sich, und ihre Augen blickten nicht mehr glanzlos.

»Erzählen Sie, was Sie bedrückt!«

Anna hatte erfahren, dass sie weder Unterricht nehmen noch Schüler unterrichten durfte.

»Aber Madame, wozu! Sie sind doch keine Schülerin mehr, Sie sind eine anerkannte Künstlerin und als vollwertiges Mitglied aufgenommen!«

»Wozu?«, fragte Anna empört zurück. »Um Geld zu verdienen, natürlich!«

Sie hätte auch endlich gern am lebenden Modell Aktzeichnen studiert, das sei ihr als Frau bisher stets aus moralischen Gründen verwehrt gewesen.

»Dabei wissen Sie doch am besten, wie unsinnig diese Gründe sind, nicht wahr?« Sie sah Diderot traurig an.

Er kämpfte mit sich. Diese Preußin schien ein Phänomen im Sinne seines verkrachten Freundes Rousseau zu sein, der für das freie natürliche Leben eintrat. Diderot hatte zu den unbekannten Wesen des anderen Geschlechts keineswegs dasselbe unbekümmerte Verhältnis wie zu seinen Freunden, die er im Kaffeehaus traf.

Darüber hinaus dürfe sie kein akademisches Amt bekleiden, lamentierte Madame Therbusch weiter. Auch um die begehrten Preise »Petit prix« und »Grand prix«, die mit Studienaufenthalten und Stipendien verbunden waren, dürfe sie sich nicht bewerben.

»Aber Madame! Bedenken Sie Ihr Prestige als peintre du roi!«

»Was nützt mir das?« Anna blickte Diderot resigniert an. »Als Frau bin ich von allem ausgeschlossen.«

»Seit der Gründung der Akademie sind nicht einmal zehn Damen aufgenommen worden! Sie, Madame Therbouche, haben die Ehre, die siebente zu sein! Sie dürfen im Salon ausstellen, das ist doch das Wichtigste!«

Er klopfte auf die Zeitung, die er Anna mitgebracht hatte: »Selbst der ›Mercure‹ berichtet über Ihre Akademieaufnahme!« Er las vor: »La peintre fameuse en histoire!«

»Ich will Historienmalerin werden«, sagte Anna leise und verzweifelt, »aber ich weiß nicht, wovon ich leben soll, bis der Salon im August beginnt.«

Stille breitete sich im Atelier aus wie ein kriechender Schatten.

Diderot hasste es, wenn es ums Geld ging. Er pflegte seinen Ruf als generöser Freigeist, aber seine Großzügigkeit erstreckte sich nicht auf seine Louisdors. Früh war er von seinem wohlhabenden Vater enterbt worden, hatte sich allein durchgeschlagen und sich eingestehen müssen, dass er nicht das Geschick des Monsieur Arouet hatte, seine Schriften zu Geld zu machen. Der fraß sich unter dem Künstlernamen Voltaire von einem Fürstentum zum nächsten durch, erlangte durch geistreiche Schmeicheleien und devote Widmungen seiner Werke Renten und Druckmäzene und wusste sein Geld durch Wechselgeschäfte so geschickt zu vermehren wie die Auflage seiner Bücher. Das war Diderots Sache nicht. Die großherzige Spende der Zarin war ein warmer Regen, der ihn für das jahrzehntelange Leiden an seiner Enzyklopädie entschädigte. Da er keine Idee hatte, wie er diese Summe geschickt anlegen konnte, knauserte er und trennte sich äußerst ungern auch nur von einem Livre. Aber da kam ihm eine Idee.

»Madame Therbouche, ich erteile Ihnen hiermit einen Auftrag«, erklärte er feierlich.

Anna lächelte verzagt. »Aber Monsieur, ich male doch gerade Ihr Porträt«, sagte sie. Ganz kurz stutzte Diderot. Sollte dieses Porträt etwa kein Freundschaftsporträt werden? War es für die unbekannte Preußin nicht eine Ehre, ihn, den berühmten Herausgeber der Enzyklopädie, porträtieren zu dürfen?

Er räusperte sich. Über das Porträt konnte man später sprechen, wenn es im Salon Furore gemacht hatte. Wenn es gut war, würde es seinen Ruhm so gut mehren wie ihren.

»Ich möchte, dass Sie ein Dankesporträt malen, das ich der Zarin Katharina schicken kann. Es sagt mehr aus als ein Brief von mir.«

Sie deutete auf die Staffelei: »Warum nicht dieses?«

»Aber Madame! Sagten Sie nicht eben, Sie seien Historienmalerin? Ich dachte an eine Allegorie des Dankes, ein Medaillon ...«

Annas Augen nahmen wieder Glanz an. »Eine Allegorie des Dankes? Die Familie Diderot bedankt sich bei ihrer Gönnerin?«

Diderot war begeistert. Ja, seine Familie sollte auf dem Bild verewigt werden, das würde seine zänkische alte Nanette besänftigen, und seine Tochter würde aussehen wie ein Engel.

»Vor dem Hintergrund von Paris«, spann Anna ihre Idee weiter und fragte sehr praktisch: »Wie groß darf es sein, Monsieur Diderot?«

Er trat zu ihr und küsste ihr beide Hände. »Vor dem Hintergrund von Paris, liebe Freundin! Und nennen Sie mich endlich Denis, Dorothée!«

Er schenkte Cognac nach.

»Das Bild darf so groß sein wie Ihr Herz, liebe Freundin! Ich zahle Ihnen einen Vorschuss, Sie dürfen nicht abreisen! Sie müssen im Salon groß herauskommen!«

Etwas an seinem Enthusiasmus stimmte nicht, Anna spürte es. Er kam ihr sehr nah, seine Augen waren vom Weinbrand gerötet …

»Denis!« Sie sagte seinen Namen laut und schnell, drückte ihm einen Kuss auf die Wange, es war wie eine Abwehr. Aber er nahm es als Begeisterung und lächelte entzückt. Rembrandt hat recht, schoss es Anna durch den Kopf, ich muss mich vorsehen. Wenn ich ihn verärgere, bin ich vernichtet, wenn ich als seine Mätresse gelte, aber auch. Das Beste war, wenn er sie für einen preußischen Eiskeller hielt oder für eine treue Ehefrau oder beides. Hinhalten, dachte sie, ihn hinhalten und auf Sparflamme kochen lassen, aber das Feuer hübsch schüren und nicht ausgehen lassen. Ihm beweisen, dass Frauen nicht nur Mätressen, sondern geistvolle Freundinnen in der Kunst sein können. Das war das Einzige, mit dem sie ihm imponieren konnte.

»Denis, Sie sind ein wahrer Freund. Ich danke Ihnen, Sie haben mich gerettet.«

»Pas du tout, Sie haben mich gerettet, Dorothée! Lange habe ich überlegt, wie ich mich bei der Zarin bedanken könnte. So viele Briefe habe ich zerrissen, und die Epistel, die ich Falconet mitgab, erschien mir zu dürftig. Die Antwort Ihrer Majestät schien mir auch recht kühl. Nun werde ich mit Ihrer Hilfe einen würdigen Dank nach Petersburg senden können.«

3

AM 25. AUGUST, dem Tag des Heiligen Ludwig, wurde der
Salon 1767 im Louvre eröffnet.

Der ›Salon Carée‹ in der Bel Etage, der seit 1725 als Aus-
stellungsraum der Königlichen Akademie diente, wurde über
eine Treppe an der Stirnseite des Raumes betreten und hatte
die Große Galerie abgelöst, in der bis dahin der Salon statt-
gefunden hatte.

Seit Jahren mehrten sich die Stimmen, die den schlecht zu
beleuchtenden Raum nicht mehr für den Salon nutzen wollten, sondern die Große Galerie mit Oberlichtern versehen
und zur ständigen königlichen Gemäldegalerie umbauen
wollten. Generalbaudirektor Marquis de Marigny wollte die
königlichen Sammlungen, die Bibliothek, das Kupferstich-
kabinett und die aus der königlichen ›Wunderkammer‹ her-
vorgegangene naturkundliche Sammlung im Louvre zusammenfassen und der Öffentlichkeit zugänglich machen. Er
hatte einen solchen Plan in Auftrag gegeben, aber es fehlte
am Geld und am Willen aus Versailles, in den »alten Kasten«
zu investieren.

Jean Siméon Chardin war Maler und seit 40 Jahren Mitglied der Akademie. Mit knapp 70 Jahren galt er den einen
als Respektsperson, den anderen, denen seine Herkunft als
Tischlersohn und Autodidakt zu niedrig war, als Spottfigur.
Seit vielen Jahren war Chardin als ›tapissier‹ für die Anordnung der Werke im Salon verantwortlich. Er hatte den hohen
Raum bis zur Decke mit den ausgewählten Bildern des diesjährigen Salons behängt. Alle zwei Jahre folgte er getreulich
demselben Muster: Die größten Gemälde befanden sich unter
der Decke, ihnen folgten dicht an dicht die nächsten drei
bis vier Reihen bis unterhalb der Augenhöhe. Nur ein drei
Fuß hoher Streifen blieb unbedeckt. In der Mitte des Raumes standen vier lange Tische, die bis zum Boden mit grü-

nem Samt verhängt waren. Auf ihnen standen dicht gedrängt die Skulpturen.

Chardins Gestaltung war weder schön noch originell. In seiner nüchternen Anordnung entging Chardin allerdings dem Vorwurf, bestimmte Werke zu bevorzugen. Auch galt er als nicht korrumpierbar.

Zur Eröffnung des Salons hatte Anna sich neu ausstaffiert. Sie erschien in einem silberfarbenen Seidenkleid mit grünen Schleifen, das ihre fast weiße Haut aufsehenerregend unterstrich. Ihre Haare hatte sie gepudert, damit sie zur Farbe des Kleides passten, hatte sie hinter den Ohren straff zurückgesteckt, sodass die langen Locken hinter den winzigen Ohrläppchen über die Schultern rieselten. Anna hatte nicht widerstehen können und sich bei der kleinen Hutmacherin den dernier cri machen lassen: einen *Matelot*, wie ihn die Flussschiffer der Seine trugen, einen Strohhut mit einer kleinen, geraden Krempe, völlig verschieden von den breitkrempigen Schäferhüten, die seit einigen Jahren in Mode waren. Der Hut war mit schwarzer Seide verkleidet und am Krempenrand mit winzigen schwarzen Rüschen aufgeputzt. Verwegen segelte der schwarzglänzende Matelot auf dem Lockenmeer über Annas zartem, weiß gepuderten Gesicht mit den energischen Zügen, den schmalen Lippen und den dunkelbraunen Augen mit jenem Blick, der die Menschen derart intensiv und kritisch studierte, dass allein ihr Blick für viele Pariser eine Unhöflichkeit darstellte. Keiner der Herren würde zugeben, sie schön zu finden, denn sie war keine 20 Lenze mehr, und sie schlug weder in weiblicher Bescheidenheit die Augen nieder, noch lächelte sie das einfältige Lächeln der verbindlichen Liebenswürdigkeit, die es jedem recht machen will.

Diderot sah sie in den Salon kommen, aufrecht wie ein preußischer Offizier, nicht den mindesten Hüftschwung im geraden Gang, ohne ein Lächeln, und wusste nicht, ob er begeistert oder verärgert sein sollte. So verschwendete sie also sein Geld, den Vorschuss, den er ihr für sein Familienbild gegeben hatte: Sie kaufte sich teure Roben und umwerfende Hüte. Die Preußen galten als geizig, aber sie konnte mit Geld jedenfalls nicht umgehen, obwohl sie diesen Finanzmakler Desbrosses an ihrer Seite hatte, der zwar ein amüsanter Unterhalter war, sie aber offensichtlich nicht zu beraten verstand.

Andererseits sah Madame Therbouche blendend aus, alle drehten sich nach ihr um, als sie den Salon betrat und nach einem ausgiebigen Rundumblick Kurs auf ihn nahm mit der Zielstrebigkeit einer Fregatte.

Immerhin hatte sie inzwischen gelernt, ihm nicht mehr die Hand entgegenzustrecken wie ein Stallbursche dem anderen, sondern sie hielt ihm ihre kleine muskulöse Tatze in einem fast zierlichen Bogen entgegen, sodass er einen Kuss darüberhauchen und sein Kompliment machen konnte, bevor er Desbrosses launige Begrüßung mit einem Bonmot beantwortete.

Schnell füllte sich der Salon mit Gästen, bis kaum noch ein Durchkommen war. Die honorigen Professoren der Akademie, Künstler, ihre Angehörigen, Studenten, Freunde, Kunstinteressierte, Journalisten standen schwatzend vor den Bildern, umringt von den unvermeidlichen Ohrenbläsern, die auf Skandale hofften. Sie drängten sich um die Tische mit Skulpturen, schoben sich Gebäck in den Mund, tranken Weißwein und Limonade.

Anna hatte für Rembrandt eine Einlasskarte besorgt, aber sorgfältig darauf geachtet, dass niemand sie gemeinsam sehen und über ihr Verhältnis tratschen konnte.

So mischte sich Rembrandt unter die Gäste, begutachtete im allgemeinen Gedränge Bilder und Skulpturen und kam rasch zu dem Schluss, dass Annas Bilder zu den Besten des Salons zählten. Lag dies vielleicht am vorausgegangenen Gefecht um die Freiheit der Kunstkritik? Der Disput hatte dazu geführt, dass einige arrivierte Maler der Akademie, unter ihnen Direktor Boucher, aus Protest mit ihren Werken nicht vertreten waren. Rembrandt fand sämtliche Gestalten auf den Bildern manieriert, ihre körperlichen Haltungen unnatürlich, vor allem die der Skulpturen, deren Körperhaltungen geradezu halsbrecherisch verdreht waren, und die Farben fand er bläulich-langweilig, mehr à la mode als nach der Natur. Wie verdorbenes Fleisch, dachte er, keine Seele, kein Geschmack, kein Leben.

Vor Annas Porträt von Diderot blieb Rembrandt stehen. Er fand es meisterlich. Noch nie hatte er ein Bild von einem Mann mit derart raffinierter Erotik gesehen. Diderot präsentierte seinen Oberkörper, die linke ›mamelon‹ kokett entblößt, und seinen Geist: In der leichten Drehung des Kopfes, in der lichtvollen Stirn, im denkenden, nach oben gerichteten Blick lag die wache Intelligenz des Philosophen. Ob Diderot mit seinem Konterfei zufrieden war?

»Sie soll ihn nackt gemalt haben«, hörte er eine männliche Stimme hinter sich.

»Komplett nackt?«, fragte eine andere gespannt.

»Komplett, mein Lieber! Dabei ist sie weder jung noch schön, diese Preußin!«

»Für unseren Philosophen wird es gereicht haben!«

»Natürlich! Glauben Sie, man hat sie wegen ihres Talents aufgenommen?«

Zweideutiges Kichern.

»Selbstverständlich! Sie ist sehr talentiert, sie ist eine Empfehlung Marignys!«

»Dann wundere ich mich nicht, dass man sie erst einmal hat durchfallen lassen. Was von Versailles kommt, müssen die Herren des Louvre zunächst ablehnen, um ihre Macht zu demonstrieren!«

»Und eine Künstlerin muss zeigen, dass sie ihre Kunst vor allem im Bett des Marquis beherrscht ...«

Langsam, voll unterdrückten Zorns, drehte Rembrandt sich um. Aber die Herren waren bereits weitergeschlendert, und er hörte schon wieder jemanden neben sich tuscheln.

»Diese Preußin malt am nackten Modell!«

»Unerhört!«

»Nun, es ist nicht uninteressant! Wollen Sie ihr sitzen?«

»Wenn sie sich so darböte wie Bouchers vierzehnjährige Grisetten …«

»Oh, selbst wenn sie es täte, mein Bester, ich werde nicht zugreifen!«

»Warum nicht?«

»Sie ist wohl eher etwas Gereiftes für Kenner.«

»Für Kenner der Kunst?«

»Man lässt nichts anbrennen, mein Bester, ich bin kein Kostverächter!«

Rembrandt betrachtete den Mann, dessen selbstgefälliger Blick andeuten sollte, dass er ein Schäferstündchen mit der Malerin gehabt habe.

»Treibt sie es mit …«

»Scht! Was denken Sie, wie Frauen hier die Aufnahmeprüfung bestehen? Mit dem Pinsel?«

»Aber ja doch! Ther- Bouche! Sie wird so manchen Pinsel in den Mund genommen haben!«

»Und andere zwischen ihre Schenkel!«

»Sie hat es mit jedem Mitglied der Akademie getrieben, das schwöre ich Ihnen, sonst wäre sie nicht aufgenommen worden! Ihre Talente kommen weniger im Louvre als in Madame Gourdans Etablissement zur Geltung!«

Rembrandt ballte die Linke zur Faust. Gern und freudig hätte er sich für Annas Ehre geschlagen, aber hier … schnell schob er die Faust in die Tasche seines abgetragenen Justaucorps, um nicht die Beherrschung zu verlieren. Er ging weiter, betrachtete Annas Porträts zwischen den anderen Bildern, darunter sein eigenes Konterfei, und fand sie fulminant. Er wusste, wie verärgert Anna gewesen war, dass einige ihrer Bilder für den Salon abgelehnt worden waren. Ihm war es gleich, er fand alles von ihr im Kolorit wärmer und vielschichtiger als die anderen, im eingefangenen Moment lebendig und voller Gefühl. Sahen diese Kerle das nicht? Oder sahen sie es und redeten nur aus Neid?

Rembrandt wusste nichts von der Kunstszene. Er erkannte die Männer nicht als Ohrenbläser, die gezielt Annas Diffamierung betrieben. Ebenso wenig wie Anna ahnte er, dass Monsieur Noir im Auftrag des abwesenden Direktoriums handelte.

Marquis de Marigny hielt die Eröffnungsrede. Anna betrachtete ihn. Dieser unscheinbare feiste Mann mit dem weiß gepuderten Gesicht war also der Herr, mit dem Hofbaumeister de La Guepière in reger Korrespondenz stand, dem sie ihr Debut verdankte. Der Bruder der berühmten Pompadour, Direktor der Bauwerke von Paris, war so rundlich wie sein argloses Gesicht. Trotz seiner vierzig Jahre hatte er kaum Falten. Er trug eine derart reich mit Goldstickereien und Posamenten verzierte Kleidung, wie sie in Berlin nicht einmal bei Hofe getragen wurde, und lächelte aus wasserblauen Augen freundlich in die Runde.

Dieser Chevalier schien ja zugänglich zu sein, freundlich und ohne Standesdünkel. Vielleicht konnte sie durch ihn eine Audienz in Versailles bekommen? Wenn sie dem König nur ein Bild verkaufen könnte, ach, nur ein einziges Bild!

»Was wäre die Kunst ohne die Damen«, sagte der Marquis gerade, und Anna horchte auf. Das war einmal ein wahrer Satz.

Dieses Paris war wie das Eintauchen in eine völlig neue Welt. Hier verstanden sich die Künstler, hier wussten sie, was sie wollten, und warum? Weil sie eine Ausbildung hatten, eine seit Jahrhunderten gewachsene und vom König geförderte Akademie. Frauen oder Männer, es spielt keine Rolle, das Können zählt, dachte Anna energisch.

»Ich meine nun nicht die malenden Damen, obwohl wir in diesem Jahr nach vielen Jahren wieder einmal eine besonders schöne und begabte Dame, sogar aus dem Ausland, begrüßen dürfen.«

Anna errötete vor Freude und verbeugte sich leicht.

»Nein, ich meine die Damen, wie sie seit Anbeginn Thema der Kunst sind. Ohne die Frauen und ihre Schönheit, ohne die Frauen als Modell wäre die Kunst doch undenkbar, nicht wahr, meine sehr verehrten Herren!«

Alles applaudierte. Anna fühlte sich plötzlich entsetzlich gedemütigt. Sie hätte nicht einmal erklären können, warum. Dies war doch ein Kompliment gewesen, oder etwa nicht? Hatte Marquis de Marigny nicht gerade die Frauen gepriesen?

»Komm!« Rembrandt packte sie um die Taille und schob sie vor sich her zur Treppe. Sie protestierte leise, möglichst unauffällig. Was fiel ihm ein? Sie konnte doch jetzt nicht fort, Diderot musste sie mit dem Marquis bekannt machen … Sie wehrte sich.

Rembrandt verstärkte seinen Griff und sagte wütend: »Das hier ist kein Salon, das ist ein Bordell!«

Er schob sie die Treppe hinunter, hastig schlug sie ihr Tuch um die Schultern. Alle Blicke waren auf Marigny gerichtet. Später würde es auffallen, dass die preußische Malerin nicht mehr da war. Nur ein raubtierartiger Blick folgte ihnen aus dem glitzernden Augenpaar des Monsieur Emanuel Noir, Assistent des mächtigen Direktors Francois Boucher …

Die mondlose Spätsommernacht war lau und feucht. Im Hof standen die Künstler vor ihren Staffeleien, ihre Bilder an Stricken aufgehängt wie nasse Wäsche.

»Sieh sie dir an«, forderte Rembrandt, »was siehst du?«

Anna sah Gesichter, die sich um sie drängten. Matte Bilder, blasse Porträts, hilflose Landschaften. Ungelenke Ölmalerei.

»Viele sind von der Akademie des Heiligen Lukas, eures Schutzpatrons«, erklärte Rembrandt, »dies ist die öffentliche Kunstschule, die aus den Gilden hervorging. Diese Leute sind stolz auf ihr Maler- und Bildhauerhandwerk. Die Bildhauer machen Grabsteine, aber auch Skulpturen. Sie sprechen nicht von den hohen Künsten, obwohl auch ein Oudry und ein Vigée aus ihren Reihen hervorgingen. Ich kenne manchen Tischler unter ihnen, der eine Kommode zu zimmern und zu bemalen versteht. Aber sie verkaufen auch ihre Landschaften und ihre Porträts. Nein, die meisten sind nicht halb so gut wie du, Anna! Hier bist du die Sehende unter Blinden. Aber sie scheuen sich nicht, ihre Bilder sozusagen im Souterrain der hohen Kunst anzubieten. Sie sind ehrlich.«

Anna betrachtete die Bilder. Sie sah ihren Vater vor sich, wie er ihr das Handwerk erklärte, geduldig, ausdauernd, ständig bemüht, ihr und der Schwester immer wieder zu erklären, was ein gutes Kolorit ausmachte, dem kleinen Bruder Holle die Geheimnisse des menschlichen Antlitzes zu erklären: »Kein Weiß in die Schatten!«, im unermüdlichen Streben nach dem, was er selbst nicht erreichte.

Sie sah die jungen und älteren Künstler im Innenhof des Louvre, die voller Hoffnung ihre Bilder anboten. Immer derselbe Blick auf die Seine, die Brücken, die Kähne, Tanzende, die Masken beim Karneval. Sie sah, wie sie versuchten, die Bewegungen einzufangen. Manches war ungelenk, manches nicht ungeschickt.

»Hier ist ehrliches Handwerk«, sagte Rembrandt ernst, »mancher ist der Natur treuer als die dort oben mit ihren entblößten Frauenbrüsten, mit ihrer angeblichen Mythologie, mit ihren falschen Schlachten. Hier sind auch Maler der *jeunesse*, sie verkaufen nicht schlecht, während du dich mühst und verbiegst, den Messieurs Académiciens zu gefallen. Dabei sind deine Bemühungen nicht viel anders als diese Mädchen dort …«

Rembrandt wies auf drei magere Prostituierte, die zwischen den halb abgebrochenen Säulen der Kolonnaden standen. Anna begehrte auf, aber Rembrandt fuhr unerbittlich fort: »Nichts als Prostitution, dieser Salon. Du hast kein Geld? Stell dich an den Pont Neuf mit deinen Bildern, verkaufe sie an die Fremden! Biete ihnen an, ihr Porträt zu malen, es ist ein Leichtes für dich in einer Stunde! Die Professoren, diese akademischen Harlekine, erkennen dich nicht an? Sie kennen nur sich selbst und ihren Dünkel. Du malst wie eine Göttin, Anna. Male, was dir gefällt, und verkaufe es an den Brücken der Seine, statt auf die hochwohlgeborene Kundschaft zu warten.«

»Du weißt nicht, was du sagst«, unterbrach ihn Anna, »ich will für den Hof malen. Wenn ich mich hier hinstelle, ist mein Ruf ruiniert.«

»Aber wenn der Hof dich nicht will, dann warte nicht! Du willst arbeiten, also arbeite, hier und jetzt, am Quai, auf den Brücken, im Innenhof des Louvre. Mein Gott, wir dürfen in Paris sein! Welch ein Glück!«

Sie gingen durch das Gewühl der Menschen. Der Schein der flackernden Feuer verzerrte die Zeichnungen und ihre Schöpfer zu grotesken Szenen. Anna sah Augen, die über dem Kunstschaffen leer und Münder, die zahnlos geworden waren, und es grauste ihr vor der Hoffnungslosigkeit. Sie sah die Jungen, die sie voller Hoffnung anlachten und ihre Werke anpriesen, die Skeptischen mit der Pfeife im Maul, die Bärtigen, und sie sah die Stummen, deren verächtlicher Blick sagte: Madame, kaufen Sie oder lassen Sie es bleiben, und wenn wir uns Ratten fangen und sie braten, um zu überleben, es wird schon irgendwie gehen. Plötzlich erfüllte sie das lebhafte Treiben mit Hochachtung. Rembrandt war studierter Physiker, aber in Paris arbeitete er als Tischler. Hatte er sich ein einziges Mal beschwert? Nein, er brachte ihr Feuerholz, damit ihre Finger geschmeidig blieben.

Sie blieb stehen und sah ihn an. Ernsthaft blickte er zurück. Kein Muskel verzog seine klaren, schönen Gesichtszüge. Er konnte seine Physik nicht betreiben, aber er war frei. Er war der Willkür seines Herzogs entkommen. Seine Freiheit war sein höchstes Glück. Sie war ihm wichtiger, als die Physik in der Knechtschaft zu betreiben. Wie frei er war, und wie abhängig hatte sie sich gemacht! Sie wollte keine Hofmalerin sein wie ihre Geschwister, diese Knechtschaft hatte sie gescheut. Aber nun hatte sie sich in die Knechtschaft der Meinungen, in die Diktatur der Kunstkritik, in die Tyrannei der potenziellen Auftraggeber begeben. Wie ängstlich war sie geworden!

Vielleicht ist es das, dachte Anna, vielleicht liegt meine Freiheit darin, mein Sujet selbst zu bestimmen. Ich werde nur Historienmalerin, wenn ich nicht auf den Kunden warte, der sein Porträt in Auftrag gibt. Wie lange hat Chardin mit seinen missachteten Stillleben durchgehalten! Immer hat er sein Sujet frei gewählt, er hat sich für sein Schälchen roter Erdbeeren verspotten lassen und ist mit dem Bildnis eines toten Rochens in die Akademie aufgenommen worden. Dann hat er mit Genreszenen begonnen. Er ist sich immer treu geblieben.

Ich kann malen, was ich will, und mich jeden Abend hier auf die Brücke stellen und hoheitsvoll wie eine Königin warten, bis es jemand kauft, und am Tag im Atelier das nächste erschaffen. Wie verwegen dieser Gedanke war!

Sie schüttelte den Kopf. Wochenlang konnte sie darauf warten, während ihre Bilder zu einer meilenlangen Galerie anwuchsen und sie darüber auf der Brücke verhungerte, ohne dass es in dieser riesigen Stadt irgendjemanden kümmerte.

Wollte sie den Staub von Marignys Schuhen lecken oder mit Stolz verhungern?

4

DER SALON TRUG ERSTE FRÜCHTE. Anna bekam Aufträge von den Damen, die literarische Salons unterhielten. Sogar Madame Geoffrin, wieder freundlich, erneuerte ihre Einladung. Anna starb tausend Tode in dem Bemühen, alles richtig zu machen.

»Eine solche Freizeitbeschäftigung ist nicht von meinem Stand«, sagte sie erschöpft zu Rembrandt, als sie in der Nacht zurückkehrte, »dabei müsste ich, wollte ich gut verdienen, in allen Salons verkehren, weltgewandt daherreden und charmant lächeln.«

»Das ist kein Problem«, meinte Rembrandt träge, »du hast das liebreizendste Lächeln, das ich je an einer Frau gesehen habe.«

»Danke, aber ich kann nicht nur mit meinem Lächeln erscheinen«, sagte Anna.

Rembrandts Augen glitzerten. »Oh, das wäre eine wirklich galante Szene! Ich sehe schon die Schlagzeile im ›Mercure‹: Madame Therbouche erschien wie ihr eigenes Modell: ›Completement nue, bekleidet nur mit einem Lächeln‹!«

Anna schlug nach ihm.

»Du bist doch schlagfertig!« Lachend brachte er sich auf der anderen Seite des Bettes in Sicherheit.

»Im Ernst, du beherrschst doch geistreiche Konversation!«

»Ja, eigentlich schon. Aber angesichts dieser eleganten Damen ist mir der Mund wie zugeschnürt, und wenn ich eine Woche später in derselben Robe erscheine, rümpfen alle die gepuderten Nasen. Nein, da geh ich lieber mit dir zum Karneval oder ins Café Allemand oder in dieses neue, am Ende der Champs Élysées, wie heißt es noch?«

»Colisée! Ja, gehen wir wieder tanzen!«

Das ›Colisée‹ lag mitten im neu angelegten Park am Ende der Allee, die die Pompadour hatte anlegen lassen. Jeden Abend war hier Konzert oder Musik zum Tanzen, es gab die erfrischendsten Limonaden der Stadt, und der Eintritt war gering. Im Gegensatz zum Kaffeehaus ›Procope‹ musste Anna dort keine Angst haben, Diderot oder anderen zu begegnen. Im ›Colisée‹ waren keine Philosophen, aber auch nicht des Königs Häscher. In der romantischen Wirtschaft konnten Rembrandt und sie ungestört tanzen, trinken, in dem illuminierten Park promenieren und mit Jaques und dessen Freunden über die Politik disputieren.

Zu ihrer großen Genugtuung verkaufte Anna das von der Akademie abgelehnte ›Diner bei Kerzenschein‹ an den Fürsten Gallitzin, dem die Stimmung des Nachtstücks ausnehmend gut gefiel. Der Fürst fand ihre Idee, dem König ein Bild zu verkaufen, nicht abwegig.

»Warum nicht, Madame Therbouche? Versailles ist nicht weit entfernt, und der Hof nicht so unnahbar, wie viele meinen. Ich reite jeden Dienstag zu Choiseul, dem Wirtschaftsminister. Ich tausche gern einmal den Sattel mit meinem Cabriolet und nehme Sie mit!«

»Aber ich ...« Anna errötete. Es kostete sie viel, zuzugeben, dass sie nicht das richtige Kleid hatte für einen Besuch bei Hofe. Ich habe es nicht weit gebracht, was meine höfische Kleidung angeht, dachte sie in Erinnerung an den Besuch bei dem spartanischen König Friedrich Wilhelm. Bei ihm hatte man eher darauf achten müssen, einfach gekleidet zu sein, aber in Versailles? Alle Welt sprach von dem ungeheuerlichen Prunk bei Hofe.

»Es ist keine Audienz, Madame«, erwiderte der feinfühlige Diplomat, »es werden viele dort sein, um den König zu sehen, Fremde, einfache Menschen. Es gibt keine Kleiderordnung. Jeder kann nach Versailles, um den König zu sehen, wenn seine Kleidung reinlich ist. Sie müssen sich allerdings bis zum Frühjahr gedulden, denn jetzt im Oktober fährt der gesamte Hof nach Fontainebleau. Auch ich verbringe den Herbst dort wie alle auswärtigen Gesandten und die Minister mit ihren Kanzleien, denn in Fontainebleau finden die Jagden und die großen Militärrevuen statt.«

Fürst Gallitzin lächelte Anna freundlich an.

»Bitte nutzen Sie den Herbst, um mir noch ein schönes Nocturne zu malen, da Sie sich ja von Ihrem ›Jungen Wissenschaftler‹ nicht trennen mögen.«

Anna liebte das Bild von Rembrandt mit dem Mikroskop. Sie brachte es nicht übers Herz, es zu verkaufen.

»Ich kann es für Euer Durchlaucht noch einmal malen, keine Kopie, sondern ein wenig anders in den Details. Ich kann auch Mademoiselle Dornet porträtieren?«

Sie sah ihn fragend an. Ein Bild von seiner Geliebten würde er doch besitzen wollen?

»Um Himmels willen!«, sagte der Fürst in gespieltem Schrecken. »Schlimm genug, dass sie meines besitzt! Nein, Madame Therbouche, malen Sie, hüten Sie das Haus, und wenn es nicht unter Ihrer Würde ist, gebieten Sie den Dienstboten, damit sie nicht zu übermütig werden.«

»Unter meiner Würde! Das sagen Sie einer Hotelière!« Gallitzin lachte.

»Ich habe schon gemerkt, dass Sie zwei Talente haben, verehrte Madame Therbouche! Bei meiner Rückkehr im vergangenen Herbst war alles blitzsauber, ein wundervolles Diner erwartete mich, noch nie habe ich mich in meinem Hause so wohl gefühlt.«

Anna fühlte sich sehr geehrt, dass der Fürst ihr vertraute. Sie würde den Winter über das Haus führen, umso lieber, da Gallitzin sich in Versailles für sie verwenden würde.

Diderot kam ebenfalls, sich zu verabschieden. Er verbrachte den Herbst auf dem Landgut Granval bei Baron Holbach.

»Ich liebe das Landleben! Wir stehen zeitig auf, wir frühstücken mit der närrischen alten Schwiegermutter, wir arbeiten, wir dinieren reichlich und lange, wir spielen, und wir machen endlose Spaziergänge. Endlich ist dieser anstrengende Salon zu Ende, jetzt beginnt die Fron des Schreibens! Ach, wenn man doch die Bilder, über die man berichtet, vor Augen hätte!«

Anna fragte sich, wer eigentlich die Arbeit mit dem Salon gehabt hatte, er, der Kritikus, oder die Künstler.

»Und Sie, Madame? Mit wem werden Sie den Herbst verbringen?«

Seine Frage hatte etwas Lauerndes. Anna erschrak. Hatte er beobachtet, wie Rembrandt sie aus dem Salon manövriert hatte?

»Mit meiner Kunst, Denis. Ich werde an mir arbeiten, ich werde so streng und gut arbeiten, dass ich dem königlichen Hof ein Bild verkaufen werde.«

Aber Diderot schüttelte den Kopf.

»Versteigen Sie sich nicht, Madame«, warnte er, »Versailles ist nicht Paris! Konzentrieren Sie sich auf das kunstsinnige Publikum der Salons ...«

»Marquis de Marigny war sehr angetan von meinen Arbeiten, und Fürst Gallitzin wird mir ein Entrée verschaffen ...«

»Nun, man wird sehen.« Diderot beugte sich über ihre Hand. Hatte sie einen Anflug von Neid in seinem Blick gesehen? Er verkehrte mit vielen Männern von Stand, wollte er sie in diesen Kreisen nicht sehen? Wollte er seine Bekanntschaften eifersüchtig für sich behalten?

Anna verbrachte ihren zweiten Winter in Paris, erstaunt darüber, wie schnell die Zeit vergangen war. Ein Jahr Paris! Den Winter des Jahres 1767 verbrachte Anna nicht luxuriös, er war kalt und arbeitsreich. Sie porträtierte einige Damen und Herren der Pariser Gesellschaft im Stil der französischen Malerei, um sich nicht wieder den Vorwurf einzuhandeln, sie verwende zu viel Rot. Nebenher versuchte sie sich unermüdlich an historischen Themen.

Rembrandt entdeckte ständig etwas Neues, er liebte Paris und die Freiheit, die diese Stadt ihm bot. Sie gingen in die Comédie Italienne, sie sahen die neuen Stücke der Comédie francaise und die Komische Oper, sie besuchten das Kaffeehaus de Foi beim prächtig angelegten Palais Royal, sie hörten den Schwätzern, Sängern und Neuigkeitenverbreitern unter dem berühmten Krakauer Baum zu, die schauerliche Moritaten erzählten. Mit Jaques und anderen Freunden Rembrandts zechten sie in billigen Wirtshäusern, lachten und liebten sich, waren zärtlich, wild, albern und ausgelassen. Manchmal zankten sie und versöhnten sich gleich darauf wieder leidenschaftlich.

Vielleicht ist es das, dachte Anna, von Augenblick zu Augenblick treiben. Dieses Leben sollte niemals enden, der Himmel immer blau sein mit einigen kleinen weißen Federwölkchen.

Sie sah nicht die dunklen Gewitterwolken, die sich über ihr zusammenzogen.

❧ 5 ☙

FÜRST GALLITZIN HIELT WORT. In einer Frühjahrsnacht des Jahres 1768 fuhr er mit Anna nach Versailles.

Gallitzins schneller, leichter Phaeton, mit zwei eleganten Trabern bespannt, legte den Weg auf der geraden königlichen Chaussee in drei Stunden zurück. Im nebligen Morgengrauen fuhr die Kutsche durch Versailles, ein Städtchen so klein, dass Anna sich fragte, warum einer der mächtigsten Könige in einem Provinzdorf residierte, während in Paris das Leben tobte.

Der frühe Morgen war still. Durch die herbstlichen Nebel, die mit dem Dampf der schnaubenden Pferde aufstiegen, sah Anna das Schloss vor sich, etwas höher liegend als der Ort. Majestätisch breitete sich der riesige, über 300 Klafter lange Mitteltrakt aus, flankiert von mehreren Seitenflügeln.

Das gewaltige Anwesen erinnerte sie an Mannheims Residenz. Carl Theodor hatte wahrlich eine kleine Kopie erschaffen, wie so viele Fürsten. Die Pfälzer hatten das Kindermodell erbaut, das aber viel harmonischer in der Wirkung war, denn Versailles, von hohen schmiedeeisernen Zäunen mit goldenen Sonnen umgeben, erschien ihr ungeordnet riesig.

»Beeindruckend, nicht wahr?«, meinte Gallitzin. »Denken Sie nur, 500 Millionen Louisdor hat dieses Schloss seit seiner Erbauung vor über 100 Jahren gekostet!«

»Wie viele Menschen leben hier?«, fragte Anna ehrfürchtig.

»Oh, es sind an die zehntausend, und im Marstall stehen 250 Kaleschen und 6.000 Pferde«, meinte Gallitzin, »bedenken Sie, Madame Therbouche, dass nicht alle so frei sind wie ich als Gesandter, mir das Leben in Paris zu gestatten. Der Adel Frankreichs ist mehr oder weniger gezwungen, sich in Versailles aufzuhalten, denn die Etikette befiehlt es. ›L'état c'est moi!‹ war der Wahlspruch des Sonnenkönigs! Den Höflingen hier geht es nicht so gut wie den preußischen Junkern, die ihrem König auf dem Kopf herumtanzen!«

Die Garde du Corps ließ das Cabriolet durch den Vorhof passieren bis zum nächsten schmiedeeisernen Zaun. Auf dem Ehrenhof war trotz der frühen Stunde lärmender Betrieb. Die Wachablösung marschierte vorbei, ein Hauptmann drillte seinen Zug von 50 Gardesoldaten mit lauten Kommandos, Kaleschen fuhren vor, berittene Stafetten drängten ihre schweißnassen Pferde rücksichtslos zu den seitlichen Eingängen der Wachhabenden. Volk drängte zum Eingang und wurde von Schweizer Gardisten zu den Türen geleitet. Die Besucher waren tatsächlich aus allen Ständen, auch aus den geringsten. Sie entrichteten bei der Schweizergarde einige Sous, bevor sie in deren Begleitung passieren durften.

Im zweiten Ehrenhof, der von einer niedrigen Mauer eingefasst war, hielt Gallitzins Cabriolet in einer langen Reihe von Chaisen neben einem achteckigen Brunnen, dessen Mittelpunkt ein Obelisk bildete.

»Meine Liebe, wir kommen gerade rechtzeitig zum Lever«, erklärte Gallitzin feierlich. »Ich habe heute die Ehre, dem König meine Aufwartung machen zu dürfen. Ich nehme Sie mit, dann können Sie den König sehen.«

»Beim Lever? Ist das nicht zu intim?«, fragte Anna, der der Gedanke an einen kaum bekleideten König unbehaglich war.

Gallitzin lachte. »Keine Sorge, Madame! Hunderte von Menschen wohnen jeden Morgen dem königlichen Lever bei. Es folgt einem strengen Zeremoniell. Keine Geste, kein Schritt ist dem Zufall überlassen. Warten Sie nach dem Lever auf mich im Gang, dann werde ich Ihnen die berühmte Spiegelgalerie zeigen.«

Das Schlafgemach des Königs war groß wie ein Ballsaal. Es drängten so viele Menschen bis zu den Absperrungen, dass Anna den König nur von weitem sehen konnte. Jedes Kleidungsstück wurde ihm mit großem Zeremoniell gereicht, und er betrachtete es mit freundlicher, geduldiger Miene, bevor man es ihm anlegte. Ludwig XV. war ein gut aussehender Mann, von gerader, schlanker Statur, mit eleganten Bewegungen, ausdrucksvollen großen Augen, einem scharf geschnittenen Profil mit leicht gebogener Nase und einem majestätischen, gelangweilten Lächeln auf dem schönen Gesicht. Sein kostbarer, mit goldenen Posamenten und Diamantknöpfen besetzter Justaucorps übertraf alles, was Anna bisher gesehen hatte. Die Minister, die ihm die Kleidung reichten, waren ebenfalls elegant gewandet. Spitzenjabots rieselten aus Halsausschnitten und über Hände, Westen waren mit goldenen Knöpfen geschlossen. Die Damen trugen wertvollen Schmuck in tief ausgeschnittenen Dekolletés und mit Perlen verzierte Roben.

Annas Herz klopfte. Für diesen Hof wollte sie ein historisches Bild malen? Du lieber Himmel, wie sollte sie das bewerkstelligen! Dieser König war so unfassbar reich, er besaß mehr, als er begehrte! Ein verwöhnter Prinz mochte sich zwischen seinen Spielsachen in seinem Kindergemach langweilen, aber der König von Frankreich? Mit einem Blick hatte Anna die Leere in seinen schönen Augen und die hängenden Mundwinkel gesehen, hatte hinter der eleganten Attitude die müden Bewegungen des Schwermütigen erkannt. Kurfürst Carl Theodor erschien ihr gegen Louis XV. geradezu als Frohnatur. Kein Wunder, dass der König eine Mätresse nach der anderen braucht, dachte Anna, vermutlich ist er weniger promiskuitiv als melancholisch, einsam und unendlich ennuyiert. Ein weiteres Bild für seine Galerie? Ihre Zuversicht sank, je länger sie dem schier endlosen Zeremoniell zusah. Fürst Gallitzin durfte dem König, nachdem ihm die frisierte Perücke aufgesetzt worden war, sein Kompliment machen und Grüße der Zarin Katharina übermitteln, die der Hoffnung Ausdruck verlieh, dass der König sich bei bester Gesundheit befände. Er erhielt eine huldvolle Antwort und erzählte Anna später stolz, dass drei Sätze Antwort als ein Zeichen großer Gnade zu werten seien. Er könne nun guten Gewissens der Zarin schreiben, dass ihr der König von Frankreich ein wahrer Freund sei.

Anna dachte an die offiziellen Verträge, die während des letzten zermürbenden Krieges geschlossen, von geheimen Bündnissen unterwandert, später wieder gebrochen wurden, und schwieg. Sie wollte seiner Exzellenz gegenüber nicht unhöflich sein. Wenn solche Floskeln wahre Freundschaft bedeuten, dachte sie, dann wundert mich nicht, wenn die Freundschaft am nächsten Morgen schon in Krieg umschlägt. Hohe Diplomatie scheint so etwas wie das zänkische Spiel unter Geschwistern zu sein.

Nach zwei Stunden war der König endlich vollständig angekleidet, und die Menge zerstreute sich. Manche gingen zur Tafel, um hinter den Schranken das petit déjeuner zu beobachten, das Lakaien angeblich auf goldenen Tellern servierten. Andere eilten hinunter zur Kapelle, um den prächtigen Aufzug der Königin zu beobachten, die ihren Gatten beim täglichen Gang zur Messe begleitete.

Fürst Gallitzin führte Anna endlos lange Korridore entlang, zeigte ihr das königliche Schlafgemach, in dem das Bett frisch aufgerichtet wurde, die verschiedenen Audienzzimmer und Empfangsräume. Man hatte tatsächlich bis zu den Schranken überall Zutritt. Alles war umlagert von Fremden, die

die prachtvoll ausgestatteten Räume bewunderten. Überall waren Spiegel, Säulen, Girandolen, überall Vergoldungen, Schnitzwerk, kostbare Möbel, schwere Gobelins und geraffte Vorhänge aus Seide und Damast. Und an allen Wänden hingen die schönsten Gemälde, prunkvolle Porträts der königlichen Familie, stimmungsvolle historische Szenerien, elegante Genreszenen mit Schäferinnen und Schoßhündchen, Tempel in Landschaften à la greque, alles fein und teuer gemalt. Annas Selbstvertrauen hingegen glich mehr und mehr einem düsteren, verstaubten Keller. Hatte Diderot recht gehabt? Wie sollte sie diesem prächtigen verwöhnten Hof jemals ein Bild von ihrer Hand verkaufen?

Fürst Gallitzin lachte. »Warten Sie nur ab, Madame! Versailles ist Gefangener seiner eigenen Abgeschiedenheit; man verzehrt sich hier geradezu nach dem neuesten Klatsch aus Paris. Wenn bei Hof jemandem zu Ohren kommt, dass Ihre Gemälde im Louvre hängen, dass Ihr Talent in den Salons der Mesdames gerühmt wird, dann wird man schnell neugierig. Wir werden ein wenig unter die Ohrenbläser gehen. Ich gebe allerdings zu, dass Ihre Chancen zu Lebzeiten der Madame Pompadour besser gestanden hätten!«

Gallitzin führte sie in den Spiegelsaal, den der König gerade auf seinem Weg zur Messe durchschritten hatte. Siebenunddreißig Klafter sei er lang, erläuterte er stolz, und es sei die höchstpersönliche Idee des Sonnenkönigs gewesen, in dieser Galerie die Sonne einzufangen. Er wies auf die Rundbogenfenster, denen Spiegel derselben Form gegenübergestellt waren. Die tonnenförmige Deckenwölbung hatte Lebrun mit prachtvollen Gemälden dekoriert, die die Taten des Sonnenkönigs allegorisch verklärten. Riesige Kristallüster hingen von der Decke herab, weitere wurden von goldenen Nymphen als Ständer gehalten. Alles glänzte in Gold und Weiß. In der Mitte wurden Spiegel und Fenster von Marmornischen unterbrochen, in denen vier antike Marmorstatuen standen. Die Möbel waren aus Silber, auf den Tischen standen kleine

Orangenbäumchen in silbernen Kübeln. Anna verschlug es den Atem. Die funkelnde Pracht war unbeschreiblich.

»Stellen Sie sich die Reflektion vor, wenn diese Kostbarkeiten bei Empfängen durch Hunderte von Kerzen zum Strahlen gebracht werden!«, sagte Gallitzin begeistert und trat an eines der siebzehn Fenster. Seine Schritte waren auf dem prächtigen Savonnerieteppich nicht zu hören.

»Übertroffen wird die Galerie nur von dieser wundervollen Anlage.« Anna sah hinunter auf den gigantischen, regelmäßig angelegten Park, dessen Broderien, Bosketten und Bassins sich endlos in der Ferne des Tales verloren. Etwa zehn Meilen waren streng in ein riesiges Korsett geometrischer Formen gezwängt. Erst am Horizont fing sich der Blick wieder in den sanften, völlig entwaldeten Hügeln des Montboron und Saint-Antoine, auf denen schmutzige Schneereste schmolzen. Hell leuchteten die Kieswege zwischen den unbelaubten Verästelungen der Bosketten, dem Umbra der holzverschalten Bassins und dem Ocker der umgegrabenen Beete. Was im Sommer höchste Prachtentfaltung von Menschenhand war, war im Winter der Natur unterworfen. Die planierte Anlage erschien an diesem Märztag kalt und unwirtlich.

Gallitzin verabschiedete sich, er habe noch einige wichtige Sitzungen. Sie vereinbarten, dass Anna bei Einbruch der Dunkelheit auf den Ehrenhof kommen sollte, der Wagen stehe dann bereit für die Heimfahrt.

Mit Blick auf ihr hundertfach gespiegeltes Konterfei ging Anna langsam durch die Spiegelgalerie. Nur sich selbst will dieser König sehen, dachte sie, was soll er mit Porträts, was interessieren ihn andere Menschen. Und warum soll er sich Landschaften auf seine brokatbezogenen Wände hängen, dachte sie mit Blick aus den Fenstern, er hat sich ein ganzes Tal zu seinem königlichen Garten unterworfen.

Inmitten vieler anderer Besucher strebte Anna dem Garten-
ausgang entgegen. Von Gemach zu Gemach, von Kabinett
zu Kabinett erschien ihr ihre Kunst albern, geradezu lächerlich klein und mittelmäßig. Was hatte sie schon geleistet? Ein
paar Porträts, halbwegs ähnlich, ein paar Spitzen und Kleider, einige Gesichter unter Coiffuren und Perücken halbwegs klar und wiedererkennbar gemalt, und damit wollte
sie hier reüssieren? Welcher Teufel hatte sie geritten, nach
Paris zu gehen, welcher Dämon hatte ihr eingeflüstert, dem
Sonnenkönig ein Bild zu verkaufen? Nicht einmal geschenkt
würde er es annehmen! Diderots Warnung war vollkommen
gerechtfertigt: Die neue Würde als Akademiemitglied war
ihr zu Kopf gestiegen.

Sie atmete auf, als sie die stickigen Gemächer verlassen hatte und die ersten warmen Strahlen der Frühlings-
sonne auf der Haut spürte, aber Erleichterung brachten
sie ihr nicht.

Unglücklich schlenderte Anna durch den kahlen Garten.
Überall strömten Menschen ins Freie. Der späte Vormittag
wurde frühlingshaft warm. Ein Herr dressierte seinen Hund,
eine kleine Gesellschaft von Damen und Herren spielte ein
Ballspiel mit langen gebogenen Stöcken, das Anna noch
nie gesehen hatte. Eine Dame trippelte auf hohen Absätzen
am Arm ihres Kavaliers unsicher über den Kies, zwei Männer der Kirche spazierten würdevoll, mit geneigten Köpfen
in ernsthafte Disputation vertieft, die breite Treppe hinauf
zur Kapelle.

Plötzlich stand Anna vor der Orangerie. Ein eingesperr-
ter Wald von dickstämmigen Pomeranzen- und Zitronen-
bäumchen träumte mit porzellanartigen Blüten in dunkelgrünen Holzkübeln hinter der Verglasung. Aus den geöffneten
Fenstern strömte der betäubende Duft der Orangenblüten.

Anna wurde der Hals eng, ihr Herz raste. Sie rang nach
Luft, wollte fort, aber die Beine gehorchten ihr nicht. Sie
schwankte und schalt sich eine dumme Gans. Würde es nie

aufhören? Innerhalb von Sekunden überzog ihr Körper sich mit eiskaltem Schweiß.

Schnell wandte sie der Orangerie den Rücken zu und schritt energisch den breiten Weg entlang zur Pyramidenfontäne, zu der alle Wege führten. Arbeiter lösten gerade die Holzverschalung, die den mächtigen, fünf Etagen hohen Marmorbrunnen vor dem Frost geschützt hatte.

Anna fühlte ihre Beine schwer werden vom Schock des Traumas, das sie wieder einmal unvermutet überfallen hatte, aber auch von der morgendlichen Wanderung durch das riesige Schloss. Suchend sah sie sich nach einer Bank um. Aber da war keine, und Stühle, wie sie in den Tuilerien zu mieten waren, gab es nicht. Schließlich ließ sie sich auf den Stufen nieder, die den Wasserfontänengarten wie einen Senkgarten einfassten. Sie wagte dies, weil ein älterer Kavalier dort bereits saß und ihr aufmunternd winkte.

»Keine Angst, Sie dürfen hier Platz nehmen«, riet er ihr, »die Bänke sind noch im Winterschlaf!«

Der Chevalier sprach Französisch mit einem harten Akzent und rollendem R, aber er hatte eine warme, klangvolle Stimme.

Anna setzte sich und dachte an die Spiegelgalerie, in der sie sich hundertfach gespiegelt sah, an die prunkvollen Gemächer. Zum ersten Mal fiel ihr der scharfe Kontrast auf zwischen dem unermesslichen Reichtum des Königs und der Armut der Menschen, denen sie auf den Pariser Gassen jeden Tag begegnete. Immerhin hatte sie nicht nur den spartanischen Hof des Soldatenkönigs kennengelernt. Der Stuttgarter Hof und die Mannheimer Residenz waren prächtige Anlagen. Sogar Friedrichs kleines Sanssouci auf seinem wunderlichen Weinberg war inzwischen recht ansehnlich geworden.

Nein, Frankreichs Volk war ärmer, und sein König so unermesslich reich, dass er sich für eine Nebensache wie ein weiteres schönes Bild nicht interessierte. Unwillkürlich seufzte Anna, während sie die verschlungenen Formen der

Broderiebeete betrachtete, aus deren dunkler Erde die ersten grünen Spitzen der Narzissen hervorschauten.

Ihr Magen begann plötzlich vernehmlich zu knurren. Sie war vor Sonnenaufgang aufgestanden, hatte unterwegs mit Gallitzin etwas Kalbfleisch und Wein zu sich genommen, aber das war Stunden her. Sie nahm Brot und Käse aus ihrer Tasche.

»E la fame? E la fama …«, murmelte der Herr vernehmlich.

»Sie sind Italiener!«, sagte Anna überrascht.

»Venezianer, Signora! Ich bin Italienischlehrer der Mesdames de France, der Töchter des Königs.«

Er schwenkte fröhlich seinen Hut: »Gestatten Sie, dass ich mich vorstelle: Goldoni, Signora, Carlo Goldoni.«

»Gern erweise ich Ihnen die Ehre«, sagte sie erfreut und stellte sich dem charmanten alten Herrn ebenfalls vor.

»Sie sind keine Französin«, bemerkte er.

Er stand auf, setzte sich neben sie und zog eine Flasche Wein aus seinem Umhang.

»Wenn ich zu diesem bescheidenen Mahl zweier Exilanten etwas beitragen darf …«

Sie lachten beide. Anna bot Brot und Käse an, und Goldoni griff ungeniert zu.

»Erzählen Sie mir, warum ein so schwerer Seufzer Ihren schönen Lippen sich entrang, Signora Therbusch?«, fragte er teilnahmsvoll.

»Ich will ein Bild für den König malen und weiß nicht, wie«, sagte Anna prompt. Die Worte schossen wieder einmal aus ihrem Mund, bevor sie zu denken begonnen hatte. Herrje, musste sie erst alt und taubstumm werden, um sich endlich comme il faut zu benehmen?

Aber Goldoni war nicht brüskiert. »Das ist ein Problem«, sagte er ernst.

Anna erzählte ihm alles, es sprudelte förmlich aus ihr heraus: ihre Ausbildung in Berlin, der Vater, Pesne. Sie erzählte von ihrer Enttäuschung über die Königliche Akademie, vom Salon, von ihrer Angst, im historischen Fach nicht zu reüssieren, von ihrer Befürchtung, für immer auf Porträtaufträge angewiesen zu sein.

»Schön und gut, Signora, aber was ist an der Porträtmalerei schlecht?«, fragte Goldoni.

»Die Historienmalerei ist die angesehenere Gattung. Das ist ja auch der Grund, weshalb die Frauen davon ausgeschlossen sind«, sagte Anna. Es klang leicht und sachlich, wie sie das sagte, ohne Bitterkeit.

»Signora, lassen Sie einen alten Mann erzählen, und halten Sie ihn deswegen nicht für geschwätzig«, sagte Goldoni. »Vor sechs Jahren kam ich nach Paris, weil auf dem Theater meiner Heimat für mich kein Brot mehr zu verdienen war. Verstehen Sie mich recht, ich hätte ein gutes Auskommen gehabt, wenn ich mich nach der Mode gerichtet hätte! Die Mode sah vor, dass die Schauspieler in der Commedia dell'Arte extemporieren. Der Komödienschreiber liefert nur das Gerüst!«

Er knabberte genießerisch die Kruste von dem zarten Brot. Anna sah ihn verständnislos an.

»Für die Schauspieler ist der Tragödienschreiber ein Dichter, dessen Worte sie andächtig und sklavisch rezitieren. Kein Mime würde es wagen, mit Racines oder Voltaires Versen zu improvisieren! Bei den skizzierten Komödien aber schwatzt der Schauspieler, der aus dem Kopf spielt, oft die Kreuz und die Quere, verdirbt eine Szene und erreicht, dass das ganze Stück durchfällt! Nun werden Sie einwenden, Signora, warum ich dann nicht begann, Tragödien zu schreiben, um mir ein höheres Ansehen zu verschaffen, denn es ist ja die angesehenere Gattung.«

Goldoni machte eine Pause, trank mit Genuss den leichten Weißwein und blinzelte ihr aus klugen Augen zu, die ein wenig von den hängenden Lidern verdeckt wurden. »Nun, es ging mir wie Ihnen, Signora! Sie haben bei Ihrem verehrten Vater die Porträtmalerei gelernt, ich lernte Komödien schreiben. Ich ging nach Paris, weil die Komödie des von mir verehrten Monsieur Molière einen ausgezeichneten Ruf genießt, und nahm mir vor, die Comédie Italienne in diesem Sinne zu verbessern.«

Seit dem Karneval war Anna mit Rembrandt immer wieder in der italienischen Komödie gewesen. Rembrandt liebte die Commedia, die 20 Sous Eintritt hatten sie stets gern aufgebracht, um die neuesten Stücke und komischen Opern zu sehen. Wie kam ein so berühmter Theaterdichter dazu, sich Italienischlehrer der Prinzessinnen zu nennen?

»Ach, Signora, das Beste unter meinen Stücken ist nicht so viel wert wie der ›Misanthrop‹ von Molière.«

Anna protestierte. Sie habe doch viele Stücke gesehen, und das Publikum …

»Das Publikum?«, lachte Goldoni bitter auf. »An den Tagen, wo komische Oper gegeben wurde, sah ich einen erstaunlichen Andrang von Leuten, und wenn die Italiener spielten, war das Haus leer! Aber das schreckte mich nicht ab, denn meine lieben Landsleute gaben vor sechs Jahren nichts als abgespielte Stücke genau von der Art, die ich in Italien abgeschafft hatte. Ich kam mit dem festen Vorsatz nach Paris, dialogisierte Komödien zu geben, Komödien mit Charakteren, Empfindung, Plan und Stil. Ich verfertigte ein Lustspiel in diesem Sinne, die Schauspieler waren voller Skepsis. Sie waren nicht mehr gewohnt, ihre Rollen auswendig zu lernen, und ich sah voraus, dass sie mir, auch ohne bösen Willen, schlechte Dienste leisten würden. Ich hatte mein Debüt in Paris, das Stück fiel durch.«

Signor Goldoni nahm einen großen Schluck Wein. Anna betrachtete ihn gespannt.

»Ich wollte auf der Stelle fort, allein, wie hätte ich Paris verlassen können, das mich gefesselt hielt? Ich hatte einen Kontrakt auf zwei Jahre gemacht. Das italienische Ensemble wollte von nun an nur noch skizzierte Komödien spielen. Das Publikum war daran gewöhnt, der Hof duldete sie; warum hätte ich mich also nicht dazu bequemen sollen? – Frischauf, sagte ich mir, immer Possen gemacht, wenn sie nichts Besseres haben wollen, und im Verlauf dieser zwei Jahre brachte ich 24 Komödien heraus, deren Titel und guten oder schlechten Erfolg Sie im Theaterkalender finden können. Ich konnte mir nur Beifall erwerben durch interessante Situationen, durch komische Züge, die mit Kunst vorbereitet und damit gegen die willkürlichen Veränderungen der Schauspieler gesichert waren. Es glückte mir besser, als ich erwartet hatte, Signora! Aber …«

Goldoni betrachtete Anna, die ihn fragend ansah, ohne ihn zu unterbrechen. Sie erschien ihm so jung, so naiv, dabei war er sicher, dass sie die Dreißig überschritten haben musste.

»Aber das Schicksal meiner Stücke mochte sein, wie es wollte, ich ging fast gar nicht mehr hin, sie zu sehen. Ich liebe die gute Komödie und besuchte das französische Theater, um mich zu vergnügen und zu unterrichten.«

Er schwieg. Die Sonne schien warm auf die Steinstufen.

»Sie meinen, ich soll mich nicht auf etwas kaprizieren, was ich nicht kann?«, fragte Anna zögernd.

Goldoni riss impulsiv die Arme hoch: »Ich meine, Sie sollen am Richtigen festhalten! Bleiben Sie sich selbst treu, Signora! Wenn Sie für ein Bild für den König so viele Kompromisse eingehen wie ich für den Geschmack des Publikums, dann wird es am Ende ein schlechtes Bild werden, selbst wenn Sie damit reüssieren.«

Anna schwieg. Goldoni hatte gut reden. Vielleicht war er vermögend und es war ihm ein Leichtes gewesen, sich von der Comédie italienne zu trennen. Als ob er ihre Gedanken geahnt hätte, sagte Goldoni sanft: »Im Vertrauen, Signora, als mein Kontrakt endete, stand ich auf der Straße, ich hätte nicht einmal die Kutsche in meine Heimat bezahlen können. Ich war den Mesdames de France unendlich dankbar. In den ersten Jahren wurde nicht einmal über Gehalt gesprochen, ich war stolz auf mein ehrenvolles Amt als ihr Lehrer und glücklich, ein Apartment im Schloss zu bewohnen! Inzwischen trage ich den Titel ›Instituteur d'Italien des Enfants de France‹, der meiner Frau und mir ein ansehnliches Auskommen gewährt.«

»Haben Sie niemals Tragödien schreiben wollen, Monsieur Goldoni?«, fragte Anna leise.

»Natürlich!«, flüsterte Goldoni verschwörerisch. »Wollen wir nicht immer genau das, was wir nicht können? Ich erkannte gottlob, bevor ich mit meinem Geschreibsel zur Bühne ging, dass diese Versuche im Kamin als Anzünder besser zu gebrauchen waren.«

Anna sah Goldoni nie wieder. Die Nachricht, die alles verändern sollte, erreichte sie im Herbst des Jahres 1768.

✣ 6 ✣

Sie erwachte aus einem wilden, bösen Traum. Antiope floh vor einem scheußlichen braunen Satyr mit riesigen Pranken und rief immer wieder um Hilfe, aber niemand kam. Dabei sah Antiope, dass der Wald nicht einsam war: Seltsame geflügelte, gehörnte Wesen bevölkerten die Wildnis. Halb nackt, mit zotteligen Haaren, tanzten sie wilde, archaische Tänze und kümmerten sich nicht um Antiopes Hilferufe. Aus leeren Tieraugen betrachteten sie das Mädchen, das sie anflehte: »Helft mir, helft, rettet mich vor dem grässlichen Satyr! Ich bin eines Königs Tochter, mein Vater wird euch reich belohnen!«

Die Tierwesen sahen von ihr zu dem gehörnten Satyr mit den spitzen Ohren und der wilden gelockten Mähne und flüsterten ehrerbietig: »Es ist Pan, seht nur!«

Andere murmelten noch ehrerbietiger: »Es ist Zeus! Der Göttervater hat unsere unwürdige Gestalt angenommen!«

Und einige schüttelten die Köpfe, sprachen von Ehre, von göttlicher Liebe, und Antiope solle sich dem Göttervater hingeben, sein Begehren gereiche ihr zur Ehre. Sie konnte nicht glauben, was sie hörte. Immer panischer floh sie vor dem entsetzlichen brünstigen Satyr. Da wurden die anderen Tierwesen im Wald zornig und versuchten sie festzuhalten. Der Satyr lachte, es klang wie ein Gewitter, und rief: »Du entkommst mir nicht!« Und dann verfing sich Antiope in Ranken, die plötzlich auf dem Weg lagen, und sie war sicher, sie hatten sich bewegt. Sie schlangen sich um Antiopes Füße, um ihre Knie, ein Zauber, um ihr Gewalt anzutun. Antiope fiel, im Sturz zerriss ihr Kleid, und sie war nackt. Verzweifelt versuchte sie, sich mit den Fetzen zu bedecken, aber sie wollten sich von den Ranken nicht lösen. In höchster Panik kroch sie unter einen Baum. Zu spät begriff sie, dass sie in die Falle gestolpert war. Die riesigen braunen Hände des Satyrs griffen nach ihr …

Anna erwachte von ihrem eigenen Schrei. Sie fuhr hoch, entdeckte, dass ihr Hemd völlig durchnässt war von Schweiß. Sie zitterte am ganzen Körper, starrte in die Dunkelheit der mondlosen Nacht und sortierte die grässlichen Erlebnisse des Traumes zu Gedanken. Sie begann zu begreifen. Dass dies die ganze Zeit noch nicht in ihr Bewusstsein gedrungen war! Antiope, das war sie. Arme Antiope, sie hatte noch mehr Pech gehabt, sie war von ihrem Vater verstoßen worden, als sie schwanger war. Sie war zu Epopeus geflohen. Epopeus. Ernst. Lieber Ernst. Plötzlich hatte Anna Heimweh, sehnte sich nach der Ruhe des ehelichen Freundes, nach der Lebhaftigkeit der ›Weißen Taube‹, dem Geklapper der Töpfe, dem Geruch nach gekochtem Kohl, Gebratenem, Tabak, Schweiß und Bier. Was tat sie hier noch?

Mit zitternden Fingern entzündete sie ihr Nachtlicht, warf sich den wollenen Umhang über und ging auf bloßen Füßen hinüber ins Atelier. Da stand sie, an die Wand gelehnt statt ausgestellt im Salon. Abgelehnt hatten die hohen Herren ihre arme Antiope. Im Schlaf gekrümmt, mit geschlossenen

Augen, lag sie auf ihrem Lager, sah weder den umstürzenden Krug ihrer Unschuld noch die Gemeinheit des Satyrs, der sie entblößt hatte. Wie harmlos hatte sie diese Geschichte dargestellt! Wie konnte sie nur annehmen, dass Antiope so unwissend, so arglos …

Anna wurde kalt. Unwissend, arglos und betrunken. Doch, natürlich konnte es so sein, ohne wilde Flucht, ohne verzweifelte Versuche, sich zu wehren. Die arglose Liebe eines Mädchens machte dergleichen möglich. Traurig sah sie auf ihr großformatiges, missverstandenes Werk.

So fand sie Diderot, der am Morgen kam, um ihr die Neuigkeit mitzuteilen. Im Hemd, nur eine Decke umgeschlungen, mit langer, brauner, vom Schlaf zerzauster Mähne, barfüßig. Ganz entzückende kleine rosa Füße, wie er fand, denn er sah sie unter dem weißen Spitzensaum ihres Hemdes hervorlugen.

Diderot hatte das Atelier betreten, nachdem auf sein Klopfen niemand geöffnet hatte. Es war typisch, dass Madame Therbouche nicht aufschrie, suchte, ihren Körper zu bedecken, in Panik flüchtete. Vielleicht war doch etwas dran an dem, was die Ohrenbläser ihm zugeflüstert hatten? War diese Preußin schamlos und trieb es mit allen, außer mit ihm?

Regungslos saß sie im sommerlichen Morgenlicht und beantwortete seinen Gruß mit der Frage: »Nicht wahr, Denis, es ist zu harmlos?«

Er begriff, dass sie die ›Antiope‹ meinte, die vor ihr an die Wand gelehnt stand.

»Zu harmlos!«, rief er aus. »Madame, das Komitee hat Ihr Bild abgelehnt, weil alle Mitglieder es für unzüchtig befanden!«

»Das Geschehen ist zu harmlos«, sagte sie, »Antiope wird geschändet, das ist ein entsetzlicher Vorgang, den ich selbst …«

Sie brach ab. Ihre eigene schmerzliche Erfahrung ging Diderot nichts an.

»Ein Vorgang, den ich zu romantisch, zu lyrisch, zu harmlos eben gestaltet habe.«

»Um Himmels willen, Madame!«, rief Diderot. »Nein, das haben Sie wahrhaftig nicht. Die Situation lässt an Deutlichkeit nichts zu wünschen übrig!«

»Es gibt weitaus unzüchtigere Werke. Was ist der wahre Grund?«, fragte sie.

Diderot seufzte. Er wollte die Malerin nicht beleidigen. Sie war eine begabte Künstlerin und eine anziehende Frau, von einer energiegeladenen Erotik, die er noch nie an einer Frau erlebt hatte. Gleichzeitig schien sie ihm verletzlich, verwundbar.

Anna blickte auf den zögernden Diderot und forderte ihn auf, ehrlich zu sein. »Sie sind doch mein Freund, Denis? Aristoteles fordert von der wahren Freundschaft absolute Ehrlichkeit, habe ich gelesen.«

Nun beschäftigte sie sich auch noch mit der Aristotelischen Ethik! Er trat entschlossen vor das Bild und deutete auf die Antiope: »Der Kopf ist nicht einmal schlecht, aber das Inkarnat! Es ist nicht weich, sondern schlaff; die Füße und Hände sind deformiert. Ihre Antiope hat die Ausstrahlung eines Dienstmädchens, nicht die Aura einer Königstochter. Ihr Amor, Madame, ist kein bösartiger kleiner Faun, der die Menschen verwirrt, sondern ein pausbackiger Engel, ein Pummelchen, dem ich nicht abnehme, dass er Antiope die Decke wegzieht, um ihre Nacktheit dem Jupiter zu präsentieren. Und schließlich dieser Jupiter ...«

Diderot machte eine Pause. Hielt sie seine Kritik aus? Aber Anna hörte ihm mit konzentrierter Miene zu.

»Der ist nichts als ein kräftig gebauter Lastenträger, dessen gemeines Aussehen durch den struppigen Bart nicht gewinnt. Er hat Leidenschaft, aber es ist eine scheußliche, niedrige, widerwärtige Lust. Dies ist ein gewöhnlicher Satyr, kein Jupiter.«

»Was würde es ändern, wenn es sichtbar Jupiter wäre?«, fragte Anna.

»Alles, Madame, alles! Die Leidenschaft des Göttervaters ist mit innerer Wärme erfüllt, sie …«

Anna lachte bitter auf. »Jupiter ist im Begriff, Antiope zu schänden! Wo ist der Unterschied?«

»Der Unterschied liegt im Erhabenen, Madame Therbouche. Ihre dramatis personae sind nicht von Stand, sie haben keine würdevollen Antlitze, sie sind nicht erhaben!«

»Wenn ein Priester Knaben schändet, ist der Vorgang darum erhaben, nur weil er Priester ist?« Annas Stimme klang hart.

Diderot schwieg verblüfft. Diese Frau hatte die Gedankengänge eines Philosophen.

»Madame, dieser Einwand hätte von Voltaire kommen können«, sagte er, »ich wünschte, ich könnte Ihrem Werk ebenso viel Hochachtung zollen wie Ihrem Charakter, der mit dieser Unerschrockenheit meine Beleidigungen entgegennimmt.«

Anna neigte dankend den Kopf. Es hatte keinen Sinn. Diderot war Philosoph, Dichter und Kunstkritiker. Er sah, dass das Werk missglückt war, und er hatte recht. Sie sah es selbst. Aber er sah natürlich nicht, warum es schlecht war. Zu sehr glich Antiopes Schicksal dem ihrigen, sie konnte dem Thema nichts Erhabenes, nichts Charmantes abgewinnen, und so sah ihr Bild auch aus: schwerfällig und böse.

Diderot macht einige Vorschläge, wie sie das Bild ändern könnte. Sie hörte ihm aufmerksam zu. Als er geendet hatte, sagte sie: »Ich danke Ihnen, Denis. Ich weiß jetzt, dass Sie ein aufrichtiger Freund sind, denn Sie haben mich nicht geschont. Ist dies der wahre Grund, weshalb die Akademie es nicht für den Salon angenommen hat?«

»Ich fürchte, ja, Madame«, entgegnete Diderot. »Wäre die Nymphe schön, der Amor reizend, der Satyr erhaben … die Mitglieder unserer Akademie machen sich weitaus größere Sorgen um das Talent als um die Wohlanständigkeit.«

»Wenn ich Glück habe, kauft es Marigny für seine geheime

›Galerie des nues‹«, meinte Anna. Diderot lachte: »Woher wissen Sie …«

Anna zog verächtlich die Mundwinkel nach unten. »Jeder weiß, dass sich dort bereits das Bildnis von Bouchers nackter Gattin und manches andere befindet, das durchaus unzüchtig ist! Denis, ich kann dieses Bild nicht mehr nach Ihren Ideen ändern. Aber ich werde das Motiv noch einmal malen, und dann wird Ihre Kritik berücksichtigt. – Aber dies war nicht der Grund Ihrer Visite?«

Diderot wurde lebhaft. »Denken Sie nur, Madame, unser Freund Gallitzin wird heiraten!«

»Donnerwetter!«, rief Anna. »Das ist mal eine Neuigkeit! Schwor er nicht neulich noch bei allem, was ihm heilig ist, er wolle niemals Ehemann werden?«

»Eine Preußin, Anna, er wird eine gewisse Amalie von Schmettau heiraten! Kennen Sie sie?«

»Himmel! Die Marschallin!«, rief Anna aus. Natürlich kannte sie die Witwe des verdienten Generalfeldmarschalls von Schmettau, die in Berlin ein wohlhabendes, geselliges Haus führte.

»Nein, ihre Tochter! Er hat Amalie in Bad Aachen kennengelernt. Sie ist Hofdame der Prinzessin Ferdinand und begleitet ihre Herrin zur Wasserkur. Statt die Annehmlichkeiten der Kur zu genießen, hat sich Amalie mit ihrem Bruder überworfen, weil er eine Liebschaft mit ihrer Herrin angefangen hat. Gallitzin hat sich in die moralische Schöne verliebt und bei der Prinzessin um ihre Hand angehalten.«

»Ein schneller Entschluss«, meinte Anna.

»Ja, er will sie auf der Stelle in Aachen heiraten, sie warten nur auf die Einwilligung der Mutter.«

»Oh, dann muss ich das Haus herrichten!«, rief Anna aufgeregt. »Hat Gallitzin geschrieben, wann er zurückkehrt? Soll ich Gemächer für seine Gattin einrichten? Dann brauchte ich …«

Sie sah Diderots zweifelndes Gesicht und verstummte.

»Gallitzin plant eine ausgedehnte Hochzeitsreise durch Europa bis nach Petersburg. Die Zarin hat ihn zu sich befohlen. Er wird mindestens ein Jahr unterwegs sein.«

Er reichte Anna einen Brief.

Neugierig erbrach Anna das Gallitzinsche Familiensiegel. Im Gegensatz zu Diderot hatte sie keine Ahnung, was die Nachricht für sie bedeutete, und fragte arglos: »Kehrt Falconet nun zurück?«

»Ach, Falconet!«, rief Diderot aus. »Unser Freund wäre nicht Falconet, wenn er sich seine künstlerische Aufgabe nicht so schwer wie möglich machen würde. Er hat als Postament für seine Statue einen ungeheuren Granitblock von acht Klafter Länge und drei Klafter Breite ausgraben lassen! Den Monolithen schaffen derzeit 200 Leibeigene von Kronstadt nach Petersburg! Bis er dort ist, wird vermutlich ein Jahr vergehen ... nein, mit Falconets Rückkehr ist in diesem, vermutlich auch im kommenden Jahr nicht zu rechnen.«

»Das passt zu Falconet«, meinte Anna und las Gallitzins Brief. Er hatte sich bis über beide Ohren in seinen schönen Aachener Kurschatten verliebt. Mit Beginn des kommenden Jahres 1769 werde er als Botschafter Russlands in den Niederlanden tätig sein und wolle mit seiner künftigen Gattin nach Den Haag übersiedeln. Er bat Anna, alles Notwendige zu veranlassen, um Falconets Haus zu räumen, das Personal auszubezahlen, da er nicht nach Paris zurückkehren werde. Er habe alle Vorkehrungen für seine Übersiedlung getroffen, und seine Möbel ... Irgendwann begriff Anna, dass sie nicht in ihrem ›petit maison‹ bleiben konnte. Sie drehte Gallitzins Wechsel in den Händen, einen Wechsel, der so großzügig war, dass sie auch seiner Bitte entsprechen konnte, ihm die ›Antiope‹ zu verkaufen.

»Sehen Sie, Denis, so kann es gehen«, sagte Anna tonlos, »unser kleiner Disput hat sich soeben erledigt. Die von Ihnen verachtete Antiope habe ich verkauft, aber ich habe kein Atelier mehr und keine Bleibe.«

Anna nahm Diderots Handkuss und seine Beteuerungen, ihr bei der Suche nach einem neuen Atelier zu helfen, zerstreut entgegen. Das Geschenk dieses Ateliers war zu Ende. Unwiderruflich.

Nichts blieb von Paris als ein Titel und ihre verrückte Idee, hier zu malen.

Paris, September 1768

Liebste Rosina,

Es ist so unendlich wohltuend, eine Schwester zu haben, die teure Postwege nicht scheut. Habe so lieben Dank, dass Du mir immer wieder schreibst.

Ich habe nun die Ehre, Mitglied der Königlichen Akademie zu sein. Ich darf mich ›peintre du roi‹ nennen.

Aber als ob dies nicht genug wäre, werde ich in diesem Jahr Mitglied einer weiteren Akademie, der kaiserlichen von Wien! Und die Geschichte, wie ich es wurde, ist so kurios, dass ich sie Dir schildern muss.

In Paris lebt der berühmte Kupferstecher Georg Wille, der als Geselle zu Fuß aus dem Hessenland nach Paris aufbrach, um nie wieder in seine Heimat zurückzukehren. Wille ist ein herrlicher Kopf, ein eigenwilliger, schöner Mann, mit einer Frau verheiratet, die stets gut gelaunt ist und gern gesellig tafelt, und so hatte ich die Ehre, dort zum Diner eingeladen zu sein. Die anderen Gäste treffen ein, und unter ihnen, zu meiner Überraschung, der junge Hackert! Du erinnerst Dich sicher an Davids Jugendfreund? Die beiden waren schier unzertrennlich, und wenn es David nicht in die Niederlande gezogen hätte, wäre er wohl mit Hackert nach Paris gegangen, der sich entschlossen hat, beim berühmten Vernet die Landschaftsmalerei zu studieren. Vernet hat eine völlig neue, panoramaartige Perspektive entwickelt. Hackert plant, von

Paris nach Italien zu gehen, und je mehr Wein floss, desto mehr insistierte er, dass ich ihn unbedingt begleiten müsse, und ich konterte, ich müsse wohl einmal nach Bologna, weil ich zwar Mitglied der Akademie, leibhaftig aber noch nie dort gewesen sei.

Nun, ein fröhliches Wort gibt das andere, und ein Herr namens Schmutzer, den ich für einen Schüler Willes halte, fragt, in welchen Akademien ich die Hürden überwunden hätte, die den Weibsbildern höher gelegt würden als ihren männlichen Collega. Da hatte er allerdings recht, und ich erzählte ihm, wie die Kommission mein Bildnis in Paris zunächst angezweifelt hatte. In Bologna war auf einen solchen Gedanken niemand verfallen, von Mannheim und Stuttgart nicht zu reden ... entre nous, liebste Schwester, ich habe ein wenig geprahlt mit all den Residenzen, an denen ich Hofmalerin bin, aber manchmal muss das einfach sein, und wenn der Wein gut ist ...

Monsieur Schmutzer hält mit, Du kennst die fröhlichen Runden der ›Weißen Taube‹: Man nehme einige wilde Künstler, setze ihnen einen Juristen und einen Dichter an die Seite, würze die Tafel mit einer Prise Intelligenzia der Stadt und einem gut gelaunten Wirt, schon entstehen dolle Dinger, um es Berlinerisch salopp zu sagen.

Hackert, durch seine mangelnde Trinkfestigkeit prahlerisch geworden, wettet mit Schmutzer, seine Berliner Collega Therbusch könne morgen ein Porträt malen, das jede Akademie mit Kusshand nehmen würde, alles andere sei barer Unsinn.

Ich versuche, ihn zu bremsen, rede auf ihn ein wie auf Tinka, wenn sie ihre Schreiphasen hatte, aber meine Rede scheint ihn nur anzustacheln. Kurz und gut, Schmutzer sagt: Top, die Wette gilt, und während Wille sich schier ausschüttet vor Lachen, sitze ich dort und will den offenbar närrisch gewordenen Hackert ausschimpfen. Aber der, wie ein Kutschgaul, der plötzlich Rennpferdallüren bekommt, wettet um seinen Kopf! Seinen Kopf solle ich malen!

Die beiden besiegeln die Wette mit Willes bestem Weinbrand. Ich merke, es macht keinen Sinn, den Messieurs zu widersprechen, lasse mir auch einen einschenken und denke, morgen werde ich dem jungen Hackert ordentlich den Kopf waschen.

Aber was soll ich Dir sagen, liebste Rosina, am nächsten Tag wird mir Monsieur Schmutzer gemeldet, und schon steht Hackerts Zechkumpan in meinem Atelier und stellt sich als Direktor der Kaiserlichen Akademie Wien vor! Er macht mir unzählige Komplimente, lobt meine Bildnisse, die im Atelier stehen, und versichert mir, es sei sein völliger Ernst, mich als erste Malerin der Wiener Akademie aufzunehmen.

Hinter ihm drängt Hackert ins Atelier, grinst mich an, nimmt Platz auf einem Hocker, wirft den Kopf neckisch auf die Seite und fordert mich auf, gleich zu beginnen.

Ja, liebste Rosina, so ist es gewesen, genau so. Falls ich einmal eine Enkelin haben werde und ihr erzähle, wie ich Mitglied der Wiener Akademie wurde, dann wird sie das für eine törichte Altweibergeschichte halten!

Hackerts Porträt findet übrigens allgemeinen Beifall, denn ich habe es im französischen Stil gemalt, und den Schwung seiner Entstehung trägt es in sich.

Siehst Du, so geht es mir in Paris. Du denkst, ich lebe, wie Nachbar Ramler sagen würde, ›in Saus und Braus‹? Nein, alle diese Meriten taugen nur der Ehre der Künstlerin! Keinen Sous bringen sie in meine schmale Kasse, und dabei muss ich mein geliebtes Atelier aufgeben!

Rate mir, liebste Schwester, was soll ich tun? Soll ich in Paris bleiben, ein teures Atelier mieten und hoffen, dass Marquis de Marigny doch noch mein Bild für den Hof befiehlt?

Soll ich mit Hackert die Kutsche nach Italien besteigen? Die Idee ist verlockend, aber ich bin kein junger Leichtfuß wie Hackert, der auf Fortuna vertraut und ohne einen Sous in der Tasche die Alpen überquert!

Oder soll ich endlich nach Hause zurückkehren und hoffen, dass man dort begierig ist auf die ›peintre du roi de France‹, und es Mode wird, sich von mir malen zu lassen? Dann wäre ich wieder in unserem alten Metier der Porträtmalerei, das ich doch so gerne verlassen möchte. Erinnerst Du Dich, wie ich als Kind großmäulig posaunte, ich wolle Historienmalerin werden?

Du wirst mich eine Närrin schelten, aber an dieser Idee arbeite ich immer noch.

Zwischen meinen Porträts arbeite ich an mythologischen Themen, lese mich durch Falconets hervorragende Bibliothek, bevor ich sie verlassen muss, und staune über die Vielfalt der griechischen Sagen. Es gibt derer viele, die noch nie zum Bildthema geworden.

Es grüßt Dich in der Hoffnung auf den guten Rat der großen Schwester

Deine kleine Schwester Anna.

7

ANNA GING ZUM PONT NEUF und sah auf die Seine hinunter. Ruhig glitten die langen Lastkähne flussabwärts, von kreischenden Möwen umschwirrt. Tief senkten die Trauerweiden ihre Äste ins Wasser wie badende Nixen. Es war schön, an einem großen Strom zu leben. Und es war vorbei.

Noch einmal ging sie alle ihre Wege. Von der Rue d'Anjou zum lebhaften Platz mit der Baustelle der halb abgebrochenen Kirche St. Madeleine, noch einmal bog sie in die Rue Royale ein, am luxuriösen Anwesen des Barons von Holbach vorbei zu den Tuilerien. Kühl war es hier unter den Bäumen auf den Sandwegen. Anna opferte eine Münze und mietete zum ersten Mal einen der bequemen Korbsessel, sah den Kindern zu, die an den Bassins spielten, beobachtete die Kindermädchen mit den weißen Schürzen, die sich von ihren Verehrern Limonade bringen ließen, kicherten und die Kinder vernachlässigten.

Sie beschaute die vornehmen Damen der Gesellschaft, die ihre reich verzierten Roben zur Schau stellten, und schüttelte mit nachsichtiger Wehmut den Kopf über die Extravaganzen des Kopfputzes.

Sie ging zum verwilderten Louvre, in dem sie im kommenden Jahr nicht ausstellen würde, denn mit ihrer Abreise verwirkte sie ihr Recht dazu. Mit wehmütigem Lächeln betrachtete sie die Buden der Künstler, die Parisansichten, Hafenbilder á la Vernet und nackte Schönheiten feilboten.

Noch einmal ging sie auf die Ile de France, spendete den Bettlern und stiftete der Jungfrau in Notre Dame eine Kerze, ohne sie um etwas zu bitten. Ich durfte hier sein, dachte sie und blickte in das milde hölzerne Antlitz, danke, Maria.

Über die Brücke an den viel zu hohen Häusern vorbei führte Annas Weg, und sie dachte mit wehmütigem Lächeln, dass sie gottlob den Einsturz, der unweigerlich bevorstehen musste, nicht mehr erleben würde. Sie lief durch die stinkenden Straßen voller Unrat zur Sorbonne, an Marktständen und Bücherhändlern vorbei, bis ihre Füße schmerzten und sie sich in einem kleinen Kaffeehaus ausruhte, in dem Studenten an Tischen saßen und über ihre Professoren schwatzten. Der Kaffee in der Schale war schwarz, heiß und süß und machte ihr in unnachgiebiger Stärke klar: Paris war vorbei. Natürlich konnte sie sich weder Wohnung noch Atelier leisten. Hätte sie Falconets Maisonette nicht gehabt, ihr Aufenthalt wäre schon vor einem Jahr mit dem Salon beendet gewesen, daran hätten die spärlichen Aufträge nichts geändert.

Sie betrat den geliebten Palais Royal, in dem sie den ersten anregenden Disput mit Diderot geführt hatte. Lächelnd ließ der Portier sie passieren. Fast jeden Monat war sie einmal hier gewesen, um still die Bilder ihrer französischen Zeitgenossen zu studieren.

Boucher war von promiskuitiver Eleganz, sein Schüler Fragonard von beeindruckender Lässigkeit im Pinselstrich, einer Lässigkeit im Auftrag der Lasuren, die Anna ebenfalls beherrschte, wenn sie wollte. Chardin war ehrlich, Greuze von jener schwülen galanten Symbolik, die ihr Übelkeit verursachte.

Ich bin die Tochter Watteaus, dachte Anna. Alle diese Szenen hatte Watteau in seinem kurzen Leben vor 50 Jahren ebenso elegant, ebenso schön gemalt, aber ohne diese Lügen, die in den prächtigen Kleidern, den glatten Gesichtern, den Herrscherattitüden steckten.

An diesem Septembertag ging sie hinüber zu den alten Meistern, zu den wenigen Bildern der flämischen und italienischen Maler, und betrachtete sie durch Gotters Glas sehr genau. Die Zeit würde kommen, wo sie die morbide französische Eleganz mit der leidenschaftlichen Glut Rubens' zu ihrem ureigenen Stil zu verbinden verstand. Es ist Zeit, nach Berlin zurückzukehren und nach meiner Art zu malen, dachte sie ohne Überzeugung und kehrte in die schmale Rue d'Anjou zurück.

Von Notre Dame schlug es sechs Schläge. Die ›Antiope‹ stand an der Wand, wie sie sie verlassen hatte. Sie drehte sie um, sie wollte sie nicht mehr sehen. Zeit, den letzten Auftrag auszuführen. Das Licht reichte noch, um an dem begonnenen Porträt des Dichters Damilaville, eines trinkfesten Freundes von Diderot, weiterzuarbeiten, als Rembrandt zu ihr ins Atelier kam.

»Hör zu, Liebste meines Herzens.«

Sie horchte auf. Es klang gewichtig.

»Erinnerst du dich, wie Bougainville im vergangenen Jahr noch vor Karneval mit seiner ›L'etoile‹ in See stach?«

Anna nickte. Die Exkursion hatte Furore gemacht. Graf

de Bougainville war auf königlichen Befehl aufgebrochen, als erster Franzose die Erde zu umsegeln.

»Hat Bougainville nicht gerade Tahiti entdeckt?«, fragte sie.

»Richtig, auch wenn die Insel nicht die Terra Australis incognita ist, die er sucht. Die Umsegelung ist für das staunende Volk das Spektakulärste, für die Wissenschaft aber das Unwichtigste an dieser Exkursion. Bougainvilles Leute sollen den Erdumfang vermessen. Botaniker, Astronomen und Physiker begleiten ihn, und einige sind bereits zurückgekehrt mit den Fundstücken, die lange Seereisen nicht vertragen. Es gilt zu katalogisieren, die Forschung auszuwerten, viele Berechnungen anzustellen, kurz und gut, ich kann als Assistent mitarbeiten.«

Anna schoss kurz durch den Kopf, ob sie, nur um in Paris zu bleiben, als Bouchers Assistentin arbeiten würde. Sie verwarf diese Idee sofort. Aber sie freute sich für Rembrandt.

»Wie schön für dich! Endlich kannst du wieder als Physiker arbeiten!«

Rembrandt lächelte bescheiden. »Es ist nicht bedeutend, aber es geht um einen Teil der physikalischen Ergebnisse dieser Exkursion ... Immerhin, ich bin dabei, einen Fuß in die Sorbonne zu stellen, oder eher den kleinen Zeh, da ich natürlich nicht reich genug bin, mir ein Amt zu kaufen. Aber ich kann in Paris bleiben, sogar mit einem kleinen Gehalt.«

Rembrandt machte eine Kunstpause, drehte die ›Antiope‹ herum, betrachtete sie, und fragte mit abgewandtem Gesicht: »Willst du mit mir in Paris leben?«

Anna betrachtete den Rücken ihres jungen Geliebten. Langsam drehte er sich herum und sah ihr in die Augen. Zweifellos war es ihm ernst.

»Du meinst, für immer?«, fragte sie zweifelnd.

Er lachte plötzlich, riss sie in seine Arme und schwenkte sie im Kreis herum wie eine Puppe, schrie: »Bien sur, Anna!

Für immer, oder bis morgen, oder bis die nächste Ewigkeit anbricht, was weiß ich, jedenfalls für die nächsten Jahre. Dies ist Paris, es ist besser als alles, wo ich je war, besser als alles, was ich erlebt habe, besser als alles, was sich mir je bot! Wenn ich auch noch nicht als Physiker forschen darf, ich darf assistieren, immerhin! A la bonheur!«

»Du willst mir mir …?« Der Pinsel flog durch das wilde Kreiseln krachend an die Wand und hinterließ braune Flecken. Sie konnte nicht glauben, was er gesagt hatte.

In der Nacht hatte sie schlimme Träume gehabt, der Morgen hatte ihr Gallitzins Brief beschert, der ihr Leben verändert hatte. Gerade eben hatte sie sich von Paris verabschiedet, aber dieser Tag war verrückt genug, erst am Abend zu beginnen. Nie hatte sie die leichte, einfache Liebelei ernst genommen. Nie hatte sie darüber nachgedacht, ob aus dieser schwärmerischen Leichtigkeit ein gemeinsames Leben entstehen könnte. Unsinn, es gab nichts zu überlegen.

»Rembrandt, du Idiot«, sagte sie. Er stellte sie erstaunt auf die Füße. Sie wischte die Farbflecken von der Wand. Ohne sich umzudrehen, sagte sie: »Ich habe bereits einen Ehegatten, mein Liebster.«

»Ich will dein Liebster bleiben, du magst deinen Gatten behalten.«

Das war mit Abstand der unmoralischste Vorschlag, den Anna je gehört hatte. Rembrandt hatte sich vor der Staffelei aufgestellt und betrachtete sie herausfordernd.

»Ich bin verheiratet«, sagte sie leise.

»Das stört mich nicht.«

Nie im Leben, dachte sie, auf was lasse ich mich ein! Er ist so jung. Ich bin so alt, er wird mich verlassen! Was will ein wunderschöner junger Physiker, dem die Zukunft zu Füßen liegt, mit einer alten, verbrauchten Malerin?

»Ich bin zwanzig Jahre älter als du.«

»Du bist eine schöne Frau.«

»Ich verbringe den ganzen Tag im Atelier, ich stinke nach

Leinöl, Knochenleim und Terpentin, habe Farbflecken und bin unausstehlich, wenn mir etwas misslingt.«

»Ich suche keine Haushälterin.«

»Ich liebe dich nicht.«

»Das ist mir egal.«

Sie betrachtete ihn, als sei er irre geworden. Aber er sah sie erwartungsvoll an, mit klaren, intelligenten Augen. Es war sein voller, heiliger Ernst. Er erwartete eine Entscheidung von ihr.

»Das Leben ist nicht zu wenden wie eine alte Jacke, Rembrandt«, sagte sie leise.

»Wir lassen eine neue Jacke schneidern«, sagte er fröhlich.

8

Es war Mitte Oktober. Anna hatte Gallitzins Besitz in Holzkisten verpacken und Falconets Haus von oben bis unten putzen lassen. Sie hatte die Möbel mit Leintüchern verhängt, die Dienstboten ausbezahlt, und nun schritt sie ein letztes Mal prüfend die schönen großen Räume ab. Leise seufzte das Parkett unter ihren Schuhen. Schön war es, dachte sie, dann ging sie entschieden hinaus und schloss die Haustür ab. Einen Augenblick hielt sie inne, dann ging sie über den Hof in ihr Maisonette.

Ein neues Leben, dachte Anna und begann zu packen. Das Wenige, das sie besaß, passte in zwei Kisten. Sie öffnete den Schrank und dachte mit Blick auf die angewachsene Garderobe, dass die Pariser Schneider und Hutmacher eine Versuchung waren, der sie sich wohl nie würde entziehen können. In Paris war es so einfach, elegant zu sein.

Die Jahre der ›Weißen Taube‹ zogen an ihr vorüber: Vier Kinder, eine große Familie, die Wirtschaft, die Gäste, die langsame Integration in die bürgerliche Berliner Gesellschaft der

Familien Nicolai, Sulzer und Ramler, die ungewöhnlichen Freunde Mendelssohn und Lessing, jene seltsame Mischung aus Nichtdazugehören und Mitdisputieren. Die kleine Runde der Montagsgesellschaften, in der unerhörte Gedanken über das aufgeklärte Leben nur ausgesprochen, aber niemals gelebt wurden. Nun stand sie im Begriff, dieses Leben hier in Paris zu leben, ohne jemandem zu dienen, frei, niemandem verpflichtet als der Vernunft, der Kunst und der Liebe. In Schande, würden König und Kirche sagen. War die Berliner Welt jemals die ihre gewesen? War sie dort als Künstlerin akzeptiert oder nur als freche Wirtin Therbusch belächelt worden? Therbusch ... das war nicht ihr Name. Sie hatte ihn angenommen aus Dankbarkeit, mit zärtlichen Gefühlen trug sie den Namen ihres Lebensretters. Die Zärtlichkeit für Therbusch hatte sich nicht geändert. Aber das Leben ... War das ihr Leben, diese andere Zeit vor tausend Jahren, längst Vergangenheit, längst fortgelebt, jene Zeit mit fünf Kindern, von denen vier längst erwachsen waren? Hatte sie sich heute früh danach gesehnt?

Das Atelier war leer bis auf ihr Selbstporträt, das sie mit dem übermütigen Matelot-Hütchen zeigte. Vielleicht ist es das, dachte Anna, vielleicht gibt es ein Leben nach dem Leben?

Sie betrachtete ihr Bildnis.

Watteaus Tochter lässt alles hinter sich und beginnt neu, ihrem Gefühl und ihren eigenen Überlegungen folgend, nicht der Konvention. Selbstbewusst schaut sie aus dem Fenster des Lebens, neugierig aus dem Rahmen der Kunst auf das neue Leben der Liebe. Alle Hoffnungen, alle Träume hängen von der Liebe ab, und wenn sie sich nicht erfüllen, wird die Malerin mit ihnen untergehen, denn sie hat keine Muse, die sie beschützt, wie die anderen Künste.

Aber ich bin Malerin der Königlichen Akademie, was soll mir geschehen? Und ich bin Malerin der Liebe. Paris mit Rembrandt.

Doch der Gedanke an Therbusch lastete schwer auf ihrem Gewissen. Sie liebte ihn, sie schuldete ihm Dankbarkeit, sie konnte ihm niemals erklären, was hier geschah. Sie begriff es ja selbst nicht.

In einer plötzlichen Eingebung packte sie das Selbstporträt in die Holzverschalung, die eigentlich für die ›Antiope‹ vorbereitet war, und schrieb darauf: ›An Ernst Therbusch, Hotel Weiße Taube, Heiliggeiststraße, Berlin, Prusse‹.

Ihr Herz klopfte heftig. Ein neues Leben brach an, und es versprach, aufregend und wundervoll zu werden. Wie entsetzlich schnell es sich ändern würde, davon machte sie sich keinen Begriff.

9

DIE WOHNUNG IM QUARTIER LATIN war klein, aber preiswert, und unter dem Dach. Eine Kammer hatte ein Fenster nach Südwesten hinaus, sodass die warme Nachmittagssonne hineinschien und ihr lange natürliches Licht bot. Anna konnte zwar als Akademiemalerin ihr Atelier im Louvre benutzen, aber es war nicht unwichtig, ein Kämmerchen mit Oberlicht zu haben. Sie sagte der kurzatmigen Vermieterin zu, die ihr schnaufend die Treppen hinauf gefolgt war, und bat sie zu warten, sie wolle ihrem Mann am Abend die Wohnung zeigen. Ihrem Mann. Zum ersten Mal hatte sie Rembrandt so genannt. Sie fühlte sich verlogen und verworfen wie nie in ihrem Leben, aber ihr Herz klopfte vor Liebe und Aufregung zum Zerspringen. Hier würde ihr gemeinsames Nest sein, mitten in Paris, klein, aber lauschig, eine Idylle unterm Dach, wo die Spatzen unter den Schindeln nisteten.

Anna ging zum Atelier im Louvre, das sie mit dem freundlichen Lemoyne teilte. Ihr Modell, eine junge Frau, wartete schon. Anna arbeitete an einer neuen Version der ›Antiope‹. Sie hatte sich Diderots Kritik durchaus zu Herzen genommen. Zwei Stunden arbeitete sie konzentriert.

Von Notre Dame schlug es drei Schläge, das Licht des Novembertages war schon viel zu schlecht. Sie schickte das frierende Mädchen nach Hause, räumte auf und freute sich, Rembrandt die frohe Botschaft von der Wohnung zu überbringen. Sie waren in dem großen Kaffeehaus gegenüber vom Louvre verabredet, in dem sich die Künstler oft am frühen Abend trafen. Sie ließ den Blick prüfend über das saubere Atelier wandern, zog den Kittel aus und hängte ihn an den Haken. Lemoyne sollte nichts zu klagen haben. Es klopfte.

Ein Bote trat ins Atelier. Er habe eine Nachricht von seinem Herrn, dem Marquis Treber-René de Voyer de Pauly d'Argenson. Er sprach den langen Namen mit sorgfältiger Wichtigkeit aus und fragte, ob sie die Malerin Madame Therbouche sei. Als sie bejahte, überreichte er ihr einen Brief, bat um baldige Antwort und empfahl sich.

Marquis d'Argenson, der ehemalige Kriegsminister! Seine Bibliothek war so berühmt wie seine Kunstsammlung; Marquis d'Argenson war Mitglied der Akademie der Wissenschaften. Nach kurzer glückloser Zeit im vom Vater ererbten Ministeramt stand er nun in diplomatischen Diensten für Frankreich. Aufgeregt erbrach Anna das Siegel und überflog den Brief.

Der Marquis wünschte ein Bildnis seiner gesamten Familie von ihrer Hand! Annas Herz klopfte aufgeregt. Welch eine Fügung! Ein so großer Auftrag brachte ihr nicht nur gut 500 Gulden ein, er war wichtig für ihr Renommee. Der Marquis gehörte zu einer der ältesten und einflussreichsten Familien Frankreichs. Diesem Auftrag würden mit Sicherheit weitere folgen. Einen langen Atem brauchen wir Künstler, dachte sie, während sie vor dem kleinen Spiegel vergeblich versuchte, ihre Mähne zu einer Coiffure zu frisieren. Magere 30 Bildnisse habe ich in zwei Jahren verkauft, immer wieder Hungermonate, und nun endlich ein großer Auftrag. Ein Familienbildnis! Welch ein Triumph! Welche Aussichten für die Zukunft! Der Beginn eines neuen, aufregenden Lebens in einer aufregenden Stadt!

Anna verschloss das Atelier und eilte zum Kaffeehaus.

Alle Tische waren besetzt. Rauchschwaden zogen durch den hohen Raum. Kein Stuhl war mehr frei. Männer rauchten, waren in Gespräche verwickelt, lasen Zeitung, schrieben in Notizbücher. Sie tranken Wein aus kurzstieligen Achtelgläsern, manche kokettierten mit den wenigen Frauen, die sich hierher wagten, mehrere große Gruppen führten eine laute, angeheiterte Unterhaltung.

Hinter einer der großen Gruppen winkte Rembrandt ihr zu. Neben ihm saß Jaques.

»Wir haben eine wundervolle Neuigkeit!«, meinte Rembrandt, erhob sich und nahm ihr den Umhang ab.

»Ich auch!«, lachte sie strahlend. »Ich habe sogar zwei wundervolle Neuigkeiten! Bonsoir, Jaques!«

»Welche zuerst?«, fragte der, stand auf und küsste ihr die Hand.

Vom Nebentisch war ein Schmatzer zu hören, dem wieherndes Gelächter folgte.

Jaques runzelte die Stirn und wechselte einen Blick mit Rembrandt. Anna nahm Platz und lachte: »Gut, erst eure! Ich bin gespannt!«

Sie winkte der Serviererin und bestellte Kaffee mit Zucker.

»Wir haben Billets für die französische Komödie«, erklärte Rembrandt, »sie spielen ›Tartuffe‹!«

»Oh! Tartuffe!« Es war jetzt unüberhörbar, dass ihr Gespräch Gegenstand des Gefrotzels am Nebentisch war. Anna blickte hinüber und erkannte Emanuel Noir, den Assistenten Bouchers, im Kreise einiger Männer, die sich mit Pelzkrägen, langen Hausmänteln und Mützen als Künstler ausstaffiert hatten. Aber sie erkannte keinen Einzigen von ihnen als einen, der im Salon ausgestellt hatte oder Mitglied der Akademie war; es schien sich wohl eher um Möchtegernkünstler zu handeln.

»Oh! Man plaudert im Kaffeehaus, man geht in die Komödie, man ist charmant … da ist es doch völlig einerlei, wenn der letzte Salon der schlechteste war, den wir je hatten!«

Anna erbleichte. Was erlaubte sich dieser Mann? War er betrunken?

Ein bärtiger Mann entgegnete: »Manu, wir wissen doch, woran das liegt! Wenn die ehrenwerten Professoren sich von preußischen Frauen einwickeln lassen, die nicht das mindeste Talent haben, dann muss deren Talent auf einem anderen Gebiet liegen …«

Nun war Rembrandt nicht mehr zu halten. Er sprang auf. Jaques, der ihn zurückhalten wollte, wurde beschieden: »Lass mich, ich brauche mich nicht mehr zu verstecken!«

In drohendem Tonfall fragte Rembrandt: »Sie sprechen hoffentlich nicht von meiner künftigen Gattin!«

Gattin, schoss es Anna durch den Kopf, was tut er, wie lieb von ihm, aber wie sinnlos, wie unnötig …

Genau so war es. Rembrandt hatte Öl ins Feuer gegossen.

»Siehst du, Manu, da hast du es! Hier ist einer, der die Ehre der Dame retten will!«

Noir lachte, klopfte seinem Freund auf die Schulter und sagte, ohne Rembrandt zu beachten: » Aber lieber Freund, jeder Topf findet sein Deckelchen! Kennst du nicht die Malweiber?«

Er stand ebenfalls auf, blickte Rembrandt an und sagte laut: »Du kannst sie in zwei Kategorien einteilen: Die einen können nicht malen, und die anderen wollen auch bloß heiraten!«

Das Wort »Heiraten« löste ein nicht enden wollendes wieherndes Gelächter aus. Rembrandt ballte die Fäuste. Anna packte ihn am Ärmel.

»Hör auf! Fang keinen Streit an, bitte! Lass uns gehen, hör nicht auf diese Schnösel, ich habe eine viel wichtigere, große, wundervolle Neuigkeit für dich!«

»Ja, geh! Hör auf deine Freundin, diese Blamage der Akademie!«

Rembrandt packte Noir an den Aufschlägen seines Justaucorps und sagte leise und böse: »Ich verbiete Ihnen, so von meiner Frau zu sprechen.«

Noir war kleiner und schmächtiger als Rembrandt. Aber er war angetrunken und im Kreise seiner Freunde fühlte er sich sicher. Deren Gelächter hatte ihn bisher angefeuert. Nun waren sie verstummt. Einer murmelte etwas Begütigendes, man wolle keinen Streit, es sei doch nur ein wenig Neckerei gewesen.

Jaques sagte dasselbe. Aber Noir war nicht zu bremsen. Er grinste Anna an und meinte: »Wie lustig, Madame! Nun haben Sie zwei Ehegatten, denen Sie Hörner aufsetzen können! Soll die Hochzeit in der Rue des deux portes stattfinden? Dort hätten Sie gute Aussicht, einen dritten Freier zu finden …«

Weiter kam er nicht. Rembrandt kannte die Adresse des stadtbekannten Bordells und schlug zu. Er war jung und kräftig, seine Faust traf genau in das grinsende Gesicht. Noir drehte sich einmal um sich selbst und flatterte zu Boden wie eine verscheuchte Motte.

Anna schrie auf. Einige von Noirs Kumpanen sahen erschrocken aus und kümmerten sich um den Bewusstlosen. Die anderen aber sprangen gereizt auf.

Rembrandts Kampfbereitschaft war nicht zu bremsen.

»Sind da noch mehr Ohrenbläser, denen ich das Maul stopfen soll?«, fragte er leise und gefährlich. Jaques und Anna sahen einander ratlos an. Was sollten sie tun?

»Liebster, bitte! Ich beschwöre dich, lass uns gehen! Es ist mir egal, was die Leute von mir reden.«

»Du bist so erfrischend naiv, Anna, du hast das nie verstanden! Du weißt nichts vom Pariser Leben, ich inzwischen schon. Ich werde diesen Ohrenbläsern ein für alle Mal ihre ungewaschenen Mäuler stopfen.«

»Aber doch nicht auf diese Weise!«, rief Anna entsetzt.

»Mon Dieu, er muss deine Ehre retten, Anna!«, erklärte Jaques, zog seinen Justaucorps aus, krempelte entschlossen die Hemdsärmel auf und schlug vor: »Gehen wir nach draußen!«

»Nein!«, schrie Anna angstvoll. So hatte sie die Freunde noch nie erlebt. Rembrandt nickte grimmig. Einer der Männer wollte ihn packen, aber Jaques drehte ihm den Arm auf den Rücken und schob ihn zur Seite. Rembrandt und Jaques wandten sich zur Tür. Zwei Männer folgten ihnen, zwei bemühten sich um den verletzten Noir.

Schon waren sie an der Tür des Kaffeehauses, da erhielt Rembrandt einen heftigen Stoß von hinten. Er taumelte aus dem Eingang, Jaques griff nach seinem Arm, um ihn zu stützen, da sah er, dass einer der Kerle ein Messer in der Hand hielt, von dem Blut tropfte.

Anna schrie. Menschen sprangen auf, neugierig, zu sehen, was geschehen war. Blitzschnell flüchteten die Männer nach draußen.

Anna drängte die Menschen beiseite und lief zu Rembrandt. Ihre Knie waren weich, ihre Beine drohten zu versagen. Sie sank neben ihm auf das schmutzige Pflaster und schrie verzweifelt immer wieder nach einem Wundarzt.

Rembrandt war totenblass. Unaufhörlich sickerte Blut aus der Wunde im Rücken. Es quoll unter ihm hervor und bildete eine grässliche Lache um ihn. Weinend rief sie wieder nach einem Arzt. Rembrandt schüttelte schwach den Kopf und versuchte, etwas zu sagen. Sie beugte sich zu ihm nieder, ganz schwach war seine Stimme: »Du bist eine wundervolle Frau, Anna, und du malst wie eine Göttin. Lasse dich nicht demütigen von diesen Verleumdern, versprich mir das!«

Weinend versprach sie es ihm.

»Sie hassen selbstbewusste und ehrgeizige Frauen! Du hast die Spielregeln missachtet, sie wollen dich bestrafen. Und weil du auch noch schön bist, wollen sie dich demütigen ...«

»Ich bin nicht schön«, widersprach sie tränennass. Er schloss die Augen. Unablässig streichelte sie seine Wangen.

»Verlass mich nicht, Rembrandt, verlass mich nicht, bitte! Ich habe einen großen Auftrag bekommen, und ich habe eine Wohnung gefunden, wir wollten doch ...«

»Ich liebe dich.« Er hatte die Augen noch einmal geöffnet. Er lächelte, dann wurde sein Blick weit und starr.

Anna schrie auf, hinter ihr schrie Jaques ebenfalls.

»Mein Freund! Er ist tot!«, schrie Jaques. »Tot, tot, tot! Ich bin schuld! Der beste Freund, den ich je hatte, und ich habe ihn dazu gebracht, dem Feind den Rücken zu kehren!«

Er sank neben dem leblosen Körper seines Freundes zusammen. Undeutlich nahm Anna wahr, wie der bewusstlose Noir von seinen Freunden hinausgetragen wurde. Die Ratten verlassen das sinkende Schiff, dachte sie, aber einmal werden sie sich verantworten müssen.

»Gehen wir, bevor die Polizei kommt«, sagte sie mühsam. Jaques hob den toten Freund auf seine kräftigen Arme und trug ihn durch die schweigenden Menschen hinaus in den Novemberabend.

Es regnete. Leblos schlenkerten Rembrandts Arme gegen den Körper seines Freundes. Der Mond schwamm in einem schwarzen Meer von Traurigkeit.

❧ 10 ❧

SIE GING ZU DIDEROT. Zwei Jahre lang hatte sie der Versuchung widerstanden, Geld von ihm zu leihen. Immer war es irgendwie gegangen. Aber nun brauchte sie Geld. Sie musste fort, und Rembrandt sollte eine würdige Bestattung bekommen. Sie konnte d'Argensons Bild nicht so schnell malen. Sie würde überhaupt nie wieder malen können. Paris war grau, leer und ohne Leben.

Diderot empfing sie kühl. Er vermute, sie brauche das Geld

für ihren Liebhaber, sagte er. Er hatte diese Bemerkung ironisch gemeint und war erstaunt, als sie nur bejahte. Das war ja der Gipfel der Unverschämtheit! Erst hinterging sie ihn, dann lieh sie Geld von ihm.

Anna sah ihn aus leeren Augen an.

»Ich zahle Ihnen die Summe mit Zinsen zurück. Bestimmen Sie den Zinssatz.«

Diderot holte tief Luft.

»Madame Therbouche, ich bin kein Wechselagent, ich leihe Ihnen das Geld aus Freundschaft!«

»Eben darum bitte ich Sie und niemand anderen. Um unserer Freundschaft willen.«

Er versuchte, seiner Stimme etwas Väterliches zu verleihen: »Wollen Sie mir nicht sagen, wofür Sie das Geld brauchen?«

»Für meinen Liebhaber, Sie sagten es bereits.«

In Diderot stieg der Zorn hoch. Er ging an seine Schatulle, zählte ihr die Münzen vor und sagte: »Sobald ein Künstler an Geld denkt, verliert er das Gefühl für das Schöne.«

Ihr Schweigen brachte ihn in Rage. Zornig schimpfte er weiter: »Habe ich mich nicht neun Monate lang abgemüht, Aufträge für Sie zu erbetteln? Mein lebhaftes Interesse hat man falsch ausgelegt, ich wurde verleumdet und für Ihren Liebhaber gehalten!«

Er sah ihre verschlossenen Gesichtszüge, ihre zusammengekniffenen Lippen und fühlte sich provoziert: »Der Liebhaber einer hässlichen Frau! Ich habe die Sticheleien verachtet, ich habe Sie wohl zwanzigmal vor dem Schuldturm bewahrt ...«

In jeder anderen Situation hätte Anna ihm die 500 Louisdor vor die Füße geworfen. Aber das Geld war für Rembrandts Beerdigung. Sie zitterte und schwieg. Diderot war nicht zu bremsen, er zeterte wie ein zurückgewiesener Liebhaber: »Nichts als die Zeichen der schwärzesten Undankbarkeit habe ich von Ihnen empfangen, Sie ... Sie! Sie Nichtswürdige!«

Es reichte. Für 500 Louisdor hatte er sich genügend ausgetobt, fand Anna. Sie ging ohne ein weiteres Dankeswort. Zornrot schrie er ihr nach: »Sie haben einen verrückten Kopf und ein verdorbenes Herz, Madame Therbouche!«

Es regnete, als Thaddäus Franz Häberle, genannt Rembrandt, am Samstag, dem 12. November, auf dem Friedhof St. Innocenz beerdigt wurde. Der November war kalt, grau und widerwärtig. Anna stand tief verschleiert zwischen Jaques und der zierlichen Hutmacherin aus der Rue Royale auf dem neuen Teil des riesigen Friedhofes. Es gab weder Mauern noch Bäume, der Ostwind fegte über das unwirtliche Land, einige Holzkreuze steckten schief im nassen Boden. Das ausgehobene Loch war schlammig, der Priester war erkältet und hatte es eilig.

Anna fühlte sich leer, trocken und starr wie eine hölzerne Gliederpuppe. Zum zweiten Mal in ihrem Leben waren alle Farben verschwunden. Das Leben war eine graue Einöde. Alles war zu Ende. Sie warf eine schwarze Seidenrose auf Rembrandts einfachen Fichtenholzsarg, es gab keine Blumen im November. Sie umarmte Jaques, umarmte die Hutmacherin, deren Namen sie vergessen hatte, und ging zur Postkutschenstation.

Sie verabschiedete sich von niemandem. Am Abend des 13. Novembers 1768, in Preußen war es der Ewigkeitssonntag, bestieg sie die Diligence nach Brüssel. Sie weinte fünf Tage und fünf Nächte.

Kurz vor Brüssel nahm Anna den Trauerschleier vom Gesicht und ließ ihn aus dem Kutschfenster hinauswehen. Das zarte Seidentuch wurde vom Fahrtwind weggezerrt, stand einen Moment still in der frostigen Luft. Dann legte der schwarze Schleier sich über die endlose, flache, von Reif bedeckte weiße Ebene wie der Flügel des Todesvogels über Annas erfrorene Seele. Nichts würde jemals wieder so sein, wie es war.

Berlin 1783

ICH SAH ANNA zum ersten Mal in Den Haag. Es war November, fast auf den Tag genau vor fünfzehn Jahren, und in Den Haag regnete es so ununterbrochen, wie es heute auf ihren Grabstein schneit, dicke weiße Flocken, die sich auflösen, sobald sie den steinernen Genius berühren.

Ich war mit Rosina de Gasc und ihrem Ziehsohn David Matthieu an den Sitz des Prinzen von Oranje gereist, um dort ein Semester als Gast an der Zeichenakademie zu verbringen. Das war die offizielle Version. Inoffiziell hatte ich für meinen Herrn, den Herzog von Braunschweig, der die Regierungsgeschäfte des schwachen Statthalters besorgte, Kartenwerke zu besorgen. Es ist heute kaum mehr vorstellbar, aber erst der Siebenjährige Krieg zeigte bitter, dass viele Regionen, ja ganze Herzogtümer kartografisch nicht erfasst und daher gegen die besser ausgebildeten und mit gutem Kartenwerk versorgten Franzosen nicht zu verteidigen gewesen waren, während unsere Kenntnis von Frankreich bestenfalls ein Wissen nach Augenmaß, nach der Erinnerung der Kavalierstouren der Herren Offiziere war. Uns, den Ingenieursgeographen, oblag nun die Aufgabe, gute Karten zu besorgen, um solche Desaster künftig zu verhindern. Ich sollte eine Sammlung anlegen und sie an den Akzisen vorbei nach Braunschweig schmuggeln, so lautete mein geheimer Auftrag. Das war gut, denn er finanzierte die Reise.

Rosinas Auftrag lautete, bei dem berühmten Sammler und Kunsthändler Geerret Braamkamp in Amsterdam einige Gemälde alter flämischer Meister für die herzogliche Sammlung der neuen Residenz Braunschweig zu erwerben, und Matthieu hatte sich nach Jahren in Ludwigslust von einem untalentierten, aber intriganten Schüler befreien können und sich beurlauben lassen, um in Den Haag die Zeichenakademie zu besuchen.

Ich war damals dem Malfieber verfallen, und Schuld daran hatte Rosina, die mir Unterricht gab und behauptete, Malerei sei nichts als Handwerk, und jeder mit etwas Geduld und Geschmack könne es erlernen. Nach den nüchternen geographischen Zeichnungen war das Malen für mich ein Ausflug in eine unbekannte Welt der wundersamen Schönheit.

Heute stehen weder Rosina noch Matthieu an Annas Grab. Rosina ist in diesem Jahr in ihr 70. Lebensjahr getreten und scheut das Reisen. Der charmante Matthieu ist zum großen Schmerz der Familie schon vor fünf Jahren verschieden; nicht einmal vierzig Lenze zählte er.

An jenem Novembertag im Jahre 1768 in Den Haag wedelte Rosina mit einem Brief herum und lachte Matthieu an: »Maman kommt!«

Ich sah, wie sehr der junge Mann sich freute. Auf meinen fragenden Blick erklärte er lachend, er sei Waise und doch von zwei Müttern gleichzeitig großgezogen worden.

»Sie Tanten zu nennen wäre zu wenig«, sagte er und küsste Rosina zärtlich die Wange.

Während wir durch den Binnenhof zur Post fuhren, erzählte Rosina von ihrer Schwester. Seit drei Jahren hatte sie sie nicht gesehen. Stolz erklärte sie, dass Anna aus Paris als ›peintre du roi de France‹ zurückkehre. Mein Blick wanderte vom prachtvollen Giebel des Rittersaals zu ihrem Gesicht, aber ich konnte nicht einen Anflug von Neid in ihrem Blick erkennen, nur ehrliche Vorfreude auf das bevorstehende Wiedersehen. Das war umso erstaunlicher, als die Professorengattin Madame de Gasc bei Braunschweigs gehobenem Bürgertum als unerträglich eitel gilt. Ich teile diese Ansicht nicht, aber eine Frau, die stolz auf ihre Kunst ist, wirkt auf viele hochmütig.

»Sie werden sehen, lieber Hauptmann, dass ich Ihnen etwas vorgeflunkert habe«, sagte sie augenzwinkernd, »das ist das

Recht der guten Lehrerin, um ihren Schüler zu ermuntern. Es stimmt nämlich nicht, dass jeder malen kann. Jeder kann mit der nötigen Materialkunde leidlich dilettieren, es sogar zum Hofmaler bringen, aber jenen Funken, der zwischen dem richtigen Blick und der Arbeit auf der Leinwand liegt, den kann keiner lernen. Meine Schwester hat ihn. Sie hatte den Mut, nach den Sternen zu greifen, aber sie hat auch gefühlt, wie Sternspitzen verletzen können.«

In diesem Augenblick hörten wir schon das Horn des Postillions, und die Diligence, gezogen von vier schwarzen dampfenden Friesenpferden, bog in den Posthof ein.

Und dann sah ich sie. Anna Dorothea Therbuschs schmales, bleiches Gesicht verschwamm hinter den verschmutzten Scheiben der Diligence.

Ihre Augen leuchteten, als sie Rosina und Matthieu erblickte. Wie ein junges Mädchen sprang sie aus der Chaise, ohne den Regen zu beachten. Sie war schlank, trug ein rehbraunes Reisekleid aus Samt, das ihre schmale Taille nach Pariser Mode betonte, und hatte sich in einen warmen dunkelroten Wollschal gehüllt. Auf ihren langen braunen Locken, die sie offen trug, schwebte ein winziges Hütchen, offenbar die neueste Pariser Mode. Ohne Umstände nahm sie ihre Schwester in die Arme. Ich sah ihre geschlossenen Augen an den Schultern Rosinas, sah die durchscheinende Blässe ihrer Haut und die dunkelblauen Lider mit schweren Schatten. Zunächst hielt ich sie für die Folge der anstrengenden Reise. Die Postkutsche brauchte damals von Paris nach Brüssel fünf Tage, dort stiegen die Reisenden um und fuhren einen weiteren Tag über Antwerpen nach Den Haag. In den Niederlanden hat der Reisende zwar das Glück des flachen Landes, aber auch dort wie überall außerhalb Frankreichs gibt es fast keine Chausseen. Die Fahrwege sind ja bis heute, auch in Preußen, in einem katastrophalen Zustand. Es wunderte mich nicht, dass eine zarte Frau den Strapazen einer solchen Reise kaum gewachsen war.

Anna drückte und herzte David Matthieu, dann wurde sie mir vorgestellt und sah mir ernst und direkt in die Augen. Augen, herrje, Augen! Wie die eines Zigeunerweibes, dunkel, unergründlich und ein wenig spöttisch. Bitte verstehen Sie mich recht, ich stand damals, 1768, in meinem 24. Jahr, nur sechs Jahre trennten mich von Matthieu. Weder Madame de Gasc noch ihre Schwester Anna, auch wenn sie acht Lenze weniger zählte, waren Objekte meiner Begierde, ich achtete sie als ältere Damen. Aber Anna war ... wie soll ich das in meinem nüchternen Geographendeutsch beschreiben? Anna war etwas Besonderes. Ihre Schönheit war alterslos. Als sie starb, zählte sie sechzig Lenze, war ausgemergelt und kraftlos, aber sie war eine schöne Frau. Ihre wilde Schönheit hatte sich in eine durchsichtige Sanftmut gewandelt. Sie hatte etwas Ergebenes bekommen, was ihr vermutlich in ihrer Jugend immer gefehlt hatte.

Anna reichte mir die Hand und sagte: »Wie schön von Ihnen, dass Sie meine Familie begleiten, Herr Hauptmann.«

Wir gingen in Den Haag unseren Beschäftigungen nach. An den Abenden dinierten wir gemeinsam an einer *table d'hote*, heute ein üblicher Vorgang, aber damals waren die Gästetafeln eine neue Einrichtung und ein willkommener Anlass, einander kennenzulernen. Menschen der verschiedensten Nationen saßen an den Tafeln und kamen ins Gespräch, und wer gewandt und nicht schüchtern war, hatte den Vorteil.

Anna war gewandt. Sie sprach fließend Französisch und hatte eine unglaublich offenherzige, witzige Art zu erzählen. Sie war nicht schüchtern, auch nicht, wie andere Frauen, in Gegenwart von Herren. Die Gäste, gleich ob aus Flandern oder Frankreich, wieherten vor Lachen, wenn sie von ihren Erlebnissen in Paris erzählte, die schaurigen Details ihrer Reisen von den Postkutschenstationen bis hin zu Wagenbrüchen auf schlammigen Wegen beschrieb, und sie erstarrten vor Ehrfurcht, als Anna das Lever Ludwigs XV. in Versailles schilderte.

Langsam wichen die dunkelblauen Augenschatten, aber sie konnte mich nicht täuschen. Es ist ja oft so, dass Menschen, die einen schweren Schicksalsschlag erlitten haben, fröhlich erzählen können. Sie legen sozusagen eine andere Farbe über ihre Trauer. Kaum war Anna allein, blieb sie in sich gekehrt und starrte stundenlang teilnahmslos vor sich hin.

Ihre unterhaltsame Gewandtheit bei Tische brachte ihr Aufträge ein. Sie porträtierte einige wohlhabende Kaufleute. Das Kniestück des Amsterdamer Kunsthändlers Braamkamp war das erste Bild, das ich von ihr sah, und ich fand es atemberaubend. In der Natürlichkeit der Darstellung und im Verzicht auf pompöse Ausstattung lag Annas Größe.

Einmal besuchten wir die Sammlung Wilhelm V., dessen Kunstverstand besser war als sein Regierungsgeschick. Wir bewunderten die alten Meister, und während ich die Werke Vermeers, Breughels, Rembrandts und Rubens in sachkundiger Begleitung von drei Malern völlig neu erlebte, ahnte ich den wahren Grund von Annas madonnenhafter Blässe. Es geschah, als ich ein Selbstbildnis von Rembrandt van Rijn betrachtete. Er hatte es gemalt, als er in meinem Alter war.

Ich deutete auf die Zeichnung und sagte, dass ich wohl auch am Ende meines Lebens nach tausend Lektionen nie so malen könnte, wie Rembrandt begonnen hatte. Anna sah auf das kleine Selbstporträt, auf dem Rembrandt sich mit spöttisch aufgerissenem Mund, wilder kupferroter Lockenmähne und kartoffelnasiger Hässlichkeit, aber faszinierender Lebendigkeit gezeichnet hatte. Sie starrte darauf und klappte lautlos zusammen.

Matthieu und ich fingen sie auf. Die erschrockene Rosina holte einen Diener mit einem Stuhl, und ich lief nach einem Glas Wasser, das wir der Ohnmächtigen einflößten, während Rosina und David ihr die Wangen klopften und sie liebevoll beim Namen riefen. Endlich kam sie zu sich. Sie starrte mit weit aufgerissenen Augen auf die meisterliche Zeichnung, aber sie konnte nicht mehr sehen. Sie war erblindet.

Ein Kaufmann, dessen Porträt sie gerade malte, ließ sofort einen Spezialisten kommen. Anna ließ alles über sich ergehen, murmelte nur ab und zu unverständliche Worte, wie: »Ich habe zu viel ansehen müssen«, oder auch: »Blut, überall Blut.« Der Medikus träufelte Tinktur von Schöllkraut in ihre Augen, verordnete Fenchelaugenbäder, viel Schlaf und Dunkelheit. Matthieu und ich verhängten die Fenster und ließen die Damen allein, die mehrere Abende in vertraulichen Gesprächen im Boudoir verbrachten. Etwas von einer Liebesaffäre in Paris drang zu mir, und ab diesem Moment betrachtete ich sie mit völlig anderen Augen. Wie überheblich sind wir in unserer Jugend! Wir denken, die Liebe, zumal die unglückliche, leidenschaftliche Liebe, sei unser Vorrecht! Madame Therbusch stand in ihrem 48. Lebensjahr, sie war verheiratet und hatte erwachsene Kinder, und dennoch war es Amor gelungen, seinen Pfeil auf sie abzuschießen, und er hatte sie so schlimm getroffen, dass sie die Welt nicht mehr sehen mochte.

Langsam erholte sich Anna. Ihr Augenlicht, offenbar durch den Schock eines Erlebnisses verloren, das Rembrandts Selbstporträt ausgelöst hatte, kehrte zurück.

Ihrem Gepäck entnahm Anna ein Augenglas, das sie nachdenklich betrachtete. Sie bezeichnete es als ihr »Gotterglas«, und als ich »Gottes Glas« verstand, lachte sie zum ersten Mal wieder und sagte: »Herr Hauptmann, Sie haben völlig recht, es ist Gottes Glas, offenbar habe ich seine Kraft bisher unterschätzt.«

Aber dann besuchte sie den russischen Gesandten, Exzellenz Gallitzin, und die Neuigkeit, mit der sie zurückkehrte, sollte ihr Leben in den nächsten Jahren verändern.

Den Haag 1769

»VEREHRTE MADAME THERBOUCHE! Ich bin hocherfreut, dass Sie mir Ihre Aufwartung machen!«

Fürst Gallitzin erhob sich hinter seinem Schreibtisch und kam mit ausgestreckten Armen auf Anna zu. Er küsste ihr die Hand, orderte bei dem Lakaien, der Anna hereingelassen hatte, Sherry: »Den müssen Sie probieren, ma chère!«, und führte sie in den Erker seines prächtigen Renaissancepalais am Kneuterdijk.

»Sehen Sie nur!«

Anna erblickte die alte Klosterkirche, an die sich die breite, von Linden gesäumte Allee der langen Voorhout anschloss. Deren Ende bildete ein prächtiges Stadtpalais. Weiß leuchtete der breite, mit Muscheln bestreute Weg.

Gallitzin wies nach rechts: »Dort liegt der berühmte Binnenhof. Haben Sie ihn schon gesehen?«

Anna nickte. Den Haag war nicht groß. Rosina, Matthieu und Gohl hatten ihr die schönen dunkelroten Backsteinhäuser, die in ihren weißen Holzumrahmungen förmlich leuchteten, in wenigen Tagen gezeigt, aber dann hatte sie wochenlang das Bett im verdunkelten Zimmer nicht verlassen dürfen. Sie atmete tief durch. Fern im Dunst lag das Meer. Sie konnte es im frostigen weißen Dezembernebel nicht sehen, aber was machte das schon? Dort war das Meer, sie roch es zum ersten Mal in ihrem Leben. Es roch nach salziger Gischt, nach Tang und Trockenfisch, nach Verlockung und Ewigkeit.

»Wollen Sie ans Meer?« Fürst Gallitzin lachte, es war nicht schwer, Annas Gedanken zu erraten. »Wir fahren nach dem Souper zur Strandpromenade, Sie werden sehen, auch im

Winter ist sie von ungewöhnlicher, herber Schönheit. Aber zuvor müssen Sie meine Frau kennenlernen!«

Sie soupierten gemeinsam. Die Fürstin Gallitzin, geborene von Schmettau, war eine hochgewachsene Frau von jener Schönheit, die Männer als sanftmütig täuscht. Anna spürte die unsichere, leicht erregbare Frau hinter der Maske der ruhigen Schönheit. Sie erschien ihr wie ein verirrtes Schaf, ein besonders wolliges, braun gelocktes Schaf ohne Herde. Fürst Gallitzin war offensichtlich vernarrt in seine ebenso schöne wie geistreiche Gattin. Amalie von Gallitzin machte höfliche Konversation, aber Anna spürte, dass sie ängstlich bemüht war, ihre Position zu wahren. Standesdünkel der preußischen Aristokratie, dachte sie, wie gut, dass Gallitzin nach Den Haag beordert wurde. Diese Dame hätte nicht in Falconets Palais mit einer Künstlerin unter einem Dach wohnen wollen. Was Gallitzin als Bereicherung empfand, war für die Tochter der Marschallin eine Zumutung.

Ob sie auch religiöse Motive male, wollte die Fürstin wissen und richtete den Blick aus ihren großen dunkelblauen Augen prüfend auf Anna.

»Eher Motive aus der Mythologie, Durchlaucht.«

Anna fing Gallitzins warnenden Blick auf und erinnerte sich, dass die Marschallin ihre erst fünfjährige Tochter zur Erziehung in ein Nonnenkloster geschickt hatte. Von den nackten Nymphen und Göttinnen, die die Wände in Falconets Haus schmückten, wäre Amalie von Gallitzin wenig erbaut gewesen.

Schnell sagte Anna: »Mein Vater hat mich vor allem das Porträtfach gelehrt.«

»Wie ungewöhnlich«, befand die Fürstin. Ihr sanfter Blick wurde hart, als sie hinzusetzte: »Haben Sie den Frieden eines Heims und eines Gatten, den Sie umsorgen, nie vermisst?«

Anna lachte. Sie habe eine sechsköpfige Familie. Die Stimme der Fürstin klang tadelnd, als sie entgegnete: »Und hat Ihnen diese nicht als Ihre natürliche Bestimmung genügt, Madame Therbusch?«

Fürst Gallitzin räusperte sich. Anna lächelte ihn beruhigend an. Sie hatte nicht vor, sich auf einen Disput mit einer nervösen Schwangeren einzulassen.

»Ja, wie halten wir es mit der Natur?«, versetzte sie gutmütig. »Die Frau Doktorin Erxleben hat nach der Geburt ihres vierten Kindes promoviert. Ich bin noch zehn Jahre bei meinem jüngsten Sohn geblieben, bevor ich mein Patent als Hofmalerin erwarb.«

Der Vergleich zwischen der Gelehrten und der Künstlerin schien die Fürstin zu verwirren. Schnell sagte Gallitzin: »Habe ich dir nicht erzählt, meine Liebe, dass Madame Therbusch eine ausgezeichnete Hoteliére ist?«

»Ah ja, ich erinnere mich, die ›Weiße Taube‹ in Berlin.« Die Fürstin lächelte herablassend. Gallitzin hob sein Glas und forderte heiter: »Ein jeder will gern ein verständiges Weib, also müssen wir den Verstand auch bilden!«

Sie tranken, aber Anna spürte, dass Amalie von Gallitzin nicht einverstanden war. Etwas kränkte sie, aber es war schwer auszumachen, was es war. War sie religiös?

Nach dem Souper zog die Fürstin sich zurück, und Gallitzin fuhr mit Anna ans Meer, wieder in einem seiner geliebten schnellen Cabriolets.

»Fast wie in Russland«, lachte er, als die warmen Ziegel unter ihre Füße geschoben worden waren und sie, in mehrere Felle warm eingehüllt, durch die Stadt nach Scheveningen fuhren. Anna war überwältigt vom Strand, der sich in weicher weißer Fülle fast eine Meile breit bis an die Nordsee erstreckte. Dunkelblau zeigte sich die See, eingehüllt in graue Schleier, die sich am Horizont verloren. Irgendwo dort im Dunst lag England.

Sie bat, aussteigen zu dürfen, und ging hinunter ans Wasser. Der schwankende Untergrund saugte an ihren Schuhen. Vielleicht ist es das, dachte sie, Welle auf Welle folgt Ewigkeit auf Ewigkeit. Jede Schaumkrone ein Leben. Eine Kraft, die heranstürmt und wieder flieht, ohne im Sand zu versiegen, mit stetiger, unverminderter Kraft, immer wieder. Woher nimmt der Kosmos diese Kraft?

Sie beugte sich hinunter und ließ den kalten Sand durch ihre Finger rieseln. Eine winzige rosa Muschel blieb auf ihrer Hand liegen. Wenn es Rembrandts Hand gewesen wäre, und er hätte ihr diese Muschel gereicht ... wenn sie gemeinsam mit Rembrandt diesen ewigen Kreislauf betrachtet hätte ...

Das Leben ist nichts als ein bisschen Sand, dachte sie, während die aufsteigenden Tränen in ihren Augen brannten, kaum habe ich erfahren, wie wundersam es sein könnte, rieselt es zwischen meinen Fingern fort.

Fürst Gallitzin war ihr gefolgt und tat einen tiefen Seufzer.

»Sie sind so sinnlich, Madame Therbouche, wie meine Madeleine in Paris ...«

Anna schluckte die Tränen hinunter und blickte auf. Gallitzins heiteres junges Gesicht hatte etwas Schwermütiges bekommen.

»Aber so muss es wohl sein, nicht wahr?«

»Wie muss was sein?«

Gallitzin lachte.

»Sehen Sie, da sind Sie meiner Gattin ähnlich! Amalie will auch immer alles genau wissen! Es muss so sein, dachte ich, dass die bürgerlichen Frauen gefühlvoll und erotisch sind, und die von Geblüt nur zum Heiraten taugen. Aber über die Ehe bringt man ihnen nichts anderes bei als die Farbe des Hochzeitskleides! Dabei ist Amalie so empfindsam ...«

Der Fürst brach ab, als habe er zu viel gesagt.

Empfindsam, das neue Modewort, dachte Anna. Bald werden wir alle mit aufgelösten Haaren, Strohhüten und ohne Korsett herumlaufen und denken, dies sei die Freiheit! Aber studieren dürfen wir deshalb noch lange nicht, weder an den Universitäten noch an den Akademien. Empfindsamkeit ist die Feindin der Sinnlichkeit, sie ist die Falle, in die wir Frauen laufen.

Sie erhob sich.

»Geben Sie Ihrer Gattin Zeit, Durchlaucht«, riet sie, »bedenken Sie, sie wurde von Nonnen erzogen. Die Marschallin, ihre Mutter, hat mehr Zeit auf Bällen und Redouten in der Ferdinandserei verbracht als im Kinderzimmer. Drängen Sie sie nicht. Alles gibt sich mit der Zeit.«

»Glauben Sie?« Gallitzins Gesicht hellte sich auf. Er tat Anna leid. Er war ein so sinnenfroher, abenteuerlustiger und großzügiger Mann. Sie hätte ihm eine ebensolche Gefährtin gewünscht. Noch einmal blickte sie auf die Schaumkronen des Meeres. Über dem tiefblauen Wasser lag winterlicher Dunst.

»Ganz sicher«, behauptete sie.

Sie gingen zum Wagen zurück, der Kutscher packte sie wieder warm ein. Weich trabten die Pferde über den Sand durch die angewehten Dünen. Strandhafer schimmerte silbrig.

»Und nun zum Geschäft«, sagte Gallitzin fröhlich.

»Sobald ein Künstler an Geld denkt, verliert er den Blick für das Schöne«, erklärte Anna düster.

Gallitzin warf den Kopf zurück und lachte schallend.

»Wer sagt einen solchen Unsinn?«

»Diderot.«

Gallitzin schwieg. Dann meinte er: »Mon Dieu, auch ein brillanter Kopf irrt zuweilen!«

Er sah, dass Anna den Tränen nahe war. Hing dies mit Diderot zusammen? Hatte der Philosoph sie gekränkt? In puncto Frauen war sein Freund jedenfalls ein Dummkopf.

Aber die Künstlerin Therbouche konnte er aufheitern. Schnell erläuterte er: »Meine Gattin und ich werden nach Petersburg reisen. Zarin Katharina will mich zum Minister machen, aber ich will nicht!«

Schelmisch lachte er Anna an: »Wenn ich schon aus unserem geliebten Paris fort muss, dann will ich wenigstens hier am Meer bleiben!«

Unser geliebtes Paris, dachte Anna mit leerem Herzen.

»Ich muss die Zarin überzeugen, dass ich in Den Haag am richtigen Platz für Russland bin. Ich erzähle Ihnen dies alles, um zu erläutern, warum unser Geschäft sich noch einige Zeit hinziehen kann.« Fürst Gallitzin machte eine bedeutende Pause.

»Die Zarin will den Frieden zwischen Preußen und Russland dauerhaft erhalten. Sie wünscht Porträts der königlichen Familie für ihren Palast und hat mich gefragt, wer diese am besten malen könne. Selbstverständlich habe ich Sie empfohlen, Madame Therbouche.«

Beinahe wäre Anna dem Fürsten um den Hals gefallen. Nicht nur die Standesschranken, sondern auch die Tatsache, dass sie bis zur Unbeweglichkeit in Pelze eingewickelt war, hinderten sie daran. Sie strahlte ihn an: »Das ist eine wundervolle Neuigkeit, Durchlaucht! Aber ich hörte, die ›Antiope‹ habe der Zarin nicht gefallen?«

»Entre nous, die Antiope ist nicht Ihr bestes Stück«, meinte Gallitzin, »ich habe der Zarin inzwischen die anderen Bilder geschickt, die ich mir in Paris von Ihnen gesichert habe! Diderots Familienbild hat ihr ausnehmend gut gefallen. Wir sind uns darin einig, dass Sie eine feinsinnige Porträtmalerin sind, Madame Therbouche, mit einem duftigen Pinselduktus und einem warmen Kolorit.«

Anna errötete vor Freude über das Lob. »Ich soll die gesamte königliche Familie malen? Den König, die Königin, Prinz Heinrich ...«

»Und die ganze Ferdinandserei!« Sie lachten beide über das Palais des jüngsten Bruders des Königs, Prinz Ferdinand, und dessen Gattin Elisabeth Luise von Schwedt, deren galante Haushaltung eher an Paris denn Berlin erinnerte.

»Wünscht die Zarin ein Familienbildnis? Oder Einzelporträts?« fragte Anna.

»Machen Sie einen Vorschlag!«

Anna überlegte.

»In einem Freundschaftszimmer ist es reizvoller, viele Bildnisse zu hängen. Bei einer so großen Anzahl Personen kann ein riesiges Familienbildnis pompös und steif wirken. Was halten Sie von kleineren Gruppen, das Kronprinzenpaar mit den Kindern, andere einzeln?«

»Formidable, Madame Therbouche! Ich werde der Zarin diesen Vorschlag machen, Sie ist sehr generös. Falconet genießt alle Freiheiten, sogar riesige Steine lässt er durch ganz Russland schleppen. Ich bin überzeugt, Sie werden freie Hand haben, Madame Therbouche. Bitte, treffen Sie die nötigen Vorbereitungen, und wenn ich im Herbst von Petersburg über Berlin zurückreise, besprechen wir die Details!«

»Ich habe kein Atelier mehr in Berlin«, sagte Anna zögernd. Sie hatte der Malerei entsagen wollen, für immer. Ihre Augen hatten ihren Dienst versagt.

»Mieten Sie eines! Ich werde morgen einen Wechsel über einen Vorschuss veranlassen!«

Einen Vorschuss! Anna glaubte zu träumen. Der Auftrag war überwältigend. Kunst allein reicht nicht, sie muss sich mit Fortuna und Moneta verbünden, dachte Anna. Diese Porträts würden sie einige Jahre beschäftigen. Die Sitzungen mit den hohen Herrschaften waren umständlich zu arrangieren, und ihr Augenlicht war nicht vollständig zurückgekehrt. Sie würde ihre Modelle länger studieren müssen, beim Malen langsamer sein, voll umständlichen Vorsehens. Aber durch den Vorschuss des großzügigen Fürsten waren die nächsten Monate gerettet, und sie hatte gute Lust, sie in den Niederlanden zu verbringen.

Vielleicht ist es das, dachte sie, als der heftige Nordwind um die Kutsche heulte, die Haare vom Küstenwind zausen lassen, Sand zwischen den Zähnen knirschen, erfolglos den Leib gegen den Wind werfen, sich schwach und unbedeutend fühlen im Angesicht der Schöpfung. Ich werde meine traurige Seele vom Anblick der ewigen Wellen trösten lassen, so lange, bis ich stark genug bin, nach Berlin zurückzukehren.

Aber es sollte wieder einmal anders kommen.

»Dein Sohn wünscht dir fröhliche Weihnachten!«

Rosina reichte Anna einen Brief. »Zu spät natürlich! Ach ja, diese Post!«

Matthieu, Gohl und sie lebten seit drei Monaten in Den Haag. Das Weihnachtsfest, das sie gemeinsam gefeiert hatten, lag zwei Wochen zurück.

Anna setzte sich in den großen Sessel am Fenster und entfaltete den Brief. Hier konnte sie in Ruhe lesen, was Fritz schrieb. Aber der Brief war kurz. Sie überflog in zunehmender Erregung die wenigen Zeilen und erbleichte. Das Papier segelte zu Boden.

»Ist etwas geschehen?«, fragte Rosina, besorgt von ihrem Brief aufsehend.

»Ich muss sofort nach Hause. Da, lies!«

Rosina las: »Liebe Mutter, wo bleibst Du so lange? War Paris nicht genug? Vater verkraftet Dein langes Fernbleiben nicht gut. Bitte komm baldmöglichst zurück, Dein gehorsamer Sohn Georg Friedrich.«

»Wann geht die nächste Diligence? Ich muss sofort …«

»Bleib auf dem Teppich, Schwesterchen, bitte! Er schreibt nicht, dass Ernst krank ist, nicht wahr? Im Oktober besuchte ich ihn, da ging es ihm prächtig.«

Anna sah ihre Schwester empört an: »Im Oktober! Vielleicht ist ihm etwas zugestoßen?«

Rosina versuchte, ihre aufgeregte Schwester zu beruhigen. »Fritz hätte sich dringlicher ausgedrückt, wenn etwas geschehen wäre.«

»Vielleicht hat er mich nicht aufregen wollen«, sagte Anna, »ich muss sofort nach Hause.«

Sie stand auf, ziellos, wusste nicht, was sie als Nächstes tun sollte.

Rosina griff nach ihrem Arm: »Anna, die Fahrt dauert zehn Tage und kostet dich sechs Groschen pro Meile! Und die Bagage! Du wolltest doch mit uns fahren, dann kostet dich die Reise bis Braunschweig nichts!«

Matthieus und Gohls Zeichenkurs sollte im Februar beendet sein. Dann wollten sie alle gemeinsam zurückreisen.

»Die herzogliche Kutsche ist viel schneller und komfortabler als die Diligence!«

Anna zögerte.

»Und du musst das Porträt fertig malen, sonst ist dein Ruf bei Braamkamp ruiniert!«

Der Kunsthändler sei ihr völlig einerlei, erklärte Anna. Ihrem Mann ging es nicht gut, und sie war schuld. Wie oft hatte sie ihn vertröstet! Erst hatte sie nach dem Salon aus Paris zurückkehren wollen, dann ein Jahr später, dann war sie nach Den Haag gereist, ohne ihn zu fragen! Nein, sie war keine gute Ehefrau, sie musste nun endlich nach Hause. Plötzlich wurde ihr bewusst, dass ihr vor diesem Zuhause entsetzlich bange war, dass sie es floh. Sie wich Ernst aus, dem lieben, sanften Ernst, den sie betrogen hatte. Das Zuhause von früher gab es nicht mehr.

Rosina hatte ihre Schwester beobachtet.

»Du fürchtest dich«, sagte sie. Anna nickte.

»An Therbusch ist nichts zum Fürchten«, meinte Rosina leichthin.

»Nein, aber an mir«, sagte Anna.

Berlin 1769

❧ 1 ❧

BERLIN HATTE SICH VERÄNDERT. Oder hatte sie sich verändert? Anna sah aus dem schlammverkrusteten Fenster der Diligence, entdeckte gepflasterte Straßen mit Häusern, wo vor drei Jahren Sandwege gestaubt hatten, erblickte gewaltige Manufakturen und mehrstöckige Kasernen, wo Ödflächen gewesen waren. Der Postillion entlockte seinem Horn einen grausigen Quietscher, dann ratterte die Kutsche beinahe pünktlich auf den Packhof in der Poststraße, um kurz nach zwei Uhr an einem Montagnachmittag im Februar.

Anna war den ganzen Sonntag und die ganze Nacht von Braunschweig, mit zwei Pferdewechseln, durchgefahren, eingeklemmt zwischen sieben Reisenden. Sie spürte jeden einzelnen Knochen im Leib.

Ihr Herz klopfte zum Zerspringen. Nirgendwo in dem Trubel erblickte sie Ernst. Ach, er holte sie nicht einmal ab! Verzagt stieg sie aus, da näherten sich ihr zwei junge Männer. Sie musste zweimal hinsehen, dann erkannte sie sie am Lächeln.

»Kalle! Fritz!« Sie drückte ihre Söhne ans Herz, dann schob sie sie von sich und sah von einem zum anderen.

»Bin ich so lange fort gewesen? Oder seid ihr so schnell zu Männern herangewachsen?«

Georg Friedrich Therbusch stand in seinem 23. Jahr, und ihr Jüngster, Carl August, den sie zärtlich Kalle nannte, war 18 Jahre alt. Aus ihren Jungen waren Männer geworden, und sie hatte es nicht erlebt.

»Du bist zehn Jahre fort gewesen«, sagte Kalle. Es klang vorwurfsvoll.

»Aber ich bin doch ...«

Ja, sie war von Mannheim nach Hause zurückgekehrt, bevor sie nach Paris aufgebrochen war. In diesem Augenblick wurde ihr klar, dass diese zwei Jahre für den damals elfjährigen Kalle wenig bedeuteten. Er hatte seine Mutter früher entbehren müssen als der fast erwachsene Fritz.

»Ach, mein Kleiner!« Sie wollte ihm zärtlich die Haare wuscheln, aber er wich ihr aus. Streng erklärte er: »Wir müssen heim, Vater wartet.«

Sie hatten ihr Gepäck in eine Mietdroschke geschafft, obwohl Anna abwehrte, sie könnten doch zu Fuß, und die Sachen könne man später mit der Karre ...

Die Söhne sahen sich an und grinsten. Es gebe keine Karre mehr, erklärte Fritz, sie werde schon sehen.

Die Heiliggeiststraße hatte sich kaum verändert. Nicolais Buchhandlung an der Ecke war größer und auffallender geworden. Die Geschäfte des verhinderten Philosophen liefen offensichtlich gut. Ephraim hatte sich ein Palais mit goldenen Brüstungen erbaut, und die Gassen waren reinlicher als zuvor. Oder nur reinlicher als die in Paris?

Anna zuckte zusammen, als ein Zug Soldaten zackig mit pflichtbewussten Gesichtern durch die Straße marschierte, befehligt von einem brüllenden Hauptmann. Ach, Berlin war doch nur eine Garnison auf dem platten Land, nichts atmete den Duft des großen Stroms, nichts war von verschwenderischer Großzügigkeit! Selbst das kleine Den Haag hatte breite Promenaden und schöne Plätze, auf denen Menschen promeniert und nicht marschiert waren.

Scharf bog die Droschke ab, Lederriemen ächzten.

»Voilà!« Georg Friedrich grinste. Die ›Weiße Taube‹ hatte eine neue Einfahrt bekommen. Durch ein verbreitertes Tor konnte man in den Innenhof fahren, und ein geschickter Kutscher konnte einen Zweispänner sogar wenden und wieder hinausfahren, eine rückwärtige Ausfahrt gab es nicht.

Der Innenhof war gepflastert und gefegt, die Fenster der Wohnung und der Gästeapartments blickten aus duftigen weißen Vorhängen freundlich auf ihn hinab. Alles sah reinlich und gepflegt aus.

Noch bevor Anna ausgestiegen war, erschien Therbusch in der Tür, die zur Gaststube führte. Er trug nicht die lederne Schankschürze, sondern einen schlichten, gut geschnittenen braunen Justaucorps über einer senfgelben Hose und strahlend weißen Strümpfen. Er hat zugenommen, aber er sieht elegant aus, dachte Anna, die vor Aufregung ihr Kleid zerknüllte. Ihr Herz klopfte zum Zerspringen.

»Ernst!« Sie wollte aus der Kutsche, stolperte, da die Treppe noch nicht heruntergelassen war, fing sich wieder, es tat einen Riss durch das Kleid, das seiner Trägerin nicht so schnell folgen mochte. Sie hielt inne. Die Erinnerung an Rembrandts lachendes Harlekingesicht, als er ihr im Karneval den Rock zerrissen hatte, schoss in ihr hoch wie eine heiße Quelle, versiegte und ließ sie in der trockenen Angst zurück, Therbusch wolle nichts mehr von ihr wissen.

Ernst deutete ihr Zurückzucken anders. Sie hat sich so schön gemacht, welch elegantes Reisekleid sie trägt, nur für mich, ihren alten verkommenen Wirt, dachte er, und nun ein solches Missgeschick, ach, Änneken, mein Änneken, manchmal bist du noch wie mit fünfzehn Jahren. Er ging auf sie zu und breitete die Arme aus, und sie schmiegte sich hinein, roch den vertrauten Geruch aus Küche, Tabak und Bier, spürte seine Arme um sich gelegt, kräftig und gut. Es gab ja ein Zuhause. Es gab ja einen Hafen nach dem weiten Meer, auf dem sie jahrelang gesegelt war!

Sie solle das Haus von der Straßenseite betreten, entschied Therbusch, nicht durch den hinteren Hofeingang. Er führte Anna durch den Torbogen der neuen Einfahrt auf die Heiliggeiststraße zum Eingang der Gaststube. Er war mit einer Tannengirlande und bunten Bändern geschmückt.

Stolz wies Ernst auf ein neues Schild: eine eiserne weiße Taube schwebte über dem Eingang. Anna bewunderte sie, sie wollte Ernst die Freude nicht nehmen, aber sie fand das Tier ein wenig schwerfällig.

»Ein gewisser Metzner hat sie für uns gemacht, schon vor einem Jahr, er fertigt Werbeschilder. Er sagt, er hat mit dir bei Pesne studiert!«, erläuterte Fritz.

Bitte? Metzner? Aus Osnabrück?

»Von Zeit zu Zeit kommt er nach Berlin und speist bei uns.«

Fritz wandte sich an den Vater: »Er war lange nicht mehr da, nicht wahr?«

Anna erinnerte sich an den Heiratsantrag des dicken Metzner in Molsdorf. Wie eigenartig! Metzner fertigte Werbeschilder? Hatte er das nötig? War seine Leinenweberei in Osnabrück nicht mehr erfolgreich?

Aber der Gedanke verflog, als sie die leere Gaststube betrat und direkt auf ihr Pariser Porträt blickte. Es hing, wundervoll platziert, an der freien Wand, die dem Eingang gegenüberlag.

»Ach, Ernst!« Wieder kamen ihr die Tränen.

»Ich habe schon verstanden, was du mir sagen wolltest, als dein Bildnis mit dem Hütchen aus Paris kam«, flüsterte er und küsste sie aufs Haar.

Anna errötete. Was hatte Ernst verstanden? Sie hatte doch selbst nicht gewusst, warum sie ihm das Bild gesandt hatte. Er hätte es auch als Abschiedsgeschenk verstehen können.

Hatte sie so ausgesehen in Paris? Wenn Ernst wüsste, wie schwer es ihr fiel, diese Frau anzusehen, die so optimistisch unter dem kleinen schwarzen Matelot in die Gaststube sah.

»Seit es hier hängt, hat niemand gewagt, die Zeche zu prellen!« Ernst lachte vergnügt.

Kalle erklärte wichtig, das Porträt habe ihr in Abwesenheit bereits Aufträge eingebracht.

»Ich habe alles notiert, Mama«, sagte Georg Friedrich stolz, »nur die Preise konnte ich nicht verhandeln!«

Anna drückte ihre Söhne an sich. Ihr Herz floss über vor Stolz und Rührung.

»Die Jungs haben mir viel geholfen im Hotel und mit der Wirtschaft!«, sagte Ernst anerkennend.

»Wie das? Ihr seid doch im Dienst?«, fragte Anna.

»Am Sonntag und nach Dienstschluss sind wir hier«, erklärten die Jungen wie aus einem Munde. Anna war mit der Entscheidung ihrer Söhne, in die preußische Administration zu gehen, nicht unglücklich. Zwar brachen sie früh mit der künstlerischen Tradition der Familie Lisiewski, die mussten nun Rosinas und Holles Kinder fortführen, aber im königlichen Dienst waren sie gut versorgt.

Sie betrachtete ihre beiden Söhne liebevoll. Fritz, der ältere, war der weichere der beiden, obwohl er mit seinen dunklen Brauen und braunen Augen verschlossener aussah.

Kalle war blond und hellhäutig wie sein Vater. Er schien nüchterner und ehrgeizig zu sein. Bei beiden aber konnte sie sich gut vorstellen, wie sie dem Vater zur Hand gingen. Vielleicht wollten sie die ›Weiße Taube‹ gemeinsam weiterführen, wenn Ernst sich zur Ruhe setzte? Zu zweit war dies durchaus denkbar, mit gutem Personal …

Standke, der langjährige Koch, kam aus der Küche und begrüßte seine ehemalige Chefin mit einem Topf voller Schneeglöckchen. Er war der Einzige, den sie noch kannte. Gerührt betrachtete Anna den ersten Gruß des Vorfrühlings, bedankte sich und ließ sich Mägde und Küchenhelfer vorstellen. Sie servierten der Familie Therbusch einen kräftigen Bohneneintopf, duftendes frisches Brot, Wein und Kaffee. Anna fühlte sich gestärkt und geborgen.

»Und nun fahren wir nach Hause!«, verkündete Ernst. Fahren? Anna wandte sich zur Treppe, aber die Söhne grinsten und geleiteten sie in den Hof zur Droschke. Der Kutscher öffnete den Schlag, und Ernst hob Anna galant in die Kutsche.

Das Treppchen wurde eingeklappt, Fritz schloss den Schlag und wünschte viel Vergnügen, er habe noch zu tun. Kalle nahm neben dem Kutscher Platz, die Pferde zogen an und trabten aus dem Hof die Heiliggeiststraße zurück Richtung Post.

»Willst du mich wieder loswerden?«, fragte Anna beklommen, im Versuch, Humor zu bewahren.

Ja, genau das habe er sich überlegt, meinte ihr Gatte ernsthaft und grüßte mehrere Nachbarn, die der Kutsche neugierig nachsahen.

Der Kutscher bog in die Königsstraße ein und fuhr Richtung Paradeplatz. Anna war, als solle sie auf dem geraden Weg durch das Landsberger Tor hinausgefahren werden, aber da bog der Kutscher schon rechts ab in die Klosterstraße, an den königlichen Tuchfabriken in den ehemaligen Lagerhäusern, dann an einem großen Komplex neuer dreistöckiger Häuser vorbei.

»Dein Collega Rode wohnt jetzt hier«, erläuterte Ernst im Ton eines Fremdenführers. »Tatsächlich«, murmelte Anna, »und da soll ich jetzt auch hinein? Eine Künstlerkolonie in Berlins feinster Straße?«

»So etwas Ähnliches dachte ich mir«, bestätigte Ernst Therbusch.

Anna betrachtete ihren Mann von der Seite. Sein selbstzufriedenes Lächeln vermochte sie nicht zu deuten.

Schon sah Anna das wuchtige weiße Portal vor den vier Konchen der Parochialkirche, dann den Palais des Ministers Podewils, dann hielt die Kutsche.

»Unser altes graues Kloster, sieh mal«, sagte Ernst, »sie haben den Kreuzgang abgebrochen, aber das Gymnasium ist immer noch hier!«

»Schön«, murmelte Anna mit Blick auf die verfallende Klosterkirche. Sie begriff immer weniger. Aber Kalle war schon vom Bock gesprungen, hatte das Treppchen heruntergelassen und hielt den Schlag auf, während der Kutscher Annas Gepäck ablud.

»Das Sparr'sche Haus!«, sagte Anna erstaunt. Ernst lachte. »Dem alten Haudegen gehört es schon lange nicht mehr!«

Er nahm Annas Arm, hängte sich bei ihr ein und führte sie zum prunkvoll verzierten Eingang des dreigeschossigen Hauses. Das Treppenhaus war breit und geräumig.

Carl August flitzte an seinen Eltern vorbei die Treppe hinauf, blieb im zweiten Stock stehen und reichte seiner Mutter feierlich einen Schlüssel: »Mama, schließ auf!«

Anna blickte von Ernst zu Kalle. Sie sah in strahlende Augen, schloss die Tür auf, eine wunderbar einfach, ohne Knirschen zu öffnende Tür, und befand sich in einer Diele, von der zwei Türen abgingen.

»Wir haben sehr gehofft, deinen Geschmack zu treffen«, sagte Ernst und öffnete eine Tür.

Der schöne große Raum war in zartem Rosa gestrichen und mit passenden Seidenvorhängen ausstaffiert. Annas kleiner Schreibsekretär stand an einer Wand, eine große neue Kommode mit vielen Schubladen an der anderen. An einem Fenster stand die Staffelei ihres Vaters, am anderen ein bequemer Lehnstuhl.

Anna schlug die Hände vors Gesicht.

»Ernst! Träume ich?«

Er nahm ihre Hände und küsste sie. Kalle betrachtete seine Eltern lächelnd, dann öffnete er die nächste Tür.

Staunend ging Anna durch die großzügige Wohnung. Ernst hatte einen schlichten Schlafraum, es gab einen Salon, eine Ankleidekammer mit Waschgeschirr, und Kalle hatte ebenfalls ein geräumiges Zimmer für sich.

»Wo ist Fritz?«, fragte sie. Die beiden sahen sich an.

»Fritz hat sein Zimmer in der ›Weißen Taube‹ behalten«, sagte Ernst schnell, »er ist des Nachts für die Gäste da, damit bin ich entlastet.«

Anna betrachtete Kalle mit liebevollen Blicken. Die Söhne hatten nicht nur an sie, sondern an ihren Vater gedacht. Ernst hat zu viel gearbeitet, dachte sie mit einem Anflug schlechten

Gewissens. Diese Wohnung war etwas anderes als die Kammern in der ›Weißen Taube‹. Das Wohlergehen der Gäste hatte stets an erster Stelle gestanden. Die gesamte Familie mit ihren vier Kindern hatte immer irgendwo zwischen Wirtschaft und Hotelbetrieb gelebt.

»Von einem solchen Zuhause habe ich immer geträumt, ich wusste es nur nicht«, sagte Anna. »Ich danke euch so sehr.«

Tränen der Rührung drohten ihre Stimme zu ersticken. Schnell fügte sie hinzu: »Es kann nur Glück bringen, im Hause eines Mannes zu wohnen, der Brände mit Kanonenkugeln gelöscht hat!«

Ernst lachte, Kalle sah sie verständnislos an.

Anna ging zur Staffelei. Sie stand genau im richtigen Winkel zum Lichteinfall. Das Querholz war auf ihre Körpergröße eingestellt. Zärtlich strich sie über das dunkle Eichenholz.

»Kennst du die Geschichte nicht mehr, Kalle? Meine Mutter erzählte sie. Graf Sparr war ein verdienter Feldmarschall. Er hatte gegen die Türken und gegen die Polen gekämpft und war vom Großen Kurfürsten mit einigen Grundstücken in Berlin belohnt worden und hatte darauf einige Häuser gebaut. Dieses gehörte auch ihm. Eines Tages brach ein Brand im Turm unserer alten Marienkirche aus, und alle hatten große Angst, dass das Feuer auf die Kirche übergreifen und sie vernichten würde. Da rückte Sparr mit seinen Kanonieren an und schoss die brennende Spitze ab! Zum Dank erhielt er ein Erbbegräbnis in der Marienkirche.«

Kalle lächelte. »Ihr wollt sicher einen Mittagsschlaf machen«, sagte er, »und ich muss mich verabschieden, ich muss zum Dienst.«

Es gab ein gemeinsames Schlafgemach, Ernst hatte an alles gedacht. Geschmückt war es mit dem Bild einer Dame, die ihrem grünen Papagei neckisch eine Nuss hinhielt.

Anna stutzte.

»Es ist von Rosina, ein Geschenk«, sagte Ernst, »ich hatte doch nichts von dir, womit ich die Wände schmücken konnte!«

Anna lachte befreit. »Bald wirst du mehr als genug haben!«
Sie erzählte ihm von dem wundervollen, großen Auftrag, den sie mitgebracht hatte, von Fürst Gallitzin, von ihrer begründeten Hoffnung, in Berlin zu reüssieren.

Sie sanken auf das Bett und liebten sich, langsam, zärtlich, Vertrautes erspürend und vorsichtig Neues entdeckend. Behutsam ertasteten sie ihre fremd gewordenen Körper, genossen Neues, erlebten Vertrautes. Haut legte sich an Haut, Körper schmiegte sich an Körper, ohne dass sie hitzig einander forderten nach langer Zeit.

Dann gab sich Anna der Erschöpfung der Reise hin und erwachte erst am späten Nachmittag. Neben ihr lag Ernst, den Kopf auf den Arm gestützt, und betrachtete sie. Beinahe erschrak sie vor der Intensität seines Blickes.

»Ich war in Paris nicht immer …«, stammelte sie.

Er legte seinen Zeigefinger auf ihren Mund.

»Ich war in Berlin auch nicht immer«, sagte er.

Keine Erklärungen, dachte sie, keine Beichte, wie wundervoll von ihm. Beinahe hätte ich ihm ein Geständnis gemacht wie einem guten Freund. Aber er ist mein Mann, ich darf ihn nicht beleidigen, indem ich ihn wie meinen Vertrauten behandle. Sie kuschelte sich an seine Schulter.

»Wir sind wieder beieinander, das allein zählt«, sagte Ernst und sog den Duft ihres Haares ein. Es roch nach dem Staub der Landstraße, nach Harz, Seegraspolster und einem Hauch französischen Parfums.

Sie richtete sich auf. »Mein Zimmer … es war Fritz' Zimmer, nicht wahr? Du hast gedacht, ich komme nicht zurück.«

Ernst lächelte nur.

Am Abend kamen alle. Er habe ›tout Berlin‹ in die ›Weiße Taube‹ geladen, Annas Rückkehr zu feiern, lachte Ernst. Zu Fritz und Kalle gesellten sich deren ältere Schwestern Wilhelmine und Luisa. Annas Schwester Julie, die als Pastellmalerin ihr Auskommen hatte, kam, und Magdalena mit ihrem Gatten, dem Juwelier Schwanenfeld, und ihren Töchtern.

Friedrich Nicolai und Christian Rode kamen, auch Sulzer, der inzwischen vom König zum Professor an der neu gegründeten Ritterakademie auf der Heiliggeiststraße ernannt worden war. Alle waren neugierig zu erfahren, wie sich ›ihr‹ Paris, das sie in den Fünfzigern besucht hatten, verändert hatte. Auch Chodowiecki und Ramler schauten herein, um Anna willkommen zu heißen, und spät am Abend erschien Moses Mendelssohn.

Anna erzählte viel von Paris, auch von Den Haag und Amsterdam.

»Vier Akademien in sechs Jahren, Frau Kollegin! Das muss Ihnen erst einmal einer nachmachen!«, rief Chodowiecki aus.

»Der König schätzt inzwischen die bildenden Künste«, wusste Ramler zu berichten. »Man erzählt, dass er jeden Tag mehrere Stunden in seiner Galerie verbringt und seine Bilder betrachtet.«

»Oh ja, das tut er«, bestätigte Nicolai, »er betrachtet seine französischen Gemälde! Wenn er nur für die hiesigen Künstler etwas tun würde!«

»Aber das tut er doch! In der Königlichen Akademie sind die besten Stickerinnen und Uhrmacher Berlins versammelt, sogar als Ehrenmitglieder!«, höhnte Chodowiecki.

Anna konnte es nicht glauben. So weit war es gekommen?

»Knobelsdorff ist lieber gestorben, bevor er in die Verlegenheit kam, Mitglied dieser traurigen Akademie zu werden«, meinte Sulzer trocken. Alles kicherte.

»Das kann Ihnen als *peintre du roi de France* gleichgültig sein!«, vermutete Rode.

»Da bin ich mir nicht sicher«, meinte Nicolai ernsthaft, »des Königs Geschmack soll sich geändert haben. Statt des *gout francais* bevorzugt er jetzt den welschen Stil.«

Die italienischen Meister?

»Nicht nur die, auch die alten flämischen Meister!«

Anna war fassungslos über diese Ironie des Schicksals. Sie war Akademiemalerin in Paris geworden, sie hatte alles getan, um nach dem *gout francais* zu malen, und genau in dem Moment, in dem sie damit zu Hause reüssieren wollte, hatte der königliche Geschmack sich in die Richtung gedreht, über die er vorher die Nase gerümpft hatte!

Chodowiecki bemerkte Annas Irritation. »Nehmen Sie es gelassen, Madame«, riet er, »Ihr Ruf ist Ihnen vorausgeeilt, nicht zuletzt durch Ihr wundervolles Familienbild, und jetzt durch dieses herrliche Porträt, das ich aufrichtig bewundere!«

Er deutete auf Annas Selbstporträt an der Wand. »Außerdem macht es wenig Sinn, dem König schmeicheln zu wollen!«

»Genau! Wer wüsste das besser als unser Freund hier!«, rief Mendelssohn. »Sein Huldigungsblatt wurde glatt verboten!«

Chodowiecki drohte ihm mit dem Finger, aber Moses Mendelssohn war nicht zu bremsen: »Er nannte es ›Der Friede bringt den König wieder‹ und malte den König als römischen Cäsar, umgeben von wunderschönen weiblichen Allegorien ...«

Chodowiecki warf seine Serviette nach ihm.

»... aber ob dem König nun die Grazien missfielen oder das römische Kostüm zu fantasievoll war? Er wollte nicht als Theaterheld gemalt werden und verbot den Vertrieb!«

Anna lachte schallend. Chodowiecki entschloss sich, die Sache ebenfalls komisch zu finden.

»Vielleicht schaffen Sie es mit Ihrem Charme, den König zu porträtieren, meine Liebe! Sie wären die Erste seit vier Jahrzehnten!«

»Wissen Sie was, mein Freund und Kupferstecher, ich habe die Ehre, seine gesamte Familie zu porträtieren!«, rief Anna übermütig.

Rode war sehr still. Den Auftrag der Zarin, da war sie sicher, hätte er auch gern gehabt. Aber er schluckte, lächelte freundlich und beglückwünschte sie zu dieser fulminanten Rückkehr in die Berliner Gesellschaft.

»Alle werden sich um ein Bild von Ihnen reißen, Madame Therbusch!«

Das werden sie hoffentlich, dachte Anna. Wie seltsam, dass der Auftrag der Zarin ihr Ansehen höher hob als vier Mitgliedschaften in renommierten Akademien und alles, was sie in Paris gelernt hatte. Ich kann mit den Urkunden die Wände meines Ateliers behängen, dachte sie, aber kaufen kann ich mir dafür nichts.

Die Tafel war längst aufgehoben, Ernst Therbusch wurde bestürmt, zu spielen: »Monsieur Traiteur! Wo bleibt Ihr Dudelsack!«

Ernst ließ sich nicht lange bitten, griff zu seiner geliebten Musette und blies unter den anfeuernden Rufen der Gäste alte französische Weisen, ähnlich denen, die die Savoyarden auf den Straßen von Paris gespielt hatten.

Anna betrachtete den gelichteten Kreis. Schmerzlich vermisste sie ihren Vater, der die fröhlichen Runden in der ›Weißen Taube‹ geliebt hatte. Wäre er stolz auf seine Tochter gewesen? Oder hätte er ihr Vorhaltungen gemacht, dass sie ihre Familie so lange allein gelassen hatte? An Graf Gotter und seinen Intimus, den Kammerdiener Fredersdorf, der den neuesten Hofklatsch verbreitete, musste sie denken, an Pesne, an Knobelsdorff, alle hatten bereits vor ihrer Reise nach Paris das Zeitliche gesegnet. Wir sind alle älter geworden, dachte sie mit einem Blick in die Runde, nur Ernst nicht. Wie er dort stand und mit aufgeblasenen Backen seine Musette spielte, wie freundlich seine blauen Augen aus dem runden, nahezu faltenlosen Gesicht lächelten. Zärtlich lächelte sie ihm zu. Da fiel ihr plötzlich der Brief ein.

Sie beugte sich zu ihrem Sohn hinüber: »Fritz, warum hast du mir so dringlich nach Den Haag geschrieben? Papa geht es doch blendend!«

Georg Friedrich sah von seinem Vater, dessen Gesicht sich vom Spiel, aber auch vom Bier gerötet hatte, zu seiner Mutter und sagte: »Ja, jetzt! Jetzt bist du ja zurück, Mama!«

448

Ernst hatte so große Sehnsucht nach ihr gehabt, dass die Kinder sich Sorgen gemacht hatten? Gerührt betrachtete Anna ihren Mann. Für sie hatte diese Ehe nie etwas Romantisches gehabt, sondern eine verlässliche Zärtlichkeit. Nie hatte sie darüber nachgedacht, dass Ernst anders empfinden mochte, dass er sie nach mehr als fünfundzwanzig Jahren Ehe schmerzlich vermissen könnte.

Da war doch noch etwas gewesen. Schon wurden Stühle gerückt, Ernsts Musette ließ die Beine zucken. Sie hielt Fritz, der sich schon erhoben hatte, zurück, und fragte: »Wie war das mit dem dicken Metzner?«

Ihr Sohn sah sie verständnislos an.

»Mein Mitschüler, der die weiße Taube angefertigt hat!«

»Ach, dieser Gast! Aber der ist doch nicht dick!« Fritz befreite sich ungeduldig von dem mütterlichen Griff. Er wollte mit seiner Cousine tanzen, die ihm gegenübersaß.

Nicht mehr dick? Metzner schien es nicht gutzugehen.

»Wie sieht er aus?«

»Mama! Was hast du jetzt mit dem! Du wirst ihn schon sehen, wenn er das nächste Mal kommt!« Georg Friedrich blinzelte dem Mädchen zu.

»Ist er blond, blass, blaue Augen, eher klein und gedrungen?« Fritz wurde ungeduldig.

»Aber Mama, er war doch dein Collega! Du musst ihn doch kennen! Er ist das genaue Gegenteil, groß und dünn, fast hager, hat dunkle Haare und braune Augen!«

Georg Friedrich nahm seine Cousine bei der Hand und dränge mit einigen anderen zur freigeräumten Mitte der Wirtschaft.

Anna blieb tief erschrocken sitzen. Wer gab sich für Metzner aus? Nur die ehemaligen Schüler kannten seinen Namen. Groß, dunkel, inzwischen hager: Das konnte nur Knospe sein. Hatte ihr Peiniger noch nicht genug?

Unwillkürlich sah sie zu Luisa hinüber, die sich als Tanzmeisterin betätigte. Mit ihren launigen Ansagen brachte sie die Reihen der Tänzer in Verwirrung und erntete viel Gelächter. Nein, dieses Kind ihrer Schande war nicht Knospes Tochter, das stand fest. Andere Züge als die ihren konnte Anna in Luisa nicht erkennen. Dreißig Jahre zählte Luisa bald, sie war hübsch und lebendig. So lebendig wie das Grauen, das bleiern auf Annas Seele drückte und nicht weichen wollte, sich nur manchmal schlau versteckte, um sich in einer plötzlichen Attacke riesig und erstickend auf sie zu werfen.

Anna rang nach Luft und eilte hinaus in die Stille des Hofes. Eine Fackel tauchte den Innenhof in ein unruhig flackerndes Licht. Nie würde es aufhören. Warum kann das Grauen nicht altern und sterben, dachte Anna, aber man wird es mit mir begraben müssen. Sie griff sich an den Hals, spürte ihren Puls heftig gegen den Daumen schlagen und ging auf die Straße. Das abendliche Leben des Viertels beruhigte sie etwas. Ein Mistsammler ging die Gasse entlang und leerte die Kübel in seinen stinkenden zweirädrigen Handkarren, ein Hund verfolgte ihn bellend. Kinder tobten herum. Ein Dienstmädchen schleppte zwei Körbe mit Gemüse nach Hause, ein Mann trieb seinen beladenen Esel vor sich her.

War es Knospe? Was wollte er von ihr? Hatte er ihr nicht genug angetan? Warum hasste er sie so erbarmungslos? Hörte er niemals auf?

In der Heiliggeiststraße wurde in dieser Nacht getanzt, gesungen, getafelt und getrunken, disputiert und gelacht bis in den frühen Morgen. Die ›Weiße Taube‹ hatte ihre Wirtin wieder, Berlin hatte seine erste und einzige ›Peintre du Roi de France‹.

Aber Anna wusste ihren Feind in nächster Nähe.

※ 2 ※

AM NÄCHSTEN MORGEN riss sie ihren schlaftrunkenen Sohn
aus dem Schlaf und befahl ihm, die eiserne Taube abzunehmen. Unwillig tat er, was sie verlangte. Sie rieb die Bemalung
mit Terpentin ab. Nichts sollte von diesem stümperhaften
Werk ihres Feindes zu sehen sein. Wie besessen rieb Anna an
dem Metall herum, sie rieb noch, als das blanke Eisen bläu-
lich schimmerte. Sie schliff die Taube ab, legte die steif abstehenden Krallen stromlinienförmig an den Körper, rief sich
Falconets zarte Porzellanfiguren in Erinnerung und gab den
Flügeln die eleganteste Form, die sie dem unwilligen Material
abverlangen konnte. Dann bemalte sie das Eisen. Weiß hat
viele Farben, dachte sie, während sie sorgfältig das Gefieder,
jedes Federchen einzeln, malte, leuchtend blaue Augen, ein
rosa Schnäbelchen und rosa Krallen. Zum Schluss band sie
dem fliegenden Vogel ein himmelblaues Band um den Hals,
dessen Enden sie mit Draht so verstärkte, dass es hinter der
Taube herzuflattern schien.

Als Kalle am Abend die neue Taube aufhängte, waren sich
alle einig, dass sie viel schöner und symbolischer war als die
alte.

»Aber du warst ja nicht da«, sagte Karl August, wieder mit
jenem vorwurfsvollen Ton, »wer hätte der Heiliggeiststraße
den Geist malen sollen!«

Anna nahm ihre Männer beiseite, als das Personal wieder
in die Küche zurückgekehrt war.

»Dieser Gast ist nicht Metzner«, erklärte sie entschieden,
»ein anderer gibt sich für ihn aus.«

Die jungen Männer sahen ihre Mutter zweifelnd an.

»Warum sollte jemand so etwas tun?«, fragte Kalle ungläubig.

»Eine Molle umsonst bekommt er damit nicht!«, erklärte
Fritz.

Ernst dagegen verstand sofort.

»Wir hatten diesen Einbruch, während du in Mannheim warst. Und das große Familienbild wurde zerschnitten. Wir haben nie herausfinden können, von wem. Hat es damit zu tun?«

Anna erinnerte sich. Vor ihrer Reise nach Paris hatte sie das Bild restauriert. Sie hatte die Zerstörung für das Werk eines enttäuschten Diebes gehalten, nicht mehr. Nun vermutete sie einen Zusammenhang. Die ›Komödianten‹ waren nie wieder aufgetaucht. Wer sollte ein Interesse haben, ihre Bilder zu zerstören und zu stehlen, wenn nicht der hasserfüllte Knospe?

Ernst nahm seine Frau um die Schulter und sagte: »Deine Familie wird dich beschützen, Anna. Wenn dieser Kerl noch einmal hier erscheint, werfe ich ihn eigenhändig hinaus!«

»Nein«, sagte Anna, »du hältst ihn fest und rufst mich. Ich will ihn stellen. Ich mag nicht in der Angst leben, dass der nächste Anschlag nicht meinem Bild, sondern mir selbst gilt.«

Die Söhne sahen erschrocken aus. Sie versprachen, die Augen offen zu halten.

Fritz sagte aufgeregt: »Jetzt fällt mir erst auf, wie lange er nicht mehr da war!«

»Ja, seit er die Taube für uns gemacht hat«, bestätigte Kalle.

»Die wir nicht bezahlt haben!«, lachte Fritz.

»Hat er eine Rechnung gestellt?«, fragte Ernst Therbusch in der Hoffnung, eine Adresse herauszufinden. Nicht einmal das, stellte sich heraus. Nachdenklich fragte Ernst: »War er hier, als Falconet uns besuchte?«

Anna blickte entsetzt. Hatte Knospe von ihrer Pariser Niederlage gehört?

Aber die Söhne waren nicht sicher. An jenem Abend seien nicht viele Gäste in der Wirtschaft gewesen, Knospe wäre ihm aufgefallen, meinte Fritz.

»Der lässt sich nicht mehr blicken«, vermutete Kalle. Das hoffte Anna inständig. Aber ihr war beklommen.

Knospe lebte, und er hasste sie. Vermutlich hatte er ihr gemaltes Antlitz zerschnitten, voller Wut. Würde er als Nächstes ihr Gesicht zerschneiden? Was konnte sie tun? Wie konnte sie sich schützen?

Auf der Suche nach einem Atelier streifte Anna durch ihre Heimatstadt. Stets wusste sie ihren Feind in ihrer Nähe. Manchmal drehte sie sich ruckartig um, aber sie erblickte Knospe nie. Berlin fand sie verändert. Die Stadt war zweifellos gewachsen, aber sie erschien ihr immer noch wie ein Dorf. Die vierstöckigen hohen Häuser in Paris, die sie zuerst erschreckt hatten, vermisste sie nun. Als sittenlos und lasterhaft hatte man in Preußen Paris beschimpft, aber Anna hatte das quirlige, dreckige, verrückte Leben auf den Gassen ebenso geliebt wie die elegante Weitläufigkeit der neu angelegten breiten Alleen. Die Dame an der Seine konnte nichts erschüttern, auch nicht 800.000 Bewohner.

Berlin hatte zwar seine Grenzen gesprengt und war auf über 130.000 Einwohner angewachsen, aber von denen war die Hälfte in Uniform, sodass die Stadt eher den Charakter einer ländlichen Garnisonsstadt hatte, mit Windmühlen auf den geschliffenen Wällen und ständig exerzierenden Kadetten. Nur eines hatten die Städte gemeinsam: die verwaisten Königsschlösser in ihrer Mitte. Zwar war das große Stadtschloss nicht ganz so verwahrlost wie der verlassene Louvre, aber auch der König von Preußen zog seine ländliche Potsdamer Idylle dem Leben inmitten seiner Untertanen vor.

Einmal überquerte Anna den Jerusalemplatz und betrachtete nachdenklich das Neuendorf'sche Haus, in dem Rosina früher mit Matthieu gewohnt und gearbeitet hatte. Ein Herr grüßte sie. Anna zuckte zusammen.

»Sie erinnern sich nicht mehr, Madame«, sagte er lächelnd, »und das erstaunt mich nicht. Äußerte ich nicht, bevor ich nach Italien zu meinem Onkel fuhr, Zweifel, ob ich je zurückkommen würde?«

Jener schreckliche Tag, an dem sie ihrem Leben ein Ende setzen wollte! Nein, diesen Tag würde sie niemals vergessen, und auch nicht jene Fahrt mit dem klugen Menschenkenner Graf Gotter. Nun ruhte er ewig in der Sakristei von St. Marien. Und dieser Herr war …

»Mutzel, Madame Therbusch! Sehen Sie, wie das Leben mit uns spielt! Nun sind Sie nicht mehr Mademoiselle Lisiewska, sondern die gefeierte Malerin gleich zweier großer Könige, und ich bin durch meinen Onkel Baron geworden und von Italien nach Berlin zurückgekehrt!«

Baron von Mutzel-Stosch lächelte wehmütig und meinte: »Wer einmal fort war, sehnt sich nach der Ferne, nicht wahr?«

Anna lächelte bewegt.

War es wirklich erst ein Jahr her, dass sie mit Goldoni im königlichen Garten von Versailles gefrühstückt hatte? Und Rembrandt … Es war wie gestern, und doch eine unwirkliche Ewigkeit her, wie ein Traum in mondheller Nacht, von Morgennebeln zerfetzt.

»Paris ist eine Welt«, sagte sie leise.

»Darf ich Sie in Ihrem Atelier aufsuchen, verehrte Madame Therbusch? Ich hätte so gern ein Bildnis mit meinem Bruder, kennen Sie ihn?«

»Der Hofmedikus?« Anna hatte nur Gutes von Doktor Mutzel gehört. »Ich male Sie gern mit Ihrem verehrten Herrn Bruder, Baron, aber Sie sehen mich gerade auf der Suche nach einem Atelier!«

Der Baron sah zu den hohen Fenstern des Neuendorf'schen Hauses und meinte: »Der Lichteinfall ist das Wichtigste, nicht wahr?«

»Leider muss dieser an zweiter Stelle rangieren. Das Wichtigste ist der Preis!«

»Ich glaube, ich kann Ihnen helfen!«

Durch die Vermittlung der Brüder Mutzel fand Anna ein Atelier an der Allee unter den Linden, nicht weit von der Akademie entfernt. Es war die Ausfahrtstraße, nicht sehr zentral gelegen, aber mit Kaleschen gut zu erreichen, und das war für die hohen Herrschaften wichtig, wenn sie zu den Sitzungen erschienen.

Als Fürst Gallitzin im November 1769 nach Berlin kam, war das Atelier fertig eingerichtet, und Anna hatte bereits die ersten Aufträge ausgeführt, die ihre Söhne notiert hatten. An den Wänden trockneten zehn Porträts, darunter das beinahe lebensgroße begonnene Porträt der Prinzessin Amalie, ganz in Gold und Weiß, und auf der Staffelei stand ein großes neues Selbstporträt.

Gallitzin war voller Bewunderung. Sie habe viel gewonnen, meinte er, dies sei besser als alles, was sie in Paris gemalt habe: »Ihr Pariser Selbstporträt natürlich ausgenommen, Madame!«

Er bot an, sich diplomatisch zu betätigen und selbst für die Idee der Zarin zu werben, da er länger in Berlin bleiben werde als geplant. Mit leuchtenden Augen flüsterte er: »Ich werde Vater!«

Anna beglückwünschte ihn. Er winkte ab: »Noch nicht, Madame Therbusch, beten Sie für meine liebe Frau! Unsere lange Reise, diese ununterbrochene Strapaze auf den schlechten Wegen hat sie fast das Leben gekostet. Die letzten Monate der Schwangerschaft wird sie ruhig und entspannt hier bei ihrer Mutter verbringen, sie ist bei Cothenius in guten Händen.«

Anna nickte. Für nervöse Schwangere gab es keinen Besseren als den Leibarzt des Königs. Was die Marschallin, diese fröhliche Witwe, anging, hatte Anna Zweifel. In ihrem Haus dürfte es alles andere als ruhig und entspannt zugehen. Armes Schäfchen!

Gallitzins Berliner Mission war in jeder Hinsicht erfolgreich. Zu Weihnachten hob er ein kräftiges, gesundes Mädchen über das Taufbecken, und als er sich im Frühjahr 1770 verabschiedete, um nach Den Haag zurückzukehren, hatte er alle Mitglieder der königlichen Familie für die Idee der Zarin begeistert, und Anna begann mit den lebensgroßen Porträts.

Hohe Herrschaften gingen in ihrem Atelier ein und aus. Die Arbeit ging wunderbar voran und machte ihr Freude. Es war ein neues Gefühl, Erfolg zu haben. Es machte nichts, dass sie manchmal länger durch Gotters Augenglas sehen musste. Durch dieses Glas sah sie so viel mehr als mit ihren Augen. Jedes Gesicht ein Leben, dachte sie, jeder Mundwinkel eine Vergangenheit, jedes Auge eine Zukunft.

Aber dann erkannte sie, warum Kalle ihr nach Den Haag geschrieben hatte.

Ernst trank.

An einem Morgen sah sie, wie er ein Glas Branntwein trank, als sei es seine Morgenmilch. Erschrocken starrte sie ihn an. Er stammelte wie ein ertappter Schüler, es sei nur eine schlechte Gewohnheit, die einsamen Jahre, das Zutrinken mit den Gästen, sie müsse verstehen. Ab sofort werde er damit aufhören. Und er schob das Glas fort. Aber seine Hände zitterten.

Mit zunehmendem Entsetzen entdeckte Anna, dass Therbusch mehrere Gläser Branntwein am Tag leerte. Er war nicht schlecht gelaunt, nicht gewalttätig, nein, er brauchte den Branntwein wie eine regelmäßig einzunehmende Medizin, um die Arbeit des Tages zu bewältigen.

Sie versuchte es mit liebevoller Zärtlichkeit. Sie sprach Ernst gut zu, sie wurde energisch, sie schloss die Branntweinflaschen am Abend ein und behielt den Schlüssel. Nichts half.

Ich bin eine schlechte Ehefrau, dachte Anna, ich bringe ihn nicht davon ab. Sie fasste sich ein Herz und fragte Doktor Mutzel bei einer der Sitzungen für das brüderliche Bildnis um Rat.

»Es hat nichts mit Ihnen zu tun, Madame«, sagte Mutzel, »das Laster geht, einmal da, nur schwer wieder fort. Sie müssen alle Flaschen einschließen. Wenn Ihr Gatte das Zittern kriegt, darf er nicht trinken und danach nie wieder.«

»Wie soll das gehen, wenn jeden Tag in der Wirtschaft ausgeschenkt wird!«, rief Anna verzweifelt.

Wirte seien gefährdeter als andere, meinte Mutzel, kein Traiteur in Berlin, der nicht dem Trunk verfallen sei, auch wenn es nur der tägliche Krug Bier am Abend sei. Er empfahl, die Wirtschaft zu schließen.

»Aber wir können doch nicht von meiner Malerei allein leben!«, rief Anna entsetzt aus.

»Es wäre viel gewonnen, wenn Sie den Branntwein durch Bier oder Wein ersetzten«, riet Mutzel freundlich, »das ist das kleinere Übel und bringt keine Halluzinationen.«

Halluzinationen! Anna bekam entsetzliche Angst um Therbusch. Sie machte sich heftige Vorwürfe, dass sie ihn viele Jahre allein gelassen hatte. Aber Mutzel wiederholte, die Trunksucht habe damit nichts zu tun: »Dann wären alle Witwer trunksüchtig und die Ehemänner abstinent, Madame!«

Anna begann, sich zärtlich und intensiv um Therbusch zu kümmern. Sie brachte ihn dazu, auf den Schnaps zu verzichten, wies den Schankkellner an, die Flasche einzuschließen und nur auf Wunsch der Gäste herauszuholen.

Wie sinnlos das war! An jeder verfluchten Bude in Berlin konnte Therbusch seinen Branntwein kaufen, und sie sah ihm an, dass er es tat, auch wenn er zum Schein auf ihre inständige Bitte, Bier zu trinken, einging. Er betrog sie mit der Flasche, als sei sie seine Geliebte.

Auf Schritt und Tritt müsste ich ihn bewachen, dachte Anna, dann bin ich genauso Gefangene wie er, und das Malen muss ich aufgeben.

Nur noch dieses eine Bildnis, dachte sie, dann lasse ich ihn nicht mehr aus den Augen.

Aber dann bekam sie mehrere Aufträge gleichzeitig. Es hatte sich herumgesprochen, dass die aus Paris zurückgekehrte Madame Therbusch die königliche Familie male.

Schlagartig war es ungeheuer in Mode, sich ebenfalls von ihr malen zu lassen. Anna kam mit der Arbeit kaum nach, und die Bilder für die Zarin hatten weiterhin Priorität. Sie konnte doch diesen einmaligen, grandiosen Auftrag nicht absagen! Und die anderen auch nicht! Vielleicht bin ich auch süchtig, dachte Anna. Vielleicht habe ich die Malsucht?

Berlin 1771

❧ 1 ❧

SIE ARBEITETE TAG UND NACHT, als der König sie im Herbst 1771 zu sich befahl. Wieder ein solcher Moment, dachte sie, die höchste Ehre, und ausgerechnet zur Unzeit, wo ich nicht weiß, was zuerst tun, wo ich keinen Schlaf bekomme und aussehe, als söffe ich den Schnaps anstelle meines Gatten.

Sie zog ihre beste Pariser Robe an, das lavendelfarbene Gewand mit den dunkelroten Schleifen, das so gut zu den Farben des Herbstes passte. Sie puderte ihr Gesicht, schlang die Haare nach hinten, setzte den kleinen schwarzen Matelot auf die Locken und trat an den großen Spiegel, um ihn mit Hutnadeln festzustecken. Sie erstarrte. Da stand ein verbrauchtes, aufgedonnertes Weib, die alternde Geliebte Rembrandts, von der er nicht hatte lassen wollen. Anna schluckte. Sie zog Gotters Glas heraus, trat nah vor den Spiegel und betrachtete das Gesicht, das ihr auf einmal entsetzlich unbekannt erschien. Es sind die Geister der anderen, die in uns wüten, nicht wir selbst, dachte sie.

Sie war entschlossen, alles wieder abzulegen, da hörte sie Therbusch von unten rufen, die Droschke sei da.

Egal, dachte sie mit einem letzten Blick in den Spiegel, griff nach ihrem Skizzenbuch und eilte die Treppe hinunter.

Ernst sah sie herunterkommen.

»Ist es ein Traum aus Paris, der die Treppe hinabschwebt, oder meine Frau?«, sagte er. Er wirkte vollkommen nüchtern. Sie lächelte unsicher. Er küsste sie auf beide Wangen.

»Ich hätte nicht den Mut, diese elegante Dame anzusprechen«, meinte er. »Wenn ich an das durchnässte Mädchen denke, das ich einmal aus der Spree fischte ...«

Plötzlich war Annas Selbstvertrauen wieder da. Sie nahm sein Gesicht zwischen ihre Hände. »Ich liebe dich, mein Gatte«, murmelte sie, »versprich mir, nicht mehr zu trinken. Ich brauche deinen klaren Blick.«

Er versprach es bei allem, was ihm heilig war. Anna küsste ihn zärtlich, bestieg die Droschke und fuhr nach Potsdam.

❧ 2 ❧

DER KÖNIG HATTE sie in seine Galerie im Neuen Palais befohlen. Das königliche Gästehaus war erst im vergangenen Jahr fertig geworden und hatte das Geld, das nach dem dritten Schlesischen Krieg in der Staatskasse war, zu einem guten Teil wieder verschlungen. Anna betrachtete den backsteinroten Bau mit weißen Fugen, den eine hohe Kuppel zierte. Philippe de La Guepière würde das Palais nicht gefallen, dachte sie, es ist zwar neu erbaut, aber recht altmodisch in der Auffassung, in keinem Fall a la greque, nicht einmal die Kolonnaden. Knobelsdorff war nicht mehr, man sah es deutlich. Dennoch gefiel ihr die regelmäßige Anlage, sie erinnerte sie an die harmonischen Den Haager Backsteingebäude. Kurioserweise waren die Wirtschaftsgebäude prachtvoller als das Palais selbst.

»Sie ist also die berühmte Therbuschin!«

Anna versank in einer tiefen Verbeugung. Ihr Rock legte sich um sie herum wie ein Meer aus Fliederblüten.

»Sie musste nach Paris gehen, um zu reüssieren? Und auch, um sich einzukleiden, wie ich sehe? – Levez-vous, cela suffit!«

Die königliche Stimme klang ungeduldig. Als sie aufschaute, sah sie in blaue, erwartungsvolle Augen. Zu ihrer

Überraschung trug der König nicht seine Uniform, von der böse Stimmen sagten, er schliefe auch darin. Er war in einen dunkelblauen Samtanzug gekleidet mit bescheidenen silbernen Stickereien an den Ärmelaufschlägen.

»Wie Wir hörten, will die Zarin Uns in ihr Boudoir hängen, samt Unserer gesamten Familie, und alles von Ihrer Hand, Madame! Das macht Uns neugierig!«

Erleichtert erhob sich Anna. Der König hatte ins Französische gewechselt, seine Ansprache wurde dadurch höflicher als in diesem stakkatohaften Kauderwelsch-Deutsch, für das er gefürchtet war. Sie antwortete ihm in derselben Sprache, mit den geschliffenen Höflichkeitsformeln, die sie in Paris gelernt hatte. Es sei ihr eine hohe Ehre, den Freundschaftspalast der Zarin zu bestücken.

»Sie werden erwarten, dass ich Ihnen sitze, Madame Artiste, was?«

Seine Miene hatte sich verdüstert.

»Ihre Majestät haben niemandem gesessen außer meinem verehrten Meister Antoine Pesne selig. Wenn Majestät mir die Ehre auch nur einer einzigen Sitzung zuteil ...«

»Kommt nicht infrage, ich hasse alte Männer auf Bildern. Man sollte nur junge schöne Menschen für die Ewigkeit festhalten.«

Wenn er wüsste, wie ich mich heute Morgen vor dem Spiegel fühlte, dachte Anna, ach! Der König hat völlig recht.

»Kommen Sie, Madame! Wir möchten Ihnen Unsere Galerie zeigen. Sie erläutern Uns ein wenig, was Wir eingekauft haben und was Unserer Sammlung noch fehlt!«

»Ich befürchte, Euer Majestät nicht zufriedenstellen zu können, auch wenn mir diese Promenade eine hohe Ehre ist.«

Sie begleitete den König die lange Galerie entlang und bewunderte die Bilder, vor allem die ihr bereits bekannten von Watteau. Sie bemühte sich, die unterschiedlichen Maltechniken zu beschreiben, sprach über das Kolorit, beantwortete des Königs Fragen zu den Pariser Künstlern und schüttelte innerlich den Kopf über die Ironie ihres Schicksals. Wie hatte sie die königliche Aufmerksamkeit ersehnt, wie inbrünstig hatte sie gewünscht, dass der König ihr ›Federballspiel‹ ansah, dass er ihre ›Schaukel‹, ihre ›Komödianten‹ bewunderte!

»Nun, was fehlt?« Die Stimme des Königs klang ungeduldig.

»Euer Majestät, es kann nur fehlen, was Sie vermissen.« Der König sah sie aus seinen leuchtenden Aquamarinaugen überrascht an.

»Verzeihen Euer Majestät, aber mein Freund Diderot sagte einmal, dass wir heutigen Künstler es leicht hätten, weil wir alles an der Größe der Antike messen. Und gerade darum auch so schwer. Aber woran maßen die griechischen Meister ihr Ideal?«

»Sie entwarfen ihr eigenes System«, antwortete der König nachdenklich.

»Wir verehren Ihre Majestät als philosophischen König«, sagte Anna, »Majestät sollten Ihr eigenes System haben. Gewinn liegt im Verzicht. Was Ihre Augen bewundern, müssen Sie nicht auch besitzen. Der Horizont und die Gestirne gehören Majestät ja auch nicht.«

Einen Moment dachte Anna, der König würde sie hinauswerfen. Aber er sah von ihr auf ›Watteaus Einschiffung nach Kythera‹, dann lachte er kurz auf: »Sie bringen sich um ihre Profession, Madame Therbusch!«

Anna lachte ebenfalls. So selbstverständlich, wie der königliche Astronom ein perfektes Fernrohr besitzen müsse, so fehle ein Bild von ihrer Hand in der königlichen Galerie.

Das gefiel dem König. »Sie wirken heiter und unbeschwert, Madame! Ist dies den Studien in Paris zu danken oder der Rückkehr in die geliebte Heimatstadt?«

Er wartete ihre Antwort nicht ab, sondern fuhr fort: »Heiter sei die Kunst! Wir lesen derzeit die Oden des griechischen Sängers Anakreon, und sie erheitern Uns sehr.«

Sulzer sei dabei, sie zu übersetzen, er solle ihr seine Nach-
dichtung zukommen lassen. Sie solle ihrem König die Ode
›Genuss des Lebens‹ als Allegorie malen, zur Erbauung seiner Gäste.

Anna verneigte sich. Es sei ihr eine Ehre, sie werde ihr Bestes tun. Ob sie nicht vielleicht doch sein Porträt …

»Nein! Genuss des Lebens! Verdirb sie mir nicht die
Laune!«

Das war wieder deutsch, derb in der dritten Person, und die
grimmige Art, wie Friedrich ›Genuss des Lebens‹ hervorstieß,
reizte Anna so sehr zum Lachen, dass sie froh war, in ihrer
Verbeugung verharren zu können, bevor sie sich zurückzog.

Voller Begeisterung fuhr Anna am Abend nach Berlin zurück.
Kein Porträt, sondern ein mythologisches Thema wünschte
der König von ihrer Hand! Endlich schöpfte sie Gewinn aus
den Akademieerfolgen der letzten zwanzig Jahre, endlich
durfte sie sich im historischen Genre betätigen.

Die Kutsche hatte das Stadttor bereits passiert und war auf
dem Weg zur Klosterstraße, da kam Anna die Idee. Sie ließ
wenden und zum Atelier fahren, nutzte die frische Erinnerung und machte Skizzen vom König.

Friedrich II. stand kurz vor seinem sechzigsten Jahr. Dreißig Jahre Herrschaft, davon die Hälfte der Jahre Krieg, hatten
Spuren in seinem Gesicht hinterlassen. Anna sah von ihrer
Arbeit ins sternenlose Dunkelblau des Abendhimmels, um
sich die Züge Friedrichs in Erinnerung zu rufen. Wie seltsam, dachte sie, dieser König ist klüger und denkt philosophischer als mancher andere Herrscher, aber er verzieht den
Mund, als sei er im Leben zu kurz gekommen. Mit seiner
spöttischen Art will er seine Einsamkeit verdecken, dabei
soll er seiner Tafelrunde amüsant und launig vorstehen, ein
wahrhaft königlicher Gastgeber. Kurfürst Carl Theodor fiel
ihr ein, der in Gesellschaft gehemmt und linkisch wirkte, im
Chambre séparée aber geistreich und liebevoll war. Ach, der

463

Kurfürst. War das in einem anderen Leben gewesen? Vor tausend Jahren? Oder erst gestern?

Anna zerknüllte ihre Skizze und begann eine neue. Der König brauchte ihr nicht zu sitzen. Nie, auch nicht nach zehn Sitzungen, würde sie dem königlichen Bildnis das geben können, was Carl Theodor im Überfluss besaß: Großzügigkeit und Herzenswärme.

Als sie spät in der Nacht nach Hause kam, lag Ernst im Bett, bewegungslos, starr, mit offenen Augen. Anna rief ihn an, er konnte nicht sprechen. Sie streichelte ihn, klopfte ihm die Wangen, nahm seine schlaffen Hände in die ihren. Sie waren kalt, sie rieb sie, rief immer wieder seinen Namen. Sein Blick blieb starr. Nicht einmal an einem Blinzeln konnte sie feststellen, ob er sie überhaupt erkannte.

Anna machte sich heftige Vorwürfe. Warum war sie nicht direkt von Potsdam nach Hause gefahren! Sicher hatte er voller Neugier auf sie gewartet, hatte wissen wollen, wie die Audienz beim König verlaufen war, und dann war sie nicht gekommen! Vermutlich hatte er sich Sorgen gemacht, ach, warum war sie so egoistisch gewesen, die Skizzen hätten Zeit bis morgen gehabt!

»Ernst! Lieber Ernst!« Zärtlich rief sie seinen Namen, immer wieder. Tränen flossen ihr über die Wangen. Sie hielt ihm ihr Riechfläschchen unter die Nase, aber er lag unverändert starr und steif, wie ein lebender Leichnam, die Augen sahen unverwandt zur Zimmerdecke hinauf, ohne einen Wimpernschlag.

Voller Panik schickte Anna nach Mutzel, der stellte einen Schlagfluss fest.

»Eine Apoplexia«, sagte er ernst, »Madame Therbusch, der Schlag trifft den Menschen vom Gehirn her.«

»Um Himmels willen, was heißt das?«, fragte Anna verzweifelt.

»Wir können nichts tun als warten, ob Ihr Gatte sich wieder erholt. Ich kann ihn zur Ader lassen, manche halten das für das richtige Mittel, aber ich meine, wir sollten damit noch warten. Ich lasse Ihnen einen starken Salbeibalsam bringen, mit dem reiben Sie ihn von Kopf bis Fuß ein, das regt die Durchblutung an. Aber ...«

Anna weinte.

»Kann ich nichts tun?«

»Nichts ist sehr viel in diesem Falle. Achten Sie darauf, dass er halb im Sitzen bleibt. Der Kopf soll stets erhöht gelagert sein. Auf keinen Fall dürfen Sie ihm Nahrung oder Wasser einflößen, er könnte daran ersticken! Warten wir ab, verehrte Madame Therbusch, lassen Sie ihn nie allein. Erst wenn er seine Sinne wiedererlangt, können wir ihm helfen.«

Anna wich nicht von Ernst Therbuschs Bett. Sanft massierte sie ihm den Balsam ein, sprach mit ihm, sie sang sogar, obwohl sie fand, dass ihre Stimme hohl und schauerlich klang, aber sie hatte die Hoffnung, dass er etwas wahrnehmen müsse, um wieder zu sich zu kommen. Ernst rührte sich nicht.

Anna fand keinen Schlaf. Entweder das Atelier oder die gesamte Malerei oder die ›Weiße Taube‹, etwas muss ich aufgeben, nur Ernst nicht, dachte sie, nachdem Mutzel wieder einmal bedauernd die Schultern hochgezogen und gesagt hatte, man könne nichts tun als warten.

Sie war kurz davor, das Atelier zu kündigen, als es eines Abends leise an die Tür zur Schlafstube klopfte. Ein vertrautes, lang entbehrtes Gesicht lugte durch den Türspalt. Anna, die nicht an Geister und Hexen glaubte, dachte in diesem Moment, dass es Engel geben musste, ungeflügelte, alte, faltige Engel.

»Jana!«

Der guten Jana standen Tränen in den Augen, als sie mit ihrem Weidenkorb am Arm näher trat. Sie musste inzwischen an die siebzig sein, hatte ein runzeliges Gesicht, humpelte ein wenig, aber sie schien voller Tatkraft.

»Sind alle gestorben, Knjeschna Anna, hab die Mutter viele Jahre gepflegt, aber nun? Was soll ich auf dem Lande, eine alte Frau ganz allein? Da hab ich gedacht, ich frag mal an, ob Sie mich brauchen … in einem Hotel ist doch immer viel zu tun! Aber Sie waren nicht da, der Koch hat mich zu Ihnen nach Hause geschickt … Oh Herrgott, was ist mit Pan Therbusch geschehen?«

Gott muss sie geschickt haben, dachte Anna, Jana ist meine Rettung.

Zum ersten Mal seit Wochen gönnte Anna sich zwei Stunden Schlaf. Aber auch Janas Fürsorge konnte Ernst Therbusch nicht mehr helfen. Er starb still, in der Nacht, ohne das Bewusstsein noch einmal erlangt zu haben. Als Anna am Morgen kam, saß er im Bett, ein Lächeln um die bewegungslosen Lippen und sah in die Ewigkeit.

»Die Englein haben ihn geholt«, flüsterte Jana und murmelte leise das Vaterunser. Anna schloss ihm die Augen.

In dieser Nacht träumte sie zum ersten Mal von der schwarzen Palette. Sie wollte malen, die herrlichsten Farben hatte sie auf die Palette gestrichen, aber immer, wenn der Pinsel die Leinwand berührte, malte er schwarz, immer nur schwarz.

Schreiend wachte sie auf.

Berlin 1773

DER BRIEFBOGEN WAR aus feinstem Bütten, die Prägung in feinem Anthrazit. ›Jean G. Bouton, Kunstmaler und Kalligraf‹ stand in verschnörkelten Buchstaben auf dem Briefkopf. Das mit dem Kalligraphen hatte Joachim Gottlieb Knospe, der sich lieber Jean nannte, erdacht, es klang vornehm. Schrieb er nicht als Kontorist den ganzen Tag mit feinster Schrift Briefe und Rechnungen, stellte Wechsel aus und vieles mehr?

Zufrieden betrachtete er seinen französisierten Namen. Das war seine Rache an Pesnes Spottnamen, als Bouton würde er Triumphe feiern.

Schwungvoll setzte er den sorgfältig geübten Schriftzug, seine neue Unterschrift, unter den im ausgeklügelten Kanzleideutsch verfassten Brief, faltete ihn und schrieb verschnörkelt die Adresse: Monsieur Directeur Blaise Nicolas Le Sueur, Königliche Akademie der Künste zu Berlin.

Kritisch musterte er seine Mappe, betrachtete die Zeichnungen, die er gefertigt, natürlich nicht des Inhalts, wie er sie verkaufte, sondern durchaus bekleidete Nymphen, Göttinnen der Jahreszeiten, Musen in leichten Gewändern, ordnete sie noch einmal neu, das Beste nach oben, wobei ihm die Wahl schwerfiel. Schließlich verschnürte er die Mappe sorgfältig mit Seidenbändern und legte das Anschreiben darauf. Dann griff er nach seinem Selbstporträt, freute sich, dass er gerade mit diesem Bild, unter dem Lisiewskas ›Komödianten‹ verborgen waren, reüssieren würde, und verpackte es sorgfältig in steifes Leinen.

Früher hatten ihn alle verlacht. Der Markgraf von Schwedt hatte sich seine Schreiben und wiederholten Visiten verbeten, sein Bastard Georg hatte stets kalt sein Geld zurück-

467

gefordert. Nun, er hatte es bekommen, aber er, Knospe, hatte sich mit der letzten Rate stolz jeden Kontakt verbeten. Er hatte keine Antwort bekommen. Nun würde er es ihnen zeigen. Seine Tage als Schreiber des Kaufmanns waren gezählt, und das verdankte er seinem neuen Kreis von Kunstkennern und Journalisten der inzwischen zahlreichen Berliner Zeitungen. Die Berliner Kunstszene sei jammervoll, darin waren sie sich einig. Verächtlich hatten die Zeitungsschreiber die Namen von Pesnes Schülern aufgezählt, Falbe, Glume, Huber, wobei Knospe zitterte, dass der seine fiel, aber er wurde nicht genannt. Bescheidene Talente, befanden alle, es fehle an guten Malern, jetzt, wo auch Van Loo seinen Abschied eingereicht hatte, entnervt von der Sparsamkeit des Königs, dessen Ausgaben für die Kunst sich nach der enormen Millionenverschuldung durch sieben Jahre Krieg im Nullbereich bewegten. Man raunte, dass eine Feldmarschallwitwe wie die »Marschallin« Schmettau 2.000 fl. jährlich fürs Nichtstun bekam, während die Hofmaler sich mit 700 fl. begnügen mussten.

Knospe war entschlossen, sich diese Situation zunutze zu machen. Sorgfältig kleidete er sich an. Je verkommener sein Inneres wurde, desto geckenhafter wurde sein Äußeres. Seine Kleidung war für einen Bürger gerade noch tragbar, die Knöpfe schimmerten wie Gold, waren aber nur aus blankpoliertem Messing, sein Justaucorps war wie bei einem Edelmann verziert, aber da er nicht die Spitze der Edelleute tragen durfte, waren es billige Litzen, die er dafür um so reichlicher an die breiten Ärmelaufschläge hatte aufnähen lassen. Sein dunkles Haar verdeckte eine kleine, sorgfältig in Schäfchenlocken gelegte und gepuderte Bürgerperücke mit einer Papillote an jeder Seite, und der Dreispitz aus teurem schwarzen Hasenfilz darauf war eine Nuance zu groß. Er hatte nicht gewagt, ihn mit den weißen Flaumfedern der Künstler zu verzieren, aber bald würde er dies können, und dann würde er sich einen langen Künstlermantel nähen lassen, mit Pelzkragen.

Er schlüpfte in die Schnallenschuhe und beglückwünschte sich zu der guten Idee, sein Schreiben an Le Sueur direkt zu richten. Jedermann wusste, dass Le Sueur zwar den Titel des Direktors trug, aber die Arbeit angesichts des desolaten Zustandes der Akademie seinem Sekretär Annisius und dessen Sohn überließ. Le Sueur würde ihn also nicht empfangen, sondern dies einem der beiden Herren überlassen, und die würde er leicht einwickeln. Da bereits Uhrmacher Mitglieder der Akademie waren, würde der Kunstmaler Jean Bouton hochwillkommen sein.

Schwungvoll lenkte Joachim Knospe, der sich nun Jean Bouton nannte, seine Schritte in Richtung der Königlichen Akademie der Künste an der Allee unter den Linden.

Knospe konnte nicht ahnen, dass seine Rechnung, die an jedem anderen Tag aufgegangen wäre, ausgerechnet an jenem kalten Februartag des Jahres 1773 nicht aufgehen würde.

Nicolas Blaise Le Sueur hatte an jenem Tag endlich die Audienz beim König erhalten, um die er seit Monaten eingekommen war. Seine sämtlichen Eingaben hatten wenigstens dazu geführt, dass die vor 30 Jahren abgebrannte Akademie im Marstallgebäude, die zu einem Kaffeehaus verkommen war, vor zwei Jahren notdürftig wiederhergestellt worden war. Aber in keinem Fach gab es gute Lehrer, und es fehlte an den einfachsten Materialien. Keine Büsten, keine Bilder als Vorlagen für die Schüler, nicht einmal Papier und Bleistifte seien vorhanden, klagte Le Sueur. Er dankte dem König untertänigst für die gnädige Renovierung der Räume, ging aber so weit, dem König vorzuschlagen, nun, wo sein geschätzter Collega Van Loo seinen Abschied genommen und der Zeichenlehrer Leygebe gestorben sei, das eingesparte Geld der Akademie für die dringend notwendige Ausstattung zukommen zu lassen.

Bis dahin hatte der König ihm zugehört, ohne ihn zu unterbrechen, obwohl es ihm sichtlich schwerfiel. Sechzig Lenze zählte er inzwischen, und drei Kriege hatte er geführt. Seine leuchtende Intelligenz war einem bitteren Zynismus gewichen, seine großzügige Begeisterung für die Künste einer inneren Unruhe, gepaart mit extremem Sparzwang.

Seien seine Schüler zu arm, um sich mit Geräten zum Zeichnen selbst zu versehen? Hatte der König gefragt, und, ohne Le Sueurs Antwort abzuwarten, erklärt, es sei ihm zu Ohren gekommen, dass die studierende Jugend sich ungebührlich aufführe. Sie besuche die Klassen, wann es ihr beliebe, erscheine mit Gewehren, Degen oder gänzlich unzumutbar in Hausmänteln. Er beauftrage hiermit den Directeur, erstens ein entsprechendes Reglement gegen derartige Auswüchse auszuarbeiten, zweitens, seine Schüler bei sich zu Hause zu unterrichten, es seien ja nur sieben, dafür erhalte er, Le Sueur, als Hofmaler und Directeur großzügigerweise kostenfreies Logis, drei Klafter Brennholz und Souper an der Königlichen Tafel.

Und bevor Le Sueur auch nur Luft holen konnte, hatte der König in seiner unnachahmlichen Art die Hand mit dem Handrücken gegen ihn geschwenkt, als wolle er einen zudringlichen Bittsteller der geringen Stände verscheuchen, und der Direktor der Königlich preußischen Akademie der Künste und Mechanischen Wissenschaften Blaise Nicolas Le Sueur war entlassen wie ein lästiges Insekt.

Das hatte er nun davon. Statt die Zustände der desolaten Akademie mit ein wenig Geld zu verbessern, hatte er nun seine Schüler im Wohnzimmer und die Arbeit eines Reglements am Hals. Eine weitere unkünstlerische Tätigkeit mehr zu den vielen Kanzleitätigkeiten, die Le Sueur verabscheute. Und diese konnte er nicht seinem Sekretär überlassen, denn dieser König wusste einfach alles, und wo immer er seine Informationen herhatte, er würde erfahren, wenn das Reglement von Annisius statt von Le Sueur persönlich käme.

Und das alles in diesem entsetzlichen Französisch! Le Sueur war geladen wie eine der königlichen Haubitzen, als er in die Akademie zurückkehrte. Um alles würde er sich künftig persönlich kümmern müssen, und so sah er sich gezwungen, den Besucher, den er sonst Annisius überlassen hätte, persönlich in seinem Zimmer zu empfangen, in der Annahme, es handele sich um einen, der sich bei ihm als Schüler bewarb.

Knospe stellte sich in wohlgesetzten Worten vor und überreichte seine Mappe. Bat, das Selbstporträt vorzeigen zu dürfen. Seine Bitte wurde mit einem kurzen Kopfnicken bewilligt.

Blaise Nicolas Le Sueur war ein mittelmäßiger Maler. Die großen Erfolge waren in Paris ausgeblieben, seine Berufung nach Berlin war ihm vor zwanzig Jahren als Chance erschienen. Seit Van Loos Rückkehr nach Paris fühlte er sich in Berlin allein gelassen, von keinem gewürdigt, das Unterrichten war ihm ein Klotz am Bein, der ihn an der Kunst hinderte. Le Sueur war ein exzellenter Zeichner, gewohnt, dass die Ausführung seiner Entwürfe andere übernahmen.

Was Le Sueur auf den Blättern vor sich sah, war erbärmlich schlecht. Als Knospe das große Porträt aufstellte mit der Bemerkung, es gäbe leider in Berlin keine Lehrer im Porträtzeichnen, nickte Le Sueur wohlwollend.

»Das ist Ihr Werk?«

Knospe bejahte.

»Und Sie möchten Ihre Fertigkeit im Porträtzeichnen verbessern?«

Knospe war etwas irritiert. Aber auch als Lehrer könne, ja müsse man stets dazulernen, nicht wahr? Ein Künstler dürfe nie aufhören zu lernen, am Objekt zu studieren.

Jetzt war Le Sueur irritiert. Er blickte von dem ungelenken Porträt dieses Autodidakten auf das Schreiben und las, dass der Mensch sich vermaß, sich als Akademielehrer zu bewerben.

So weit war es also mit der Akademie gekommen! Erst wurde sie zu einem Kaffeehaus degradiert, dann dachte jeder Dilettant, er könne dort unterrichten. Le Sueurs Wut über die Verachtung des Königs, der der Schuldige an dieser Misere war, seine Ohnmacht, der königlichen Verachtung ausgeliefert zu sein, fand endlich einen Sündenbock.

Wütend fragte er Knospe, wie er sich erkühnen könne, sich mit diesem Mist – das sagte er wörtlich – an seiner Akademie als Lehrer zu bewerben. Er würde ihn nicht einmal als Schüler annehmen. Er deutete auf das Porträt, beschied diesem einen grauenhaft dicken Farbauftrag, ein schweinchenrosiges Inkarnat, ungelenke Haltung und blödsinnigen Gesichtsausdruck, nahm dann eine Zeichnung nach der anderen vor, die er mit vernichtenden Ausdrücken kommentierte, wobei er an Häme nicht sparte, und ließ jede einzelne dem Bewerber verächtlich vor die Füße flattern.

Joachim Gottlieb Knospe, der sich nun Jean Bouton nannte, erbleichte. Seine kühnsten Träume von einer wohlwollenden Aufnahme segelten gerade ebenso vor seine Füße wie die geringste seiner Hoffnungen, als Aushilfslehrer gegen geringes Salär für ein Semester probeweise engagiert zu werden. Mit dieser völligen Vernichtung hatte er nicht gerechnet. Er sammelte seine Blätter auf, stopfte sie in die Mappe, ohne Rücksicht, dass sie verknickten, und stolperte unter demütigem Kopfnicken aus dem Raum.

Sein Porträt vergaß er in diesen Minuten der völligen Demontage.

Es war Le Sueur ein Genuss, ihn zurückzurufen. Knospe schlich wieder hinein. Was wollte dieser entsetzliche Direktor noch von ihm?

Le Sueur wies auf das Selbstporträt. Monsieur habe dieses Machwerk sicherlich vergessen, denn falls er es der Königlichen Akademie zugedacht habe, er, Le Sueur, würde es nicht einmal als Geschenk annehmen, meinte er ätzend, und als

Knospe wortlos nach seinem großen Bildnis griff, setzte er hinzu: »Wenn Sie ein wirklich gutes Selbstbildnis studieren wollen, Monsieur ...«

Natürlich hatte er den Namen seines Gegenübers vergessen, aber Knospe half ihm nicht. Lieber vergessen als in schlechter Erinnerung sein.

»Dann betrachten Sie das im neuen Atelier, nur zehn Ruten entfernt gegenüber – das, Monsieur, ist ein Selbstbildnis, vor dem ich den Hut ziehe! Das hat Wahrheit im Inkarnat und Raffinesse im Faltenwurf, Lebendigkeit im Ausdruck und Kraft im Kolorit, und en passant schmückt es sich auch noch mit einem Basrelief à la sauvage, das, Monsieur, ist Malerei à la francaise!«

Knospe verstand nicht, wovon der Direktor sprach. Er verzog sich wortlos.

Le Sueur lehnte sich zufrieden zurück. Sein Zorn über die Zumutungen des heutigen Tages war verraucht.

Joachim Knospe war am Boden zerstört. Er schlich die Treppen hinunter, besorgt, dass ihn niemand mit seiner derangierten Mappe und dem unverhüllten Selbstbildnis sah. Still waren die Gänge in der Mittagszeit. Noch nie war er derart gedemütigt worden. Die Festungshaft erschien ihm im Nachhinein wie ein Tässchen bitterer Tee gegen diesen Kübel der Häme und Vernichtung, der sich über ihn ergossen hatte. Mit gesenktem Kopf wickelte er das Bild wieder in die Leinwand, betrat die Straße und ging wie betäubt stadtauswärts in Richtung des Brandenburger Stadttores, obwohl er zu seinem Kaufmann in die Cöpniker Straße hätte gehen müssen. Erst als er eine Kalesche heranrattern hörte, sah er auf. Und da sah er sie.

Der Schock fuhr ihm tief ins getroffene Gemüt, der Anblick ihres Selbstporträts durch die kahlen Lindenäste traf ihn wie ein Blitzschlag. Er schwankte. Ein Kutscher brüllte ihn böse an. Knospe wankte zur Seite, ohne den Blick von dem grauenvollen Anblick zu nehmen. Zweifellos war dies das Selbstporträt, das Le Sueur gepriesen hatte. Sie, die verfluchte Hure, die an allem schuld war. Seine Demütigung verwandelte sich in maßlose Wut. Das also gefiel dem Herrn Direktor, diesem verworfenen Franzosen, wahrscheinlich hatte sie ihn in ihr Bett gelockt, deshalb war er so begeistert von ihrem Porträt. Es nahm fast das gesamte Parterrefenster des Kienitz'schen Hauses ein und wirkte, als sähe sie aus dem Fenster hinaus. In einem roten, faltenreichen Samtumhang, einen Arm aufgestützt, den anderen lässig auf ihre Skizzenmappe gelegt, sah sie in einer leichten Wendung des Kopfes zu Knospe hinüber, hinaus aus ihrem Atelier, das im Hintergrund angedeutet war. Die Brüstung, aus der sie herausschaute, war eine Grisaillemalerei als trompe l'oeil gemalt, ein Relief neckisch spielender Putten, das war das Basrelief, das Le Sueur erwähnt hatte. Spielerisch umrankten die grässliche Frau Blätter, Blumen und exotische Früchte.

Jean Bouton, der in diesem Moment nur noch der kleine Joachim Gottlieb Knospe aus Schwedt war, starrte das Bild an wie eine Erscheinung. Dies war es, was Le Sueur imponierte, dies war die Person, deren Bilder in Paris abgelehnt worden waren?

Nein, ein Schild darunter verkündete groß: Atelier der Anna Dorothea Therbusch, geborene Lisiewska, peintre du roi de France. Darunter, kleiner: Mitglied der Akademien zu Bologna, Stuttgart und Wien, kurpfälzische Hofmalerin zu Mannheim.

Sie log. Alles das war eine Lüge, dieses gleisnerische Weibsbild maßte sich Titel an, die ihr nicht zustanden. Noch einmal las er selbstquälerisch die drei Zeilen. Königliche Hofmalerin. Vier Akademien. Welche Eitelkeit, welche Hoffart!

Aber Knospe, selbst eine geringe Begabung, wusste zu viel von der Kunst, um von der Magie dieses Bildes nicht angezogen zu sein, obwohl Neid und Abscheu seinen inzwischen gut genährten Körper schüttelten. Anmut, idealische Schönheit, Kolorit der alten flämischen Meister, schoss es ihm durch den Kopf. Es war grauenhaft, wie sich diese verfluchte Hure entwickelt hatte, während er seine obszönen Bildchen unters Volk gebracht hatte. Wenigstens war sie deutlich älter geworden, mit grauen Haaren hatte sie sich gemalt, aber nicht einmal das erfüllte ihn mit Genugtuung, denn es war eine prachtvolle graue Mähne, die ihr über die rechte Schulter wallte. Er fühlte sich wie ein Greis. Während er mit zunehmendem Entsetzen das Bild anstarrte, sah er sein künftiges Leben zu Staub zerfallen. Alles, alles war vernichtet.

Er erschrak zutiefst, als die Haustür sich öffnete, flüchtete, ohne hinzusehen, dabei war es bloß ein Dienstmädchen, das mit zwei Kindern an jeder Hand das Kienitz'sche Haus verließ.

Knospe schleppte sich den langen Weg ins Kontor, und während er langweilige Zahlenreihen addierte, mit kleinen unauffälligen Beträgen zu seinen Gunsten, kam er langsam wieder zu bösen Kräften. Er wusste, was er zu tun hatte. Wenn man ihn als Maler nicht anerkannte, würde er es allen zeigen als Criticus. In den letzten Jahren als Illustrator hatte er ausgezeichnete Kontakte zu den Zeitungsschreibern gesammelt, nun würde er diese Kontakte nutzen. In Grund und Boden würde er die Hure schreiben, ihren Ruf würde er ruinieren, dann würde niemand mehr Bilder von ihr wollen. Da es ihm nicht gelungen war, sie auszulöschen, würde er sie als Malerin aus der Geschichte der Kunst auslöschen.

Berlin 1774

ALLE ACHT BILDER für die Zarin waren fertig. Mit sechs Fuß Höhe präsentierte sich die königliche Familie in beinahe lebensgroßen Ganzkörperporträts. Sogar der König hatte sich, nachdem ihm ›Genuss des Lebens‹ so gut gefallen hatte, zu einer Sitzung herabgelassen und zwei weitere historische Bilder in Auftrag gegeben.

Es war ein großer Tag für Anna und ihren Bruder Christian Reinhold Lisiewski.

Holle hatte ihr leidgetan, als er an Therbuschs Grab stand, gedemütigt, verschuldet, ohne Lebensperspektive. Er hatte 1752 nach dem Tod des Vaters eine Stelle als Hofmaler des Fürsten Leopold von Anhalt angenommen und war nach Dessau gezogen. Rosina und Anna hatten ihn eindringlich gewarnt: 120 Gulden im Monat, davon könne er nicht leben und nicht sterben, aber er hatte nicht auf seine Schwestern gehört. Vermutlich hatte er gehofft, dass sein Anfängergehalt einmal erhöht würde, aber als er die Stelle antrat, war er bereits 27 Jahre alt, und nicht einmal nach seiner Heirat, auch nicht nach den Geburten seiner Töchter, hatte er Zulage bekommen. Sein Traum war, in Leipzig und Dresden Aufträge zu bekommen, aber es war beim Traum geblieben, und nach zwanzig Jahren hatte er seinen Abschied bekommen, ohne Pension. Der Fürst brauchte seinen Maler nicht mehr, der Maler konnte gehen.

Anna hatte ihm Mitarbeit angeboten, weil sie sich vor Aufträgen nicht retten konnte. Die Arbeit im gemeinsamen Atelier machte am Anfang viel Freude, denn sie fühlte sich einsam und untröstlich nach Therbuschs Tod. Die ›Weiße Taube‹

war verkauft, mit Verlust wegen hoher Verschuldung, wie sich erst nach Ernsts Tod herausstellte. Die Jungen zeigten keine Neigung, das verschuldete Hotel zu übernehmen. Kalle war ausgezogen und teilte mit Fritz eine Wohnung, und Anna hatte ihren Bruder in der Klosterstraße aufgenommen. Alles begann hoffnungsvoll. Ihre Augen waren nicht mehr die besten, sodass der Blick des Bruders eine Bereicherung war.

Aber es hatte auch Streit gegeben.

Holle war langsam, unendlich langsam in seiner Arbeit, und das hatte sie gereizt. Trotzig erklärte er, er male so und nicht anders, und daran solle sie sich gewöhnen. Annas Stil sei ohnehin zu flüchtig, sie male die Perücken nicht ordentlich, und mit ihrer weichen Darstellung des kindlichen Prinzen war er ebenfalls nicht einverstanden. Er forderte, es ordentlich auszuführen.

Das war der Moment, in dem Anna der Geduldsfaden gerissen war. Viele Kunden hatten sich über Holles Umständlichkeit beschwert; die Prinzessin Heinrich hatte ihre Schuhe ins Atelier bringen lassen mit der Bemerkung, sie wolle nicht Monate dabeisitzen, während Sieur Lisiewski jede Schnalle pinsele.

»Führen wir ein Atelier oder eine Anstreicherfirma?«, hatte sie ihren Bruder angeschrien. Sie hatte ihren bedächtigen Bruder schwer gekränkt. Er nehme es genau, das habe er vom Vater gelernt und er sei stolz darauf. Anna seufzte. Er hatte eben bei keinem anderen als beim Vater studiert, in Dessau nichts dazugelernt, und nun fehlte seinem Pinsel das Duftige, die geschmeidige Großzügigkeit.

Er hatte seine Ruhe verloren und sie angeschrien: »Kunst! Du denkst an nichts anderes! Du kannst dir das leisten, du hast keine Sorgen, aber ich? Ich habe eine Frau und drei Töchter im Anhaltischen und immer noch nicht genug Geld, sie zu mir nach Berlin zu holen! Du denkst nur an dich, du hast niemanden, den du liebst!«

Sein Vorwurf hatte sie getroffen wie ein Fausthieb.

»Ja, ich bin ein altes Weib, das sich um nichts mehr scheren muss«, hatte sie ihm heftig geantwortet, »aber ich liebe meine Arbeit, und Kunst entsteht aus dieser Liebe, nicht aus der sklavischen Nachahmung.«

Es gab Momente, in denen sie dachte, dass Holle besser Kanzlist oder Sekretarius geworden wäre. Diese Korinthenkackerei! Dieser Mangel an Abenteuerlust, die Angst vor Experimenten! Diese Verschwendung an Perücken, die er mit naturalistischer Sorgfalt pinselte!

Aber dann gab es wieder Momente, in denen sie dankbar war für seine penible feinstrichelige Art. Eigentlich haben wir uns sehr gut ergänzt, dachte sie mit Blick auf die großen Gemälde, und das sagte sie auch.

Reinhold Lisiewski lächelte schüchtern.

»Wir haben doch früher immer zusammengearbeitet, mit Papa und Rosina«, sagte er, »ich habe das sehr vermisst.«

Sie umarmte ihn.

Dann müssten sie nun alles verpacken, meinte Holle mit einem letzten sehnsüchtigen Blick auf die Gemälde. Es waren die größten, die er je gemalt hatte.

»Ab nach Russland damit«, sagte Anna forsch, aber plötzlich bedauerte sie den Gedanken zutiefst.

»Wenn es doch einen Salon in Berlin gäbe«, sagte sie schwärmerisch.

Holle sah sie an und begriff nicht.

»Einen Salon der Künste, in dem wir die Bilder ausstellen könnten, bevor wir sie der Zarin schicken! Es würde ordentlich Furore machen! Wie in Paris ...«

Paris. Der Salon. Rembrandt ...

Die Erinnerung an ihn, an den Trubel der Stadt, die sie mit ihm durchstreift hatte, die Musik des Karnevals schlug mit der Wucht eines Schwertstreiches zu und ließ sie in den Knien einknicken. Da stand er neben dem Porträt des Prinzen Heinrich. Die Sonne schien auf seine wirren Haare und ließ sie in rötlichen Reflexen erglühen.

Mach deinen eigenen Salon, du malst wie eine Göttin, Anna!, rief Rembrandt. Lächelnd streckte er die Arme aus … und verschwand hinter dem sechs Ellen hohen Bild.

Annas Hals entrang sich ein trockenes Schluchzen wie das Röcheln eines verwundeten Tieres.

Reinhold sah sie erschrocken an. Seine Schwester hatte öfter Anwandlungen, die er nicht verstand. Die Art ihres Schaffens, wie sie die Lasuren ineinander und übereinander verschwimmen ließ, hatte er toleriert, auch wenn er sie unordentlich fand. Aber ihre unkontrollierten Gefühlsausbrüche waren ihm unheimlich. Vielleicht hatte sie recht, sie war Künstlerin, und er war nur Maler.

»Anna? Geht es wieder?«

Danke, Rembrandt, dachte Anna, der die Tränen über die Wangen liefen.

»Wir machen unseren eigenen Salon!«, sagte sie entschlossen zu ihrem Bruder. »Und ich weiß auch, wen ich dafür begeistern kann!«

Sie deutete auf das Porträt des behäbigen Thronfolgers Friedrich Wilhelm.

»Den dicken Lüderjahn?«, fragte Holle entgeistert.

Anna grinste. »Es waren schon immer die Lüderjahns und nicht die Moralprediger, die was für die Kunst übrighatten! Lass mich nur machen!«

Es war nicht schwer, den kunstsinnigen Neffen des Königs für die Idee des ersten Salons von Berlin zu begeistern. Immerhin handelte es sich um seine Familie. Schwieriger war es, einen Raum zu finden, denn die Akademie war nicht geeignet, und Anna war dort nicht Mitglied.

Friedrich Wilhelm schlug vor, sie solle sich um die Mitgliedschaft bewerben, dann sei es doch ein Leichtes …

»Königliche Hoheit! Verzeihen Sie untertänigst, aber das werde ich auf keinen Fall tun!«

Friedrich Wilhelm lachte leutselig. »Meine Liebe, Sie reagieren, als hätte ich Ihnen einen unanständigen Antrag gemacht!«

»Ein Antrag von Ihnen hätte mich eher in Verlegenheit gesetzt«, murmelte Anna, »Sie ahnen ja nicht, Königliche Hoheit, welche Hoffnungen die Künstler in Sie setzen …«

Die Ausstellung fand schließlich im Treppenhaus des Kronprinzenpalais unter den Linden statt, in dem Prinzessin Amalie lebte. Dies hatte den Vorteil, dass Annas Bildnis der kapriziösen Prinzessin die Familienbildnisse ergänzte und dass die Prinzessin ihrem Neffen und der Malerin gewogen blieb.

Annas Bilder der letzten Jahre ergänzten die Ausstellung, die Porträts von Sulzer und Ramler, ein raffiniertes erotisches Kniestück einer Dame im Stile von Lancret, eine Iphigenie, die jüngste Bestellung des Königs, kurz, sie zog alle Register ihrer Vielseitigkeit. Reinhold Lisiewski zeigte zwei wunderschöne Nachtstücke und das lebensgroße Porträt des vierjährigen Prinzen.

Zur Eröffnung kamen alle, die in Berlin Rang und Namen hatten.

Anna hatte Sulzer gebeten, die Laudatio zu halten. Er arbeitete seit 20 Jahren an seiner »Allgemeinen Theorie der schönen Künste«, einem ähnlichen Unternehmen wie Diderots Enzyklopädie, und er freute sich, zu Annas Ruhm beizutragen: »Aus einer neuen Anekdote kann man sehen, was für wichtige Wirkungen bisweilen ein Porträt haben kann. Man erzählt nämlich, dass das Porträt dem nachherigen König Heinrich III. in Frankreich viel beigetragen habe, diesem Prinzen die polnische Krone zu verschaffen, da es den Polen den Verdacht, er sei Urheber der verfluchten Bartholomäus Mordnacht gewesen, völlig benommen haben soll!«

Einige lachten, andere blieben skeptisch. Sulzer hob die Stimme: »Darum verdienet dieser Zweig der Kunst mit Eifer befördert zu werden, und der Porträtmaler behauptet einen ansehnlichen Rang unter den nützlichen Künsten.«

Anna war etwas verlegen, als sie gebeten wurde, zu sprechen. In einer etwas gedrechselten Rede bedankte sie sich bei dem Kronprinzen und der Prinzessin. Dann wurde sie lebhaft: »Professor Sulzer hat mir die Ehre erwiesen, mich unter die ›nützlichen‹ Künste einzureihen. Ich weiß nun nicht, welches die überflüssigen Künste sind? Aber um die Künste nützlich zu erhalten, ist eine regelmäßige Kunstschau dringend vonnöten, ein Salon wie in Paris, in dem das Publikum die neuen Werke seiner Künstler begutachten kann. Die Kräfte, die die Künste im schönsten Glanze zeigen, sind ja in Berlin eben gleich vorhanden wie in Frankreich, aber weil die Politik ihnen nicht die erforderliche Aufmunterung gibt und versäumt, sie zu ihrem wahren Zwecke zu lenken, so ist auch der Künstler nicht viel besser als ein feinerer Handwerksmann.«

»Genau!«, rief Chodowiecki feurig. »Kunst ist mehr, als den reichen Müßiggängern die Zeit zu vertreiben!«

Ein kleines Schweigen entstand. Anna bedachte, dass dieses Publikum vor allem aus Reichen bestand, Müßiggänger oder nicht, dass diese ihre Kundschaft bildeten, und fügte schnell hinzu: »Eine Schau macht uns freier. Erst ein regelmäßiger Salon ermöglicht uns Künstlern, unsere Werke dem interessierten Publikum zu präsentieren.«

Sie bekam viel Applaus.

Später stand sie mit den Kollegen Rode, Glume und Chodowiecki beim Wein vor den großen Porträts. Was denn nun der Bruder, und was sie geschaffen habe, fragte Glume, der stets allein arbeitete.

Anna lächelte. Das sei Ateliergeheimnis.

»Ah, das sehen Sie doch am Pinselstrich«, rief Chodowiecki. Er deutete auf den kleinen Prinzen, der sich an seine Mutter, die Prinzessin von Preußen, schmiegte. »Sehen Sie nur, Herr Kollege! Dieses feine Kindergesichtchen, mit Rubens'scher Kraft, die blonden Haare wie ein Heiligenschein, und der Blick, mit van Dyck'scher Wahrheit gemalt – das ist unsere Therbusch!«

Anna errötete vor Freude über das hohe Lob aus Kollegenmund. Sulzer betrachtete das einzelne Porträt des kleinen Prinzen.

»Dann ist dies …«

»Das alleinige Werk des Bruders, jawohl!« Chodowiecki enthielt sich eines Kommentars. Lisiewski stand in der Nähe, er wollte ihn nicht verletzen.

»Wer hat denn die Köpfe gemalt?«, wollte Sulzer wissen.

Nun kam Holle hinzu. Ein wenig eifersüchtig zeigte er, welche Köpfe bei welchen Figuren er in »alleiniger Urheberschaft« gemalt hatte: »Bei der Prinzessin von Preußen, sehen Sie, und auch bei der Königin!«

Anna lächelte. Er sagte tatsächlich »alleinige Urheberschaft«, welch seltsames Wort. Ihr war es einerlei. Rosina und Matthieu hatten stets zusammengearbeitet, wie es sich ergab, solange die Farbe feucht war, und so wollte sie es auch mit Holle halten. Die Porträts waren gut geworden. Sie hatte die königliche Familie würdevoll und standesbewusst dargestellt, aber ohne äußeren Prunk, dafür sehr individuell. Lisiewski und sie hätten ein neues Verständnis zu den Dargestellten entwickelt, erläuterte Anna bescheiden, es sei an der Zeit, die Menschen ehrlich nach ihrer Physionomie und ihrem Geist, ja, auch nach ihrer Seele zu erkennen, nicht nach ihrem Stand, auch wenn bei Staatsporträts dieser natürlich nicht vernachlässigt werden dürfe.

Sie war auf stille Weise glücklich, dass sie diese Ausstellung erreicht hatte. Die Bilder würden nicht ungesehen in Kisten nach Russland reisen. Wie Ernst sich gefreut hätte! Sie sah auf sein Porträt, das sie an den Treppenaufgang gehängt hatte. Lächelnd blickte sein volles, freundliches Gesicht unter einem schwarzen Künstlerhut auf sie herab. Er fehlte ihr sehr, nicht mit jener Heftigkeit, mit der sie immer wieder Rembrandt vermisste. Nein, ihr fehlte die Beständigkeit seiner alles verzeihenden Liebe so sehr, dass sie sich fühlte wie ein Zwilling, der vom anderen abgeschnitten worden war.

Ich habe nur noch meine Kunst, dachte sie, gut, wenn ich nicht allein im Atelier bin. Soll mein Bruder alle Köpfe gemalt haben, meinethalben, es bleibt ja in der Familie. Das Ergebnis zählt, nicht, wie es erlangt wird.

Berlin 1776

ANNA ÜBERQUERTE DIE ALLEE und ging Richtung Spree zu ihrem Garten. Das Leben war so schwebend, so durchscheinend zeitlos geworden nach Therbuschs Tod. Keine Sorge um den Mann, aber auch keine großen Pläne. Gute stetige Entwicklung ihrer Kunst, aber keine aufsehenerregenden Ereignisse. Die Ausstellung hatte leider keinen allgemeinen Salon der Künste nach sich gezogen. Keine Sorge mehr um die ›Weiße Taube‹, aber manchmal vermisste Anna den lärmenden Betrieb. Sie hatte sehr gewünscht, dass ihre Söhne das Hotel übernähmen, aber Kalle und Fritz zogen die Sicherheit ihrer Schreibstuben dem ungewissen Abenteuer der Gastronomie vor. Seltsam, dachte Anna, ich habe immer getan, was mein Vater für richtig hielt. Heute tun die Kinder das genaue Gegenteil, warum? Sind wir schlechtere Vorbilder?

Ja, beantwortete sie ihre Frage selbst. Die Mutter ständig auf Reisen, der Vater trunksüchtig, und, wie sich erst nach seinem Tod herausstellte, hoch verschuldet. Nein, sie waren kein gutes Vorbild gewesen, ihre Professionen waren für ihre Kinder kein erstrebenswertes Lebensziel.

Das hölzerne Gartentor knarzte, als sie es öffnete. Die Kaninchen hatten ein Loch im engmaschigen Zaun entdeckt, sie sah es sofort an den abgefressenen Gemüsebeeten. Aber heute war ihr das einerlei, mochten die gefräßigen Nager tun, was sie wollten. Sie durchschritt den Garten bis zu dem etwas erhöhten Platz mit der Rundbank um den Birkenstamm und wählte den Blick auf die Spree. Die Sonnenwende war vorbei, lang und warm waren die Sommerabende.

Sie ärgerte sich wieder einmal über ihren Bruder. Hatte sie ihm nicht nur Gutes erwiesen? Ausgerechnet er mäkelte an ihrer Malweise herum, er, der sich niemals weitergebildet hatte. Seit drei Jahren könnte er von mir lernen, dachte sie erbost, stattdessen will er mir Vorschriften machen! Bei seiner pedantischen Starrköpfigkeit weiß ich nicht, wie die gemeinsame Arbeit weitergehen soll.

Andererseits tat er ihr leid. Seine Familie war nach wie vor in Dessau, und sie verspürte keine Lust, auch sie noch in ihrer Wohnung in der Klosterstraße aufzunehmen.

»Es geht der Blick so sinnend zum Gewässer,
Frau Nachbarin, Gings Ihnen schon mal besser?«

Das wunderbar hässliche Gesicht der Karschin lugte über den Zaun.

Anna erzählte freimütig vom Problem mit ihrem Bruder. Wem hätte sie sonst davon erzählen sollen? Die Karschin war verschwiegen.

»Eigentlich müsste ich nicht nur meinem Bruder, sondern auch seiner Familie ein Heim bieten. Bin ich egoistisch?«, schloss sie.

»Nun, Therbuschin, Sie haben vier eigene Kinder großgezogen, und ihre blöde Schwester ...«

»Sie war nicht blöd«, widersprach Anna heftig. »Sie war ... einfach anders.«

»Schön, anders. Aber Sie haben sie erzogen und auch Ihr Schwesterkind, nicht wahr?«, sagte die Karschin.

David! Wie schnell waren die Jahre vergangen!

»Ihr Bruder ist ein erwachsener Mann, ein Familienvater! Da Sie die unbedeutende Meinung einer vom Reimen lebenden Taglöhnerin hören wollen: Ich finde Ihre familiäre Fürsorge mehr als genügend. Aber wenn Sie als alte Wittib den Familientrubel vermissen ...«

»Nein!« Annas Antwort kam so schnell, dass die Karschin lachte.

»Ja, jedermann hält alte Weiber für das Überflüssigste der

Welt«, sagte die Karschin, »doch wer, Therbuschin, kommt durch den harten Winter? Der Rose Blüte oder ihre Hagebutte?«

Anna klopfte einladend auf das rissige graue Holz der alten Bank. »Kommen Sie auf einen Schwatz, Frau Nachbarin!«

Die Karschin verschwand und kam mit einer Flasche und zwei Gläsern zurück.

»Wir sollten auf unsere Erfolge trinken, Frau Therbuschin!« Sie goss goldgelben Wein in die Gläser. Sie stießen an.

»Diesen Ungarwein schickt mir der König als Dank für meine dichterischen Bemühungen!«

»Sehen Sie, Karschin, wir haben Zeit! Und wir haben endlich auch Erfolg!«, rief Anna aus. »Wie Chronos und Fortuna Feder und Pinsel beflügeln!«

Die Karschin gluckste. »Aber ist es nicht kurios, womit wir Erfolg haben?«

»Kurios?«

»Lieber Himmel, Therbuschin, lassen Sie mich offen sprechen! Der König liebt unsere Muttersprache nicht, er lässt nicht einmal Herrn Lessing gelten, dessen Lorbeerkranz wurde in Hamburg geflochten! Aber weil die alte Karschin ihm schmeichelte, weil sie seine drei Kriege in langen Oden besang, da nahm der König sie wahr!«

»Ja, man hat nicht mit seinem Besten beim König Erfolg!«, lachte Anna. »Ich wollte sein Porträt malen, ganz nach der Natur, ich wollte seinen wahren Charakter, seine aufgeklärte Stirn, seine leuchtenden Augen malen, so wie ich vor vielen Jahren den pfälzischen Kurfürsten malte. Aber der König zog es vor, mythologische Themen zu bestellen. Also bekam er sie, drei Stück. Anakreon, Diana und natürlich die beliebte Venus. Und eine Iphigenie bestellte er als Geschenk für seinen Feldmarschall.«

»Nackte Weiber!«, kicherte die Karschin.

»Genau die, und nicht in unserem Alter, versteht sich!«

Die beiden Frauen kicherten langanhaltend. Der schwere Tokajer tat seine Wirkung.

»Ich hasse den Krieg, aber die Oden über ihn bringen mir Dukaten ein!«

Die Karschin deklamierte: »Der König winkt, die Reuter falten / ernsthaft die Stirnen, und ihr Arm / Wird ihren Feinden schwer. Geschwungne Säbel spalten / Den Kopf, und von Gehirn noch warm / Zerfleischt das Schwert die Eingeweide ...«

»Wie grausig!«, rief Anna.

»Jaja, die Schlacht bei Torgau war grausig! Das Lied auf sie hat mir nicht nur Dukaten, sondern auch den Spott der ›Literaturbriefe‹ eingetragen«, sagte die Karschin und zitierte mit tiefer Stimme: »Welches Gemälde! Sagen Sie mir doch, ob es wahr ist, dass die Reuter die Stirnen falten, wenn sie einhauen! Der Zug ist erhaben, und so viel ich weiß, noch ungebraucht. Ich begreife nicht, wie ein unkriegerisches Frauenzimmer auf diese Bemerkung hat zuerst kommen können!«

Anna lachte laut heraus. »Das klingt nach meinem Lessing!«

»Falsch! Sein Freund Mendelssohn!«, sagte die Karschin trocken. »Wer den Schaden hat, braucht für den Spott nicht zu sorgen. Sind die Verse schlecht, ist die Kritik umso amüsanter.«

»Trösten Sie sich, Frau Nachbarin, wir landen zunächst alle im falschen Metier. Es ist schwer, für das Edelste den richtigen Ausdruck zu finden. Ich wollte schon Historienmalerin werden, als ich ein kleines Mädchen war, und ging nach Paris mit dem standhaften Vorsatz, mich darin auszubilden. Man nahm mich in die Königliche Akademie auf, aber ich blieb Porträtmalerin. Es hat mich viele Tränen gekostet, viel Verzweiflung an mir und etliche Wutausbrüche, bis ich erkannte, dass ich das, was ich am heißesten ersehne, nicht wirklich beherrsche. Mir einzugestehen, dass meine Historiengemälde nicht die Leinwand wert sind, auf der sie gemalt sind.«

»Sie sind zu streng mit sich«, meinte die Karschin, »das Kolorit Ihres ›Anakreon‹ ist wie ein Liebesgedicht.«

»Danke! Aber ich weiß wohl, dass ihm das dramatische Geheimnis fehlt, wie Watteau es beherrschte. – Nun aber, Frau Nachbarin, denken Sie, genau in dem Moment, in dem ich den Historiengemälden abgeschworen und Freude entwickelt hatte, meine Porträts noch besser, noch wahrhaftiger, noch lebhafter zu malen: Just in dem Moment befiehlt der König Historienbilder! Mit Feuer hätte ich sie ihm als junges Mädchen gemalt, nichts liebte ich mehr als galante Szenen, aber damals kaufte seine Majestät lieber sämtliche Watteaus und Lancrets, die auf dem Kunstmarkt waren, und bestellte Van Loo zum Hofmaler! Jetzt bin ich ein altes Weib, und mein Pinsel kann der Idee, nackte Schönheiten zu malen, wahrlich nicht mehr Ehrgeiz abgewinnen als die enorme Menge Taler, die mit ihnen verbunden sind!«

Der Karschin Lachen klang wie das einer Hyäne.

»Ich hasse Allegorien!«, rief Anna aus. »Die Herrscher ziehen Allegorien vor, weil sie die Wahrheit nicht sehen wollen!«

»Frau, schreib ich für den Ruhm und für die Ewigkeit? / Nein, zum Vergnügen meiner Freunde!«, lachte die Karschin. »Oh, es macht Freude, sich selbst zu zitieren! Vor allem, wenn es nichts als hehre Lügen sind, denn wir schreiben und malen doch für nichts als Brot! Der König speist mich mit Ungarwein ab, dabei hat er mir ein Haus versprochen, ein Versprechen, das er nicht halten wird! Prosit, Therbuschin, auf dieses alte, beschwerliche Leben!«

»Prosit auf diesen Garten und die gefräßigen Kaninchen Brandenburgs!«, antwortete Anna, und dann kicherten sie wieder, lange und fröhlich. Die Sommersonne senkte sich, die Schatten wurden länger, eine Windmühle am anderen Ufer klapperte.

»Vielleicht ist es das, Karschin«, murmelte nach einer Weile Anna, »an einem langen Sommerabend auf der Bank sitzen, auf einen Schwatz bei einem guten Ungarischen. Die Schwalben machen waghalsige Beutezüge am Himmel, der Müller geht bald heim. Ist das ein Gedicht?«

»Der lichte Bläue des Himmels verwandelt sich langsam in ein ewiges, in die Zukunft weisendes Azur. Kinder spielen mit einem Hund vor den Bäumen, die sich langsam vor dem abendlichen Himmel abheben wie ein Schattenriss. Ist dies ein Gemälde?«, sinnierte die Karschin und drückte Annas Hand.

Eine Weile sahen die beiden Frauen in den tiefblauen Abendhimmel. Plötzlich sagte die Karschin: »Sie haben alles auf Leinwand und dazu den Ruhm der Zeitungsschreiber. Ich wollte, ich hätte meine Gedichte wenigstens gedruckt, statt in den Zeitungen verspottet gesehen.«

»Bringen Sie einen schönen Band Gedichte heraus, bei Nicolai«, meinte Anna, »von welchem Ruhm sprechen Sie?«

»Die Tante Voß hat doch groß über Ihre Ausstellung berichtet«, meinte die Karschin, »Meussels Vermischtes, und nun auch noch Wielands ›Teutscher Merkur‹!«

Da Anna nicht wusste, wovon sie sprach, ging die Karschin in ihre Gartenlaube, kam mit dem ›Teutschen Merkur‹ zurück und las: »Die Madam Therbusch, die sich vor einiger Zeit so vorteilhaft, durch ihre für die russische Kaiserin verfertigte große Gemälde aus der königlichen Familie, zeigte, fährt mit schönen Bildnissen fort. Ein schönes Bild von ihr stellt die beiden Brüder, den Geheimen Rath Mutzel und den Baron von Stosch vor. Sie malt jetzt mehrenteils in Gesellschaft ihres Bruders, des Herrn Lisiewski, Anhalt-Dessauischen Hofmalers, der sich seit einigen Jahren hier aufhält. Insonderheit malt er die Köpfe der Frauenzimmer, und sie die Kleidungen. Dieses wird die künftigen Kunstkenner in große Verlegenheit setzen, wann sie in den Therbuschischen Bildern Lisiewskische Köpfe finden werden. Auf diese Art sind auch die obigen nach Russland gesandten Gemälde gemacht. Die Königin, die Prinzessin mit dem jungen Prinz von Preußen, die Prinzessin Heinrich, und die

Prinzessin Ferdinand sind sämtliche, was die Köpfe anbetrifft, von Lisiewski, der Prinz von Preußen, Prinz Heinrich, und Prinz Ferdinand aber sind von seiner Schwester allein verfertigt. Auch in einem Gemälde, das in Sanssouci von dieser Künstlerin befindlich ist, die zornige Diane vorstellend, ist der Kopf vom Herrn Lisiewski.«

Die Karschin unterbrach ihre Lesung und sah Anna fragend an, die hörbar den Atem eingezogen hatte.

»Woher hat dieser Merkur das?«

Die Karschin blätterte in der Zeitschrift. »Herr Wieland nennt Chodowiecki verantwortlich.«

Chodowiecki!

»Da sehen Sie, Karschin, wohin ein kleiner Ulk im Salon führen kann«, sagte Anna mühsam. Die Karschin blickte erstaunt. »Es ist der ›Teutsche Merkur‹, Madam Therbusch! Sie stehen neben Göthe! Was würde ich dafür geben, an Ihrer Stelle zu sein!«

»Göthe?«

»Der Dichter des ›Götz von Berlichingen‹ und des ›Werther‹, der Riesenerfolg des letzten Jahres!«

»Ach, dieser törichte Roman, nach dessen Lektüre sich die jungen Männer reihenweise entleiben! – Nein, Frau Karschin, ich halte es mit Lessing und seiner ›Emilia Galotti‹, sie erscheint mir viel vernünftiger!«

Sie schwiegen. Anna griff nach ihrem Augenglas und las den Artikel über Berlins Künstler. Dann reichte sie der Karschin das Blatt zurück.

»Es liest sich, als könnte ich meine Bildnisse nicht alleine malen!«

»Aber nein, lesen Sie doch weiter: Das schönste Bild, das sie gemahlt hat, ist ihr Familienbild, das sie vor ihrer Reise nach Stuttgart mahlte; schade, daß dieses Bild niemals fertig gemacht werden wird. Sie mahlt jetzt ihr eigen Portrait auf einer großen Leinewand, ein Kniestück, in einer schönen Stellung am offenen Fenster zeichnend; hinter-

wärts in einem andern Zimmer mahlt ihr Bruder an einer
Staffelei ...«

Es war zu dunkel zum Lesen geworden. Anna verabschiedete sich von der Karschin. Nachdenklich überquerte sie
die Spree am kleinen Holzsteg, ging an den erleuchteten
Fenstern von Schloss Monbijou entlang. Sie erinnerte sich
an die Bildhauerin Marie Collot, die gemutmaßt hatte, dass
sich beim Anblick von Falconets ›ehernem Reiter‹ niemand
an die Schöpferin des Kopfes erinnern würde.

Anna hielt Chodowiecki nicht für ihren Feind. Warum
hatte er seine Eloge von der Rembrandt'schen Kraft und der
van Dyck'schen Wahrheit im ›Merkur‹ nicht wiederholt?
Hatte er seine Meinung geändert? Oder hatte er sie nur in
Gegenwart der königlichen Familie gelobt? Warum breitete
er ihre Zusammenarbeit mit dem Bruder aus, als sei sie dessen Assistentin? Warum blieb ihr Rang als ›Peintre du Roi
de France‹ unerwähnt? Woher diese Lüge über Diana, die
sie dem König schon vor fünf Jahren gemalt hatte, als ihr
Bruder noch in Dessau war?

Sie ging über die Spandauer Brücke zur Klosterstraße und
schloss die Tür zu ihrer Wohnung auf.

Jana eilte herbei, humpelnd, sie war nicht mehr gut zu Fuß
und sie konnte auch immer noch nicht gut kochen. Aber Jana
war Geborgenheit und Zuhause.

»Was ist geschehen, Knjeschna Anna?«

Jana spürte jede, auch die kleinste Stimmungsschwankung,
sie behauptete, das im kleinen Zeh zu haben.

»Wahrscheinlich nichts«, sagte Anna, »ich bin nur zu empfindlich. Zu kapriziös, wie mein Bruder sagen würde. – Wo
ist er?«

»Knjes Lisiewski lässt Sie grüßen, er ist übers Wochen-
ende nach Dessau gefahren.«

Anna zeigte sich erstaunt. Die Postkutsche war so teuer,
dass Holle selten nach Hause fuhr.

»Ein Bekannter hat ihn mitgenommen.«

Jana senkte die Stimme. »Im Vertrauen gesagt, ich mochte diesen Kerl noch nie.«

»Wen?«

»Diesen Kostgänger, wissen Sie noch, Knjeschna Anna?«

Anna hatte keine Ahnung, wovon Jana sprach.

»Nun, diesen … wie hieß er doch gleich, Sie mochten ihn auch nicht, Knjeschna Anna, obwohl er mit Ihnen bei Pesne studierte! Und unsere Tinka, Gott hab sie selig im Himmelreich, bekam Panikattacken bei seinem Anblick!«

Anna wurde kreidebleich. Knospe!

»Genau der hat Pan Lisiewski nach Dessau mitgenommen!«

Jana tischte ihr ein verunglücktes Abendessen auf und erzählte: »Es ist nicht zum ersten Mal, Knjeschna Anna! Im vergangenen Jahr hat er ihn schon einmal mitgenommen! Ich durfte es Ihnen nicht sagen, er schämte sich, weil er kein Geld hatte!«

Reinhold saß zum zweiten Mal in der Kutsche und plauderte über Stunden nichts ahnend mit dem Peiniger seiner Schwester. Anna war, als würde ein Vorhang von ihren Augen gerissen.

Ihr Gespür für Ohrenbläser war geschärft. Sie hatten nicht nur Rembrandt auf dem Gewissen. Auch Diderot war ihnen aufgesessen. Erst vor fünf Jahren hatte sie Diderots Salonkritik in die Hände bekommen. Grimms ›correspondance literaire‹ hatte sie bei der Prinzessin Heinrich gelesen, als sie deren Porträt malte. Anna war entsetzt, dass ihre angebliche Verschuldung mehr Raum einnahm als die Betrachtung ihrer Bilder. Außerdem war die Schuld längst beglichen. Von dem Erlös ihres ersten Bildes nach ihrer Rückkehr, dem Kniestück des Generals von Zieten, hatte sie Diderot einen Wechsel geschickt. Er hatte nicht einmal geantwortet. Bitter dachte Anna, dass sie nun für alle Zeiten als »unwürdige Preußin« dastehen würde, denn natürlich hatte er in der nächsten Ausgabe keine Abbitte geleistet und sein Familienstück für die Zarin hatte er verschwiegen.

Aber so waren abgewiesene Liebhaber. Die ›correspondance literaire‹ hatte gottlob nur eine geringe Verbreitung bei Damen von Stand, und deren Französisch war nicht immer das Beste. Ihren Aufträgen hatte Diderots Schmähung nicht im mindesten geschadet, und die Ausstellung hatte Furore gemacht, sodass sie gefragter war als je zuvor.

Knospe war kein abgewiesener Liebhaber, im Gegenteil. Sie hätte Grund, ihn zu hassen. Was bewog ihn, ihr heimlich nachzustellen? Erst hatte er ihre Söhne ausgehorcht, jetzt hatte er sich an ihren Bruder herangemacht. Was er erfuhr, verbreitete er als Lügen gegen sie, und offenbar erreichte er, dass sie gedruckt wurden. Nur verstand Anna nicht, was er mit Chodowiecki zu tun hatte. Oder war der Text später in der Redaktion verändert worden?

Bei dem Gedanken, was Holle ihrem Feind in seiner Arglosigkeit erzählen mochte, wurde Anna übel.

Sie schob den Teller mit dem Essen fort und trank einen großen Schluck Bier. Jana nahm den Teller mit beleidigter Miene fort.

Anna wusste, was sie zu tun hatte.

Am nächsten Morgen ging sie zu Mutzel-Stosch und bat ihn um seine Pistole. Er sah sie erstaunt an, aber er stellte keine Fragen. Er füllte Zündkraut in die Pfanne, zeigte Anna, wie sie den Hahn spannen musste, und reichte ihr die Waffe: »Trocken halten, den alten Meuchelpuffer, Madame Therbusch! Gebe Gott, dass Sie ihn nicht brauchen!«

Anna lächelte ihn sanft an. »Das hat Graf Gotter auch zu Ihnen gesagt, Baron, erinnern Sie sich?«

Am Sonntagabend schickte sie Jana ins Bett, löschte alle Kerzen im Haus und wartete mit klopfendem Herzen, ausgehfertig, die Pistole im Schoß, am Fenster. Sie musste Knospe sein schmutziges Tun verleiden, sich ein für alle Mal von ihm befreien. Da er sich nie an sie, sondern an ihre Verwandten heranmachte, schien er Angst vor ihr zu haben. Wie seltsam, da er bei jenem Zusammentreffen vor vielen Jahren vor der Tür der ›Weißen Taube‹ gesehen haben musste, dass sie in erbärmlicher Furcht vor ihm lebte. Aber nun hatte sie eine Pistole. Sie würde ihn so einschüchtern, dass er sich nie wieder sehen ließ.

Der Mond war noch nicht zu sehen. Der Abendmahlsgottesdienst war vorbei, die Geläute der Parochial und der französischen Kirche waren verklungen. Ruhig lag die Klosterstraße im Dunkel des Sonntagabends. Da hörte sie Hufklappern auf der Straße. Eine leichte Reisekalesche kam von Richtung Königsstraße. Kurz vor ihrem Hause fielen die Pferde in Schritt. Das musste er sein. Anna griff nach der Pistole, die sie in ein Leintuch gewickelt hatte, und lief die Treppe hinunter. Sie merkte, dass sie nicht an ihren Bruder gedacht hatte, dass sie die Situation nicht wirklich geplant hatte. Was nun? Wenn Knospe weiterfuhr, ohne auszusteigen?

Die Chaise hatte einige Fuß hinter dem Hauseingang gehalten. Die Männer sprachen am geöffneten Schlag, lachten, reichten sich die Hände. Knospe machte keine Anstalten, auszusteigen. Nun beugte sich Holle hinunter an den Kasten und nahm seine Reisetasche heraus. In einer plötzlichen Eingebung schlich Anna sich von hinten an die Kutsche und kletterte auf den Lakaiensitz.

Endlich verabschiedete Knospe sich von Reinhold Lisiewski, rief dem Kutscher etwas zu, und die Pferde zogen an, die Klosterstraße hinunter, am Friedrichshospital vorbei Richtung Fischerbrücke. Ja, zeig mir mein früheres Zuhause, dachte die zusammengekauerte Anna grimmig. Aber der Wagen fuhr weiter, über die Brücke nach rechts zum Salzhof, schon bog er links ab in die Cöllnische Vorstadt.

Weit hinaus, keine gute Gegend, dachte Anna, wieder einmal habe ich ohne Überlegung gehandelt. Sie schloss für einen Moment die Augen.

Mit großen Schritten und wehender roter Mähne rannte Rembrandt hinter der Kutsche her.

Zeig's ihm, Saskia, los! Mach ihn fertig, sei tapfer, meine Liebste! Wehr dich!

Sie lächelte. Als sie die Augen wieder öffnete, hatte sie keine Angst mehr. Immer weiter entfernte sich die Kutsche von Berlin, nun fielen die Pferde in Schritt. Dumpf trommelten die Hufe über die Holzplanken der Cöpniker Brücke. Anna wurde beklommen zumute. Wenn Knospe zum Cottbusser Tor hinaus wollte? Dann würde sie von der Wache unweigerlich entdeckt werden. Aber der Kutscher bog links ab und fuhr die Cöpniker Straße entlang, immer weiter.

Endlos schien Anna der Weg, bis die Pferde endlich bei den Kalköfen angehalten wurden. Es war stockdunkel geworden. Undeutlich zeichnete sich vor ihr eines der neuen dreistöckigen Häuser der Vorstadt ab, wie schwarze Löcher starrten die Fenster. Nur hinter einigen wenigen flackerten Öllichter. Ein Betrunkener torkelte die Straße entlang und riss die Augen auf, als er die Frau auf dem Lakaiensitz erblickte.

»Was willst du mit dem Weibsstück?«, brüllte er Knospe an. Um Himmels willen! Anna flüchtete auf die andere Seite der Kutsche.

Knospe bezahlte den Kutscher und wimmelte den Betrunkenen ab. Der wankte weiter. Als die Kutsche anfuhr, war Knospe schon unter dem Torbogen. Ohne sich umzusehen, öffnete er die Tür und stieg die Treppen hinauf.

In einer plötzlichen Eingebung folgte ihm Anna. Alles hatte sich anders ergeben, als sie geplant hatte, genau genommen hatte sie nichts geplant, aber nun folgte sie ihm, endlose Treppen hinauf bis unters Dach. Knospes Stiefel hatten knallende, laute Absätze, sie bemühte sich, leise wie eine Katze in großem Abstand hinter ihm herzuschleichen. Aber es gab ohnehin genügend Geräusche im Hause. Ratten fiepten, Katzen greinten, Kinder schrien, Menschen stritten laut und böse.

Knospe schloss seine Wohnungstür auf. Anna nahm all ihren Mut zusammen, wickelte die Pistole aus und trat mit schnellen Schritten auf die Tür zu. Knospe wollte sie eben hinter sich schließen, da hatte Anna den Schuh in der Tür. Erstaunt drehte Knospe sich um. In diesem Moment gaben die Wolken den Mond frei.

Knospe sah in das entschlossene Antlitz einer Rachegöttin. Der volle silberne Sommermond beschien Anna von hinten und tauchte ihre Umrisse in ein unsicheres Licht. Wie ein feiner Scherenschnitt zeichneten sich ihre Haare schwarz gegen das weiße Licht ab. In ihren Händen, verborgen im Dunkel, blitzte etwas Metallenes auf. Eine Pistole! Knospe taumelte rückwärts in seinen Raum, stammelte: »Wollen Sie Geld? Ich gebe Ihnen Geld, nicht schießen, bitte! Hier habe ich Geld!«

Er eilte in die Richtung, in der er seinen Tisch vermutete, es war stockdunkel. Nur ein schmaler Streifen Mondlicht fand seinen Weg an der schaurigen Gestalt vorbei in die Kammer. Lautlos trieb sie ihn vor sich her. Das ist kein lebendiges Wesen, dachte Knospe panisch, es muss ein Geist sein!

Er eilte zum Tisch. Da war eine Schublade, und darin lag kein Geld, sondern ein Messer, und das musste er herausholen.

Unaufhaltsam folgte ihm die weibliche Gestalt, dieses unhörbare Gespenst, schwebend, wie ihm schien. Knospe riss die Schublade auf, zu heftig, taumelte, griff haltsuchend mit den Händen an die Wand und stieß gegen das Bild. Er stieß gegen sein Selbstporträt, das er auf Annas ›Komödianten‹ geschmiert hatte. Um ihm die nötige Würde zu verleihen, hatte er es in schwerem vergoldetem Holz mit viel geschnitztem Zierrat gerahmt.

Knospe griff fehl. Der riesige schwere Rahmen stürzte nach vorn, und die linke, als dornige Rocaille geschnitzte Ecke traf ihn mit voller Wucht auf den Kopf.

Knospe sackte lautlos zusammen und rührte sich nicht mehr.

Anna zitterte. Sie hatte sein scheußliches Konterfei erkannt, bevor es mit schrecklichem Poltern auf ihn fiel.

Sie spannte den Hahn, umschloss den glatten hölzernen Griff der Pistole fest mit beiden Händen und ging auf ihren Feind zu. Da lag er. Seine Augen starrten sie an, von seiner Stirn tropfte Blut. In seinen Augen blitzte etwas wie Erkennen auf. Sein Mund verzog sich zu einem höhnischen Grinsen. »Willst du dein Bild holen, du Hure?«, flüsterte er. »Du wirst es nie finden! Du wirst es nicht einmal erkennen, wenn du darauf trittst!«

Seine Augen drehten sich auf grässliche Weise nach oben. Er gab einen gurgelnden Laut von sich und sank leblos zurück. Johann Gottlieb Knospe, der Anna ihr Leben lang verfolgt hatte, war tot.

Rembrandt trat aus der hässlichen gelb angestrichenen Wand hervor und grinste sie an.

Erledigt, Saskia, für immer! Tapferes Mädchen, gut gemacht! Jetzt hau aber ab! Schnell! Lauf, Liebste, lauf!

Er verschwand in der Wand.

Anna rannte die Treppen hinunter, ohne die schwere Pistole loszulassen, die sie mit einer Hand kaum halten konnte, aber sie brauchte die andere, die Röcke zu schürzen. Sie lief aus dem Haus auf die Straße, fort, nur fort, nach Hause, schnell. Erst als ein halbwüchsiger Junge entsetzt vor ihr flüchtete, kam sie zur Besinnung. Sie sicherte die Pistole und wickelte sie in das Leintuch.

Es war eine gottverlassene Gegend, und die Pistole bei sich zu haben, war nicht schlecht. Ein müder Sänftenträger kam die Cöpniker Straße entlang, auf dem Heimweg. Mithilfe einer fürstlichen Entlohnung gelang es ihr, ihn zu überreden, sie nach Hause zu bringen.

Gleichmäßig trabte der Mann, die Holzräder knarzten auf der sandigen Straße, dann holperten sie über Pflastersteine.

Frei, dachte Anna, endlich bin ich frei. Nach 35 Jahren habe ich mich befreit.

Berlin 1777

DIE KLEINE SASS AUF DEM STUHL wie eine Göttin auf Wolken. Ihr Antlitz war wunderschön, aber von steinerner Leere. Der Fall, in dem Schönheit schwieriger zu malen ist als Charakter, dachte Anna. Sie hatte die erste Skizze gemacht und wusste, dass dieses Porträt niemals gelänge, würde sie es nicht idealisieren.

Anna legte den Skizzenblock beiseite und betrachtete lächelnd erst die Eltern de Lemos, die auf dem Kanapee saßen und ihre Arbeit gebannt beobachtet hatten, und dann die vierzehnjährige Tochter.

»Jette, du bist ein schönes Mädchen«, sagte sie. Der Vater wollte protestieren, aber Anna war der Meinung, dass sie das als Malerin sagen dürfe, denn Jettchens Schönheit machte es der Porträtistin nicht unbedingt einfacher. Ob sie den Herrschaften ein Erlebnis aus Paris erzählen dürfe?

Henriette war begeistert. Sie wusste nichts von Paris. Sie war von überirdischer sephardischer Schönheit, aber sie war ein Berliner Mädchen und über den Stadtrand noch nie hinausgekommen. Anna legte den Rötel zur Seite.

»An einem Tag fuhr ich hinaus in den Bois de Boulogne. Komm mit, hatte mein Collega, der Landschaftsmaler Jakob Hackert, gesagt, pack Decke und Korb ein, wir dinieren im Freien, wir werden à la nature sein, nicht einmal Stühle brauchen wir. Ich lachte und sagte, für ihr neues Leben als Naturburschen brauchten sie doch keine Frau. Aber sie wollten mich unbedingt mitnehmen, Hackert, der Kupferstecher Wille und seine Schüler und noch einige, die die Landschaftsmalerei beim alten Vernet studierten.

An einem drückend heißen Tag im Juni fuhren wir in den Bois de Boulogne.

Welch eine absurde Idee, draußen in der Natur zu malen statt im Atelier! Es war sehr lustig, die Maler standen mit breitkrempigen Strohhüten vor ihren Staffeleien und schlugen mit ihren Pinseln nach den Mücken. Jakob arbeitete bis zum Abendrot, als die anderen schon längst auf den Decken lümmelten, die Bouteillen Wein kreisen ließen und über seinen Fleiß spotteten.

Wie willst du dein Bild nach Hause bekommen? Es wird nicht trocken werden!, rief einer. Jakob Hackert erklärte dem Übermütigen in seiner freundlichen Weise, dass es nicht darauf ankomme, dieses Bild zu konservieren. Es sei ein Versuch in der Natur gewesen, selbstverständlich werde er nach dieser Idee sein Bild im Atelier malen.

Ich war nun neugierig, weshalb er so verschwenderisch mit seiner Leinwand umging, und betrachtete die Landschaft auf seiner Staffelei. Sie war wunderschön, sie war so harmonisch und so lieblich, dass ich in meinem Entzücken erst auf den zweiten Blick bemerkte, dass er nicht den Bois de Boulogne gemalt hatte, in dem er den ganzen Tag gewesen! Statt Wiesen und Weiden waren auf seinem Bild Felsen und Schluchten zu sehen und Bäume im Vordergrund, die es im Bois de Boulogne nicht gab.

Du gehst hier heraus, um nach der Natur zu malen, und malst sie nicht?, fragte ich. Es war mir ein Rätsel. Jakob lachte.

Ich habe gesagt, dass ich in der freien Natur malen will, nicht nach ihr!

Ich war verblüfft, aber er fragte, ob ich einen Menschen nach dem Gedächtnis malen würde?

Selten, sagte ich, eigentlich nur den König, der partout nicht sitzen mag.

Anna, dir sitzt jemand, und auf deiner Leinwand sehe ich später einen idealisierten Menschen, nicht den Hässlichen oder den mit der Pockennarbe. Das ist bei meinen Landschaften nicht anders.

Er deutete mit dem Pinsel in die Gegend. Er habe die Perspektive nach der Natur angelegt.

Kann ich dafür, dass der Mensch die ungezähmte Natur fad macht durch seine Wirtschaft? Was interessieren mich die langweiligen Äcker, die Felder und das dumm glotzende Vieh! Früher hat es hier bestimmt so ausgesehen, wie ich es male, vielleicht sogar viel schöner!«

Benjamin und Esther de Lemos lächelten höflich. Anna hatte das Gefühl, dass sie nichts verstanden.

»Damals wehrte ich mich gegen den Gedanken, ich male nicht nach der Natur, sondern idealisiere die Porträtierten. Aber das Idealisieren, das Überhöhen kann etwas sehr Schönes sein. Ich kann ein Brautporträt malen. Ich kann Jette aber auch als Sinnbild der ewigen Jugend malen.«

Die Eltern sahen sich an.

»Jette, geh jetzt Geige üben, dein Lehrer kommt gleich«, sagte die Mutter. Auch sie war eine schöne Frau, blinzelte aber unaufhörlich nervös mit den Augen und hatte einen unzufriedenen Zug um den Mund.

Jette ging gehorsam.

Die Eltern erklärten Anna besorgt, sie wollten die Schönheit ihrer Tochter nicht idealisieren.

»Sie haben vollkommen recht, die Schönheit kann eine Last sein! Auch für einen Vater!«, rief Benjamin de Lemos aus. »Ich kann meine Tochter nicht mehr beschützen, sie muss unter die Haube, so schnell wie möglich!«

Sie ist erst vierzehn, dachte Anna, ein Kind.

Wie sie das mit der ewigen Jugend gemeint habe, fragte Esther vorsichtig. Bitte keine christlichen Insignien, sie seien jüdisch.

Sie male nach der alten Mythologie, erklärte Anna, an christliche Symbolik habe sie nicht gedacht.

»Wenn Jette älter wäre, würde ich sie als Aphrodite malen«, überlegte Anna, »aber sie ist ein Mädchen.«

Sie vereinbarten, dass Jette zur ersten Sitzung ins Atelier

kommen solle. Bis dahin wollte Anna noch einmal in Ovids
»Metamorphosen« lesen.

Anna beschloss, Jette als Hebe zu malen.
»Hebe, die jungfräuliche Göttin, ist die Mundschenkin
der Götter«, erzählte sie dem jungen Mädchen, »sie spendet
ihnen den Nektar der Unsterblichkeit. Ohne sie wären die
Götter gealtert und gestorben!«
Jette nickte gleichmütig. Was hatte diese Hebe mit ihr zu
tun?
»Später wurde Hebe von ihrem Vater Zeus vertrieben, und
Ganymed nahm ihre Stelle ein.«
Anna beschloss, der Vierzehnjährigen die homoeroti-
sche Variante vorzuenthalten, und fuhr fort: »Sie heiratete
den großen Helden Herakles, den sie durch ihre Hochzeit
unsterblich machte.«
Jette schaute viel interessierter.
»Ich könnte dich als Hebe in Erwartung deines Bräu-
tigams malen. Sie hält bereits den Kelch mit dem Nek-
tar der Unsterblichkeit für ihren Herakles bereit«, schlug
Anna vor.
Die blassen Wangen Jettes röteten sich etwas, ihr Gesicht
bekam einen lebhafteren Ausdruck. Die Idee gefiel ihr.
»Als Ganymed Mundschenk wurde, konnte er ihnen auch
die Unsterblichkeit verleihen?«, fragte sie.
Gute Frage, dachte Anna, sie ist nicht nur ein ausnehmend
schönes, sondern auch ein kluges Mädchen.
»Ich weiß es nicht«, antwortete sie, »aber ich habe nie
gehört, dass der Olymp ausgestorben sei. Ich vermute, dass
Zeus die Macht des Weiblichen schwächen wollte.«
Jette lachte: »Die Götter müssen ausgestorben sein, denn
wir beten sie nicht mehr an!«
Mit den Insignien der göttlichen Jungfrau konnte Anna
die maskenhafte Schönheit der Henriette de Lemos, spätere
Madame Herz, als mythologisches Porträt malen.

Frei sein, dachte Anna, und nun auch frei malen. End-lich gelingt es mir, die zwei Gattungen zusammenzubringen. Sorgfältig mischte sie ausgewählt prächtige, ungewöhn-liche Farben an. Zierlich führte sie jede einzelne Blume der Girlande und des Haarkranzes aus, die die ewige Jugend sym-bolisierten, fein ziseliert malte sie die Kanne der Jungfräu-lichkeit, die den ewigen Nektar enthielt, und den goldenen Pokal in Hebes Hand. Das Kolorit von Rubens und Tizian, das Thema und die Haltung von Boucher und Greuze, dachte sie zufrieden, als sie Jettes Rock in sattem Gelb, ihr Hemd in duftigem Weiß und ihren Umhang in leuchtendem Blau malte.

Anna wollte nicht nur Jettes etwas starre Schönheit ins richtige Licht setzen. Sie wollte mit diesem Porträt Aufsehen erregen. In den letzten Monaten hatten die Aufträge nach-gelassen, und sie zermarterte sich den Kopf, woran das lag. Knospe, ihr Feind und Verleumder, war tot. Lag es an der Zusammenarbeit mit dem Bruder? Holle zeigte sich immer pedantischer, seine Arbeit wurde beinahe täglich langwieriger und umständlicher. Dreißig Sitzungen für ein Porträt waren keine Seltenheit. Anna war froh, dass sie keine gemeinsamen Bilder mehr schufen. Nach dem Artikel im ›Teutschen Mer-kur‹ hatte sie davon Abstand genommen. Holle hatte seine Aufträge, sie die ihrigen.

Ich sehe halb so viel wie er, aber ich male doppelt so schnell, dachte sie kopfschüttelnd, als sie mit Jettes Bildnis nahezu fer-tig war und er noch an einem Porträt malte, das er vor einem halben Jahr begonnen hatte.

Nein, Holle kann nicht der Grund sein, überlegte sie. Warum ließen die Aufträge nach? War ihr Stil veraltet? Plötz-lich kam ihr ein Gedanke. Hing es womöglich mit ihrem Gemälde zusammen, das sie von der Maitresse des Königs, der Musikertochter Wilhelmine Enke, gemalt hatte? Ganz Berlin sang Spottverse auf die schöne Minna, aber Friedrich Wilhelm ließ das kalt. Er war begeistert von ihrem Porträt und hatte fürstlich gezahlt. Ich habe alle Register der galanten

Malerei gezogen, die ich in Paris gelernt habe, dachte Anna, wie Boucher bei seiner Pompadour. Die Enke war ihre Pompadour. Hingegossen in verschwenderischem Rosa lagerte sie tief dekolletiert mit Hund, Gewehr und Jagdtasche an einem Baum, eine Diana, die den Thronfolger erbeutet. Dass die Ausstrahlung der biederen Blondine nicht an die erotische Raffinesse der Jeanne Poisson heranreicht, ist nicht meine Schuld, dachte Anna, aber das Bild war geeignet, die Berliner Bürger zu verärgern. Die erstarrten nicht mehr in Ehrfurcht, sondern murrten über das Lotterleben des Thronfolgers, für dessen Aufwand sie aufzukommen hatten. Vielleicht murrten sie auch über die Malerin der pikanten Szenerie und wollten sich von so einer nicht malen lassen? Soll ich etwa jetzt an dem scheitern, was meine Meisterschaft ist, dachte Anna wütend.

Den wahren Grund für die stagnierenden Aufträge erfuhr Anna, als Jettes Vater ins Atelier kam und das halb vollende Porträt seiner Tochter betrachtete.

»Sie ist so schön! Aber so unschuldig!«, sagte er und bat, die Brüste des Mädchens zu verhüllen.

»Wie gut, dass Sie meine Tochter malen, Madame Therbusch! Stellen Sie sich vor, sie würde mit diesem glasäugigen Goi durchbrennen, so nah, wie man sich bei diesen Sitzungen kommt!«

Anna hatte keine Ahnung, von wem er sprach.

»Dieser Tischbein, von dem alle Welt sich malen lässt«, sagte Benjamin de Lemos aufgebracht, »Wilhelm Tischbein, nicht einmal dreißig Lenze zählt er! Kennen Sie ihn nicht, Madame Therbusch?«

So erfuhr Anna zu ihrem Schrecken, dass der junge Tischbein in Berlin war und jede Menge Aufträge annahm, um seine Studienreise nach Italien zu finanzieren.

Vater Lemos hat mich nur gewählt, weil ich ein altes Weib bin, das nicht mit seiner Tochter nach Italien durchbrennt, dachte sie bitter. Na, sie sollen mich kennenlernen! Dies wird eines meiner schönsten Bildnisse werden, glanzvoll im Kolorit, ungewöhnlich in der mythologischen Bedeutung und erotisch in der Ausstrahlung. Sie bedeckte Jettchens Dekolleté nicht.

Spät kam der Moment, in dem sie einmal kurz hinter die Maske der zurückhaltenden Schönheit schaute. Jette schaute auf das halbfertige Bild und sagte:»Ach, Madame Therbusch, Sie haben meine Haare ja viel länger gemalt, als sie sind!«

»Aber Jettchen, du hast so schöne Haare«, meinte Anna, »es ist die Hebe, ihr Haar darf so lang wie das einer Göttin sein.«

Jette brach in Tränen aus, so plötzlich, dass Anna erschrak.

»Malen Sie nur mein Haar, malen Sie es göttlich, damit ich eine Erinnerung habe«, schluchzte das Mädchen, »zur Hochzeit wird es abgeschnitten, und ich werde nie wieder so schönes Haar haben!«

Anna war ratlos.

»Jüdische Ehefrauen dürfen keine Haare haben! Sie tragen einen gesetzlichen Kopfputz! Wussten Sie das nicht?«, weinte das Mädchen.

»Warum?«

Jette hob die Schultern. »Weil es geschrieben steht. Und meine Großtante hat es gesagt.«

Das sei ein Aberglaube, der sicher nicht mehr praktiziert werde, wagte Anna einzuwenden. »Es ist kein halbes Jahrhundert her, da wurden noch Hexen verbrannt, denen man im dummen Aberglauben die Haare abschnitt, weil man glaubte, damit Hexenkräfte zu bannen. Dein Verlobter ist Arzt, ein aufgeklärter Mann, er wird dir doch dein Haar lassen, um sich daran zu erfreuen!«, meinte Anna zuversichtlich.

Jette trocknete ihre Tränen und sah Anna hoffnungsvoll an.

»Glauben Sie?«

»Bestimmt«, sagte Anna fest. Sie dachte an die kleine Walburga Mozart und fügte hinzu: »Aber verlasse dich nicht auf die Großzügigkeit deines Gatten! Begründe, warum du deine Haare nicht schneiden lassen willst! Wir Frauen sind doch vernünftige Menschen! Setz dich durch, Jette! Du bist doch nicht schüchtern!«

Jette lächelte scheu. Anna legte die Trauer, die sie in diesem Augenblick in ihrem Gesicht gesehen hatte, in ihre schönen großen Augen. Hebe ahnt ihre Vertreibung, nannte sie es. Anna liebte das Bild. Es war eines der besten, die sie je geschaffen hatte, und sie war sicher, dass es ihr vor zwanzig Jahren nicht geglückt wäre.

Sie firnisste das Bild und trennte sich nur schwer von ihm.

Als sie es der Familie Lemos übergab, flüsterte Jette ihr erleichtert zu, dass sie ihre Haare nicht opfern müsse: »Die dumme Tante wollte mir nur Angst machen, Madame Therbusch!«

Anna dachte: Erfahrung schafft ebenfalls Freiheit.

Berlin, zu Weihnachten 1779

MEINE LIEBE NICHTE, liebes Riekchen,

Du hast mich gefragt, was Du tun sollst, und da das Jahr sich dem Ende neigt und Du mit Deinem Vater, meinem lieben Bruder Holle, den Du herzlich von mir umarmen mögest, nach Schwerin an den herzoglichen Hof reisen wirst, so will ich Dir sagen: werde Malerin.

Ja, werde Malerin, lasse Dir von niemandem Deine Eigenständigkeit nehmen. Du fragtest mich, liebe Kleine, ob es für uns nicht besser sei, Jungfer zu bleiben, wenn wir unseren Unterhalt mit der Kunst verdienen wollen, und ich sage Dir: ja und nein. Der zärtlichste, treueste Verlobte könnte sich als ein tyrannischer Ehemann entpuppen, dessen erste Tat darin besteht, Dir das Malen zu verbieten.

Gegen diese Ehemänner gibt es das Geheimrezept der Dichterin Karschin, das, seit sich die preußischen Werber in Sklavenhändler gegen Amerikas Unabhängigkeit verwandelt haben, auch heute noch bestens funktionieren dürfte. Ich werde es Dir verraten, falls Du es benötigst. Es kann aber auch sein, dass Dein Zukünftiger Deine Arbeit bewundert und sie nicht stört, im glücklichsten Falle Dich sogar unterstützt, wie mein lieber Therbusch, Gott hab ihn selig, sodass Du reisen und Deine Ausbildung bezahlen kannst.

Und damit sind wir bereits beim nächsten Punkt: bei Deiner Ausbildung und bei den Männern, die Du mehr fürchten musst als einen tyrannischen Gatten.

Ich meine jene selbstgerechten Männer, die unsere Kunst seit Neuem nicht mehr definieren als fundierte handwerkliche Ausbildung in Verbindung mit dem *disegno*, sondern als ›Genie‹, denn mit diesem Begriff haben sie etwas erfunden, das die Frauen ausschließt. Frauen, so lautet die Definition der Messieurs Kunstrichter, können ein wenig Talent haben, aber niemals Genie, und nur Genies dürfen die Akademien besuchen.

Die beleidigte Juno wird sich rächen! Jede Stadt sollte neben den Schulen, an denen Mathematik und Französisch unterrichtet wird, auch Kunstschulen errichten, Akademien, die allen, ungeachtet ihres Geschlechts, offen stehen, nicht wie die Universitäten, die nur dem männlichen Geschlecht vorbehalten bleiben. Denn das *disegno* allein macht noch keinen Künstler, sondern erst die geschickte Anwendung aller handwerklichen Mittel macht aus einem Bild ein Kunstwerk. Umgekehrt reicht es nicht, handwerkliches Geschick zu haben, damit wird man besser ein Tapisseriemaler oder Polsterer.

Du hast Deinem Vater und mir viel geholfen bei unserem gewaltigen Auftrag für die Zarin von Russland. Dein Talent und Deine Geschicklichkeit haben mich für Dich eingenommen. Gern hätte ich Dich unterrichtet, aber ich bin keine geduldige Lehrerin. Meine Söhne haben ›anständige‹ Berufe in der preußischen Verwaltung, und die Cousinen haben Ehemänner, die sie versorgen. Nur mit Dir und Rosinas Tochter Ludovica würde die Malerfamilie Lisiewski weiter bestehen.

Liebste Friederike, in Schwerin wird es für Dich wenig zu tun geben, außer Deinem Vater zur Hand zu gehen. Wenn ich jünger wäre, würde ich Dich nach Berlin holen. Aber ich bin alt und krank, meine Augen haben nachgelassen, die Konturen verschwimmen vor meinen Augen, ich wäre eine schlechte Lehrerin. Du musst hinaus in die Welt, nach Frankreich oder Italien. Selbst wenn die Akademien sich für die Frauen nicht öffnen, findest Du dort einen Meister, bei dem Du lernen kannst, und mit etwas Ehrgeiz kannst Du den Titel der Akademiemalerin führen, auch wenn sie Dich dort nichts lehren. Rosalba Carierra hat sich all ihr Können selbst beigebracht, ein scharfer, freier Blick ist durch nichts zu ersetzen!

Einmal, und das wirst Du vielleicht noch erleben, werden diese unsäglichen Standesgrenzen hinweggesprengt werden, die der geschätzte Herr Lessing bereits auf dem Theater angeprangert hat. Allein, durchs Anprangern auf dem Theater verschwinden sie nicht! Während Herr Lessing die fürstliche Bibliothek verwaltet, bringt der junge Friedrich Schiller ›Die Räuber‹ auf die Bühne. Da ballt das Volk im Theater die Fäuste und weint und schreit, aber auf dem Heimweg ziehen sie devot ihre Hüte vor den Perückenträgern und ducken sich in eine Verbeugung.

In Paris war schon vor 20 Jahren die Rede von der Revolution, Monsieur Diderot sprach von nichts anderem. Madame de Gouges, eine kluge Frau, die ich in einem der Salons kennenlernte, war der Auffassung, dass mit dieser Revolution auch die Freiheit für die Frau erreicht werde. Sie wollte ihre Tochter so erziehen, dass sie, wenn die Zeit gekommen sei, kampfbereit mit Körper und Worten sei.

Verzeih Deiner alten Tante, wenn sie skeptisch ist. Ob diese Revolution auch uns Frauen die Freiheit bringt?

Die Revolution wird alle Menschen gleichmachen, erklärte Monsieur Diderot, aber als ich ihn nach den Frauen fragte, lachte er mich aus. Die Gleichheit duldet, so scheint es, keinen Unterschied des Geschlechtes, und darin liegt das Problem.

Aber das sind die wirren Überlegungen einer alten Frau. Du, liebste Nichte, bist jung, das Leben liegt vor Dir, und alles, was mir das Leben so schwergemacht hat, wird Dir leichter fallen, weil ich auf Deinem Weg ein kleines Steinchen schon fortgeräumt habe. Ich habe es Dir in ein Säckchen gepackt und offeriere es Dir als mein Weihnachtsgeschenk. So kannst Du als Künstlerin der nächsten Generation ein wenig schneller ausschreiten auf Deiner Laufbahn, die Dir gelingen möge.

Dies wünscht Dir Deine Tante Anna.

Berlin 1780

Der Kreis des Lebens schließt sich, dachte Anna, als sie zu Prinzessin Ferdinand ging.

Zum dritten Mal habe ich sie nun gemalt, die Tochter meines Peinigers, des Markgrafen von Schwedt: als Kind, als Prinzessin à la turque für die Zarin, jetzt ihr Porträt.

Anna ließ es sich nicht nehmen, das Bildnis selbst zu überbringen. Es maß nur zwei Ellen und war noch nicht gerahmt. Sie ging unter den Linden entlang zum Schwedt'schen Palais in jener Mischung aus vorsichtigem Tasten und schlafwandlerischer Sicherheit, wie sie fast Erblindeten eigen ist, und stellte das Porträt auf die Anrichte im Salon.

Die Prinzessin kam, strahlend, wollte Anna leutselig begrüßen und erstarrte.

»Grundgütiger! Sehe ich tatsächlich so aus?«, fragte sie entsetzt. Sie trat an das Bild heran und betrachtete ihr schmuckloses Konterfei mit Falten und Doppelkinn mit einem Ausdruck des Abscheus.

Anna deutete auf das Kinderbildnis, das sie damals gemeinsam mit ihrem Vater von der kleinen Prinzessin gemalt hatte, im steif abstehenden rosa Kleidchen, mit ernsthaftem Gesicht in einer Bosquettenlandschaft und meinte trocken, diese Zeit sei vorbei.

»Natürlich, Madame Therbusch! Aber so geht es doch auch nicht!«

»Ich male, ohne viel zu sehen, Hoheit, mein innerer Blick ist freier als die scharfen Augen der Jugend. Das Alter ist unser Spiegel! Hängen Sie Ihr Bildnis hier über die Anrichte, Hoheit! Wenn Sie sich dann im Spiegel Ihres Ankleidezimmers betrachten, freuen Sie sich an Ihrem wahren Anblick, er ist nicht so schrecklich, wie ihn die Künstlerin dargestellt hat. Für den Hässlichen ist der Künstler schlecht, aber er zahlt ihn besser als der Schöne.«

Diese Malerin war zweifellos irre geworden. Die Prinzessin warf ihr Porträt auf das Parkett und zischte: »Verschwinden Sie!«

Etwas verwirrt trat Anna den Rückweg an. Was hatte sie falsch gemacht?

Sie ging in ihren Garten, setzte sich auf die alte Holzbank, die öfter denn je ihr Zufluchtsort wurde.

Vielleicht war sie aus der Mode gekommen? Die jungen Malerinnen, die Ludovica, die Kaufmann, die Vigée-Lebrun, malten nur süßliche Mädchengesichter. Das schien die neue Zeit zu sein. Sie malen, wie sie selbst aussehen, dachte Anna, schmeichlerische, sanftäugige, verhuschte Wesen mit zerzausten Haaren, ihren Gatten ergeben, mit denen sie nach Italien reisen und dies für die Freiheit halten, dabei sind sie ihnen untertan bis zum Tode. Mein Vater verstand unter Porträtmalerei noch, die richtigen Hoheitsabzeichen, Orden, Hermelin und Bänder an die richtigen Stellen zu malen. Keine Regung des Gesichtes oder des Körpers, kein Requisit, das nicht symbolische Bedeutung gehabt hätte, und um Himmels willen nichts, was auf Charakter hätte schließen lassen können! Der Auftrag wäre hin gewesen, hätte der Betrachter etwa das Mechante des Kardinals, ein Fünkchen Humor in den Augen des Markgrafen oder Geiz in den Mundwinkeln des Landesherrn erkennen können. Keine Malerei nach der Natur, aber auch keine Darstellung nach der Idee des Malers.

Ich male die Porträts der Hässlichen, die Doppelkinne, die verkrüppelten Finger, die bleiche Haut der Todkranken und die Tränensäcke der Genusssüchtigen.

Ich male die Porträts der zu kurz Gekommenen, ihre verkniffenen Mundwinkel, ihren traurigen Basedowblick, ihre hängenden Schultern, ihre schlaffen Bäuche.

Ich male die Porträts der Raffhälse, ihre gierigen Augen, ihre aufgeblähten Bäuche über der inneren Leere, die teure Kleidung, die ihren verrotteten Körper zusammenhält.

Ich male die Porträts der Heuchlerinnen, unter deren gesenkten Lidern der Hass schimmert, deren Stricknadelgeklapper die Häme und Kälte ihres Herzens übertönen soll, deren sorgsam gepflegte Coiffure die Angst vor dem Leben fortfrisiert, deren verhüllter Busen die Lasterhaftigkeit mühsam verbirgt.

Ich liebe hässliche Modelle wie die Prinzessin, das hat sie wohl nicht verstanden. Ich liebe die Hässlichkeit, sie will ich einfangen, ihr einen Ausdruck geben, nicht jene jugendlichen Schönheiten, die über den Anrichten der Damenboudoirs hängen und die kleinen spitzen Entzückensschreie der Kaffeegesellschaften hervorrufen. Zehn Jahre später haben die süßen Mädchen Falten, die draufgängerischen Kavaliere Bäuche und Tränensäcke, wer mag mein Bild dann noch betrachten? Nur die Bösartigen, die schadenfroh die Vergänglichkeit beobachten.

Rembrandt setzte sich neben sie.

Lass uns den Abendhimmel betrachten, den vergehenden, gärenden Duft der verblühten Rosen atmen.

Sie spürte seine rauen Hände auf den ihren und lächelte.

Vielleicht ist es das, der begrenzte Blick in meinem Garten, diese kleine Welt, die doch unendlich ist. Diese Welt, deren Farben ich nur in Gesichtern darstellen kann. Vielleicht ist es die wuchernde Weide gegenüber, aus deren Zweigen eine Fratze grinst, deren Krone ein Gesicht bildet, da! Schau! Was ist darin zu sehen! Ein schlauer Minister? Oder ein trauriger Bauer? Alles Irdische fließt seinem Ende entgegen.

Vielleicht ist es das, dachte Anna, vielleicht ist es der letzte Blick auf diese Dinge, bevor ich meine erkälteten, traurigen Augen für immer schließe, dass ich auch in dem letzten verdorrten Zweig, auch in der dunkelsten Stimmung noch ein

Gesicht ahnen kann, eines, das sich bildet aus Zweigen, Wolken im Abendlicht, dem scharfen Schattenriss. Ein Gesicht, das sich aus so vielen unendlichen Details bildet, dass die ganze Welt darin enthalten ist. Ich brauche keine Landschaft, schon gar nicht die erfundene idealische, aufgeräumt wie ein Kinderzimmer, nachdem Jana da war. Im Gesicht steckt die Weisheit der ungezähmten Natur.

Berge, Täler, Bäume, Büsche, bewaldete Biegungen, erblühte Zweige: In allem ist doch der Mensch zu erkennen, sein Antlitz, die Krone der Schöpfung, manchmal auch der Auswurf der Schöpfung. Das Niedrigste, aber auch das Höchste kann der Mensch sein und sein Antlitz im Angesicht Gottes. Das, wovon wir uns kein Bild machen sollen, ich erschaffe es, der Gott möge mir verzeihen.

Sieh, mein Liebster, da kommt die Nachbarin, die wunderschöne hässliche Karschin. Wir trinken ein Achtel Roten und sprechen über die diesjährige Apfelernte und den bevorstehenden Baumschnitt im Winter, und wir sind in gutem Einvernehmen. Ein klein wenig Schimpfen auf alles, was das Leben ein klein wenig beeinträchtigt. Einig sind wir uns über das Unausgesprochene: Das Leben ist es wert, gelebt zu werden. Wir sehen, was wir gern anders hätten, aber die Veränderungen des menschlichen Lebens werden uns nicht mehr erreichen. Sie heißen gleiches Recht für alle, gleiche Möglichkeiten für alle. Es kann nicht sein, dass das Recht der Geburt über allem steht, dass ein Stand, der sich besser dünkt als wir, auf dem Rücken unserer Leistungen Reichtum anhäuft. Nein, wir haben gearbeitet, unser Leben lang, seit drei Generationen und noch länger.

Vielleicht ist es das, mein Liebster: die Trauer um das Wissen, dass meine Kunst mit mir ausstirbt. Sieh nur die Komödianten, wie sie eifersüchtig bemüht sind, ihre Kunst weiterzuvererben, sieh nur die Zünfte, wie sie unter sich bleiben, um ihre schmalen handwerklichen Fertigkeiten zu schützen. Es wird dunkel, meinte Rembrandt. Sie widersprach ihm: Der

Himmel hat sich dunkelblau gefärbt, aber er hat noch immer jene durchsichtige Weite, jenes Unendliche, das ich nicht auf Leinwand zu fassen wage, denn die Leinwand ist begrenzt, der Horizont aber niemals.

Lisiewski setzte sich an ihre rechte Seite.

Da ist der erste Stern! Im Norden hoch oben, kein anderer vor ihm, der Abendstern zeigt mir den Weg. Ich muss ihn gehen, Papa! Ich kann ihn nicht malen, aber ich kann die Augen malen, in denen der Horizont sich spiegelt. Augen in Gesichtern voller Hoffnung. Die Unendlichkeit im Licht des vergehenden Tages, unsere Hoffnung, die Schwärze der Nacht zu überstehen, das ist das Licht, in dem wir uns widerspiegeln. Das Licht unserer Gegenwart und unserer Zukunft, das Licht meiner Ratlosigkeit als Malerin, denn ich weiß nicht, wie die Zukunft sein wird. Papa, spiegelt das Licht des Abends bereits das kraftvolle Orange der aufgehenden Sonne? Ich werde es malen, bevor ich es gesehen habe.

Ich werde frei sein wie der Abendstern. Wir alle werden frei sein, uns für irgendeine Existenz zu entscheiden, nicht von Geburt an bestimmt, das zu sein und zu tun, was angeblich unsere Pflicht oder unsere Bestimmung ist. Wir werden den Abendstern am Firmament betrachten und uns zur Ruhe legen in dem sicheren Gefühl, dass die Welt von gestern nicht mehr die von morgen ist.

Vielleicht ist es das, dachte Anna: Das Abendlicht spiegelt sich in unseren Gesichtern, und das möchte ich malen. Die untergehende Sonne macht uns gleich. Ihr Rosa schmeichelt unseren Falten, ihr Orange überhaucht unsere grauen Haare, und im glutvollen letzten Rot erscheinen wir im Rosa der ersten Lebenswochen. Aber die Abendsonne entlarvt den Puder, die falschen Haare, die überschminkten Pusteln, grell stellt sie die Tränensäcke zur Schau. Wir tragen Perücken, wir pudern unsere Gesichter weiß, wir schnüren uns in zu enge Korsetts, aber morgen, wenn der Tag in glanzvollem Karmesin erwacht, werden wir frei sein. Wir werden frei sein, frei in unserem Tun und in unserer Kunst, gleich sein unter diesem Licht der aufgehenden Sonne, die uns zu Brüdern und Schwestern machen wird, ich sehe das.

Wir Weiber werden malen können, was wir wollen, schön, aber auch hässlich, ungeschminkt werden wir die Wahrheit zeigen. Unverhüllt werden wir unsere nackten Körper zeigen, welche Erleichterung! Und wir werden nicht den Anblick der süßlichen Gestalten Bouchers und Fragonards bieten, sondern so aussehen, wie wir wirklich sind, mit hängenden Brüsten, die zehn Kinder sättigten, mit faltigen Oberschenkeln, rachitischen Beinen und unförmigen Hinterbacken.

Vielleicht ist es das, dachte Anna, sich selbst unverhüllt zeigen und das Gesicht des anderen ebenfalls. Die Nacktheit im Gesicht, die blanke Hilflosigkeit, die blöde Resignation angesichts der Umwälzungen des Alltags.

Vielleicht ist es das, dachte Anna, die Einsamkeit in den Begegnungen des Alltags, die verzweifelte Geselligkeit, das Erleben einer Gemeinschaft, die keine mehr ist. Die vielleicht nie eine war.

Die Karschin fand sie mit weit aufgerissenen Augen, beide Arme auf die Lehne gelegt, als wolle sie an ihre linke und rechte Seite jemanden drücken.

»Dein schwarzes Auge macht das Dunkel / des Sommerabends hell und schön / Vor dem belebten Sternen Funkel / Sind's Grazien, die dich in ihre Mitte nehmen ...«

Anna lächelte.

»Die Geister der Grazien«, sagte sie. »Ich träumte von einer anderen Welt, Frau Karschin. Wie ist's? Wollen Sie mir nicht einmal Ihr schönes Schlesien zeigen, bevor ich es nicht mehr sehen kann?«

»Lieber Sachsen«, lachte die Karschin.

Sie fuhren zusammen nach Dresden.

Berlin 1782

SIE HATTE DAS STARKE neue Augenglas vor Augen, um die Feinheit des Stoffes malen zu können. Gotters Glas reichte nicht mehr aus. Anna setzte den Pinsel an, um das zarte Muster der Spitze auf den dunklen, noch feuchten Untergrund zu pinseln, da wurde die Tür leise geöffnet. Sie drehte sich nicht um, die Spitze musste auf feuchte Grundierung gemalt werden. Wer immer hereingekommen war, würde warten müssen.

Sie hörte ein verhaltenes Schluchzen, das in leises, hemmungsloses Weinen überging. Erstaunt legte sie den Pinsel zur Seite, schob das Augenglas nach oben und drehte sich herum. Auf dem uralten Requisitenstuhl, den schon Lisiewski den Königsthron genannt hatte, saß Kalle in seiner Uniform, die ihn als geheimen Sekretär in preußischem Dienst auswies. Tränen liefen ihm über die Wangen, er machte sich nicht die Mühe, sie zu verbergen, noch sie fortzuwischen.

Mit zärtlicher Rührung betrachtete sie das vertraute Gesicht ihres jüngsten Sohnes unter der weiß gepuderten Perücke mit den steifen Gipspapilloten an den Schläfen. Korrekt gebunden stand der schwarze Zopf steif über dem unbequemen Stehkragen mit den goldenen Litzen. Er war immer so hart gewesen, gegen sie, gegen seine Schwestern, gegen sich selbst. Sie fühlte keine Genugtuung, ihn schwach zu sehen, aber sie ging auch nicht zu ihm.

Er begann, von Schluchzern unterbrochen, zu erzählen, wie schrecklich seine Arbeit sei, wie er die Bittsteller zurückweisen musste, wie widerwärtig seine Vorgesetzten waren, wie ungerecht es zuging. Alles sei verändert, seit der

König diesen französischen Generalsteuereintreiber eingesetzt hatte. Keiner wagte aufzubegehren, auch nicht bei der größten himmelschreienden Ungerechtigkeit. Er, Carl August, habe versucht, das Los eines Bäckers zu erleichtern, der die Akzise für das Mehl nicht aufbringen konnte. Aber der Bäcker hatte so angstvoll darauf bestanden, die Steuer zu bezahlen, dass er hellhörig geworden war.

»Verstehst du, Mutter! Er wollte unbedingt einen Betrag zahlen, der ihn ruiniert hätte! Er hätte nicht mehr backen können, er hätte sein Mehl mit Sägespänen gestreckt, und das wollte ich verhindern. In der letzten Zeit sind viele Menschen gestorben, nachdem sie verunreinigtes Brot gegessen hatten.«

Anna saß still und hörte ihm zu. Mit welch schrecklichen Dingen sich ihr Kalle herumschlagen musste.

Er habe dann herausgefunden, erzählte Carl August, dass sein Vorgesetzter mehr als ein Zehntel der Akzise in die eigene Tasche gesteckt hätte! Sein eigener Vorgesetzter, der Kinder hatte und ebenfalls anständig gebackenes Brot essen wollte, hatte das Geld kassiert und sich gleichzeitig ordentliches Brot backen lassen.

»Während auf der Straße die Kinder krepieren, Mutter!« Carl fuhr sich über die Augen.

»Was soll ich nun tun? Zeige ich ihn an, wird er eine Strafe zahlen, vielleicht bekommt er auch ein paar Tage Karzer, aber die Situation ist unverändert! Wenn er zurückkommt, wird er mir das Leben zur Hölle machen. Einer meiner Kollegen hat sich aufgehängt letzte Woche, aufgehängt, Mutter! Diese Hölle aus Gewissenlosigkeit, Neid und Korruption kann kein Mann von Ehre ertragen. Was soll ich nur tun?«

Sie betrachtete ihr jüngstes, fremdes Kind, das nun schon das dreißigste Jahr überschritten hatte.

»Sieh dir dieses Gewand an«, sagte Anna, »es ist eines von Hunderten, die ich in meinem Leben gemalt habe. Ich hätte die Menschen gern nackt gemalt …«

»Mutter!« Carl August sah trotz seiner Tränen schockiert aus. Er verstand auch nicht, was dies mit seinem Problem zu tun hatte. Anna lächelte nachsichtig.

»Ja, ich hätte die Menschen gern nackt gemalt, der Akt ist ehrlicher und schöner. Das Inkarnat ist ehrlich, die Kleidung ist nichts als eine verlogene Hülle. Aber da die Mode nach meinen Porträts verlangte, nach Menschen in würdevollem Ornat, in raffinierten Spitzen, in prunkvollen Hermelinumhängen, entdeckte ich die Wahrheit in ihren Gesichtern. Im Antlitz fand ich die Nacktheit. Wenn du immer wieder nach der Wahrheit suchst, bleibst du dir selbst treu.«

Der Sohn betrachtete sie nachdenklich. Da stand sie, seine Mutter, eine seltsam schrullige Alte, mit farbbeflecktem altem Umhang über dem nicht besonders sauberen Kleid, zerzauste graue Haare, gelbe Haut, ein fast zahnloser Mund, aus dem die Worte nur undeutlich hervorkamen. Sie hatte leicht reden. Sie war stets geflüchtet, wenn es Schwierigkeiten gab, war nach Stuttgart gefahren oder nach Mannheim, war jahrelang in Paris wie verschollen gewesen, und als sie zurückgekehrt war, hatte er sie beinahe nicht erkannt.

»Weißt du, was ich gern noch tun würde, bevor ich diese Welt verlassen muss?«

Sie wollte etwas tun? Mal wieder? Seine Tränen versiegten, er fühlte sich auf seltsame Art getröstet. Fragend betrachtete er sie.

»Ich möchte gern mal nach Olesko, wo dein Großvater herkam, nach Masuren, wo die fetten Gänse leben. Es soll nicht weit zum Meer sein, zur Ostsee.«

Kalle lächelte.

»Wir fahren nach Olesko, Mutter«, sagte er, »wir werden am Meer sitzen. Ich werde die Wellen betrachten, und du wirst sie malen.«

Sie fuhren nicht nach Olesko. In dieser Nacht schlief Anna Dorothea Therbusch, geborene Lisiewski, ein und wachte aus ihren wilden Träumen nie wieder auf.

EPILOG

Berlin 1783

Inzwischen schneit es ununterbrochen. Es ist seltsam, dass ich Anna auch bei unserer zweiten Begegnung unter solch traurigen Umständen wiedersah. Es war Matthieus Beerdigung, auch im November, auch bei scheußlichem Wetter, im November des Jahres 1778 in Schwerin. Mein Freund David Matthieu war in seinem 40. Jahr gestorben. Ich begleitete Rosina, die ebenfalls untröstlich war über den frühen Verlust. Anna war mit ihrem Bruder Reinhold aus Berlin angereist.

Die Trauer um David hielt die Schwestern nicht von praktischer Planung ab. Herzog Friedrich von Mecklenburg war ein Freund von Davids Vater, Rosinas erstem Gatten Matthieu, gewesen, sie hatten sich auf seiner Grand Tour in Paris kennengelernt. Den Sohn seines Freundes hatte er gern als Hofmaler beschäftigt, beklagte den schweren Verlust und ließ sich von Rosina bei seiner Suche nach einem neuen Hofmaler beraten.

Zuerst dachte ich, Anna wolle Hofmalerin in Schwerin werden. Aber das war nicht das Ziel der Schwestern. Es war interessant zu beobachten, wie Anna und Rosina ihren etwas schwerfälligen Bruder, der immerhin über 50 Lenze zählte, in Davids Position hievten. Ich hatte den Eindruck, sie wollten ihn von Berlin wegloben. Später hat Anna mir diesen Eindruck bestätigt.

Ein Jahr später, als Lisiewski die Stelle in Schwerin angetreten hatte, gab ich die meinige in Braunschweig auf. Es zog mich nach Berlin.

Einige Redner lassen sich von der langsam in die Eingeweide dringenden Kälte nicht abhalten, Elogen auf Anna zu halten.

Ein gewisser Meussel, der Künstlerlexika schreibt und ein Blatt mit dem schönen Titel ›Miscallaneen artistischen Inhalts‹ herausgibt, gibt sich besondere Mühe und erzählt ihr gesamtes Leben auf sehr einfühlsame Weise. Er rühmt ihr Kolorit, das »dem Rubens'schen Pinsel unstreitig am nächsten kam, an Schönheit der Ideale aber, und besonders an Anmut, diesen noch übertraf ...«

Er sieht über sein Manuskript zu der langsam durchweichenden Versammlung: »Sie hatte auch den durchdringendsten Verstand, das feinste Gefühl und den edelsten Charakter. Kurz, ihr Geist war unaufhörlich beschäftigt, und ihre gewöhnliche Lebhaftigkeit behielt sie, aller ihrer Leiden ohngachtet, bis ans Ende ihrer Tage.«

Gerührt schließt er: »Sie war in allem Betracht eine seltene und verdienstvolle Frau.«

Chodowieckis Rede an die dahingegangene Freundin ist kürzer, und er beendet sie prosaischer: »Sie hat oft viel Geld verdient, oft keines gehabt, und ist in den schlechtesten Umständen gestorben, obgleich sie für etliche Tausend Taler Bestellungen unangefangen oder unfertig hinterlassen hat ...«

Das lässt mich als ihren Schüler aufhorchen, denn darauf achte ich nun doch, dass alles abgeliefert wird. Manches habe ich vollendet.

Es gibt allerdings ein Bild, das ich bisher nicht ausfindig machen konnte, obwohl Anna mich, als ihr Ende nahte, darum bat. Sie nannte es das »dritte Bild«, eine galante Szene mit Komödianten. Ich kenne das Bild nicht und ich habe keine Vorstellung, wo es zu finden sein könnte, aber ich werde nicht aufhören, danach zu suchen.

Nun spricht dieser Schwärmer Gleim, der stets am meisten von sich selbst gerührt ist.

»Du warst ein göttlich Weib, du Therbusch!«, deklamiert Gleim und erzählt von einem Bettlerjungen, den sie malte, ein Bild, das ich nicht kenne, und ich kann es mir auch kaum vorstellen, denn sie malte eigentlich nie ohne Auftrag. Ah, es scheint, dass Gleim den Auftrag erteilte, vielleicht wollte er sein Freundschaftskabinett um das Bild eines Bettlerjungen bereichern. Ich weiß es nicht, es muss lange her sein. Er lamentiert von ihrem Porträt, das er doch so gern seiner Sammlung eingliedern wolle, und sagt mit vorwurfsvollem Blick auf die verfrorenen Anwesenden: »Schade, dass niemand mir's gesagt, sie habe die Arbeit so nötig, ich hätte meine Horaze verkauft und ihr Arbeit gegeben.«

Es fängt an, mich zu ärgern, dieses Gerede von der Armut. Der Herr kann seinen Horaz getrost behalten. Das gelbe Fieber, das Anna dahingerafft hat, war mit Geld nicht aufzuhalten, es gibt kein Heilmittel. Vielleicht hat auch das Bleiweiß, das sie ihr Leben lang selbst anrieb, seinen Anteil gehabt, denn wir wissen heute, dass es giftig ist. Annas Körper zählte seine 60 Lenze, wenn ihr Geist auch so lebhaft und unaufhörlich beschäftigt war wie der einer 30-Jährigen.

Die Reden sind beendet. Soll ich mich bedanken? Mit meiner Inschrift auf Annas Grabmal ist eigentlich alles gesagt.

Gleim tuschelt nun mit einer unfassbar hässlichen Frau, die ich noch nie sah, die mir aber versicherte, sie habe viel mit der Frau Therbuschin gesprochen. Zwischen Kraut und Gurken, sagt sie wehmütig. Er tuschelt, alles habe sich vom jungen Tischbein malen lassen, sei verliebt in ihn gewesen und habe die Therbusch verhungern lassen.

Mir reicht es. Ich habe meine verehrte Lehrerin nicht verhungern lassen. Seien wir ehrlich: Als ich nach Berlin kam, wurde ich nicht nur ihr Schüler. Ich suchte keine Karriere als Maler, ich bin nur ein Dilettant, der gern mit größerer Geschicklichkeit malen will, mehr nicht. Ich suchte ihre Nähe. Wie oft haderte ich mit dem Schicksal, dass diese wundervolle Frau nicht für meine Generation geschaffen wurde. Genau so eine wie sie hätte ich gern gehabt, eine, die nicht scheu die Augen niederschlägt, sondern die weiß, was sie will, eine, die mit dem Herzen sieht und mit der Seele denkt und mit dem Verstand fühlt. Sie war ihrer Zeit weit voraus.

Da sie nicht mehr meine Geliebte sein konnte, wurde ich ihr Schüler. Sie wollte mich abschrecken, sie sei eine schlechte Lehrerin, deshalb habe sie niemals Schüler gehabt, aber ich hatte das Gefühl, dass es ihr gefiel, im Atelier nicht allein zu sein. Hin und wieder zeigte sie mir etwas, so wie man einem dicken schwarzen Atelierkater etwas zeigt, ohne Erwartung, dass er es lernt. Aber ich lernte!

Einmal, als ich an meinem Selbstporträt herumstümperte, fiel mir die Palette aus der Hand wie vom Blitz getroffen. Sie betrat das Atelier: Anna, 20 Jahre jünger. Es war natürlich nicht Anna, es war Minna, ihre Tochter, schön wie ein Sommertag, klug und selbstbewusst wie ihre Mutter und genau wie diese von jener grandios abweisenden Art. Ich verliebte mich auf der Stelle in sie.

Dort hinten steht sie, ein schwarzer Trauerschleier umweht ihr zartes blasses Gesicht, das ihrer Mutter so ähnlich ist. Manches Mal während der Elogen suche ich ihren Blick, durch diese unaufhörlichen, dicken weißen Flocken hindurch, ein einziges Mal blickte sie kühl zurück. Aber ich weiß: Sie wird die Meine.

Anna hatte meine Verliebtheit natürlich bemerkt und warnte mich, ihre Tochter sei geschieden und habe schlechte Erfahrungen mit Männern. Wenn einer sie überzeugen kann, dass es noch gute Männer auf der Welt gibt, dann du, Herr Hauptmann Gohl, sagte sie lachend, versuche dein Glück.

Wer Du auch seyst
Merke auf dies Denkmal einer Frau
Die viel Männer übertraf
Die wenig Männer übertrafen
In der Kunst
Den sichtbaren Ausdruck
Der Menschheit
Treffend abzubilden
Die kein Mann übertraf
In männlichem Bestreben
Das unsichtbare Bild Jehovah
In sich selbst zu enthüllen
Deren letzter Atemzug
Seliges Gefühl der Unsterblichkeit war
Heil Dir, wenn Du dies Ziel erreichst.

Ich werde mein Glück versuchen, Anna. Deine Tochter ist
wunderschön.

ENDE

NACHWORT

»Die Porträtmalerin« ist ein Roman. Biografische Informationen sollte der Leser nicht in diesem vorliegenden literarisch verdichteten Leben suchen. Es steht paradigmatisch für das Leben einer Künstlerin. Viele Episoden, etwa die Vergewaltigung oder die Demütigung beim Malen des Rezeptionsstückes, sind im Leben der Anna Dorothea Therbusch nicht nachzuweisen, aber im Leben anderer Malerinnen. Mein Roman wurde angeregt von den schmerzlichen Erfahrungen, die Künstlerinnen zu allen Zeiten machen, auch heute.

Anna Dorothea Therbusch geb. Lisiewska (1721 – 1782) hat als anerkannte Akademiemalerin ca. 200 Gemälde hinterlassen, von denen etwa die Hälfte in verschiedenen Museen Deutschlands und Frankreichs zu sehen sind, aber keinen Autographen. Es gibt nur einen einzigen Brief von ihrer Hand an Kaiser Josef.

Lediglich die recherchierten Daten aus Taufregistern, die Ernennungsurkunden der Akademien, Diderots Kritiken und Meussels Nekrolog des Jahres 1782 sind erhalten.

Die wesentliche Inspiration zu diesem Roman gaben die beeindruckenden Selbstporträts der Künstlerin, die ich in Berlin, Braunschweig, Nürnberg, Weimar und Stuttgart sah.

Nach dem Gemälde von A. D. Therbusch mit dem Titel »Die Komödianten« wird die Leserin / der Leser vergeblich suchen.

»Die Schaukel« und »Das Federballspiel« sind in Schloss Rheinsberg (Provenienz Schwedt!) zu bewundern. Dort hängen drei weitere Bilder von ihrer Hand sowie zwei von ihrer Schwester Barbara Rosina de Gasc.

Antoine Pesne hatte einen Schüler mit Namen Joachim Gottlieb Knospe. Über ihn ist nichts weiter bekannt. Ich habe mir gestattet, in Knospe alle Feinde, auch Auszüge der hämischen Kritiken, zu personifizieren.

Alle übrigen Figuren des Romans sind historisch, und die Begegnungen hätten durchaus so verlaufen können. Einzig die Figur des Thaddäus Häberle, genannt Rembrandt, ist frei erfunden.

Dem kunsthistorisch interessierten Leser empfehle ich die Dissertation von Katharina Küster-Heise: Anna Dorothea Therbusch, eine Malerin der Aufklärung, Phil. Diss. Heidelberg 2007, oder von derselben: Der freie Blick, Ausstellungskatalog des Städtischen Museums Ludwigsburg 2002.

Frau Doktor Küster-Heise gilt mein großer Dank für ihre bereitwillige, sachkundige und freundliche Art, meine nicht enden wollenden Fragen zu beantworten. Ebenso gilt mein Dank Bertram Zöhl, dessen Atelier ich erkunden durfte, sowie Martin Guesnet und Barbara Thaden, Paris, die mich bei meiner Recherche vor Ort sachkundig und gastfreundlich unterstützten.